Karine Giebel a été deux fois lauréate du prix marseillais du Polar : en 2005 pour son premier roman *Terminus Elicius* (collection « Rail noir », puis réédité chez Belfond en 2016) et en 2012 pour *Juste une ombre* (Fleuve Éditions), également prix Polar francophone à Cognac. *Les Morsures de l'ombre* (Fleuve Éditions, 2007), son troisième roman, a reçu le prix Intramuros, le prix SNCF du polar et le prix Derrière les murs. *Meurtres pour rédemption* (Fleuve Éditions, 2010) est considéré comme un chef-d'œuvre du roman noir. Ses livres sont traduits dans plusieurs pays et, pour certains, en cours d'adaptation audiovisuelle. *Chiens de sang* (2008), *Jusqu'à ce que la mort nous unisse* (2009), *Purgatoire des innocents* (2013) et *Satan était un ange* (2014) ont paru chez Fleuve Éditions. Tous ces livres sont repris chez Pocket.

En 2016, *De force* a paru chez Belfond (Pocket, 2017), suivi, en 2017, du recueil de nouvelles *D'ombre et de silence* (Pocket, 2018), de *Toutes blessent, la dernière tue* en 2018 et de *Ce que tu as fait de moi* en 2019 chez le même éditeur.

TOUTES BLESSENT, LA DERNIÈRE TUE

KARINE GIEBEL

TOUTES BLESSENT, LA DERNIÈRE TUE

Vulnerant omnes, ultima necat

belfond

© Belfond, un département place des éditeurs 2018.
ISBN : 978-2-266-29190-3
Dépôt légal : novembre 2019

Prologue

On t'appelle Tama.

Tu vis près de Paris, dans une grande et belle maison dotée de quatre chambres. Une pour les parents, M. et Mme Charandon, une pour leurs deux filles et une pour chaque garçon.

C'est toi qui t'occupes des trois plus jeunes. Tu es aussi chargée du ménage, de la lessive, du repassage, du rangement et de la cuisine. Tu fais également la couture lorsque c'est nécessaire.

Le matin, tu te lèves vers 5 heures pour préparer le petit déjeuner de toute la famille. Ensuite, tu t'attelles aux tâches ménagères, pendant que Mme Charandon se repose ou va faire des courses.

Elle est née au Maroc, comme toi. Avant de se marier, elle s'appelait Sefana Khaznaji. D'après ce que tu as compris, M. Charandon a travaillé dans ton pays pour une entreprise d'agroalimentaire et c'est là qu'il a rencontré sa femme. Ils se sont mariés et sont venus s'installer en France avec leur première fille.

C'est un joli prénom, Sefana. Ça veut dire *la perle*.

Tama, le prénom qu'elle t'a choisi, est le diminutif de Tamazzalt qui signifie *la dévouée*. Elle a affirmé que ça te porterait chance dans ton travail.

La chance, quand tu y penses…

En général, tu as la permission d'aller te coucher vers 22 heures, si tu as terminé ton labeur. Parfois, c'est plus tard.

Alors, on te donne une assiette avec ce que les enfants n'ont pas voulu manger et tu vas dîner dans ton coin. C'est un matelas aussi fin qu'étroit, posé par terre dans la buanderie, avec une couverture et un vieil oreiller. Tu dors là, entre les provisions que tu n'as pas le droit de toucher et la machine à laver. Il n'y a pas de radiateur, mais heureusement, il n'y fait pas trop froid. En guise d'armoire, tu possèdes un carton où tu ranges ton linge personnel et sur lequel M. Charandon t'a autorisée à poser une petite lampe.

Tu as l'interdiction formelle de sortir de la maison. Quand Sefana s'en va, elle ferme la porte à clef.

De toute façon, tu as peur de sortir. Tu ne connais rien ici. Rien, ni personne. Dehors, il n'y a que l'étranger, la crainte et une foule d'ennemis.

Une après-midi, pendant que Sefana dormait, tu t'es essayée à quelques pas dans le jardin. Une véritable aventure ! Il faisait beau, presque chaud, tu n'as pas su résister. Oh, tu ne serais pas allée bien loin, non. Juste sentir le soleil sur ta peau, voir le ciel, écouter les oiseaux. Réapprendre le dehors. Rien de grave.

Mais Sefana t'a vue. Elle t'a rattrapée, insultée et enfermée dans la buanderie. Quand son mari est rentré, le soir, il t'a frappée. Si fort, que tu t'es évanouie.

Et, pendant cinq jours, tu n'as rien eu à manger. Pas même les restes des enfants.

Ça fait un an que tu es ici. Un an cloîtrée dans cette maison.

On t'appelle Tama. Ton vrai prénom, tu n'as pas le droit de le prononcer. Pourtant, chaque soir, avant de t'endormir, tu le murmures plusieurs fois. Pour ne pas l'oublier.

On t'appelle Tama.
Tu as neuf ans.

**Déclaration universelle
des droits de l'homme de 1948,
article 4 :**

*Nul ne sera tenu en esclavage ni en servitude ;
l'esclavage et la traite des esclaves sont interdits
sous toutes leurs formes.*

1

Il faisait encore nuit. Toujours froid. L'hiver n'était jamais tendre, ici. Brutal, sans aucune pitié pour les hommes ou les animaux, il brisait les roches et les âmes autant que les espoirs.

Gabriel sortit sur la terrasse, une tasse de café brûlant dans les mains. Timides, les premières lueurs de l'aube ébauchaient un horizon hypothétique.

Sa maison se trouvait au milieu d'un désert balayé par les vents. Ses premiers voisins habitaient à plusieurs kilomètres. Mais Gabriel avait choisi de venir s'installer ici, là où plus personne ne voulait vivre. Dans un endroit que tout le monde avait fui. La rudesse du climat, la solitude, le silence ou les complaintes angoissantes de l'Aiguolas, tout cela lui convenait.

Ces lieux semblaient avoir été façonnés pour lui, les hommes tels que lui. Ceux qui veulent oublier ou se faire oublier. Ceux qui veulent purifier leur âme, souffrir en paix.

Mourir en silence.

Gabriel buvait lentement son café. La nuit n'était déjà plus qu'un vague souvenir, même si, dans son esprit, s'effilochaient encore quelques images glaçantes de ses cauchemars, tels les nuages s'éternisant après la tempête.

Il retourna à l'intérieur où la température était incroyablement douce, posa sa tasse dans l'évier de la cuisine et prit la clef de sa voiture. Il enfila un bonnet et des gants en cuir avant de quitter la maison.

Des plaques de verglas étaient tapies sur la route, attendant patiemment leur prochaine victime. Une voiture à envoyer dans le ravin, un homme à tuer. Conscient du danger, Gabriel conduisait à une allure raisonnable.

Lorsqu'il arriva à Florac, il faisait jour. Et presque toujours aussi froid. Janvier finissait à peine, l'hiver serait encore long et impitoyable.

Il fit quelques achats, de quoi tenir une semaine, passa au tabac et à la pharmacie, avant de reprendre la route. En sortant de Florac, elle serpentait dans des gorges brunes oubliées du soleil. Elle descendait ensuite vers Nîmes, mais Gabriel la quitta pour emprunter un vieux pont dont on ignorait par quel miracle il avait survécu aux méchantes colères de la rivière qui vivait dessous. Il croisa deux vieilles bâtisses abandonnées puis s'engagea sur une route beaucoup plus étroite qui promettait un col à vingt kilomètres.

Le soleil, enfin. Pour éclairer les herbes rares et gelées, les châtaigniers morts d'hiver, qui brandissaient leurs branches nues tels des avertissements.

Voyageur, ne t'aventure pas par ici...

Le 4 × 4 avalait patiemment les virages. Gabriel alluma une cigarette et la radio. Il écouta le journal d'une oreille distraite.

Ça parlait de chiffres. Ceux de la pauvreté, ceux du chômage. Gabriel n'avait jamais connu ça.

Ça parlait de peurs. Peur des autres, des lendemains ou du manque. Il y avait bien longtemps que Gabriel n'avait pas ressenti la peur. Bien longtemps qu'il se foutait des lendemains et avait apprivoisé le manque.

Bien longtemps qu'il n'éprouvait plus grand-chose.

Au bout d'un quart d'heure de route et sans avoir croisé âme qui vive, Gabriel arriva à destination. Un petit hameau composé de quatre maisons sans âge dont il était l'unique propriétaire. Une seule des quatre bâtisses était habitable. Gabriel l'avait fait rénover tandis qu'il laissait les trois autres tomber en ruine. Il gara son pick-up en bas de l'escalier de pierre, rapporta ses courses à l'intérieur.

Sophocle, le vieux dogue allemand bleu, était couché devant la cheminée. Il leva à peine la tête lorsque son maître entra, remua vaguement la queue avant de se rendormir profondément.

Comme chaque matin, Gabriel consulta ses mails en buvant un deuxième café. Quelques publicités, quelques spams, rien d'important. Personne ne lui écrivait jamais ou presque.

Il remit sa parka, sortit et alluma une nouvelle cigarette. Le ciel était d'un bleu glacé, le soleil restait froid et le vent plutôt discret. Gabriel ouvrit les écuries situées juste en face de sa maison.

— Salut, les filles ! lança-t-il en entrant.

Deux juments de la race Hanovrien. Gaïa, la grise, et Maya, l'alezane. Elles avaient l'air agité. Gabriel les appela et elles s'avancèrent vers lui. Il caressa les museaux, tapota les encolures, chuchota quelques mots rassurants.

C'est alors qu'il la vit. Une femme, étendue sur la paille, dans le fond du hangar. Gabriel oublia de respirer. Il hésita un instant avant de s'approcher du corps inanimé.

— Qu'est-ce que vous faites là ?

Pas de réponse, pas l'ombre d'un mouvement. Elle était peut-être morte.

Il s'arrêta à quelques pas de l'inconnue. Allongée sur le côté, elle lui tournait le dos. Avec son pied, il la secoua doucement. Toujours pas le moindre signe de vie. Il s'accroupit près d'elle, posa une main sur son épaule. Elle se retourna d'un seul coup, brandissant une arme. Gabriel reconnut la silhouette sombre d'un pistolet automatique.

— Reculez !

Il obtempéra, sans geste brusque, tandis qu'elle se relevait. Gabriel remarqua qu'elle avait du mal à bouger et distingua une tache sombre sur son tee-shirt lorsque les pans de son blouson s'écartèrent.

— On va… chez vous, murmura-t-elle.

Il n'avait aucune trace de peur sur le visage. Son regard était vide.

Il sortit de l'écurie, l'inconnue sur ses talons. Sans hâte, il gravit les quelques marches, ouvrit la porte. Lorsqu'ils furent à l'intérieur, il pivota pour se retrouver face à elle. Face à l'arme qu'elle pointait toujours sur lui. C'était un Beretta, du gros calibre.

Sophocle grogna en se dirigeant vers l'intruse. D'un simple geste de la main, Gabriel lui intima le silence.

— Et maintenant ? demanda-t-il.

Maintenant, il voyait son visage dans la lumière. Elle portait une plaie et un hématome au front, comme si elle avait donné un coup de tête dans un mur. Elle était très jeune, sans doute moins de vingt ans. Plutôt jolie. Peau mate et parfaite, cheveux noirs légèrement frisés, emmêlés et parsemés de paille. Visiblement, elle avait dormi dans l'écurie. Et ne savait pas se servir d'une arme à feu. Elle la tenait de manière maladroite. Ce qui n'enlevait rien à sa dangerosité, bien au contraire. D'autant que le cran de sûreté n'était pas enclenché.

— Je veux à manger… Dans un sac !

Gabriel passa côté cuisine américaine et attrapa un sachet plastique dans un tiroir. Il y enfourna deux paquets de biscuits, des fruits, posa le tout sur le comptoir qui séparait les deux pièces. L'inconnue pressait sa main libre sur sa blessure. Une vilaine plaie, juste en dessous des côtes. Quand elle la retira, sa main était rouge sang.

— De l'argent ! lança-t-elle. Tout ce que vous avez.

Il récupéra son portefeuille dans une poche intérieure de sa parka, en extirpa deux billets de cinquante euros.

— Votre téléphone, aussi ! Et… Et les clefs de votre… voiture…

Gabriel obéit, attendant la suite des instructions. Elle avait de plus en plus de mal à parler.

— À ge… noux ! enjoignit-elle.

Il s'exécuta sans broncher. D'une main tremblante la jeune femme se saisit du sac où elle mit l'argent, le téléphone et la clef, sans le quitter des yeux. Puis elle recula, le tenant toujours en joue. Elle ouvrait la porte lorsque ses jambes la trahirent. Elle s'écroula d'un bloc, lâcha son arme en gémissant de douleur. Elle tendit son bras pour récupérer le pistolet, mais il avait déjà changé de main. Gabriel pointait le canon sur sa tête. À lui de donner les ordres, désormais.

— Debout.

Elle se mit à genoux, parvint à se relever au prix d'un terrible effort.

— Laissez-moi partir !

— Avec ma caisse, mon téléphone et mon fric ? répondit-il avec un sourire terrifiant. T'es sûre que t'as pas besoin d'autre chose ?

Avec le pied, elle poussa le sac plastique dans sa direction, leva les bras devant elle.

— Juste partir… Partir, c'est tout…

À peine avait-elle prononcé sa supplique qu'elle s'effondra à nouveau. Sa tête percuta violemment le sol. Cette fois, elle ne bougea plus. Gabriel rangea l'arme à sa ceinture et s'avança avec prudence. Non, ce n'était pas une feinte, elle avait vraiment perdu connaissance.

Il alluma une cigarette et la fuma tranquillement tout en regardant l'inconnue agoniser à ses pieds.

2

Je me souviens un peu de ma mère. Son visage est désormais flou, mais je sais qu'elle rayonnait tel un soleil. Ses longs cheveux noirs étaient brillants comme la soie et ses mains, aussi douces que son sourire. Près d'elle, j'avais l'impression que rien ne pouvait m'arriver. Que rien ne pouvait nous séparer.

Il me reste surtout des sensations ; une caresse, un parfum ou un mot tendre. Quelques images aussi. Rire avec elle, danser avec elle, tout contre elle. Tenir sa main et courir pieds nus sur le sable chaud. M'asseoir sur ses genoux, me blottir dans ses bras, m'endormir.

Maman est morte quand j'avais cinq ans et demi. Après l'enterrement, mon père m'a emmenée chez sa sœur, ma tante Afaq. Une femme au regard dur et aux mains rêches, qui ne parlait presque jamais. Elle m'a dit que j'étais un poids pour elle, qu'il fallait que je me rende utile. Il faut dire qu'Afaq avait trois garçons et plus de mari. Alors, j'ai fait de mon mieux.

J'attendais d'être seule pour pleurer maman. Pour me souvenir de ses bras protecteurs, de son odeur rassurante, des chansons qu'elle me chantait. Je rêvais d'elle chaque nuit, comme si elle n'était pas vraiment partie. Comme si la fièvre ne l'avait pas arrachée à mon amour.

Pour mes six ans, Afaq m'a envoyée à l'école. Trois jours par semaine, c'était déjà une chance. L'école était loin, il me fallait marcher une heure pour y arriver. Mais j'étais heureuse d'y aller, d'y apprendre tant de choses. D'y rencontrer d'autres filles de mon âge.

Lorsque je rentrais, je me changeais avant d'aller chercher l'eau au village. Ensuite, j'aidais ma tante à préparer le dîner. Quand je n'étais pas en classe, je faisais la lessive, je m'occupais des chèvres et du petit potager où Afaq plantait les légumes qu'elle vendait au marché. On survivait, on n'était pas si mal finalement.

J'ai vécu chez ma tante pendant deux ans et demi tandis que mon père épousait une autre femme et lui faisait deux fils. Il venait rarement nous rendre visite et, chaque fois, repartait sans moi. J'espérais qu'un jour ou l'autre, il prononcerait enfin la phrase magique. *Prends tes affaires, on rentre à la maison.*

Je venais d'avoir sept ans lorsqu'un homme est arrivé au village. Il a visité toutes les maisons avant de frapper à notre porte. Il a dit à ma tante qu'il connaissait des gens riches en ville, des gens qui voulaient embaucher une petite bonne pour s'occuper de leur foyer et de leurs enfants. À Afaq, il a promis de l'argent et à moi, une bicyclette pour aller à l'école. Il a assuré que je serais bien en ville, que je m'y ferais des amies et gagnerais même un petit salaire. Je ne lui ai pas adressé la parole car ma tante ne m'y a pas autorisée, et c'est donc elle qui a répondu à ma place. Elle a dit au monsieur, qui était fort bien habillé, qu'elle avait besoin de moi auprès d'elle et n'était pas intéressée par sa proposition. Quand il est parti, Afaq m'a expliqué que c'était un menteur et que si elle avait dit non, c'était pour me protéger.

Ma tante avait été servante pendant son enfance et n'en gardait pas un bon souvenir. Malgré ses mises en garde, j'étais un peu triste. Je me suis dit que ça devait être merveilleux d'habiter en ville et d'avoir une bicyclette.

Le jour de mon huitième anniversaire, un dimanche, mon père est arrivé de bon matin, accompagné d'une dame. Ce n'était pas Nawel, sa nouvelle femme et, pendant un instant, j'ai cru qu'il l'avait quittée pour en épouser une autre.

Je me trompais.

Cette femme s'appelait Mejda, elle était originaire du même village que ma mère et l'avait un peu connue. Elle vivait en France et était de passage au Maroc pour ses vacances.

Mejda était élégante, souriante et très gentille. Elle avait apporté des présents pour ma tante – de quoi nourrir ses enfants pendant un mois – et même un cadeau pour moi, pour mon anniversaire. Une adorable poupée, au visage de porcelaine et aux habits délicats. Je crois que je n'avais jamais rien vu d'aussi beau, à part le visage de maman bien sûr. Elle avait de grands yeux noisette, des cheveux roux tressés, des lèvres d'un joli rose pâle. Elle était coiffée d'un large chapeau et vêtue d'une robe comme celles que portent les princesses dans les contes de fées.

J'étais éblouie. Je l'ai prise dans mes bras, l'ai serrée contre moi en disant qu'elle ne me quitterait jamais.

Nous avons déjeuné et j'ai eu l'autorisation de garder la poupée sur mes genoux pendant tout le repas. Un moment inoubliable, l'un des plus beaux de ma vie.

Dans l'après-midi, mon père m'a appris que Mejda lui avait proposé de s'occuper de moi et de m'emmener en France, où j'aurais un meilleur avenir, de meilleures chances. Il était d'accord. Il ne m'a pas demandé mon avis, bien sûr. Je n'aurais pas compris qu'il le fasse, de toute façon.

Le soir même, je disais au revoir à Afaq et à mes cousins pour repartir avec mon père et Mejda dans une voiture qu'elle avait louée. Un gros véhicule qui n'avait pas peur des pistes caillouteuses et devait valoir tellement d'argent que mon père ne pourrait jamais se l'acheter. Je me suis assise à l'arrière et, pendant le trajet, je repensais à Afaq, si triste de me quitter.

Moi, je n'étais ni triste ni gaie. Seulement inquiète.

Contrairement à ce que j'espérais, nous ne sommes pas repassés par mon ancienne maison, nous nous sommes directement rendus à l'aéroport. Là, j'ai vu que Mejda donnait de l'argent à mon père. Il y avait huit cents dirhams[1], je crois. Une petite fortune.

Il m'a prise par les épaules pour me dire quelques mots. *Je ne peux pas te laisser encore longtemps chez Afaq et je n'ai pas assez d'argent pour nourrir mes deux fils et ma femme. Alors, comment je pourrais te*

---

1. Huit cents dirhams = environ quatre-vingts euros. *(N.d.A.)*

nourrir, toi ? Là-bas, en France, tu iras à l'école, tu
apprendras un métier. C'est une chance pour toi.

Ensuite, il m'a ordonné de bien me tenir, de faire
honneur à ma famille avant de m'embrasser. Puis il est
monté dans un bus et je l'ai regardé partir.

Mejda a attrapé ma main et nous sommes entrées
dans l'aéroport. Elle a été très douce avec moi, m'a
assuré que j'aurais l'occasion de revenir très bientôt
voir ma tante et mon père. Que j'allais connaître ce
que tous les petits Marocains rêvent de connaître un
jour. Que j'allais me plaire, en France.

J'étais dans un drôle d'état, à la fois exaltée et
apeurée.

Mejda m'a confié un passeport qui n'était pas à mon
nom, en m'expliquant qu'elle n'avait pas eu le temps
d'en faire établir un spécialement pour moi. Elle m'a
demandé d'apprendre le nom inscrit sur les papiers et
dont je ne me souviens plus aujourd'hui. Si la police
m'interrogeait, je devais répondre que j'étais sa nièce
et que nous partions en vacances en France. C'était
comme un jeu, finalement. Un jeu assez excitant.

Quand on a pris l'avion, au milieu de la nuit, j'étais
émerveillée ! Moi qui n'avais jamais quitté mon village
ou celui d'Afaq... Durant tout le vol, Mejda a dormi
et lorsqu'elle s'est réveillée, elle était beaucoup moins
gentille.

À Paris, nous avons pris un taxi. Pendant le trajet,
Mejda m'a dit que nous nous rendions chez sa cousine
et son mari, Thierry et Sefana Charandon. C'est chez
eux que j'allais vivre désormais. Chez ces inconnus.
Et j'ai compris que, pour les remercier de m'accueillir

dans leur maison, j'allais devoir travailler à leur service.

Nous avons traversé Paris sous la pluie. Jamais je n'avais vu une ville aussi grande, aussi belle, aussi riche. Jamais je n'avais croisé autant de voitures d'un seul coup. L'impression de changer de planète ou de siècle. J'aurais voulu m'arrêter, regarder, découvrir. J'ai posé des questions à Mejda mais elle ne m'a pas répondu. Elle ne souriait plus, elle était sèche et je me suis dit que le voyage l'avait peut-être fatiguée.

Quand nous sommes arrivées chez mes *nouveaux parents*, j'étais très intimidée. Sefana, la cousine de Mejda, m'a montré la maison, en me précisant que j'avais interdiction d'en sortir. Que si les voisins me voyaient, ils appelleraient la police qui me jetterait en prison parce que je n'avais pas le droit d'être en France. Si quelqu'un me posait la question, je devais mentir et dire que j'étais sa nièce.

Finalement, j'étais la nièce de tout le monde. Je n'étais plus personne.

Mejda est repartie très vite, emportant avec elle la poupée qu'elle m'avait offerte chez Afaq. Alors, j'ai eu un mauvais pressentiment. J'ai su que je n'allais pas me plaire dans cet endroit.

J'avais froid, j'avais peur, j'en voulais à papa de m'avoir abandonnée. De m'avoir vendue pour nourrir ses fils.

J'ai écouté en silence Sefana me dire que je devais travailler pour rembourser ce qu'elle avait donné à mon père. Que désormais, ce serait moi qui m'occuperais de la maison, des enfants. Qui m'occuperais de tout. Elle m'a expliqué qu'elle avait deux filles et un garçon et j'ai vu qu'elle était enceinte. Elle m'a précisé que je n'avais pas le droit de parler, sauf si on m'y invitait. Que je devais me taire et ne pas écouter aux portes. Que si j'abîmais quoi que ce soit, je le paierais. Comment, je l'ignorais.

Depuis, j'ai appris.

Puis Sefana m'a demandé mon prénom. Elle a réfléchi un instant avant de m'annoncer que, désormais, je m'appellerais Tama.

Aujourd'hui, ça fait un an et une semaine que je suis ici. Il y a un calendrier dans la cuisine.

Chaque jour, je le regarde.

Chaque jour, je compte.

Chaque jour, je me dis que ce sera peut-être le dernier. Qu'enfin, je serai libérée. Qu'enfin, mon père viendra me reprendre.

Ce matin, j'ai passé l'aspirateur dans toute la maison. Ensuite, je me suis occupée du repassage.

Aujourd'hui, c'est vendredi et le vendredi, je fais quatre heures de repassage. Sefana dit que je ne suis pas rapide, que je suis feignante, que j'ai de la chance qu'elle me supporte et m'accepte dans sa maison.

La chance, quand j'y pense…

Je ne lui réponds pas. C'est préférable, sauf si je cherche les ennuis. Elle est grande, belle, sent toujours très bon. Il faut dire qu'elle passe des heures dans la salle de bains. Cette pièce où je n'ai le droit d'entrer que pour faire le ménage.

Pour ma toilette, j'utilise l'évier de la cuisine, le matin, quand tout le monde dort encore. J'ai ma propre serviette que je dois laver à part, mon propre savon que personne ne touche et un flacon de shampooing qui s'amuse à faire des nœuds dans mes cheveux. J'ai une tenue de rechange, une seule. Sefana veut que je sois toujours propre. Elle vérifie souvent mes mains avant que je prépare le repas et si elles ne sont pas impeccables, elle me les nettoie avec une brosse qui m'arrache la peau.

Je crois qu'elle ne m'aime pas. J'ai peur qu'elle ne m'aime jamais.

Pourtant, je garde espoir.

Pourtant, je fais des efforts pour lui faire plaisir.

Je lui apporte son thé bien chaud dans la chambre ou dans le salon. Je lui prépare ses pâtisseries préférées, je parfume ses oreillers et son linge. Elle a une penderie pleine de magnifiques vêtements. Des choses qui doivent valoir très cher.

Bien plus cher que moi, dirait-elle.

Mais moi, de toute façon, je ne vaux rien.

Cette après-midi, en rangeant la chambre des filles, j'ai trouvé une vieille poupée dans la corbeille. Il lui manque un bras et des cheveux, ses habits sont tachés. Mais elle a un joli sourire et d'immenses yeux bleus.

Je l'ai récupérée et cachée dans mon carton. Ce soir, je pourrai la regarder, peut-être lui parler. Je sais qu'elle ne me répondra pas, mais ce sera toujours mieux que de causer dans le vide.

Elle devait appartenir à Fadila. C'est l'aînée des deux filles, elle a treize ans. Elle ne me parle jamais, sauf pour me donner des ordres. Malgré son âge, je dois l'aider à s'habiller chaque matin. Je dois brosser ses cheveux et lacer ses chaussures pour lui éviter de se baisser. Je la trouve prétentieuse. Arrogante, aurait dit Afaq.

Fadila, ça veut dire *la vertu*. Ça ne lui va pas du tout !

C'est la seule à porter un prénom de chez nous. Les trois autres ont des noms bizarres. Il y a Adina, la seconde fille qui vient d'avoir neuf ans. Et puis les deux garçons : Émilien, cinq ans, et Vadim, six mois. Sa chambre est derrière la cloison de la buanderie. Sefana m'a acheté un babyphone pour que je puisse me réveiller dès qu'il en a besoin. La nuit, c'est toujours moi qui me lève lorsqu'il pleure. J'ai appris à changer ses couches, à lui donner le biberon, à le faire manger. Je n'ai pas vraiment eu le choix, mais ça ne me dérange pas de m'occuper de lui. Il sourit tout le temps, rigole parfois. Les meilleurs moments que je passe dans la journée, c'est en sa compagnie. Sans doute parce qu'il m'aime bien.

Parce qu'il n'a pas encore compris que je ne suis rien.

3

Gabriel prit le volant de son pick-up et rejoignit la route en contrebas. Il décida de monter en direction du col. L'inconnue était peut-être arrivée en voiture ; si tel était le cas, il fallait faire disparaître le véhicule. Il franchit le col et commença à redescendre. Trois minutes plus tard, il la vit. Juste après un virage, une Audi était plantée dans un arbre. Un modèle sport dont le pare-brise avait éclaté. Sa passagère avait sans doute oublié de mettre sa ceinture de sécurité, d'où les plaies sur son front.

Il remorqua l'Audi jusque chez lui et la poussa au fond d'un vieux garage. Il l'inspecta de fond en comble ; une clef USB qu'il mit dans sa poche, un vieux paquet de Camel, trois briquets. Rien d'intéressant. Il mémorisa l'immatriculation de la voiture et referma les portes du garage.

Désormais, il ne restait plus aucune trace du passage de la jeune femme dans les parages.

* * *

Gabriel alluma une cigarette. L'après-midi touchait à sa fin, une nuit glaciale s'annonçait. Poussés par la faim, les prédateurs ne tarderaient plus à quitter leur tanière. Partir en chasse, traquer une proie. La dévorer. Encore vivante, parfois. C'était la règle.

La loi du plus fort.

Gabriel écrasa son mégot dans un vieux cendrier, revint à l'intérieur. Sur son ordinateur, il examina le contenu de la clef USB. Seulement de la musique. De la mauvaise musique.

Il rédigea un mail en espérant que, grâce à l'immatriculation, sa correspondante pourrait trouver à qui appartenait l'Audi.

Il fouilla ensuite le blouson de la jeune femme. Un blouson d'homme, bien trop grand pour elle. Les poches étaient vides. Pas un seul indice, pas le moindre début d'histoire. Il aurait voulu connaître son nom, sa vie. Il aurait aimé avoir quelque chose à dire au moment de la mettre en terre. Il se dirigea vers la chambre, alluma la lumière, s'approcha discrètement du lit.

Le visage de l'inconnue était couvert de sueur, ses globes oculaires bougeaient sous ses paupières closes. Il posa une main sur son front, constata qu'il était bouillant. Son état empirait, la blessure était grave. Il aurait fallu un chirurgien, un bloc opératoire. Tout ce qu'il ne pouvait lui offrir.

Il aurait fallu qu'elle trouve refuge chez quelqu'un d'autre.

Gabriel tira un fauteuil près du lit, s'y assit. Il regarda de longues minutes la jeune femme se débattre pour survivre.

Pourtant, elle allait mourir.

Il fallait qu'elle meure.

Si elle survivait à ses blessures, Gabriel ferait le nécessaire. Quand et comment, il ne l'avait pas encore décidé. Mais il avait le temps. Ce temps qui ne comptait plus. Qui ne servait qu'à faire croire que la douleur et les souvenirs sont éternels.

Alors qu'ils peuvent s'avérer mortels.

L'inconnue était belle. Sa peau mate brillait sous les assauts de la fièvre. Gabriel fit descendre les draps jusqu'au pied du lit. Un frisson secoua le corps de sa prisonnière, le froid la mordant de toutes parts. Ayant épuisé ses dernières forces en voulant se mesurer à lui, elle ne tarderait plus à rejoindre l'autre monde.

Elle avait des jambes longues et fines, terminées par des chevilles délicates. De nombreux hématomes marquaient l'intérieur de ses cuisses. Pour Gabriel, aucun doute sur ce qui avait provoqué ces traces. Un homme l'avait forcée.

Son corps était le témoin d'autres tourments, plus anciens. Des cicatrices, un peu partout. Coups, brûlures, plaies mal soignées.

Sa peau était un parchemin sur lequel un récit d'horreur s'écrivait en relief.

Il s'éclipsa quelques minutes, revint avec une petite serviette et une bassine d'eau froide. Il épongea délicatement le visage de la jeune femme, y fit couler de l'eau glacée. Elle se mit à claquer des dents, à trembler comme une feuille secouée par un mauvais vent d'automne.

Gabriel lui ôta son tee-shirt, rafraîchit le reste de son corps.

— Non..., murmura-t-elle. Non...

Il remonta les draps et la couverture sur son être transi. Souffrant et vulnérable.

À l'agonie.

Des agonies, Gabriel en avait affronté plusieurs. Il n'avait jamais fermé les yeux.

Jamais.

Il lui rattacha le poignet au barreau du lit et quitta la pièce.

4

Il est minuit, Sefana et Thierry sont enfin allés se coucher. Mais Tama ne dort pas, malgré les quinze heures de labeur de la journée. Elle pense à son pays, à Azhar, son père.

Son père, qui s'est débarrassé d'elle comme on se débarrasse de ses ordures. Pire encore, il a gagné de l'argent avec le travail qu'elle fournit ici depuis plus d'un an. Et pour combien de temps encore ?

Deux nuits auparavant, elle a fait un terrible cauchemar où Azhar la découpait en morceaux pour la servir à manger à ses fils. Tama s'en veut de ces mauvaises pensées à son égard mais ne sait les empêcher.

Elle est fatiguée, tellement fatiguée. Pourtant, impossible de fermer les yeux. La nuit, les questions assaillent son cerveau, la harcelant de toutes parts, tel un essaim de guêpes, sans qu'elle parvienne à les éloigner, les chasser.

Elle se dit que si elle s'est retrouvée ici, c'est parce qu'elle a fait quelque chose de mal, commis une faute grave. Qu'elle n'était pas assez gentille, assez jolie ou assez forte. Les trois à la fois, peut-être. Qu'Azhar n'était pas fier d'elle. Elle se répète que, d'une manière ou d'une autre, elle a dû mériter cette punition.

Sa tante Afaq lui rabâchait souvent que, dans la vie, on n'a que ce qu'on mérite.

Tama se lève, entrouvre la porte de la buanderie et écoute en retenant sa respiration. Elle ne perçoit aucune lumière, aucun bruit. Alors, elle referme discrètement, se rassoit et allume sa petite lampe. Puis elle délivre Batoul de son carton et l'installe sur le bord du matelas. Batoul, c'est le prénom qu'elle a donné à sa poupée. Parce qu'à l'école, sa meilleure amie s'appelait ainsi.

— Toi aussi, on t'a jetée à la poubelle, murmure-t-elle. Mais moi, je t'ai sauvée…

Batoul la fixe de ses yeux pleins de sagesse. Tama tente de la recoiffer pour qu'elle soit plus jolie. Même si elle n'a plus beaucoup de cheveux.

— Tu sais, un jour, mon père reviendra me chercher. Quand j'aurai été suffisamment punie. Mais ne t'en fais pas : je ne te laisserai pas là. Tu viendras avec moi ! Tu verras, mon pays, c'est beau. Le soleil y est bien plus grand qu'ici…

Elle la prend dans ses bras et éteint la lumière.

Les cauchemars, c'est toujours plus facile à deux.

* * *

— Viens ici, ordonne Sefana.

Je pose mon chiffon à poussière et m'approche. Elle me force à m'asseoir et s'empare d'une paire de ciseaux. J'ai compris, alors je ferme les yeux et serre les poings. Ma tresse descend jusqu'au creux de mes reins. Sefana la coupe en haut de ma nuque.

J'ai envie de pleurer mais me retiens.

— Voilà, c'est mieux comme ça ! s'exclame Sefana d'un air satisfait. Tu peux retourner travailler maintenant. Et balaye-moi tout ça !

Je prends le balai dans la buanderie et ramasse mes propres cheveux sur le sol. Sourire en coin, Adina m'observe. Nous avons presque le même âge, mais elle est plus grande que moi. Sans doute parce qu'elle mange à sa faim.

Ce matin, j'ai entendu cette petite peste dire à sa mère que j'étais plus jolie qu'elle. Que j'avais des cheveux plus beaux, plus brillants et plus longs que les siens. Elle a même pleuré, tapé du pied.

Pour la première fois de ma vie, je ressens quelque chose d'étrange. C'est plus fort que la colère. Envie de la défigurer avec les ciseaux. De lui fendre les joues et pourquoi pas les yeux…

Plus tard, j'apprendrai que ce sentiment s'appelle la haine.

5

L'ombre se replia doucement pour faire place à une lumière d'abord timide. De plus en plus franche. Aujourd'hui encore, le ciel serait clair. Les températures, froides.

Gabriel ouvrit les yeux. Son premier regard fut pour l'inconnue. Elle respirait toujours, la nuit ne l'avait pas emportée.

Il se leva du fauteuil, s'étira, quitta la chambre. Dans la salle à manger, Sophocle manifesta la joie de revoir son maître adoré. Gabriel lui accorda quelques caresses avant de lui ouvrir la porte d'entrée. Il raviva les braises dans la cheminée et prépara du thé.

Il en but deux tasses en regardant le soleil naître des Cévennes pour les dominer aussitôt. Jamais il ne se lassait de ce moment si particulier. De ce paysage dont la beauté le surprenait chaque jour. Ici, on pouvait oublier la laideur du monde, la lâcheté des hommes. Ou leur cruauté. Oublier le sordide, le misérable, l'irréversible.

Ici, Gabriel pouvait oublier qui il était. C'était fugace, quelques secondes à peine, mais c'était déjà inespéré. Tellement inespéré…

Sophocle remonta les marches au ralenti et vint se coucher près de Gabriel. Son maître le regarda en souriant. Il y avait tant d'amour dans les yeux de ce chien. Tant de sagesse. Tant de compréhension et de pardon.

Sophocle venait d'avoir onze ans. Il avait eu la chance de connaître Lana.

Gabriel appréhendait le jour où il le quitterait. Le jour où cette admiration injustifiée et cet amour sans bornes s'évanouiraient dans le néant.

La mort, pourtant, faisait partie de la vie. Surtout de celle de Gabriel. Elle était son ombre, son double. Elle suivait chacun de ses pas, précédait chacun de ses gestes.

Elle était son terrible destin.

Sa malédiction.

6

— C'est bientôt que je pourrai aller à l'école ?

Tama ose enfin poser la question qui tourne en boucle dans sa tête depuis des semaines. Sefana la considère d'un air éberlué, comme si on venait de lui annoncer qu'une bande d'aliens avait colonisé Paris. Puis elle se concentre à nouveau sur sa manucure, ne prenant même pas la peine de répondre.

— C'est bientôt ? répète Tama.

— Tu es trop stupide ! soupire Sefana. Ils ne veulent pas de toi à l'école. Va plutôt travailler, ça vaudra mieux.

Tama retourne dans la cuisine. Ce soir, les Charandon reçoivent des invités. Des invités importants. Alors, il faut cuisiner pour dix.

Avant qu'ils n'arrivent, Sefana l'enfermera dans la buanderie, pour que personne ne la voie. Elle fera le service et pavoisera devant ses convives, se vantant d'avoir tout préparé elle-même. Elle recevra ainsi une avalanche de compliments sur ses qualités de cuisinière.

Tama attrape le liquide vaisselle et soulève le couvercle de la cocotte. Elle asperge la blanquette d'agneau avec le produit nettoyant, mélange soigneusement et referme aussitôt. Elle s'occupe ensuite de l'entrée, une magnifique salade composée dans laquelle elle ajoute un ingrédient surprise.

Un flacon entier de piment.

* * *

Depuis la buanderie, j'entends les invités partir.

Depuis ma cellule, j'entends tout ou presque. Tout ce qui se passe dans la cuisine et dans la salle à manger. Alors, je sais que M. Charandon a été obligé de commander des pizzas après avoir goûté à ma salade et à ma blanquette d'agneau !

D'ailleurs, je suis désolée pour l'agneau qui est mort pour rien. Qui va finir dans une poubelle. Mais l'estomac des Charandon, c'est quoi, sinon une poubelle ?

Ce pauvre animal est comme moi, finalement. Qui suis née pour rien. Pour finir dans une poubelle.

La lumière s'allume, la porte de ma cage s'ouvre. Je m'attendais à voir Sefana, mais c'est son mari qui se tient sur le seuil.

— Viens ici !

Je vais être punie, je le sais. Sans doute vais-je dormir dans le garage. Peu importe, j'y survivrai.

Il m'empoigne par le bras, m'entraîne au pas de course jusque dans la cuisine. Sefana le regarde faire, de la rage plein les yeux.

— Qu'est-ce que t'as foutu ? me lance Charandon. C'est mon patron et mes collègues de travail qui étaient là ce soir ! De quoi j'ai l'air, moi ?

L'air d'un con, Thierry Charandon ! est la première réponse qui me vient à l'esprit. Mais je retiens mes paroles et mon sourire.

— Cette petite garce l'a fait exprès, souligne Sefana. Pour nous ridiculiser devant nos amis !

Charandon me secoue avec force, comme s'il voulait m'arracher le bras.

— Je vais te faire passer l'envie de te foutre de ma gueule ! hurle-t-il.

J'ai peur, mais ne regrette rien. Il m'attrape par les cheveux et me traîne jusqu'à la plaque de cuisson. Il allume le plus gros foyer, attend qu'il devienne rouge. Puis il prend ma main droite et la pose dessus.

Douleur fulgurante, intolérable. Innommable.

Mon cœur se soulève, mon estomac se vrille, mes poumons se bloquent. Je tente de me dégager, je hurle. Mais impossible d'échapper au supplice. Je me tords dans tous les sens, je m'étrangle avec mes propres cris.

Enfin, Charandon me libère, me pousse jusqu'à la table. Il m'assoit sur une chaise, m'y maintient en appuyant sur mes épaules. La souffrance est insupportable, la paume de ma main a fondu.

— Je crois qu'elle a faim ! dit-il à sa femme.

Pendant que son mari m'immobilise, Sefana m'oblige à avaler une dizaine de cuillères de blanquette.

J'étouffe. Je pleure. Je meurs.

Pour m'empêcher de vomir, Charandon plaque ses doigts sales sur ma bouche.

— T'as compris, petite pute ? éructe-t-il. Si tu refais ça, c'est ta gueule que je pose sur le feu !

Il pue l'alcool, ses yeux sont exorbités, injectés de sang.

— Excuse-toi ! me somme Sefana. Excuse-toi tout de suite !

Charandon enlève sa main, je tremble de tout mon corps.

— Allez, excuse-toi ! répète sa femme.

— Pardon ! Pardon ! Pardon…

7

Maman s'asseyait près de moi, prenait ma main dans la sienne et me demandait de fermer les yeux. Alors, sa voix chaude me guidait tendrement jusqu'au pays des songes.

> *Ô pluie, pluie, pluie,*
> *Ô enfants de paysans,*
> *Ô monsieur Bouzekri,*
> *Cuisez mon pain assez tôt*
> *Pour que mes enfants dînent.*

À cette époque-là, je ne m'appelais pas encore Tama. J'ignorais tout du monde.

> *Je dessine papa*
> *Je dessine maman*
> *Avec toutes les couleurs*
> *Avec toutes les couleurs.*

> *Je dessine un drapeau*
> *En haut de la falaise*

Je suis une artiste
Je suis une artiste.

À cette époque-là, je m'endormais en souriant.
Sans doute parce que j'ignorais tout du monde.

8

Deuxième nuit près d'elle.

Près de cette jeune femme qui luttait pour rester en vie. De temps en temps, elle ouvrait les yeux quelques secondes et son regard, empli de terreur, croisait le sien. Puis ses paupières retombaient et elle s'engouffrait dans un nouveau tunnel.

Un cri, parfois. Quelques gémissements. Des mots, prononcés à voix basse et qui ne voulaient pas dire grand-chose.

Elle délirait.

Gabriel pouvait passer des heures à la contempler mais ne faisait rien pour la sauver. Car il n'oubliait pas que cette fille devait mourir.

D'ailleurs, il avait commencé à creuser sa tombe, un peu plus haut dans la forêt. Un endroit parfait pour les siècles à venir.

Il aurait pu précipiter les choses, lui coller un oreiller sur le visage ou serrer ses mains autour de son cou fragile.

Elle était une proie facile.

Mais il n'avait pas envie d'écourter ce face-à-face. Et, pendant qu'elle livrait bataille contre le mal, Gabriel tentait d'imaginer les enfers qu'elle avait défiés pour arriver jusqu'à lui. Il ignorait tout d'elle. Après tout, c'était peut-être mieux ainsi.

9

Ça fait un mois que Tama enroule chaque matin sa main droite dans un chiffon propre qu'elle maintient à l'aide d'une épingle à nourrice. La brûlure refuse de guérir. Il faut dire qu'elle n'a droit à aucun médicament. Aucune pommade.

Aucun réconfort.

Juste de l'eau froide et un vieux chiffon.

Tous les soirs, elle enlève son pansement de fortune et contemple ses chairs brûlées, à l'agonie. La douleur est moins forte qu'au début, mais toujours là. Vicieuse et lancinante.

Depuis la punition, Tama se tient à carreau. Elle n'a plus osé poser de questions ni rater un repas. Elle n'a pas envie de perdre l'usage de son autre main. De revivre cette souffrance atroce.

Quand elle sert le dîner, Charandon la fixe avec un petit sourire. Alors, Tama baisse les yeux.

Elle a compris que cet homme et sa femme ont tous les droits. Le droit de vie ou de mort sur elle. Tama a réalisé qu'elle leur appartient. Ils pourraient l'assassiner, jeter sa dépouille dans une rivière. Et après ?

Tama se rappelle qu'un jour, elle revenait du village et marchait sur le bord de la route avec Afaq. Ayant vu un petit animal mort sur le goudron, écrasé par une voiture ou un camion, elle se souvient avoir demandé à sa tante s'il allait rester là, à pourrir au soleil, ou si quelqu'un allait l'enterrer.

Tama se sent comme ce pauvre animal. Si les Charandon la tuent, elle se décomposera lentement dans un fossé et personne ne se donnera la peine de lui trouver une dernière demeure.

Qui se soucierait d'elle ? Son père, bien sûr. Sa tante Afaq, sans doute.

Tama se raccroche à cette idée comme à la branche, fragile, qui l'empêchera de tomber dans le vide.

* * *

Environ une fois par mois, un soir de la semaine, papa va dans une cabine et appelle chez les Charandon. Sefana lui raconte que je grandis bien, que je suis en pleine santé. Elle lui dit que je rencontre des difficultés à l'école, que je ne suis pas très douée, mais que je finirai bien par y arriver. Puis elle met le haut-parleur et me le passe. Bien sûr, elle écoute attentivement tout ce que je lui dis. Et je n'ai pas intérêt à me plaindre.

Une fois, j'ai osé lui demander quand il viendrait me chercher, parce que je me languissais de rentrer. Je lui ai avoué que je ne me plaisais pas trop en France. Alors, mon père s'est mis très en colère. Il m'a dit que j'avais beaucoup de chance, que j'étais une ingrate, me rappelant qu'au village c'était la misère. Que Sefana était, quant à elle, une véritable bienfaitrice pour toute la famille, qu'elle m'accueillait chez elle, se sacrifiait en lui envoyant chaque mois dix euros pour l'aider à élever ses fils.

Bien sûr, papa ignore que M. Charandon se vante de gagner dix mille euros par mois et que pour lui, dix euros, ce n'est rien.

Je me suis excusée auprès de mon père et, quand j'ai raccroché, Sefana m'a giflée. Elle m'a dit que si jamais je recommençais, je n'aurais plus le droit de lui parler.

10

Mercredi après-midi, il pleut. Une de ces pluies d'automne qui rendent le quotidien plus morose encore.

Sefana est partie avec Vadim chez le pédiatre. Elle a enfermé Tama dans la buanderie avec une grosse pile de linge à repasser. Les filles et Émilien s'amusent dans la salle à manger, elle peut les entendre se chamailler. Ils se plaignent constamment, ne semblent jamais avoir ce qu'ils désirent. Alors que Tama n'a rien, à part quelques rêves moribonds, quelques souvenirs bien trop flous pour être rassurants. Une vieille poupée défigurée, un carton avec trois ou quatre vêtements troués.

Ils rechignent à aller à l'école, alors qu'elle rêve d'apprendre.

Tama ne les comprend pas.

Soudain, elle les entend s'approcher de sa tanière. Puis le verrou glisse dans son logement et la porte s'ouvre. L'aînée, Fadila, la regarde en souriant.

— Tu viens jouer avec nous, Tama ?

Elle est tellement surprise qu'elle reste sans voix. Puis les mots reviennent.

— Je n'ai pas le droit, dit-elle. J'ai du travail.

— Maman en a pour au moins deux heures !

Tama hésite. Si Sefana la surprend à s'amuser au lieu de travailler, elle va encore être punie.

— Allez, viens... Si elle rentre, on lui dira que c'est nous qui avons insisté.

Tama débranche le fer, les rejoint dans la cuisine. Fadila attrape son poignet et l'entraîne vers la chambre du fond. Celle des filles. Une grande pièce avec deux lits superposés, deux bureaux, une commode, une armoire. Des bibelots partout, des étagères avec des livres, des malles pleines de jouets.

Tout ce que Tama n'aura jamais.

Fadila avance une chaise vers elle et l'invite à s'asseoir. Elle lui parle avec une douceur qui finit de la convaincre.

— À quoi on joue ? interroge-t-elle avec un sourire timide.

— À un jeu super drôle, tu vas voir !

Un morceau de tissu noir dans les mains, elle passe derrière Tama pour lui bander les yeux.

— Maintenant, je vais te faire goûter des trucs et tu dois deviner ce que c'est...

Tama hoche la tête.

— Si tu devines, tu marques un point. Si tu devines pas, tu as un gage. D'accord ?

— D'accord.

— Ouvre la bouche.

Elle obéit encore. Fadila dépose sur sa langue quelque chose de sucré, de délicieux.

— Alors, c'est quoi ?

— Heu... du nougat ?

— Ouais ! s'écrie Adina. Tu marques un point.

Tama sourit puis avale la friandise. C'est du nougat marocain dont le goût ravive en elle un flot de souvenirs. Longtemps qu'elle n'avait pas mangé quelque chose d'aussi bon.

— Allez, deuxième essai ! annonce Fadila.

Tama ouvre la bouche avant même qu'on ne le lui demande. Une odeur désagréable arrive jusqu'à ses narines, une cuillère se pose sur sa langue. Un goût immonde agresse ses papilles. Son estomac se soulève, ses mains se crispent. Les enfants éclatent de rire tandis qu'elle recrache l'ignominie qu'ils ont essayé de lui faire avaler. Elle se lève, arrache le bandeau.

— T'as bouffé la merde de Vadim ! ricane Fadila.

Tama voit une couche souillée sur la moquette et regarde les trois enfants hilares. Elle prend la fuite jusqu'à la cuisine, ouvre le robinet et se rince la bouche. Quand elle se redresse, ils sont juste derrière elle.

— Tu retournes dans la chambre, on n'a pas fini, lui enjoint Fadila.

— Non, j'ai du travail.

Fadila sort de sa poche un objet brillant. Tama reconnaît une montre de gousset, habituellement exposée dans la vitrine du salon.

— C'est à mon père, rappelle l'aînée. Et si tu fais pas ce que je te dis, je la casse et je dirai que c'est toi… Papa sera tellement furieux qu'il te tuera !

Fadila met la montre par terre, pose le pied dessus.

— Alors ? dit-elle avec un sourire démoniaque.

Tama reste bouche bée un instant. Un jour, elle a entendu Charandon dire que cette montre lui venait de son père et qu'il y tenait comme à la prunelle de ses yeux. Alors, oui, il est capable de la tuer pour l'avoir cassée.

— Qu'est-ce que vous voulez, encore ? demande-t-elle avec appréhension.

— On veut juste s'amuser, c'est tout ! Assieds-toi.

Fadila remet la montre dans sa poche. Tama n'a guère d'autre choix que d'obéir. Elle s'assoit, attendant la suite des instructions. Fadila disparaît un instant et revient avec une corde. Ils l'attachent sur la chaise, arrachent ses vêtements. Elle est entièrement nue, complètement seule, à la merci de leur imagination limitée mais dangereuse. Ils lui mettent de la colle dans les cheveux, du cirage sur le visage, de la honte plein le cœur.

Ce n'est que le début.

Les enfants jouent avec moi.
J'espérais ce moment depuis que je suis arrivée ici.
Mais jamais je n'aurais pensé devenir leur jouet.
Papa, qu'ai-je fait pour mériter ça ?

* * *

Tama est en train de préparer le repas lorsque Charandon fait irruption dans la cuisine. Il pose la montre brisée sur la table et la fixe d'un air terrifiant.

— C'est pas moi qui l'ai cassée, dit-elle.

— Ah oui ? Et qui, alors ?

— C'est Fadila.

La voix de leur fille aînée arrive jusqu'à ses oreilles.

— Mais quelle menteuse !

51

Fadila a crié avec tant de sincérité que Tama pourrait presque la croire.

La gifle est si violente qu'elle perd l'équilibre et tombe contre la chaise. En se relevant, elle voit de petites bulles de savon lumineuses exploser devant ses yeux.

Elle voit surtout Charandon enlever sa ceinture.

— Je vais t'apprendre à mentir !

La minute d'après, elle se retrouve à moitié nue, collée contre la table de la cuisine. La ceinture s'abat dans son dos, tant de fois qu'elle n'arrive plus à compter.

Sans doute parce qu'elle ne sait compter que jusqu'à vingt.

Les larmes montent, pourtant elle les retient. Tout comme ses cris.

Lorsqu'il s'arrête enfin, elle reste pétrifiée.

— Rhabille-toi et sers le repas ! ordonne Charandon. J'ai faim…

Il disparaît dans la salle à manger et, tandis que Tama renfile sa blouse, elle l'entend parler à sa femme.

— Elle est privée de bouffe, OK ?

Rien à manger pendant deux jours minimum. Voilà ce qui l'attend, en plus des brûlures dans le dos qui la feront souffrir davantage que son estomac vide.

Peu de temps après son arrivée dans cette maison maudite, Tama a compris que Charandon était un homme violent. Derrière une belle façade de respectabilité se cache un monstre aux pulsions incontrôlables. Tama ne peut oublier le jour où il a massacré un chat à coups de pelle, simplement parce que la pauvre bête avait mordu Adina qui tentait de l'attraper. Charandon s'était acharné sur l'animal, et ce qu'elle avait vu dans ses yeux à ce moment-là, elle le revoyait chaque fois qu'il s'en prenait à elle. Une étincelle glacée de jouissance malsaine.

Tama se répète souvent que si elle n'était pas là pour lui servir de défouloir, il cognerait sur sa femme ou ses enfants.

Oui, Tama en est sûre. Un jour, il la tuera. Comme il a tué ce pauvre chat.

Sans aucune pitié. Aucun remords.

* * *

Vers 22 h 30, Tama a enfin le droit d'aller se coucher. De cuisantes douleurs zèbrent son dos, l'empêchant une fois encore de trouver le sommeil. Elle a l'impression qu'un démon griffu lacère son échine sans relâche.

Assise sur son grabat, elle contemple sa lampe de chevet. Un pied en terre cuite, un abat-jour rose pâle, Tama l'aime beaucoup. Sa douce lumière est l'une des rares choses capables de la rassurer.

Au loin, elle entend le générique d'un film, les Charandon qui vont se coucher. Ils s'endorment toujours très vite. Sans doute ont-ils la conscience tranquille…

Le silence envahit la maison, pourtant Tama garde sa lampe allumée. La nuit est le seul moment où elle peut se reposer mais c'est surtout le seul moment où elle ne risque rien.

Quelques instants plus tard, elle perçoit des pas légers dans la cuisine, puis trois coups discrets contre la porte de sa buanderie. Elle voit apparaître le visage d'Adina. La fillette s'avance vers elle, un tube de pommade dans la main.

— C'est pour toi, chuchote-t-elle. Pour ton dos…

Surprise, Tama ne trouve rien à dire.

— Enlève ton tee-shirt.

Adina passe doucement l'onguent sur ses brûlures. Quand elle a terminé, Tama se rhabille.

— Tu le diras pas, hein ? prie Adina. À personne, hein ?

— Non, ne t'en fais pas… Merci.

— Bonne nuit ! dit-elle en s'éclipsant sur la pointe des pieds.

— Bonne nuit.

La porte se referme et Tama s'allonge sur le côté avant d'éteindre sa lampe. Elle s'endort aussitôt, un sourire sur les lèvres.

11

Gabriel plaça un épais morceau de fayard dans l'âtre. Assis près de la table en noyer, il regarda les flammes s'en saisir doucement, presque tendrement.

Un instant, il imagina le corps de la jeune inconnue en proie à leur appétit insatiable.

Quel terrible hasard l'avait conduite jusqu'à lui ? Certes, il habitait la seule maison à des kilomètres à la ronde, mais elle avait vraiment manqué de chance...

La vie précipitait les hommes sur des chemins escarpés, tortueux, dangereux. Sur le rebord des falaises, au fond des gouffres. Rarement au milieu d'édens verdoyants.

Gabriel contemplait ses mains, chauffées à blanc. Ses mains, capables de tout. Capables de bâtir, de défendre, de caresser. D'échiner, de détruire. D'offrir ou de reprendre.

Ses mains, capables de tuer.

Capables de tenir une arme, de la braquer sur un visage. D'appuyer sur la détente.

Peu de gens ont cette faculté. Il en faisait malheureusement partie.

Ce soir, il aurait aimé que la vie l'emmène ailleurs. Loin d'ici. Loin du sang et de la colère.

Ce soir, il aurait aimé que la vie emmène cette jeune femme loin d'ici.

Loin de lui.

12

Tama nettoie la salle de bains rose. Il y en a deux dans la maison. La rose pour les filles, la bleue pour les garçons. Elle récure le lavabo et, en relevant la tête, voit son reflet dans le miroir. Sa tante Afaq lui a dit une fois qu'elle serait belle en grandissant. Elle songe qu'elle n'a pas dû encore grandir assez. Sa peau est mate, ses yeux d'une couleur étrange, hésitant entre le doré et le vert.

Tama se regarde longtemps et finit par apprivoiser son visage. Elle se persuade même qu'elle est plus jolie que les filles de Sefana. Sans doute parce que Charandon est franchement laid, à l'intérieur comme à l'extérieur.

Oui, elle décide qu'elle est plus jolie que Fadila ou Adina. Si elle ne se fait pas de compliments, qui lui en fera ? Forte de cette résolution, elle se met à chantonner en astiquant la baignoire où ces demoiselles se baigneront. Ça doit être si agréable ! Chez elle comme chez Afaq, il n'y avait pas de salle de bains.

Souvent, pendant qu'elle fait le ménage ou le repassage, Tama est ailleurs. Elle invente des histoires dont elle est l'héroïne. Son esprit se dissocie de son corps et Tama s'en va. Loin, très loin d'ici. Elle devient une petite fille – ou une femme – à qui il arrive des aventures dangereuses mais passionnantes, construites de toutes pièces par son cerveau agile. Des aventures dont elle ne sort pas toujours vivante. Mais toujours victorieuse, d'une façon ou d'une autre.

Quand elle était plus jeune, elle jouait à ce jeu avec Batoul sur le chemin de l'école.

Parfois, Tama intègre ses geôliers dans ces péripéties. Elle abîme leurs visages, détruit leur vie en construisant la sienne. Mais jamais elle ne les fait mourir. Jamais, non. Elle leur accorde sa pitié, même si elle ignore le sens de ce mot.

Ces histoires se passent au Maroc puisqu'elle ne connaît pas la France. Ce qu'elle en a vu se résume à un aéroport, une autoroute, les scènes furtives d'une capitale sous la pluie.

Ce qu'elle en voit, c'est une rue par la fenêtre.

Quand la télé est allumée, Tama parvient à voler quelques images. Elle a aperçu des montagnes enneigées, des champs verdoyants, des monuments anciens, des grands magasins remplis d'objets hors de prix. Elle a vu des images des États-Unis et du Canada aussi. Rivières, lacs, forêts. Villes gigantesques, immeubles qui percutent le ciel.

Le monde est grand, immense. Son univers, minuscule.

De la taille d'une buanderie.

* * *

Sefana a acheté un oiseau qu'elle a emprisonné dans une petite cage dorée. C'est un chardonneret mâle, paré de magnifiques couleurs. Du beige, du noir, du blanc, du rouge et du jaune. Sefana dit que ça lui rappelle le pays. Je ne sais pas où elle l'a trouvé car elle a bien précisé qu'ici, le commerce de cette espèce était interdit. Sans doute est-ce Mejda qui le lui a procuré.

Bien sûr, c'est moi qui dois le nourrir et nettoyer chaque jour sa cellule. Sefana, elle, se contente de l'écouter chanter. Du moins l'a-t-elle écouté les premiers jours. Mais, déjà, elle semble se lasser de lui.

Lui, qui a été arraché au ciel pour se retrouver coincé entre des barreaux. Lui, déraciné pour finir dans une banlieue froide de Paris. Privé des siens, de sa liberté.

Lui, dont je me sens si proche.

Comme Sefana n'a pas pris la peine de le baptiser, j'ai décidé de l'appeler Atek. Ça veut dire *racé*, en arabe.

Tout le monde doit porter un nom. Porter un nom, ça veut dire qu'on existe.

Lui choisir un nom, c'est comme lui montrer qu'il compte pour moi.

Mes parents aussi, m'avaient choisi un prénom. Mais je n'ai plus le droit de le porter.

Au début, Atek était très agité. Maintenant, il est souvent prostré contre les tiges métalliques et il me faut des trésors de patience pour lui faire accepter la moindre nourriture.

Je l'écoute dès que j'ai une minute. Je l'écoute et je lui parle.

Parce que je sais sa tristesse et son désespoir.

* * *

C'est en nettoyant la chambre des filles que je l'ai repéré. Ça fait longtemps que je le regarde et comme il ne bouge jamais, j'en ai conclu qu'Adina ne s'en sert plus.

C'est un livre pour apprendre à lire. Il y a des dessins d'animaux ou d'objets et, dessous, des mots. Comme je parle déjà le français, je sens que je peux y arriver.

Derrière la machine à laver, j'ai créé une cachette. J'y ai mis le livre, quelques feuilles à carreaux et un stylo. Mes trésors de guerre, volés aux enfants de Sefana. Puisqu'elle refuse de m'envoyer à l'école, je vais me débrouiller toute seule. On va voir si je suis aussi stupide qu'elle le dit…

L'hiver est arrivé et quelques flocons de neige sont même tombés hier. C'était beau à en pleurer. D'ailleurs, j'ai pleuré. Sefana m'a demandé pourquoi je *chialais*. Je lui ai répondu que c'était parce que ma mère me manquait. *Tu finiras par l'oublier*, a-t-elle crié en quittant la pièce.

Dans un mois, il y aura les fêtes de Noël. Sans doute est-ce une belle période pour les enfants. Pour moi, ça veut juste dire encore plus de travail.

Je n'espère aucun cadeau. Tout juste me donnera-t-on des restes un peu plus copieux ainsi qu'un morceau de bûche.

Mais je pourrai admirer les lumières dans le sapin et parviendrai bien à subtiliser quelques chocolats dans les boîtes entamées qu'ils laissent toujours traîner. Je les mettrai au fond de ma poche avant de les manger dans mon coin.

Finalement, Noël, ce n'est pas si mal.

* * *

Aujourd'hui, Mejda, la cousine de Sefana, passe l'après-midi à la maison. Elle vient deux ou trois fois par mois, parfois accompagnée par son fils, Izri, mais jamais par son mari.

Izri a quatorze ans, presque quinze, et c'est déjà un beau garçon aux yeux gris. Si Fadila est à la maison, ils jouent ensemble à la console tandis que leurs mères discutent dans la langue de chez nous. Aujourd'hui, Fadila n'est pas là. Alors, Izri s'ennuie. Il a les yeux rivés sur son téléphone portable, à moitié affalé sur le canapé.

À plusieurs reprises, j'ai remarqué qu'il portait des traces de coups sur le visage, je l'ai même vu une fois avec une minerve autour du cou. Je me demande si c'est son fantôme de père qui lui inflige ces mauvais traitements. Peut-être qu'il est simplement bagarreur ou pratique un sport de combat…

Je sers le thé à Sefana et Mejda puis retourne dans la cuisine. Izri m'a suivie.

— Tu me donnes à boire, Tama, s'il te plaît ?

Ce *s'il te plaît* me fait rougir. Je lui souris et lui offre une canette de Coca.

— Merci.

Au lieu de retourner boire son soda dans le salon, il reste à m'observer. Je sens son regard sur moi, ça me fait bizarre.

— C'est quoi ? me demande-t-il.

— Un poulet au citron.

— Ça sent vachement bon !

Il vient à côté de moi, jette un œil dans la cocotte.

— T'as coupé tes cheveux ? s'étonne-t-il.

Mon visage se crispe.

— C'est Sefana qui les a coupés.

— Pourquoi ?

— Je ne sais pas.

— Ça te va bien.

Il n'imagine pas à quel point ses paroles m'apaisent. Ma poitrine se gonfle, ma tête se redresse. C'est une des plus belles journées de ma vie.

13

Le jour s'était levé depuis une heure et Gabriel n'avait pas quitté son fauteuil. Il la regardait se débattre, encore et encore. Cette inconnue était incroyablement solide.

Elle lui rappelait Lana, même si elles ne se ressemblaient pas. Peut-être simplement étaient-elles belles, toutes les deux…

Il s'étira et s'éclipsa sans faire de bruit. Il se prépara un café, ouvrit la porte à Sophocle puis prit place devant son ordinateur. Il réalisa que la veille, il avait oublié de consulter ses mails, ce qui ne lui arrivait jamais. La jeune femme qui était entrée par effraction dans sa vie y prenait trop de place.

Il était temps qu'elle disparaisse.

Un courriel attira son attention. Il provenait de Lady Ekdikos. Lapidaire, comme d'habitude.

Bonjour, Gaby. Je pense à toi et je t'embrasse.

Les mains de Gabriel se crispèrent. Son cœur se mit à battre un peu plus fort. Il se laissa aller en arrière sur sa chaise, ferma les yeux. Ces quelques mots en apparence anodins signifiaient beaucoup.

Ils signifiaient la mort.

14

Tama est malade. Ça lui arrive de temps en temps. Un rhume, une angine ou une bronchite. Mais cette fois-ci, c'est plus grave. Tama a de la fièvre, beaucoup de fièvre. Elle peine à tenir debout avec l'impression que son cerveau mijote dans une eau bouillante et qu'elle marche pieds nus sur la glace. Elle a terriblement mal à la tête, des courbatures dans tout le corps.

Malgré tout, elle a préparé le dîner, fait le ménage. Il est 20 heures, ils sont tous à table, attendant d'être servis. Tama prend le gratin dans le four, l'apporte dans la salle à manger. Ce plat, bien trop lourd pour ses bras chétifs… Alors qu'elle arrive presque à destination, ses jambes la trahissent. Elle s'écroule et le dîner se répand sur le sol. Les filles hurlent, Sefana se lève d'un bond.

— Mais quelle conne ! s'écrie-t-elle.

Tama est toujours par terre, les yeux fermés. Elle entend des voix lointaines, déformées. Comme si ceux qui parlaient étaient prisonniers de bulles en plastique.

Qu'est-ce qu'elle a ? Elle s'est évanouie, non ? Elle joue la comédie, j'suis sûre !

Charandon la secoue mais elle ne réagit pas.

Quand elle reprend connaissance, Tama est dans la buanderie, sur son matelas. Dans l'obscurité la plus complète. La solitude la plus totale.

Elle tremble, claque des dents. Elle saisit la couverture, la remonte sur son corps, se recroqueville sur son grabat. Ils n'appelleront pas le médecin, Tama en est certaine. Car le médecin ne sait pas qu'elle existe. Personne ne sait qu'elle est ici. Personne ne doit le savoir.

Elle va mourir, aucun doute. La fièvre va l'emporter, comme sa mère avant elle.

Alors, Tama prie. *Faites que je meure, cette nuit. Mais sans trop souffrir, s'il vous plaît.*

* * *

Tama est restée couchée pendant trois jours, clouée sur son matelas par une mauvaise grippe. À sa grande surprise, Sefana lui a donné de l'aspirine et préparé de la soupe. Si elle l'a fait, ce n'est pas parce que Tama souffrait, mais parce qu'elle avait hâte que sa servante se remette au travail.

Durant ces trois jours, Tama a été victime d'une vague d'hallucinations. Elle a vu sa mère, penchée sur elle, là dans cette immonde buanderie. Elle a cru entendre son père parler dans le salon. Il disait à Sefana qu'elle ne s'était pas bien occupée de sa fille et qu'il la ramenait au pays. Elle a même vu sa copine Batoul lui apporter des cornes de gazelle. Elle n'avait pas changé depuis l'école, sauf qu'il lui manquait un bras, comme la poupée.

Mauvais tours joués par la fièvre.

Personne n'est venu la rassurer, la chercher, la sortir de cet enfer. Aucun miracle ne s'est produit et, en fin de matinée, Sefana a décrété qu'elle allait mieux et devait se remettre au travail. Alors, Tama s'est lavée, habillée et a renfilé sa blouse. Même si elle est épuisée, les yeux brillants de fièvre et le corps endolori.

Sefana est très énervée et prétend que sa petite bonne a contaminé presque toute la famille.

— C'est Fadila qui a commencé, a argué Tama. Elle avait de la fièvre un jour avant moi.

— Pourquoi tu accuses toujours les autres ? a hurlé Sefana.

— Je ne vois pas comment j'aurais pu ramener quoi que ce soit à la maison, vu que je ne sors jamais.

À court d'arguments, Sefana l'a giflée avant de quitter la cuisine.

Charandon est couché depuis trois jours, ainsi qu'Émilien. Fadila arrive à se lever mais n'est pas encore retournée à l'école. Pourtant, eux ont eu un médecin à leur chevet et ingurgitent tout un tas de médicaments. Tama songe qu'ils sont moins résistants qu'elle et cette idée lui procure une certaine fierté. Tout comme l'idée de les savoir souffrants lui procure un indéniable plaisir. Alors qu'elle lave et étend le linge qui s'est amoncelé pendant sa brève convalescence, Tama espère qu'elle ne va pas être punie pour ces mauvaises pensées.

Punie... mais par qui, au fait ?

Elle a toujours entendu dire qu'il existait un Dieu. Là-haut, quelque part. Afaq lui en parlait, de temps en temps. *Il voit chacune de nos actions, devine chacune de nos pensées, juge chacun de nos actes.*

S'Il voit ce qu'elle endure ici, pourquoi n'intervient-Il pas ?

Peut-être qu'elle est trop insignifiante pour qu'Il fasse attention à elle. Mais n'est-ce pas justement la faculté d'un dieu que de discerner ce qui est trop petit pour être vu par les hommes ?

Ou alors, peut-être qu'Il n'existe pas. Tout simplement.

* * *

Je frappe trois coups contre la porte, ramasse le plateau que j'ai posé par terre et entre dans la chambre. Charandon est alité, le crâne enfoncé dans un oreiller moelleux.

Il a vraiment une sale gueule. Encore pire que d'habitude. Le visage creusé, des cernes mauves sous les yeux. Je me demande si j'avais la même tête lorsque j'étais malade.

Non, je ne pouvais pas être aussi moche, impossible !

Sefana m'a ordonné de lui apporter un repas léger jusque dans sa chambre parce que ce *pauvre* M. Charandon est incapable de se lever.

Dès que j'entre, il soulève les draps et s'assoit sur le rebord du matelas. Il ne porte qu'un caleçon, je suis très gênée. Il m'est déjà arrivé de le croiser quand il sortait de la salle de bains, mais c'est la première fois que je le vois quasiment nu dans sa chambre à coucher.

Je pose le plateau sur le lit, à côté de lui. Il ne me remercie pas. De toute façon, il ne m'a jamais dit merci.

— Où est ma femme ?

— Elle est partie faire quelques courses, réponds-je. Il vous faut autre chose ?

— Passe-moi mon téléphone, grogne-t-il.

Je prends le portable posé sur la commode et le lui apporte. Croyant qu'il le tient, je le lâche. Le téléphone tombe sur le parquet. Je le ramasse en vitesse, il me l'arrache des mains.

— Tu pourrais t'excuser, au moins, petite conne ! dit-il en vérifiant que son précieux iPhone fonctionne encore.

Je pourrais m'excuser, oui. Mais, bizarrement, les mots ne viennent pas. Pire encore, je le fixe.

J'ignore pourquoi je fais ça. Sans doute parce que j'en ai envie. Terriblement envie. Un truc incontrôlable.

Sans doute parce qu'il a dit *petite conne*. Pourtant, j'ai l'habitude de me faire insulter par lui et tous les membres de la famille.

Il relève la tête, tombe sur mes yeux. À son regard, je comprends qu'il n'aime pas du tout le mien. Je sens que la situation devient dangereuse. Malgré tout, je continue de le défier.

Il attrape mon poignet, m'attire brutalement jusqu'à lui. Comme il est assis, nos visages sont à la même hauteur.

— Baisse les yeux, m'ordonne-t-il.

— Je ne suis pas une *petite conne*.

— Ta gueule. Baisse les yeux.

Dans ma tête, une voix hurle très fort.

Obéis, Tama. Obéis, sinon il va te faire du mal.

Puis la voix se tait, écrasée par la colère.

— Je ne suis pas une *petite conne*, monsieur.

Soudain, il sourit. Un sourire effrayant.

— Non, t'es juste une petite *bonne*… T'es rien, en fait. Rien du tout.

Ma colère monte d'un cran. Oublié le danger. J'essaie de me dégager, sa poigne se resserre.

— Et vous, vous êtes quoi ? dis-je.

Il y a un mot qui me vient. Ou plutôt une injure, apprise ici, dans cette maison, en écoutant parler mes bourreaux.

— Un enfoiré, peut-être.

Le sourire de Charandon s'efface. Il tord mon poignet droit, craquement sinistre. Je crie puis tombe à genoux. Il me saisit par les cheveux.

— Si tu me parles encore comme ça, je te tue ! dit-il à voix basse.

Il se lève, vacille légèrement et tend le bras vers la porte, tandis que, de son autre main, il me tient toujours. Quand j'entends la clef tourner dans la serrure, la peur reprend le dessus sur la colère. Je suis allée trop loin. Il va me frapper, peut-être me tuer. Mais après tout, n'est-ce pas ce que je cherche ?

Il revient s'asseoir face à moi et relève ma tête, pliant ma nuque dans le mauvais sens.

— Tu veux jouer, petite pute ? Je vais t'apprendre la politesse, tu vas voir…

Dans un dernier accès de rébellion, ou simplement par instinct de survie, j'essaie à nouveau de le faire lâcher. Mais il a beaucoup plus de force que moi… Combat perdu d'avance. D'un simple geste, il m'attire contre son caleçon. Avec son autre main, il sort son sexe, me le colle sur le visage.

— Ouvre la bouche…

Je tourne la tête pour échapper à cet odieux contact. Il me ramène dans le droit chemin.

— Ouvre la bouche, petite salope !

Comme je refuse d'obéir, il m'envoie une gifle, puis une autre.

— Il est temps que tu serves à autre chose qu'à faire le ménage ! dit-il avec un rictus ignoble.

Je me mets à trembler, à pleurer.

— Tu fais moins la maline, hein ? Ouvre la bouche, sinon je t'arrache les yeux…

Soudain, des coups résonnent contre la porte. Charandon se fige mais ne me lâche pas. Dans le couloir, la voix de Fadila.

— Papa ?

— Quoi ? éructe-t-il.

— Faut que tu viennes voir Émilien ! Je crois qu'il n'est pas bien du tout !

— J'arrive…

Fadila tente d'ouvrir la porte.

— J'arrive, je te dis ! hurle son père.

Il me regarde fixement.

— On se retrouvera plus tard, me dit-il à voix basse. Et n'oublie pas ce que tu es…

Il me libère enfin et quitte la chambre. Je reste quelques secondes à genoux face au matelas. Je tremble tellement que je n'arrive pas à me remettre debout.

Je sens que je viens d'échapper à quelque chose de terrible. Quelque chose de sale. Mais je sais qu'il recommencera. Un nouveau danger m'écrase de tout son poids. Et ça, quoi que j'aie pu faire, je ne l'ai pas mérité.

Même si je sais *ce* que je suis.

* * *

Aujourd'hui, c'est Noël. Les enfants ont reçu des montagnes de cadeaux. Tellement de jouets que je me demande quand ils vont trouver le temps de tous les utiliser… Sefana m'a offert une nouvelle blouse, rose avec des fleurs bleues. Je ne m'attendais pas à avoir un cadeau, j'étais étonnée et plutôt contente. Et puis j'ai eu une tablette de chocolat au lait et un morceau de la bûche. Cette année, elle était à la vanille, elle était délicieuse.

Quand ils se sont enfin couchés, j'ai allumé ma lampe et j'ai pris mon livre. J'utilise les feuilles à gros carreaux que j'ai volées dans la chambre des filles. Je regarde le dessin, je prononce le mot tout bas avant de le recopier. C'est difficile, surtout après une journée de travail. Mais j'avais déjà commencé à le faire au Maroc, les fois où je pouvais aller à l'école. Même si c'était en arabe, la méthode est la même.

Je me dis qu'à Noël, l'an prochain, je serai capable de lire le livre et de le recopier entièrement. Je me dis qu'un jour, ça me servira à quelque chose. Et puis, sans que je sache vraiment pourquoi, ça me donne des forces.

Izri est revenu avant-hier. Il m'a dit que j'étais de plus en plus jolie. Fadila l'a entendu et j'ai bien vu qu'elle en crevait de jalousie.

Ça aussi, ça me donne des forces.

Mais je n'arrête pas de penser à ce que Charandon a essayé de me faire. Quoi que je fasse, mon esprit retourne sans cesse dans cette chambre.

* * *

Les vacances finissent bientôt. Sefana est partie chez Mejda avec les enfants. Sans doute vont-ils recevoir d'autres cadeaux qui leur feront oublier les précédents.

Tama est dans la cuisine, en train d'éplucher des pommes de terre pour le dîner. Ayant refusé d'accompagner sa femme, Charandon est dans le canapé, devant la télévision.

Comme souvent, Tama rêve. Assise sur la branche d'une étoile, elle essaie d'imaginer tout ce qu'elle ignore du monde. Elle sait qu'il se cache dans les livres et a hâte d'être capable de les déchiffrer.

Soudain, elle s'aperçoit que Charandon est à la porte de la cuisine, bras croisés, en train de la fixer. Son cœur se contracte douloureusement, ses mains se crispent. Il s'avance, lentement, s'assoit tout près d'elle.

— On n'a pas fini, la dernière fois, rappelle-t-il avec son immonde sourire.

Les petits doigts de Tama serrent le manche du couteau. Depuis qu'il lui a brûlé la paume de la main droite, elle a appris à se servir de la gauche.

— Approche, ordonne Charandon.

Elle recule d'un pas, il attrape son bras, l'attire contre lui.

— Si vous me touchez, je le dirai à votre femme ! murmure Tama. Et à vos enfants.

— Et alors ? s'amuse Charandon. Ils ne te croiront pas.

— Et puis je vous tuerai ! ajoute-t-elle avec une étonnante détermination.

Charandon se met à rire et passe sa main sous la blouse de Tama.

— Toi ? Tu vas me *tuer* ?

— Oui. Je prendrai un couteau et j'irai vous ouvrir la gorge pendant votre sommeil. Ou je vous le planterai dans le ventre. Plusieurs fois.

La main de Charandon s'éloigne des jambes de Tama.

— Si tu fais ça, tu finiras ta vie en prison ! prévient-il.

— En prison, j'y suis déjà.

Il fixe la lame du couteau avant de quitter la pièce. Tama se laisse tomber sur la chaise. Sa main tremble, ses lèvres aussi.

Elle sait qu'il la laissera tranquille un moment. Qu'elle vient de remporter une victoire, de gagner une bataille.

Une bataille, oui.

Mais pas la guerre.

Gabriel se présenta à l'unique guichet et montra une pièce d'identité. Le préposé lui remit une grande enveloppe en papier kraft.

Une simple enveloppe.

Gabriel remonta dans sa voiture et traversa le village. Une fois sur la route départementale, il s'arrêta de nouveau. L'enveloppe était posée sur le siège passager.

Une simple enveloppe.

À l'intérieur, Gabriel découvrit la photo d'une femme d'une cinquantaine d'années. Au dos du cliché, un nom, une adresse ainsi que quelques précieuses informations.

Lady Ekdikos avait glissé un petit mot, en plus de la photo. *La plaque d'immatriculation est fausse, désolée.*

Gabriel contempla longuement le visage de sa cible. Il sentit la plaie se rouvrir dans ses entrailles. Fugace, mais douloureux. Tellement douloureux…

Il remit la photo dans l'enveloppe, alluma une cigarette.

La cible habitait Toulouse, il lui faudrait partir au moins deux jours. Le temps de repérer l'endroit, d'étudier ses habitudes. Jusqu'au moment idéal.

Le moment fatidique.

Il démarra, un peu brusquement, et la voiture s'engagea dans les gorges.

L'après-midi commençait, Gabriel avait hâte de retrouver l'inconnue endormie dans sa chambre.

Tama met le sèche-linge en marche, puis retourne se réfugier sous sa couverture. Elle a beau frotter ses jambes et ses bras, elle continue à grelotter. La chaleur dégagée par la machine permet à la température de remonter légèrement.

Quand les Charandon recevront la facture d'électricité, ils auront une attaque, mais tant pis. Ou plutôt tant mieux !

Si elle ne se réchauffe pas, Tama va mourir de froid dans cette maudite buanderie.

Ils sont partis pour une semaine. Ce sont les vacances d'hiver et Tama les a entendus dire qu'ils allaient faire du ski. Elle n'a pas une idée précise de ce qu'est le ski, mais imagine que ce doit être amusant.

Elle est donc enfermée dans la buanderie pour une semaine, avec Batoul et Atek comme seule compagnie. Bien sûr, par souci d'économie, les Charandon ont éteint le chauffage avant de partir. Ils lui ont laissé quelques provisions pour ne pas qu'elle meure de faim, mais pas de quoi faire un festin. Et, surtout, rien de chaud à se mettre sous la dent. Uniquement quelques paquets de biscuits entamés, une dizaine de pommes et deux bananes. Ce qui restait dans la cuisine en somme... Sefana a mis les autres provisions à l'abri dans la cuisine, des fois que Tama ait l'envie saugrenue de les dévorer. Encore heureux, il y a des W.-C. dans la buanderie.

Tama a l'impression d'être un chien qu'on a laissé à la niche.

Un chien à qui on aurait arraché les crocs.

Elle passe ses journées à lire et à écrire, même si le froid rend ses gestes imprécis. Chaque jour, elle réalise qu'elle progresse. Avant que les Charandon ne partent en vacances, elle a eu la bonne idée de dérober un autre livre dans la chambre d'Émilien. Un petit livre, rempli de magnifiques illustrations qu'elle ne se lasse pas d'admirer. Une histoire complète, qu'elle tente de déchiffrer à voix haute. Elle s'est même essayée au dessin, avec un succès mitigé.

Elle se relève, fait quelques pas pour chauffer ses muscles engourdis et s'approche de la cage d'Atek. Il est sur son petit perchoir, silencieux et immobile.

— J'ai envie d'ouvrir ta cage, tu sais... Mais si je fais ça, je vais encore morfler. Tu comprends ?... Tu as froid, toi aussi ?

Elle rapproche la cage du sèche-linge qui, par bonheur, est plutôt silencieux.

— Tu vas voir, ça va te faire du bien. Tu te souviens, quand tu étais libre ? Moi, je m'en souviens un peu...

Tama lui offre un morceau de biscuit et quelques graines. Puis elle lui parle longuement, lui décrivant le soleil qui brillait dans un ciel d'une incroyable pureté.

Lui fredonnant les chansons que sa mère aimait lui chanter, le soir. Récitant les paroles tendres qu'elle avait pour elle, seulement pour elle. Racontant les rires d'enfant à l'école, les jeux dans la cour de récréation.

Toutes ces choses enfouies.

Toutes ces choses qu'elle croyait éternelles.

Quand la nuit tombe, elle allume sa petite lampe et se réchauffe d'odeurs et de souvenirs. D'espoirs un peu fous.

Tama s'endort de froid. En se souvenant du temps béni où elle s'appelait...

17

Il y a trois semaines, j'ai eu dix ans. Le jour de mon anniversaire, comme le jour de mes huit ans et celui de mes neuf ans, Sefana m'a demandé d'enfiler une belle robe qui appartient à Adina. Elle m'a prise en photo avec un paquet-cadeau dans les mains, à côté d'un gros gâteau que j'avais préparé le matin même. Elle m'a ordonné de sourire et j'ai obéi.

Je sais qu'elle va envoyer cette photo à mon père. Je l'imagine en train d'ouvrir l'enveloppe et de se réjouir de me voir si heureuse.

Le soir même, il a téléphoné et, avant de me passer le combiné, Sefana a prétendu que je m'étais mal comportée à l'école, que j'avais eu un blâme. Lorsqu'elle m'a tendu le téléphone, j'ai compris à son regard que je n'avais pas intérêt à la contredire. Alors, j'ai écouté mon père me sermonner. J'ai écouté sa peine en retenant la mienne et lui ai promis de ne pas recommencer.

Le soir, j'ai eu les restes, comme d'habitude.

Mais ils ne m'avaient pas laissé la moindre miette du gâteau.

Ça fait maintenant deux ans et trois semaines que je suis ici. J'ai lu tous les livres qui se trouvaient dans la chambre d'Émilien. Je me consacre désormais à ceux d'Adina. Je les emprunte, les cache derrière la machine à laver et, une fois terminés, je les remets à leur place.

Pour l'instant, personne ne s'en est aperçu.

Quand j'entends Adina lire à voix haute pour ses exercices de classe, je comprends que j'y arrive mieux qu'elle qui va pourtant à l'école tous les jours. Finalement, je ne suis pas si idiote que ça.

J'arrive à écrire, aussi. Des phrases entières.

J'ai découvert un nouveau livre, plus gros que les autres. Ça s'appelle un dictionnaire. J'ai encore du mal à m'y retrouver, je tâtonne, mais ça me permet parfois de comprendre un mot dont j'ignorais le sens.

À chaque livre, j'ai l'impression qu'une porte s'ouvre quelque part dans ma tête. Les verrous cèdent, les uns après les autres. Un livre, c'est comme un voyage, dans l'espace ou le temps. Dans l'âme des hommes, dans la lumière ou les ténèbres. Du coup, les histoires que j'invente sont de plus en plus complexes.

Je crois que si j'étais privée de livres, ça me tuerait.

À part mes facultés mentales, rien n'a vraiment changé dans cette maison. J'ai toujours le même emploi du temps, le même *matelas*, la même couverture et le même oreiller. Ma main droite ne me fait quasiment plus mal, sauf si je la passe sous l'eau trop chaude ou si elle entre en contact avec certains produits.

J'ai cousu de nouveaux habits à Batoul, je lui ai même tricoté un petit bonnet et un chandail avec un reste de laine que j'ai piqué à Sefana.

Atek chante rarement et, lorsque j'ai le temps, je place sa cage sur le rebord de la fenêtre. Ainsi, il peut voir le ciel. Je me demande si ça lui fait du bien ou si c'est une torture.

Ce qui a changé, c'est moi. J'ai grandi, un peu, mais j'ai surtout changé à l'intérieur.

J'ai cessé d'espérer.

Je me suis dit que ça valait mieux.

Vadim aussi a grandi. Il a maintenant dix-huit mois. J'aime toujours autant m'occuper de lui mais c'est difficile car désormais, il marche. Alors, il me faut être attentive tout le temps. Par moments, il gazouille, il babille, ne sait pas encore vraiment parler.

Le premier mot qu'il a prononcé, il y a quatre mois et deux jours, c'était *Tama*. Et tout le monde l'a entendu.

Sefana ne me le pardonnera jamais. Un jour ou l'autre, elle me le fera payer.

Izri n'est pas revenu. Mais sa mère continue de rendre visite à Sefana plusieurs fois par mois. Elles parlent, des heures durant, dans le salon. Parfois, j'entends ce qu'elles se disent, sans doute parce qu'elles ne me portent aucune attention.

Aujourd'hui, j'ai appris que le mari de Mejda avait quitté la maison et n'y reviendrait pas. Vu le ton de Mejda, j'ai compris que c'était une bonne nouvelle. Par contre, elle est inquiète pour Izri.

Mon fils file un mauvais coton, a-t-elle avoué à Sefana. *Il ne veut plus aller au lycée, traîne avec des délinquants.*

Elle pense même qu'Izri se drogue.

Ça m'a fait de la peine d'apprendre ça. Sefana lui a répondu que c'était la crise de l'adolescence et que, bientôt, tout rentrerait dans l'ordre.

* * *

J'attends d'être sûre que tout le monde dort. J'ai enfilé mon gilet, j'ai mis deux paquets de biscuits, Batoul, mes livres, mes feuilles et mon stylo dans un sac en plastique et je quitte la buanderie sans faire le moindre bruit.

Il est 2 heures du matin. J'ouvre le tiroir aussi discrètement que possible, attrape la clef et me dirige vers la porte. Elle s'ouvre sur le froid et la liberté. Mon cœur bat si fort que je suis sûre que la terre entière peut l'entendre. Je referme derrière moi et traverse le jardin dans la pénombre. Maintenant, il va falloir escalader la clôture. Avec le sac dans les mains, je n'y parviendrai pas. Alors, je le jette dans la rue, puis je m'accroche au grillage et tente de passer par-dessus. Ce n'est pas très haut, mais pas si facile que ça.

Au bout de trois essais, je pose le pied en terrain inconnu.

Je ramasse mon sac et décide de partir à droite. Je marche vite. Malgré mon gilet, le froid grignote mes forces.

Le froid et la peur.

Je ne sais pas où je vais. Où je suis. Je sais seulement que je ne suis plus enfermée.

Mon Dieu, j'ai oublié Atek ! J'hésite, mais renonce à revenir sur mes pas.

Je me mets à courir. Pour m'éloigner de cette maudite maison, cette prison. Pour me réchauffer aussi. Au bout de la rue, je tourne à gauche et continue ma course folle. La crainte serre mon cœur, s'insinue dans mes jambes. Dans tout mon corps.

J'ai envie de faire demi-tour, de retourner dans ma buanderie.

Dans ma niche.

Parce que je ne sais pas où je vais. Où je suis. Je ne sais pas ce qui m'attend. Comment rentrer chez moi.

Alors, je m'arrête. Au milieu de nulle part. Au milieu de maisons endormies. C'est étrange, elles se ressemblent toutes. Je reprends ma respiration, mes esprits.

Non, Tama, tu ne dois pas y retourner. Tu dois te sauver.

Je me remets à marcher, serrant mon sac contre moi. Mes trésors. Les seules choses qui m'appartiennent, même si je les ai volées.

Je finirai bien par trouver quelqu'un pour m'aider. Quelqu'un qui aura pitié de moi…

Tama serre Batoul contre son cœur. Elle respire vite et fort.

Elle sourit.

Sur un matelas à même le sol, dans une buanderie, Tama rêve.

Car il n'y a que dans son sommeil qu'elle trouve le courage de s'enfuir.

18

— Il va falloir que je te laisse deux ou trois jours, ma belle, murmura Gabriel.

Il avait approché le fauteuil du lit et la couvait du regard depuis des heures. Elle s'était réveillée, pendant une minute ou deux. Mais ses yeux, pourtant grands ouverts, n'avaient pas semblé voir le monde. Elle avait prononcé un mot, peut-être un prénom. Gabriel n'en était pas sûr.

— Essaie de ne pas mourir pendant mon absence, continua-t-il. Essaie de m'attendre…

Il disparut quelques instants et revint, une petite bouteille d'eau dans la main. Il la posa près du lit avant d'effleurer le front de la jeune femme. Elle avait encore de la fièvre.

— À très vite, dit-il.

Il prit son sac, déjà prêt, installa Sophocle dans l'écurie avec une belle réserve de nourriture puis grimpa dans son 4 × 4. Il ne démarra pas immédiatement. Rien ne pressait. Il songea qu'il aurait pu rester près d'elle jusqu'à son dernier souffle et partir ensuite.

Décidément, il avait du mal à la quitter, à s'éloigner d'elle. Oui, vraiment, il était temps qu'elle meure.

Il mit le contact en se faisant une promesse. *Si elle est toujours en vie quand je rentre, je la tue de mes propres mains.*

19

Elle avait pris la décision de ne plus rêver. Mais elle n'y parvient pas.

Chaque jour, contre son gré, Tama se projette dans l'avenir, se disant qu'elle finira par sortir d'ici et retrouvera une vie normale.

Elle ne peut s'en empêcher, c'est plus fort qu'elle.

Le soir, dans sa buanderie, elle regrette pourtant d'avoir encore ce stupide espoir ancré en elle. Elle voudrait l'étrangler, l'étouffer. Car, sans lui, elle aurait depuis longtemps mis un terme à ses souffrances. Il suffirait d'avaler tout le flacon d'eau de Javel ou de n'importe quel autre produit. De se planter un couteau de cuisine dans le cœur. De serrer un foulard très fort autour de son cou.

Mille et une façons d'abréger son calvaire. Mais elle n'y arrive pas.

Je ne suis pas assez forte, pas assez courageuse. Je suis une petite esclave résignée, une enfant apeurée.

Je ne suis rien.

Alors, Tama se laisse submerger par ses rêves, bercer par ses espoirs. Rentrer dans son pays ou même rester dans celui-ci. Mais dans une maison qui serait à elle, une maison où elle pourrait dormir dans une chambre, un vrai lit. Où elle pourrait manger ce qui lui fait envie.

Manger à sa faim, simplement.

Tama rêve d'aller à l'école, aussi. De continuer à apprendre à lire et à écrire.

Avoir un vrai travail.

Une vraie vie.

Quelques jours auparavant, elle a entendu Fadila confier à sa mère qu'elle désirait devenir avocate. Qu'elle allait faire de longues études à l'université.

Elle doit être douée, Fadila. Intelligente. Mais elle a surtout le temps et les moyens d'étudier. Tandis que Tama se cache sous sa couverture pour déchiffrer les livres d'Adina. D'ailleurs, elle les a tous lus. Alors, maintenant, elle dérobe ceux de Fadila. Ils sont plus complexes mais aussi plus intéressants. Beaucoup de mots échappent à sa compréhension et elle est obligée de les noter avant de les chercher le lendemain dans le petit dictionnaire d'Émilien.

La veille au soir, son père a téléphoné. Tama a écouté Sefana lui raconter qu'elle avait été renvoyée de l'école pour avoir volé les affaires d'une camarade.

Le cœur de Tama s'est fendu en deux, comme ces fruits restés trop longtemps au soleil. Sefana a ajouté qu'elle était punie et qu'elle ne lui passerait pas le combiné. Qu'elle allait, malgré tout, la garder et faire son possible pour trouver une autre école qui veuille bien d'elle. Après avoir raccroché, elle a fixé son esclave avec un méchant sourire.

Ton père est très en colère. Je crois qu'il a honte de toi et qu'il ne t'aime plus.

Tama n'a rien répondu. Elle a seulement pleuré toute la nuit.

20

Attirée comme par un aimant, Tama se dirige vers la fenêtre du salon. Haut dans le ciel brille un soleil franc. Elle aimerait sentir sa brûlure sur sa peau, douce et bienfaisante.

Quand Tama se retourne, Vadim a disparu. Il était sur son tapis de jeu quelques secondes auparavant. Il ne peut pas être bien loin !

En arrivant dans la cuisine, Tama voit l'enfant près de la paillasse. Au-dessus de sa tête, le manche d'une casserole remplie d'eau bouillante. Tama retient sa respiration, son sang se fige dans ses veines. Vadim lève son bras, sa petite main attrape le manche. Tama se précipite en hurlant.

— Non !

Trop tard.

Il est trop tard.

* * *

Dans la buanderie, elle pleure à chaudes larmes. Serrant Batoul contre elle, Tama se balance doucement.

— C'est ma faute… C'est ma faute…

Sefana et son mari ne sont pas encore revenus de l'hôpital. Sans doute y passeront-ils toute la nuit à veiller sur Vadim, tandis que les enfants sont partis chez Mejda.

Tama est seule.

Seule avec son chagrin, immense. Sa culpabilité, dévorante.

Elle ignorait qu'on pouvait souffrir autant. Avoir mal à en mourir. Son cœur, si petit et si fragile, se contracte tellement fort qu'elle a l'impression qu'il va éclater. Plus que tout, elle voudrait être à la place de Vadim. Prendre sa douleur, la porter sur ses épaules, l'inscrire dans sa chair. Aucun des mots qu'elle a appris ne peut décrire ce qu'elle ressent. Aucun ne peut venir la soulager. En cette seconde qui n'en finit pas, elle brûle vive dans les flammes du désespoir.

Tama voudrait une chose, une seule.

Être morte.

Lorsque la porte d'entrée s'ouvre, Tama se redresse sur son matelas. Elle écoute attentivement, espérant entendre la voix fluette de Vadim. Mais les seules voix qu'elle entend sont celles de Sefana et de son mari.

Alors, la peur.

Comme un coup de poing en pleine tête.

Jusqu'à cet instant, elle n'avait songé qu'à Vadim, à sa souffrance. Mais en cette seconde, elle prend conscience qu'elle va payer. Qu'elle *doit* payer. Que c'est inévitable et même justifié.

La porte de la buanderie se déverrouille dans un bruit assourdissant. Silhouette immense, à contre-jour. C'est

Charandon qui la fixe, tel le lion prêt à bondir sur sa proie. Dans l'esprit de Tama, une image revient, vue dans un des livres qu'elle a lus.

L'image d'un dragon terrifiant.

— T'es contente ?

— Je n'ai pas voulu qu'il arrive du mal à Vadim, murmure Tama. Il est où ?

— À l'hôpital. Et il va y rester longtemps. À cause de toi.

— Pardon, monsieur. J'ai tourné la tête une seconde, c'est tout.

— *C'est tout ?*

Il est étrangement calme. Dangereusement calme. Tama se met à trembler.

— Sors de là, ordonne-t-il.

Tama s'avance vers son châtiment. Dès qu'elle est à sa portée, Charandon la saisit par la nuque et la propulse violemment dans la cuisine où elle tombe nez à nez avec Sefana, les yeux rougis par les larmes, le visage dégoulinant de haine. Elle l'attrape par les épaules, enfonçant ses griffes acérées dans sa chair tendre et sans défense.

— À cause de toi, mon fils va être défiguré à vie ! hurle-t-elle.

— Je voulais pas ! Je voulais pas, je vous jure !

Sefana l'empoigne par les cheveux, la soulève, la projette contre le mur. Elle est hystérique, il faut qu'elle déverse sa colère et sa peine sur quelqu'un.

Sur son souffre-douleur habituel.

Les coups pleuvent sur Tama. Elle ne cherche pas à s'enfuir, ni même à se protéger. Elle oublie son corps pour se réfugier dans un petit coin de son esprit. Le plus loin possible.

* * *

Est-ce que quelqu'un se souviendra de moi quand ils m'auront tuée ?

Hier, en faisant un peu de rangement, je suis tombée sur un album de photos. Je l'ai feuilleté rapidement pour ne pas me faire surprendre. Il y en avait de toute la famille. Sefana et son mari… Il était déjà laid avant, n'a pas beaucoup changé ! Fadila, encore petite au Maroc, puis Adina, Émilien et Vadim. Des tas de clichés, en vacances ou ailleurs. Des photos de classe aussi.

Je crois qu'il n'existe aucune photo de moi. Aucune *vraie* photo. Seulement celles prises par Sefana à chacun de mes anniversaires. Mais celles-là ne comptent pas.

Alors, est-ce que quelqu'un se souviendra de moi quand ils m'auront tuée ?

Vadim, peut-être. Afaq, sans doute. Mon père, je l'ignore. Car, visiblement, il m'a oubliée. Ça fait au moins deux mois qu'il n'a pas appelé.

Non, il n'a pas pu m'oublier. Il doit juste être très en colère contre moi à cause des mensonges de Sefana.

Vadim est rentré de l'hôpital il y a une semaine déjà. Finalement, il ne va pas trop mal. Il gardera des cicatrices en haut du dos et sur un bras, d'après ce que j'ai compris.

Je n'ai plus le droit de m'en approcher pour l'instant. Mais je sais que Sefana se lassera de s'occuper de lui et m'en redonnera la garde.

D'ailleurs, il me réclame. Et ça doit lui faire mal, à Sefana…

Le soir où ils sont revenus de l'hôpital, elle aurait pu me tuer. Elle m'a frappée, longtemps et fort. Au point que je suis partie jusqu'au lendemain matin. Quand je me suis réveillée, à l'aube, j'étais sur le sol de la buanderie, à plat ventre. J'ai réussi à me traîner jusqu'au matelas, toujours mieux que le carrelage. J'avais le visage tout boursouflé, je ne pouvais plus ouvrir l'œil droit ni bouger le bras gauche.

D'ailleurs, j'ai encore une sale tête. Une grosse plaie à la lèvre, un œil au beurre noir, des hématomes un peu partout. Elle m'a arraché la moitié des cheveux, aussi. J'ai un gros trou au milieu du crâne, alors je mets un vieux foulard sur la tête. Le problème, c'est mon bras. Je n'arrive toujours pas à m'en servir, ce qui est handicapant dans mon travail. Et puis, comme elle m'a cassé une dent à force de cogner, je n'ose plus trop sourire au miroir lorsque je nettoie le lavabo. Heureusement, elle est juste ébréchée.

Le principal, c'est que Vadim aille mieux. Hier, tandis que sa mère lui donnait à manger, je lui ai adressé des petits signes sans qu'elle s'en aperçoive. Il m'a offert l'un de ses grands sourires. Ça signifie sans doute qu'il m'a pardonné. Et c'est vraiment tout ce qui compte.

Le reste m'est égal.

Par contre, je prie chaque jour pour qu'Izri ne vienne pas à la maison avant que je sois guérie. Je ne voudrais pas qu'il me voie comme ça. Il me trouverait repoussante. Mejda est passée plusieurs fois, mais heureusement, son fils n'était pas avec elle.

Finalement, j'ai de la chance, parfois.

21

Elle referma les yeux. Elle sortait du coma comme on quitte une salle obscure, et ne parvenait pas encore à affronter la lumière. Sa première sensation fut la soif. Une terrible soif.

Elle tenta à nouveau de soulever les paupières, devina le haut d'un mur, un morceau de plafond, avant de replonger dans le noir. La douleur l'empêcha toutefois de sombrer. Une douleur lancinante dont elle n'aurait su définir l'origine exacte.

Alors, elle rouvrit les yeux une troisième fois et remua doucement la tête. Il y avait des aiguilles plantées dans sa nuque, un étau compressait son crâne. Tout était flou, pour le moment. Mais, au bout de quelques secondes, elle distingua une fenêtre, des meubles. Une chambre inconnue. Elle était allongée dans un lit, les draps étaient beiges, il faisait jour.

Son poignet droit était menotté à l'un des barreaux métalliques de la tête de lit. Lorsqu'elle s'en aperçut, elle voulut se redresser et sentit un pieu s'enfoncer juste sous ses côtes.

Dans un cri, elle retomba sur le matelas, déjà à bout de souffle. Le plafond en lambris se mit à tourner, le mur se rapprocha dangereusement.

Elle crut voir une bouteille d'eau, tenta d'allonger le bras. Pas assez de vigueur, aucune énergie.

Plus aucun souvenir.

Elle sentit un liquide chaud couler sur ses joues, un autre entre ses cuisses. Puis une force inconnue la précipita à nouveau dans une chambre noire, silencieuse et vide.

* * *

Avant de quitter l'hôtel modeste où il avait pris une chambre sous un faux nom, Gabriel régla les deux nuitées. Ce matin, il pleuvait sur Toulouse. Une pluie froide, presque de la neige.

Gabriel remonta le col de sa parka et alluma une cigarette.

Il pensait à Lana. En vérité, il ne cessait jamais de penser à elle. À chaque pas qu'il faisait, à chaque cigarette qu'il allumait, à chaque seconde qui passait.

Arrivé à destination, il s'arrêta près d'un kiosque à journaux. Sur le trottoir d'en face, un fleuriste levait son rideau et sortait les vases pleins de fleurs coupées, les cyclamens et les bruyères. Gabriel se souvint que Lana détestait qu'on lui offre des fleurs.

Des fleurs mortes, disait-elle.

Elle n'aimait que les plantes vivantes dont les racines s'enfonçaient dans la terre.

Après Lana, il songea à Louise, l'autre femme de sa vie. Au contraire de Lana, elle adorait les bouquets, en disposait partout dans la maison. Des roses, des lys, des anémones. Mais sa fleur préférée avait toujours été le freesia.

La porte de l'immeuble s'ouvrit, la cible apparut. Elle était accompagnée de sa fille qui devait avoir seize ou dix-sept ans.

Valérie Lenoir semblait stressée, pressée. Elle attaquait sa journée de travail, ignorant que ce serait la dernière. Qu'il lui restait moins d'une heure à vivre.

Tout comme la jeune fille qui marchait près d'elle ne pouvait se douter que sa vie allait basculer, définitivement.

Au bout de dix minutes, l'adolescente embrassa sa mère.

Une dernière fois.

Gabriel eut un pincement au cœur. Il la regarda bifurquer en direction du lycée tandis que Valérie Lenoir continuait son chemin vers le magasin. Une boutique de chaussures sur une artère commerçante.

Il marchait vingt mètres derrière elle mais elle ne songea pas à se retourner.

Pourquoi l'aurait-elle fait ?

Elle se sent innocente. Coupable de rien, sans doute.

Mme Lenoir pénétra dans son magasin après avoir déverrouillé la porte latérale, mais ne leva pas la grille. Chaque matin, Gabriel le savait, elle commençait par mettre un peu d'ordre, par préparer la caisse.

Quelques minutes où elle était seule.

Ses dernières minutes.

* * *

À nouveau, elle sortait du coma. Réveils de plus en plus rapprochés, de plus en plus longs. Elle parvint à se redresser, déclenchant une douleur assassine, un nouveau hurlement.

Décor un peu flou, souvenirs en vrac. Des images étranges, noyées dans une brume épaisse.

Atteindre la bouteille d'eau lui semblait une question de survie. Alors, elle concentra toutes ses forces dans son bras et le lança vers la table de chevet. Elle attrapa la bouteille, la ramena jusqu'à elle. Ensuite, elle reprit son souffle de longues secondes, exténuée par cet effort titanesque. Elle eut du mal à retirer le bouchon, but à même le goulot. Un demi-litre, c'était si peu. Elle aurait pu vider un lac, une mer, un océan. Elle garda la bouteille dans la main et se sentit de nouveau aspirée vers le néant. Elle tenta de résister, de tenir, de lutter. Il fallait qu'elle sache où elle était. Pourquoi elle était attachée.

Mais elle replongea dans le noir total. Cette chambre obscure qui n'était plus silencieuse. Désormais peuplée de cris, d'angoisses et de monstres.

Aujourd'hui, elle serait du soir. Réveils de plus en plus compliqués. Elle file au plus fonce. Elle perçoit à sa rencontre, une inébranlable doctrine d'asservine du champ hautement...

22

Tama débranche le fer à repasser et soupire. Elle ne s'est pas assise depuis des heures, de lancinantes douleurs remontent le long de ses jambes et jusque dans son dos.

Elle prend la pile de vêtements et traverse le couloir. La porte de la chambre parentale est ouverte, mais Tama frappe avant d'entrer. Étendue sur le lit, Sefana feuillette un magazine. Grâce au titre, Tama comprend qu'il s'agit d'une revue de mode, une revue écrite pour les femmes. Du moins pour celles qui ont le temps de se consacrer à la lecture et le droit de faire du shopping.

Dans l'armoire, Tama empile minutieusement les tee-shirts de la maîtresse de maison, les chemises de son mari. Puis elle met sur cintres robes et pantalons. Quand c'est fini, elle regarde Sefana et se racle la gorge.

— Madame ?
— Quoi ?
— J'ai tout terminé…
— Et alors ?

— Est-ce que je peux faire une pause avant que les enfants rentrent de l'école ?

— *Une pause ?* répète Sefana en levant les yeux de son magazine.

— J'ai mal au dos et...

— *Ma pauvre chérie !* Tu veux peut-être que je te masse ?

— Non, mais...

Sefana enfile ses mules et saisit Tama par le poignet. Elle l'entraîne dans le couloir, ouvre la porte de la chambre des filles, la pousse à l'intérieur.

— Tu trouves que c'est terminé ? balance-t-elle.

Tama détaille la pièce. Les lits sont faits, les draps changés, les affaires rangées, les vitres propres. Elle a également passé l'aspirateur et ne voit pas ce qu'elle pourrait faire de plus.

— Tu n'as pas nettoyé la moquette depuis des lustres ! Alors dépêche-toi.

Sefana retourne dans sa chambre et Tama repart vers la cuisine. Sous l'évier, elle récupère une bombe ainsi qu'une brosse. De temps en temps, Sefana exige qu'elle assainisse la moquette. Il paraît que c'est pour éliminer les acariens, des petites bêtes auxquelles Adina est allergique. Tama a beau examiner la moquette de très près, elle ne voit aucune bestiole et se dit que si bestioles il y a, c'est seulement dans la tête de Sefana.

— Et apporte-moi un thé ! braille la maîtresse de maison.

Tama ferme les yeux un instant.

— Sale conne ! murmure-t-elle. Sale conne...

Elle met la tasse dans le micro-ondes, prépare une soucoupe et un sachet de thé à la menthe. Dès que l'eau est chaude, Tama y plonge le sachet. Puis elle prend un verre, se rend dans la buanderie et s'assoit sur les toilettes.

— Alors, ça vient ? s'impatiente Sefana.

— Oui, madame. Ça vient.

Tama se soulage dans le verre puis *assaisonne* le thé, remuant bien avant d'ajouter une sucrette. Elle apporte le breuvage dans la chambre, le pose sur la table de chevet.

— Il t'en faut du temps pour préparer un thé, espèce de gourde !

— Pardon, madame.

* * *

La moquette brûle ses genoux. Tama brosse chaque centimètre carré du sol en s'épongeant le front à intervalles réguliers. Elle se redresse légèrement et regarde par la fenêtre. Dehors, les branches d'un arbre dansent au rythme d'une légère brise. Tama s'imagine, allongée dans l'herbe, se laissant bercer par le vent. L'instant d'après, elle rêve qu'Izri est là, près d'elle. Cette pensée la fait rougir.

Un violent coup de pied au milieu du dos l'éjecte de ces délicieuses pensées pour la projeter brutalement au sol. Son visage s'écrase sur la moquette humide.

— T'es pas là pour rêvasser ! aboie Sefana.

Tama reprend son travail sous la surveillance rapprochée de sa tortionnaire.

— C'est ça que tu appelles frotter ? demande-t-elle froidement.

Tama redouble d'efforts.

— Vraiment, je me demande ce que j'ai fait pour mériter une feignasse comme toi ! soupire la mégère.

— Désolée, madame. Est-ce que votre thé était bon, au moins ?

— Même pas ! Il avait un drôle de goût !

Tu m'étonnes...

— La prochaine fois, je ferai mieux, assure Tama avec un petit sourire.

* * *

Les bras chargés de serviettes propres, Tama entre dans la salle de bains des filles. Elle se déleste d'une partie du linge, puis passe dans la pièce d'à côté. Là, elle tombe sur Charandon complètement nu qui, visiblement, s'apprête à prendre une douche.

— Pardon, monsieur ! bafouille-t-elle en reculant.

Alors qu'elle s'enfuit, Charandon la coince contre la cloison.

— Pourquoi tu deviens rouge comme ça ? s'amuse-t-il.

— Désolée, la porte était ouverte et...

Il vient se coller à elle, Tama cesse de respirer. Puis, d'un seul coup, elle le repousse avant de s'enfuir jusque dans le couloir. Elle l'entend rire aux éclats alors qu'elle se réfugie dans sa buanderie. Elle tremble, une fois encore. Elle arrache tous ses vêtements et, à l'aide d'une serviette, frotte sa peau jusqu'à ce qu'elle devienne écarlate.

Sale. Elle se sent si sale.

23

Gabriel attendit que la ruelle soit déserte pour pousser doucement la porte vitrée que Mme Lenoir n'avait pas pensé à verrouiller.

Certaines erreurs peuvent être fatales.

Elle quitta la réserve, tomba nez à nez avec lui.

— Ça ouvre dans une demi-heure, monsieur, lança-t-elle d'un air agacé.

— Je sais, répondit Gabriel.

Lorsqu'il sortit le couteau de sa poche, Valérie Lenoir laissa échapper la boîte à chaussures qu'elle tenait entre ses mains.

— On va derrière, ordonna-t-il.

— Mais…

— Dans la réserve, vite.

Elle recula en direction de la pièce attenante, ne lâchant pas l'homme des yeux.

— Qu'est-ce que vous voulez ?

Gabriel poussa la porte pour s'isoler de la rue.

— Il n'y a pas grand-chose dans la caisse, balbutia-t-elle d'une voix tremblante. Mais prenez tout !

— Ce que je suis venu prendre, c'est ta vie. Parce que tu ne mérites pas de la vivre.

Il se jeta sur elle, la plaqua contre la cloison, serrant une main gantée autour de son cou. La pointe de la lame se planta dans sa gorge, ce qui l'immobilisa instantanément. Il la fixa droit dans les yeux quelques secondes. Il sentait ses pulsations cardiaques affolées sous ses doigts, s'en délecta encore un instant.

Mme Lenoir tenta un cri qui se transforma en un grincement pitoyable.

Gabriel lui murmura quelques mots à l'oreille. Le visage de Valérie changea, comme si elle avait un fantôme face à elle. Elle tenta de parler mais il resserra sa poigne, empêchant les mots de sortir de sa bouche.

Lentement et sans détourner son regard, il fit descendre la lame entre les seins de sa cible tétanisée. Puis il l'enfonça pile au niveau du foie. Valérie s'affaissa sur elle-même avant de tomber à genoux. Alors, il se pencha, attrapa ses cheveux pour lui tirer la tête vers l'arrière.

D'un geste précis, il lui trancha la gorge.

Lorsqu'il la lâcha, elle s'effondra, face contre terre. Elle n'était pas encore morte, mais ce n'était plus qu'une question de secondes. De minutes, si elle manquait de chance.

Il quitta la réserve, ouvrit la caisse et empocha l'argent qu'elle contenait. Il s'arrêta devant une paire de chaussures. Lana les aurait adorées, il en était sûr. Tout à fait son style. Il choisit une boîte en pointure 38 et ressortit par la porte de côté, prenant bien soin de refermer derrière lui.

Il lui fallut cinq minutes pour rejoindre la station de métro la plus proche. Dans une demi-heure, il serait dans sa voiture.

Il avait hâte de rentrer chez lui.

Hâte de retrouver l'inconnue.

* * *

La lumière était différente. Il y avait donc longtemps qu'elle n'avait pas rouvert les yeux.

Elle tira sur son poignet menotté, comme par réflexe.

Puis son autre main monta jusqu'à sa figure. Sa peau était chaude et elle grimaça de douleur en parcourant son visage. Sensible, comme écorché. Elle compta plusieurs plaies, tenta de se remémorer pourquoi elle était si abîmée.

Mais elle ne se rappelait même pas qui elle était. Alors comment aurait-elle pu se souvenir de ce qu'elle avait subi ?

Elle referma les paupières, tomba à pic dans un lac gelé. La glace se brisa sous son poids et elle s'enfonça lentement dans le froid et le néant.

* * *

Il croisait peu de voitures, peu de vie.

La route semblait avoir été tracée pour lui.

Devant ses yeux, ceux de Valérie Lenoir. Ce regard, il ne l'oublierait pas.

Comme celui de toutes ses victimes.

Il le rangerait dans un tiroir de son cerveau et il réapparaîtrait une nuit, au détour d'un cauchemar. Pourtant, Gabriel n'éprouvait ni remords ni regrets.

Juste le sentiment du devoir accompli.

Il s'arrêta sur une petite aire, au bord de la nationale. Il s'enfonça dans le bois et s'approcha d'un ancien puits entouré d'un grillage épais. Il lança le poignard par-dessus et l'arme coula à pic dans les profondeurs de la terre.

Une cible, une arme. C'était la règle.

24

Vadim a bien grandi. Ses cicatrices ne sont pas trop moches et il parle de mieux en mieux. En septembre, il est entré à la maternelle. Il n'y apprend pas grand-chose, mais il chante, s'amuse et fait des dessins. D'ailleurs, il en a rapporté un avant-hier. Des personnages, plein de personnages à côté d'une maison. Deux grandes personnes, deux petites filles et deux garçons. Et puis, dans la maison, une autre fille. Je crois que c'était moi. J'étais la seule qui ne souriait pas, mais la plus réussie de tous.

En voyant le dessin, sa mère a froncé les sourcils. Elle a dit à Vadim qu'il ne fallait pas me dessiner ou parler de moi. Elle perd son temps car il est bien trop jeune pour comprendre !

Il y a quatre mois, j'ai eu onze ans. J'ai été obligée de revêtir une jolie robe, de sourire devant l'appareil photo. Ensuite, Sefana m'a demandé de laver la robe avant de la rendre à Adina.

Trois ans et quatre mois que je suis ici.

Mille deux cent dix-huit jours que je n'ai pas mis un pied dehors.

Trois ans que je n'ai pas vu mon père ou ma tante.

Je trouve que c'est long, pour une punition.

J'ai lu tous les livres des filles. Et j'ai réussi à subtiliser un autre bouquin dans le salon. C'est un livre pour adultes, sans doute. Mais il me plaît énormément. L'auteur s'appelle Henri Troyat, son livre a pour titre *Le Cahier*. C'est l'histoire de Klim, un domestique, et de Vissarion, son jeune maître. Ils ont grandi ensemble mais le premier appartient à l'autre.

Ça se passe il y a longtemps, dans un pays lointain.

Ça pourrait presque se passer aujourd'hui, en France... Comme quoi, les choses ne changent pas beaucoup.

Mais ce roman m'interpelle, il me fait réfléchir.

Le serf semble heureux de demeurer dans l'ombre de son maître, presque heureux d'être un esclave, son état lui procurant une sécurité, lui évitant choix et décisions. Le maître aime le dominer et le traite bel et bien comme un esclave. Pourtant, on sent que Vissarion a besoin de Klim, besoin de sa présence, de ses conseils, presque de son approbation.

Et, au fil des pages, on se demande si le maître ne devient pas l'esclave de son serviteur.

De Sefana ou de moi, laquelle des deux a le plus besoin de l'autre, finalement ?

Sans elle, je serais à la rue, dans un pays inconnu, sans aucun papier. Si je n'étais pas à l'abri dans cette maison, je finirais en prison et déshonorerais ma famille, elle me l'a souvent répété.

Mais sans moi, que ferait Sefana ? La réponse est simple. Dramatiquement simple. Elle trouverait une autre servante, tandis que je ne trouverais jamais une nouvelle famille pour m'accueillir. C'est injuste, mais c'est comme ça.

Atek a été fait prisonnier et enfermé dans une cage. Moi, c'est différent ; c'est mon père qui m'a demandé de venir ici, en France.

Alors, je dois persévérer. Ne pas le décevoir.

* * *

Hier, c'était samedi et Fadila était toute fière d'annoncer à ses parents qu'elle avait décroché un dix-huit sur vingt en mathématiques. Ils l'ont félicitée et Charandon lui a donné un billet en guise de récompense.

Tu as bien travaillé, ma fille. Et tout travail mérite salaire.

Depuis, cette phrase tourne en boucle dans ma tête. J'estime que je devrais être payée, moi aussi. C'est sûr, je ne saurais pas quoi faire de cet argent. Vu que je ne peux pas quitter la maison, je ne vois pas comment je le dépenserais. Mais je pourrais le garder et, un jour, si je suis libérée, m'en servir pour acheter des choses. Des vêtements à ma taille, par exemple. Des chaussures, comme celles de Fadila, des livres, un meilleur shampooing, une cage plus grande pour Atek. Ou même un billet d'avion pour rentrer chez moi.

Oui, finalement, cet argent me serait utile.

Un jour, si je suis libérée.

* * *

Tama se plante devant le canapé où les époux Charandon sont assis. Ils regardent une émission à la télévision. Un truc qui les fait rire, apparemment. Des gens enfermés de leur propre gré dans une maison. Incompréhensible.

— Qu'est-ce que tu veux ? marmonne Sefana.

— Vous parler, répond Tama en croisant les mains derrière son dos.

— Quoi ?

— Je pense qu'il faudrait que je sois payée.

Charandon écarquille les yeux tandis que Sefana ouvre bêtement la bouche comme si elle cherchait de l'air.

— *Payée ?!* répète Sefana. Et puis quoi, encore ?

Tama regarde Charandon fixement.

— L'autre jour, vous avez dit à Fadila que *tout travail mérite salaire* et vous lui avez donné un billet. Alors, comme moi aussi je travaille, je devrais recevoir de l'argent.

— Non mais je rêve ! s'esclaffe Sefana. Tu entends ça, chéri ?

— J'entends…

— On est déjà bien gentils de te loger et de te nourrir, on va pas en plus te payer !

Tama danse d'un pied sur l'autre.

— Je dors par terre et je mange les restes, rappelle-t-elle.

109

— Tu cherches quoi ? demande Charandon. Tu cherches la merde ?

— Non, monsieur. Je veux juste avoir ce que je mérite.

— Vraiment ?

Il se lève d'un bond, lui colle une gifle qui lui vrille les cervicales. Mais Tama est toujours debout.

— Voilà ce que tu mérites, balance Charandon. Maintenant, dégage.

* * *

Je me demande s'il existe d'autres Tama, quelque part.

Sans doute que oui.

Dorment-elles, comme moi, dans une buanderie ? Ou bien dans un couloir, un garage, un cellier ? Ont-elles une poupée pour leur tenir compagnie ? Ont-elles le droit d'aller dehors ?

Reçoivent-elles des gifles, elles aussi ? Des insultes à longueur de journée ?

J'aimerais bien le savoir. J'aimerais les rencontrer pour leur parler.

La semaine dernière, les filles regardaient la télé. Moi, j'étais dans la cuisine, en train de faire briller l'argenterie. J'ai écouté d'une oreille attentive, c'était une émission sur l'esclavage. Ça racontait comment les Noirs ont été traités pendant des siècles. Ça disait aussi que l'esclavage a été aboli en 1848.

J'ai cherché la définition du mot *aboli* dans le dictionnaire d'Émilien. Abolir, ça veut dire supprimer quelque chose.

Donc, l'esclavage n'existe plus. Interdit, dans le monde entier.

C'est une bonne nouvelle, mais il devrait y avoir des gens chargés de vérifier qu'il ne reste pas d'esclaves dans les buanderies.

Dommage qu'ils n'aient pas pensé à ça lorsqu'ils ont *aboli* l'esclavage.

Fadila a un petit ami, désormais. Ses parents ne le considèrent pas d'un très bon œil. C'est un garçon de sa classe. Je l'aperçois de temps en temps, qui l'attend près du portail. Il n'est pas très beau mais a l'air de lui plaire, vu comment elle l'embrasse à pleine bouche. Sans doute qu'elle n'est pas difficile.

Bien sûr, elle ne le fait pas entrer. Peut-être a-t-elle peur qu'il ne me voie et ne pose des questions.

C'est le problème quand on a une esclave à la maison… Ça n'a pas que des avantages.

Vadim continue à me faire des dessins. J'en avais accroché plusieurs aux murs de la buanderie, mais Sefana les a arrachés avant de les jeter à la poubelle. Alors, maintenant, dès qu'il m'en donne un, je le cache dans mon carton et le soir, je le regarde. Il est doué pour son âge, je trouve. Le dernier qu'il m'a offert, c'était une fille – moi, je suppose – et un petit garçon qui marchaient dans un champ en se tenant la main.

Ça m'a fait pleurer sans que je sache vraiment pourquoi.

Parfois, je lui raconte mon pays. Mon enfance, avec ma mère, puis avec Afaq. À l'époque, j'ignorais que j'étais heureuse. Je trouvais ma tante trop dure avec moi. Mais quand j'y repense, je me dis que c'était une femme juste et honnête. Elle faisait tout pour que j'aille à l'école, pour que j'apprenne des choses et elle ne me punissait que si je l'avais mérité.

Alors, je regrette de ne plus la voir. J'espère qu'elle va bien et qu'elle pense à moi, de temps en temps.

25

Gabriel se gara devant la maison et descendit de la voiture. Il n'allait pas tarder à faire nuit et déjà la lune coiffait les Cévennes de sa douce lumière.

Il commença par nourrir et abreuver ses chevaux puis accorda quelques caresses à Sophocle, toujours heureux de le revoir.

Heureux de le revoir, malgré ce dont son maître était capable.

Ensemble, ils rentrèrent et Gabriel se dirigea directement vers la chambre du fond. Il ouvrit doucement la porte, fendit la pénombre pour rejoindre le lit.

Il alluma la lampe de chevet et constata que *son* inconnue était toujours en vie. Ç'aurait dû le contrarier, ça lui réchauffa le cœur, lui rappelant qu'il en avait un.

Il s'assit sur le fauteuil et la regarda de longues minutes.

La bouteille d'eau vide était par terre. Elle s'était réveillée. Elle avait trouvé la force d'étancher sa soif...

Elle allait survivre.

Il allait devoir la tuer.

* * *

Gabriel s'éveilla en sursaut.

L'espace d'une seconde, il vit Lana sur le lit. L'instant d'après, il se rendit compte que c'était sa chère inconnue qui dormait là. Prisonnière d'un sommeil perturbé. Par la douleur, peut-être. Les mauvais souvenirs, sans doute.

Gabriel aussi, sortait d'un cauchemar. Pour la millième fois, il avait vu Lana, étendue sur une table chromée, recouverte d'un drap blanc.

Pour la millième fois, l'homme en blouse avait soulevé le drap.

Lana. Son visage martyrisé. Son corps profané.

Pour la millième fois, il l'avait abandonnée entre les mains d'un homme qui allait l'ouvrir en deux. La profaner, encore.

Pour la millième fois, Gabriel avait hurlé avant de tomber à genoux. Il avait ressenti ce choc, terrifiant. Cette douleur, atroce. Son crâne, plein d'acide.

Perdre celle qu'il aimait plus que tout. Plus que lui, plus que la vie.

N'avoir pas été là pour la sauver. N'avoir pas su empêcher sa mort. S'être condamné à souffrir pour l'éternité.

Car il en était sûr, il emporterait cette souffrance dans la tombe. Il errerait à jamais dans les ténèbres en appelant son nom.

L'inconnue se mit à gémir et même à pleurer. Gabriel se pencha vers l'avant et prit sa main dans la sienne. Elle retrouva son calme et ils repartirent chacun de leur côté.

Chacun dans leur enfer.

— Pourquoi il chante pas ce con d'oiseau ? souffle Sefana.

Elle secoue la cage, Atek s'affole.

— En plus, il perd ses plumes… Tu le nourris bien, au moins ?

— Oui, madame, répond Tama.

— Décidément, j'ai pas de chance ! soupire Sefana. Je vais prendre un café chez la voisine. Tu termines de me nettoyer la cuisine et tu te tiens tranquille, OK ?

— Bien sûr, madame.

Sefana enfile son manteau et quitte la maison, verrouillant la porte derrière elle. Tama s'approche de la cage pour observer Atek. Il ne perd pas ses plumes, non. Depuis la veille, il se les arrache, une par une.

— Arrête, murmure-t-elle. Tu vas attraper froid…

L'oiseau continue à se mutiler avec rage. Tama essaie de le distraire en lui donnant à manger, mais rien n'y fait.

Les moments où elle se retrouve seule sont rares. Alors Tama décide de passer à l'action. Cet oiseau a besoin de voler avant de devenir complètement fou.

Elle ouvre la porte de la cage, Atek reste à l'intérieur de sa cellule. Perché sur son morceau de bois, il tourne la tête dans tous les sens.

— Allez viens, l'encourage Tama. Viens, n'aie pas peur. Rappelle-toi qu'avant, tu savais voler…

Elle introduit sa petite main dans la prison dorée pour attraper l'oiseau. Elle lui caresse doucement la tête, tentant de le rassurer. Lorsqu'elle ouvre sa main, Atek s'envole.

— Vas-y, profite ! dit-elle en riant.

Il fait le tour de la cuisine avant de passer dans le salon. Tama le suit, le regardant voler sous le plafond. Soudain, elle réalise qu'elle aura du mal à le récupérer pour le remettre dans sa cage. Après tout, ce n'est pas si grave. Elle dira à Sefana qu'il s'est sauvé alors qu'elle lui donnait à manger et les enfants l'aideront à le capturer. Mais au moins aura-t-il pu déployer ses petites ailes pendant une demi-journée.

Atek traverse le couloir et entre dans la chambre parentale. Tama prend le même chemin et, lorsqu'elle arrive à son tour dans la pièce, elle voit Atek foncer droit sur la baie vitrée. Il s'y fracasse, tête la première, avant de tomber sur le tapis dans un bruit sourd.

— Non !

Tama reste un instant le souffle coupé. Puis elle s'approche d'Atek et le prend dans ses mains avec mille précautions. Peut-être est-il seulement assommé ? Elle aperçoit une minuscule tache de sang sur la vitre qu'elle essuie bien vite du revers de sa manche. Elle revient dans la cuisine, gardant Atek au creux de sa main.

— Allez, respire ! implore-t-elle. Ne meurs pas…

Elle le veille un long moment avant de se rendre à l'évidence.

Atek est mort. Et c'est elle qui l'a tué.

Alors Tama le pose sur la paille et referme la porte de la cage.

Le soir, elle a prétendu que l'oiseau était mort d'un seul coup, qu'il était tombé de son perchoir. Pour la forme, Sefana a considéré que Tama était responsable, d'une manière ou d'une autre. Elle l'a giflée deux fois et l'a privée de nourriture pendant trois jours.

Tama s'est dit qu'elle avait bien mérité cette punition.

Cette nuit-là, elle a pleuré longtemps.

Atek a voulu rejoindre le ciel, *son* ciel. Il a voulu retrouver sa liberté.

Il en est mort.

* * *

Les vacances de Noël sont terminées. J'ai eu la surprise de recevoir des cadeaux, cette année encore. Une tablette de chocolat avec des noisettes, des dattes séchées et une nouvelle blouse. Cette année, elle est vert pâle avec des papillons bleus. Je n'ai besoin de rien d'autre au niveau vêtements puisque Sefana me donne les vieux habits de Fadila ou d'Adina. Des chaussettes trouées que je reprise quand j'ai du temps, des culottes avec un élastique un peu lâche, des tee-shirts qu'elles ne veulent plus mettre. Pour les chaussures, Sefana m'achète des mules en plastique, elle refuse que je porte autre chose.

Fadila, elle, a eu un nouveau téléphone portable, un flacon de parfum et plein de vêtements neufs. Adina, des chaussures et des robes. Vadim a reçu une dizaine de jouets, tout comme Émilien.

Ils étaient apparemment très contents et leur joie était communicative.

Le soir du réveillon, je leur avais préparé un bon repas et j'ai eu droit à une part de dessert. Cette année, la bûche était aux marrons glacés, j'ai moins aimé que l'an dernier. Mais j'ai apprécié qu'ils pensent à moi et l'ai dévorée de bon cœur.

* * *

Charandon rentre vers 18 heures, bien plus tôt que d'habitude. Il trouve Émilien et les filles devant la télé. Il embrasse ses enfants puis passe dans la cuisine où Tama prépare le dîner.

— Où est ma femme ? grogne-t-il.

— Bonsoir, monsieur. Elle a emmené Vadim chez le médecin… Il a une bronchite, je crois. Et puis elle devait faire des courses, aussi.

Il retourne dans le salon, s'effondre dans un fauteuil.

— Tama ! hurle-t-il.

Elle délaisse ses fourneaux et se précipite dans l'autre pièce.

— Oui ?

— File-moi une bière.

Tama ouvre le frigo, prend une canette et l'apporte à Charandon.

— Enlève-moi mes pompes, exige-t-il.

Depuis quelque temps, chaque soir ou presque, il lui inflige cette corvée. Tama s'agenouille sur le tapis et délace les chaussures de Charandon.

— Tu pourrais te débrouiller tout seul ! raille Émilien.

— De quoi je me mêle ? riposte son père. Tu as terminé tes devoirs, au moins ?

Le jeune garçon baisse la tête et, d'un signe de la main, Charandon lui intime l'ordre de rejoindre sa chambre.

— Et vous, les filles ?

— On y va, soupire Adina.

Les deux gamines disparaissent à leur tour, tandis que Tama range les chaussures dans le placard de l'entrée.

— Viens ici, fait Charandon.

Tama se poste face à lui, une boule dans la gorge. Elle s'attend au pire.

— J'ai mal aux pieds.

Elle comprend le message et s'agenouille à nouveau. Longuement, elle lui masse les pieds, tandis qu'il la reluque sans vergogne.

C'est alors que la voiture de Sefana entre dans le garage. Vadim et sa mère pénètrent dans la maison, l'enfant se jette dans les bras de son père.

— Alors, mon petit bonhomme, tu es malade, il paraît ?

— Le docteur a dit que c'était pas grave !

— Tant mieux !

— Qu'est-ce qu'elle fait, Tama ?

— Son travail, mon chéri !

Sefana se campe face à son mari, sourcils froncés, visage courroucé. Puis elle s'adresse à Tama.

— Tu attends quoi pour aller débarrasser le coffre de la bagnole ? crache-t-elle d'un air mauvais.

— Elle le fera après ! rétorque Charandon.

Tama regarde tour à tour le mari et la femme, ne sachant plus à qui elle doit obéir. Sefana la soulève par le bras.

— Les courses, tout de suite.

— Oui, madame.

— T'es vraiment chiante ! peste son mari. Pour une fois qu'elle servait à quelque chose…

Tama descend à toute vitesse jusqu'au garage. Elle fait trois allers-retours, les bras chargés d'énormes sacs, tandis que Sefana s'installe dans le canapé.

— Et n'oublie pas de donner le bain à Vadim ! crie-t-elle.

— Dans un instant, madame.

Entre le rangement des courses, le repas dont il faut surveiller la cuisson et Vadim qui attend son bain, elle ne sait plus où donner de la tête.

Pourtant, pour Tama, c'est une soirée comme les autres.

27

Ce soir, tandis qu'ils dorment tous, j'écris une lettre. Une lettre pour ma tante Afaq. Elle ne sait pas lire le français mais l'un de ses fils lui traduira mes mots, j'en suis certaine. Je lui dis que si elle peut, il faudrait qu'elle vienne me chercher. Je lui explique que Mejda et Sefana ont menti à mon père, que les Charandon ne s'occupent pas bien de moi et de mon éducation. Je ne lui révèle pas qu'ils me frappent à coups de ceinture, car je crois que ça pourrait lui faire de la peine. Mais je lui précise quand même que je me suis bien comportée et que je n'ai pas été renvoyée de l'école puisque je n'y suis jamais allée.

Une fois ma lettre terminée, je la mets dans une enveloppe et colle un timbre spécial pour le Maroc, déniché dans un tiroir. Sefana écrit parfois à ses parents, là-bas. Une chance ! Je me souviens très bien de l'adresse de ma tante, mais le plus dur reste à faire : comment lui envoyer cette missive ?

J'ai une idée, mais j'ignore si ça va marcher ; je vais confier la lettre à Vadim en lui disant que c'est un secret entre nous, qu'il ne doit pas en parler à sa mère.

Puis je vais lui demander de la remettre à sa maîtresse, pour qu'elle la dépose à la poste.

Oui, c'est ce que je vais faire dès demain.

Ensuite, j'attendrai.

Chaque jour, j'attendrai.

Enfin, j'attendrai quelque chose.

* * *

La maîtresse de Vadim a pris la lettre. Mais au lieu de la poster, cette abrutie l'a donnée à Sefana après les cours, sans même prendre la peine de la lire.

Par contre, Sefana l'a lue.

Quand elle est rentrée à la maison, elle me l'a jetée en pleine figure avant de la remettre dans la poche de son pantalon. Elle m'a annoncé que lorsque son mari allait revenir, j'allais comprendre ma douleur.

Comprendre ma douleur… Je ne vois pas très bien comment je pourrais comprendre une douleur.

Vadim s'est mis à pleurer, je lui ai donné son goûter et lui ai dit de ne pas s'inquiéter. Que ce n'était pas grave. Je lui ai souri alors que moi aussi, j'avais envie de pleurer. J'ai mis une nuit à écrire cette lettre. Et depuis ce matin, j'avais un espoir nouveau dans le cœur.

Un espoir, enfin.

Qui n'aura duré qu'une journée.

Après le goûter, j'aide Vadim à se laver et ensuite, je vais dans la cuisine pour finir la préparation du dîner.

Il est bientôt 20 heures lorsque Charandon arrive. Aussitôt, Sefana lui montre la lettre en lui expliquant que je me suis servie de leur fils *chéri* pour essayer

122

de la faire parvenir à ma tante. Elle lui dit qu'heureusement, la maîtresse ne l'a pas ouverte. Et moi qui croyais que les professeurs étaient intelligents...

Je suis dans la cuisine, attendant le moment où Charandon va me faire *comprendre ma douleur*. Je ne sais pas ce qu'il me réserve. La ceinture ou ses poings. Peut-être pire. Mais après tout, je n'ai écrit que la vérité, dans cette lettre.

Charandon m'appelle, depuis le salon. J'abandonne mes casseroles et obéis. De toute façon, si je n'y vais pas, il viendra me chercher. Les enfants sont dans leurs chambres, il peut laisser libre cours à sa colère.

— C'est quoi ça ? demande-t-il en brandissant la feuille de papier.

— Une lettre, réponds-je. Pour ma tante.

— Depuis quand tu sais écrire ?

Sefana fronce les sourcils.

— C'est vrai, ça ! lance-t-elle. Comment tu as appris à écrire, toi ?

J'ose un sourire qui n'est pas à leur goût. Cette demeurée ne s'était même pas posé la question !

— Pas à l'école, ça c'est sûr, dis-je.

Une première gifle me coupe la parole un instant.

— J'ai appris seule, les défié-je.

Je vois les mâchoires de Charandon se contracter.

— C'est comme ça que tu nous remercies ? me reproche Sefana. On te sort de ta misère, on s'occupe de toi et tu écris des horreurs sur nous à ta famille ?

Je sais qu'en répondant, je vais attiser leur colère. Mais l'envie est irrépressible, plus forte que la peur. Pour le moment, en tout cas.

— Je n'ai pas à vous remercier. Et je vous rappelle que l'esclavage a été aboli en 1848. C'est-à-dire il y a longtemps.

Là, je viens de leur clouer le bec. Ils se regardent, puis *me* regardent.

— Petite salope, murmure Charandon. Je vois que tu n'as toujours pas compris, hein ?

— Compris quoi, monsieur ?

— Qui commande ici...

Il m'empoigne par le bras et m'entraîne dans son sillage. Il ouvre la porte menant au garage et nous descendons les quelques marches. L'odeur d'essence me soulève le cœur. Sefana ferme la porte derrière nous. Charandon pose ma main droite bien à plat sur son établi et demande à sa femme de me tenir.

— Alors comme ça, tu aimes écrire ? me balance-t-il avec un sourire horrible.

Je tente de retirer ma main, mais Sefana m'empêche de bouger. Quand je vois Charandon saisir un marteau, je ferme les yeux un instant. Je les rouvre au moment où il frappe. De toutes ses forces.

La douleur est si violente que mon cœur s'arrête pour repartir à toute allure.

Sefana me lâche, je me plie en deux et vomis sur le sol. Je n'arrive plus à respirer. Charandon replace ma main sur le bois et pose un énorme clou au milieu avant de l'enfoncer avec rage de plusieurs coups de marteau.

— Tu peux dire adieu au stylo ! Et si jamais t'essayes encore de prévenir qui que ce soit, je te pète l'autre main ! T'as compris, saloperie ?

Ils disparaissent et j'entends la clef dans la serrure au milieu du vacarme qui règne dans ma tête. Je comprends avec effroi que je vais passer la nuit clouée à l'établi.

Alors, je tombe à genoux. Je voudrais ne pas bouger pour ne pas attiser ma souffrance, déjà atroce, mais mon estomac se révulse une seconde fois et je vomis encore.

Maman, pourquoi m'as-tu donné la vie, si la vie c'est ça ?

Non, j'ai beau chercher, je ne comprends pas ma douleur.

* * *

Quand Charandon revient dans le garage, il est presque minuit. Tama a le front posé sur l'établi, juste à côté de sa main martyrisée. Le dos courbé, elle ne bouge pas.

— T'as compris, cette fois ?

— Oui, monsieur. Aidez-moi, s'il vous plaît…

Il allume la lumière et s'approche, armé d'une pince. Avec l'outil, il saisit la tête du clou. Tama serre les dents. Il tire un bon coup, la libérant dans une indicible douleur. Elle s'effondre sur elle-même et cale sa main au creux de son ventre. Elle sent un goût métallique dans sa bouche. Elle s'est mordu la langue jusqu'au sang.

— Amène-toi… Dépêche-toi, sinon tu passes la nuit ici !

Tama se relève pour le suivre. Dans la cuisine, Sefana les attend, avec un morceau de coton et une bouteille d'alcool. Charandon assoit Tama sur une chaise et elle pose ce qui reste de sa main sur la table. Sefana évite de la regarder, comme si elle était mal à l'aise. Elle fait couler un peu de solution désinfectante sur la plaie béante et un geyser de larmes jaillit des yeux de Tama. Des larmes, mais aucun cri.

Ensuite, Sefana lui colle un pansement dessus, un autre dessous. Comme pour cacher la perforation. Peut-être pour ne plus voir les actes de barbarie dont son gentil mari est capable.

— On recommence demain matin, annonce-t-elle. Faudrait pas que ça s'infecte.

Tama boit quelques gorgées d'eau au robinet de la cuisine. Puis elle s'exile dans la buanderie et s'écroule sur son grabat. De sa main gauche, elle attrape Batoul et l'installe près d'elle.

— Faudra pas m'en vouloir, murmure-t-elle entre deux sanglots. Mais demain, je pars. Et je ne pourrai pas t'emmener avec moi... Où je vais ? Tu ne devines pas ?... Rejoindre maman. Voilà où je vais.

28

Le jour frappa aux vitres de la chambre. Gabriel avait passé la nuit à la regarder lutter, encore et encore. Absorbé dans sa contemplation, il avait peu dormi, peut-être une heure ou deux.

Même si elle avait encore de la fièvre, l'inconnue semblait plus calme. L'épuisement la tenait toujours prisonnière d'un sommeil comateux, mais il était presque sûr désormais qu'elle n'allait pas tarder à revenir d'entre les morts.

Survivre à ses blessures.

Gabriel resta un moment dans la salle de bains et se changea. Puis il se fit un café serré qu'il but sur la terrasse, malgré le froid.

Ensuite, il retourna près d'elle et lui passa un linge mouillé sur tout le corps. Il fallait qu'elle soit propre avant le grand voyage. Celui dont on ne revient pas.

Il enfila sa parka et jeta une pelle à l'arrière du pick-up. Aujourd'hui, il neigeait, mais pas suffisamment pour l'empêcher de réaliser son projet. Il prit le volant et s'engagea sur une piste qui remontait derrière le hameau avant de s'enfoncer dans une profonde forêt.

Il s'arrêta au bout de dix minutes, lorsque la piste se transforma en chemin. Il récupéra la pelle, marcha à travers bois pendant encore un kilomètre pour arriver dans une petite clairière. C'est là qu'il avait commencé à creuser la tombe de l'inconnue.

Et il était temps de terminer le travail.

Il était temps que les choses reviennent à la normale. Qu'il retrouve sa chère solitude et ses maudits cauchemars.

Il était temps qu'il continue à souffrir en silence.

Ses paupières clignèrent plusieurs fois avant de pouvoir rester ouvertes. Elle regarda longuement ce plafond en lambris avant de parvenir à tourner la tête.

C'était une chambre, vaste et lumineuse.

Son poignet était toujours menotté au lit et une nouvelle bouteille d'eau l'attendait sur la table de chevet. Malgré la douleur, elle parvint à se redresser un peu et s'empara de la bouteille avant de la vider lentement. Chaque gorgée apaisait sa soif tenace et la ramenait doucement vers la vie. Elle reposa son crâne sur l'oreiller et garda les yeux ouverts.

Où était-elle ? Qui était-elle ? Comment s'appelait-elle ?

Pourquoi son cerveau était-il vide de tout souvenir ?

Son esprit s'embruma, un voile gris submergea son champ de vision.

Elle replongea dans les ténèbres sans savoir si elle reverrait la lumière du jour.

C'est comme ça qu'on a assassiné leur Dieu.

Je l'ai lu dans un livre que j'avais piqué à Fadila. Il a été cloué, lui aussi. Des clous dans les mains et les pieds. Je dois être une des rares personnes à savoir à quel point il a souffert.

J'ignore si Charandon a lu la Bible, si c'est ce qui lui a donné l'idée. Ou si son imagination tordue lui a suffi.

Quelques jours plus tard, j'ai rêvé que je le tuais. C'est la première fois que je tue quelqu'un dans mes songes. Je crois qu'ils sont en train de me changer. De me rendre mauvaise. Si elle revenait, maman ne me reconnaîtrait pas. Et ça, ça me fait peur…

Finalement, je ne suis pas partie la rejoindre au pays des morts. Batoul m'a dit que j'étais trop jeune, que je devais résister. Encore résister. Que je finirais bien par sortir d'ici. Que je devais me battre parce que c'est ce que ma mère aurait voulu. Ce que ma tante aurait voulu. Ce que la vraie Batoul aurait voulu.

Alors, je suis restée ici. Dans ce monde qui ne veut pas de moi. Et je ne sais plus si c'est du courage ou tout le contraire. Dans les livres que j'ai lus, je n'ai pas trouvé de réponse à cette question. Comme à plein d'autres questions, d'ailleurs.

Chaque matin, je désinfecte ma plaie avec le produit que Sefana m'a laissé. Il sent l'eau de Javel, il est rose et il ne pique pas. Puis, j'enroule ma main dans une bande. Sefana m'en a donné plusieurs pour que je puisse en changer chaque jour. J'ai deux doigts cassés. Je le sais parce qu'ils me font terriblement souffrir, sont gonflés et noirs. Je ne peux plus les bouger et j'ignore si je pourrai m'en resservir un jour.

Sefana m'a dit que j'avais cherché cette punition, que j'étais responsable de ce qui m'arrivait. Pourtant, je ne l'ai pas sentie convaincue par ses propres paroles.

Quand Vadim m'a demandé comment je m'étais blessée, j'ai prétendu m'être coincé la main dans une porte. Il y avait Fadila près de nous et elle a baissé les yeux avant de quitter la pièce. Si j'avais un père capable de ça, je crois que j'en aurais honte. Et que, moi aussi, je baisserais les yeux.

Le lendemain, Vadim m'a offert un dessin. Dessus, il y avait deux personnages. Une fille avec des cheveux noirs et un homme, beaucoup plus grand. La fille était couchée par terre, avec une grosse tache de sang sur sa robe. Il avait dessiné des larmes sur son visage. L'homme, debout à côté d'elle, tenait un bâton dans sa main.

Quand je lui ai demandé qui était cet homme, il m'a dit que c'était le Diable.

Après l'histoire de la lettre, Charandon et sa femme ont inspecté la buanderie. Ils ont vidé mon carton et découvert Batoul. Ils m'ont accusée de l'avoir volée et je leur ai expliqué que je l'avais trouvée dans une poubelle. Fadila ayant confirmé qu'elle l'avait jetée, ils me l'ont laissée. Ils ont trouvé un crayon de couleur et quelques feuilles griffonnées qu'ils m'ont confisqués. Ils sont tellement idiots qu'ils n'ont pas songé à chercher derrière la machine à laver ou le sèche-linge. Alors, j'ai encore mes cahiers, mes stylos et mes livres. Mais en ce moment, je n'ai plus le cœur à étudier.

Plus tard, peut-être.

Plus jamais, peut-être.

Dans deux mois, j'aurai douze ans.

Mon père a rappelé une fois. Sefana lui a dit que je leur avais volé de l'argent avant de m'enfuir. Que la police était à ma recherche et qu'ils espéraient qu'on allait me retrouver pour qu'il ne m'arrive rien de fâcheux. Qu'elle le préviendrait si elle avait des nouvelles.

J'aurais voulu crier mais Charandon avait plaqué son énorme main sur ma bouche.

Alors, j'ai juste pleuré. Pendant des heures. En imaginant ce que mon père pense de moi. Ce qu'il a dit de moi à mes frères, à sa femme et à ma tante.

J'imagine son inquiétude, aussi.

Jamais je ne pourrai rentrer chez moi, jamais je ne retrouverai les miens.

Dans deux mois, ça fera quatre ans que je suis ici. Dans l'antre du Diable.

30

Je ne l'avais pas vu depuis au moins un an.

Izri a changé, il est encore plus beau qu'avant. On dirait un homme, maintenant. C'est normal, puisqu'il vient d'avoir dix-huit ans. Il est grand, musclé, mais son visage est resté doux.

Il est passé avec sa mère, n'est pas resté longtemps. Pourtant, il a pris quelques minutes pour venir me voir et m'embrasser sur la joue. Il m'a demandé comment j'allais et a remarqué ma main bandée. Je lui ai dit que c'était le Diable qui m'avait fait ça. Il a froncé les sourcils, me répondant que le Diable n'existait pas. Alors, à voix basse, je lui ai chuchoté qu'ici, c'était sa maison.

Avant de partir, Izri m'a assuré qu'un jour, je quitterais cet endroit. Mon cœur battait fort. Je crois bien que je souriais.

J'ai eu douze ans en mai, il y a trois mois. Sefana m'a dit que ce n'était pas la peine de faire une photo. Que mon père n'en avait *plus rien à foutre* de moi.

J'ai recommencé à voler des livres. Enfin, à les emprunter sur les étagères. Désormais, je lis ceux de Sefana et de son mari. Heureusement pour moi, ils possèdent plein de romans. Je me demande pourquoi, vu que je ne les vois jamais lire. Peut-être pour faire joli, peut-être pour faire croire qu'ils sont cultivés. Peu importe, après tout.

Parfois, je tombe sur des histoires passionnantes. Parfois, ils me mettent mal à l'aise ou bien m'ennuient. Alors, je les remets en place et j'en prends d'autres. C'est la seule façon de m'évader de la buanderie, de la maison, de ma vie.

Ça stimule mon imagination et je m'invente toujours plus d'histoires. Ils croient que je suis là, dans la cuisine ou en train de repasser. Mais, en vérité, je suis ailleurs. Je me quitte et je m'envole, tel un oiseau, vers des contrées lointaines. Vers des vies exaltantes, des mondes meilleurs, où les petites filles ne dorment pas à côté des machines à laver, mais dans les bras de princes plus ou moins charmants. Des princes qui ont souvent le visage et le sourire d'Izri.

Hier soir, tandis que les enfants dormaient et que j'étais dans ma buanderie, j'ai entendu Sefana et son mari se disputer. Elle l'accuse de voir une autre femme. Ça ne m'étonnerait pas de lui, ce salaud ! Il lui a rétorqué qu'elle avait tout ce qu'une femme peut désirer et n'avait pas le droit de se plaindre. Comme elle a insisté, il l'a frappée et lui a ordonné de fermer sa gueule. Sefana s'est réfugiée dans la cuisine et a pleuré longtemps.

Après tous les mensonges qu'elle a servis à mon père, ç'aurait dû me faire plaisir. Pourtant, ça m'a fait de la peine. Je ne sais pas vraiment pourquoi. Peut-être parce que les Charandon sont désormais ma seule famille. Parce que je n'ai plus de mère et que Sefana pourrait être la mienne.

Alors, je suis sortie de ma cellule pour faire chauffer de l'eau. J'ai servi à Sefana une tasse de thé à la menthe et me suis assise près d'elle. Elle a séché ses larmes, m'a regardée un instant sans rien dire. Elle avait le visage marqué, comme moi quand son mari me frappe. Je crois que ça l'a gênée que je la voie dans cet état. Elle a bu son thé lentement. Puis elle s'est levée et, pour la première fois depuis que je suis ici, m'a souhaité bonne nuit.

* * *

Dans le salon, Tama est assise devant la machine à coudre. Elle a des ourlets à faire sur des pantalons neufs pour Émilien et Adina. Sefana et Fadila sont vautrées dans le canapé. Toutes deux concentrées sur leur smartphone, elles ne se parlent pas, ne se regardent pas. Tama songe que si elle avait la chance d'avoir sa mère assise près d'elle, elle la dévorerait des yeux, lui parlerait pendant des heures. Lui confierait ses petits secrets, serrée contre elle.

Mais Fadila ne sait pas encore ce que ça fait de ne plus avoir sa mère à côté de soi. Tama, elle, connaît cette souffrance, inscrite dans sa chair au fer rouge.

Elle les observe du coin de l'œil. La mère comme la fille peuvent passer des heures devant leur téléphone et ne s'en séparent jamais. Tout comme Adina ou Charandon, d'ailleurs.

Alors, Tama réalise qu'il existe mille façons d'être un esclave.

* * *

Hier soir, Vadim est venu dans la buanderie m'apporter un morceau de pain avec du fromage. Pendant que je mangeais, il s'est assis sur le matelas. Il était tard et je lui ai demandé pourquoi il ne dormait pas encore. Un cauchemar l'avait réveillé.

Il avait rêvé que je mourais de faim.

Il voulait dormir avec moi, mais je lui ai ordonné de retourner dans sa chambre avant que ses parents ne le trouvent et ne se mettent très en colère. Alors, il est parti après m'avoir embrassée sur la joue.

J'ai passé une bonne nuit, je dois l'avouer. J'avais de la nourriture dans l'estomac et de la joie dans le cœur.

Ce matin, en faisant la chambre des filles, j'ai déniché un petit carnet sous le lit de Fadila. Je sais que je n'aurais pas dû, mais je l'ai feuilleté et j'ai découvert que c'était un journal intime. Je me suis assise pour lire quelques passages. J'ai ainsi appris que Fadila avait couché avec son petit ami. Ça m'a fait rougir.

Elle est si jeune et, surtout, ils ne sont pas mariés ! Au pays, elle aurait pu se faire jeter à la rue par sa famille pour une faute pareille ! Elle aurait pu couvrir de déshonneur tous les siens ! Ici, sans doute qu'elle ne risque pas grand-chose sinon la colère de ses parents.

J'ai reposé le carnet où je l'avais trouvé avant de terminer la chambre. Et, pendant que je m'occupais de celle d'Émilien, je me suis dit que je devrais faire comme Fadila. Comme Klim, dans le livre de Troyat. Écrire ce que j'ai sur le cœur, noircir un carnet avec l'encre de ma vie.

Même si ma vie est tout sauf intéressante.

* * *

Ce soir, alors que tout le monde dort, j'ouvre mon dernier cahier vierge et prends mon vieux stylo presque vide. J'inscris la date sur la page et, ensuite, me mets à réfléchir.

Par où commencer ? Que dire ? Et surtout, *à qui* le dire ?

Finalement, je n'arrive pas à ordonner mes pensées et renonce. Une autre fois, peut-être.

Je m'allonge sur le matelas et regarde Batoul, assise sur le carton. Maintenant que les Charandon l'ont découverte, elle peut rester dehors. Sa place est à côté de la lampe.

Depuis que Charandon m'a planté un clou au milieu de la main, je n'ai pas eu à subir d'autres châtiments, à part quelques gifles.

Mais les gifles, ce n'est rien, après tout.

Il faut dire que je me suis tenue tranquille, que je n'ai plus posé de questions, ne me suis plus montrée insolente.

Sage comme les images des livres.

Pourtant, j'ai peur. Parce que je sens quelque chose en moi. Un venin qui dort dans mes veines. Mes sentiments envers Charandon, la rage que je ressens contre lui, sont un poison qui se diffuse lentement dans ma tête, dans mon corps. Et parfois, j'ai terriblement envie que ça sorte.

J'ai lu un livre sur les volcans… J'ai l'impression que de la lave incandescente bouillonne au fond de mon ventre et qu'elle va jaillir à la première occasion. L'impression que je vais exploser et tuer tous ceux qui m'entourent.

Je ne dois pas le faire, je le sais. D'autant que Sefana est moins dure avec moi ces derniers temps. Depuis que je lui ai préparé du thé pour la consoler, on dirait qu'elle commence à m'aimer un tout petit peu. Rien qu'un tout petit peu, mais il ne faudrait pas tout gâcher.

Pas maintenant…

31

Quand Gabriel revint chez lui, il était presque midi. La neige avait cessé de tomber. Après avoir terminé de creuser la tombe de sa future victime, il avait marché dans la forêt.

Parenthèse nécessaire avant d'affronter la suite.

Tandis qu'il avançait au milieu des châtaigniers dénudés puis des pins noirs, il avait parlé à Lana. Ça lui arrivait souvent, depuis qu'elle était partie.

Depuis huit longues années.

Il lui avait décrit l'inconnue, avec des mots tendres, des sourires.

Gabriel récupéra une bâche en plastique au fond de l'écurie et la rapporta à l'intérieur de la maison. Il se lava soigneusement les mains dans la cuisine puis jeta un œil à ses mails.

Il n'était pas pressé de la rejoindre.

La rejoindre, une dernière fois.

Après une cigarette, il se décida.

En pénétrant dans la chambre, il vit qu'elle dormait. C'était mieux ainsi, finalement. Elle ne se rendrait compte de rien, ou presque.

Il aurait voulu ne pas l'abîmer mais ne connaissait aucune méthode pour assassiner quelqu'un en douceur.

Pourtant, il les connaissait toutes.

Il récupéra un gros coussin posé sur le fauteuil et s'approcha du lit. Il la contempla un moment encore. Sa respiration était redevenue régulière, elle semblait reposée.

— Désolé, ma belle. Il est temps de se dire au revoir…

Il prit le coussin à deux mains et le plaqua sur le visage de l'inconnue. Au bout de quelques secondes, elle commença à se débattre et Gabriel accentua la pression.

— Ne lutte pas, dit-il. S'il te plaît, ne lutte pas…

32

Dimanche matin, 7 heures. Tama se lève.

Le dimanche, elle peut dormir un peu plus longtemps car il n'est pas nécessaire que le petit déjeuner soit prêt de bonne heure. Même Vadim n'est pas encore réveillé.

Alors Tama en profite pour faire sa toilette. Elle va dans la cuisine, pousse la porte pour ne pas faire de bruit. Puis elle se déshabille et se savonne le haut du corps. Sefana lui a acheté un nouveau savon. Ce n'est pas le même que d'habitude, il a une odeur agréable, une mousse généreuse. Elle lui a aussi donné une bouteille à moitié pleine d'eau de Cologne, ce qui l'a rendue folle de joie.

Après avoir rincé sa peau à l'aide d'un gant, elle passe à sa toilette intime et termine par ses jambes et ses pieds. Ensuite, elle se sèche soigneusement. C'est à ce moment-là qu'elle remarque que la porte de la cuisine est entrebâillée.

Charandon la regarde, ses yeux brillent.

Tama se fige, ses mains se crispent sur la serviette. Depuis combien de temps est-il là, à l'épier ? L'a-t-il déjà fait ?

Le fait-il chaque matin ?

Il entre dans la pièce et, tout en la fixant d'un drôle d'air, il ouvre le frigo pour attraper une bouteille d'eau. Tama n'a pas bougé, incapable du moindre geste face à cet homme quasiment nu.

Charandon lui adresse un de ses sourires abjects et s'approche. Tama bat lentement en retraite vers la buanderie, attrapant au passage son vieux tee-shirt de nuit et sa culotte.

— N'aie pas peur, chuchote Charandon. Ne te sauve pas…

Tama est contre la porte de la buanderie, tétanisée par un mauvais pressentiment.

— Tu sais que tu es très jolie ? ajoute-t-il.

Tama tient toujours sa serviette, seul rempart entre elle et cet homme. Soudain, il lui arrache sa dérisoire protection.

— Oui, vraiment très jolie…

Nouveau pas en arrière. Afaq lui a souvent dit que face à un animal dangereux, il fallait bouger le moins possible.

Mais Charandon est sans doute le plus dangereux des carnassiers.

— Je t'avais dit qu'on se retrouverait…

Tama continue à reculer doucement et sent la machine à laver dans son dos. Impossible d'aller plus loin. Une voix s'interpose entre eux. Sefana se tient juste derrière Charandon.

Regard noir et visage gonflé de sommeil, elle voit la serviette dans les mains de son mari, Tama nue face à lui.

— Qu'est-ce qui se passe ?

Charandon ne prend même pas la peine de se retourner pour lui répondre.

— J'avais soif, je suis venu prendre de l'eau dans le frigo… Et cette petite pute s'est mise à poil devant moi… Tu le crois, ça ?

— Tama, habille-toi tout de suite ! ordonne Sefana.

Charandon pivote enfin vers son épouse et la fixe droit dans les yeux.

— Je suis sûr qu'elle finira sur le trottoir.

Il quitte la cuisine tandis que Tama enfile ses vêtements à la hâte. Sefana entre dans la buanderie et la toise avec hargne.

— J'étais en train de me laver quand il est arrivé, murmure-t-elle en boutonnant sa blouse.

Sefana lui assène une gifle retentissante.

— Ne recommence jamais ça ! s'écrie-t-elle. Jamais, tu as compris ?

— Mais…

Nouvelle gifle.

— Mon mari n'est pas un menteur !

— Oui, madame.

* * *

Ce dimanche m'a paru interminable. J'ai eu mal au cœur toute la journée. Une nausée persistante, comme si j'avais mangé quelque chose d'avarié, impossible à digérer. Une nouvelle fois, je me suis sentie sale, avec l'impression que quelqu'un avait essuyé ses mains souillées sur ma peau.

Fadila est sortie avec son petit copain, Adina a joué devant son ordinateur. Émilien a fait du skateboard dans la rue et Vadim a dessiné et s'est amusé avec des puzzles. Parfois, le dimanche, les Charandon emmènent leur progéniture au restaurant, mais, aujourd'hui, l'ambiance était morose.

Tandis que j'astiquais la baignoire, le couple s'est disputé dans la chambre. Ils n'ont pas crié, sans doute de peur d'être écoutés par les enfants, alors je n'ai pas compris grand-chose à ce qu'ils se disaient. J'ai seulement entendu Charandon demander à sa femme si elle *cherchait la merde*. Je ne sais pas si ça a un rapport avec ce qui s'est passé ce matin dans la cuisine ou si c'est pour un autre motif…

De toute façon, Sefana ne me donnera jamais raison devant son mari. Ici, je suis comme un meuble ou un animal. Je ne compte pas. Je n'ai pas de vraie place. Je pourrais disparaître, ils me remplaceraient par une autre Tama.

Je ne sais pas exactement ce que veut Charandon. Je sais juste qu'il faut que je m'en méfie. Heureusement pour moi, il est très rare que je me retrouve seule dans la maison avec lui. Il rentre tard le soir, part tôt le matin. Mais je me dis qu'une nuit, il pourrait venir dans la buanderie pendant que je dors. Et ça, ça me terrifie. Jusqu'où irait-il alors ?

La porte de ma cage ne se ferme que de l'extérieur, à l'aide d'un verrou. Je dois trouver un moyen de la bloquer. Sinon, je crois que je ne parviendrai plus à dormir…

* * *

La machine à laver est tombée en panne, le moteur a rendu l'âme.

Alors Tama est obligée de faire la lessive à la main. Des cargaisons de linge et même les draps d'Émilien qui fait encore pipi au lit malgré son âge.

De quoi faire souffrir encore et encore sa main droite qui ne s'est toujours pas remise de la barbarie de Charandon. Sefana lui a expliqué qu'ils avaient d'autres priorités que de changer le lave-linge et Tama a compris qu'elle allait jouer les lavandières pendant de longues semaines, peut-être des mois. Et même si la lessive lui prend beaucoup plus de temps, elle doit continuer à assurer les autres tâches ménagères.

Ses journées n'en finissent pas et lorsqu'elle a enfin le droit d'aller se coucher, elle s'effondre sur son matelas, n'ayant même plus la force de lire ne serait-ce qu'une ligne.

Elle a trouvé comment interdire à Charandon l'accès à la buanderie pendant la nuit. Elle utilise une chaise de la cuisine dont le dossier sert à bloquer la poignée.

Pourtant la peur est toujours là, telle une seconde peau. Une peur qui la suit jusque dans ses rêves…

33

Gabriel s'était réfugié au fond de la chambre. Assis dans le fauteuil, il regardait l'inconnue allongée sur le lit.

Elle aussi, le fixait avec des yeux débordants de terreur.

Finalement, il n'avait pas réussi.

Pas cette fois.

Elle s'était débattue, si fort qu'il avait cédé. Cédé, face à cette furieuse envie de vivre.

Le choc l'avait réveillée et, désormais, ils se jaugeaient en silence.

Gabriel était en colère. Il avait échoué, ça ne lui était jamais arrivé auparavant. Sans doute parce que c'était la première fois qu'il tentait d'assassiner une innocente.

Innocente… Qu'en savait-il ?

Assise sur le lit, dans une drôle de position, elle le dévisageait sans relâche. Attendant sans doute qu'il repasse à l'attaque.

Mais Gabriel ne s'en sentait plus la force.

Pas maintenant.

Lorsqu'il s'approcha, elle se ratatina contre la tête du lit, en proie à une frayeur sans nom. Il déposa une petite bouteille d'eau sur la table de chevet et quitta la pièce.

Elle souffla doucement, laissant retomber la pression.

La douleur revint la percuter de plein fouet. Pendant quelques instants, terrassée par la peur, elle s'était évanouie. Mais elle était de retour, violente et sans pitié.

Elle tenta malgré tout de se détacher, tirant sur son poignet comme une forcenée.

Peine perdue.

Alors, elle se rallongea sur le lit, gardant un œil sur la porte de la chambre. Il allait revenir, c'était certain. Revenir pour l'étouffer, l'étrangler ou lui fracasser le crâne.

Revenir pour l'assassiner.

Et rien ne pourrait l'en empêcher.

Rappelle-toi qui tu es. Rappelle-toi, vite !
Parce que bientôt, tu seras morte.
Rappelle-toi, sinon tu partiras sans aucun souvenir pour t'accompagner.

* * *

Gabriel se rendit dans l'écurie. Il sella Gaïa, l'une des juments. La première qu'il avait achetée. Pour Lana.

Ses gestes étaient un peu rudes et le cheval le lui reprocha en chassant brusquement de l'arrière.

146

— Pardon, ma vieille…

Il l'entraîna dans son sillage et, rênes à la main, s'engagea sur la piste qu'il avait empruntée le matin même pour rejoindre la forêt. Toute la montagne lui appartenait, bois compris.

Dès qu'il fut en haut du talus, il se mit en selle, espérant que cette balade lui viderait la tête et lui donnerait le courage d'accomplir ce qui devait être accompli.

— C'est toi, hein ? murmura-t-il soudain. C'est toi qui m'as empêché d'en finir avec elle…

Parler à Lana, une fois encore. Parce que, malgré tout l'amour qui les unissait, il n'avait pas été près d'elle au moment fatidique. Il n'avait pas été là pour la défendre, la sauver.

Il ne se le pardonnerait jamais. Et chaque jour, jusqu'à la délivrance, il s'arracherait le cœur pour se punir.

Lui parler, encore et encore. Pour qu'elle ne disparaisse pas vraiment.

Ou simplement parce que la douleur l'avait rendu fou.

Parfois, elle apparaissait devant lui. Parfois, elle lui répondait. Il pouvait entendre sa voix, il aurait presque pu la toucher.

— Pourquoi veux-tu la tuer ? Elle ne mérite pas de mourir !

— Qu'est-ce que tu en sais ? répondit Gabriel. On ne la connaît pas, on ignore même son prénom !

Gabriel et Gaïa traversèrent un petit torrent qui dégringolait de la montagne et la jument partit au trot. Elle adorait ce chemin, le connaissait par cœur.

— Lana, ma chérie, je dois le faire ! Je n'ai pas le choix…

— On a toujours le choix. C'est toi qui me l'as appris !

— Tu réalises les risques qu'elle nous fait courir ?… Alors donne-moi la force, s'il te plaît.

— Pourquoi est-ce que tu te tortures ainsi ? s'inquiéta Lana. Laisse-toi du temps…

La piste se mit à montèr, Gaïa ralentit le pas.

— Tu as raison, comme toujours, reprit Gabriel. Mais aujourd'hui ou demain, qu'est-ce que ça change ?

Rien, il le savait.

Plus il repoussait l'échéance, plus il aurait du mal à la faire disparaître.

— Il faudrait décrouvrir qui elle est, murmura Lana.

— Tu veux savoir d'où elle vient, ce qu'elle a traversé ?… Je te reconnais bien là ! lui répondit Gabriel avec un sourire triste. Et après ? Qu'est-ce qu'on fera, hein ? Je ne pourrai jamais l'aider. Jamais…

La monture et son cavalier quittèrent la forêt pour s'aventurer sur un plateau recouvert de genêts et de lande. Ils furent cueillis par un vent froid, qui nettoyait le ciel et soulevait une poussière floconneuse.

Avec ses talons, Gabriel caressa les flancs de la jument et elle partit au galop.

Elle n'avait pas replongé dans ce qui ressemblait plus à un coma qu'à un sommeil. La peur la tenait éveillée.

Elle avait retiré le pansement sur son ventre, découvrant une vilaine blessure. Une douleur lancinante traversait son crâne de part en part et un bourdonnement tenace martyrisait ses oreilles. Avec son doigt, elle lut son visage et découvrit une bosse à la tempe, une plaie à l'arcade sourcilière. Sa lèvre supérieure était coupée.

Qu'est-ce qui m'est arrivé ? Est-ce ce type qui m'a fait ça ?

Elle portait un tee-shirt beaucoup trop grand pour elle, appartenant sans doute à son geôlier.

Un homme dont elle ignorait tout.

Un homme impressionnant. Grand, large d'épaules… Il devait avoir quarante-cinq ans, peut-être plus. Peut-être moins. Difficile de lui donner un âge.

Elle ferma les yeux et des images s'enchaînèrent dans le désordre le plus complet. Des flashs, des visages, des lieux, des mots. Des sensations.

Rien de suffisamment précis, rien qui lui permette de reconstituer le puzzle de son existence.

Je vais mourir dans cette chambre sans même savoir qui j'ai été, qui j'ai aimé.

Quel est mon nom.

34

Ça s'est passé dimanche dernier. Sefana est partie avec Vadim et Émilien chez Mejda, tandis que Fadila et Adina allaient au cinéma. Quant à Charandon, il a dit à sa femme qu'il avait du travail à terminer et ne pouvait l'accompagner.

Quand j'ai compris que j'allais me retrouver seule avec lui pendant plusieurs heures, j'ai senti mes intestins se nouer. J'ai caché un petit couteau de cuisine dans la poche de ma blouse, puis je suis retournée finir mon repassage en retard.

Mais Charandon n'est pas venu me rejoindre.

À peine sa femme avait-elle quitté la maison qu'il a passé un coup de fil. Une demi-heure plus tard, il est sorti. Je suis allée me poster devant la fenêtre de la cuisine et j'ai vu qu'il parlait à une inconnue qui avait garé sa voiture devant le portail. Ils se sont embrassés avant de disparaître dans le garage. J'ai ôté mes chaussures et, le plus discrètement possible, j'ai poussé la porte menant au sous-sol. Là, j'ai entendu de drôles de bruits. J'ai hésité, mais ma curiosité était trop forte. Alors, j'ai descendu deux ou trois marches et jeté un œil dans le garage. L'inconnue était à moitié allongée sur le capot de la voiture, Charandon entre ses cuisses. Il avait le pantalon sur les chevilles et s'en donnait à cœur joie.

Je suis remontée aussi discrètement que j'étais descendue avant de refermer. Secouée par ce que je venais de voir, j'ai eu de la peine pour Sefana.

Mais j'ai compris que, désormais, j'avais une arme bien plus efficace qu'un couteau contre cet homme. J'ai pris mon cahier et j'y ai noté la couleur de la voiture de la femme, ainsi que le numéro inscrit sur la plaque.

* * *

Pour couper définitivement les liens entre papa et moi, les Charandon ont changé de numéro de téléphone. Il a fini par leur envoyer une lettre. Je le sais parce que j'ai entendu Sefana en parler à son mari. Elle lui demandait s'il fallait répondre et Charandon a balancé que c'était inutile.

Dans ma buanderie, j'ai pleuré longtemps. Pleuré pendant des jours en réalisant que mon père se souciait encore de moi, qu'il ne m'avait pas oubliée. Des larmes d'émotion, mais aussi de peine, en imaginant son inquiétude, sa détresse.

Je voudrais tellement pouvoir lui écrire, lui dire toute la vérité ! Mais je ne peux pas, pas maintenant. Quand Vadim aura grandi, quand il sera capable d'aller poster une lettre, je le ferai. Pour l'instant, il ne sort jamais seul dans la rue, alors, je n'ai pas fini de pleurer.

* * *

Encore un Noël chez les Charandon.

Chez nous, on ne célébrait pas Noël. Certains Marocains le font, mais papa et Afaq ont toujours refusé, disant que c'était une fête chrétienne et non musulmane. Une fête pour les mécréants.

Lorsque je vois ce qui se passe chez les Charandon, je me dis que ça n'a plus grand-chose de chrétien. Je crois que c'est surtout la fête pour ceux qui vendent cadeaux et nourriture ! Par contre, ce n'est pas la fête des dindes et des chapons... J'en ai préparé un, cette année, mais je n'ai pas pu y goûter. Et le 25 au matin, alors que les enfants déballaient leurs innombrables cadeaux, j'ai attendu sagement les miens. Comme d'habitude, Sefana m'a offert une blouse et quelques dattes séchées, mais pas de chocolat. Elle a dû oublier.

La blouse est bleue avec des carreaux blancs. Triste, je trouve. Je préférais celle avec les papillons, mais je n'ai rien dit, à part merci.

Izri et sa mère sont venus déjeuner le jour de Noël. Il a dix-neuf ans, maintenant. Il est très grand, très fort et a toujours ce regard fascinant. Ses yeux gris me font penser à un ciel d'hiver, mais un ciel lumineux.

Après le déjeuner, tandis que je faisais la vaisselle et rangeais la cuisine, il est venu prendre une canette dans le frigo et l'a bue à côté de moi. Il m'a demandé comment j'allais et cette simple question m'a réchauffé le cœur.

Il a trouvé un travail mais n'a pas voulu me dire lequel. Je n'ai pas insisté, c'est déjà tellement gentil de sa part de me parler...

Quand il est parti, je me suis sentie seule. Terriblement seule.

35

Tama a eu treize ans le mois dernier.

Plus de cinq ans passés chez les Charandon.

Mille huit cent trente-quatre jours dans l'antre du Diable.

Comme cadeau d'anniversaire, avec une semaine de décalage, Tama a eu ses premières règles. Elle n'a pas été effrayée car Fadila lui en avait parlé. Remarquant que Tama commençait à avoir de la poitrine, elle lui avait expliqué certaines choses et lui avait même offert l'un de ses vieux soutiens-gorge en lui disant que, désormais, elle devait en porter un. Il était un peu grand, mais Tama l'avait remerciée de cette gentille attention.

Le premier jour de ses règles, Tama est allée voir Sefana pour le lui annoncer. Elle avait honte, mais pas vraiment le choix. Tama a senti que la nouvelle la contrariait, sans comprendre pourquoi. Sefana lui a donné un paquet de serviettes hygiéniques et quelques culottes supplémentaires pour qu'elle puisse se changer régulièrement.

Tama se sent différente, comme si elle avait quitté un état pour en atteindre un autre. Pourtant, sa vie n'a pas changé. Elle continue à servir de bonne pour toute la famille.

Une famille qui n'est toujours pas la sienne.

* * *

L'été est déjà fini, les enfants ont repris l'école.

Il y a trois jours, Charandon a eu une promotion, il est devenu directeur de je ne sais pas quoi. Il a invité tout le monde au restaurant pour fêter la bonne nouvelle. Quant à moi, j'ai passé la soirée enfermée dans la buanderie. Ils ont oublié de me donner à manger avant de partir alors je n'ai rien eu jusqu'au lendemain matin.

C'est étrange, mais j'ai remarqué que la faim m'éclaircit les idées. C'est comme si mon esprit était plus vif, plus agile. Pour tuer le temps et oublier que j'avais l'estomac dans les talons, j'ai lu une bonne partie de la nuit. Un livre sur la Seconde Guerre mondiale. Les hommes sont fous, je crois. Mais leur folie est passionnante.

Ce soir, Sefana est déjà allée se coucher. Elle avait la migraine. Les enfants sont dans leurs chambres, sans doute dorment-ils. Charandon est devant la télé, il regarde un match de boxe.

Et moi, je suis dans la cuisine. J'ai fini la vaisselle, le rangement, et j'aimerais bien aller me coucher aussi. Mais je suis en train de terminer le travail que m'a donné Sefana cette après-midi. Elle a vu que le four était sale et m'a ordonné de le nettoyer. Elle vérifiera demain matin et j'ai intérêt à ce qu'il brille. Alors, je frotte, encore et encore.

Jusqu'à ce que je sente une présence dans mon dos. Je me retourne, il est là.

Charandon m'observe avec ce regard bizarre et malsain. Ce regard qui, tant de fois, m'a donné envie de lui crever les yeux.

— Vous voulez quelque chose ? demandé-je.

Il hoche la tête et j'attends, une boule dans l'estomac. Il a un verre de whisky à la main. Il a dû boire la moitié de la bouteille.

Il s'approche, ma respiration s'accélère. Il pose le verre sur la table, ferme la porte de la cuisine. Il vient plus près, toujours plus près.

— Tu es sacrément mignonne pour ton âge, murmure-t-il. On dirait une petite femme...

Mes yeux se baissent, mon cœur se serre. Il attrape mon poignet, m'attire vers lui, caresse ma joue, mon cou. Frisson immonde.

— Si tu es gentille avec moi, je te laisserai appeler ton père, ajoute-t-il à voix basse.

Je relève la tête, ouvre la bouche. Mais quoi dire, quoi faire ?

Appeler mon père, j'en rêve. Et ce pervers le sait.

Il me pousse contre la paillasse, déboutonne ma blouse.

— Laisse-toi faire...

Ma blouse tombe au sol. Je porte encore mon tee-shirt qu'il soulève en passant ses mains dessous. Je me sens si mal que j'ai l'impression que je vais tourner de l'œil.

— Vous ne devriez pas...

155

— Ferme ta gueule, dit-il sans élever la voix.

Quand sa main entre dans ma culotte, j'arrête de respirer. L'instant d'après, je le repousse et me sauve à l'autre bout de la pièce. Il me fixe, j'affronte son regard.

— Tu ne veux pas appeler ton père ? Tu n'as pas envie de lui parler ?

— Je ne suis pas comme ça ! dis-je.

— Comme quoi ?

— Comme cette femme, dans le garage. Sur le capot de votre voiture...

Le visage de Charandon se transforme, son sourire s'évapore.

— De quoi tu parles ?

— Vous le savez bien ! C'était un dimanche, Madame était partie chez sa cousine et cette femme est venue ici. Elle avait une voiture grise... Je vous ai vus, dans le garage !

Le sourire de Charandon revient.

— Tu nous as regardés baiser, Tama ? Ça t'a fait quoi ?

Il est à nouveau tout près de moi, j'essaie de cacher ma peur.

— Ça m'a dégoûtée !

— Ah oui ? Et pourquoi tu as regardé ?

Il me plaque contre le mur.

— Si vous me touchez, je le dirai à votre femme ! Je lui dirai pour le garage !

— Vas-y, je m'en fous... Dans cette maison, c'est moi qui commande et ma femme ferme sa gueule. De toute façon, tout est à moi, ici. Si elle me fait chier, elle se retrouve à la rue !

J'ignore s'il bluffe ou s'il n'en a vraiment rien à faire. Je viens peut-être de perdre mon arme et n'ai plus rien pour me défendre.

Rien, à part ma voix.

Alors, je me mets à hurler. Aussi fort que je peux. Il me colle une main sur la bouche, mais c'est trop tard. J'ai ameuté toute la maison.

Moins de trente secondes après, Sefana débarque dans la cuisine au moment où son mari en sort. Elle me considère, les jambes nues, tétanisée contre le mur. Elle voit ma blouse par terre, le verre de whisky sur la table. Elle rejoint son mari dans le salon, qui vient de se réinstaller sur le sofa.

— Qu'est-ce qui s'est passé ? demande-t-elle.

— Fous-moi la paix.

— Dis-moi ce qui s'est passé ! insiste Sefana.

Son mari lui assène une gifle violente, je sursaute. Ils s'affrontent du regard un instant puis Sefana abdique. Elle entre dans la cuisine tandis que je remets ma blouse.

— Tu finiras demain, me dit-elle en ouvrant la porte de la buanderie. Va te coucher.

— Merci, murmuré-je.

Je place le dossier de la chaise sous la poignée et m'allonge sur le matelas. Mes mains tremblent, tout mon corps tremble. Je serre Batoul contre moi en fixant le plafond. J'appelle au secours un dieu qui m'a oubliée depuis longtemps.

Dix minutes plus tard, j'entends le pas de mon ennemi dans la cuisine. Charandon tente d'ouvrir la porte, j'arrête de respirer. Je supplie la chaise de tenir, de me sauver la vie.

— Tu es une petite maline, toi… Ouvre !

Je ne réponds rien, incapable du moindre mot.

— Ouvre, bordel ! Je suis chez moi, ici !

Avec plus de force, il tente encore sa chance et je vois vaciller la chaise.

— Quand j'entre t'es morte ! me prévient-il.

Je me ratatine contre le mur, mon cœur s'affole. La chaise finit par céder, la porte s'ouvre. Je hurle à nouveau, de toutes mes forces.

En une seconde, Charandon est sur moi. Il me donne un coup de poing en plein visage, mon crâne percute le mur.

— Ferme ta gueule !

Il continue de me frapper, je parviens encore à crier. Mais plus rien ne peut le stopper.

— T'es méchant, papa…

Charandon s'arrête net et se retourne ; Vadim est à l'entrée de la buanderie, son doudou à la main. Il éclate en sanglots en voyant le sang sur mon visage. C'est alors que Sefana arrive et considère son mari avec un regard que je n'oublierai jamais. Je me recroqueville sur le matelas et me mets à pleurer à mon tour. Vaincu, Charandon bouscule sa femme et disparaît. Sefana prend Vadim dans ses bras, me fixe un instant. Il y a tant de colère dans ses yeux. Elle claque la porte et je me replie sur ma douleur.

Cette nuit, je le sais, je ne trouverai pas le sommeil. Car, bientôt, Charandon me fera payer cet affront. Dès demain, peut-être. Et Sefana ne pourra pas l'en empêcher. Personne ne le pourra.

36

Quand Gabriel entra dans la chambre, l'après-midi touchait à sa fin. Dès qu'elle le vit, la jeune femme se recroquevilla sur le lit.

Il s'approcha, un petit plateau dans les mains, la toisa quelques secondes.

— Tu as faim ?

Elle ne répondit pas, ne tenta pas le moindre mouvement. Il posa le plateau près d'elle, récupéra la clef de la menotte dans sa poche et détacha son poignet. Puis il alla s'asseoir dans son fauteuil, à l'autre bout de la chambre.

Elle contempla l'offrande. Une tasse de thé, des biscuits et une pomme. Elle resta parfaitement immobile.

— Il faut que tu manges. Sinon, tu risques de mourir.

Il venait de dire ça avec un petit sourire qui avait quelque chose de cruel.

— Ce n'est pas empoisonné. Tu peux y aller sans crainte.

Elle se concentra et tenta une phrase.

— Vous... llez... me...

Les mots se télescopaient, les syllabes se superposaient. Incapable de parler normalement, elle se réfugia à nouveau dans le silence.

— Comment tu t'appelles ? demanda Gabriel.

— Je… Je… pas… sais pas je…

Elle porta une main à sa tempe.

— Quel jour on est ?

Elle secoua doucement la tête.

— Commotion cérébrale, en déduisit Gabriel.

Il quitta la chambre, laissant la porte ouverte. Elle songea que c'était le moment de fuir. Mais pour cela, il aurait fallu trouver la force de se mettre debout. Alors qu'elle s'asseyait au bord du lit, le vertige la saisit violemment. Elle prit sa tête entre ses mains, ferma les yeux.

Gabriel revint dans la pièce et déposa un comprimé sur le plateau avant de retourner s'asseoir dans son fauteuil.

— Prends ça, ordonna-t-il.

Elle le dévisageait avec un mélange de méfiance, de colère et de désespoir.

— Il faut que tu manges et que tu dormes. Comme ça, tu retrouveras peut-être la mémoire.

Comme elle ne bougeait toujours pas, il soupira.

— Ne m'oblige pas à te le faire avaler de force, menaça-t-il. Ça pourrait être très désagréable, je t'assure…

Elle porta la tasse à ses lèvres. C'était sucré, c'était chaud, c'était bon. Elle prit le médicament, le regarda longtemps avant de le mettre dans sa bouche. Après tout, si ce petit cachet était du poison, ça abrégerait ses souffrances. Ensuite, elle grignota la moitié d'un biscuit. Déjà à bout de forces, elle renonça à continuer et reposa son crâne endolori sur l'oreiller. Gabriel rattacha son poignet à un barreau du lit et lui adressa un étrange sourire.

— Fais de beaux rêves, murmura-t-il.

37

Tama a encore le visage très abîmé, le corps couvert
d'hématomes. Mais, depuis une semaine, Charandon ne
l'a plus approchée, se contentant de regards haineux
qui laissent présager le pire. Il prépare sa vengeance,
elle sera terrible.

Tama se rend bien compte qu'entre Sefana et lui,
l'ambiance se détériore chaque jour un peu plus.

Par la fenêtre de la cuisine, elle voit arriver Mejda.
Celle-ci gare sa voiture dans le jardin et Sefana l'accueille à la porte. Quand elles sont installées dans le
salon, Tama leur apporte du thé à la menthe accompagné de pâtisseries. Elles la toisent bizarrement, comme
si elle avait commis une faute. Depuis la cuisine, elle
les entend discuter, mais elles parlent si doucement
qu'elle ne peut saisir le moindre mot.

Il est presque midi lorsqu'elles la rejoignent.

— Prends tes affaires, ordonne Sefana.

Tama pose son torchon et la dévisage sans comprendre.

— Tu as entendu ? renchérit Mejda. Dépêche-toi.

— Mais…

— Ne discute pas ! Tu prends tes affaires et tu viens avec moi.

— Où on va ?

— Tu quittes cette maison, assène Sefana. Désormais, tu vas vivre chez Mejda.

Le monde de Tama s'écroule d'un bloc. La terre vient de trembler, le ciel de lui tomber sur la tête. Elle les fixe, interloquée.

— Allez, bouge-toi ! s'impatiente Mejda.

— Mais, Vadim…

— Quoi, *Vadim* ? s'énerve Sefana.

— Qui… Qui va prendre soin de lui ?

La bouche de Sefana se pince. Cette simple question signifie tant de choses.

— Dans quelques jours, quelqu'un viendra te remplacer. Une fille plus méritante.

Tama ressemble toujours à une statue de pierre.

— J'ai fait quelque chose de mal ? demande-t-elle.

— Tu le sais très bien ! Tu crois que je n'ai pas vu ce qui se passe avec mon mari ?

— Mais c'est lui qui…

Mejda la saisit par le bras, serre très fort, plantant ses ongles dans sa chair.

— Maintenant, tu fermes ta gueule et tu me suis. Les petites allumeuses dans ton genre, j'en fais mon affaire…

Tama n'a aucune idée de la signification du mot *allumeuse*. Une insulte, sans doute. Elle ôte son tablier, passe dans la buanderie. D'une main tremblante, elle ouvre son carton dans lequel se trouvent ses quelques vêtements et les dessins de Vadim. Elle y ajoute Batoul, ses cahiers, son stylo et le dernier livre qu'elle a subtilisé.

Tout ce qu'elle possède.

Elle sent les larmes monter jusqu'à ses yeux, tente de les refouler. Bien sûr, Sefana a compris. Mais elle ne veut pas avouer à sa chère cousine que son mari se détourne d'elle au profit d'une gamine. D'une bonniche.

Elle revient vers les deux femmes, son carton sur les bras.

— Je peux dire au revoir à Vadim ? implore-t-elle doucement.

— Il est à l'école, lui rappelle sèchement Sefana. Alors, tu ne le verras pas… Tu ne le verras plus jamais, de toute façon.

Tama a la sensation, atroce, qu'une main rageuse est en train de broyer son cœur. Elle ne peut retenir ses larmes plus longtemps.

— Arrête de chialer ! lui enjoint Mejda en la prenant à nouveau par le bras.

Elle l'entraîne jusque dans l'entrée et Tama se retourne une dernière fois avant de sortir. Jusqu'à cette ultime seconde, elle espère quelque chose dans les yeux de Sefana. Elle espère le chagrin, la peine, le pardon.

Un sentiment.

Mais à part la colère, il n'y a rien.

Rien que Tama puisse emporter avec elle.

Dans le jardin, le froid la saisit. Le vertige, aussi. Elle grimpe à l'arrière de la voiture de Mejda.

Pendant le trajet, elle regarde défiler une ville inconnue au travers de ses larmes. Ça fait tant d'années qu'elle n'est pas allée dehors que la tête lui tourne un peu. Trop d'images, de vitesse et de gens. Mejda écoute la radio et ne lui adresse pas la parole une seule fois.

Tama ne cesse de penser à Vadim. Lorsqu'il rentrera de l'école, il la cherchera dans toute la maison. Elle sait qu'il sera aussi triste qu'elle. Qu'il se sentira seul, abandonné. Trahi.

Après une demi-heure, elles arrivent au pied d'un vieil immeuble, sorte de tour sans aucun charme. C'est là que Tama va vivre, désormais.

Elle vient d'être arrachée à sa famille pour la seconde fois de sa courte vie.

Déracinée, encore.

* * *

L'appartement de Mejda est plutôt grand, mais beaucoup moins joli que la maison des Charandon. Ici, pas de vue sur le jardin, mais sur le bloc de béton d'en face. Mejda habite au cinquième étage et a donc laissé les poignées aux fenêtres, n'ayant pas à craindre que son esclave se sauve. Peut-être n'aurait-elle pas dû… Quand Tama s'approche de la baie vitrée, elle a le vertige. Et l'envie de sauter.

Il est 17 heures, Vadim doit être rentré à présent. Rien que d'y penser, l'énorme boule grossit dans le ventre de Tama. De toute façon, depuis midi, elle ne cesse de pleurer.

Dès leur arrivée, Mejda lui a montré où elle allait dormir. Ce n'est pas une buanderie, ça s'appelle une loggia. La même chose, en fait. Il y a une machine à laver, des fils pour étendre le linge mais pas de matelas. Seulement deux couvertures. *Une pour dessous, une pour dessus*, lui a-t-elle expliqué. Et, surtout, il n'y a pas de W.-C. Mejda a bien précisé à Tama qu'elle n'a pas le droit d'utiliser les siens. Un seau avec des copeaux de bois pour la petite commission, un sac en plastique pour le reste. Un sac que Tama jettera chaque jour dans le vide-ordures qui se trouve dans la loggia.

Faire ses besoins dans une caisse, dans un seau, un sac.

Comme un chien ou un chat.

Un animal.

Dans la loggia, il y a aussi un évier où est posé le tuyau d'évacuation du lave-linge et c'est là qu'elle se lavera, même s'il n'y a pas d'eau chaude.

Puis Mejda lui a ordonné de se mettre au travail et de récurer toute la maison. Tama a constaté qu'il y en avait bien besoin. Il lui faudra du temps pour venir à bout de la saleté repoussante de ce triste logis.

L'appartement comporte trois chambres. Celle de Mejda, celle d'Izri et une qui sert de débarras. Mais Izri a son propre appartement désormais. Heureusement, Mejda a précisé qu'il passe presque chaque semaine.

La nuit est tombée. Sur Tama. Seulement sur Tama.

Tandis qu'elle prépare le repas, elle continue de pleurer. Ses larmes se mélangent à la *harira*, ça lui conférera sans doute une saveur bien particulière.

Mejda est vautrée dans son canapé, devant la télévision. Elle souhaite dîner sur la table basse. Tama lui pose une assiette, un verre, des couverts et fait le service. Mejda ne la regarde pas, les yeux rivés sur l'écran. Elle ne lui dit pas merci, mais Tama n'attend rien.

Tama n'attend plus rien.

Quand elle a terminé, elle fait la vaisselle avant de mettre de l'ordre dans la cuisine. Elle tente de se réconforter en se disant qu'ici, elle aura moins de travail que chez les Charandon.

Elle retourne dans le salon et se plante devant Mejda.

— Qu'est-ce que tu veux ?

— Est-ce que je peux avoir une lampe ? Une lampe de chevet pour poser sur mon carton…

— Tu as la lumière dans la loggia, ça ne te suffit pas ?

Elle n'insiste pas et tourne les talons.

— Tama ?

— Oui ?

— On dit *oui, madame* ! précise-t-elle d'un ton irrité.

— Oui, madame ?

— Tu travailleras ici le week-end.

Tama fronce les sourcils. Que va-t-elle bien pouvoir faire pendant les cinq jours restants ?

— La semaine, tu iras chez d'autres personnes. Va te coucher, maintenant. Que je sois un peu tranquille !

— Bien, madame. Mais est-ce que je peux manger, d'abord ?

Elle soupire, comme si Tama l'agaçait profondément.

— Prends une pomme. Là, sur la table.

Tama s'exécute et retourne vers la cuisine lorsque Mejda l'interpelle.

— Tama ?

— Oui, madame ?

— Tu n'oublies pas quelque chose ?

Elle reste silencieuse, se creusant la tête pour deviner ce qu'elle a oublié.

— Tu ne m'as pas dit merci, pour la pomme.

Tama ferme les yeux une seconde.

— Merci, madame. Et bonne nuit.

Elle s'exile dans la loggia avant de s'effondrer sur la couverture. Elle mange sa pomme en fixant les carreaux de verre martelé au travers desquels se devine quelquefois la lumière d'une coursive. Derrière ce mur épais, passent des ombres. Des gens qui rentrent chez eux.

Peut-être devrait-elle appeler au secours ? Mais pour appeler au secours, il faut exister. Exister quelque part, exister pour quelqu'un.

Quand elle a terminé son *repas*, Tama délivre Batoul du carton et l'assoit sur la couverture. Elle prend les dessins de Vadim pour les regarder, longtemps. Puis elle cache ses cahiers, son stylo et son livre sous la machine à laver qui est posée sur une sorte de planche à roulettes. Ensuite, elle se glisse sous la couverture car cette loggia est une vraie glacière. Le sol est d'une impitoyable dureté.

Aussi dur que la vie.

Tama réalise soudain qu'elle n'a pas aperçu le moindre livre chez Mejda.

Alors, elle se remet à pleurer. Des sanglots qui la berceront toute la nuit.

Elle tenta de résister un moment. Ses paupières pesaient si lourd… Mais chaque fois qu'elles se fermaient, un sursaut la ramenait à la vie.

Pourtant, elle finit par plonger dans le néant.

Lorsqu'il vit qu'elle s'était enfin endormie, Gabriel s'approcha.

C'était maintenant ou jamais.

Maintenant qu'il fallait en finir.

Malgré ce qu'il avait promis à Lana, malgré ce sentiment bizarre au fond de lui.

En finir, malgré tout.

Il prit quelques secondes pour la regarder encore. Dieu qu'elle était belle ! Aussi belle que désarmée…

Il n'avait pas envie de réessayer de l'étouffer, il fallait trouver autre chose. Le plus simple était de prendre le pistolet avec lequel elle l'avait braqué et de lui tirer une balle en plein front. Il pouvait aussi lui enfoncer une lame dans le cœur ou l'étrangler de ses propres mains.

Assis près d'elle, il hésita longtemps.

Si longtemps que la nuit tomba.

Armé d'une torche, Gabriel sortit de la maison. Un froid glacial, attisé par un vent violent, lui coupa la respiration quelques secondes. Il descendit l'escalier et pénétra dans son atelier. Il attrapa une masse pesant plusieurs kilos et ressortit aussitôt. Il marcha jusqu'à la vieille bâtisse qui dormait près de sa maison. La porte en bois grinça de façon lugubre lorsqu'il entra.

Ici, le temps s'était arrêté. Quelques meubles anciens tenaient debout par miracle, une tapisserie sans âge se décollait des murs et l'odeur de salpêtre prenait à la gorge. Gabriel posa la lampe sur une table rongée par une armée d'horloges de la mort, saisit la masse à deux mains et commença à défoncer la cloison.

Chaque coup était accompagné d'un cri de rage, presque un hurlement.

Après avoir démoli la cloison, il fracassa les meubles.

Taper, encore et encore. De plus en plus fort.

Taper, comme un dément. Jusqu'à épuiser ses forces, pourtant phénoménales.

Détruire tout ce qui se trouvait à sa portée. Jusqu'à ce que la douleur devienne insupportable.

Il lui fallut presque une heure pour s'écrouler. Il lâcha la masse et tomba à genoux au milieu du carnage. Ses mains, en sang, s'écrasèrent dans la poussière. Alors, il se mit à pleurer comme un enfant. Les sanglots déchiraient sa poitrine, une interminable plainte coulait de sa gorge.

Frapper, toujours plus fort.

Les détruire, les uns après les autres.

Les tuer tous, jusqu'au dernier.

Le lundi matin, Mejda m'accompagne en voiture jusqu'à la cité voisine. Puis elle me fait monter chez Mme Marguerite, bâtiment C, troisième étage. Mme Marguerite, c'est une dame âgée qui vit dans un petit appartement et que Mejda connaît depuis longtemps. J'arrive à 7 heures, Mejda revient me chercher vers 19 heures lorsque j'ai terminé mon travail. Alors, Marguerite lui donne de l'argent. Vingt euros, il me semble.

Mme Marguerite veut que je nettoie son appartement de fond en comble tous les lundis. C'est un deux-pièces avec de vieux meubles de guingois et des napperons partout. Ce n'est pas aussi riche que chez les Charandon, sans doute que Marguerite n'a pas beaucoup d'argent.

Quand j'arrive, je commence par changer les draps et les mettre dans le lave-linge. Après, je dois enlever la poussière, passer l'aspirateur puis la serpillière. Ensuite, je m'occupe des toilettes et de la salle de bains, puis je fais les vitres. Quand j'ai fini, je lui prépare à manger pour plusieurs jours. De la soupe de légumes que je mets dans des boîtes en plastique, de la blanquette de veau, ou encore une tarte aux pommes. Ça dépend de son humeur et de ce qu'elle a acheté au marché qui se tient tous les samedis matin au pied de son immeuble. Pendant que ça mijote, je repasse le linge qu'elle a lavé dans la semaine.

Mme Marguerite, elle, reste dans son fauteuil. Elle s'excuse en disant qu'elle a mal aux jambes ; ça doit venir des années qui passent. Elle lit des magazines qui parlent de gens célèbres, de leurs histoires d'amour, leurs divorces, leurs adultères ou leurs problèmes avec l'alcool. Ça semble la passionner. Quand elle ne lit pas, elle regarde la télé.

Mme Marguerite m'a dit un jour qu'elle était née en Algérie. Qu'elle y avait vécu longtemps avant d'arriver en France et qu'elle aurait préféré rester là-bas, ce que je comprends. Ce que je comprends moins, en revanche, c'est que je l'entends régulièrement pester contre les Arabes. Elle les traite de bougnoules ou de melons. Parfois aussi, elle les appelle les *indigènes*. Tous des voleurs ou des terroristes. D'ailleurs, au début, elle se méfiait de moi. Elle me surveillait de près et me parlait comme à une attardée.

Mais maintenant, elle est plutôt gentille et ce que j'apprécie, c'est que vers midi, elle m'autorise à manger à sa table. J'ai droit à un verre de limonade et à un morceau de pizza qu'elle achète exprès pour moi. En dessert, ce sont des biscuits au chocolat. C'est le seul vrai repas de la semaine !

Ça fait des années que Marguerite a perdu son mari et même si elle a trois fils, elle est toujours toute seule.

C'est triste, je trouve. Ils habitent loin, ne peuvent pas venir la voir mais lui téléphonent de temps en temps.

Autrefois, Mejda habitait l'appartement à côté du sien ; c'est comme ça qu'elles se sont rencontrées. Du coup, Marguerite a connu Izri *alors qu'il était haut comme trois pommes*. Et elle m'a raconté que, parfois, lorsque ses parents se disputaient, il trouvait refuge chez elle.

Avant que Mejda ne vienne me récupérer, Marguerite m'offre quelques bonbons à la réglisse que je cache dans ma poche et que je mange le soir, dans ma loggia. Puis elle me dit *merci et à lundi prochain*.

J'aime bien Mme Marguerite, j'aime bien le lundi.

Mais chaque soir, le lundi comme les autres jours, je songe à Sefana. Je me demande si elle est triste. Et, surtout, je pense à Vadim. J'espère que son chagrin n'est pas aussi cruel que le mien et qu'il continue à dessiner pour moi.

J'espère qu'il ne m'a pas déjà oubliée.

La nuit, souvent, je me réveille en sursaut. J'ai l'impression d'entendre sa petite voix, l'impression qu'il m'appelle, de l'autre côté de la cloison. Alors, je referme les yeux et je lui parle, je tente de le rassurer. De lui dire qu'un jour, on se reverra.

* * *

Le mardi, il faut se lever très tôt, parce que la famille Cara-Santos habite à l'autre bout de la ville. Mejda m'accompagne jusque chez eux et ne revient me chercher que le jeudi soir.

Manuel et Marie-Violette Cara-Santos habitent une jolie maison. Ils ont deux enfants : Jasmine, qui a sept ans, et Adam, qui en a treize, comme moi. M. Cara-Santos est le patron d'une entreprise d'élagage et d'entretien des jardins et sa femme reste à la maison. Elle attend le troisième bébé qui naîtra dans quatre mois si tout va bien.

Je reste chez eux pendant trois jours complets et je dors dans la cuisine. Tous les soirs, je prends mon tapis et mon oreiller dans le placard de l'entrée et j'installe mon *lit* entre la table et le frigo. J'ai aussi un plaid pour me couvrir quand il fait froid. Le premier jour où je suis allée chez eux, Mme Cara-Santos prévoyait de m'acheter un matelas gonflable, mais Mejda lui a dit que ce n'était pas une bonne idée parce que je préférais dormir par terre.

Alors, je dors par terre.

Ici, je n'ai rien, même pas Batoul. La nuit, je pense à mon père et à ma tante Afaq. Je me demande si Sefana continue d'envoyer dix euros par semaine à ma famille. Ça m'étonnerait... Je me demande aussi si la nouvelle Tama s'occupe bien de Vadim. Après, je m'endors.

Chez les Cara-Santos, comme chez Marguerite, je m'occupe du ménage, de la lessive, du repassage et des repas. Lorsque les enfants rentrent de l'école, je leur prépare un goûter et quand ils ont terminé leurs devoirs, je veille à ce qu'ils prennent leur douche. Ensuite, je leur sers à manger dans la cuisine. Ils sont très agités, capricieux et grossiers. Je ne les aime guère et c'est réciproque.

Le matin, j'ai droit à une biscotte accompagnée d'un bol de lait. Le midi, je n'ai rien et le soir, c'est un morceau de pain avec du fromage à tartiner.

Mme Cara-Santos a un problème avec le futur bébé et il paraît qu'elle doit rester couchée tout le temps. Je lui apporte des boissons chaudes et ses repas dans la chambre. C'est pour ça qu'il faut quelqu'un jusqu'à l'accouchement. Comme son mari et Mejda se connaissent depuis longtemps, ils m'ont trouvée comme solution.

Mme Cara-Santos ne m'adresse pas la parole, sauf pour me donner des ordres. Et elle m'a dit que je ne devais pas parler à ses enfants pour ne pas mal les influencer. Je ne sais pas trop ce que ça signifie, mais, de toute façon, je n'ai pas le temps de leur faire la causette.

M. Cara-Santos rentre tard et dîne dans la chambre avec son épouse. Lui non plus ne me parle pas. Il ne me regarde même pas d'ailleurs, comme si j'étais transparente.

Le jeudi soir, Mejda revient me chercher, parce que la belle-mère de Marie-Violette vient l'aider du vendredi au lundi, alors ils n'ont plus besoin de moi. Au passage, Mejda reçoit soixante euros en liquide.

Quand nous partons de chez les Cara-Santos, Mejda me conduit directement à l'entreprise. Car les lundi, jeudi et vendredi soir, je travaille aussi. Presque toute la nuit, je fais le ménage dans des bureaux.

Mejda gare sa voiture devant le bâtiment et m'ouvre une porte dont elle possède la clef. Elle referme derrière moi et va s'allonger sur une banquette, dans l'un des bureaux, tandis que je nettoie tout. J'ai tellement sommeil que ces nuits me paraissent interminables. Et puis, comme je n'ai rien dans l'estomac depuis le matin, j'ai souvent des vertiges. Mais je n'ai pas le temps de me reposer car il y a beaucoup de bureaux.

Nous ne croisons jamais personne, mais je sais que le vendredi soir, Mejda trouve une enveloppe avec l'argent dans le bureau où elle dort. Je lui ai demandé qui s'occupait du ménage le mardi et le mercredi, elle ne m'a pas répondu.

Mejda se réveille vers 4 heures du matin ; c'est l'heure où je dois avoir terminé mon travail. Alors, nous reprenons la voiture et rentrons à son appartement. Souvent, je m'endors sur la banquette arrière. Quand nous arrivons, j'ai enfin le droit d'aller me coucher, de 5 à 7 heures. Pas plus, car le vendredi, je travaille chez d'autres personnes. Ce sont les voisins de Mejda, M. et Mme Benhima. Ils habitent l'étage en dessous. Comme chez Marguerite, je dois récurer l'appartement en une journée et faire la lessive et le repassage. Même s'il n'y a qu'un étage à descendre, je n'ai pas le droit d'y aller seule et Mejda m'y accompagne, m'enferme et revient me chercher. Peut-être a-t-elle peur que j'essaie de me sauver ? Pourtant, je ne sais vraiment pas où j'irais…

Les Benhima, je ne les vois jamais ou presque. Ils travaillent tous les deux et je les croise parfois lorsqu'ils rentrent du bureau. Ils doivent bien connaître Mejda puisqu'ils lui ont confié un double des clefs de leur appartement. Et une fois par mois, ils lui remettent l'argent que j'ai gagné.

Le vendredi soir, dès que j'ai terminé chez les Benhima, retour dans les bureaux pour une nouvelle nuit de labeur.

Le week-end, je reste chez Mejda pour m'occuper de son appartement. Moi qui pensais avoir moins de travail que chez les Charandon… je me suis bien trompée !

J'ai calculé que je fais gagner à Mejda cent euros par semaine, sans compter ce qu'elle empoche à l'entreprise chaque vendredi soir. Je crois que c'est beaucoup d'argent, pourtant elle ne cesse de répéter que je lui coûte plus cher que ce que je lui rapporte.

J'ai beau chercher, je ne vois pas ce que je peux lui *coûter*. Chez elle, je mange encore moins que chez les Charandon, la faim me tenaille à longueur de temps. Le soir, c'est une pomme ou une banane. Le matin, un morceau de pain avec de la chicorée. Heureusement, j'arrive parfois à piquer des trucs dans le frigo sans qu'elle s'en aperçoive. Un morceau de fromage, une tomate ou un yaourt.

Ça fait deux mois que je suis ici et je me sens épuisée. Mon dos et mes épaules sont perclus de douleurs qui ne me quittent jamais ou presque. Souvent aussi, j'ai mal aux pieds. Une seule fois, je me suis plainte à Mejda en lui disant qu'elle me demandait trop de travail et que je ne dormais pas assez. Elle s'est levée de son canapé sans rien dire, est allée chercher quelque chose dans un placard. Elle est revenue avec une sorte de fouet muni de lanières en cuir et m'a déshabillée complètement avant de me frapper pendant de longues minutes, sur le dos, les jambes, les bras et même le ventre. Puis elle m'a poussée dehors, a jeté mes vêtements à côté de moi. J'ai passé la nuit sur le balcon, sans ma couverture.

Depuis, je n'ai plus osé dire quoi que ce soit mais je sens revenir la rage. Cette envie de me rebeller, de hurler. De tout casser.

Le soir, je pleure. De fatigue ou de chagrin, je ne sais plus très bien. Des larmes de colère et d'injustice, aussi. Je pense à Vadim, qui me manque toujours autant.

Je devrais confier tout cela à Izri. Je ne l'ai vu que deux fois depuis que j'ai quitté le domicile des Charandon, mais je sais qu'il reviendra bientôt rendre visite à sa mère. Peut-être pourrait-il la décider à me donner moins de travail ? Peut-être a-t-il le pouvoir d'adoucir ma vie ici ?

Il est mon unique espoir. Mon dernier espoir.

40

Aujourd'hui, c'est lundi. Le meilleur jour de la semaine.

Il est midi et nous nous asseyons toutes les deux à la table de la cuisine. Cette semaine, c'est pizza au chorizo et limonade au citron. En dessert, Marguerite m'a acheté un petit gâteau au chocolat chez le pâtissier. Il n'y en a qu'un et Marguerite prétend qu'elle doit faire attention à son diabète. Moi, je crois plutôt que ça lui faisait trop cher.

Ça s'appelle un opéra, je n'ai jamais rien mangé d'aussi bon.

C'est si bon, que j'en pleure.

Marguerite s'en inquiète et me caresse la joue. Je lui assure que ce n'est rien, que je suis seulement contente d'être là, avec elle. J'essuie mes larmes avant de lui préparer un café. Elle me demande s'il y a quelque chose qui me ferait plaisir, je reste bouche bée. Je prends le temps de réfléchir avant de lui répondre.

— Un livre.

— Un livre ? Tu sais lire, toi ?

Visiblement, elle est étonnée.

— Et où tu as appris ?

— Dans mon ancienne famille.

— Hmm… Quel genre de livre voudrais-tu ?

— Une histoire intéressante. Avec des gens heureux dedans.

Elle sourit et se lève. Elle a du mal à marcher, alors elle prend sa canne avant de disparaître dans le salon. Trois minutes plus tard, elle me rapporte un livre. Il est petit et c'est tant mieux. Il sera plus facile à cacher dans la loggia.

— Merci, dis-je en l'examinant sous toutes les coutures. Je vous le rends dès que je l'ai fini !

— Je t'en donnerai un autre, si tu veux.

Mon visage s'éclaire.

— Il ne faut pas le dire à Mejda, hein ?

— C'est d'accord, sourit Marguerite. Ce sera notre petit secret !

Le livre est vieux, ses pages sont jaunies par le temps. Mais c'est un grand trésor. Un inestimable trésor. Je lis le titre à voix haute, comme pour lui prouver que je ne mens pas.

— *Le Petit Chose*, d'Alphonse Daudet.

— C'est un beau livre, tu verras, ajoute Marguerite. Je suis sûre qu'il va te plaire.

Elle boit son café tandis que je commence la vaisselle.

J'aimerais qu'il n'y ait que des lundis dans la semaine.

* * *

Mejda entre dans la cuisine et s'adresse à Tama d'un ton sec.

— Mon fils vient déjeuner à midi. Alors t'as intérêt à nous préparer quelque chose de bon, c'est compris ?

— Oui, madame.

Dès que Mejda a quitté la pièce, Tama sourit. Elle inspecte le frigo et les placards, à la recherche des meilleurs ingrédients pour satisfaire la maîtresse de maison mais surtout faire plaisir à Izri. Elle se souvient qu'il aime le poulet et en trouve dans le congélateur. Elle décide de concocter un poulet au citron avec des légumes et du riz safrané. En entrée, ce sera une salade marocaine.

À 11 h 30, le déjeuner est prêt, la table mise et une agréable odeur flotte dans toute la maison. Izri arrive à midi passé et embrasse sa mère avant de se servir un verre de whisky.

— Tama ? s'écrie-t-il.

Elle accourt immédiatement.

— Bonjour, dit-elle avec un sourire timide.

— Salut:.. Tu me files des glaçons ?

— Tout de suite.

Tama se hâte de lui apporter un bol plein de glaçons, il en met deux dans son scotch. Tandis qu'il allume une cigarette, Mejda ouvre la porte-fenêtre qui donne sur le balcon.

— Tu ne devrais pas fumer, mon fils, c'est mauvais pour la santé !

— Commence pas, maman, OK ?

Tama pose le pain arabe sur la table, ainsi qu'une bouteille d'eau fraîche. Puis elle revient avec l'entrée et remplit les assiettes. Elle remarque qu'Izri a changé de coupe de cheveux et qu'il s'est tatoué les bras. Un dragon sur le gauche, une tête de mort sur le droit. Tama est impressionnée dès qu'il la regarde.

Durant tout le repas, Izri et sa mère parlent peu. Tama veille à ce qu'ils ne manquent de rien. Elle attend un compliment pour récompenser ses efforts. Un compliment d'Izri, car elle sait que Mejda ne lui offrira rien d'autre que des reproches.

Mais Izri ne lui adresse pas la parole. Tout juste un sourire, un regard. C'est déjà beaucoup.

Après leur avoir servi le café, elle s'attaque à la vaisselle. Elle voit qu'Izri et sa mère sortent sur le balcon et discutent tandis que le jeune homme fume sa cigarette. Mejda fait de grands gestes, comme si elle racontait quelque chose d'important.

Dix minutes plus tard, Izri rejoint Tama dans la cuisine et se fait couler une deuxième tasse de café. Il s'assoit près de la table, près de Tama, dont les battements cardiaques s'affolent instantanément. Elle sent le regard du jeune homme posé sur elle. Ça lui fait toujours un drôle d'effet.

— Tu as quel âge, maintenant ?

— Treize ans et demi, répond-elle.

— Tu es une demoiselle, alors !

Tama se retourne et lui sourit à son tour.

— Une demoiselle très jolie…

— Merci, murmure Tama.

— C'est vrai, je le pense.

Contre son gré, une bouffée de chaleur part de sa poitrine pour enflammer son visage.

— Tu rougis ? s'amuse Izri.

Tama ne répond pas, tordant ses mains l'une dans l'autre.

— Et tu te plais, ici ?

Tama relève la tête. C'est le moment ou jamais. Le moment de lui parler. Mais ce n'est pas si facile. Il voit qu'elle hésite, fronce les sourcils.

— Vas-y, parle, dit-il en s'approchant. Elle est toujours sur le balcon, elle arrose ses fleurs…

— Je… Non, pas trop, murmure-t-elle.

— Pourquoi ?

— Je travaille tous les jours et trois nuits par semaine… ça fait beaucoup. Alors, je suis fatiguée. Très fatiguée. Et puis… ta mère m'a frappée et obligée à dormir sur le balcon.

Izri la fixe un instant, sans prononcer un seul mot. Tama cherche à déchiffrer ses yeux gris mais n'y parvient pas.

— Si elle t'a frappée, c'est que tu as fait quelque chose de mal, non ?

— Non ! se défend Tama. Je lui ai juste dit qu'elle me faisait trop travailler.

Izri allume une cigarette.

— Tu me prends pour un con ?

Tama ouvre la bouche, mais aucun mot ne vient à son secours.

— Elle m'a raconté des choses sur toi. Des choses intéressantes…

Tama essaie de retrouver ses esprits et la parole.

— Des choses ?

— Elle m'a dit que Sefana t'avait renvoyée parce que tu te comportais mal avec son mari. Paraît que tu l'as allumé ?

Tama le dévisage sans comprendre. On allume la lumière ou la télé. Mais comment allume-t-on un mari ?

— Ça veut dire quoi ?

Izri se place tout contre elle, passe une main sous sa jupe. Tama se contracte de la tête aux pieds.

— Allumer, ça veut dire ça, susurre le jeune homme au creux de son oreille.

Tama baisse les yeux.

— Tu es bien jeune, pourtant…

— Je n'ai rien fait de mal. C'est lui qui voulait, pas moi !

— Ah oui ?… Elle m'a aussi dit que tu l'avais insultée. Que tu l'avais traitée de *vieille pute*.

Le cœur de Tama se serre douloureusement.

— C'est faux ! s'offusque-t-elle.

— Tu traites ma mère de menteuse, maintenant ?

— Je ne l'ai jamais insultée ! s'écrie Tama avec des sanglots dans la voix.

Izri la saisit par les épaules, elle a l'impression qu'un étau tente de la broyer.

— Tu me déçois, putain ! balance le jeune homme. Tu me déçois vachement. Tu as fait pleurer ma mère alors qu'elle aurait pu laisser Sefana te jeter à la rue… Et je te garantis que si tu recommences, t'auras affaire à moi. Compris ?

Izri est parti vers 16 heures sans me dire au revoir. Je suis en train de repasser les vêtements de Mejda, qui est à nouveau vautrée dans son canapé, devant la télévision.

Je suis triste. Tellement en colère.

Izri ne m'aime plus. Il me prend pour une fille impure, il me méprise. Alors, j'ai le cœur encore plus lourd que d'habitude. Mes larmes coulent sur les habits de Mejda. Je voudrais qu'elles soient acides pour faire des trous dedans.

C'est à cause d'elle, tout ça. Depuis le début, c'est à cause d'elle. C'est elle qui est venue me chercher le jour de mes huit ans. Elle qui m'a séparée de ma famille pour m'emmener dans ce pays maudit. Loin, si loin, du cimetière où repose ma mère.

Soudain, elle m'appelle. Comme elle sifflerait son chien. Je soupire, pose le fer et me rends dans le salon.

— Oui ?

— Oui, madame ! rectifie-t-elle, agacée.

— Oui, *madame* ?

— J'ai soif.

Je retourne dans la cuisine, lui sers de l'eau fraîche que je lui apporte aussitôt.

— C'est pas de l'eau que je veux, espèce de gourde ! C'est du coca.

Je serre les dents et repars vers la cuisine. Je remplace l'eau par du coca, je crache dans le verre et remue avec une cuillère. Puis je le dépose sur la table basse.

— Ce sera tout, *madame* ? dis-je d'un ton que je voudrais neutre.

Mejda me dévisage, l'air courroucé.

— Comment tu me parles ? balance-t-elle.

— Vous n'aviez qu'à pas raconter des horreurs sur moi à Izri ! dis-je avec un certain aplomb. C'est vraiment mal de mentir. Surtout à son propre fils.

Elle reste médusée par mon audace tandis que je m'éloigne. Ça m'a fait du bien, beaucoup de bien.

Même si ces mots vont me coûter cher. Sans doute va-t-elle arriver dans quelques instants, armée de son martinet. Mais, après tout, je m'en fiche.

Elle débarque moins d'une minute plus tard, le visage déformé par une haine terrifiante. Ses mains sont vides, peut-être vais-je échapper au martinet.

— Tu crois que tu peux me parler sur ce ton ?! s'écrie-t-elle.

— Je ne dis que la vérité. Et il n'y a que la vérité qui fâche.

Elle devient rouge sous l'effet de la colère, m'attrape par les cheveux et me pousse contre le mur. Mon visage s'y écrase violemment, j'ai l'impression que mon nez s'est cassé. En tout cas, il pisse le sang. Puis elle m'arrache ma blouse et mon tee-shirt. Je me débats, je crie. Mais elle a beaucoup plus de force que moi, je ne peux pas lutter.

— Je vais t'apprendre à obéir, petite raclure !

Elle m'allonge à moitié sur la table, m'y maintient en appuyant de tout son poids sur ma nuque. Elle prend le fer à repasser et me le colle entre les omoplates. La douleur me traverse avant de se propager dans tout mon corps.

En enfer.

Je brûle en enfer.

Je hurle si fort que ma voix se brise. Et s'éteint.

* * *

J'essaie de ramper, de lui échapper. Mais je suis si faible… toujours été si faible.

Il me rattrape, pousse un grognement terrifiant avant de planter ses griffes acérées au plus profond de mon dos. Avec ses crocs, il dévore l'intérieur des poumons, déchiquette mes chairs. J'ouvre la bouche sur des cris silencieux.

Pour appeler au secours, encore faut-il exister. Exister pour quelqu'un.

Je me réveille en sursaut, émergeant brusquement de ce cauchemar scénarisé par la fièvre.

Mejda m'a confisqué les couvertures. À même le carrelage, allongée sur le côté, je tremble et respire difficilement. Mes doigts se sont fermés sur une indicible souffrance et ne se sont pas rouverts depuis.

La douleur est la seule chose qui habite mon cerveau. Je ne pense qu'à elle, et à rien d'autre. J'aperçois Batoul assise non loin de moi et j'ai l'impression qu'elle me toise avec sévérité. L'impression qu'elle me juge. Que son unique bras se lève dans ma direction pour me condamner.

Lutter ne sert à rien, es-tu trop stupide pour le comprendre ?

Oui, tu as raison, mon amie. Depuis le temps, j'aurais dû comprendre que se battre est inutile.

Se rebeller, c'est vivre. Mais c'est aussi souffrir.

C'est *surtout* souffrir.

Alors, cette nuit-là, entre deux claquements de dents, entre deux gémissements, entre deux flots de larmes, je promets.

Ne plus jamais me révolter.

Au milieu de mon effroyable délire, je jure de courber l'échine, à jamais.

41

Ce fut le froid qui réveilla Gabriel. Lorsqu'il ouvrit les yeux, il chercha un point de repère avant de se souvenir qu'il s'était endormi dans l'écurie. Gaïa était près de lui, Maya de l'autre côté. Il regarda la masse posée sur la paille, puis ses paumes ensanglantées. Il se remit debout, caressa Gaïa, lui parla doucement pour la rassurer. Elle était d'un naturel inquiet, tandis que Maya avait toujours été plus aventureuse.

Il monta l'escalier et, dès qu'il ouvrit la porte, Sophocle quitta la maison pour son petit tour matinal. Gabriel se lava les mains avec une grimace de douleur puis fit couler du café avant de se glisser dans sa chambre. Devenue celle d'une inconnue.

Elle dormait encore. Rien d'étonnant avec la dose de somnifère qu'il l'avait forcée à avaler. Mais son sommeil était agité. Sans doute son cerveau qui tentait de rassembler les morceaux, de reconstruire une vie.

Gabriel prit une douche et désinfecta ses mains écorchées avant de les bander.

Il donna un tour de clef et grimpa dans son pick-up. La route était verglacée par endroits et le 4 × 4 dérapa deux ou trois fois avant d'atteindre Florac. Le bourg était à moitié endormi, comme engourdi par le froid. Gabriel acheta des cigarettes et le journal avant de remonter vers son domaine.

Lorsqu'il arriva chez lui, il parcourut le quotidien, s'arrêtant sur la page Faits divers. Un article relatait le meurtre odieux d'une honnête commerçante de Toulouse. Aucun doute, il s'agissait d'un crime crapuleux. L'assassin avait massacré une mère de famille respectable pour trois cents euros. La Ville rose était en émoi, une marche devait y avoir lieu l'après-midi même.

— Marchez, murmura Gabriel. Suivez le troupeau, pauvres cons…

Il découpa l'article et le glissa dans une pochette plastifiée qui en contenait beaucoup d'autres.

Il alluma son ordinateur pour consulter ses mails, même s'il savait qu'il n'en recevrait plus avant longtemps.

Lorsque sa boîte s'ouvrit, il resta bouche bée.

Lady Ekdikos lui avait écrit pendant la nuit.

* * *

Elle ouvrit les yeux et une vive luminosité agressa ses rétines. Le soleil envahissait la chambre, elle n'avait pas encore glissé vers l'enfer.

En tournant la tête, elle aperçut l'homme dans son fauteuil. Elle se souvenait parfaitement qu'il avait voulu l'étouffer à l'aide de son oreiller. Au moins, sa mémoire recommençait-elle à fonctionner même si elle aurait préféré oublier ce moment terrifiant.

Elle se redressa légèrement, laissant échapper un gémissement de douleur. Ils se dévisagèrent de longues secondes.

Elle, en pleine lumière. Lui, tapi dans l'ombre.

— Ta mémoire est revenue ?

D'un signe de tête, elle lui indiqua que non. À l'intérieur de son cerveau, toujours le même vide, ou plutôt le même brouillard tenace. Ses souvenirs remontaient à la veille, son esprit refusait de s'enfoncer plus loin dans le passé.

— Je me rappelle hier, murmura-t-elle.

— Inoubliable, je sais, répondit Gabriel avec un sourire. En tout cas, tu arrives à parler normalement, c'est déjà ça ! Tu as faim ?

Elle ignorait à quel jeu il jouait. Avait-il renoncé à la tuer ? Voulait-il d'abord s'amuser avec elle ? Prendre son temps…

— J'ai envie de faire pipi, avoua-t-elle timidement.

D'un signe de la main, il lui désigna un seau posé près du lit.

— Il est là pour ça.

Il s'éclipsa, elle hésita. Comme si le moindre mouvement pouvait la condamner. Au bout de quelques secondes, elle parvint à s'asseoir sur le bord du matelas au prix d'un effort démesuré. Avec son pied, elle attira le seau plus près. Elle n'avait guère le choix et soulagea sa vessie dans une position plus qu'inconfortable. Elle attrapa un mouchoir sur le chevet pour s'essuyer puis remonta son caleçon. Tout ça avec une seule main et une blessure au ventre qui continuait à la martyriser.

Elle se rallongea, déjà épuisée, attendant la suite des événements.

Gabriel revint quelques minutes plus tard, avec un café et du pain beurré. Il la regarda manger sans grand appétit puis lui apporta une bassine d'eau chaude, du savon, un gant et une serviette. Il ouvrit l'armoire, choisit un tee-shirt propre et un nouveau caleçon.

— J'imagine que tu as envie de te laver, dit-il en déposant les vêtements près d'elle. Je te laisse un quart d'heure.

Il détacha son poignet, mit la clef dans sa poche.

— Je te conseille de ne rien tenter, précisa-t-il froidement.

Il referma la porte derrière lui, elle se leva prudemment. Aussitôt, le vertige la fit vaciller. Elle se tint au mur et s'approcha de la fenêtre qui donnait sur un toit et une grille en fer forgé. Il lui restait la porte, mais l'homme devait être derrière.

Alors, elle fit sa toilette du mieux qu'elle pouvait, craignant à chaque seconde qu'il ne débarque dans la chambre. Mais il tint parole et lorsqu'il reparut, elle était habillée et assise sur le lit.

Il sortit la clef des menottes de sa poche, elle lui jeta un regard oblique.

— Pourquoi ?

— Tu m'as menacé avec un flingue. Tu ne t'en souviens pas ?... Moi je n'ai pas oublié. Et ça m'a donné envie de te faire confiance, tu peux pas savoir ! ajouta-t-il avec un sourire cynique.

Il attrapa son poignet, le rattacha à l'un des barreaux du lit. Il l'abandonna et elle se rallongea. Une main sur sa blessure, elle ferma les yeux.

Tu m'as menacé avec un flingue.

Le genre de chose qu'on n'oublie pas.

42

L'après-midi commençait et de lourds nuages s'entassaient au-dessus des monts cévenols, prêts à passer à l'attaque.

Gabriel récupéra son courrier dans le petit bureau de poste et remonta dans sa voiture pour quitter le village. Comme à son habitude, il s'éloigna de quelques kilomètres avant d'ouvrir l'enveloppe.

Il observa longuement le portrait de la cible. Au dos de la photo, son adresse et quelques notes qui lui feraient gagner du temps.

Jamais il ne tuait deux personnes à la suite mais Lady Ekdikos lui avait expliqué que l'homme s'apprêtait à quitter la France pour s'installer en Afrique du Sud. Il était donc urgent de l'éliminer.

Gabriel mit le contact et se dirigea vers Florac. Il fit un arrêt à la gare pour acheter un billet de train qu'il régla en liquide.

Une fois encore, il allait abandonner sa chère inconnue.

* * *

Le vent se déchaînait, pliant la cime des arbres, envoyant des trombes d'eau s'écraser contre la façade de la maison.

Gabriel prépara son sac et mangea un morceau devant la cheminée. Puis il rejoignit son invitée. Elle était réveillée, appuyée contre la tête du lit.

— Demain matin, je pars très tôt, indiqua-t-il. Je serai absent vingt-quatre heures…

Elle ne trouva rien à répondre, même s'il imaginait que cette nouvelle devait la soulager. Il déposa une bouteille d'eau sur la table de chevet, ainsi qu'un paquet de biscuits.

— Si tu veux recouvrer la mémoire, il faut que tu dormes, ajouta-t-il.

— Et… Et si je la retrouve, ma mémoire, vous me tuerez quand même ?

Gabriel esquissa un sourire. Pour masquer son malaise.

— Lequel de nous deux est attaché à un lit ? demanda-t-il en approchant son visage du sien.

Elle déglutit bruyamment.

— Lequel de nous deux est attaché ? répéta Gabriel.

— C'est moi, murmura-t-elle.

— Donc, c'est moi qui pose les questions. Compris ?

Elle refusa d'acquiescer, se murant dans le silence.

— Alors je te conseille de préparer les bonnes réponses, conclut-il. Passe une bonne nuit.

Il referma la porte et elle se remit à pleurer.

Passe une bonne nuit. Même si c'est la dernière.

43

J'arrive chez Marguerite un peu avant 8 heures du matin. Je lui trouve une mine fatiguée et m'enquiers de sa santé.

— Ça va, mon enfant, m'assure-t-elle. Qu'est-ce que tu as au visage ?

— C'est rien. Je me suis cognée contre une porte. Une saleté de porte…

J'enfile ma blouse et ce geste déclenche une brûlure atroce dans mon dos. Mon visage se crispe, ma respiration se coupe, je ne peux retenir un cri.

— Tu es souffrante ? s'alarme Marguerite. Tu t'es fait mal ?

D'un signe de tête, je lui fais comprendre que non. Ce n'est pas vraiment un mensonge puisque la vérité, c'est qu'*on* m'a fait mal.

— Ne vous inquiétez pas.

Le fer à repasser, c'était avant-hier. J'ai encore beaucoup de fièvre. Malgré tout, je me mets au travail. Je suis si heureuse de passer la journée ici, loin de Mejda. Mais ma blessure me rend la tâche difficile. Chaque mouvement relance une douleur cuisante qui m'assassine à petit feu. Je ne cesse de m'éponger le front, mes yeux pleurent tout seuls sans que je puisse rien y faire.

À midi, mon travail est loin d'être terminé. J'ai été deux fois moins rapide que d'habitude. Quand Marguerite m'appelle pour le déjeuner, je la rejoins dans la cuisine.

— Assieds-toi, me propose-t-elle. Aujourd'hui, je t'ai acheté un roulé au fromage et une surprise pour le dessert !

Je m'assois et mon dos frôle le dossier de la chaise. Je lâche un nouveau cri.

— Mais qu'est-ce qui t'arrive, Tama ?

Mentir, encore et encore. Car si je lui dis la vérité, elle risque d'en parler à Mejda et si jamais elle fait ça, je crois que je peux dire adieu à la vie.

— J'ai mal au dos. Et quand je m'assois, c'est pire.

— Ah… ma pauvre ! On dirait que tu as de la fièvre aussi ?

— Un peu. J'ai dû attraper un truc, un rhume ou quelque chose…

— Mejda t'a donné des médicaments ?

Non. Rien à part une trempe d'anthologie.

— Attends, je reviens.

Marguerite prend sa canne puis se traîne jusqu'à l'arrière-cuisine. Là, elle ouvre la pharmacie et me rapporte un tube vert.

— C'est de l'aspirine, ça va faire tomber la fièvre.

— Merci, madame Marguerite.

— Tu peux m'appeler simplement Marguerite ! dit-elle avec un petit rire.

J'ai envie de pleurer, mais me retiens. J'avale l'aspirine et, tout en dévorant mon roulé au fromage, j'écoute Marguerite me parler de sa jeunesse en Algérie. Comment elle a rencontré l'homme de sa vie, comment ils se sont mariés. Elle me l'a déjà raconté au moins cinq fois, mais ça ne m'embête pas, au contraire. C'est une si belle histoire !

— Toi aussi, un jour, tu rencontreras un homme. Et, au premier regard, tu sauras que c'est le bon ! ajoute-t-elle avec un clin d'œil.

Je pense soudain à Izri, mon cœur se serre.

Marguerite me dit de prendre une petite boîte en carton dans le frigo. À l'intérieur, il y a un magnifique gâteau, tout zébré dessus.

— C'est un millefeuille ! Tu as déjà goûté ?

— Non.

Ce dessert est un délice. Chaque bouchée est un pansement sur ma brûlure et sur ma peine.

— Tu as fini le livre que je t'ai prêté il y a deux semaines ?

— Non… je n'ai pas trop eu le temps de lire, ces derniers jours.

Marguerite détourne un instant le regard.

— Mejda m'a expliqué que tu étais sa nièce et que tu travaillais pour rapporter un peu d'argent à ta famille… C'est bien ce que tu fais. C'est courageux. Mais ce serait mieux que tu ailles à l'école, non ?

Moi aussi, je regarde ailleurs et j'essuie une larme naissante.

— J'essaye d'étudier seule, dis-je dans un murmure. Quand j'en ai la force.

— Tu as combien de frères et sœurs ?

— Je crois que j'en ai deux. Deux frères.

— Tu *crois* ?

— Lorsque j'ai quitté le Maroc, papa avait eu deux fils avec sa nouvelle femme. Mais depuis, peut-être qu'il a eu d'autres enfants.

— Mais… tu n'as pas de nouvelles de ta famille ?

Et voilà. Elle a réussi à me faire pleurer. Alors, elle se lève et vient me prendre dans ses bras. Personne, depuis que maman est morte, ne m'a prise dans ses bras. Mes larmes se transforment en interminables sanglots.

— Où est ta mère ?

Je parviens à lui dire qu'elle est morte avant d'être à nouveau étranglée par le chagrin.

— Ma pauvre petite…

Elle me caresse le dos et je pleure de plus belle tellement j'ai mal. Je me dégage doucement alors que je voudrais rester dans ses bras pour l'éternité.

— Je vais finir mon travail, dis-je en séchant mon visage. Faut pas dire à Mejda qu'on s'est parlé, d'accord ?

Marguerite hésite. Sans doute a-t-elle compris.

— Elle ne te donne pas l'argent que tu gagnes ici, n'est-ce pas ?

Je n'arrive même plus à parler. Marguerite tombe sur sa chaise, ses mains se crispent.

— Vous ne lui direz rien, hein ? sangloté-je.

— Si c'est ce que tu veux… Mais maintenant que je sais ça, je ne veux plus que tu viennes ici. Je croyais que l'argent était pour toi, pour ta famille…

Je pose ma main sur la sienne.

— S'il vous plaît, ne me faites pas ça… Ne me renvoyez pas ! Parce que vous êtes la seule personne que j'ai envie de voir. Parce que je voudrais que ce soit tous les jours lundi…

Cette fois, c'est Marguerite qui pleure. Et moi qui la serre dans mes bras.

— Raconte-moi, prie-t-elle d'une voix étouffée.

— Je ne m'appelle pas Tama, dis-je à voix basse. Je m'appelle…

Je lui ai tout raconté. Ou presque. Je ne lui ai pas parlé des coups de ceinture, du clou dans la main ou du fer à repasser. Parce que ça lui aurait fait trop de peine, j'en suis sûre. Elle voulait appeler la police pour moi. Ça m'a fait si peur que je l'ai suppliée de ne pas leur téléphoner parce qu'ils m'arrêteraient et me jetteraient en prison. Elle m'a assuré du contraire, je ne l'ai pas crue. Et je lui ai aussi expliqué que Sefana avait dit tant d'horreurs à mon père que si jamais je rentrais au pays, je serais rejetée.

Alors, Marguerite a juré. De ne rien dire à la police ou à Mejda. Elle m'a ordonné de me reposer, m'assurant que le ménage pouvait attendre. Elle m'a donné son lit où j'ai dormi pendant quatre heures. C'était tellement confortable…

Marguerite m'a réveillée un peu avant le retour de Mejda. Elle m'a confié un billet de dix euros en me précisant que, celui-là, je devais le garder pour moi. J'ai refusé, surtout que je n'avais pas fait mon travail, mais elle a menacé de se fâcher si je ne l'acceptais pas. Alors, je l'ai mis dans ma poche. Elle m'en donnera un chaque semaine, pour qu'un jour, je puisse rentrer chez moi.

Je voudrais te donner plus, mais j'ai une toute petite retraite.

J'étais si émue que j'ai à nouveau pleuré.

Puis Mejda est arrivée et il a fallu partir pour aller nettoyer les bureaux. Comme promis, Marguerite ne lui a rien dit mais elle l'a toisée d'une façon bizarre. Et j'espère que cette grosse vache n'a pas deviné ce qui s'était passé.

* * *

Il y a quelques jours, Tama a entendu Mejda parler avec le retraité qui habite l'appartement au-dessus du sien. Ils discutaient sur le palier mais comme la porte d'entrée était restée entrouverte, Tama a pu écouter ce qu'ils se disaient. Mejda a prétendu héberger une nièce venue en France se faire soigner pour une grave maladie mentale.

La petite souffre de crises de démence terribles ! Elle se met à hurler et je n'arrive pas à la calmer ! Je suis désolée pour le dérangement...

L'homme n'a pas cherché à en savoir davantage, lui souhaitant simplement bon courage.

Quant aux voisins d'en face, ces ombres résignées et silencieuses qui passent parfois dans la coursive, Tama a compris qu'il s'agissait de clandestins chinois. Des esclaves, comme elle, qui s'entassent à huit dans un trois-pièces. Mais ils sont si discrets qu'on ne les entend quasiment jamais.

Pour Tama, personne à appeler au secours, donc.

Pas même Izri.

Ces dernières semaines, le jeune homme ne lui parle plus. Et elle ignore s'il lui reparlera un jour car elle se doute que Mejda lui raconte des mensonges sur son compte. Des horreurs, peut-être.

Quand il passe, une fois par semaine, il laisse à sa mère une liasse de billets. Il porte une montre énorme, toute en or, et en regardant par la fenêtre Tama l'a vu monter dans une superbe voiture de sport. Elle ne sait pas encore ce qu'il fait dans la vie, quel est son métier, mais visiblement, il gagne de l'argent. Tama est heureuse qu'il ait trouvé une bonne situation car il n'a pas toujours eu de la chance. Un jour, Marguerite a évoqué l'ancien mari de Mejda. Un homme très violent qui battait sa femme et son fils. Alors, Tama imagine sans peine ce qu'Izri a enduré.

L'argent que lui donne Marguerite, elle le planque dans la loggia. Elle a trouvé une petite pochette en plastique qu'elle a scotchée sous la planche où repose la machine à laver.

Elle se demande combien coûte un aller simple pour le Maroc, mais a conscience qu'il lui faudra du temps. Beaucoup de temps. De toute façon, elle ignore comment prendre l'avion ou le bateau, surtout quand on ne possède aucun papier en règle. Et puis son père ne voudra plus jamais la revoir, c'est certain.

Tama a terminé de lire *Le Petit Chose*, il lui a fallu deux mois. Alors, Marguerite lui a prêté un autre livre. Ça s'appelle *Le Temps des secrets*, elle a hâte de le commencer. Mais elle n'a que les samedi et dimanche soir pour lire et elle est tellement épuisée qu'elle s'endort rapidement, d'autant que Mejda a fini par lui rendre les deux couvertures.

Sa brûlure la fait toujours souffrir, même si Marguerite lui a acheté une pommade cicatrisante. Tama ne lui a pas parlé du fer à repasser, simplement d'une brûlure sur le bras qu'elle s'est infligée en cuisinant. Mais se passer de la crème dans le dos n'est pas chose facile…

Lundi dernier, la vieille dame lui a préparé un vrai déjeuner pendant qu'elle faisait le ménage. Des légumes farcis suivis d'une tarte aux abricots. Elle a tellement mangé qu'elle a eu du mal à se lever de sa chaise !

Tama ne parle plus à Mejda. Jamais un mot plus haut que l'autre ni le moindre regard insolent. Mieux vaut baisser les yeux.

Se soumettre, survivre.

Oui, madame. Non, madame. Bien sûr, madame. Que souhaitez-vous pour le dîner, madame ?

Elle a pris l'habitude de cracher dans le thé ou le coca qu'elle lui apporte. Dans les plats qu'elle lui sert, aussi. Ça ne sert pas à grand-chose. Mais cette vengeance, même dérisoire, est la seule qui lui reste.

44

Mme Cara-Santos est de très mauvaise humeur, aujourd'hui. Elle n'arrête pas de m'appeler pour me demander de lui apporter à boire, à manger ou encore de l'aider à aller aux toilettes. En vérité, elle arrive très bien à marcher, mais a tout le temps peur de tomber, ce qui risquerait de lui faire perdre le bébé.

Si elle avait vu les femmes de mon village qui continuaient à travailler dur alors qu'elles étaient sur le point d'accoucher… elle ferait moins de manières, je crois !

Bien sûr, je ne dis rien, faisant tout ce qu'elle désire. Et je ne crache ni dans ses boissons, ni dans ses plats, car j'ignore si ça serait dangereux pour le bébé.

Tandis que je m'échine à récurer sa maison, elle ne cesse de se lamenter. La semaine dernière, j'étais à quatre pattes en train de nettoyer les joints du carrelage de la salle à manger pendant qu'elle était confortablement installée dans son canapé en train de trier des factures. Soudain, elle m'a dit :

— T'as de la chance, Tama.

J'ai relevé la tête pour la dévisager avec stupeur. J'avais tellement hâte d'entendre la suite…

— Peut-être que tu ne le sais pas, mais t'as de la chance. Toi, tu te poses pas de questions ! T'as pas de factures ou d'impôts à payer ! T'es prise en charge à cent pour cent. Aucune décision à prendre…

Elle a terminé sa tirade imbécile par un long soupir ridicule. J'attendais qu'elle ajoute qu'elle aimerait bien être à ma place, mais elle n'a pas osé aller jusque-là. Je me suis demandé si je devais vraiment prendre la peine de répondre à ça. Mais bien sûr, je n'ai pu m'en empêcher. Je me suis longuement concentrée, cherchant les bons mots avant de me lancer.

— Vous avez entièrement raison, madame Cara-Santos. Je n'ai pas de factures à payer, mais c'est sans doute parce que je ne possède rien. Alors, forcément, on ne peut rien me prendre… J'imagine combien il doit être effroyable d'être poursuivi par les impôts et je vous plains de tout mon cœur !

Ses sourcils se sont légèrement froncés, sa bouche s'est ouverte sur un silence idiot. Ça m'a encouragée à poursuivre.

— J'ai été orpheline de mère à cinq ans et j'ai eu la chance d'être séparée de ma famille alors que je n'avais que huit ans. J'ai connu la joie de ne jamais aller à l'école et d'apprendre à lire et à écrire par moi-même, dans une buanderie sans chauffage… J'ai également l'immense bonheur de travailler environ une centaine d'heures par semaine sans être obligée de toucher le moindre salaire. Vous avez raison, madame, j'ai beaucoup de chance.

Elle m'a toisée avec une indignation cocasse avant de retourner dans sa chambre sans même requérir mon aide. Comme quoi, elle peut très bien y arriver toute seule.

On est jeudi et je m'en vais ce soir, après trois jours et deux nuits passés chez eux. Dès que j'aurai quitté leur maison, il faudra encore aller nettoyer les bureaux pendant que cette grosse dinde de Mejda ronflera sur sa confortable banquette.

Les enfants rentrent de l'école, accompagnés par la voisine et, dès qu'ils arrivent, ils vont voir leur mère dans sa chambre. Pendant qu'ils la saoulent de paroles, lui racontant leur journée, je prépare leur goûter ; du jus d'orange pressé (Marie-Violette ne veut pas qu'ils boivent du jus en bouteille, je ne sais pas pourquoi) et du pain beurré avec quatre carrés de chocolat. J'ai tellement faim que je mangerais n'importe quoi mais j'hésite avant de voler un peu de chocolat que je laisse fondre sur ma langue, les yeux fermés.

Jasmine et Adam déboulent dans la cuisine et se jettent sur leurs tartines. Depuis sa chambre, Mme Cara-Santos s'égosille parce qu'ils ont oublié de se laver les mains. Je les surveille tandis qu'ils se plient à l'ordre de leur mère puis je leur tends une serviette propre.

Est-ce qu'un jour j'aurai des enfants ? Jusqu'à cette après-midi, je ne m'étais jamais posé la question. Sans doute parce que j'ai cessé, il y a longtemps, de songer à mon avenir.

C'est comme si j'étais constamment face à un mur infranchissable. Comme si, derrière ce bloc de béton, une vie m'attendait sans que je puisse la rejoindre.

Jasmine et Adam se disputent. Ils en viennent aux mains alors je les sépare. Adam me jette un mauvais regard.

— T'as pas le droit de me toucher, la bonniche ! hurle-t-il.

— Tama n'est pas une bonniche, mon chéri, le reprend mollement Marie-Violette depuis la chambre.

Ce petit con a pourtant raison.

Une *bonniche*. Voilà ce que je suis. Ce que je serai toute ma vie.

* * *

— Est-ce que tu écoutes de la musique, parfois ? demande Marguerite.

— J'en entends à la télé, répond Tama.

— Tu aimerais que je t'en fasse écouter ?

— Oui, bien sûr !

Marguerite choisit un disque et l'insère dans la chaîne.

— C'est du Chopin, annonce-t-elle. Des valses.

Tout en continuant à enlever la poussière sur les meubles, Tama s'enivre d'un plaisir inédit. Grâce à un escalier de notes, elle grimpe jusqu'aux cieux.

— C'est tellement beau…

— Oui, c'est beau… Tu sais, pour aimer quelqu'un, pour l'aimer vraiment, il faut apprendre à le connaître. Eh bien, pour la musique, c'est pareil : pour aimer un morceau, il faut apprendre à le connaître. Sinon, ça s'appelle un coup de foudre !

Marguerite termine par un sourire malicieux et Tama lui répond :

— Ce que vous dites, c'est très beau aussi.

— Penses-tu !… Tu vois le paquet sur la table ? C'est pour toi !

— Pour moi ? murmure Tama.

— Ben oui, c'est bientôt Noël. Tu ne l'ouvres pas ?

Tama pose son chiffon à poussière et s'assoit à la table, juste devant le paquet, enrobé d'un joli papier cadeau. Si joli qu'elle n'ose le déchirer.

— Allez, ouvre ! s'impatiente la vieille dame.

Tama s'exécute enfin, des étoiles plein les yeux. Elle découvre une boîte blanche de forme rectangulaire.

— C'est quoi ?

Marguerite refuse de répondre, se contentant de sourire. La boîte révèle un magnifique bracelet en argent sculpté.

— Il te plaît ?

Le regard de Tama va du bracelet au visage de Marguerite. Elle n'a pas de mots pour dire ce qu'elle ressent.

— C'est ma mère qui me l'a offert quand j'avais ton âge. Maintenant, il est à toi.

— Je ne peux pas accepter !

— Bien sûr que si, tu peux. J'aimerais que ce soit toi qui le portes, désormais. Parce que je n'ai pas de fille.

— Il est trop beau pour moi, murmure Tama en replaçant le bracelet dans son écrin.

— Qu'est-ce que tu racontes ?

— Je… Je ne suis qu'une petite bonne, vous savez. Rien qu'une petite bonne…

Le visage de Marguerite se fait plus sévère.

— Je ne veux pas t'entendre dire des choses pareilles ! s'insurge-t-elle.

— C'est la vérité, pourtant…

— C'est n'importe quoi, oui ! Tu es une jeune fille courageuse et intelligente ! Voilà qui tu es. Et je t'interdis de l'oublier.

Tama retient ses larmes, les yeux rivés sur le bracelet étincelant. Marguerite prend le bijou et l'attache autour du poignet de Tama.

— Il te va à merveille, ma chérie.

— Mais Mejda ne voudra pas que je le garde !

— Elle n'a pas intérêt à te l'enlever ! Je lui en parlerai ce soir, ne t'en fais pas. Ce bracelet est à toi, maintenant.

Tama se jette dans les bras de son amie, y demeure de longues minutes.

Décidément, le lundi est la seule journée qui vaut la peine d'être vécue.

* * *

Aujourd'hui, c'est dimanche. Je me lève à 6 heures comme d'habitude. Mais je ne dois pas faire de bruit pour ne pas réveiller la truie immonde qui ronfle dans la chambre. En pensant ça, je me dis que je suis vraiment injuste envers les truies, les vaches et les dindes et je rigole toute seule.

J'ôte mon bracelet et le range dans mon carton. Mejda ne m'autorise à le porter que le lundi et m'oblige à l'enlever le reste du temps. Elle dit qu'il est bien trop précieux pour moi.

De la confiture donnée à un cochon.

Je crois surtout qu'elle aimerait avoir le même. Alors, chaque soir, je le mets autour de mon poignet et récite une prière pour Marguerite.

Je fais pipi dans mon seau et attaque ma toilette à l'évier de la cuisine. Puisque Mejda dort, je ne vais pas me gêner pour utiliser l'eau chaude !

Noël est passé et, à part celui de Marguerite, je n'ai eu aucun cadeau, pas même une blouse neuve. La dernière que Sefana m'a offerte est désormais trop petite. Je n'arrive plus à la fermer car ma poitrine a encore grossi. Mais Mejda a dit, pour la centième fois, que je lui coûtais déjà assez cher comme ça.

Aujourd'hui, ce n'est pas un jour comme un autre. Aujourd'hui, les Charandon viennent déjeuner. Je n'arrive pas à décider si c'est une bonne ou une mauvaise nouvelle. Mais en tout cas, j'ai beaucoup de travail. J'ai un déjeuner à préparer pour huit personnes. Car Izri sera là aussi.

Mejda m'a demandé un repas traditionnel. Pastilla en entrée et tajine de poisson pour la suite. Pour le dessert, elle a acheté un assortiment de pâtisseries.

Vers 10 heures, elle se lève enfin et vient prendre son café dans la cuisine. Elle regarde où j'en suis, me balance que je suis aussi lente qu'inefficace, que ma mère ne m'a rien appris de valable. Je voudrais lui répondre qu'elle n'en a pas eu le temps, mais préfère me taire. Elle râle à n'en plus finir ; pourtant, le déjeuner est en bonne voie. Après son café, elle disparaît pour prendre sa douche.

Lundi dernier, Marguerite m'a autorisée à utiliser sa salle de bains. Pour la première fois de ma vie, j'ai pris une douche moi aussi. Avec de l'eau pas trop chaude, à cause de mon dos qui continue à me faire souffrir.

Jamais je ne m'étais sentie aussi propre ! Marguerite m'a dit que je pourrais goûter ce plaisir chaque lundi.

Cette femme est un ange, je crois. Mon ange gardien, ma bonne étoile. La grand-mère que je n'ai jamais eue. Je ferais n'importe quoi pour elle.

Pendant que je nettoie son appartement, elle met de la musique puis elle passe l'après-midi à tricoter sur son fauteuil. Ainsi, j'ai découvert Mozart, Bach, Vivaldi, et bien d'autres compositeurs.

Après *Le Temps des secrets*, elle m'a donné à lire *Le Petit Prince*. Comme je n'ai plus de dictionnaire, je note les mots que je ne connais pas et, le lundi, je demande à Marguerite de m'en expliquer le sens.

La semaine dernière elle m'a prêté un recueil des *Fables* de Jean de La Fontaine. Il paraît qu'il en a écrit beaucoup, mais dans ce livre, il n'y en a qu'une dizaine. L'une d'elles m'a fait penser à Mejda : « La Grenouille qui se veut faire aussi grosse que le Bœuf. »

Car Mejda se couvre de bijoux en or, de parfums, de beaux habits. Elle se prend peut-être pour une princesse saoudienne, veut paraître belle à l'extérieur alors qu'elle est pourrie jusqu'à la moelle.

Elle aussi est une esclave. Esclave des apparences. Esclave de ce que les autres pensent d'elle.

Elle sort de la salle de bains et revient dans la cuisine. Elle a mis un caftan marocain vert et doré, s'est maquillée avec soin. Malgré tous ses efforts, sa laideur me saute aux yeux.

Elle passe en revue ce que j'ai préparé, me reproche que ce ne soit pas encore terminé.

— Est-ce que Vadim sera là ? demandé-je.

Elle me toise avec dédain.

— Bien sûr qu'il sera là !

Puis, armée d'un sourire narquois, elle se fait un plaisir d'ajouter :

— Mais tu sais, il ne se souvient même pas de toi ! Il t'a oubliée depuis longtemps. Allez, dépêche-toi de finir. T'as intérêt à ce que tout soit prêt lorsqu'ils arriveront.

— Oui, madame.

À midi moins le quart, le déjeuner est prêt, la table aussi. Et à midi pile, les Charandon sonnent à la porte. Mejda les accueille à grand bruit. Je me poste à l'entrée de la cuisine, prête à débarrasser les invités de leurs manteaux, de leurs sacs ou de leurs offrandes. C'est mon rôle. Sefana et son mari entrent en premier. Je leur adresse un bonjour discret et ils font comme s'ils ne me voyaient pas. Les enfants entrent à leur tour. Lorsque Vadim m'aperçoit, il se pétrifie. Tout comme mon cœur. Puis un large sourire illumine son visage.

— Tama !

Oubliant de dire bonjour à sa tante, il se jette sur moi. Je le serre si fort que je l'étouffe. Il passe ses bras autour de mon cou, réveillant involontairement ma douleur. Mais en cet instant, elle est exquise. Et mon cœur risque d'éclater de bonheur.

— Tu m'as manqué ! lui dis-je en retenant mes larmes.

— Toi aussi !

Le visage de Sefana s'enlaidit de jalousie.

— Vadim, ça suffit ! s'écrie-t-elle. Tu vas te salir…

Mais son fils ne l'entend pas. Et moi, je ne l'écoute pas.

— Lâche cet enfant ! m'ordonne Mejda.

Je repose Vadim par terre, caresse son visage. Il extirpe deux feuilles pliées en quatre de sa poche et me les donne.

— C'est pour toi.

— Merci ! dis-je en mettant les dessins dans la poche de ma blouse. On les regardera ensemble tout à l'heure, tu veux ?

Sa mère l'attrape par le bras et l'attire vers elle. C'est alors que Fadila et Adina s'approchent de moi. Chacune à leur tour, elles m'embrassent sur la joue. Puis Fadila me tend un petit paquet.

— C'est du chocolat. Je sais que tu aimes ça…

Les Charandon semblent dépassés par les événements. Par leurs propres enfants. Même Émilien, de qui je n'ai jamais été très proche, vient m'embrasser.

— Retourne en cuisine ! m'enjoint Mejda d'une voix dure. Ne reste pas au milieu !

J'obéis, le cœur léger comme une plume.

Il ne reste quasiment plus rien de ce que j'ai préparé pour le déjeuner. Ça veut dire que c'était réussi. Pendant que je servais, j'ai senti le regard de Charandon peser sur moi à plusieurs reprises. Ou plutôt s'insinuer en moi.

Mais moi, je ne l'ai pas regardé. Pas une seule seconde.

Au moment du dessert, Izri, qui a bu beaucoup d'alcool, a dit que j'étais une *putain de bonne cuisinière*. J'imagine que c'était un compliment.

Après le déjeuner, Vadim me rejoint dans la cuisine sans que sa mère ne parvienne à l'en empêcher. Il me parle de l'école, de sa nouvelle maîtresse. Avec inquiétude, je constate qu'il bute sur certains mots, bégaie un peu. Puis je sors les dessins de ma poche.

Il y en a deux. Sur le premier, Vadim a dessiné un petit garçon, seul, dans une grande maison. Sur le second, c'est une fille au milieu d'une page blanche. Il n'y a ni maison, ni jardin, ni soleil. Juste une fille portant une jolie robe avec des carreaux bleus. Au milieu de nulle part.

Je lui demande si la nouvelle Tama est gentille avec lui, il ne répond pas.

Quand les Charandon s'en vont, Vadim se met à pleurer. Il s'accroche à moi et il faut que son père l'entraîne de force vers la sortie.

Grand vide dans ma poitrine.

Dès qu'ils ont disparu, Mejda me dit que je me suis mal comportée, que je n'ai pas su rester à ma place. Alors, elle me punit en me privant de dîner.

Mais surtout, elle m'oblige à déchirer les dessins que Vadim m'a offerts.

C'était pourtant un beau dimanche d'hiver.

J'ai ressenti beaucoup de joie à retrouver Vadim. Beaucoup de peine à le quitter, une nouvelle fois. Mais maintenant, je sais qu'il ne m'oubliera jamais.

Ça aide à panser mes plaies et à combler ma faim. Parce que, contre ça, Mejda ou Sefana ne peuvent rien.

45

Gabriel se leva à 4 heures du matin. Il n'avait jamais besoin de réveil, comme si une horloge maléfique était logée dans son cerveau.

Il termina de se réveiller sous la douche puis pénétra dans la chambre du fond. Lorsqu'il alluma la lumière, son *invitée* ouvrit les yeux dans un sursaut et poussa même un cri.

Dans l'armoire, Gabriel récupéra quelques vêtements et s'habilla devant elle, sans aucune gêne. Elle tourna la tête, ce qui le fit sourire.

Il laissa sortir Sophocle, encore à moitié endormi, puis se servit un deuxième café.

La journée serait longue, mais elle ne serait pas vaine.

Lorsqu'il revint dans la chambre, l'inconnue ne s'était pas rendormie. Il posa une tasse de thé noir près d'elle et alla s'asseoir sur le fauteuil.

— Bois, ordonna-t-il.

Elle s'exécuta, fit la grimace mais parvint à vider la tasse. Breuvage amer.

— Parfait, ajouta Gabriel. Je reviendrai sans doute demain. Au pire, après-demain. En attendant, sois sage…

Elle regarda du côté de la fenêtre et ne répondit pas. On aurait dit qu'elle boudait.

— Je vais bosser, précisa Gabriel.

— Et c'est quoi, votre travail ? murmura-t-elle.

Il hésita avant de répondre. Mais, de toute façon, elle ne quitterait jamais cette maison vivante. Alors…

— Tuer.

Elle tourna brusquement son visage vers celui de son geôlier. Lorsqu'elle tomba sur ses yeux, elle comprit qu'il ne plaisantait pas.

— Tu… er ?

— Oui. Assassiner, refroidir, descendre, éliminer, liquider…

Elle resta bouche bée tandis qu'il lui adressait un terrible sourire.

— C'est fou le nombre de synonymes qu'il y a pour *tuer*, tu ne trouves pas ? Il y en a bien plus que pour le verbe *aimer*…

* * *

Le TGV, parti de Montpellier, déversa ses voyageurs à la gare de Lyon en fin de matinée. Gabriel se sentit bousculé. Bousculé par cette foule pressée qui ignorait tout de lui et de ses desseins. Ces gens, normaux sans doute, qui se dépêchaient de vivre.

Alors que lui ne se pressait jamais pour tuer.

Gabriel s'écarta du flot transhumant et alluma une cigarette. Il avait le temps. Sa cible ne mourrait que ce soir. Et Gabriel savait déjà comment.

Il songea à sa chère inconnue. Qui dormait à poings fermés, il n'en doutait pas. Avec le savant mélange qu'il avait versé dans son thé ce matin, elle dormirait jusqu'au lendemain matin. Peut-être même jusqu'à ce qu'il revienne. Ce ne serait qu'en dormant qu'elle retrouverait la mémoire, il en était sûr. Car le sommeil est l'un des seuls remèdes après une commotion cérébrale.

Il écrasa son mégot sur le quai puis quitta la gare. À pied, il se dirigea vers l'hôtel modeste où il avait réservé une chambre sous un faux nom.

Il y déposa ses affaires et déjeuna dans un petit bistrot de quartier.

Il écouta les autres.

Parler de leur vie, car ils en avaient encore une.

Parler de leurs amis, car ils croyaient en avoir.

Parler de leur avenir, comme s'ils étaient immortels.

Ignorant qu'à la table d'à côté, déjeunait tranquillement un assassin. Un tueur dénué de remords, mais rongé par le regret.

Quand il eut terminé son repas, Gabriel décida de faire un tour dans la capitale. Ça faisait longtemps qu'il n'était pas venu ici.

La dernière fois qu'il s'y était promené, c'était en compagnie de Lana.

Du temps où il était encore un homme comme les autres.

46

Cette année, son anniversaire tombe un lundi, ce sera la semaine prochaine. Tama ne pouvait rêver d'un plus beau cadeau.

Mme Cara-Santos a accouché il y a deux mois, mais a voulu que Tama demeure à son service, le temps de se remettre de la césarienne. Alors, elle continue à y aller les mardi, mercredi et jeudi. Elle dort toujours par terre, mais dans la chambre du bébé. Juste au pied de son lit pour être la première réveillée par ses cris.

Pour que les parents ne soient pas importunés durant la nuit.

C'est une petite fille qui se prénomme Augustine. Tama trouve que c'est un beau prénom. Elle trouve aussi que l'enfant n'est pas très jolie, mais espère que ça s'arrangera au fil des ans. Ceci dit, Augustine ressemble fortement à sa mère, alors il y a assez peu d'espoir qu'elle devienne belle. En général, elle fait ses nuits et ne réveille Tama qu'une ou deux fois.

Mercredi après-midi, Mme Cara-Santos est partie chez le pédiatre avec Augustine et Jasmine. Adam est dans sa chambre, en train de jouer à un jeu vidéo devant son ordinateur. Il peut y passer des heures et des heures.

Tama entre dans la salle de bains et ausculte son dos dans le miroir. Elle porte une horrible cicatrice entre les omoplates, comme si le Diable l'avait tatouée. Ça lui fait de la peine, bien sûr, mais comme personne ne regarde jamais son dos, elle se dit que ce n'est pas si grave. Et puis cette vilaine marque deviendra peut-être moins visible avec les mois et les années.

Après sa séance d'observation, elle se met à récurer la baignoire. Elle est pliée en deux lorsque Adam entre à son tour dans la pièce. Il baisse son pantalon et pisse devant elle. Tama reste sidérée, tandis qu'il la toise avec un drôle de sourire. Puis il repart dans sa chambre sans dire le moindre mot. Tama se remet au travail, dégoûtée par la scène à laquelle elle vient d'assister.

Quelques minutes plus tard, il l'appelle. Elle abandonne son éponge pour se rendre dans la chambre de l'adolescent.

— Qu'est-ce que tu veux ? soupire-t-elle.

— Viens voir !

Elle s'approche du petit bureau et ses yeux tombent sur l'écran de l'ordinateur. Adam visionne une vidéo. Une vidéo pour adultes. Tama recule bien vite et son malaise déclenche un éclat de rire dans le camp adverse. Puis Adam vient se coller contre elle et passe ses mains sous sa blouse. Tama le repousse, il la rattrape dans le couloir.

— Arrête, Adam. J'ai du travail.

Il essaie la douceur, prétendant qu'il veut juste voir ses seins. Tama le bouscule à nouveau et parvient à rejoindre la salle de bains où elle s'enferme jusqu'à ce que Mme Cara-Santos revienne.

Le soir même, pour se venger, ce petit crétin a prétendu que j'avais volé un billet dans sa tirelire. J'ai nié, bien sûr, mais sa mère a préféré croire son fils adoré. Et quand Mejda est arrivée le lendemain, Mme Cara-Santos a soustrait dix euros de ma paie.

Devant tout le monde, Mejda m'a filé une gifle retentissante en me demandant de m'excuser. Comme j'ai refusé, elle m'a giflée une deuxième fois.

Dans la voiture, je lui ai expliqué ce qui s'était passé et elle m'a dit que pour dix euros, j'aurais dû lui montrer mes seins. Elle a ajouté qu'elle se doutait bien que je n'avais rien volé du tout puisque je n'avais aucun moyen de dépenser cet argent. Et que la gifle, c'était uniquement pour faire plaisir à Mme Cara-Santos.

La semaine dernière, elle a reçu un appel du patron qui la paie pour le nettoyage de l'entreprise. Plusieurs bureaux n'avaient pas été bien faits, les employés s'en étaient plaints. Mejda s'est confondue en excuses de peur de perdre son argent et, dès qu'elle a raccroché, elle m'est tombée dessus à coups de martinet.

C'est vrai que ces derniers temps, je suis tellement fatiguée que je ne parviens plus à être aussi efficace qu'auparavant. Pourtant, je fais mon maximum. Mais ça ne lui suffit jamais.

Un jour, elle finira par me tuer à la tâche.

* * *

Marguerite a décidé qu'aujourd'hui, je ne dois pas travailler. Parce que c'est mon anniversaire.

J'ai quatorze ans et mon amie me dit que je suis de plus en plus jolie même si je suis un peu maigre. Elle me sert un chocolat chaud et m'installe face à la télé. Elle a loué un film exprès pour l'occasion. Une belle histoire d'amour dont je ne perds pas une miette.

Je n'avais jamais vu un seul film de ma vie. À la fin, j'essuie quelques larmes. Pourtant, ce n'était pas une histoire triste.

Ensuite, nous préparons ensemble le déjeuner et au moment du dessert, je découvre que Marguerite m'a confectionné un énorme gâteau au chocolat sur lequel elle pose quatorze bougies. Puis elle prend un paquet qui était resté caché dans le bahut du salon.

Un cadeau, pour moi.

Je ne sais pas quoi dire, sinon merci. Je l'ouvre en faisant attention de ne pas déchirer le papier et découvre un superbe gilet en laine, beige et marron avec des boutons de nacre. C'était donc pour moi qu'elle tricotait dans son fauteuil depuis des semaines.

— Comme ça, tu n'auras plus froid, me dit-elle. Je l'ai fait un peu grand, pour que tu puisses t'en servir plus longtemps !

Je l'enfile, le trouve parfait. Je l'embrasse sur la joue, la serre très fort dans mes bras. Puis je cours jusqu'à la salle de bains pour m'admirer dans le miroir.

Après le repas, Marguerite se sent fatiguée et va se reposer un moment dans son fauteuil. Elle me donne un magazine puisque je n'ai pas le droit de faire le ménage, puis elle place un disque dans la chaîne, en précisant que c'est du Mozart. Le *Requiem*.

Installée sur son vieux relax, elle ferme les yeux. Je la regarde dormir un moment et j'écoute la musique, triste mais sublime. Nouvelles émotions, nouvelles larmes.

Je décide de m'occuper un peu de l'appartement. Je lui dois bien ça. J'aère sa chambre, change ses draps et parfume ses oreillers. Je ne peux pas passer l'aspirateur pour ne pas la réveiller alors je me contente du balai. Ensuite, je m'enferme dans la cuisine pour faire la vaisselle. Quand je retourne dans la salle à manger, Marguerite est toujours sur son relax, elle a ouvert les yeux. Je m'approche, prends sa main.

— Vous avez bien dormi ?

La musique s'est arrêtée.

Le cœur de Marguerite aussi.

Je l'ai serrée contre moi. Bercée, longtemps. J'ai senti la chaleur de la vie qui s'en allait, remplacée par le froid de la mort.

Je lui ai parlé, des heures durant. Parce que je savais que je ne lui parlerais plus. Je lui ai murmuré mes peurs, confié mes rêves et mes espoirs. Je lui ai dit mon amour pour elle. Si grand, qu'il pourrait combler tous les vides de l'univers.

Le jour s'en est allé doucement. Je me suis dit que le soleil ne brillerait plus jamais. Ni pour elle, ni pour moi.

Mejda est arrivée à 19 heures et m'a trouvée à genoux à côté du fauteuil. Ma main serrait celle de Marguerite. Glacée, désormais.

Mejda n'a voulu prévenir personne. Elle a fait le tour de l'appartement et a pris tout ce qu'elle pouvait. Bijoux, argent, bibelots. Puis elle a arraché les bagues que portait Marguerite, ainsi que ses boucles d'oreilles et la chaîne autour de son cou.

Je la regardais dépouiller une morte. Une sainte. Impuissante, je sentais la haine sortir de mes yeux, émaner de tout mon corps.

— Lève-toi, on y va, m'a-t-elle ordonné.

— On ne peut pas la laisser comme ça ! ai-je protesté.

— Dépêche-toi, y a les bureaux à nettoyer.

Elle m'a empoignée par le bras et nous avons quitté l'appartement. Dans la voiture, Mejda m'a prévenue que si je racontais ce qui s'était passé, elle me tuerait.

47

Je ne pourrai jamais lui pardonner.

Jamais.

Lorsque nous avons quitté l'appartement de Marguerite, Mejda m'a traînée de force jusqu'à la voiture et conduite à l'entreprise. Toute la nuit, j'ai travaillé, tandis qu'elle dormait dans le bureau du fond.

Quand on est rentrées, vers 5 heures, elle a planqué le butin dans sa chambre. Et au lieu de me laisser dormir, elle m'a ordonné de lui masser les pieds. Il paraît qu'ils la faisaient souffrir… Ça a duré plus d'une demi-heure. Puis elle m'a arraché le bracelet que m'avait offert Marguerite en me disant qu'elle allait le vendre. Elle m'a laissé le gilet, sans doute parce qu'il n'a aucune valeur.

Pour moi, il en a beaucoup.

Alors, enfin, j'ai pu aller pleurer dans la loggia, sur ma couverture.

Pleurer pour Marguerite.

D'elle, il me reste un gilet, un livre et de merveilleux souvenirs. J'espère que quelqu'un l'a trouvée et s'est occupé de son corps.

J'espère qu'elle repose en paix, désormais.

D'heure en heure, de jour en jour, ma haine grandit. Chaque fois que je regarde Mejda, j'ai envie de vomir. Envie de la tuer.

Mais je n'ai qu'elle. Elle, et personne d'autre.

Sans elle, que deviendrais-je ? Mon propre bourreau est aussi mon seul repère.

Dans ce monde, je n'ai aucune place. Je ne suis rien.

Alors, souvent, je me dis que je devrais rejoindre Marguerite. Je ne sais pas si elle est montée au paradis, mais peu importe. L'enfer auprès d'elle, ça ne peut qu'être mieux que ma vie ici-bas.

* * *

Aujourd'hui, c'est dimanche. Izri est venu déjeuner à midi. Il était accompagné d'une fille et j'ai compris que c'était sa petite amie. Elle s'appelle Yasmine, elle est grande, brune et très jolie. J'aurais dû me réjouir pour lui, pour eux, mais les voir ensemble a fini de me briser le cœur. Pourtant, Izri n'est rien pour moi.

Et surtout, je ne suis rien pour lui.

Yasmine a demandé pourquoi je ne mangeais pas avec eux. L'embarras de Mejda face à cette question était cocasse. Elle a prétendu que j'étais sa nièce et travaillais pour elle, afin de payer mes études en France. Mais je crois que Yasmine n'a pas été dupe. Après le repas, elle m'a retrouvée dans la cuisine pour m'aider à faire la vaisselle. J'ai refusé en lui expliquant que c'était mon travail, mais elle est restée près de moi et m'a posé des questions auxquelles je n'ai pas pu répondre. L'école où j'allais, par exemple.

Alors, pendant que Mejda avait le dos tourné, j'ai ouvert la loggia, faisant mine d'aller chercher un torchon propre. Yasmine a vu les couvertures par terre.

— Mejda a un chien ? a-t-elle demandé.

— Non, ai-je répondu.

— Mais… ces couvertures, ça sert à quoi ?

J'ai gardé le silence et je sais qu'elle a lu la réponse dans mes yeux. Mejda a déboulé dans la cuisine, a pris Yasmine par le bras pour l'entraîner dans le salon.

Est-ce qu'un jour quelqu'un me viendra en aide ? Maintenant que Marguerite n'est plus là, j'en doute.

* * *

Mejda ne m'ayant pas encore trouvé un autre client, je passe les lundis à m'occuper de son appartement. Je voulais des vêtements noirs pour pouvoir les porter le lundi. Comme je n'en ai pas, j'ai repéré un flacon de teinture sur les étagères et j'ai décidé de teindre ma blouse et mon tee-shirt. J'ai fait ça hier et, ce matin, quand elle s'est enfin levée, Mejda est restée sidérée en me voyant tout de noir vêtue.

— Qu'est-ce que t'as foutu avec tes fringues ? m'a-t-elle craché au visage.

— Je les ai teintes en noir.

— T'es folle ou quoi ?!

Elle a serré les dents puis s'est exilée dans le salon pour boire son café. Elle est tellement radine que je sais qu'elle ne m'achètera pas de nouvelle blouse.

Ainsi, chaque jour, elle se souviendra de Marguerite. Je ne la laisserai pas oublier son crime.

Il est 14 heures quand Sefana arrive. Elle ne me dit pas bonjour et s'installe dans le salon avec sa cousine. Mejda me hurle de préparer du thé et je m'exécute. J'entends Mejda annoncer à Sefana que Yasmine a quitté Izri et qu'il en est très malheureux.

Je me réjouis de cette nouvelle, mais l'instant d'après, je m'en veux. Si Izri est malheureux, je suis malheureuse.

Lorsque j'apporte le thé, Sefana me regarde enfin.

— Qu'est-ce que t'as fait à ta blouse ? me dit-elle.

— Je l'ai teinte en noir. Parce que je porte le deuil de Mme Marguerite.

— Qui ?

— Laisse tomber, lui dit Mejda. Elle est cinglée, c'est tout !

Je sers le thé et, involontairement ou pas, j'en renverse sur les cuisses de Mejda. Elle hurle et se lève d'un bond avant de me coller une gifle qui me fait perdre l'équilibre. Je renverse le reste du thé sur le tapis, ce qui finit de l'énerver. Alors, elle prend la tasse de Sefana et me jette le contenu à la figure.

À mon tour de hurler.

À genoux sur le tapis, je tiens mon visage entre mes mains.

— Va refaire du thé ! ordonne-t-elle.

Je relève la tête, la regarde fixement.

— T'as entendu, petite conne ? Va refaire du thé !

Je me remets debout et continue à la défier du regard. C'est comme si je ne sentais plus la douleur.

— Sale voleuse de morts...

— Qu'est-ce que tu as dit ?

— J'ai dit que vous n'étiez bonne qu'à voler les morts ! m'écrié-je.

Le visage de Mejda devient aussi rouge que le mien.

— Je vous ai vue voler les bijoux et l'argent de Mme Marguerite alors qu'elle venait de mourir. Vous irez en enfer ! Parce que Mme Marguerite, c'était une sainte.

Mejda se jette sur moi. Elle serre ses griffes autour de mon cou, de toutes ses forces, en hurlant comme une damnée.

Je ne me débats pas. Si je veux rejoindre Marguerite, je dois la laisser finir le travail, même si c'est douloureux. Au bout d'un moment, elle me lâche et je m'effondre sur le sol. Malheureusement, je respire encore. Mejda attrape une chaise et me frappe violemment avec.

J'encaisse, l'un après l'autre, les coups de cet animal enragé. Je sens que je pars, que je tombe dans le vide. Mais, avant de quitter ce monde, j'ai encore le temps d'entendre Sefana qui s'interpose.

Ensuite, c'est le calme absolu.

Le noir, total.

Le silence parfait.

48

Grâce aux indications de Lady Ekdikos, Gabriel savait où trouver sa cible.

La journée, Hubert Fongalone travaillait au sein d'une société d'import-export située dans le 15e arrondissement de Paris. La nuit, il dormait dans un appartement, avenue Émile-Zola.

C'est là que Gabriel s'était posté. Juste devant l'entrée de l'immeuble, attendant que quelqu'un y pénètre pour s'y faufiler.

Fongalone n'était pas marié, n'avait pas d'enfants.

Ce soir, il mourrait seul.

17 heures, Gabriel allait sans doute attendre un long moment, mais peu importait. Il avait appris la patience. Appris à rester immobile des heures durant, à se fondre dans le décor.

Il songeait à Lana et un sourire éraflait le marbre de son visage. Les souvenirs défilaient dans sa tête, lui faisant presque oublier le bruit qui l'entourait.

Il n'y avait plus que Lana. Son rire, ses petites manies. La douceur de ses gestes, l'éclat de ses yeux.

Tout ce qu'il n'avait pas su sauver.

Vers 18 h 30, Hubert Fongalone arriva chez lui. Il tapa le code et poussa la porte de l'immeuble cossu. Il s'enferma dans l'ascenseur pour monter jusqu'au cinquième. Il appuya sur l'interrupteur, mais la lumière de la coursive refusa de s'allumer. L'ampoule était cassée et il maugréa quelques injures à l'intention du syndic tout en avançant dans l'obscurité jusqu'à son appartement. Il sortit la clef de sa poche, eut du mal à trouver le trou de la serrure. Lorsqu'il y parvint enfin, une main se posa sur son épaule. Il sursauta, reçut une lumière aveuglante dans les yeux, suivie d'une puissante décharge électrique en plein thorax.

Quand Hubert Fongalone revint à lui, il était dans sa chambre, allongé sur son matelas. L'instant d'après, il réalisa que ses poignets et ses chevilles étaient attachés aux montants du lit. Il paniqua, tira sur les cordes qui l'entravaient. Il aurait voulu hurler, mais quelque chose était enfoncé dans sa bouche.

Lorsqu'il tourna la tête, il aperçut Gabriel, assis sur une chaise.

— Pas la peine de te contorsionner, annonça-t-il. Tu ne peux ni bouger, ni parler.

Gabriel s'approcha de sa victime.

— Tu as quelque chose à dire ?

Fongalone hocha la tête.

— OK, j'enlève ton bâillon. Mais si tu cries, t'es mort, c'est clair ?

Gabriel arracha le chiffon enfoncé dans la bouche de la cible. Il cracha un peu de salive, reprit une grande inspiration.

— Qui êtes-vous ?

Question banale. La réponse ne le serait pas.

— Je suis un fantôme… Le fantôme de Lana.

Le front de Fongalone se plissa.

— Qu'est-ce que vous me voulez ?

— Désolé, mais tu n'avais droit qu'à une seule question, soupira Gabriel.

Il remit le chiffon dans la bouche de l'homme et colla un morceau de scotch sur ses lèvres. Puis il se rassit sur sa chaise et croisa les jambes.

— Tu as du mal à respirer parce que j'ai placé un collier autour de ton cou, dit-il. C'est un collier un peu particulier. Il est en cuir mouillé… En séchant, le cuir va se rétracter et t'étrangler. Je te préviens, ce sera long et douloureux. Mais pour que ça aille plus vite, j'ai poussé le chauffage à fond…

Fongalone tenta de crier, secoua la tête, tira à nouveau sur ses entraves.

— Je pourrais te laisser crever tout seul, mais je suis un homme prudent, ajouta Gabriel. Alors, si ça ne te dérange pas, je vais rester jusqu'à la fin… Je ne suis pas pressé, mon train n'est qu'à 9 heures, demain matin. Mais bon, à 9 heures, il y a longtemps que tu seras mort.

Pendant quelques minutes encore, l'homme s'épuisa à se débattre. Puis Fongalone s'immobilisa, ayant compris qu'il ne parviendrait pas à se détacher. Il tourna à nouveau la tête vers son tortionnaire, le supplia du regard.

— J'ai envie de te parler de Lana. Elle aimait les chevaux, l'opéra et le thé. Les romans d'amour, les films d'horreur… Et puis, elle m'aimait, moi. Elle détestait le café, les robes de soirée, les escarpins à talons, le chocolat au lait… Elle se levait tôt, se couchait tard. Elle disait que dormir, c'est perdre du temps. Parce que la vie est courte. Moi, je la trouve trop longue. Et toi ?… Hmm… Toi, évidemment… Lana, elle aimait rire, tu sais. Elle était drôle, elle était belle.

Longtemps, Gabriel parla. Quand il se tut, Fongalone était mort. Ses yeux révulsés fixaient le plafond. Une odeur âcre émanait de son entrejambe.

Alors, Gabriel vida les tiroirs, les armoires. Il déchira les coussins du canapé, mit les quelques bijoux dans son sac à dos avant de quitter l'appartement dévasté.

Il traversa la nuit, il traversa Paris. Y laissant quelques murmures, quelques larmes aussi.

Lorsqu'il arriva à l'hôtel, il s'effondra sur son lit et s'endormit aussitôt.

À des centaines de kilomètres de la capitale, une jeune femme dormait aussi. D'un sommeil profond mais agité.

Sa main libre serrait désespérément les draps. Son cœur battait vite, au rythme des réminiscences qui explosaient dans son cerveau. Et qui s'effaceraient peut-être le matin venu…

49

Laisser ses pieds s'enfoncer dans le sable chaud. Éprouver la caresse de la poussière sur sa peau.

Tama court, sans s'arrêter.

Portée par l'allégresse de la liberté retrouvée, elle court.

Poussée par le vent brûlant du désert, elle n'est même pas essoufflée.

Devant elle, l'inconnu.

Derrière elle, l'enfer.

La légèreté, la douceur. L'apesanteur.

L'air n'est pas étouffant. Juste tiède. Tiède et nourrissant, tel le liquide amniotique d'un ventre maternel.

Aucun bruit, aucune menace. Aucune douleur.

Plus aucune peur.

Un horizon sans nuages et sans crainte.

Tama court.

C'est alors qu'il sort du néant pour venir vers elle. Atek virevolte au-dessus de sa tête, dans un ciel transparent. Elle écoute son chant, si beau, si pur.

Je savais que tu n'étais pas mort !

Il est son guide.

À chaque foulée, s'éloigner de l'injustice, de la souffrance, des humiliations. De tout ce qui a fait sa vie jusqu'à cette seconde. Elle entend battre son cœur comme jamais auparavant.

Son cœur et celui d'Atek.

Elle n'entend rien d'autre. Plus de grondement, de cris ni de rage.

Tama est au paradis.

Un pas, encore, les yeux dans le ciel.

Et soudain, elle tombe dans un abîme.

Une chute sans fin.

Tama ouvre les paupières. Pendant quelques secondes, sa respiration se coupe, son esprit se cherche. Il lui faut d'interminables minutes pour comprendre qu'elle est dans la loggia, juste à côté de sa couverture. Elle essaie de bouger mais la douleur l'en empêche. Tout son corps hurle de souffrance.

L'une de ces douleurs est plus violente encore que les autres. Tama n'arrive pas bien à la situer. On dirait que ça vient de son épaule gauche. Elle décide d'éviter le moindre mouvement et tente de se rappeler ce qui s'est passé.

Sale voleuse de morts...

Quelques larmes roulent sur ses joues brûlées.

Ce rêve était si beau. Le soleil, le ciel, ses pieds qui s'enfonçaient dans les grains de sable chaud. Atek, le vent, le vide. Le calme.

Si la mort ressemble à cette course dans le désert, si la mort c'est se sentir légère comme une plume, Tama veut mourir. Une fois encore.

Mourir, maintenant.

Mourir, et rien d'autre.

Elle a quitté le paradis mais a réussi à rejoindre sa couverture. En rampant tel un animal mortellement blessé. Ne pouvant atteindre l'interrupteur, elle se recroqueville dans le noir et tremble de tous ses membres. Son corps n'est qu'hématomes, ecchymoses. Tama est une meurtrissure, une plaie. Ses pieds sont prisonniers de la glace, sa tête est remplie de braises incandescentes.

Pourquoi ne se décide-t-elle pas à mourir ? Pourquoi s'accroche-t-elle ainsi à la vie ?

Le jour s'est levé. Puis le soleil s'est à nouveau couché. Tama a ouvert les yeux deux ou trois fois. Pas plus.

La porte de la loggia, elle, est restée fermée.

Comme elle ne peut bouger, Tama est obligée d'uriner sur elle et sa couverture. Au beau milieu du chaos, elle se demande comment elle va faire pour la nettoyer puisqu'elle est trop épaisse pour entrer dans la machine à laver.

Le jour, à nouveau. Tama ne peut le voir. Elle se noie dans un océan rougeâtre, cernée par des récifs acérés. Au loin, flottent des épaves disloquées qui ont dû, un jour, être ses rêves.

233

Des flammes dévorent son cerveau, sa bouche est sèche comme le désert.

La nuit, encore.
Tama rêve de boire un verre d'eau. Des litres d'eau.
Tama rêve de trouver des bras pour s'y réfugier.
Tama rêve de mourir, une bonne fois pour toutes.

* * *

Une voix lointaine et douce.
— Tama ? Tu m'entends ?... Tama ?
Une voix qu'elle a déjà entendue, qu'elle a toujours aimé entendre.
— Tama ?
Première tentative, ses paupières retombent aussitôt. Pendant une seconde, elle a cru apercevoir le visage d'Izri, comme une hallucination.
— Tama, réveille-toi...
Deuxième tentative, c'est bien Izri qui est penché sur ce qu'il reste d'elle.
— Tu me vois ?
Elle bouge ses lèvres gonflées sans parvenir à émettre le moindre son. Izri s'éloigne et revient avec un verre d'eau. Il l'aide à boire, elle manque de s'étouffer.
— Doucement... Voilà, c'est bien.
De grosses larmes jaillissent des yeux de Tama, ceux d'Izri deviennent gris foncé. Il caresse sa joue, considère longtemps son visage. Presque méconnaissable tant il est abîmé. Il la prend dans ses bras pour l'emporter hors de la loggia. D'un coup de pied, il ouvre la porte de son ancienne chambre et dépose la jeune

fille sur le lit. Il place un oreiller sous sa nuque puis entreprend de la déshabiller. Il lui ôte sa blouse, son tee-shirt. Elle ne porte plus qu'un soutien-gorge rose et une culotte blanche. Et lorsque Izri voit son corps, il est terrassé. Partout, des stigmates, des cicatrices. Elle est à nouveau partie et il la fait basculer sur le côté, découvrant ainsi l'énorme brûlure dans son dos. Ses maxillaires se contractent sous l'effet de la colère et il quitte la chambre. Il réapparaît trois minutes plus tard, un nouveau verre d'eau à la main. Avec une aspirine dedans.

— Bois, ça va te faire du bien…

Il passe une main derrière sa nuque et l'aide à lever la tête.

— Qui t'a fait ça ? demande-t-il.

Aucune réponse, seulement un regard terrorisé.

— Qui, Tama ? répète-t-il fermement. C'est ma mère, c'est ça ? Tu peux parler, elle n'est pas à la maison…

Tama voudrait échapper aux questions auxquelles elle n'a pas le droit de répondre. Izri remonte la couverture sur son corps et continue à caresser son visage. Malgré les coups, il reste fascinant. Et ses yeux… Deux pépites qui brillent de mille feux. Izri n'a jamais rien vu d'aussi beau que ce regard empli de détresse.

Quelques minutes plus tard, Tama retrouve un semblant de parole.

— Izri ? Est-ce qu'ils ont en… terré M… Mme Mar… guerite ?

Tama a du mal à articuler, espère seulement qu'Izri parviendra à la comprendre.

— Qui ?

— Mar… guerite, celle… qui ha… bite… cité des Sor… biers.

Le visage d'Izri s'assombrit.

— Marguerite est morte ?

— Ça fait plu… sieurs semai… nes.

— Si ça fait plusieurs semaines, ils l'ont forcément enterrée !

— Mais est-ce que quel… qu'un… l'a… trouvée ?

Le jeune homme fronce les sourcils.

— Calme-toi, Tama. Tu me raconteras ça tout à l'heure, d'accord ? Parce que là, je comprends rien…

— Non ! gémit Tama. Il faut sa… voir…

Alors, réunissant ses dernières forces, elle lui raconte ce maudit lundi. Le gâteau d'anniversaire, le gilet, le *Requiem* de Mozart, le cœur de Marguerite, les crimes de Mejda. Elle mélange les mots, les idées. Malgré tout, le jeune homme finit par déchiffrer son message.

— C'est impossible ! s'écrie-t-il. Tu mens !

Tama sanglote en s'accrochant à la main d'Izri. Soudain, le bruit de la porte d'entrée. Le visage de Tama se pare d'un masque de terreur.

— Ramène-moi… dans la log… gia ! implore-t-elle en essayant de se lever.

Izri la plaque sur le matelas.

— Tu restes là. Ma mère, je m'en occupe.

Il ferme la porte de la chambre ; Tama tremble de peur, de froid, de douleur. Elle entend Mejda et son fils qui parlent. Très vite, le ton monte. Pour atteindre des sommets.

— Tu n'as pas le droit de la traiter comme ça ! explose Izri.

— Je l'ai achetée, elle m'appartient ! Je fais ce que je veux avec elle ! riposte sa mère.

— T'as vu dans quel état elle est ? T'es barge ou quoi ! Tu veux la tuer ?

— Mêle-toi de tes affaires !

La porte de la chambre s'ouvre sur le visage courroucé de Mejda.

— Qu'est-ce qu'elle fout là ?

Quand Mejda arrache la couverture, Tama se met à hurler. C'est alors qu'Izri s'interpose.

— Elle passe la nuit ici, décrète-t-il.

— Jamais de la vie !

Il empoigne sa mère pour la sortir de la pièce et l'engueulade reprend dans le couloir.

— Tama m'a dit des choses pour Marguerite… C'est vrai qu'elle est morte et que tu l'as laissée pourrir sur son fauteuil ?

— J'avais peur que la police me pose des questions ! se justifie Mejda en baissant la voix. Je me suis dit que quelqu'un allait très vite la trouver. De toute façon, elle était morte, alors…

— Et ce que tu lui as volé ?

— *Volé ?* De quoi tu parles ?

— Tama m'a tout raconté !

— Et tu vas croire cette petite garce plutôt que ta mère ? Elle me déteste tellement qu'elle dirait n'importe quoi sur moi !

— Ah ouais ? Je vois vraiment pas pourquoi elle te déteste autant ! ironise son fils.

— Izri, mon chéri, tu ne me penses pas capable de ça ? Elle ment, je t'assure. Elle invente pour me faire du mal…

— Peut-être, admet Izri.

Tama replie la couverture et pose un pied par terre. Aussitôt, elle s'écroule. À quatre pattes, elle parvient à rejoindre le couloir.

— Reste couchée ! lui ordonne Izri.

Tama pénètre dans la chambre d'en face, celle de Mejda.

— Où tu vas ? éructe la mégère.

Tama s'effondre sur le tapis et attrape une boîte en carton planquée sous le lit. Avant que Mejda ne puisse l'en empêcher, elle soulève le couvercle.

— Je mens pas ! Regarde…

Dans la boîte, des bijoux, quelques bibelots. Izri reconnaît les boucles d'oreilles dont Marguerite ne se séparait jamais. Il se plante face à sa mère.

— Tu dis quoi, là ?

— Je sais pas d'où ça sort ! se défend Mejda. C'est sans doute Tama qui a piqué tous ces trucs !

Izri lui assène une violente gifle qui l'envoie contre le mur.

— Espèce de salope…

Puis il prend Tama dans ses bras et la soutient jusqu'au lit.

— Me laisse pas ! supplie-t-elle. Elle va me tuer !

Il ferme la porte et Tama l'entend à nouveau hurler sur sa mère.

— Elle reste dans ma chambre, c'est bien clair ? Et si tu la touches encore, je te le ferai regretter !

Mejda pleure, implore. Peut-être est-elle tombée à genoux devant lui.

— T'as compris ?

— Oui, oui !

— Je reviens très vite et si jamais tu l'as encore frappée je te massacre !

Il s'éloigne, Mejda le suit jusque dans le hall.

— Mon chéri, attends ! Attends… Écoute-moi, attends !

La porte d'entrée claque violemment et Tama ferme les yeux. Elle ne sait pas si elle va survivre à cette journée, mais se sent terriblement soulagée.

Quand elle lève les paupières, Mejda s'avance vers elle.

— Écoute-moi bien, petite pute : tu vas me le payer. Et très cher… Tu peux même pas imaginer ce qui t'attend.

Après avoir proféré ces menaces, Mejda est contrainte de s'éloigner et Tama sourit.

Izri sait qu'elle n'est pas une menteuse. Izri l'a prise sous sa protection. Et, surtout, Mejda vient de perdre la confiance de son fils unique.

Tama sourit. Elle attendait ce moment depuis si longtemps. Le moment où l'injustice serait enfin terrassée par la vérité.

Le reste est vraiment sans importance. La mort, elle-même, est sans importance…

* * *

Grâce à l'aspirine, la douleur est un peu moins forte. Mais elle me cloue toujours sur le matelas. Chaque fois que je respire, j'ai l'impression qu'une bête malfaisante me dévore de l'intérieur.

Souvent, je repars dans le monde des rêves. Je retourne dans ce désert étrange, j'y retrouve Atek qui semble vouloir me montrer quelque chose, m'indiquer un chemin.

Celui de la liberté ?

Dans mon dernier songe, je l'ai suivi pendant des kilomètres, sans ressentir la moindre fatigue. Derrière une dune gigantesque, un village m'est apparu. Quelques pauvres maisons, serrées les unes contre les autres comme pour échapper à la colère du ciel.

Près de l'une d'elles, ma mère était assise. Elle pleurait.

Je me suis approchée doucement, j'ai posé ma main sur son épaule. Ma main, qui tremblait.

Quand elle a relevé la tête, elle ne me voyait pas. Ses yeux, hagards, fouillaient le vide.

Maman ? Maman, tu m'entends ? C'est moi, maman...

Elle ne me voyait toujours pas, mais ma voix a semblé atteindre son âme et alors, sa tristesse s'est évaporée d'un seul coup. Je me suis blottie contre elle, me suis serrée contre son cœur.

Nos cœurs, qui battaient à nouveau.

En fixant l'horizon, elle m'a dit que je devais lutter, encore et encore. Et qu'un jour, on se retrouverait, elle et moi. Qu'on se reverrait, enfin.

Ce n'était qu'un rêve, un subterfuge de la fièvre.

Pourtant, ça semblait tellement vrai.

C'était tellement bon.

Parfois encore, je plonge dans un immense trou noir. Je chute, je tombe et rien ne peut me retenir. Avant d'ouvrir les yeux, je touche enfin le fond. On dirait un puits très profond. Au bout de la nuit, j'aperçois un halo de lumière pâle. Il y a un ciel, si loin. Inaccessible.

Posé tout là-haut, Atek me regarde, il m'appelle. Il voudrait que je trouve la force de remonter à la surface.

Mais les forces me manquent.

Elles m'ont toujours manqué. Je suis faible, je le sais.

Sinon, je ne serais pas une esclave.

Une autre fois, je ne saurais dire quand, j'ai entendu le rire de Batoul. Son rire et ses histoires stupides de petite fille. Elle chantait pour moi, de sa voix fluette. Elle a pris ma main et m'a entraînée jusqu'au sommet d'une montagne. Il y faisait froid, il y faisait nuit. En levant les bras, j'ai pu toucher le ciel. Il était cotonneux, frais et doux.

Quand nous sommes redescendues, j'ai traversé mille villages, croisé mille visages. L'un d'eux était celui de ma grand-mère, j'en suis certaine. Même si je ne l'ai jamais connue. Elle ressemblait à Marguerite, elle ressemblait à ma mère.

Elle me ressemblait.

Puis Batoul a disparu et Atek a pris sa place.

Cette nuit-là – mais c'était peut-être en plein jour –, j'ai eu l'impression d'avoir cent ans, d'avoir vécu cent vies. Je n'étais plus une petite fille, je n'étais plus moi.

À la suite d'Atek, j'ai plongé dans les entrailles de la terre. J'ai senti son goût, son odeur, sa chaleur. J'ai vu son sang, flamboyant.

Dès que nous sommes remontés à la surface, des ailes ont poussé dans mon dos et je me suis envolée. J'ai traversé des forêts, l'écorce des arbres centenaires, je me suis nourrie de leur sève et de leur savoir. J'ai dépassé la canopée pour monter, encore et encore.

Devenue grain de poussière, j'ai parcouru l'univers, j'ai côtoyé les étoiles. Aveuglantes, magnifiques. Je volais, juste derrière Atek, et voyais le monde d'en haut. Je voyais les gens qui vivaient là. Je voyais leurs chagrins, leurs peines perdues et leurs efforts. Je voyais les gouffres ouverts sous leurs pieds, les précipices qui les menaçaient.

Un grain de poussière porté par le vent. Jusqu'au firmament.

Parfois, j'ouvre les yeux. Je les ouvre vraiment. Je me retrouve dans cette chambre, dans cette vie. Alors, je n'ai qu'une hâte, une seule envie : revoir le visage d'Izri. Son si beau visage. Écouter sa voix me dire qu'il va s'occuper de moi.

Pendant que je suis réveillée, j'entends Mejda pleurer dans sa chambre. C'est comme une berceuse, une bénédiction. Un onguent sur mes plaies.

Je sais qu'elle va me tuer. J'espère juste que j'aurai le temps de revoir Izri avant.

* * *

J'ouvre les paupières et tourne légèrement la tête. Assis sur une chaise, près du lit, il me sourit.

— Comment tu te sens ?
— Un peu mieux, dis-je.
— Tu veux boire ?
— Oui…

Izri me tend un verre d'eau fraîche et m'aide à soulever la tête. Puis il repose doucement ma nuque sur l'oreiller.

— Je me suis occupé de Marguerite, dit-il.

Mon cœur dérape.

— Elle… Elle était toujours… ?

Il hoche la tête. Alors, j'imagine le corps de mon amie en état de décomposition.

— J'ai remis tout ce que ma mère avait pris chez elle et puis j'ai appelé le Samu. Je n'ai pas attendu qu'ils arrivent pour ne pas avoir de problèmes… ça s'est passé quand ?

— Il y a un mois et demi, réponds-je d'une petite voix. Elle était comment ?

— Vaut mieux pas que je te dise.

À l'expression de son visage, je comprends qu'il a souffert en découvrant Marguerite. Je réalise qu'aucun de ses fils ne s'est inquiété d'elle depuis un mois et demi. Je réalise à quel point elle était seule au monde.

Comme moi, finalement.

Non, ce n'est pas vrai. Parce que moi, maintenant, j'ai Izri.

50

Et s'il ne revenait pas ?

Elle mourrait de faim, attachée à un lit.

S'il revenait, elle mourrait aussi.

Elle était dans la maison d'un tueur. Pourquoi ?

Avait-elle mérité ça ? Qu'avait-elle commis pour en arriver là ? Pourquoi son cerveau refusait-il de lui dévoiler sa vie, la vérité ?

Les souvenirs étaient là, quelque part. Ils ne parvenaient pas à remonter à la surface, mais ils étaient là. Elle avait beau se concentrer, se torturer les méninges, le brouillard refusait obstinément de se dissiper.

Le soleil inondait la chambre, on devait être en milieu de journée, mais elle n'avait aucune idée de l'heure.

Bruit de moteur, aboiement joyeux du chien, pas dans la maison.

Il était de retour.

C'était le soulagement, c'était la terreur. C'était peut-être la fin.

Tandis qu'elle l'entendait prendre une douche, elle se glissa sous les draps. Si elle avait pu disparaître, elle l'aurait fait. S'évaporer dans le néant, se fondre dans la matière.

La porte s'ouvrit, la silhouette immense de son geôlier apparut dans la chambre. Il portait juste une serviette autour de la taille, avait les cheveux trempés.

— Tiens, la Belle au bois dormant est réveillée ! dit-il avec un petit sourire.

Il se planta devant l'armoire, choisit une nouvelle tenue et s'habilla devant elle en lui tournant le dos.

Aucune pudeur, songea-t-elle.

Il était grand, carrure imposante. Ses cheveux bruns étaient coupés court, son cou était large comme celui d'un taureau de combat. Elle remarqua un tatouage sur son épaule gauche. Une horloge, avec un glaive au milieu.

Une fois habillé, il s'assit dans le fauteuil, dans l'angle le plus sombre de la chambre, comme s'il désirait s'unir aux ténèbres. Il la regarda un moment avant de parler.

— Tu as retrouvé la mémoire ? fit-il.

— Non.

— Étrange, soupira-t-il. Mais ça reviendra forcément… Ou alors, tu mens.

— Je ne mens pas.

— Soit. Je suis d'humeur à te croire… Je t'ai manqué ?

Elle ne savait quoi répondre. Surtout, ne pas l'énerver. Plutôt ne rien dire.

— J'imagine que non, continua-t-il. Et tu as le droit de le dire.

Elle tourna la tête vers la fenêtre.

— Vous avez tué quelqu'un ? osa-t-elle.

— Oui.

— Co... comment ?

Il sembla étonné qu'elle pose la question.

— Strangulation.

Elle ferma les yeux, réprimant ses tremblements. Parler avec l'assassin, peut-être l'apprivoiser. Mais plus elle en saurait sur lui, plus ses chances de sortir vivante de cette chambre s'amenuiseraient.

— Et moi ?

— Quoi, toi ?

— Comment vous allez me tuer ?

Elle entendit la porte de la chambre se refermer et se sentit désespérément seule. Aucun moyen d'appeler au secours, aucun souvenir auquel se raccrocher.

Rien, sinon le vide.

51

Izri est passé chaque jour, jusqu'à ce que je puisse me lever. Il m'a donné à manger, à boire.

Il m'a raconté l'enterrement de Marguerite et j'ai appris qu'il avait déposé une rose sur son cercueil. Une rose de notre part à tous les deux.

Deux de ses fils étaient présents, même pas les trois. Marguerite a été inhumée dans le *carré des indigents*, sans pierre tombale avec son nom inscrit dessus. De la terre, c'est tout.

J'ai beaucoup pleuré dans ses bras. J'aurais voulu être là pour accompagner mon amie jusqu'à son ultime demeure. Moi qui ai été la dernière à la voir, à lui parler, à lui tenir la main.

Moi qui l'ai aimée, si fort.

Jour après jour, Izri a mené son enquête. Une drôle d'enquête. Il voulait savoir de quoi sa mère était capable, sans doute.

Il voulait des détails sur ce qu'elle m'avait fait subir. Bizarrement, je n'ai pas réussi à lui en donner. Les mots restaient coincés au fond de ma gorge. Au fond de ma peine, au fond de ma peur.

Il m'a demandé d'où venait ma brûlure dans le dos, je lui ai simplement dit que c'était un fer à repasser qui m'avait fait ça.

Un soir, alors qu'il me pensait endormie, je l'ai entendu murmurer des choses. Je n'ai pas ouvert les yeux, je l'ai simplement écouté. Je crois qu'il pleurait.

Ma mère a souffert, tu sais. C'est pas elle, pas vraiment sa faute... Elle est devenue folle, sans doute...

Quand j'ai été mieux, il m'a assuré que Mejda ne me ferait plus jamais de mal. Qu'il me donnait sa chambre, qu'elle était d'accord. Que je n'aurais plus à dormir par terre dans la loggia et que je pourrais utiliser les toilettes.

Ça me paraissait trop beau pour être vrai. Je ne l'ai pas cru, mais l'ai tout de même remercié. Et je lui ai dit que je penserais à lui chaque seconde.

Ensuite, Izri est venu un jour sur deux, un jour sur trois. Puis une fois par semaine.

Mejda s'est montrée patiente.

Terriblement patiente. Et diaboliquement intelligente.

D'abord, elle a tout fait pour obtenir le pardon de son fils. Elle s'est excusée, l'a supplié. Elle s'est repentie. Jour après jour, elle a calmé sa colère.

Elle a prétendu que les sévices infligés par son ancien mari l'avaient rendue mauvaise mais qu'elle allait se reprendre. Avec un certain talent, je suis obligée de le reconnaître, elle a joué sur la corde sensible en évoquant la période où elle protégeait Izri tant bien que mal des brutalités de son père.

Il m'a dit que sa mère avait dérapé, qu'elle ne recommencerait pas et que, si je lui obéissais, tout irait bien. Je l'ai trouvé bien naïf, mais, après tout, c'est sa mère. Alors, forcément, il s'est laissé convaincre de sa bonne foi.

Quand Izri a espacé ses visites, Mejda est passée à l'attaque. Entre nous, un drôle de jeu a commencé.

Un jeu de massacre.

Les règles étaient simples : me faire souffrir sans laisser de traces. Et finalement, ce n'est pas si compliqué. Il suffit d'avoir beaucoup d'imagination. Beaucoup de haine, aussi.

J'ai essayé de me défendre, mais Mejda est plus grande et bien plus forte que moi. Elle pèse au moins quatre-vingts kilos alors que je n'en fais même pas cinquante.

Et surtout, Mejda est une professionnelle du mal.

Alors que, moi, je ne suis qu'une apprentie.

* * *

Tama se mire un instant dans la glace de la salle de bains.

Vraiment une sale gueule.

Blême, des cernes sous les yeux, les joues creusées. Même ses cheveux ne sont pas beaux à voir.

— Qu'est-ce que tu fous ? grogne Mejda en ouvrant la porte.

Leurs regards se croisent un instant, par miroir inter-posé. De longues secondes à se jauger, se défier en silence.

— Magne-toi de me nettoyer tout ça.

Tama attrape l'éponge et récure le lavabo. Mejda l'observe, assise sur le rebord de la baignoire. Elle n'en perd pas une miette.

— Que tu es laide, soupire-t-elle. Ta mère doit se retourner dans sa tombe… !

— Ma mère m'aimait.

— Ce n'est pas ce que ton père m'a dit quand il t'a vendue. Parce que tu t'en souviens, hein ? Ton propre père t'a vendue, comme il aurait vendu une chèvre !

Tama sent son petit cœur se contracter à mort. Répondre, c'est engager le combat. Elle n'aura pas la force, aujourd'hui. Ni demain, sans doute.

— Mais moins cher qu'une chèvre, ajoute Mejda.

Tama s'acharne sur la porcelaine du lavabo puis astique le miroir de longues minutes.

Soudain, elles entendent la porte d'entrée s'ouvrir, la voix d'Izri. Tama esquisse un sourire, Mejda se décom-pose et quitte bien vite la pièce.

Tama, elle, reste à sa place. Inutile de se presser. Pourtant, ça fait des jours qu'elle attend cet instant. L'instant où il va revenir, se rendre compte.

L'instant où il mettra fin à son supplice.

— Tama ?

La jeune fille délaisse sa tâche pour rejoindre Izri dans le salon. D'un signe de la main, il ordonne à sa mère de s'éloigner.

— On s'assoit ? propose-t-il.

Elle s'installe à côté de lui, sur le canapé, posant sagement les mains sur ses genoux.

— Alors ?

Tama hésite deux ou trois secondes avant de se lancer. Elle raconte tout, dans les moindres détails.

Comment Mejda l'a obligée à retourner dormir dans la loggia, comment elle l'a forcée à avaler de la nourriture avariée jusqu'à ce qu'elle vomisse du sang. Comment elle lui a plongé la tête dans le lavabo, manquant de l'asphyxier. Les heures passées à genoux sur une règle en bois.

Le visage d'Izri se durcit, mot après mot. Il allume une cigarette, la fume en silence avant de l'écraser dans le cendrier avec de la rage plein les mains. Il va dans la cuisine, laisse la porte ouverte.

Des larmes, des cris, des supplications. Des mots durs.

Mejda nie tout en bloc. Jure qu'elle ne comprend pas pourquoi Tama s'acharne à la détruire ainsi aux yeux de son fils alors qu'elle a changé et redouble d'efforts.

Cette fille est une petite perverse qui veut jouer avec toi ! Elle veut t'embobiner, nous monter l'un contre l'autre !

Izri fouille la cuisine, à la recherche d'aliments gâtés. Il inspecte la loggia, n'y trouve pas les couvertures. Il se rend dans son ancienne chambre et voit la poupée de Tama sur le lit. En proie au doute et aux tourments, il ne dit plus un mot, ne sait plus qui croire.

Tama se sent coupable. Coupable de le torturer ainsi. Alors, elle s'approche et lui murmure :

— Ce n'est pas grave. Ne t'en fais pas pour moi.

Il observe longuement les deux femmes.

D'un côté, sa mère. Sa propre mère. Celle qui l'a porté dans son ventre, lui a donné le sein. Et pas grand-chose d'autre, d'ailleurs.

De l'autre, une gamine qu'il connaît à peine.

Il les quitte en laissant une phrase dans son sillage. *Je reviendrai bientôt.*

Dès qu'il a passé la porte, Mejda court jusqu'à la fenêtre. Elle le regarde monter dans sa voiture et quitter le parking.

— Retourne nettoyer la salle de bains, ordonne-t-elle à Tama.

S'attendant à des représailles, la jeune fille ne se fait pas prier pour disparaître. Mais un quart d'heure plus tard, Mejda la rejoint. Elle la saisit par les cheveux, la traîne ainsi jusque dans la cuisine. Elle la pousse si fort que Tama s'effondre sur le carrelage. Mejda pose une chaise sur elle et s'assoit dessus.

Immobiliser sa proie.

Ensuite, elle prend tout son temps…

Elle m'attache les poignets dans le dos, arrache mes vêtements. Puis elle se remet sur la chaise, enfile des gants en latex et prépare tranquillement une purée de piment dans un bol.

Avec un sourire d'une infinie tendresse, Mejda chante. Une chanson en français, sorte de berceuse pour endormir les enfants.

> *Il faudrait, je crois*
> *Pour te rendre sage*
> *Un manteau de soie*
> *De jolis corsages…*

Quand elle quitte la chaise, je me relève d'un bond et me mets à courir malgré mes poignets entravés. L'instant d'après, ses mains agrippent mes cheveux, je tombe à nouveau. Elle me tire derrière elle jusqu'à me ramener dans la cuisine. Comme je hurle, elle fourre un de ses horribles mouchoirs dans ma bouche. Mes yeux vont sortir de leurs orbites, mon cœur va exploser.

Izri, mon Dieu, reviens ! Reviens maintenant ! Viens voir de quoi ta mère est capable ! Reviens, je t'en supplie…

Elle me force à m'allonger sur le ventre, j'essaie de lui envoyer des coups de pied, je n'arrive même pas à la toucher.

> *Tu voudrais des roses*
> *À ton clair béguin*
> *Des bijoux d'or fin*
> *Et mille autres choses…*

Elle écarte mes jambes et avec ses doigts de sorcière, introduit le piment dans mon intimité. Elle en met partout, vraiment partout. La douleur est telle que mon estomac remonte au bord de mes lèvres. Je l'entends fredonner cette comptine, encore et encore. Peut-être celle qu'elle chantait pour son fils. Sa voix est douce. Atrocement douce.

> *Ma poupée chérie*
> *Ne veut pas dormir*
> *Ferme tes doux yeux*
> *Tes yeux de saphir*

Petit ange d'or
Tu me fais souffrir
Dors poupée, dors, dors
Ou je vais mourir…

Elle me saisit par les chevilles, me traîne jusque dans la loggia.

— Il ne reviendra pas, tu sais, dit-elle.

Elle s'éloigne, je parviens à me recroqueviller sur moi-même et, au bout de quelques minutes, à recracher le mouchoir. J'avale une grande bouffée d'oxygène avant de hurler. Si fort que je crois que ma tête va exploser.

Je crie, encore et encore. Je ne peux plus m'arrêter.

Mejda revient avec sa mixture infernale et, en me tenant le cou, parvient à mettre ce qu'il en reste dans ma bouche. Avant que j'aie pu recracher ce poison, elle pose une large bande de scotch sur mes lèvres.

— Tu vois, petite salope, je t'avais dit que tu allais le payer ! ricane-t-elle.

La porte se ferme, je me tords dans tous les sens, tel un poisson arraché à l'océan. De mes yeux coulent des larmes acides et brûlantes. Je suis en train de m'asphyxier. En train de brûler vive.

Le jour baisse, Mejda revient. Je suis ratatinée dans un angle de la loggia. Je pleure sans discontinuer, des spasmes secouent mon pauvre corps.

Une épaule appuyée contre le mur, Mejda me contemple. Comme une œuvre d'art dont elle serait fière.

— Je ne t'ai jamais parlé de ma fille, dit-elle. Un jour, peut-être que je le ferai. Bonne nuit, ma petite chérie…

Elle s'éloigne, j'entends encore sa voix.

> *Ma poupée chérie,*
> *Vient de s'endormir*
> *Gardez-la bien doux*
> *Beaux et tendres zéphyrs*
> *Et vous chérubins*
> *Gardez-la-moi bien*
> *Sa maman jolie*
> *L'aime à la folie.*

Une des nuits les plus terribles de ma vie. Une des plus longues, aussi. Au bout d'un moment, je cesse de bouger. Je continue seulement à pleurer. Le froid se mélange à la brûlure. Chacun à leur tour, ils me torturent.

J'ignorais qu'on pouvait souffrir autant. Souffrir autant et continuer à vivre.

Je n'ai pas fermé l'œil. Pas une seule seconde.

J'ai appelé Izri dans un silence de mort. Je l'ai supplié. Je l'ai détesté, haï. Lui, mon père, ma mère, ma tante.

Dans un sombre cauchemar, j'ai vu le jour se lever. Encore un jour à supporter. J'aurais voulu la nuit, celle qui tombe sur vous de manière définitive.

Mais la mort décidément ne veut pas de moi.

J'entends le carillon de la cuisine sonner 10 heures du matin. La porte de la loggia s'ouvre, Mejda apparaît.

Elle arrache le scotch qui m'a empêchée de hurler, me regarde droit dans les yeux.

— Il faut que tu comprennes, Tama. Il faut que tu comprennes que tu n'es rien… Tu es à moi et seulement à moi. Je t'ai achetée, tu m'appartiens. Comme les meubles, comme mes fringues, comme tout ce qui se trouve ici. Si tu parles encore à Izri, je recommencerai. Et ça fera plus mal encore, je te le jure…

Je hoche la tête, elle me détache.

— Je peux aller me laver ? quémandé-je d'une voix faible.

— D'abord, tu prépares mon petit déjeuner. J'ai faim.

* * *

Bien sûr, ce viol a laissé des traces. Des traces que je n'ai pas pu montrer à Izri lorsqu'il est venu, trois jours plus tard. Mejda se doutait bien que je n'oserais jamais lui dévoiler cette partie de mon anatomie.

Quand il m'a demandé si tout allait bien, je lui ai simplement dit oui. Il n'a pas remarqué que j'avais du mal à marcher et encore plus de mal à m'asseoir.

Croyant avoir gagné, Mejda était aux anges.

Mais moi aussi, je sais jouer. À force de côtoyer le mal, je commence à en connaître les règles.

En général, Izri passe le samedi ou le dimanche car je suis à l'appartement.

Alors, samedi dernier, j'ai pris les plus beaux vêtements de Mejda et les ai mis dans la machine à laver. J'ai versé toute la bouteille d'eau de Javel dans le tambour puis j'ai laissé mariner pendant une bonne heure avant de lancer le programme. Ensuite, je les ai étendus dans la loggia comme si de rien n'était. Ses beaux caftans de couleur, sa lingerie, ses robes et ses tuniques. Tout était bon à jeter à la poubelle.

J'étais assez fière de moi.

Le but était de la provoquer, de la pousser à bout pour qu'elle oublie les menaces de son fils et me frappe. Aussi violemment que possible.

Quand elle a vu ses habits, elle est restée bouche bée. Puis elle s'est mise à hurler comme une démente. Elle m'a attrapée par les cheveux et a levé le bras. Mais elle s'est retenue au dernier moment.

Là, elle m'a souri. Un sourire terrifiant.

Son fils est venu en début d'après-midi et Mejda s'est mise à pleurer devant lui. Elle lui a montré ses vêtements, lui a dit que j'étais en train de la rendre folle.

Izri s'est approché de moi, j'ai cru qu'il allait me frapper. Mais il s'est contenté de me dire que je le décevais. Que j'étais aussi cinglée que sa mère. Puis il est reparti en claquant la porte.

La nuit suivante, je l'ai passée sur le balcon, attachée à la rambarde, un bâillon sur les lèvres. Heureusement, il ne faisait pas trop froid.

Aujourd'hui, c'est samedi. Cette nuit, en rentrant de l'entreprise, je me suis dit qu'il fallait être plus maligne que le Malin.

Alors, pendant que Mejda fait la grasse matinée, je prends des allumettes et me brûle la peau à plusieurs endroits. À l'intérieur des cuisses, sur le haut des bras.

Je serre les dents pour ne pas crier. Ensuite, je me flanque des coups dans le ventre avec la planche à découper. Des coups violents. Jusqu'à ce que je tombe à genoux.

Puis je m'habille et prépare le petit déjeuner de la malfaisante.

Il est midi passé quand Izri arrive. Il s'installe dans la salle à manger avec sa mère et, pendant qu'ils discutent, je me frotte les yeux avec un oignon.

Puis je fais le service. Izri me dévisage, intrigué par mes yeux rougis et larmoyants. Lorsqu'il me demande comment je vais, j'instille une bonne dose de peur dans mon regard avant de lui assurer que tout va bien. Je lui souhaite bon appétit en lui disant que je lui ai préparé son plat favori.

Ils terminent leur repas, j'attaque la vaisselle. Comme je l'espérais, Izri me rejoint dans la cuisine. Il se montre froid, un peu méfiant.

— Tu as aimé le repas ? demandé-je.

— Tu es sûre que ça va ?

— Oui, ne t'en fais pas.

— Pourquoi tu pleures, alors ?

J'essuie mes yeux.

— C'est rien, dis-je. Rien du tout.

Il fronce les sourcils.

— Joue pas avec moi, Tama... Si tu as quelque chose à dire, balance.

Je jette un œil terrorisé en direction du salon et garde le silence. Alors, Izri va fermer la porte et revient se planter à côté de moi.

— Eh ! Tu vas cracher le morceau, oui ou merde ?

Je me sèche les mains avec le torchon avant de soulever ma blouse. Là, il voit les brûlures sur mes cuisses.

— Ça fait mal, dis-je simplement. Mais ça va passer.

Le visage d'Izri change d'expression.

— C'est elle qui t'a fait ça ?

Je ne réponds pas.

— C'est elle ?

Je hoche la tête d'un air penaud.

— Ça aussi, j'ajoute en montrant les brûlures sur
mes bras.

Puis je soulève mon tee-shirt et il voit mon abdomen,
entièrement bleu.

— Ne lui dis rien ! imploré-je en pleurant de nouveau. Sinon, elle va encore me torturer !

Izri se précipite dans le salon, un sourire se dessine
sur mes lèvres.

Un sourire terrifiant.

Mon stratagème a fonctionné à merveille. Izri a hurlé
sur sa mère tandis que moi, je buvais du petit-lait.
Mejda a prétendu que je m'étais brûlée toute seule ou
bien que c'étaient les gens chez qui je travaillais dans
la semaine qui m'avaient fait ça.

Mais son fils ne l'a pas crue et l'a traitée de tous
les noms. Chaque insulte était une chanson douce à
mes oreilles.

Un partout.

Une victoire dans chaque camp.

Et même si je sais que cette guerre me tuera, je
n'ai pas l'intention de hisser le drapeau blanc. J'irai
jusqu'au bout. J'ai même pensé à me suicider d'un
coup de couteau dans le cœur pour qu'Izri haïsse

définitivement sa mère. Pour qu'elle le perde à tout jamais.

Peut-être le ferai-je.

Car ce n'est pas la mort qui m'effraie.

C'est la vie.

52

Gabriel rentra quelques bûches. Les températures avaient encore chuté et la chaudière peinait à chauffer la maison. Il alluma la cheminée et resta devant un moment. Le spectacle du feu l'avait toujours fasciné.

Il s'assit à côté de Sophocle qui dormait aussi profondément qu'une souche.

Lana apparut, sortant de nulle part, et vint près de lui.

— Cette nuit, j'ai tué Fongalone, murmura-t-il.

— Tu n'aurais pas dû, répondit-elle.

— Je sais que tu ne m'approuves pas. Mais c'est la règle. Celle que j'ai décidé d'appliquer...

Sophocle dressa l'oreille, comme si les paroles de son maître lui étaient destinées. Il le fixait, cherchant à comprendre ce qui le tourmentait.

— Et maintenant, il va falloir que je trouve la force de me débarrasser de ma chère inconnue, soupira Gabriel.

Lana avait disparu. Elle ne restait jamais très longtemps. Alors, Gabriel tourna la tête vers son chien, lui adressant un drôle de sourire.

— Ou bien je la garde ici ? T'en penses quoi, toi ? Tu voudrais qu'elle reste ?

Sophocle remua la queue avant de glisser sur le dos.

Gabriel se remit debout, prépara un plateau et l'apporta dans la chambre. La jeune femme était assise sur le bord du lit, la lampe de chevet comme seule compagnie.

— Bonsoir, voilà ton dîner.

Il déposa le plateau, détacha son poignet et alla s'asseoir dans le fauteuil. Elle ne fit pas le moindre mouvement.

— Pourquoi tu ne manges pas ?

Le silence, seulement troublé par sa respiration un peu tendue.

— Tu veux te laisser mourir de faim ? continua-t-il. Remarque, ça m'arrange…

Elle leva enfin la tête vers lui pour le fusiller du regard. Il souriait.

— J'ai déjà creusé ta tombe. Dans la forêt… Un coin charmant, tu verras. Enfin, non, tu ne pourras pas le voir, mais fais-moi confiance. C'est un bel endroit pour passer l'éternité.

Les lèvres de la jeune femme se mirent à trembler, ses yeux à briller.

— Tu as peur de mourir ?… Pardonne-moi cette question stupide ! Tout le monde a peur de la mort. Tout le monde, sans exception… Je suis bien placé pour le savoir ! Mais je m'en voudrais de te couper l'appétit.

Elle écarta une mèche qui barrait son visage. Ce geste, machinal, troubla Gabriel. Lana faisait toujours ça.

— Je voudrais que tu manges, reprit-il.

— Je n'ai pas faim, murmura-t-elle.

— Je ne te demande pas d'avoir faim, je te demande de manger. Et je déteste qu'on me résiste.

Elle hésita une seconde, prête à lui tenir tête. Mais son regard l'en dissuada. Alors, elle attrapa la fourchette et piqua un morceau dans l'assiette. Ce qu'il avait préparé semblait délicieux.

Mais pour la jeune femme, ça n'avait qu'un seul goût. Celui de la mort.

Ça fait des semaines qu'Izri n'est pas venu.
J'ai entendu Mejda dire à Sefana que son travail
l'oblige à quitter souvent Paris. C'est sans doute pour
ça qu'il ne vient plus.

À moins qu'il ait simplement oublié ses promesses.

Quoi qu'il en soit, Mejda se sent forte, à nouveau.
Elle a toujours son martinet entre les mains et me
frappe pour un oui pour un non. Elle a jeté mes couvertures, me forçant à dormir à même le sol, ce qui
aggrave encore mes douleurs.

J'ai tenté de lutter. Tenté de lui faire du mal, moi
aussi. Mais je ne suis pas à la hauteur, je dois bien
l'avouer. J'ai beau essayer, je n'y parviens pas. Je ne
suis pas faite pour infliger la souffrance.

Mon père m'a révélé un jour que pour maman, j'étais
un ange. Un ange tombé du ciel.

Un ange tombé de haut. Tombé si bas.

Aujourd'hui, c'est lundi et je suis en train d'asti-
quer l'appartement de la grenouille. Celle qui voulait

devenir aussi grosse que le bœuf. À force de s'empiffrer de cornes de gazelle, elle risque d'y arriver !

Cela dit, une grenouille, c'est plutôt mignon alors ce surnom ne convient pas à Mejda. Je décide donc de l'appeler le Crapaud.

Elle m'a demandé de nettoyer les joints du carrelage et je suis agenouillée dans la cuisine lorsqu'elle arrive.

— Au fait, je ne t'ai pas dit ? Ton père a écrit à Sefana, m'annonce-t-elle avec un sourire sardonique. Elle lui a répondu que tu étais sous ma garde, désormais, parce que tu t'étais mal comportée avec son mari en lui faisant des avances…

Ma gorge se serre.

— Alors, il m'a écrit, à moi aussi. Pour demander de tes nouvelles, savoir si tu ne me causais pas trop de problèmes… Le brave homme ! s'esclaffe-t-elle. Je lui ai posté une lettre ce matin en lui expliquant que tu manquais les cours parce que tu préférais traîner dans les rues avec des garçons…

Ma main se crispe sur la brosse.

— Je lui ai dit aussi que j'avais proposé de te renvoyer au Maroc mais que tu ne voulais pas retourner là-bas. Que tu ne voulais plus vivre avec lui ! Que tu avais même menacé de te jeter par la fenêtre si jamais je t'y forçais…

Je relève la tête pour la foudroyer du regard. Comme j'aimerais avoir ce pouvoir…

— J'ai conclu en disant que je faisais tout mon possible pour te remettre dans le droit chemin mais que tu me coûtais très cher car tu refusais de travailler, même le week-end. Et qu'il fallait donc qu'il m'envoie un peu de fric…

— Mon père n'a pas d'argent ! lancé-je en retenant mes larmes.

— Je suis sûre qu'il va en trouver ! s'amuse Mejda.

* * *

Finalement, Marie-Violette Cara-Santos a décidé de garder Tama à son service plus longtemps que prévu. Il faut dire qu'elle ne lui coûte pas cher. Vingt euros pour vingt-quatre heures de présence et environ seize heures de travail. Tama n'est pas très bonne en calcul, mais ça doit faire à peine plus d'un euro de l'heure.

Imbattable.

Ce soir, elle quittera cette maison qu'elle déteste chaque jour davantage. Les enfants sont de plus en plus impolis et ont pris l'habitude qu'elle leur fasse tout. Sans doute parce que leurs parents ne les remettent jamais à leur place. Ce n'est donc pas leur faute, mais c'est épuisant.

Toute la famille s'applique à salir ce que Tama s'évertue à nettoyer. Quand Mme Cara-Santos rentre du jardin, elle oublie de s'essuyer les pieds, mettant de la boue dans toutes les pièces. Ensuite, elle balance ses chaussures et ordonne à Tama de les laver.

Son mari ne prend même pas la peine de jeter ses capotes usagées et c'est à Tama de les ramasser sur la descente de lit. Elle se dit qu'un jour, elle va choper une saloperie.

17 heures, Tama est en train de changer la petite Augustine lorsque Adam rentre du collège. Il jette son sac à dos dans l'entrée, ouvre le frigo et boit au goulot de la bouteille de coca alors que Tama lui a préparé

266

son orange pressée. Il mange un morceau de pain avec du fromage, laisse les miettes et le couteau sur la table.

— Il est où, mon kimono ?

— Dans l'armoire de ta chambre, répond Tama.

Depuis deux mois, ce petit con fait du judo au dojo qui se trouve à trois cents mètres de chez lui. Il se prend pour un champion, un héros. Un surhomme. Ce n'est pourtant qu'un adolescent maigrichon et laid.

— Va le chercher !

— Je suis en train de m'occuper de ta petite sœur, je ne peux pas la laisser.

— Va le chercher ! répète-t-il en haussant la voix. Je la surveille !

— Attends que j'aie terminé.

— Putain ! Tu vas le chercher, et tout de suite !

Tama termine de langer Augustine et la rhabille.

— Bouge ton cul, *la bonniche* ! lui balance Adam. Je vais être à la bourre à cause de toi !

Mme Cara-Santos, qui passe dans le couloir, sermonne son fils d'une voix apathique.

— Arrête de parler comme ça, mon chéri. D'accord ? Tama n'est pas une bonniche, c'est la femme de ménage.

La *femme* de ménage… Tama a envie de lui rappeler qu'elle n'a pas quinze ans. Qu'elle n'est pas encore une femme. Qu'à ce rythme, elle n'en deviendra sans doute jamais une. Morte bien avant.

Elle installe Augustine dans sa chaise haute et la sangle.

— Bon, ça y est, t'as fini ? s'égosille Adam avec sa voix ridicule. Tu vas me le chercher ce putain de kimono ?

267

— Si tu y étais allé toi-même, tu aurais gagné du temps ! répond-elle avec un sourire narquois.

— Ta mère la pute ! lui crache-t-il au visage. Ta mère la pute !

Il la nargue avec son détestable sourire.

— Ma mère n'était pas une pute, répond Tama. C'était une sainte.

— Ta mère, je la nique !

Le bras de Tama se déplie d'un seul coup. Une gifle retentissante qui résonne dans toute la maison.

Tama est assise par terre, dans l'entrée. Mejda ne va plus tarder et elle appréhende le moment où elle apprendra que Mme Cara-Santos a décidé de la virer.

Lorsqu'elle se présente à la porte, Marie-Violette ne mâche pas ses mots. Elle hurle que Tama a osé frapper son fils, qu'elle est dangereuse et qu'elle refuse désormais de lui confier la garde de ses enfants. Elle termine sa diatribe en précisant qu'elle ne veut plus jamais voir Mejda ni Tama. Et qu'elle ne versera pas les soixante euros.

Quand la voiture démarre, Tama sait où elle la conduit.

En enfer, une fois de plus.

Alors, elle songe que ça doit être là qu'est sa place. Sa vraie place.

Dans la voiture, Mejda ne dit rien, ne l'insulte même pas. Elle l'emmène directement à l'entreprise et Tama se met au travail tandis que le Crapaud s'allonge sur le divan du bureau. Épuisée, Tama peine à la tâche. Comme son estomac crie famine, elle fouille plusieurs tiroirs à la recherche de quelque chose à se mettre sous la dent. Enfin, elle dégote une barre chocolatée qu'elle avale en deux bouchées. Ça apaise un peu ses vertiges et elle reprend ses travaux forcés.

À 4 heures du matin, le réveil de Mejda sonne. Elle descend rejoindre son esclave au rez-de-chaussée au moment où elle termine le dernier bureau.

Elles remontent dans la voiture et prennent la route. Tama s'endort dès le premier kilomètre. Quand le moteur s'arrête, elle sursaute et détache sa ceinture. Elles grimpent jusqu'à l'appartement, Tama s'attend au pire.

Dès qu'elle a verrouillé la porte, Mejda vient se coller contre elle.

— Tu l'as fait exprès, hein petite conne ?

Tama ne répond rien. Car elle ne sait pas. Peut-être bien que oui, après tout.

— Et les soixante euros par semaine, c'est toi qui vas me les donner ?

Là encore, elle garde le silence.

— Non ? Alors, à quoi tu sers ?... À rien ! Tu vas me le payer, prévient-elle. Fais-moi couler un bain.

Pendant qu'elle se déshabille, Tama s'exécute. Le Crapaud se plonge dans la baignoire, tandis que Tama est obligée de rester à genoux près du lavabo, mains derrière la nuque.

Si c'est son unique punition, elle s'en sort à moindres frais.

Ses paupières se ferment, elle tombe de sommeil. Mais chaque fois qu'elle vacille, Mejda la réveille en lui hurlant dessus.

À 5 h 30, Mejda sort enfin de la baignoire et demande à Tama de la nettoyer. Une fois encore, la jeune fille obéit. Quand elle a terminé, Mejda exige un thé à la menthe.

Tama comprend qu'elle ne dormira pas cette nuit.

Pendant qu'elle sirote son breuvage, Mejda lui balance :

— J'ai appelé Izri, aujourd'hui. Il m'a dit que ce week-end, il ne pouvait pas passer parce qu'il est en déplacement.

Menace à peine voilée…

* * *

Après cette nuit sans sommeil, j'arrive chez les Benhima. Comme je n'ai pas eu le droit de prendre mon petit déjeuner, je meurs de faim. Mais, contrairement à d'habitude, Mejda reste avec moi. Elle s'affale dans le canapé et me surveille. Impossible de dormir, ne serait-ce qu'un quart d'heure. Impossible de piquer la moindre nourriture dans un placard ou dans le frigo.

Je suis en train d'enlever la poussière dans le salon tandis que le Crapaud regarde un film à la télé. Soudain, elle baisse le son.

— Ton père m'a envoyé cent euros, m'annonce-t-elle. Je les ai reçus il y a trois jours…

Cent euros. Pour mon père, ça représente beaucoup. Je ferme les yeux en songeant aux sacrifices qu'il a dû faire pour filer autant d'argent à cette saleté.

— J'imagine qu'il a dû s'endetter ! raille-t-elle. Et il va être bien triste en apprenant la mauvaise nouvelle…

Je la dévisage férocement.

— Quelle mauvaise nouvelle ?

— Je lui ai préparé une réponse, dit-elle. Une lettre où je lui annonce que tu t'es fait engrosser par un garçon de la cité. Et que je vais utiliser l'argent pour t'aider à avorter.

— Mais vous n'avez pas le droit de lui dire des choses pareilles ! hurlé-je.

— Trop tard ! La lettre est partie ce matin…

Pour me prouver qu'elle ne raconte pas de salades, elle extirpe deux feuilles de son sac.

— Je te l'ai photocopiée pour que tu puisses la garder en souvenir !

Elle me la jette en pleine figure, je reste pétrifiée tandis qu'elle arbore un sourire cynique.

— Je pense que ton père va faire une attaque ! Et s'il survit à la nouvelle, tu peux être sûre qu'il ne voudra plus jamais te revoir. Pour lui, maintenant, tu n'es qu'une petite traînée qui ne mérite même plus de vivre…

Je m'approche, les poings serrés. J'essaie de la gifler mais je n'ai quasiment plus de forces. Elle stoppe mon bras sans aucune difficulté avant de me tordre le poignet. Puis elle me repousse si violemment que je tombe en arrière et heurte la table en bois massif. Alors que je suis par terre, elle pose son pied sur mon visage, appuyant de tout son poids sur ma joue.

— Finis de nettoyer cet appartement, raclure. Sinon, je t'écrase comme une merde.

Elle enlève son pied et je peine à me remettre debout. Ce n'est pas le moment d'engager le combat, alors qu'à chaque seconde, je risque de m'écrouler. Je ramasse la lettre, la mets dans la poche de ma blouse et reprends mon travail. Mes mains tremblent, les larmes coulent sur mon visage chauffé à blanc.

Quand mon père lira cette lettre, il me reniera. À jamais.

Vers midi, Mejda se confectionne un sandwich tandis que je continue mon labeur. Elle le déguste devant moi, mettant des miettes partout alors que je viens de passer l'aspirateur dans l'appartement.

L'après-midi me semble durer un siècle. Mes gestes sont imprécis, ma colonne vertébrale me fait un mal de chien. Je suis au bord de l'épuisement, de l'évanouissement.

Enfin, vers 19 heures, Mme Benhima rentre du travail et paie Mejda.

Alors, nous partons en direction de l'entreprise et, pendant le trajet, je m'endors sur la banquette arrière.

Pause de courte durée.

Il me reste une trentaine de bureaux à nettoyer. Avec mon estomac toujours vide et mon manque de sommeil. Avec mon dos qui menace de se briser en morceaux. Avec mes mains pleines de crevasses et ma tête qui déborde de chagrin, de rancœur.

Plusieurs fois au cours de la nuit, je manque de perdre connaissance. Mais, dopée par la haine, Mejda veille. Appuyée au garde-corps de la coursive du premier étage, elle épie chacun de mes gestes. Vers 2 heures du matin, mes jambes me trahissent et je m'effondre contre une porte. Mejda accourt aussitôt et me relève en me tirant par les cheveux.

— Allez, feignasse ! Termine de nettoyer toute cette merde que je puisse aller me coucher !

Nous quittons l'entreprise à 4 h 30 du matin. Il faut que Mejda me pousse jusqu'à la Clio car je n'arrive plus à marcher. Dès que je suis sur la banquette arrière, je boucle ma ceinture et ferme les yeux. Je m'endors aussitôt.

Quand le bruit du moteur s'arrête, je me réveille en sursaut et déboucle ma ceinture. Je suis dans une sorte d'état second et mets quelques instants à m'apercevoir que la voiture est stoppée au milieu de nulle part.

— Descends, m'ordonne Mejda.

— Mais…

— Barre-toi ! hurle-t-elle.

— Où on est ?

— Puisque tu n'es même pas capable de bosser, je ne veux plus de toi. Tu descends de cette voiture et tu te casses.

En regardant autour de moi, je distingue une sorte de terrain vague, des usines abandonnées, des épaves de voitures.

— Allez, fous le camp !

Mejda descend, ouvre ma portière puis m'attrape par le bras pour m'obliger à quitter la Clio. Quand je suis dehors, elle me pousse dans l'inconnu.

— Vous n'allez pas me laisser ici ! dis-je avec des sanglots dans la voix.

— T'avais qu'à me montrer un peu plus de respect ! T'auras qu'à faire le trottoir, petite pute !

Le froid, glacial, me saisit de toutes parts. La panique me tombe dessus. Mejda se rassoit derrière le volant et met le contact. Alors, je me jette sur la voiture et tape sur les vitres.

— S'il vous plaît, madame ! Ne me laissez pas ici !

La Clio avance doucement, je la suis. Elle accélère, je lui cours après en hurlant et finis par tomber dans une flaque d'eau sale.

La voiture s'arrête et Mejda en descend à nouveau. Elle me toise de toute sa hauteur. Je suis à genoux dans l'eau glacée, le visage en larmes.

— Qu'est-ce qui se passe, Tama ? Tu veux rester avec moi ?

— Ne me laissez pas ici !

— Et pourquoi je continuerais à m'occuper de toi, hein ?

Mon instinct me dicte de l'implorer. Parce que je crois que c'est ce qu'elle attend. Ce qu'elle espère.

— S'il vous plaît, madame… je vous en prie, ne me laissez pas ici ! Je vous en supplie…

Elle sourit et repart vers sa voiture. Elle ouvre le coffre, y récupère une vieille couverture qu'elle jette sur la banquette arrière. Puis elle laisse la portière ouverte et attend, bras croisés. Alors, dans un effort titanesque, je me remets debout et reprends ma place.

— T'as pas intérêt à salir le siège ! T'as compris ?

— Oui, madame…

Le trajet me paraît interminable. Je tremble de froid et ne dors plus.

Seconde après seconde, je me dis que j'aurais dû m'enfuir. Je me dis que j'ai été terriblement lâche. Marguerite ne serait pas fière de moi.

Mais de ce monde hostile, je ne connais rien. Je n'ai personne chez qui aller, personne à appeler. Qu'aurais-je fait, dehors, en pleine nuit ?

Je suis faible, je le sais.

Sinon, je ne serais pas une esclave… on me l'a si souvent répété.

Nous arrivons et montons au cinquième étage. Mejda claque la porte et met les clefs dans la poche de son pantalon.

Soudain, je réalise que si elle ne m'a pas frappée hier soir ou ce matin, c'était pour que je sois en état de travailler aujourd'hui. Pour qu'elle puisse encaisser l'argent des Benhima et celui de l'entreprise.

À peine ai-je pris conscience de l'évidence que je reçois un violent choc dans la nuque. Je m'effondre par terre et n'ai même pas la force de me relever.

Samedi matin, il est 5 h 30. Le week-end peut commencer…

À coups de pied, Mejda entame la danse. Je me protège comme je peux, mais n'arrive pas à échapper à la haine qu'elle retient depuis plus de vingt-quatre heures. Elle attrape la planche à découper et continue à déverser sa rage sur mon corps exsangue.

— T'as fait exprès de te faire virer par les Cara-Santos pour me faire chier ! hurle-t-elle. Allez, avoue !

Alors, j'avoue. J'avouerais n'importe quoi, de toute façon. N'importe quel forfait, n'importe quel crime.

— Je le savais ! exulte Mejda.

Les coups cessent enfin.

Le sang coule de mon nez, j'en ai plein la bouche.

Il coule de mon front, j'en ai plein les yeux.

Mejda m'attrape par les cheveux, relève ma tête.

— Tu veux que je te foute sur le trottoir ? Que je t'abandonne au bord d'une route, comme un clébard ?

— Non ! réponds-je entre deux sanglots.

— Non ?!

Elle pose sa chaussure sur ma main gauche, l'écrase de tout son poids comme si elle voulait l'enfoncer dans le sol. Je hurle de douleur. Un hurlement pathétique. Puis c'est un nouveau coup de pied dans le dos. Deuxième hurlement qui finit de briser mes cordes vocales. Alors, face à mon silence, Mejda boit un verre d'eau en me regardant agoniser. Puis elle me déshabille entièrement et je ne peux l'en empêcher. Le peu d'énergie vitale qui subsiste en moi me sert seulement à survivre à ce cauchemar.

— Tu voudrais que je t'achève, c'est ça ? Mais non, je ne vais pas te tuer, *ma petite chérie* ! dit-elle. Tu vas vivre et continuer à bosser pour moi !

— Oui, murmuré-je.

— Et, désormais, tu vas être bien sage !

— Oui, madame…

Je suis prête à dire amen à tout. Dès qu'elle aura vidé ses sacs à venin, je pourrai enfin dormir. Et je ne souhaite que ça. Dormir.

Mais elle, n'a pas l'air d'avoir sommeil.

— Debout ! ordonne-t-elle.

Je me mets à quatre pattes et, m'aidant d'une chaise, parviens à me relever. Je tremble, nue face à mon bourreau. J'ai du mal à respirer, elle a dû me casser un doigt et une côte. Au moins une.

Que va-t-elle me faire, encore ? Quel supplice a-t-elle imaginé pour moi ?

Il va bien falloir qu'elle aille se coucher. Alors, je garde espoir.

Dormir, même si c'est par terre. Même si c'est nue sur le balcon.

Elle me pousse jusqu'à la loggia, m'ordonne de m'allonger sur le ventre. J'obéis ; inutile de lutter. Je n'en ai plus le courage.

Je n'ai plus rien, d'ailleurs.

Elle récupère un gros rouleau de scotch sur l'étagère. Visiblement, elle avait tout prévu. Avait minutieusement préparé sa vengeance au moment où elle a su qu'Izri ne viendrait pas. Avant même d'apprendre que j'étais virée par cette salope de Cara-Santos.

Elle attache mes poignets, puis mes chevilles. Je me recroqueville contre le mur en espérant qu'elle va s'arrêter là.

— Tu as sommeil, Tama ? demande-t-elle.

Je préfère ne pas répondre. De toute façon, je n'ai plus assez de force pour parler. Juste assez pour respirer.

C'est alors qu'elle se met à chanter.

Il faudrait, je crois
Pour te rendre sage
Un manteau de soie
De jolis corsages...

Elle attrape un seau, le remplit d'eau froide et me le jette en pleine face. Je n'ai même pas crié, mais mon cœur s'est arrêté quelques secondes. Au deuxième seau d'eau glacée, j'émets une sorte de gémissement tragique.

Tu voudrais des roses
À ton clair béguin
Des bijoux d'or fin
Et mille autres choses...

Ensuite, elle récupère une boîte de conserve vide dans la poubelle et la place à l'envers juste sous le robinet. Bras croisés, elle attend. Quelques instants plus tard, la première goutte tombe sur la boîte en fer.

— Parfait ! dit-elle. Je vais me coucher… Bonne nuit, ma poupée !

Ma poupée chérie
Ne veut pas dormir
Ferme tes doux yeux
Tes yeux de saphir
Petit ange d'or
Tu me fais souffrir
Dors poupée, dors, dors
Ou je vais mourir…

La lumière s'éteint, la porte claque, mes paupières tombent. La douleur embrase mon corps, je ne peux pas m'allonger dans l'eau froide, suis obligée de rester assise. Pourtant, je suis sur le point de sombrer. Si ce n'est pas dans les bras de Morphée, ce sera dans le coma.

La deuxième goutte s'abat sur la boîte. Je sursaute, mes paupières s'ouvrent. C'est comme si on venait de me perforer l'os frontal avec un pic à glace.

Et toutes les dix secondes, ça recommence.

Je comprends que mon calvaire va durer des heures.

De quoi m'interdire d'oublier la souffrance.

Impossible de trouver le sommeil.

Je glisse contre le mur et me retrouve couchée dans l'eau glacée. Le carrelage dur et froid, les banderilles plantées dans mon corps. Mon ventre, plein de braises. Mon visage, glacé.

Au bout de dix minutes, mes nerfs sont à vif, comme si on m'avait écorchée de la tête aux pieds.

Au bout d'une heure, j'ai l'impression que je vais perdre la raison.

D'une voix de plus en plus faible, j'égrène les secondes qui séparent chaque étape du supplice.

Bientôt, je n'ai plus la force de compter.

Alors, j'appelle ma mère. Morte.

J'appelle mon père. Absent.

J'appelle Izri. Si loin.

De toute façon, personne n'entend jamais mes appels au secours.

Personne, jamais.

Parce que, pour appeler au secours, il faut exister. Exister pour quelqu'un.

> *Ma poupée chérie,*
> *Vient de s'endormir*
> *Gardez-la bien doux*
> *Beaux et tendres zéphyrs*
> *Et vous chérubins*
> *Gardez-la-moi bien*
> *Sa maman jolie*
> *L'aime à la folie.*

Maman disait de moi que j'étais un ange. Un ange tombé du ciel.

Un ange tombé de haut. Tombé si bas.

Ce que maman a oublié de dire, c'est que les anges qui tombent ne se relèvent jamais.

54

Il a toujours été là, replié dans les méandres de son cerveau.

Il a toujours été là, mais elle ne le savait pas.

Assise devant la maison, sur une couverture orange, à l'ombre d'un arbre immense… Elle portait une robe blanche et légère qui lui arrivait aux genoux. Ses cheveux, déjà un peu longs, étaient enroulés dans un chignon sur le haut de son crâne. Entre ses petites mains, une assiette blanche et bleue, qu'elle s'amusait à remplir de sable chaud.

Juste à côté d'elle, sa mère tressait des feuilles de palmier pour confectionner un panier tout en fredonnant une douce mélodie.

Quand l'assiette était pleine, elle vidait le sable en petits tas et recommençait. Ce qui lui importait plus que tout, c'était d'être près de sa mère. La regarder travailler, voir ses mains fines nouer chaque fibre avec dextérité.

La regarder sourire.

La regarder, simplement.

Écouter sa voix chaude, sentir son parfum délicat. Croiser ses yeux d'or et de jade.

Une fois le panier terminé, sa mère l'avait prise dans ses bras. Tout en continuant à chanter, elle l'avait soulevée dans les airs et l'avait fait tourner, tourner et tourner encore.

Elles avaient ri aux éclats avant de se serrer l'une contre l'autre.

Elles étaient heureuses, sans doute.

Juste après ça, elles étaient rentrées dans la petite maison et sa mère l'avait baignée en lui racontant une histoire. Un conte de fées qui finissait bien.

À cette époque de sa vie, les histoires finissaient toujours bien.

Sa mère l'avait enroulée dans une serviette et l'avait gardée sur ses genoux de longues minutes.

Alors, elle s'était endormie en souriant.

Il avait toujours été là, replié dans les méandres de son cerveau.

Et il resurgissait, cette nuit, comme pour lui rappeler qu'elle avait été heureuse, un jour. Que le bonheur ne lui était pas étranger. Qu'il avait bien voulu d'elle, même si c'était il y a longtemps.

Il avait toujours été là, replié dans les méandres de son cerveau.

Un souvenir, aussi clair que le cristal.

Aussi précis qu'un trait d'encre chinoise.

55

Quand j'ouvre les yeux, de la lumière. Douce, comme celle qui irradiait de la lampe sur mon carton. Je fais un mouvement avec mon bras, ce qui déclenche une insoutenable douleur dans mon épaule. Je m'entends gémir, mais c'est comme si j'étais loin de moi. Comme si j'entendais quelqu'un d'autre.

Alors, je reste immobile et mes paupières se referment.

Je retourne devant notre maison, sur ma couverture orange. Maman me regarde, me sourit. Elle vient s'asseoir près de moi et pose une main sur mon front.

Il faut te réveiller, mon ange.

Tu dois te réveiller.

J'émerge à nouveau. Il y a toujours cette douce lumière, quelque part près de moi. Et puis il y a le silence. Je peux entendre battre mon cœur au creux de mes oreilles. Peut-être qu'en fait, je ne suis pas réveillée. Peut-être que je rêve encore.

Mais il y a la souffrance. Ce poids, énorme, qui écrase mon corps.

Est-ce qu'on a mal quand on rêve ?

Retourner là-bas, me serrer contre elle. Elle me portera dans les airs et me fera tourner, tourner et tourner encore...

Mes paupières se soulèvent et, tels des papillons de nuit, mes yeux cherchent cette mystérieuse lumière. La douleur se fait plus précise dans ce silence toujours parfait. On a dû me planter des flèches dans les jambes, le ventre et le dos. Des flèches empoisonnées. On a dû me planter des clous dans le crâne, aussi. Qui s'enfoncent profondément dans mon cerveau.

Pourtant, j'entrevois quelque chose, enfin. Un plafond blanc, un lustre éteint au milieu.

Ce lustre, je ne l'ai jamais vu.

Le froid s'amuse à grignoter mes pieds, morceau par morceau. Peut-être suis-je dans la glace ?

Peut-être dans mon cercueil ?

Mais je ne crois pas qu'il y ait de lustres au plafond des cercueils.

Je préfère retourner à la maison. Je m'assois sur la couverture orange et m'aperçois qu'autour de moi, il n'y a que du vide. Plus de maison, plus de sable.

Même ma mère a disparu.

Fais-moi tourner dans les airs, tourner encore et encore.

La lumière est toujours là. Douce et rassurante.

Le lustre aussi.

J'ai l'impression de sortir d'une lande humide recouverte d'un épais brouillard.

Cette fois, j'entends des voix. Des voix déformées, des gens qui rient, qui parlent. Je m'accroche à elles, de toutes mes forces.

Je suis sur quelque chose de souple. Ce n'est pas le sol, c'est autre chose. Je me concentre et j'essaie d'articuler un mot, au moins un son. J'essaie de dire mon nom.

Sauf que je ne m'en souviens plus.

Alors, je m'en vais. Je tente de retrouver le chemin de la maison. La couverture orange, la robe blanche, l'assiette bleue. Je tente de retrouver ma mère, son sourire, sa voix et son regard.

Mais je me suis perdue. Je ne suis plus chez moi, je suis ailleurs.

Dans un trou profond, noir et silencieux.

Les voix sont encore là.

La lumière aussi. Le plafond, le lustre.

Cette fois, je tourne légèrement la tête sur la droite, ce qui déclenche une douleur assassine dans mon dos. J'aperçois un mur blanc, des étagères remplies d'objets. Je vois aussi une porte en bois. Des choses que je ne connais pas.

La peur me serre contre elle, tout contre elle. Elle me soulève dans les airs et me fait tourner, tourner et tourner encore. Elle me murmure des horreurs à l'oreille.

Où es-tu, Tama ? Où es-tu... ?

Ne trouvant rien de familier pour les rassurer, mes yeux s'affolent. Paniquée, je hurle. La porte s'ouvre, une silhouette immense et floue s'approche de moi.

Je crie encore.

Calme-toi, Tama.

Cette voix, je la connais.

Ça va aller, Tama.

Je crois que c'est la voix de mon père.

Alors, rassurée, je replonge dans les abysses.

Pour la dixième fois, peut-être plus, mes paupières se soulèvent. Mes yeux s'ouvrent sur le plafond blanc, le lustre éteint au milieu. Ma main droite monte jusqu'à mon visage, je la pose sur mon front. Il est chaud comme de la braise. Je tourne la tête, à gauche cette fois. Je vois une fenêtre aux volets clos. Ils sont constellés des petits trous par lesquels s'infiltre la lumière du jour.

Je ne reconnais rien mais je me rends compte que je suis sur un lit. Je suis dans une chambre. Une vraie chambre, un vrai lit. De vrais draps.

Je parviens à remuer mon corps endolori. Même si chaque mouvement est une épreuve.

— Ne bouge pas, Tama…

En me tournant, j'aperçois d'abord la lampe de chevet, celle qui m'offre cette si douce lumière. Puis je vois Izri, assis près du lit.

— Où… je suis ?

Prononcer ces trois mots m'a arraché les cordes vocales.

— Chez moi. Tu es chez moi.

Il passe une main sous ma nuque, soulève délicatement ma tête et me présente un verre d'eau. J'en avale la moitié avant de retomber sur l'oreiller, épuisée.

— Il faut que tu te reposes. Que tu guérisses… Je vais m'occuper de toi, d'accord ?

Je referme les yeux en espérant que ce n'est pas un rêve. Que j'ai quitté ma loggia et qu'Izri est vraiment là.

Mon Dieu, faites que ce ne soit pas un rêve, je vous en prie !

Ou alors ramenez-moi à la maison, sur la couverture orange. Ramenez-moi dans les bras de ma mère.

* * *

Ce n'était pas un rêve.

Izri m'a raconté qu'il est venu à l'appartement le samedi, vers midi. Il avait fait exprès de mentir à sa mère, de lui faire croire qu'il ne pourrait pas passer.

Lorsqu'il est arrivé, Mejda dormait paisiblement dans sa chambre et moi, j'étais sans connaissance dans la loggia. Il m'a crue morte tellement j'étais amochée. Il m'a détachée, enroulée dans une couverture et descendue jusque dans sa voiture. Il m'a allongée sur la banquette arrière et conduite ici, chez lui. Il m'a installée dans cette chambre puis il est retourné chez Mejda prendre mes quelques affaires. Ce faisant, il a trouvé sa mère assise dans la loggia. D'après ce qu'il m'a dit, elle avait l'air complètement perdue. Elle pleurait en silence.

Il lui a annoncé qu'il allait me garder parce qu'elle n'avait pas tenu parole. Elle n'a rien répondu, continuant juste à pleurer. Il paraît qu'elle serrait ma couverture contre elle.

Ça fait une semaine que je suis dans l'appartement d'Izri. Je ne quitte la chambre que pour aller aux toilettes et il faut qu'il me soutienne car je n'arrive toujours pas à marcher. Il me donne à boire, à manger, des médicaments aussi.

Il ne peut pas m'emmener à l'hôpital ou chez un médecin car il ne veut pas que sa mère ait des ennuis avec la justice. C'est lui qui me soigne et c'est très bien comme ça. Il a confectionné une attelle pour mon doigt cassé, passe de la lotion camphrée sur mes hématomes et désinfecte mes plaies avec de l'eau oxygénée.

Il est parfait.

J'ai soudain l'impression d'être une princesse. D'être le centre du monde. Ça m'aide à supporter la douleur.

Je voudrais ne jamais guérir.

Pour passer ma vie dans cette chambre, avec Izri à mes côtés.

56

Les questions fusaient dans sa tête, toujours vide de souvenirs mais pleine de chaos.

Qui était cet homme étrange ? À quel jeu pervers s'amusait-il ?

Il avait essayé de la tuer une fois, semblait prêt à recommencer. Alors que, dans le même temps, il prenait soin d'elle.

Ça n'avait aucun sens.

Un déséquilibré, instable. Fou, peut-être.

Un assassin est forcément un déséquilibré, songea-t-elle. Mais peut-être était-il simplement facteur, menuisier ou chômeur ? Il pouvait lui raconter n'importe quoi, elle n'avait aucun moyen de vérifier.

Une autre question la taraudait : si elle l'avait réellement menacé avec une arme, il aurait dû appeler la police. Pourquoi ne l'avait-il pas fait ?

Parce que c'était un assassin.

La nuit était déjà bien avancée, mais elle n'avait plus sommeil. Elle avait tant dormi... Son geôlier n'était pas revenu dans la chambre après l'épisode du dîner.

Elle gardait sa lampe allumée, comme si la lumière pouvait lui sauver la vie. Une vie dont elle avait tout oublié. L'impression d'être née quelques jours auparavant, d'être vierge de tout. Pourtant, elle avait aussi le sentiment d'avoir vécu des centaines d'années.

Son histoire était là, quelque part, enfouie sous des couches protectrices qui refusaient de céder. Comme un barrage dans sa tête. Elle sentait l'eau gronder derrière l'immense voûte, prête à fracasser le béton armé.

Il aurait peut-être suffi d'une odeur, d'une image, d'un bruit.

Un bruit, justement. Ses pas, dans ce qu'elle imaginait être un couloir. Puis celui de la porte qui se déverrouille.

Il apparut et s'installa directement dans son fauteuil.

— Tu ne dors pas ? s'étonna-t-il.

— J'ai assez dormi, je crois.

— Sans doute. Moi, je ne dors jamais, ou presque. Quelques heures par-ci, par-là…

Le voilà qui se confiait, maintenant. C'était peut-être bon signe.

Se raccrocher à tout ce qu'elle pouvait.

— Vous êtes insomniaque ? demanda-t-elle.

— On peut dire ça… C'est depuis que Lana est partie.

Il prit un paquet de cigarettes dans la poche de sa chemise, en alluma une.

— Tu fumes ?

— Je… Je ne crois pas.

Il eut un petit rire.

— Évidemment, tu ne peux pas t'en souvenir !

— L'odeur ne me dit rien, ajouta-t-elle. Ça ne me donne pas envie.

Il ouvrit la fenêtre, le froid les encercla immédiatement. Il retourna s'asseoir et elle fut rassurée. Tant qu'il restait loin du lit, elle avait une chance de voir le jour se lever le lendemain matin.

— Alors, c'est que tu n'as jamais fumé, décréta-t-il.

— C'est qui, Lana ?

L'homme semblait parti ailleurs, dans de cruels souvenirs. Lui, au moins, en avait, même s'ils étaient mauvais.

— Elle est morte, reprit Gabriel. Morte, assassinée…

— C'est terrible, murmura la jeune femme. Assassinée par qui ?

— C'est la lâcheté qui l'a tuée.

La jeune femme resta sidérée. *La lâcheté ?* Il venait de prononcer ce mot avec une voix gorgée de haine. Elle stocka l'information.

— Elle me manque, tu peux pas savoir…

— Je l'imagine, fit l'inconnue. Je crois que moi aussi, j'ai perdu des êtres chers.

Il releva la tête pour la fixer d'un drôle d'air.

— Je ne m'en souviens pas, continua-t-elle bien vite, mais j'ai… j'ai comme des manques en moi. Comme si on m'avait arraché des morceaux de chair.

— Peut-être, admit-il. Tu ne te rappelles vraiment rien ?

— Je… J'ai quelques images, mais qui ne veulent rien dire.

— Décris-les-moi, exigea-t-il.

Elle se redressa pour s'asseoir face à lui. Son poignet menotté la faisait souffrir mais elle n'osa rien revendiquer.

— Je vois un village, du sable tout autour… Je vois une route, qui traverse un désert. Un petit bâtiment, c'est peut-être une école…

— Continue.

— Et puis je vois également le visage d'un enfant. Il est tout petit.

— Un garçon ou une fille ?

Elle haussa les épaules.

— Difficile à dire. C'est un bébé.

— Et après ?

— Après plus rien…

Gabriel soupira.

— C'est vrai que c'est pas clair tout ça !

— Je vous avais prévenu ! lança-t-elle avec un sourire timide.

— Où s'arrêtent tes souvenirs ?

— Je me rappelle m'être réveillée dans cette chambre, c'est tout.

— Tu ne te souviens pas d'être arrivée chez moi ?

— Non.

— En tout cas, quand je t'ai trouvée, tu étais mal en point. Tu avais une plaie au ventre, peut-être due à un couteau… Tu avais pris des coups aussi.

Elle le dévisageait avec intensité, impatiente d'entendre la suite.

— Lorsque tu t'es écroulée, ta tête a frappé le carrelage et j'ai cru que c'était cette chute qui avait provoqué la commotion cérébrale. Mais en fait, tu as dû recevoir un choc à la tête quand tu as eu l'accident de voiture.

— L'accident ? répéta-t-elle, sidérée.

— Oui, j'ai trouvé une voiture, à un kilomètre de chez moi. Elle était plantée dans un arbre, pare-brise éclaté. On ne t'a jamais dit qu'il fallait boucler sa ceinture ?

Elle secoua la tête.

— Pourquoi je ne m'en souviens pas ?

— Et puis… je crois qu'un homme t'a violée. Enfin, je ne crois pas, j'en suis sûr.

La main de l'inconnue se crispa sur la couverture.

— Tu portais des traces qui ne laissent aucun doute.

Elle se mit à pleurer doucement et il détourna son regard.

57

Izri rejoint Tama dans la chambre pour partager le petit déjeuner avec elle. Il la trouve plus reposée, moins abîmée. Elle a recouvré un visage humain mais porte toujours son masque d'esclave. Ses marques d'esclave.

Ce petit quelque chose au fond des yeux que les autres n'ont pas.

— Je vais m'absenter toute la journée, indique Izri. Et toi, tu vas te reposer.

Tama hoche simplement la tête. Il lui confie un téléphone portable et lui montre comment ça fonctionne. Il n'y a qu'un seul numéro, le sien, enregistré dans l'appareil.

— Tu ne m'appelles qu'en cas d'urgence. Seulement en cas d'urgence, OK ?

— J'ai peur que ta mère vienne me chercher ! murmure Tama.

— T'inquiète, elle n'a pas la clef de l'appartement. Alors, si quelqu'un sonne ou frappe à la porte, tu ne réponds surtout pas. D'accord, Tama ?

— D'accord.

Il quitte l'appartement, elle se rendort aussitôt. Des mois de sommeil à rattraper. Des années, peut-être.

Peu avant midi, elle ouvre à nouveau les yeux. Izri lui a installé un réveil sur la table de chevet. Un simple réveil, qu'elle considère comme un inestimable cadeau. Parce que désormais, elle a le droit de regarder défiler les heures sans qu'elles ne signifient la moindre corvée.

Avec mille précautions, elle se lève. Une main contre le mur, elle traverse le couloir et se rend aux toilettes. En sortant du réduit, elle hésite. Elle se sent un peu mieux et décide donc de visiter l'appartement. Son refuge.

Le couloir la conduit jusque dans une grande salle à manger doublée d'un petit salon qui ouvrent tous deux sur une grande et belle terrasse décorée de jarres multicolores. De l'autre côté, une cuisine tout équipée, un cellier.

Pas de buanderie, pas de loggia.

De quoi la rassurer.

Elle emprunte à nouveau le couloir, passe devant la salle de bains où il y a une immense baignoire. Et, tout au bout, deux chambres en plus de la sienne.

C'est vraiment un bel appartement, bien plus joli que celui de Mejda !

Tama a envie de sortir sur la terrasse, mais n'ose pas. Elle retourne dans la cuisine, vole un yaourt dans le frigo et le déguste devant la fenêtre. L'appartement doit être au quatrième et dernier étage. La vue est paisible. Des toits, des arbres, des rues au loin. Ce n'est pas en pleine ville, pas à la campagne non plus.

Dans le cellier, elle découvre son carton. Celui qui la suit depuis son arrivée en France. Le gilet tricoté par Marguerite est là. Tama l'enfile, se sent tout de suite mieux. Puis elle délivre Batoul de sa prison et la serre contre son cœur avant de la déposer sur son lit.

Elle non plus, ne dormira plus par terre.

N'ayant pas envie de se recoucher, elle décide de continuer à découvrir son nouvel univers. Elle pénètre dans la chambre située en face de la sienne et comprend qu'il s'agit de celle d'Izri. Tama ouvre l'armoire, non sans un brin de culpabilité, et voit ses vêtements alignés dans un ordre presque parfait. De beaux vêtements, des tas de vêtements. Chemises, costumes, tee-shirts… Izri doit avoir beaucoup d'argent.

Elle respire les étoffes, espérant retrouver son parfum qui lui manque dès qu'il s'éloigne. Elle pique un tee-shirt, bien trop grand pour elle, ainsi qu'un caleçon. Il est temps qu'elle fasse sa toilette.

Sous le lavabo, elle trouve un gant et une serviette. Elle s'installe devant l'évier de la cuisine et se lave. Son corps est encore recouvert d'horribles hématomes. Sa peau est violacée de partout, éclatée par endroits. Certaines plaies n'étant pas cicatrisées, Tama fait bien attention à ne pas rouvrir ses blessures.

Quand elle a terminé, elle se sent propre mais épuisée. Alors, elle regagne sa chambre et s'allonge près de Batoul.

— Tu crois vraiment qu'elle pleurait, la Mejda ? Tu crois que… que je lui manque ? Peut-être qu'elle pleure parce qu'elle n'a plus son jouet… Simplement pour ça.

Batoul la fixe de ses yeux de porcelaine. Sans pouvoir apporter la moindre réponse à ce mystère.

— J'ai peur qu'on ne reste pas ici très longtemps. Parce que les rêves, tu sais, ça ne dure jamais…

* * *

Izri rentre vers 20 heures. Il rejoint directement Tama dans sa chambre et s'assoit sur le lit. Quand il voit Batoul, il fronce les sourcils.

— Qu'est-ce qu'elle fait là ?

— Je suis allée dans la cuisine et je l'ai vue. Alors, je l'ai apportée ici…

— Tu es un peu grande pour jouer à la poupée, non ?

Le visage de Tama s'empourpre aussitôt.

— Elle me tient compagnie, c'est tout.

— Tu as vu qu'elle est toute pourrie, ta poupée ? rigole le jeune homme.

Tama adore l'entendre rire.

— Je l'ai récupérée dans une corbeille quand j'avais neuf ans. Elle appartenait à Fadila. Depuis, elle ne m'a plus quittée !

— Hmm…

— Je me suis lavée et j'ai pris des affaires à toi pour me changer… J'espère que ça ne te dérange pas ?

— Pas du tout… Tu n'as pas eu de mal à entrer dans la baignoire ?

— Je… Je me suis lavée à l'évier. J'ai l'habitude comme ça.

— Tu n'as jamais pris de douche ?

— Si, les lundis, chez Marguerite. Ailleurs, je n'avais pas le droit.

Le visage d'Izri s'assombrit.

— Eh bien, ici, tu as le droit, dit-il. OK ? Et même un bain si ça te chante !

— D'accord.

— Je t'ai acheté du shampooing, du gel douche et des tas de produits pour les filles ! J'espère que ça te plaira… Tu as faim ? J'ai ramené une pizza.

Tama sourit et il caresse son visage. À cet instant précis, elle réalise qu'elle a enfin franchi le mur qui la séparait de sa vraie vie. Pourtant, la peur est encore là. Elle se dit que, forcément, ça va s'arrêter. Que, forcément, ça ne peut pas durer. Et elle appréhende le jour où elle va retourner d'où elle vient. Le jour où elle sera expulsée du paradis pour retomber en enfer.

Le jour où elle redeviendra ce qu'elle a toujours été. Une esclave.

— Au fait, faudra me jeter cette horreur, OK ? ajoute le jeune homme.

— Quelle *horreur* ?

— Ça, répond-il en pointant Batoul du doigt.

* * *

Ça fait cinq semaines que je suis chez Izri. Je peux désormais me lever sans trop de difficultés. J'ai encore des traces de coups, des douleurs tenaces, mais je peux marcher et me servir de mes deux bras. J'ai gardé l'attelle au doigt pour l'instant, car Izri a dit que ça valait mieux.

Il ne travaille pas tout le temps. Il y a des jours où il reste à l'appartement, d'autres où je ne le vois pas du tout.

Il fume beaucoup et boit pas mal d'alcool. Mais, après tout, il ne peut pas avoir que des qualités.

Ce matin, il n'est pas là. Il est parti hier après-midi et n'est pas rentré cette nuit. Il m'avait prévenue que ça arrivait parfois, alors je ne me suis pas trop inquiétée.

Je prends mon petit déjeuner, ça me fait drôle de m'occuper de moi et pas des autres d'abord. Ensuite, je vois un tas de linge sale posé par terre, dans la salle de bains. Je fais tourner une machine et l'étends sur la terrasse. Aujourd'hui, il y a un peu de soleil, autant en profiter. Après la lessive, je fais ma chambre et celle d'Izri. J'examine plus attentivement les livres posés sur les étagères et j'en choisis un que je cache dans le tiroir de ma table de chevet.

Quant à Batoul, je n'ai pas eu le cœur de la mettre à la poubelle, ainsi qu'Izri me l'avait demandé. Mais pour qu'il ne la voie plus, je l'ai planquée au fond de mon armoire.

Je finis la matinée en mettant de l'ordre dans l'appartement et en passant l'aspirateur dans chaque pièce. Je me demande qui faisait le ménage avant que j'arrive. Mejda, peut-être ? Je n'y crois pas trop. Elle est bien trop feignante pour ça !

Une fois la maison propre, je vais m'asseoir sur la terrasse. Je ne me lasse pas de pouvoir respirer dehors, librement. De pouvoir rester des heures au soleil lorsqu'il y en a. Je lis un livre, je m'endors.

J'apprends à ne rien faire. J'apprends que j'en ai le droit.

Lorsque Izri quitte l'appartement, il verrouille la porte et je n'ai pas les clefs. Mais, contrairement à avant, je ne me sens pas enfermée. Parce que ici, je suis bien.

Et chaque soir, avant de m'endormir, je prie pour qu'il ne me renvoie pas chez sa mère.

Qu'il me garde auprès de lui.

Il est gentil avec moi, comme personne ne l'a jamais été. À part Marguerite, bien sûr.

À certains instants, il m'observe d'une façon étrange… On dirait que j'éveille des émotions en lui, qu'il attend quelque chose de moi mais n'ose pas me le dire. J'ignore ce qu'il compte faire, mais j'ai l'impression qu'il a envie que je reste.

J'espère qu'il a envie que je reste.

Parfois, quand il n'est pas là, je regarde la télévision des heures durant. C'est comme si on me branchait une perfusion dans le bras pour m'injecter des doses massives d'informations et d'images. Souvent, j'en ai la tête qui tourne. Un vertige puissant, un tourbillon, un grand huit.

Grâce à des reportages, je découvre le monde en images, alors que jusqu'à présent, je le vivais au travers des livres.

Via cet écran géant, j'ai visité des pays lointains, j'ai entendu les rires ou les pleurs de leurs habitants. Je me suis recueillie dans leurs églises, leurs temples ou leurs mosquées. J'ai touché du doigt leur misère et leurs richesses, passant de la famine à l'obésité, des inondations aux sécheresses. Des caprices aux tourments, des voitures de luxe garées devant les palaces aux charrettes agricoles tirées par des bêtes de somme.

J'ai vu des enfants fouiller des tas d'ordures tandis que d'autres se reposaient sur des édredons d'amour.

J'ai senti fondre la glace des pôles, brûler les forêts primaires. J'ai vu disparaître les hommes et les animaux de la surface du globe.

On m'a démontré que les dinosaures avaient foulé notre sol mais personne n'a pu me prouver que les dieux veillaient dans nos cieux.

J'ai appris des métiers, attrapé des maladies, suivi des psychothérapies. J'ai joué du piano, du violoncelle et de la harpe, j'ai perdu aux échecs et j'ai été mise K-O au deuxième round d'un match de boxe. J'ai piloté des voitures, des avions, des projets.

On m'a enseigné le crime, le meurtre, l'escroquerie. Le sexe, la drogue, l'amour, la dépression et le deuil.

J'ai voulu de l'argent, puis il m'a dégoûtée. Pourtant, j'en voulais encore.

J'ai compris qu'être une femme n'était pas forcément une chance.

J'ai échappé à des guerres, ratifié des traités de paix, observé des minutes de silence et crié victoire.

J'ai manifesté dans la rue au milieu de milliers d'opposants, j'ai voté et me suis abstenue. J'ai été opprimée par des dictateurs, je suis morte dans un attentat à la voiture piégée. Condamnée à une peine de prison, partie sur les routes.

On m'a dit qu'il fallait résister, obéir. Qu'il y avait des lois mais qu'elles ne s'appliquaient pas à tous.

Je suis remontée dans le passé avant d'être projetée vers le futur.

On m'a guidée jusqu'aux sommets des Andes, ensevelie sous la terre, plongée au cœur des océans. J'ai nagé avec les dauphins avant de manger des sushis.

J'ai même été sur la Lune et sur Mars en tutoyant les étoiles.

Mille vertiges, mille surprises. Mille angoisses.

Tant de questions, si peu de réponses.

J'ai entrevu l'intelligence des hommes. Leur courage incroyable, admirable. Leur lâcheté quotidienne. Leur bêtise, aussi.

Mais ce qui m'a le plus marquée, c'est leur cruauté. Leur monstruosité.

Et ce qui me révolte le plus, c'est l'injustice. Celle que je croyais pourtant connaître par cœur.

Si on pouvait me photographier dans ces moments-là, je suis sûre que j'aurais l'air d'une parfaite imbécile, la bouche ouverte et les yeux écarquillés.

Mais malgré tout ce que j'ai appris en quelques semaines seulement, j'ai toujours le sentiment de ne rien savoir. Rien sur la vie, rien sur moi.

Rien du tout.

Alors, j'éteins la télé, je m'assois dans l'obscurité de ma chambre pour réfléchir.

À quoi je sers ? À qui puis-je être utile ? Quel sera mon chemin ?

Est-ce que papa pense encore à moi ?

Est-ce que Vadim m'aime encore ?

Maman, est-ce que je te reverrai dans un autre monde ou seulement dans mes rêves…

Quand Izri rentre, il fait déjà nuit. J'ai préparé le dîner et me suis endormie sur mon lit. Au bruit de la porte d'entrée, je sursaute. J'ai constamment l'impression d'avoir commis une faute. D'être une clandestine, une évadée en cavale. C'est tellement étrange d'avoir le droit d'être dans une chambre, sur un lit. Je ne m'y habitue pas.

— Tama ?

— Je suis là !

Je le rejoins dans le salon et le regarde enlever son blouson en cuir.

— Où tu étais ? dis-je en souriant.

Il me toise de travers et d'instinct, je corrige ma phrase.

— Je veux juste savoir si tu as passé une bonne journée !

— Ça va, dit-il. Sers-moi un verre.

Je prends la bouteille de scotch dans le bar et vais chercher les glaçons dans le congélateur. Je remplis le verre à moitié, comme il le souhaite, ajoute deux glaçons et le lui apporte.

— Regarde, dit-il en me désignant trois gros sacs posés dans l'entrée.

— C'est quoi ?

— Surprise !

— Pour moi ?

Il hoche la tête et, d'un sourire, me donne la permission d'aller les prendre.

Ce sont des vêtements qu'il a choisis exprès pour moi. Des jeans, des tee-shirts, des pulls, des robes, des jupes… Jamais je n'avais reçu autant de cadeaux en même temps ! Il y a même de très jolis sous-vêtements, ce qui me met un peu mal à l'aise.

— Ça te plaît ?

— Oui, merci. Merci beaucoup !

— Comme ça, tu arrêteras de me piquer mes fringues ! ajoute-t-il avec un sourire tendre.

Je suis en extase devant mes cadeaux lorsqu'il vient se planter derrière moi. Juste derrière moi. Il pose ses mains sur mes épaules, m'oblige doucement à me retourner. Puis il m'attire contre lui et effleure mon visage. Il m'embrasse dans le cou, je ferme les yeux. Je me trouve terriblement maladroite, comme si Izri me parlait dans un langage inconnu. Les émotions se mélangent, j'ai chaud et froid en même temps. Ses mains se glissent sous mon tee-shirt avant de remonter le long de mon dos.

Je me dis qu'il ne devrait pas faire ça, que je ne devrais pas avoir envie qu'il le fasse.

Je songe à mon père, à ce qu'il penserait en me voyant dans les bras d'un homme.

Izri me susurre que je suis belle, qu'il a envie de moi. Il sait qu'il est le premier et me dit que je ne dois pas avoir peur, que je dois me laisser faire.

Le laisser faire.

* * *

Cette nuit, j'ai dormi dans la chambre d'Izri. Dans son lit. Il m'a dit que je dormirais là chaque nuit, désormais.

Ce matin, quand je me suis réveillée, il était parti. J'ignore à quelle heure il rentrera, mais déjà il me manque.

Je sais que c'est mal parce que je suis jeune et que nous ne sommes pas mariés. Mon père ne serait pas d'accord. Pourtant, ce matin, je ne suis pas triste. J'ai seulement l'impression d'être quelqu'un d'autre. D'être une autre Tama.

Cette nuit, c'était à la fois agréable et difficile. Je m'étais toujours demandé ce que ça faisait de coucher avec un homme. Maintenant je sais.

Ça fait mal.

Mais il n'y a pas eu que de la douleur. Il y a eu un désir et des émotions que je n'attendais pas. Dont je ne croyais pas mon corps capable. Izri m'a dit que c'était normal d'avoir mal la première fois, mais qu'ensuite, ce serait plus agréable. Vraiment plus agréable. Il connaît ces choses mieux que moi, alors je lui fais confiance.

J'ai hâte qu'il revienne. Qu'il me prenne dans ses bras, me serre contre lui.

Parce qu'il est tout pour moi.

Il m'a sauvée de la mort, de la tyrannie. Je lui dois tout.

Avant, j'appartenais à sa mère. Maintenant, je lui appartiens. Et je suis prête à faire n'importe quoi pour lui.

Ce matin, entre ces draps froissés, je me dis que je veux vivre avec lui. Et que je pourrais mourir pour lui.

58

La veille, après l'avoir embrassée, il est parti. Depuis, Tama l'attend.

Encore une nuit sans lui, une journée de solitude.

Pourtant, Tama ne lui en tient pas rigueur. Elle ne se sent pas encore le droit d'exiger quoi que ce soit de lui. De lui ou de quelqu'un d'autre, d'ailleurs. C'est déjà tellement irréel de vivre libre.

Libre, même si c'est enfermée dans un appartement.

Irréel qu'un homme comme Izri s'intéresse à une pauvre fille comme Tama. Ancienne esclave, bonne à tout faire, on le lui a répété si souvent.

Alors, Tama fait comme s'il allait rentrer d'une minute à l'autre. Hier soir, elle a cuisiné un dîner qui a refroidi doucement. Puis elle s'est apprêtée pour aller se coucher, des fois qu'il revienne pendant la nuit.

Lorsqu'elle s'est réveillée, elle a préparé deux petits déjeuners qu'elle a mangés seule. Ensuite, elle a nettoyé un appartement déjà propre, traquant le moindre grain de poussière. Elle a passé une heure sur la terrasse à écouter les bruits du dehors, écouter vivre les autres.

Dans la chambre d'Izri, devenue leur chambre, elle a pris un livre sur les étagères et s'est aperçue avec angoisse qu'elle les avait tous lus ou presque.

Elle a dégoté un bloc-notes et un stylo et s'est mise à écrire une longue lettre à son père. Ça ressemble un peu à la missive qu'elle avait rédigée une nuit, chez les Charandon, à l'attention de sa tante Afaq.

Mais depuis, Tama a grandi.

Depuis, Tama a souffert, davantage encore.

Longtemps, elle a cherché les mots. Ceux, capables de raconter l'indicible. De rétablir la vérité. Hésitant sur ce qu'elle devait dévoiler et ce qu'elle devait tenir secret.

Au bout de trois pages, elle s'est arrêtée et a relu plusieurs fois. Elle est restée sidérée par l'horreur de sa propre vie. Noir sur blanc, sa courte existence ressemble à une malédiction.

Elle plie la lettre, la cache dans son ancienne chambre puis reste des heures sur le lit, les bras en croix.

Pourquoi moi ?

Izri rentre vers 19 heures, accompagné d'un homme. Un homme d'une cinquantaine d'années que Tama trouve d'emblée très impressionnant. Grand, le visage carré et marqué par les années, le regard glaçant.

— Tama, je te présente mon ami Manu.

Manu lui serre la main, Tama se sent soudain minuscule.

Il lui adresse un sourire, elle a l'impression d'être une proie.

Ignorant qu'Izri ramènerait un invité à la maison, elle a passé l'une des robes qu'il lui a offertes et s'en trouve mal à l'aise, vu que la robe en question est plutôt courte.

Izri et Manu s'installent dans le petit salon et Tama leur apporte à boire et à manger. Elle s'assoit près d'Izri tandis que Manu la dévisage avec insistance. Il ne lui pose pourtant aucune question. Puis elle comprend qu'ils désirent rester entre hommes. Alors, elle prend un paquet de biscuits et s'exile dans la chambre. Elle n'ose plus en sortir et bouquine jusqu'à 23 heures.

Elle n'essaie pas d'écouter ce qu'ils se disent. Après tout, ce ne sont pas ses affaires. Tout juste si, par moments, elle les entend rire. D'instinct, elle sent qu'ils sont proches, qu'ils se connaissent depuis longtemps. Que ce Manu tient une place importante dans la vie de l'homme qu'elle aime.

Et s'il est important pour lui, il sera important pour elle.

Au beau milieu de la nuit, Izri la rejoint et la prend dans ses bras. Il est affamé et elle fait ce qu'elle peut pour le rassasier.

Elle voudrait qu'il lui dise des mots tendres. Elle aimerait entendre qu'elle aussi, tient une place importante dans sa vie.

Mais Izri reste silencieux puis plonge dans un profond sommeil. Alors Tama s'endort contre lui, se berçant d'espoirs.

D'illusions, peut-être.

* * *

Izri est installé dans le canapé, devant la télévision. Dans la cuisine, Tama termine de préparer le dîner puis elle met la table et s'approche du jeune homme.

— Izri ?

— Ouais ?

— Qui c'est qui faisait le ménage ici, avant que j'arrive ?

— La voisine.

Il fronce les sourcils et tourne soudain la tête vers elle.

— Qu'est-ce qu'il y a, Tama ? Ça te gonfle de faire le ménage ou quoi ?

— Mais non, pas du tout ! s'empresse-t-elle de répondre. Au contraire…

— Alors pourquoi tu demandes ?

Il y a un soupçon d'agressivité dans sa voix et Tama s'en veut d'avoir engagé cette discussion. Pourtant, elle doit poser la question qui lui bouffe le cerveau depuis des semaines.

— Tu… Tu ne vas pas me renvoyer chez ta mère, n'est-ce pas ?

Izri met quelques secondes à répondre. Quelques secondes qui lui font froid dans le dos. Il la toise d'une façon étrange, arborant un léger sourire.

— Ça dépend, dit-il enfin. Si tu es gentille avec moi, tu restes. Sinon…

Debout face à lui, Tama se transforme en statue de sel. Alors, d'un signe de main, Izri lui ordonne de s'approcher. Il passe ses bras autour de ses cuisses et l'attire contre lui. Il soulève son tee-shirt, dépose un baiser sur son ventre. Puis il la fait basculer sur le canapé et s'allonge sur elle.

— Tu trouves que je suis pas assez gentille ? murmure-t-elle.

Il s'aperçoit qu'elle a les larmes aux yeux et éclate de rire.

* * *

Ça fait désormais deux mois et demi que je vis chez Izri. J'ai pris un peu de poids depuis que je mange normalement. Il trouve que ça me va bien, alors je mange avec plus d'appétit encore !

Izri aussi, a beaucoup d'appétit. Mais pas seulement pour la nourriture que je lui prépare. Il a de l'appétit pour moi. Il est infatigable, insatiable.

Parfois, il ne me regarde pas, comme si j'existais pas.

Parfois, au contraire, il me dévore des yeux pendant de longues minutes.

Il m'a encore offert des vêtements, tous plus beaux les uns que les autres. Des bijoux, aussi. Des boucles d'oreilles, des bracelets en or, des bagues. Si Mejda ou Sefana voyaient ça, elles en seraient vertes de jalousie !

Je ne sais toujours pas ce qu'il fait dans la vie. Je lui ai posé la question, il ne m'a pas répondu.

Il est comme ça, Izri : mystérieux, énigmatique. Un jour, il me le dira, j'en suis sûre. Ou je le devinerai.

Il y a deux nuits de cela, j'ai rêvé que sa mère venait me chercher et qu'Izri la laissait faire. C'est un cauchemar que j'endure souvent.

Mais visiblement, je ne suis pas la seule à traverser de mauvais rêves. À plusieurs reprises, j'ai vu qu'Izri avait un sommeil agité. Il lui arrive même de pleurer pendant qu'il dort. J'aimerais savoir ce qui le rend si triste, tout partager avec lui. Mais je dois être patiente, attendre qu'il veuille bien se confier à moi.

Souvent, aussi, je rêve que je retourne chez mon père et qu'il me jette dehors en me disant que je l'ai trahi, déshonoré. Il ne peut pas savoir que je couche avec Izri, mais, s'il l'apprenait, il refuserait de me parler à tout jamais. J'en suis sûre.

Je ne lui ai pas envoyé la lettre que je lui ai écrite. Je la relis chaque jour à voix basse avec l'impression étrange qu'il peut m'entendre. Et je me rassure en me disant qu'un jour, j'épouserai Izri et pourrai le présenter à ce qui reste de ma famille. C'est juste une question de temps.

C'est l'homme de ma vie, je n'ai aucun doute sur ce point. Il m'a choisie, m'a sauvée, me couvre de cadeaux et m'aime comme personne avant lui ne m'avait aimée.

Que pourrais-je demander de plus ?

Alors, pourquoi ce sentiment étrange en moi ? Cette impression de vide, parfois. Comme si, en traversant ma vie, pourtant si brève, j'avais laissé des bouts de chair, des morceaux de moi.

Perdus, pour toujours.

Lorsque Izri rentre, il est près de 20 heures. Je viens à sa rencontre et il me prend dans ses bras.

— Je t'ai préparé ton plat préféré, lui dis-je.

— C'est toi, mon plat préféré !

Je ris en me blottissant dans ses bras puissants.

— Et si on sortait ce soir ? propose-t-il.

Je le regarde avec étonnement. Et un peu de crainte aussi.

— Allez, habille-toi, je t'emmène au resto !

— Je ne suis jamais allée au restaurant, tu sais, et…

— Discute pas !

Il s'assoit dans le canapé et me répète d'aller me préparer. J'ouvre mon armoire mais ne sais quelle tenue choisir. Comment s'habille-t-on pour se rendre au restaurant ? Je reviens me poster devant lui, une robe dans chaque bras.

— Laquelle ?

— La noire. Dépêche-toi, je meurs de faim !

Je repars en courant vers la salle de bains et passe la robe noire. Puis je me coiffe et mets les bijoux qu'il m'a offerts. Je me contemple quelques secondes dans le miroir. Mes cheveux sont à nouveau bien longs et vu qu'ici j'ai du vrai shampooing, ils brillent de mille feux. Comme ceux de ma mère.

Nous descendons les quatre étages à pied, je serre sa main dans la mienne. Je n'avais jamais vu l'immeuble de l'extérieur et découvre une charmante copropriété avec un parking fermé et un joli jardin. Je découvre aussi la voiture d'Izri ; une magnifique voiture rouge, une italienne, avec un intérieur en cuir noir. Je m'installe sur le siège passager, boucle ma ceinture.

J'ai l'impression de partir en voyage. L'impression que je m'en vais pour un tour du monde. Izri roule vite, je me sens bizarre. En proie à des vertiges mais aussi grisée par la vitesse. Après une demi-heure de trajet, nous entrons dans Paris et Izri gare son bolide sur une grande avenue. Il prend ma main et nous marchons quelques minutes avant d'arriver à destination. Un restaurant marocain qu'Izri semble bien connaître. Il serre la main au patron mais oublie de me présenter. Nous

nous asseyons à une table un peu en retrait des autres et j'observe ce qui m'entoure avec des yeux d'enfant. La décoration est luxueuse ; couleurs vives, mosaïques, lumières partout et même des palmiers nains dans de grandes jarres.

Moi, Tama, la petite *bonniche*, je suis attablée dans un grand restaurant parisien avec un jeune homme que toutes les femmes regardent avec envie.

J'ai toujours cette impression étrange d'évoluer dans un conte de fées. L'impression qu'une page va se tourner et que je vais brusquement replonger dans la sordide réalité. J'ai le sentiment de ne pas mériter de vivre ce rêve. Le sentiment de ne pas être à ma place.

De ne *plus* être à ma place.

À chaque seconde, je redoute d'être démasquée et renvoyée dans ma buanderie.

Alors, quand Izri me demande si je suis bien, j'ose enfin lui confier mes peurs intimes. Il me dévisage un court instant avant de répondre :

— C'est moi qui décide de ta place, Tama. Et pour l'instant, ta place, c'est ici.

Ce *pour l'instant* m'a poursuivie longtemps.

D'ailleurs, j'y pense encore.

Chaque matin, chaque soir, chaque nuit. Chaque seconde.

Une épée de Damoclès au-dessus de ma tête.

Pour l'instant...

En moi, parfois, s'entrechoquent des sentiments contradictoires. Effrayants.

Envie de posséder, de blesser. Envie de faire mal, comme on m'a fait mal. De faire souffrir comme j'ai souffert.

Parfois, je me fais peur.

À d'autres moments, j'ai la volonté de devenir quelqu'un de normal, quelqu'un de bien. La volonté de protéger, de construire, de donner.

Dans ma tête, c'est un drôle de mélange. Presque un carambolage.

Quand Tama me regarde, je ne sais pas qui je veux qu'elle soit. Qui je veux qu'elle devienne.

Pour l'instant, je suis heureuse.

Pour l'instant, je me suis éloignée de la souffrance.

Pour l'instant, j'ai franchi le mur.

Pour l'instant...

Je suis sur la mauvaise pente, je n'ai pas fait les bons choix. Je sais que j'avance sur des chemins dangereux, bordés de ravins vertigineux. Il serait si facile de chuter... Et de ne jamais remonter.

Mais je veux du danger, de la vitesse, du fric. Je veux de l'excès, de la violence en tout. Je veux le pouvoir.

Frémir à chaque instant, ne pas savoir si la journée qui commence sera la dernière ou si je verrai mes quatre-vingts ans.

Parce que vivre, c'est ça. Vivre, c'est avoir peur, avoir mal. Vivre, c'est risquer. Vivre, c'est rapide et dangereux.

Autrement, ça s'appelle *survivre*.

Toute mon enfance, j'ai survécu. Désormais, je veux vivre. Ou mourir.

Quand je regarde Tama, tous ces sentiments me frappent la tête.

Je l'ai sauvée et elle dépend entièrement de moi. Je peux la protéger et même la rendre heureuse.

Mais je pourrais aussi la détruire, l'asservir.

Je ressens une puissance absolue. Ainsi qu'une terrible charge sur mes épaules.

Dans ma tête, c'est un drôle de mélange. Presque un carambolage.

Quand je regarde Tama, je ne sais plus qui je veux être. Qui je veux devenir.

60

Izri est en train de prendre son petit déjeuner sur la terrasse quand Tama se réveille. Elle le rejoint, l'embrasse et s'installe en face de lui.

Septembre touche à sa fin, leur offrant les derniers soubresauts d'une douceur estivale agonisante.

— Tu as fait un cauchemar, cette nuit, dit Tama. Je t'ai entendu crier.

— *Crier ?* Tu rigoles !

— Si, je t'assure.

— Tu as rêvé, balance Izri.

Il allume une cigarette et met des lunettes de soleil sur son nez. Comme s'il ne voulait plus qu'elle voie ses yeux.

— Tu crois que je pourrai bientôt aller à l'école ?

— Pour quoi faire ? soupire le jeune homme. T'es pas bien, ici ?

— Si, mais...

— On verra. Pour l'instant, je ne veux pas que tu sortes de l'appartement sans moi. C'est compris ?

— Oui.

Elle avale une tartine avant de s'en préparer une deuxième.

— Je sais lire… et même écrire, annonce-t-elle fièrement.

— Ah bon ? T'as appris comment ?

— Chez les Charandon.

Tama explique les livres, les cahiers, les nuits à étudier. Visiblement, Izri est impressionné.

— C'est bien. Tu vois, pas besoin d'aller à l'école. Si tu te fais choper sans papiers, tu prends le premier charter pour Casa, prétend-il. C'est ce que tu veux ?

Elle hésite une seconde avant de répondre.

— C'est ce que tu veux ? répète Izri en haussant le ton.

— Bien sûr que non. Ce que je veux, c'est rester près de toi.

— Je préfère entendre ça… Ce soir, j'invite des potes à la maison. Tu prépares quelque chose de bon, OK ?

— Qu'est-ce qui te ferait plaisir ?

— Un buffet, comme tu avais fait une fois chez ma mère.

— D'accord, mais il faudrait acheter quelques trucs.

— Puisque tu sais écrire, fais-moi une liste. Je vais prendre ma douche, ajoute-t-il en se levant. Tu me rejoins ?…

* * *

Pendant qu'on fait l'amour, Izri me dit souvent : *tu es à moi.*

316

Il répète ça, attendant que je lui réponde. Que oui, je suis à lui.

Puisqu'il faut appartenir à quelqu'un, je préfère que ce soit à lui.

Pour Izri, *faire l'amour*, ça ne se dit pas. Ça le fait marrer quand je parle comme ça ! Il paraît qu'il faut dire *baiser*. *Faire l'amour*, c'est dans les livres ou les films. C'est dépassé. Pourtant, je trouve que c'est plus joli.

L'automne s'est installé, il pleut. Mais cette année, ça ne me rend pas mélancolique.

Je n'ai toujours pas le droit de sortir seule de l'appartement mais parfois, Izri m'emmène avec lui au restaurant, au cinéma ou bien dans les magasins. Je découvre le monde en lui tenant la main. Heureusement qu'il est là. Quand je suis près de lui, je n'ai peur de rien ni de personne.

Izri, tout le monde le respecte. J'ai même l'impression que tout le monde le craint.

Et c'est moi qu'il a choisie, ce qui me rend terriblement fière. Peut-être parce que avant lui, on ne m'avait choisie que comme un objet, une bête de somme. Parce que je pouvais être utile, sans doute, et non parce que j'étais moi.

Toutes les femmes le regardent et il regarde souvent les femmes. Mais c'est avec moi qu'il passe la plupart de ses nuits. Parfois, c'est vrai, il ne rentre pas. Je suppose que c'est à cause de son *travail*, alors ce n'est pas grave.

Il y a quelque temps, en mettant de l'ordre dans son armoire, j'ai trouvé un sac contenant des liasses de billets. Je n'ai pas compté combien il y avait, mais c'était beaucoup d'argent. J'ignore pourquoi il garde autant de liquide dans l'appartement, mais n'ai pas osé lui demander.

Izri n'apprécie pas les questions. Il aime garder ses secrets, sa part de mystère. Ça le rend plus beau encore.

J'ai essayé de lui reparler de l'école, il s'est énervé. Il m'a dit que je pouvais avoir tous les livres que je voulais.

Chaque jour, je découvre qui il est. Intelligent et très instruit. Il a lu bien plus que moi, mais ce n'est pas difficile vu mon inculture. Il s'intéresse à plein de choses et jamais je n'arriverai à être à son niveau, à sa hauteur.

Auprès de lui, j'apprends. Je deviens une autre Tama. Je deviens une femme.

* * *

De jour en jour, sa beauté grandit, s'épanouit.

Ce qui la rend plus belle encore, c'est qu'elle ignore tout de son pouvoir d'attraction. Elle n'a pas conscience de sa beauté, de sa sensualité.

Elle garde quelque chose d'innocent. Pourtant, son innocence, je la lui ai prise.

Chaque nuit, je la lui prends.

Tama, c'est une drogue. Puissante, enivrante. Jamais une fille ne m'avait fait cet effet-là.

Elle est prête à tout pour moi. Et sa dévotion est le plus puissant des aphrodisiaques.

* * *

Izri ne croit pas en Dieu. Il dit que les dieux sont faits pour les peureux et les lâches. Ceux qui ont besoin d'être mis en laisse et guidés.

Izri, lui, veut vivre libre.

Moi, je ne sais pas quoi en penser. Je n'ai pas encore choisi mon camp.

Je suis en train de repasser ses chemises. J'ai installé la planche dans le salon, comme ça je suis à côté de lui. Entre deux chemises, je le regarde. Il lit un bouquin, un truc de science-fiction. C'est étrange, je ne me lasse jamais de le regarder.

— J'aimerais bien écrire à mon père et à ma tante, lui dis-je.

Il répond sans même lever les yeux de son livre.

— Tu veux dire du mal de ma mère, c'est ça ?

Mon cœur s'emballe, comme à chaque fois que j'ai le sentiment de l'avoir contrarié.

— Non ! Mais…

— Remarque, tu as raison, Mejda est une salope.

Je suis presque choquée qu'il parle comme ça de sa propre génitrice.

— Mais bon, c'est ma mère, ajoute-t-il. Je l'ai pas choisie et j'en ai pas d'autre.

— Je ne raconterai pas de mal sur ta mère, lui assuré-je. Je voudrais juste leur dire que je vais bien. Leur donner des nouvelles, tu vois… Parce que Sefana a balancé à mon père beaucoup d'horreurs sur moi. Ta mère, aussi. Elle a même prétendu que je m'étais fait mettre enceinte par un garçon et que je m'étais fait avorter !

— Elle a fait ça ? s'étonne Izri. Et pourquoi ?

— Pour me faire du mal, je crois. Tu imagines ce qu'il doit penser de moi ?

Izri esquisse un sourire et me regarde enfin.

— Dans ta lettre, tu comptes lui dire qu'on baise deux fois par jour ?

— Bien sûr que non !

— Alors toi aussi, tu veux lui mentir...

Je baisse les yeux, vaincue. Izri pose son bouquin et vient m'enlacer. Il m'embrasse dans le cou. Aussitôt, je sens cette étrange crispation au creux de mon ventre. Il me murmure quelques mots à l'oreille.

— N'oublie pas de lui donner des détails sur ce qu'on fait, hein ? Et surtout, dis-lui bien que je mets une capote à chaque fois, pour lui éviter d'avoir à nourrir ses petits-enfants !

Je ne sais pas si je dois rire ou pleurer. Izri, lui, rigole de bon cœur.

— Je ne lui parlerai pas de tout ça. Juste que je ne suis plus chez Mejda et que, maintenant, je vais bien. Il faudrait que je puisse lui indiquer ton adresse pour qu'il me réponde.

— Bien sûr ! rétorque Izri. Dis-lui où j'habite, comme ça il va venir m'égorger pour l'Aïd !

— Il n'a pas assez d'argent pour se rendre en France, ne t'en fais pas !

— S'il apprend que je me tape sa fille de quatorze ans, je te garantis qu'il va le trouver, le fric !

Izri enlève son tee-shirt, déboutonne ma chemise.

— Alors, je peux lui écrire ?

— Non.

— Mais...

— J'ai dit non, Tama. Et quand je dis non...

C'est inutile d'insister, je sais. J'abandonne la lutte et le laisse me porter jusqu'au canapé.

61

Impossible de trouver le sommeil.

Les paroles de son geôlier tournaient en boucle dans sa tête.

Un homme t'a violée.

Comment pouvait-on oublier ça ?

Peut-être quand on refusait de s'en souvenir. Quand c'était trop difficile de s'en souvenir.

De sa main libre, elle essuyait machinalement les larmes qui coulaient sur ses joues.

Ce dont elle se souvenait, en revanche, c'est que l'homme qui la confinait dans cette chambre n'aimait pas les lâches. Et ça, elle devait le garder constamment à l'esprit.

Se montrer forte, peut-être même l'impressionner.

Pour l'instant, elle pouvait pleurer. Sans risque, mais sans faire de bruit. Parce qu'il s'était endormi dans le fauteuil, non loin d'elle.

Oui, se faire aimer de lui, s'il le fallait.

Car elle voulait survivre. Survivre et comprendre ce qui l'avait conduite ici. Survivre pour retrouver le fil de son existence. Mais son existence valait-elle la peine d'être reprise là où elle l'avait laissée ? Son passé perdu l'effrayait soudain davantage qu'il ne lui manquait.

Qui était donc cette fille qu'on avait violée, à qui on avait donné un coup de couteau dans le ventre, qu'on avait frappée, qui s'était sauvée ?

Si je me suis enfuie, c'est que je voulais échapper à quelque chose de terrible. Peut-être plus terrible encore que d'être enfermée dans cette chambre avec ce drôle de type.

Cet assassin, incapable de me tuer...

Cet homme qui, pourtant, a déjà creusé ma tombe.

Lorsqu'il ouvrit les yeux, elle avait cessé de pleurer. Voir son visage au réveil était un joli présent.

Bien sûr, ce n'était pas le visage de Lana. Mais c'était une présence, un souffle, une respiration.

Être regardé, c'était être vivant.

Inspirer la peur, c'était être vivant.

Il était très tôt – ou très tard – et elle ne dormait pas. Nuit blanche, sans doute à cause de ce qu'il lui avait révélé la veille au soir.

Il se leva, s'étira, jeta un œil par la fenêtre. L'aube les délivrerait bientôt de la nuit. Le ciel était chargé, une journée de pluie ou de neige s'annonçait.

Il pivota vers sa chère inconnue, la considéra longuement. Lana n'aurait pas aimé la voir entravée à ce lit. De toute façon, elle était trop faible pour représenter le moindre danger.

Il prit la clef des menottes au fond de la poche de son pantalon et libéra son poignet.

— Tu as envie d'un café ?

— Oui.

— Alors suis-moi.

Sidérée, elle oublia de bouger.

— Merci, murmura-t-elle.

— Mais attention, pas d'entourloupe. Sinon…

— D'accord, promit-elle. Je peux m'habiller d'abord ? Parce que je n'ai qu'un tee-shirt.

Il se planta devant l'armoire, se gratta la tête. Il prit finalement un jean et une ceinture. Il lui tourna le dos, elle se glissa hors des draps. Elle enfila le jean dans lequel elle flottait, serra la ceinture au maximum et remonta le bas des jambes. Elle grimaça de douleur, porta une main à sa blessure encore très sensible.

— Voilà, dit-elle.

Il se retourna, esquissa un sourire.

— Pas terrible. Je vais essayer de trouver mieux.

Ils traversèrent le couloir, passant devant deux portes fermées et un escalier, pour déboucher dans une vaste salle à manger flanquée d'une cuisine américaine.

— Ça ne te rappelle rien ? espéra Gabriel. C'est là que tu t'es effondrée. Devant la porte d'entrée.

— Je ne m'en souviens pas.

— Assieds-toi.

Elle obéit, il prépara du café.

— Tu préfères peut-être du thé ?

— Euh… Donnez-moi du café, ça ira.

Quand Sophocle s'approcha d'elle, elle esquissa un mouvement de recul.

— N'aie pas peur. Tant que je ne le lui ordonne pas, il ne mord pas !

Il apporta le café, du pain, du beurre, de la confiture. Un véritable festin.

Elle ne semblait pas très à l'aise d'être là, en face de lui.

Quant à Gabriel, il se demanda soudain ce qui lui passait par la tête. Il était en train de déjeuner avec une inconnue qui l'avait menacé avec un flingue et qu'il séquestrait depuis plusieurs jours.

Une inconnue qu'il serait bientôt obligé de faire taire.

Quand elle eut terminé son petit déjeuner, il débarrassa la table et mit les tasses et les couverts dans le lave-vaisselle. L'inconnue s'approcha de la porte-fenêtre et fit mine de regarder dehors. Elle avait croisé ses mains dans le dos, ressemblait à une enfant sage.

— J'ai froid, fit-elle.

Gabriel la frôla pour s'approcher de la cheminée. Il s'accroupit pour préparer le feu.

— Ça va te réchauffer, dit-il.

Il entendit un bruit discret, tourna la tête. La porte était ouverte, l'inconnue avait disparu…

62

Ce matin, Tama a décidé de ranger le grand placard de l'entrée. Izri sera content qu'elle y remette un peu d'ordre.

Elle attaque par le bas. Il y a une penderie et, dessous, mille et une choses. Tout et n'importe quoi. Des paires de chaussures, des boîtes vides, des albums photo, des magazines, des pochettes avec des factures.

Elle prend ensuite l'escabeau et vide le haut. Au-dessus de la penderie, encore des boîtes en carton. Dans l'une d'elles, elle déniche ses bulletins scolaires et les examine longuement. Ils lui apprennent qu'Izri a été un excellent élève. Peut-être même un enfant surdoué, au dire de certains de ses professeurs de l'époque. Tama l'avait pressenti, notamment en s'apercevant qu'Izri était ambidextre. Ou encore en voyant la vitesse à laquelle il était capable de lire un livre.

Sachant l'enfance difficile qu'il a traversée, Tama trouve cela admirable.

Elle sait que son père était un homme violent, comme Charandon. Sauf qu'elle n'a jamais vu Charandon battre ses enfants. Alors qu'Izri garde encore les stigmates des années passées auprès de son paternel. Des marques sur tout le corps.

Comme ça, ils sont deux.

Un point commun que Tama aurait aimé éviter.

Vu ses bons résultats, elle se demande pourquoi il a abandonné ses études avant même de décrocher le baccalauréat.

Elle continue à tout sortir, tout dépoussiérer. Le placard est désormais presque vide, l'entrée totalement encombrée. Tandis qu'elle passe le chiffon à poussière avec son acharnement habituel, une petite plaque de bois se décroche au fond et lui tombe sur les doigts.

Il y a une planque dans la cloison. Sorte de cache qui contient un coffret en bois. Tama reste médusée un instant.

Elle tire le petit coffre jusqu'à elle et hésite.

Bien sûr, elle n'a pas le droit de regarder à l'intérieur.

Bien sûr, elle en a furieusement envie.

Lorsqu'elle soulève le couvercle, elle manque de tomber de son échelle.

Non, c'est sûr, elle n'aurait jamais dû ouvrir cette boîte.

Izri revient à l'appartement en fin d'après-midi. Il trouve Tama endormie sur le canapé et dépose un baiser sur son front. Elle se réveille aussitôt et lui sourit. Un drôle de sourire, comme si elle avait quelque chose à se faire pardonner.

Mais Tama semble toujours avoir quelque chose à se faire pardonner. Et Izri adore ça.

Il ôte son blouson, le range dans la penderie de l'entrée. Il retourne dans le salon, se sert un verre de scotch.

— Tama ? Tu as touché à mes affaires ?

— J'ai juste rangé…

Il la fixe avec colère.

— T'as fouillé, c'est ça ?

— Mais non ! Je te jure que non…

Planté face à elle, son verre dans la main, il continue à la dévisager avec une armée de menaces au fond des yeux.

— Déjà, l'autre jour, tu as fouiné dans l'armoire de la chambre… Qu'est-ce que tu cherches ? Tu cherches à m'énerver, c'est ça ?

Elle se lève, vient se coller contre lui.

— Pas du tout, juste à te faire plaisir.

Il la repousse si brutalement qu'elle retombe sur le canapé.

— Arrête de mentir, bordel de merde ! s'écrie-t-il.

Choquée, elle se ratatine sur le sofa. Il approche son visage du sien.

— Vas-y, dis-moi ce que tu as trouvé, Tama…

— Mais rien !

— Rien, t'es sûre ?

Elle baisse les yeux, il la secoue violemment.

— Ne me mens pas, putain ! Sinon, je te renvoie chez ma mère !

Les traits de la jeune fille se déforment sous l'effet de la peur.

— J'ai trouvé de l'argent dans l'armoire de la chambre, avoue-t-elle dans un souffle.

— Et… ?

— Et… le pistolet dans le placard. Mais je fouillais pas, je te jure ! Je voulais juste ranger. Pour te faire plaisir !

Izri inspire un bon coup et avale son scotch cul sec. Tétanisée sur le sofa, Tama ne sait plus quoi dire pour le calmer. Et quand elle le voit retourner dans le placard de l'entrée, elle ferme les yeux. Lorsqu'elle les rouvre, Izri s'assoit face à elle et pose le pistolet sur la table basse, le canon pointé dans sa direction.

— Tu croyais quoi, Tama ? Tu croyais que j'étais un gentil garçon ? Que j'allais à l'usine chaque matin ?

— N… Non, balbutie-t-elle. Mais ça m'est égal ce que tu fais… !

— Vraiment ? Tu ne veux pas savoir comment je gagne tout ce fric ? Avec quoi je paye les restos, les fringues et les bijoux ? Tu ne veux pas savoir à quoi me sert ce flingue ?

De grosses larmes roulent sur les joues de Tama. Elle ne peut lâcher l'arme des yeux. Elle tente malgré tout de répondre quelque chose.

— C'est toi qui es important pour moi… pas les bijoux. Et… ce que tu fais… ça ne me regarde pas.

Satisfait, Izri s'accorde un deuxième verre de whisky puis vient s'asseoir près d'elle.

— Tu ne parleras pas, n'est-ce pas Tama ?

Il vient de s'adresser à elle d'un ton aussi tendre qu'inquiétant.

— Non… Y a que toi qui comptes. Le reste, ça m'est égal… Et puis parler à qui ? Je ne parle qu'à toi, de toute façon…

— Jamais un mot, Tama. À personne, compris ?

— Jamais, murmure la jeune fille.

La peur ne l'a pas quittée depuis que sa mère est morte.

Elle n'a fait que grandir depuis qu'elle est arrivée en France.

Pour Tama, elle est la plus fidèle des compagnes. La plus terrible des sœurs siamoises. Elle a germé au creux de son ventre, a colonisé chaque parcelle de son corps.

Toujours là, qu'elle dorme ou qu'elle mange.

Qu'elle pleure ou qu'elle rie.

Qu'elle se batte ou qu'elle cède.

Quand elle se voit dans un miroir, quand elle songe au passé ou regarde vers l'avenir.

Oui, Izri lui fait peur. Comme Mejda avant lui. Et Sefana, son mari…

Oui, Izri lui fait peur. Mais il est l'homme que Tama a décidé d'aimer.

Izri est un voyou, peut-être même un tueur. Mais, pour Tama, c'est un héros. Il est celui qui l'a sauvée, libérée. Celui qui a brisé ses chaînes et la protège envers et contre tout.

Pour Tama, il est simplement l'amour, l'avenir, la force. Le dieu qu'elle croit avoir décidé de vénérer.

Seule dans le grand appartement, Tama pleure.

Parce qu'elle a peur. Encore et toujours.

Peur de n'avoir jamais le choix.

* * *

Ce soir, je suis seule dans la chambre. Izri est dans le salon avec ses *potes*.

Il y a Manu, bien sûr, mais aussi Greg. Un drôle de gars. Il est très gentil, très poli, pourtant je suis quasiment sûre que lui aussi, il a un flingue en haut de sa penderie et des liasses de billets dans l'armoire de sa chambre. Manu a plus la tête de l'emploi, je trouve. Et même Izri, quand j'y pense. Greg, lui, il ressemble à un employé de bureau, bien propre sur lui.

Je suis restée un moment avec eux, ils ont discuté de choses et d'autres. Dans ces moments-là, je ne parle pas, me contentant d'écouter. Ainsi, j'ai compris que Greg et Izri se connaissent depuis longtemps. Depuis l'école. Il ne vit pas à Paris, mais dans le sud de la France, à Montpellier. C'est là qu'Izri a passé une partie de son enfance. Et je crois que c'est là qu'il va lorsqu'il disparaît plusieurs jours.

Ce ne sont que des suppositions vu qu'Izri ne me dit rien. Et vu que je ne lui pose plus aucune question depuis qu'il a mis l'arme sur la table, juste en face de moi.

Après l'apéro, je leur ai apporté de quoi manger et me suis éclipsée. Un simple regard d'Izri m'a fait comprendre que j'étais de trop. J'ai prétendu que j'étais fatiguée, que j'allais me coucher. Ils m'ont souhaité bonne nuit, Greg m'a même fait la bise.

Depuis, j'attends. J'attends qu'ils s'en aillent et que mon homme vienne se coucher. Inutile que je m'endorme, parce qu'il me réveillera…

* * *

— Iz ?

— Quoi ?

— Tu sais que je ne m'appelle pas Tama ?

Dans la chambre, ils sont blottis l'un contre l'autre depuis des heures. Izri ouvre un œil et la regarde de travers.

— Qu'est-ce que tu racontes, encore ?

— C'est le prénom que Sefana m'a donné. Mais ce n'est pas *mon* prénom. Tu veux savoir comment je m'appelle ?

Elle approche sa bouche de son oreille pour rétablir la vérité. Elle n'arrive toujours pas à le dire à haute voix. Sans doute parce qu'on le lui a interdit, des années durant.

— J'aimerais bien que tu m'appelles comme ça.

Izri allume une cigarette et réfléchit un instant.

— Je préfère Tama, dit-il finalement. Alors je continuerai à t'appeler Tama.

Elle fait une moue boudeuse et s'assoit sur le bord du matelas, lui tournant le dos.

— Fais pas la gueule, Tama. Tu sais que j'aime pas ça…

— Je ne fais pas la gueule.

— On va partir, annonce soudain le jeune homme.

— Partir ?

— Faut que je m'installe dans le Sud, pour mes affaires.

— Où ça ?

— À Montpellier. Tu vois où ça se trouve ?

— Pas vraiment… On part quand ? questionne la jeune fille.

— Dans un mois ou deux, je pense. Je vais passer quelques jours là-bas, histoire de m'organiser.

Il s'assoit à côté d'elle, pose une main sur sa cuisse.

— Je n'en ai que pour trois ou quatre jours. Tu laisseras le portable allumé et je t'appellerai, d'accord ?

— D'accord… Tu vas me manquer.

— Ce n'est que trois ou quatre jours ! lui rappelle Izri.

— Au bout d'une heure, tu me manques déjà…

63

Nous avons quitté Paris et sommes descendus vers le Sud.

Kilomètre après kilomètre, j'ai eu la sensation de peser moins lourd. Sans doute parce que je m'éloignais de Mejda, de Sefana et de son salopard de mari… J'abandonnais ma vie d'avant pour en commencer une autre dont j'ignorais tout.

En regardant défiler le paysage derrière la vitre, je me suis répété que mon avenir ne pourrait pas être pire que mon passé.

Pourtant, au fond de moi, je sais que jusqu'à la mort, tout peut toujours empirer.

Au moment de partir, je me suis rendu compte que mes affaires tenaient dans un sac de sport. Les vêtements et les bijoux qu'Izri m'a offerts, quelques livres, le gilet tricoté par Marguerite, les dessins de Vadim, mes vieux cahiers et Batoul. Je ne possède presque rien, mais c'est sans importance. Le monde est peuplé de gens qui n'ont rien. Sauf que moi, maintenant, j'ai Izri.

Que pourrais-je vouloir de plus ?

Nous avons dépassé Lyon, Valence, Orange… pour arriver à Montpellier où nous habitons depuis plus d'un mois. Dans une magnifique maison, tout au fond d'une impasse, avec un vaste jardin. Il y a une immense salle à manger, une grande cuisine, trois chambres, une terrasse, deux salles de bains et même une piscine !

Je n'avais jamais vu un endroit pareil. Et c'est là que moi, Tama, je vis. Moi, la petite bonniche…

La maison était déjà meublée, on a seulement eu à apporter nos affaires. La piscine est vide, mais Izri m'a promis qu'on la remplirait dès le mois de mai. J'ai dû lui avouer que je ne savais pas nager, ce qui l'a fait rire.

Je t'apprendrai ! a-t-il promis.

Il paraît que les étés sont chauds, ici. Presque aussi chauds qu'au Maroc. J'ai tellement hâte que les beaux jours arrivent !

Depuis que nous sommes dans le Sud, Izri est plus nerveux. Je sens qu'il est sous tension. D'ailleurs, il boit encore plus qu'avant. Le soir, parfois, il vide la moitié de la bouteille de whisky… Et il fume au moins deux paquets de clopes par jour.

Alors, je fais tout pour qu'il se sente bien. Je m'occupe de la maison, qui est toujours impeccable, tout comme son linge, je lui prépare de bons petits plats.

Parfois, il disparaît pendant plusieurs jours. Puis il revient, sans me dire où il était ni ce qu'il a fait. J'oublie les questions indiscrètes, me contentant de lui dire que je suis heureuse qu'il soit de retour auprès de moi.

J'ai le droit d'aller dans le jardin et ne m'en prive pas. Izri m'a même confié un jeu de clefs de la maison et m'a autorisée à me balader dans le quartier et à me rendre jusqu'à la petite supérette, deux rues plus loin. Il me laisse un peu d'argent mais je ne m'en sers que pour acheter ce dont nous avons besoin.

Quand je sors, il m'arrive de croiser des filles de mon âge. Elles reviennent du lycée pour rentrer chez leurs parents. Je me dis que ma vie ne ressemble pas à la leur, qu'elles ont une insouciance que je n'ai jamais connue.

Mais moi j'ai quelque chose qu'elles n'ont pas.

Moi, j'ai Izri.

* * *

Quand Izri rentre, il fait déjà nuit. Il est accompagné de son ami Manu. Ils s'installent dans le salon et je leur sers à boire.

— Tu as quel âge, Tama ? me demande Manu.

Izri répond à ma place.

— Dix-sept ans, prétend-il.

— Et tu viens d'où ?

D'un signe, Izri m'autorise à m'asseoir près de lui.

— Je suis née au Maroc.

— C'est quoi, votre histoire ?

— Elle a vécu des choses difficiles, explique simplement Izri. Et je l'ai sortie de là.

— Izri m'a sauvé la vie, dis-je.

Manu sourit en me fixant.

— Je crois qu'Izri a de la chance.

Je rougis et baisse les yeux.

— C'est moi qui ai de la chance, dis-je.

Manu continue à me dévisager.

— Dis-moi, Tama, t'en penses quoi de ce que fait Izri ?

Je sens qu'Iz est tendu. D'instinct, je comprends que cet homme me fait passer une sorte d'épreuve.

— Qu'est-ce que vous voulez dire ?

— T'en penses quoi du boulot qu'il fait ?

Je relève la tête et affronte Manu du regard, même si c'est difficile.

— J'ignore ce qu'il fait. Et de toute façon, Izri fait ce qu'il veut. Ce ne sont pas mes affaires.

— On dirait que tu as trouvé la perle rare, mon ami ! rigole Manu.

Même lorsqu'il rit, cet homme est effrayant. Iz pose une main sur ma cuisse pour m'encourager à supporter cet interrogatoire.

— Tu as envie d'avoir plus de pognon, Tama ? continue Manu.

— Pour quoi faire ?

Il fronce les sourcils, arborant un léger sourire.

— Pour posséder une grande baraque, par exemple. Porter des diamants, avoir une belle caisse…

— Du moment que je suis avec Iz, le reste je m'en fous. Même si on vivait dans une buanderie, ça m'irait.

Manu éclate à nouveau de rire.

— *Une buanderie ?!*

— Ou ailleurs, ajouté-je précipitamment.

— Elle me plaît, cette petite ! dit-il. Bois un coup avec nous, Tama.

— Je ne bois pas d'alcool…

— Vraiment ?

Izri prend une bouteille dans le bar.

— Ça, ça devrait te plaire, me dit-il.

J'accepte de trinquer avec eux et goûte ce qu'Izri a mis dans mon verre. C'est sucré, avec un bon goût de fruit de la passion. Malgré tout, ça me brûle légèrement la gorge.

Quand mon verre est fini, je leur sers le repas que j'ai préparé. Ils dînent dans le salon, confortablement installés dans les fauteuils. D'un regard, Izri m'indique qu'ils préfèrent rester en tête à tête. Alors, je m'exile dans la cuisine et mange un morceau.

Izri ne le sait sans doute pas, mais je peux entendre ce qu'ils se disent. Il me suffit de ne pas fermer complètement la porte. Il me manque des mots, parfois, mais j'arrive à suivre leur conversation. Je comprends ainsi que Manu et Iz sont associés et qu'ils ont des hommes sous leurs ordres. L'un d'entre eux semble leur poser problème parce qu'il n'est pas fiable. Un certain Théo. Manu indique qu'il va s'en occuper rapidement.

Je me demande si ça signifie qu'ils vont le licencier ou bien si c'est pire que ça. Car depuis que j'ai quitté ma buanderie, j'ai appris des choses. C'est fou ce qu'on peut découvrir quand on passe des heures à regarder des reportages et des séries à la télé. Quand on lit les journaux, aussi. Chaque fois que je vais à la supérette, j'en achète plusieurs. L'autre jour, Izri m'a demandé pourquoi. Je lui ai répondu que c'était pour apprendre le monde.

Hier, j'ai lu un article sur le tourisme sexuel. Des enfants, des petites filles, atrocement exploités. En refermant le quotidien, je me suis dit que j'avais eu de la chance, finalement. Moi, je n'ai servi que de bonne,

337

de servante alors que d'autres finissent dans des bordels. J'ai échappé au pire.

Oui, j'ai eu beaucoup de chance, quand j'y songe.

J'ai également découvert Internet. De temps en temps, je m'y connecte lorsque Izri laisse son ordinateur portable à la maison. La Toile est si vaste que je m'y perds pendant des heures. Izri m'a prévenue que c'était moins fiable que les livres, mais j'y ai appris des choses étonnantes. Il y a quelques jours, j'ai lu une citation d'Anatole France qui m'a bousculée.

Mieux vaut la liberté dans les enfers que l'esclavage dans les cieux.

C'est tellement beau, tellement vrai…

En revanche, ce qui me dérange sur Internet, c'est que les gens, planqués derrière des pseudonymes, s'y expriment sans retenue ni pudeur, déversant parfois leur rancœur, leur bêtise, leurs préjugés ou leur haine. C'est à la fois troublant et instructif.

Pourtant, j'ai beau lire les journaux ou surfer sur le Net, je ne sais toujours pas ce que fait Izri pour gagner autant d'argent. Dans ma tête, j'échafaude des hypothèses. Braqueur de banques, trafiquant de drogue ou d'armes, tueur à gages… Le pire, ce serait proxénète, mais je ne peux pas croire mon homme capable de ça.

Ce dont je suis sûre, en revanche, c'est que ses affaires ne sont pas légales. Souvent, ça m'empêche de trouver le sommeil. Un jour, il se fera arrêter et sera jeté en prison. Pire, encore, quelqu'un *s'occupera* peut-être de lui.

Je crois que je n'y survivrais pas. Si je le perdais, je serais perdue. Il est mon seul repère, ma bouée au milieu de l'océan.

S'il meurt, je meurs.

Soudain, je tends l'oreille. Manu est en train de parler de moi. Il demande où j'étais avant, d'où je viens. Iz répond que j'étais une *esclave* mais oublie de préciser que j'étais celle de sa mère.

— En tout cas, cette fille est dingue de toi !

— Je sais…

— Et toi aussi, pas vrai ?

Mon cœur bat si fort que j'ai l'impression qu'ils vont l'entendre depuis le salon.

— Ça se voit tant que ça ? rétorque Izri en riant.

Quand Manu quitte enfin la maison, Izri prend sa douche avant de me rejoindre dans la chambre et de s'allonger à côté de moi.

— Tu as passé une bonne soirée ? demandé-je.

— Très bonne !

— Est-ce que j'ai réussi le test ?

— Quel *test* ?

— Celui que Manu m'a fait passer, dis-je avec un petit sourire.

Izri sourit à son tour.

— Toi, t'as oublié d'être stupide, hein ?

— Tu préférerais que je sois stupide ?

— Non, Tama. Tu es parfaite.

Je viens me coller à lui et il s'endort dans mes bras.

Gabriel se précipita sur la terrasse, descendit les marches. Il aperçut l'inconnue sur la piste menant à la route. Devant l'écurie, il attrapa une corde et se lança à sa poursuite.

Pieds nus et dans l'état où elle se trouvait, il n'aurait jamais pensé qu'elle puisse courir si vite. Mais Gabriel avait de l'endurance. Beaucoup d'endurance.

Elle atteignit le goudron et partit sur la droite. Elle avait choisi la descente plutôt que la montée, commençait peut-être à fatiguer. Il la vit porter une main à sa blessure et coupa à travers un talus pour gagner quelques précieuses secondes. Pas de doute, il allait la rattraper. Mais ce qu'il craignait, c'était qu'un véhicule ne passe par là et que *sa chère inconnue* ne l'arrête.

Heureusement, en cette saison, les voitures étaient rares, ici.

Elle perdit un instant pour regarder derrière elle puis quitta la route et descendit par les bois. Gabriel fit de même. La distance qui les séparait s'amenuisait minute après minute.

Elle atterrit à nouveau sur la départementale, tomba, se releva, repartit de plus belle. Gabriel n'était plus qu'à cinquante mètres derrière elle.

Au loin, il vit une voiture arriver. Elle avait encore de nombreux lacets à passer avant de croiser la jeune fuyarde, mais Gabriel accéléra, dévorant à chaque foulée l'espace qui les séparait.

Plus que vingt mètres.

Il dévala une pente vertigineuse, au milieu des genêts, des fougères, des branches mortes, tandis qu'elle suivait toujours la départementale. Risqué, mais efficace.

Elle regarda à nouveau dans son dos, sauf qu'il était au-dessus d'elle.

Il sauta sur la route, fondit sur sa prisonnière. Il la plaqua sur l'asphalte à la manière d'un rugbyman, lui arrachant un cri. Il la releva aussitôt et elle usa ses dernières forces à se débattre pour échapper à son emprise. Elle aussi avait vu la voiture.

Il la ceintura, la souleva du sol, l'obligea à quitter la route. Il la plaqua à nouveau au sol, derrière un taillis. Il avait posé un genou au milieu de son dos, une main sur sa nuque, lui interdisant le moindre mouvement. La voiture passa tranquillement, à quelques mètres d'eux et la jeune femme tenta de hurler.

Personne ne l'entendit à part Gabriel.

— Tu m'as fait courir, putain ! souffla-t-il.

Il la retourna sur le dos, esquiva un coup de poing, encaissa un coup de pied. Il lui attacha les poignets avec la corde, la remit debout et la plaqua contre l'arbre le plus proche.

— T'aurais jamais dû faire ça…

— Au secours !

341

— Ça sert à rien de gueuler ! Y a personne ici !

Tirant sur la corde, il la força à avancer. Il évita la route et ils montèrent à travers la forêt blessée par les flèches de l'hiver. Plusieurs fois, la jeune femme vacilla. Elle n'avait plus de souffle, plus de forces. Ses pieds, ses genoux et ses paumes de main étaient en sang. Son visage, livide. Une pluie mêlée de neige s'abattit sur eux alors qu'ils arrivaient sur la piste menant au hameau. Mais au lieu de se diriger vers la maison, Gabriel passa au-dessus et grimpa vers la forêt.

— Où vous m'emmenez ?

Seul le vent lui répondit. Ils continuèrent à monter et longèrent des prairies fantômes où rouillaient de vieux barbelés.

— Arrêtez, s'il vous plaît ! gémit la jeune femme. J'en peux plus…

Il se retourna pour la foudroyer du regard.

— Fallait pas essayer de me baiser. Alors tu fermes ta gueule et tu avances.

Il tira un bon coup sur la corde, elle bascula en avant, mordit la terre humide. Il la remit debout avant de repartir.

Elle continuait de s'écorcher les pieds sur les cailloux, pleurant de douleur. La piste se perdit dans une forêt de pins, la pluie redoubla d'intensité. Le ciel était si bas que la cime des arbres pouvait le toucher. Si plombé, que ce jour maudit ressemblait à la nuit.

Plusieurs fois, elle chuta. Chaque fois, il la releva.

Trempée jusqu'aux os, elle fut secouée par de violentes quintes de toux. Une auréole de sang s'était formée sur son tee-shirt, la blessure s'était rouverte.

— J'y arrive plus ! implora-t-elle.

— Je t'ai dit de fermer ta gueule.

Il l'obligea à bifurquer à gauche et ils s'enfoncèrent dans un sous-bois sombre et humide. Puis soudain, Gabriel s'arrêta. Alors, la jeune femme laissa ses genoux se plier et s'affaissa sur le sol détrempé. C'est là qu'elle vit le trou creusé dans la terre noire.

Sa propre tombe.

Fin d'une histoire dont elle avait oublié le début.

65

Au volant d'une voiture, Izri pense à Tama. Demain, elle aura quinze ans, mais elle en paraît facilement dix-huit. Elle a encore grandi, ses formes se sont arrondies et chaque fois qu'il la regarde, Izri est sidéré par sa beauté.

Tama, c'est une pierre précieuse à l'état brut. Jour après jour, elle s'affine. Bientôt, elle deviendra un diamant étincelant.

Même ses cicatrices sont belles. Elle s'est forgée dans la souffrance, dans la lutte. Cette souffrance qui se lit au fond de ses yeux et même dans son sourire. Elle se croit faible alors que les épreuves traversées lui ont insufflé une incroyable force.

Izri sait sa chance. Il sait que cette fille est sa part de lumière et d'innocence. La douceur qui manquait à sa vie et panse doucement ses plaies. Quand elle le regarde, il devient l'homme le plus désirable de la terre. Il devient un roi, un dieu.

Bien sûr, il l'a déjà trompée plusieurs fois. Mais son chemin n'a jamais croisé celui d'une femme qui pourrait détrôner sa reine, sa déesse.

Ses incartades ne sont que le reflet de sa vie. Une vie hors des sentiers battus. Ne pas rentrer dans les cases, ne pas respecter les lois ou la morale.

Sauf la loi qu'il a choisi d'instaurer.

La sienne.

Être le plus fort. Celui qui détient le pouvoir.

Être le loup alpha. Celui que les autres craignent et admirent.

Il s'est fixé une seule contrainte : un code d'honneur... qui fluctue en fonction des nécessités.

Quelque part en périphérie de Lyon, Izri est au volant d'une voiture volée. Sur le siège passager, Manu vérifie une fois encore que son automatique est bien chargé. À l'arrière, deux hommes, armés jusqu'aux dents, restent parfaitement silencieux.

— C'était là ! maugrée Manu. Iz, concentre-toi, bordel ! Arrête de penser à ta gonzesse...

Izri fait demi-tour et engage la voiture en marche arrière dans un petit chemin goudronné. À deux cents mètres d'eux, une autre voiture attend sur le côté. La souricière est en place.

Le portable de Manu vibre, il décroche, raccroche aussitôt.

— Ça arrive, dit-il.

Izri enfile une cagoule noire, ses complices font de même.

Trois minutes plus tard, le fourgon blindé se présente au bout de la route. Dans les veines d'Izri, un shoot d'adrénaline plus puissant que n'importe quelle came. Tama s'efface doucement de son esprit. Le petit garçon effrayé disparaît à son tour pour laisser la place au loup affamé.

* * *

Aujourd'hui, j'ai quinze ans. Il y a un an, Marguerite mourait dans mes bras.

Un an déjà…

J'ai la sensation étrange d'avoir vécu un siècle.

Quand je me lève, Izri n'est pas là. Ça fait deux jours qu'il est parti et j'espère qu'il reviendra dans la journée.

Pour mon anniversaire, le soleil brille de mille feux. Sur la terrasse, je profite de ce cadeau du ciel en prenant mon petit déjeuner. Ensuite, je me prépare et me rends à la supérette. J'achète quelques provisions ainsi que deux journaux. Dominique, le patron, commence à me connaître et m'adresse un sourire complice. Il me regarde toujours avec une sorte d'envie au fond des yeux. Peut-être que je lui plais ?

Je le salue et repars vers la maison.

Je trouve que ma vie est calme, sereine. Je ne m'y habitue pas encore. Au fond de moi demeure la peur. Je ne sais pas si je parviendrai à m'en défaire un jour, ou si je suis condamnée à vivre avec elle jusqu'à mon dernier souffle.

Je me demande si les autres aussi, ont peur. Peut-être que oui, finalement. Car il y a mille raisons d'avoir peur. Mille raisons et mille façons.

Quand j'arrive chez nous, je range les provisions et me lance dans la lecture des journaux. Il y a des choses qui m'échappent, bien sûr, car il me manque des données. Mais, jour après jour, j'apprends. J'apprends comment fonctionne ce monde compliqué. Ou plutôt, j'apprends pourquoi il n'arrive pas à fonctionner.

Je m'arrête au milieu du journal et mon cœur accélère.

Attaque de fourgon blindé près de Lyon.

En lisant l'article, je découvre qu'un commando a attaqué le fourgon hier. Un convoyeur a été blessé mais ses jours ne sont pas en danger. Le montant du butin s'élèverait à plus de cinq cent mille euros.

Je découpe l'article et le range dans un petit cahier. Chaque fois qu'Izri disparaît, je détaille tous les faits divers. Il y a eu des braquages de banques, de stations-service, de bijouterie, des règlements de comptes et deux attaques de fourgons blindés. Si ça se trouve, mon homme n'est impliqué dans aucune de ces affaires. D'ailleurs, je prie pour qu'il soit étranger à toutes ces horreurs. Mais, à force de recoupements, je finirai peut-être par découvrir ce qu'il fait quand il s'éloigne de moi.

Je mets les journaux dans la poubelle de recyclage et décide de confectionner un gâteau pour mon anniversaire. Un gâteau qui ressemblera à celui que m'avait préparé Marguerite il y a un an déjà…

En fin d'après-midi, Izri revient à la maison. Je me jette dans ses bras et nous restons un long moment enlacés. Puis il sort un petit paquet de sa poche.

— Bon anniversaire, ma puce…

Je suis tellement surprise que je reste sans voix quelques secondes.

— Tu y as pensé ?

— Évidemment !

J'ouvre mon cadeau et découvre une paire de boucles d'oreilles.

— Elles sont magnifiques, Iz…

— Rien n'est trop beau pour ma princesse !

Il me serre contre lui, je ferme les yeux.

— J'ai peur quand tu n'es pas là…

— De quoi ?

— Peur que tu ne reviennes pas.

* * *

Tama est assise sur le rebord de la baignoire.

Entre ses mains, une chemise d'Izri. La chemise qu'il portait la veille et qu'il a laissée sur le sol de la salle de bains lorsqu'il est rentré au petit matin.

Sur le col blanc, des traces de rouge à lèvres carmin.

Les larmes de Tama coulent doucement et en silence. De l'autre côté de la cloison, Izri dort encore.

Tama jette la chemise par terre et prend son visage entre ses mains. Elle se balance d'avant en arrière, tel un métronome désaxé. Elle voudrait refouler cette souffrance, cette colère. Elle voudrait lui pardonner. Mais pour le moment, c'est la peur et la rage qui l'emportent. Izri en train de *baiser* une autre femme, l'image est trop cruelle.

C'est alors que la porte s'ouvre et qu'il apparaît, vêtu seulement d'un caleçon et les yeux encore gonflés de sommeil.

— Qu'est-ce que t'as ?

Elle ne répond pas, fixant simplement la chemise à ses pieds.

— Pourquoi tu chiales ?

Il se passe de l'eau sur le visage et relève la tête. Dans le miroir, le regard de Tama. Rempli de chagrin et de hargne. Un regard qu'il ne lui connaît pas.

— File-moi la serviette.

Elle ne bouge pas, continuant à le toiser méchamment. Alors, il se retourne et la dévisage à son tour.

— Vide ton sac, Tama. Vas-y…

— Tu t'es bien amusé cette nuit ? demande-t-elle d'une voix tremblante.

— J'étais avec mes potes. Pourquoi ?

Elle ramasse la chemise, la lui colle sous le nez.

— Ils mettent du rouge à lèvres, tes *potes* ?

Les mâchoires d'Izri se contractent. Il la fusille du regard puis quitte la salle de bains. Tama le suit, la pièce à conviction entre les mains. Dans la cuisine, il se prépare un café.

— Alors, ils mettent du rouge à lèvres, tes potes ?

Izri soupire. Sous son crâne, un orchestre de percussions joue plein pot. Cette nuit, il a abusé de tout. Alcool, coke, sexe.

— Tu réponds pas ?

— Me casse pas les couilles, Tama…

— T'as couché avec elle ?

Izri boit son café en la dévisageant. Il ne baisse pas les yeux. Tama sait qu'elle s'engage sur un terrain dangereux. Elle pressent qu'elle devrait se taire. Mais elle veut des aveux, des pardons.

— T'as couché avec elle ?

— Ouais, avoue-t-il enfin.

Les larmes reviennent, Tama les chasse d'un geste de rage. Puis elle lui jette la chemise en pleine figure.

— T'es qu'un connard ! s'écrie-t-elle.

Depuis qu'elle vit avec Izri, le vocabulaire de Tama s'est considérablement enrichi. Le jeune homme reste sidéré une seconde avant de fondre sur elle et de l'empoigner par les épaules.

— Comment tu me parles, putain ?

— T'as pas le droit ! hurle Tama.

— J'ai tous les droits ! rectifie Izri. Alors tu me répètes jamais ça, OK ?

Elle le repousse violemment, recule d'un pas. C'est plus fort qu'elle, plus fort que n'importe quoi. Il faut qu'elle sache jusqu'où il peut aller.

— Fils de pute ! lance-t-elle.

Coup de poing en pleine figure. Tama est projetée en arrière, heurte le mur de la cuisine. Elle essuie le sang qui coule de son nez et continue à le défier du regard. Les coups, elle en a l'habitude. Mais jamais elle n'aurait cru qu'Izri la frapperait.

— Sans moi, t'es rien, rappelle-t-il. Rien du tout ! Alors je baise qui je veux et tu fermes ta gueule, t'as compris ?

Il quitte la cuisine en claquant la porte.

* * *

Izri est resté au moins quinze minutes sous la douche. Comme s'il voulait se remettre les idées en place. Mais l'eau chaude n'a pas eu l'effet escompté. Il est toujours aussi tendu, ses mains tremblent.

Il passe un tee-shirt, un pantalon et part à la recherche de Tama. Il l'aperçoit, assise au bout de la terrasse, face à la piscine, sur les marches qui mènent au jardin. Il inspire un bon coup et la rejoint. Il hésite avant de s'asseoir près d'elle et d'allumer une cigarette. Elle a les yeux humides et, déjà, sa pommette gauche porte la marque de son poing. Tama se relève, prête à s'enfuir. Mais Izri la retient par la ceinture de son jean et la rassoit de force.

— Reste là, dit-il.

Elle obéit, peut-être par peur.

— Tu sais, Tama, faut pas me pousser à bout… Faut jamais me pousser à bout. Parce que j'aime pas ce qui vient d'arriver. J'aime pas être obligé de…

Il ne termine pas sa phrase et ferme les yeux lorsqu'il entend Tama sangloter. Il passe un bras autour de ses épaules, l'attire contre lui.

— Pleure pas, s'te plaît…

Mais les sanglots empirent. Le corps de Tama, blotti contre le sien, est en proie à de violentes secousses.

— Je veux pas… que tu me… laisses pour une… autre ! parvient-elle à dire.

— Je m'en fous des autres, murmure Izri. Y a que toi qui comptes, Tama… Que toi, tu comprends ?

Izri caresse son visage tuméfié. Il la serre dans ses bras, elle se calme doucement. Ils restent ainsi pendant de longues minutes. Enfin, Tama a cessé de pleurer.

— Je voulais pas t'insulter. Pardon…

* * *

Tama met du fond de teint sur sa pommette pour tenter de dissimuler l'hématome qui s'éternise sur sa peau. Ce n'est pas la première fois qu'elle voit son visage abîmé et ne s'en émeut guère. Mais elle a compris qu'Izri était gêné de voir s'étaler de façon indécente la preuve de sa violence. Alors, c'est pour lui qu'elle se maquille.

Au fond d'elle, Tama sait qu'il recommencera. Qu'il verra d'autres femmes. Mais pour se rassurer, elle se répète ses paroles en boucle : *Y a que toi qui comptes, Tama.*

Oui, vraiment, il n'y a que ça qui compte.

Elle espère seulement que la prochaine fois, elle saura se montrer plus intelligente, plus indulgente. Elle s'estime heureuse qu'il n'ait pas cogné plus fort. Parce qu'on n'insulte pas son sauveur, son bienfaiteur. L'homme qu'on aime de toutes ses forces et de tout son cœur.

Quelques jours après le coup de poing, Izri lui a offert un cadeau. Un sublime collier avec de vrais diamants. Un bijou si magnifique que Tama se demande à quelle occasion elle pourra le porter. Sans doute lui a-t-il fait ce présent pour se faire pardonner son accès de violence. Pourtant, ce n'était pas nécessaire.

Car Tama lui avait pardonné depuis longtemps.

66

Avec des gestes brusques, il dénoua la corde et libéra ses poignets.

Elle était toujours assise par terre, les yeux braqués sur l'excavation qui allait garder son corps prisonnier pour l'éternité.

— Tu as du cran, dit Gabriel en jetant la corde un peu plus loin. Ouais, tu manques pas de courage, je dois dire…

En la prenant sous les aisselles, il la décolla du sol et la traîna plus près de la tombe. Elle se retrouva à genoux, juste au bord du vide.

— Mais tu n'aurais jamais dû me trahir, continua-t-il.

Elle releva la tête et ils se dévisagèrent en silence de longues minutes. Puis il sortit un couteau de sa poche. Le manche était en bois, la lame rétractable. Il se posta devant elle, la lumière baissa encore d'un cran.

Crever, dans cet endroit sinistre.

Mourir, sans savoir qui l'on est, qui l'on a été.

Mourir, sans savoir pourquoi.

Se faire saigner comme un animal, sans savoir si quelque part, quelqu'un l'attendait.

— Je… Je ne sais même pas comment je m'appelle, murmura-t-elle.

En sondant son regard, elle y vit la douleur, immense. La folie, aussi.

— Vous avez mal à cause de Lana ?

— Qui t'a autorisée à prononcer son nom ? rugit Gabriel.

Il tourna autour d'elle, rapace silencieux. Il s'éloignait, se rapprochait. Puis il se mit à chuchoter des mots qu'elle ne pouvait entendre. S'adressait-il à quelqu'un ? À un fantôme, peut-être. À Lana, sans doute.

Fallait-il lui parler ? Se taire ? Si encore, elle connaissait son prénom…

— J'ai froid, murmura-t-elle.

— Ta gueule !

— J'ai froid, répéta-t-elle. J'ai froid et j'ai mal… Aidez-moi, s'il vous plaît.

Longtemps, il continua à chuchoter dans le vide. Il marchait de long en large, tête baissée. Parfois encore, il scrutait le ciel comme si la réponse à ses questions pouvait s'y trouver.

Elle perçut quelques mots mais ne comprit pas grand-chose. Son bourreau était ravagé par le tourment, le doute. À chaque pas, il s'enfonçait plus avant dans la folie.

Bientôt, elle s'allongea sur le sol glacé, prête à accepter son sort. Le froid la possédait entièrement, elle n'avait plus la force de lutter contre lui. Contre son destin.

L'herbe devint bleue, tout comme l'écorce des arbres.

Bercée par la voix de son assassin, elle ferma les yeux.

67

Izri a rempli la piscine. Assise sur la margelle, les pieds dans l'eau, Tama semble hypnotisée par les jeux sensuels du soleil et de l'eau claire.

Aujourd'hui, il fait si chaud qu'elle rêverait de pouvoir se plonger dans ce bain de fraîcheur. Mais Izri n'a pas eu le temps de lui apprendre à nager.

Il y a quelques jours, elle l'a entendu discuter avec Manu. Ils étaient sur la terrasse, la croyaient endormie. Izri se méfie de quelqu'un. Un homme dont elle ignore s'il travaille pour eux ou s'il est leur concurrent. Manu lui a répondu qu'il devenait paranoïaque, que l'autre homme n'oserait jamais s'en prendre à eux.

Après avoir surpris cette conversation, Tama n'a pas pu dormir, en proie à un mauvais pressentiment.

Depuis, Izri est extrêmement tendu. À chaque seconde, elle a l'impression qu'il va exploser. Alors, elle se fait toute petite pour ne pas le déranger.

À force d'écouter, de capter des mots, des bribes de phrases, Tama a compris certaines choses. Manu a la mainmise sur quelques affaires à Montpellier, mais aussi à Marseille et même à Paris. Il est le propriétaire d'un club privé, d'un bar, d'un restaurant, d'une entreprise de transport... Izri est apparemment son bras droit, une sorte d'associé.

Tama sait que l'homme qu'elle aime joue à des jeux dangereux. Elle voudrait lui dire d'arrêter, de trouver un travail normal, même si ça les obligeait à vivre dans un petit appartement.

Mais Tama n'ose pas lui dire de telles choses.

Parce que Tama se sent insignifiante. Incapable d'influer sur les actes d'un homme tel qu'Izri.

Parce que Tama reste encore et toujours une petite bonniche. Une esclave et rien d'autre.

* * *

Greg passe souvent à la maison depuis que nous sommes à Montpellier.

D'après ce que je sais, il travaille pour Izri. Il s'occupe de l'une des *affaires* qui appartiennent à Manu et Iz. Une boîte de nuit très chic. Il l'aide aussi à gérer l'entreprise de transport.

Il est adorable avec moi, semble en admiration devant mon homme. Par contre, je sens que Manu ne l'aime pas beaucoup.

Mais Izri me tient à l'écart de tout ça. C'est comme s'il avait deux vies séparées. Celle qu'il mène avec moi et celle qu'il mène dès qu'il met le pied dehors. Telles l'huile et l'eau, elles ont du mal à se mélanger.

Pourtant, j'aimerais tout partager avec lui.

Tout. Même ses crimes.

* * *

C'est le bruit de la porte d'entrée qui me réveille en sursaut. Je m'assois sur le canapé, passe une main sur mon visage.

— Iz ?

Je me lève, allume les lumières et vois Izri dans le hall. Il enlève son blouson, le laisse tomber sur le sol. Il tient à peine debout. Je comprends immédiatement qu'il a trop bu, alors je l'aide à aller jusqu'à la chambre.

— Tu veux que je te fasse un café ?

— Non ! J'vais me coucher...

Il s'affale sur le lit, les bras en croix. Je lui enlève ses chaussures puis son pantalon et place un oreiller sous sa nuque.

— Tama ?

Je m'assois près de lui, caresse son visage.

— Je suis là...

Je sens qu'il a peur. Je ne sais pas de quoi. Dans son regard perdu, je devine le besoin d'être rassuré. Il n'y a que moi, sans doute, qui peux le voir comme ça. Quand il ne porte pas son masque de voyou. Quand il redevient un petit garçon terrifié rêvant de se cacher au fond d'un placard.

— Tu as mal au cœur ? demandé-je.

— Un peu...

— Il faut te reposer, dis-je en déposant un baiser sur son front.

— J'ai... oublié mon téléphone...

— Où ça ?

— Dans la caisse.

— Je vais aller le chercher, ne t'inquiète pas.

— Tu sais que je t'aime ?

Je lui souris, sens les larmes venir. Ce cadeau-là vaut tous les colliers de diamants du monde. Je prends sa main, la serre aussi fort que je peux.

— Je sais. Et moi aussi, Iz… Plus que n'importe qui au monde.

Apaisé, il ferme les yeux. L'instant d'après, il est parti. Assommé par l'alcool et la drogue, il s'enfonce dans une sorte d'état comateux. Je le regarde longtemps puis me décide à aller chercher son téléphone. Il en a deux : un smartphone et un autre, plus basique. Parfois, il reçoit un coup de fil de Manu sur le smartphone et le rappelle aussitôt avec l'autre. J'imagine qu'il y a une raison. Une raison qui doit avoir un rapport avec les flics.

Je cherche la clef de l'Alfa Romeo dans son pantalon. La voiture est garée juste devant le portail, complètement en travers. Comment peut-il conduire dans un état pareil ? Un jour, il finira en cellule de dégrisement ou, pire encore, dans un platane. Le téléphone est tombé sur le tapis de sol, je le mets dans ma poche.

C'est là que je la vois.

Une grosse voiture noire garée sur le trottoir d'en face. Avec deux ombres à l'intérieur.

L'angoisse me prend et je me dépêche de verrouiller les portières et de rentrer. Malgré la chaleur, je ferme fenêtres et baies vitrées.

Je me brosse les dents, les cheveux et enfile ma nuisette. Au travers de la vitre, je scrute une dernière fois le jardin, éclairé par de petites veilleuses. Tout est calme.

Alors, j'éteins les lumières et rejoins Izri dans la chambre. Je m'allonge à côté de lui et doucement, je m'en vais, je m'enfuis. Je m'invente une histoire, comme je le faisais dans ma buanderie. Sans doute pour oublier la réalité. Une histoire d'où la peur et la violence sont exclues.

Il est déjà trois heures du matin, je n'ai plus sommeil. Je pose ma tête au creux de son épaule ; je ne me lasse pas d'écouter les battements de son cœur, son souffle régulier.

Je ne me lasse pas de l'aimer.

* * *

Il est 4 heures, lorsque des bruits étranges sortent Tama de sa somnolence. Elle tend l'oreille et croit entendre la baie vitrée qui coulisse, des pas dans le salon. Terrifiée, elle secoue Izri.

— Réveille-toi ! chuchote-t-elle. On dirait qu'il y a quelqu'un ! Iz !

Mais Izri est trop loin pour revenir. Tama arrête de respirer et écoute encore. Le vent s'est levé, c'est peut-être lui qui lui joue un mauvais tour ? À moins que ce ne soit son imagination… Elle songe à des cambrioleurs armés. Elle bouscule à nouveau Izri, qui pousse une sorte de râle avant de se tourner sur le côté.

Prenant son courage à deux mains, Tama se faufile discrètement jusqu'au long couloir qui mène à la salle à manger. Elle ne voit pas grand-chose, avance à tâtons. Son doigt trouve l'interrupteur et la lumière jaillit du plafonnier. La salle à manger est déserte, Tama avance prudemment jusqu'au salon. Là, elle se fige. Sous l'effet du vent, le rideau se soulève.

La baie vitrée a été ouverte.

Elle sent une présence dans son dos, n'a pas le temps de se retourner. Une main énorme se pose sur sa bouche, un bras lui serre le cou, on la soulève du sol. Dans l'impossibilité de crier et même de respirer, Tama se débat comme une lionne pour échapper à l'étreinte mortelle. C'est alors qu'elle voit un autre homme arriver face à elle. Une sorte de géant qui mesure au moins deux mètres. Il braque une arme dans sa direction et pose un doigt sur ses lèvres.

— Un mot et je te descends. Compris ?

Tama hoche la tête. Son agresseur la repose par terre et la colle au mur avant d'enfoncer le canon d'un revolver dans son ventre.

— Il est où ? murmure l'homme.

Tama le reconnaît immédiatement. Elle se souvient l'avoir croisé lors d'une soirée où elle accompagnait Izri. Elle se souvient même qu'il se prénomme Mathéo, que tout le monde l'appelle Théo, et qu'il travaillait pour Manu et Izri.

— Il est où ? répète Théo.

— Dans la chambre…

D'un signe de la main, ils lui ordonnent d'avancer dans le couloir. Tama ne sait pas si elle doit crier, si ça suffira à réveiller Izri. Arrivée près de la porte, elle hurle :

— Iz ! Sauve-toi !

Théo resserre son étreinte et ils se précipitent dans la chambre. Le plus grand allume la lumière et braque son pistolet en direction d'Izri, profondément endormi.

Putain d'alcool ! songe Tama.

Théo la tient toujours par le bras et sourit en voyant Izri sans défense.

— Il en tient une bonne ! ricane-t-il.

Il attire Tama contre lui, la regarde droit dans les yeux.

— Réveille ton mec…

68

Il la portait dans ses bras. Parfois, elle ouvrait les yeux. Parfois, leurs regards se croisaient.

Mais celui de la jeune femme restait vide.

Gabriel quitta la forêt, aperçut le hameau au loin. À bout de forces, il reprit son souffle de longues secondes. Mais il fallait faire vite, alors il repartit.

Après une demi-heure d'efforts, Gabriel arriva chez lui. Il déposa la jeune femme devant la cheminée et alluma le feu. Elle était en hypothermie.

Tandis qu'il soufflait sur les braises, il secoua la tête.

Non, il ne devait pas la réchauffer.

Plutôt la laisser crever.

Pourquoi n'y arrivait-il pas ? Pourquoi s'acharnait-il à repousser l'inéluctable ?

Il grelottait, claquait des dents tandis qu'elle s'endormait doucement. À la va-vite, il se changea, puis s'occupa d'elle. Il lui ôta ses vêtements mouillés, posa une compresse sur sa plaie et l'enroula dans une couverture. Ils étaient à un mètre des flammes, Gabriel sentit le sang circuler à nouveau dans ses veines. Il serrait toujours la jeune femme dans ses bras.

— Allez, reviens ! implora-t-il.

Alors qu'il aurait dû lui ordonner de lâcher prise.

Peut-être qu'il était en train de perdre la raison.

Non, il y a longtemps que sa raison vacillait. Longtemps qu'il était devenu fou.

— Lana, aide-moi, murmura-t-il. Aide-moi s'il te plaît…

Gabriel la berça longuement. Pourquoi lutter ? Il était incapable de la tuer, Lana le lui interdisait. Et les désirs de Lana étaient des ordres.

Elle ouvrit les yeux et lorsqu'elle vit son geôlier, la terreur la transfigura. Il la ramena dans la chambre, la déposa sur le lit et plaça une seconde couverture sur son corps. Il poussa le radiateur à fond avant de s'asseoir dans le fauteuil.

— Merci, murmura-t-elle.

Le visage de Gabriel se crispa. Des sentiments contradictoires le submergeaient par vagues successives.

Soulagement.

Colère.

Admiration.

Ça faisait une éternité qu'il n'avait pas ressenti tant d'émotions. Une éternité qu'il dormait au fond d'un lac gelé dont il n'émergeait que pour exécuter ses cibles.

Et voilà que cette inconnue, cette gamine, profanait sa dernière demeure.

Voilà qu'elle réveillait le mort.

Lana, aide-moi… Aide-moi, s'il te plaît…

Izri est à genoux, mains sur la tête, près de la baie vitrée. À la merci du géant qui braque le pistolet sur son crâne.

En face de lui, Tama est dans le canapé. Son regard terrorisé se réfugie au fond du sien. Théo, debout derrière elle, caresse ses cheveux avec le canon du revolver.

— Désolé de t'avoir réveillé, Iz… Tu dormais si bien !

— T'es un homme mort ! prévient Izri.

— À ta place, je fermerais ma grande gueule.

Les mains de Tama se crispent sur les coussins du canapé.

— Il est où, le fric du fourgon ? interroge Théo. Si tu nous le donnes, on la laisse en vie…

— Va te faire mettre ! souffle Izri.

— Quoi ? J'ai droit à mes indemnités de licenciement, non ?! rigole Théo.

— T'as droit à rien et si tu te barres pas tout de suite, Manu va…

— Manu ? Je m'en occuperai plus tard. Mais là, tu vois, t'es tout seul. TOUT SEUL !

— Alors, il est où ce putain de blé ? questionne le géant.

Izri garde le silence, Théo soupire. Il se penche légèrement pour approcher son visage de celui de Tama.

— Comment tu t'appelles, déjà ?

— Tama…

— C'est joli, comme prénom. Et tu as quel âge, *Tama* ?

— Quinze ans.

— Dis donc Iz, y a pas détournement de mineure, là ? se marre Théo. Faudrait appeler les flics !

Théo range le revolver à la ceinture de son jean et s'assoit près de Tama. Elle tente de s'éloigner, il la plaque contre lui. Puis il caresse l'intérieur de sa cuisse, passe sous la nuisette. Elle se contracte de la tête aux pieds.

— Tu es très mignonne, *Tam Tam*… Mais qu'est-ce que tu fous avec cette merde, dis-moi ?

Elle ferme les yeux une seconde.

— Iz n'est pas une merde !

— Tu sais où il est, ce fric, toi ? demande encore Théo.

— Non.

— Dommage…

D'un signe, Théo s'adresse au colosse qui assène un coup de pied dans le dos d'Izri. Il tombe vers l'avant et mord le parquet en chêne. Le géant continue à le frapper sous le regard satisfait de Théo.

— Arrêtez ! implore Tama.

Izri se protège comme il peut tandis que le colosse s'acharne sur lui.

— Laissez-le !

Elle veut se lever, Théo la retient par un bras et la rassoit sur le canapé.

— Reste avec moi, *Tam Tam*… Profite du spectacle.

Au bout de trois longues minutes, le géant cesse enfin de cogner. Izri reprend son souffle, recroquevillé sur sa douleur.

— Bon, dit Théo, tu balances ou on va y passer la nuit ?

— Va te faire foutre, murmure Izri.

L'homme se remet à frapper, plus fort encore.

— Il est coriace, ton mec, chuchote Théo à l'oreille de Tama. Mais je sais comment le décider…

— Arrêtez ! sanglote-t-elle.

Le mastodonte attrape Izri par les cheveux pour le remettre à genoux. Du sang coule de son nez, de sa bouche et de son arcade sourcilière jusque dans ses yeux gris.

— Dis-leur où est l'argent ! supplie Tama. Je t'en prie…

Izri lui jette un regard désespéré.

— Tu devrais écouter ta gonzesse, ajoute Théo avec un sourire décontracté. Parce que je commence à trouver le temps long…

Mais Izri se mure dans le silence.

— Bon, puisque t'as décidé de nous casser les couilles, on passe au plan B…

Théo attrape Tama par la nuque et la traîne jusque devant Izri.

— Tu veux vraiment qu'on s'occupe d'elle, mon pote et moi ? Je me suis jamais tapé une gamine de quinze ans…

— La touche pas, fils de pute ! hurle Izri.

— Dis-moi où tu planques le blé et je te promets qu'elle pourra organiser tes obsèques…

Izri inspire un grand coup avant de parler.

— Box 59. Avenue Robespierre.

— La clef ?

— Dans mon portefeuille… Tama ?

Tama récupère le portefeuille d'Izri dans son blouson et le vide sur la table. Elle tente de contrôler le tremblement de ses mains et trouve deux clefs anonymes, reliées ensemble.

— C'est celles-là ? demande-t-elle.

Izri hoche la tête.

— Le fric est planqué derrière une fausse cloison, ajoute-t-il.

— Parfait ! jubile Théo. Mon ami va aller récupérer le pognon et nous, on va l'attendre ici, bien tranquilles…

Ça fait dix minutes que le colosse est parti. Izri est toujours à genoux, mains derrière la nuque. Tama est assise par terre, sur le tapis. Au-dessus d'elle, Théo se prélasse dans le canapé. Il tient son arme dans la main droite et, avec la gauche, lui caresse les cheveux.

— La touche pas ! crache Izri.

— Quand j'aurai récupéré mon fric, je l'emmènerai avec moi, répond Théo. C'est vrai, quoi, j'suis pas un salaud… Qu'est-ce qu'elle va faire sans toi, cette petite ?

— Si vous tuez Izri, faudra me tuer aussi, dit alors Tama.

— Oh, mais c'est qu'elle t'aime, en plus ! sourit Théo.

Sa main descend dans son cou, puis se glisse sous la nuisette. Tama se relève d'un bond, mais Théo la rattrape par le poignet et la force à s'agenouiller devant lui.

— Reste calme, chérie… Sois bien sage.

— Laissez-moi ! hurle Tama.

Izri ferme les yeux, conscient qu'au moindre mouvement, il recevra une balle en pleine poitrine.

— Va me chercher un café, ordonne Théo. Bien serré.

Tama se relève et s'enfuit vers la cuisine.

— Et pas de connerie, hein, *Tam Tam* ? Sinon, je plombe ton mec, c'est compris ?

— Oui, monsieur.

— En plus elle est polie ! ricane Théo. Vraiment, c'est une bonne petite.

Il s'approche d'Izri, restant tout de même à une distance raisonnable.

— Tu sais, quand je t'aurai fumé, je vais me la faire, Iz…

Dans le regard du jeune homme, la douleur se mélange à l'impuissance. Théo arbore un sourire cruel puis va s'affaler à nouveau dans le canapé.

— Alors, ce café, ça vient ? gueule-t-il.

— Ça arrive, monsieur, répond Tama. Vous voulez du sucre ?

— Ouais, du sucre, poupée. Et puis après, tu me feras une petite pipe, OK ?

Derrière lui, Tama approche. Le bruit discret de ses pas est masqué par celui du percolateur.

Sa main droite serre éperdument un couteau de cuisine.

Arrivée à quelques centimètres du canapé, elle se fige. Ses doigts manquent de lâcher l'arme. Alors, elle lève les yeux sur Izri.

Comme pour se souvenir de ce qu'il est pour elle.

Se souvenir d'où elle vient.

Que sans lui, elle n'est rien.

Encore un pas, le percolateur s'arrête. Tama bloque sa respiration et fond sur Théo. Il ne l'entend pas, ne se méfie pas.

Ce n'est qu'une gamine apeurée, après tout.

Tama lui plante la lame en travers de la gorge avant de reculer précipitamment.

Théo se redresse d'un bond, le doigt sur la détente. Izri se jette au sol, la balle siffle au-dessus de sa tête et pulvérise la baie vitrée. Puis Théo lâche son arme et tombe à genoux. D'une main tremblante, il attrape le manche du couteau tandis qu'Izri se remet debout.

— Je t'ai pourtant appris à surveiller tes arrières, pauvre con...

Coup de pied en pleine tête, Théo finit de s'écrouler. Mais il n'est pas encore mort. Alors Izri retire le couteau et le sang jaillit de la carotide.

En relevant la tête, il voit Tama debout près du canapé, la bouche entrouverte, les yeux exorbités. Doucement, il s'approche d'elle et la prend dans ses bras. Il la serre aussi fort qu'il peut. Elle est raide comme la mort, Izri a l'impression d'enlacer un bloc de béton.

— C'est fini, Tama, murmure-t-il. Calme-toi...

Elle se met à trembler de la tête aux pieds. Un long sanglot s'échappe de sa poitrine.

— C'est fini, répète Izri.

Il récupère le revolver de Théo, vérifie qu'il reste des munitions dans le barillet. Puis il court jusqu'à la chambre, passe un jean avant de revenir auprès de Tama qui n'a pas bougé d'un centimètre, le regard fixe. Izri met l'arme à la ceinture de son jean et ouvre le placard de l'entrée. Il se saisit d'une batte de base-ball.

— L'autre salopard va pas tarder à revenir, explique-t-il. Je vais l'attendre dehors...

Il sélectionne un numéro dans son répertoire et met le portable dans la main de Tama.

— Appelle Manu, dis-lui de venir le plus vite possible, OK ?

Encore incapable du moindre mot, Tama se contente de hocher la tête. Izri la serre à nouveau dans ses bras.

— Tu as été incroyable, dit-il. Incroyable...

* * *

Je suis dans le canapé, une tasse de thé brûlant entre les mains.

Mes mains, qui tremblent encore.

Mes mains, que j'ai lavées une bonne dizaine de fois.

Il y a une heure, j'ai tué un homme en lui plantant un couteau dans la gorge. Puis, à travers la fenêtre, j'ai vu Izri massacrer son complice à coups de batte. C'était tellement dur que j'ai vomi mes tripes sur le tapis de la salle à manger.

Peu après, Manu est arrivé et, avec Izri, ils ont mis les cadavres sous une bâche, à l'arrière de son 4 × 4. Ensuite, ils ont nettoyé le sang qui maculait la pièce et les dalles du jardin.

Il est 5 h 30, Manu prend le volant de son Dodge, avec son encombrante cargaison. J'ignore ce qu'il va faire des corps et préfère ne pas le savoir. Izri revient à l'intérieur et se laisse tomber sur le canapé, juste à côté de moi. Longtemps, nous nous regardons droit dans les yeux, sans un mot. Conscients d'être des rescapés.

Des rescapés, des assassins.

Puis je vais dans la salle de bains récupérer du coton et de l'eau. Je reviens m'asseoir près d'Izri et nettoie doucement son visage, déjà méconnaissable. Une arcade et une lèvre explosées, le nez cassé. Je termine d'enlever le sang qui a coulé jusque sur son torse puis pose un pansement sur son arcade.

— Il faudrait des points, dis-je.

Il m'attire contre lui, me serre dans ses bras.

— Ça va aller, jure-t-il.

Manu revient à la maison alors qu'Izri sort de la douche. Ils s'assoient dans le salon et restent silencieux un moment.

— Tama, tu nous fais un café s'il te plaît ? demande Izri.

Je m'exécute et rapporte trois tasses sur un plateau. Je m'installe près d'Iz, prends sa main enflée dans la mienne.

— Tu te rends compte ? dit-il soudain. Ils voulaient me faire chez moi, ces enfoirés ! Chez moi…

— J'aurais jamais pensé que ce crétin oserait monter sur toi, avoue Manu. Comment t'as fait pour le planter ?

Je ne laisse pas à Izri le temps de répondre.

— Il était en train de me peloter et… Iz s'est jeté sur lui… Il l'a désarmé, ils se sont battus… Il y avait un couteau sur la table basse et Iz le lui a planté en travers de la gorge.

Izri baisse les yeux et serre ma main un peu plus fort.

Quand Manu s'en va, il est déjà 10 heures du matin. Malgré tout, nous allons nous coucher. Je ferme les volets et m'étends près de l'homme que j'aime. Mais ni lui ni moi ne trouvons le sommeil.

— Je suis désolé, dit-il à voix basse.

— Je ne laisserai personne te faire du mal. Parce que si on te tue, on *me* tue…

C'est alors qu'un violent désir me prend. Je me déshabille et m'allonge sur lui. Je le veux en moi, comme je ne l'ai jamais désiré auparavant. Comme si ma vie en dépendait.

Et, pour la première fois, je ressens un plaisir d'une force incroyable. Une sorte de fulgurance qui traverse mon corps avant d'aller dynamiter mon cerveau. Je m'effondre sur Iz et nous restons longtemps, serrés l'un contre l'autre.

La seconde d'après, nous plongeons ensemble dans un profond sommeil.

70

Ça fait un mois que ça s'est passé.

Il y a un mois, j'ai assassiné un homme.

Toutes les nuits, j'en rêve. Brefs cauchemars qui me réveillent en sursaut. Ensuite, je pleure de longues minutes.

La lame qui s'enfonce dans sa gorge, le sang qui coule sur mes mains.

Moi, Tama, la petite Tama, j'ai été capable de ça.

De cet exploit.

De cette horreur.

Quand Izri me voit un peu perdue, il me répète que c'était de la légitime défense. Quelque part, c'est vrai. Théo nous aurait tués. Il aurait au moins tué Izri et entre ses mains, j'aurais sans doute connu un sort pire encore.

J'ai commis l'irréparable. Pourtant, je n'ai ni regrets ni remords. J'ai sauvé Izri mais je me suis condamnée. À porter en moi ce sentiment étrange, ce mélange de force et de faiblesse.

Ça fait un mois que ça s'est passé.

Ça fait un mois qu'Izri n'a pas bu. Qu'il n'a pas pris de drogue, non plus. Il sait qu'il n'a pas été à la hauteur, trop ivre pour se rendre compte qu'il était suivi. Trop défoncé pour que je puisse le réveiller à temps.

Après le drame, il s'est confié à moi. Sans que je le lui demande et sans me donner trop de détails, il m'a expliqué ce qu'il faisait. Avec Manu et d'autres complices, il vole l'argent là où il se trouve. Distributeurs de billets, fourgons blindés, bijouteries.

Mon homme est un braqueur. Un braqueur à main armée.

Mon homme risque la perpétuité.

Ce fric, Manu et lui en réinvestissent une partie dans des affaires plus ou moins légales.

Ça s'appelle *blanchir l'argent*.

Iz et Manu sont à la tête d'une véritable organisation criminelle.

Je vis avec un criminel.

Mais je n'ai pas eu envie de partir. Peut-être parce que je n'ai que lui. Peut-être parce que je l'aime chaque jour un peu plus.

Izri m'a expliqué que si un jour les flics venaient l'arrêter, je devais me réfugier auprès de Manu. Et que si Manu était lui aussi arrêté, je devais contacter Greg. Il a enregistré leur numéro dans mon téléphone, mais pas leur nom. Il m'a aussi demandé d'apprendre leur adresse par cœur.

Dans mon portable, il y a trois contacts. Le 1, le 2 et le 3.

Izri, Manu, Greg.

Iz m'a confirmé ce que j'avais deviné : Greg fait partie de son équipe. C'est un ami d'enfance, un mec sûr.

Depuis que j'ai tué Théo, Iz me regarde autrement. Il m'aime toujours autant, mais maintenant, j'ai l'impression qu'il me respecte différemment, comme si je faisais partie de son monde. Sans doute parce que je suis devenue une criminelle, moi aussi. Et que je n'ai pas révélé à Manu qu'Izri avait eu besoin de mon aide pour s'en sortir. Il m'en est reconnaissant, je crois.

L'été va bientôt m'abandonner, j'appréhende le retour de l'hiver. Car quelque part dans mon cœur, il fera toujours froid, désormais.

Un froid mortel.

* * *

Je lis beaucoup, ces derniers temps. En m'aventurant hors du quartier, j'ai découvert une petite librairie à quatre kilomètres de la maison. Une fois par semaine, je m'y rends et achète cinq ou six bouquins avec l'argent que me confie Izri.

Le libraire s'appelle Tristan, il doit avoir une trentaine d'années. Tous les mercredis, il semble ravi de me voir arriver dans sa boutique qui déborde de livres. Il me donne des conseils qui, jusqu'à présent, ne m'ont jamais déçue. Je lis de tout ; des romans, bien sûr, mais aussi des essais, des témoignages et des bandes dessinées.

Parfois, je passe une heure à feuilleter les livres. Pour moi, ici, c'est un peu la caverne d'Ali Baba !

Mercredi dernier, Tristan m'a même offert un café et nous avons longuement parlé. Je ne lui ai pas révélé grand-chose sur moi, bien sûr, et lui ai fait croire que j'étais majeure. C'est ce qu'Izri m'a demandé de dire chaque fois qu'on me posait la question.

D'ailleurs, il m'a fait fabriquer de faux papiers. J'ai pris l'identité d'une autre femme. Sur ma carte, il y a ma photo, un nom, Malika Khalil, une date de naissance qui n'est pas la mienne. Ça s'appelle une usurpation d'identité, mais Izri m'a assuré que la vraie Malika n'en saurait jamais rien et qu'en cas de contrôle des flics, ça pourrait m'éviter bien des problèmes. Alors, j'ai toujours cette carte sur moi lorsque je sors dans la rue.

Aujourd'hui, c'est mercredi et il est 15 heures quand j'arrive à la librairie. Tristan m'adresse un grand sourire et me prépare un café.

— Asseyez-vous, Tama ! me propose-t-il d'emblée.

J'aime bien sa compagnie car il est passionné par la littérature et pourrait en parler pendant des jours ! Nous nous asseyons au fond de la boutique, où il a installé une banquette et une petite table ronde.

— Vous avez lu le roman d'Elsa Triolet ? me demande-t-il.

— Oui. J'ai beaucoup aimé… Vraiment beaucoup.

Je note que mon libraire a passé une belle chemise et s'est parfumé. Il me dévore des yeux, ce qui me met légèrement mal à l'aise.

— Je vous ai fait une petite sélection pour aujourd'hui, m'annonce-t-il.

— Vraiment ? C'est gentil à vous…

Il me raconte sa semaine, les clients originaux, leurs désirs extravagants, leurs caprices. L'un d'eux lui a rapporté un livre en affirmant qu'il fallait le brûler en place publique ! Ça me fait rire.

— Vous avez un joli rire. Vous voulez un autre café ?

— Volontiers…

Nous parlons pendant plus d'une heure et, ensuite, je lui paie les livres qu'il a choisis pour moi et qu'il place dans un sac en papier.

Il y a peu, j'ai trouvé une nouvelle citation sur Internet.

La liberté commence où l'ignorance finit.

En découvrant cette phrase de Victor Hugo, j'ai réalisé à quel point j'avais eu raison de me battre pour apprendre. Certes, lire ne m'a pas empêchée de rester une esclave des années durant, mais chaque jour, ça m'aide à me sentir plus forte.

Chaque jour, ça m'aide à briser mes chaînes, maillon après maillon.

* * *

Hier soir, Izri m'a demandé de préparer un bagage pour une petite semaine. Mais il n'a pas voulu me dire où nous allions. Juste qu'il fallait quelques vêtements chauds et plutôt *détente*.

Vers 10 heures ce matin, nous avons pris la voiture pour quitter Montpellier.

— Où on va ? je demande avec un sourire.

— Surprise…

— Tu m'emmènes en vacances ?

— C'est un peu ça ! rigole Izri. Nous allons au Pont-de-Montvert.

— C'est où ?

— Dans les Cévennes. On y sera dans deux ou trois heures. Mais je te garantis que tu vas être dépaysée !

Je l'embrasse et pose une main sur sa cuisse.

— On va chez ma grand-mère, m'avoue soudain Izri. Elle habite une vieille ferme.

— Ta grand-mère ? Tu ne m'as jamais parlé d'elle…

Iz hausse les épaules.

— Je vais la voir de temps en temps… Depuis que mon grand-père est mort, elle est toute seule. Mais elle ne veut pas venir habiter en ville. Elle préfère rester dans sa cambrousse !

— C'est la mère de ton père ?

— Non.

Je me liquéfie en réalisant que nous nous rendons chez la mère de Mejda. Aussitôt, j'imagine une vieille sorcière, une femme du même acabit que mon ancienne tortionnaire. Izri me regarde en souriant.

— T'inquiète, tu ne risques pas de croiser ma mère, elle n'y va jamais. Et puis ma grand-mère, c'est une gentille femme.

À peine rassurée, je continue à fixer la route.

— Pourquoi elle habite dans la *cambrousse* ?

— Quand il est arrivé en France, mon grand-père a travaillé comme ouvrier forestier pour l'ONF. Ensuite, il est devenu agriculteur et a loué cette ferme. Le pro-prio a accepté d'y laisser ma grand-mère pour un loyer modique. Elle s'y sent bien.

— Et toi ? Tu t'y sens bien ?

Iz hausse à nouveau les épaules.

— J'y ai passé un peu de temps quand j'étais môme, c'est vraiment la misère. Y a rien, là-bas ! Que des granges, des bouseux et des forêts !

— Mais il y a ta grand-mère et je suis sûre qu'elle sera contente de te voir… Elle sait que je viens ?

— Non. Ça lui fera une surprise. Une belle surprise !

Izri a changé de voiture. Il a acheté un coupé sport Alfa. Un autre bolide, rouge lui aussi. Peu de place dans le coffre, beaucoup de puissance dans le moteur. Elle est très jolie, mais je la trouve trop voyante.

— Faudra que t'apprennes à conduire, me dit soudain Izri.

— Tu crois ?

— Ça pourrait servir. Je vais t'apprendre et ensuite, je te trouverai un permis de conduire.

— Je ne sais pas si je vais y arriver !

— Du moment que tu as des bras, des jambes et un cerveau, ça devrait le faire ! rigole Izri.

— Elle s'appelle comment, ta grand-mère ?

— Wassila.

Je pose ma tête sur son épaule et m'abreuve de paysages inconnus. Il me reste tant à découvrir… De ce monde, je ne connais rien ou presque. Trois ou quatre villages au Maroc, deux aéroports, deux quartiers de Montpellier. Une fois encore, je me rends compte à quel point mon univers est étriqué. À quel point j'ai soif de découvertes.

— Je serai très heureuse de faire la connaissance de Wassila, dis-je. Parce que, moi, je n'ai jamais eu de grand-mère. À part Mme Marguerite…

Elle s'était endormie. Elle avait mis du temps à cause de la peur. Mais dorénavant, Gabriel était sûr qu'elle ne tenterait plus de lui échapper.

Quelques heures auparavant, il l'avait forcée à descendre dans sa propre tombe, sans doute la chose la plus effrayante qui soit.

L'après-midi commençait, Gabriel n'avait pourtant pas envie de quitter la chambre. Pas envie de la quitter, *elle*.

Elle, cette toute jeune femme qui avait oublié son nom. Si la mémoire ne lui revenait pas, il faudrait lui en trouver un. Il ferma les yeux, se laissant dériver entre éveil et sommeil, à la merci de ses souvenirs ou de ses rêves.

Auraient-ils pitié de lui, aujourd'hui ? Après tout, il avait renoncé à tuer l'inconnue pour le moment ; ça méritait bien une récompense.

Il fut téléporté dans une forêt qui ressemblait à la sienne…

… Il est sur le dos de sa fidèle Gaïa, ils avancent lentement. La pluie leur tombe dessus, froide et méchante. Soudain, la jument s'arrête et se cabre. Gabriel parvient à la calmer et aperçoit un énorme trou sur la piste. Il met pied à terre, s'approche. Au fond de la tombe, une forme sous un drap blanc. Il tombe à genoux, pousse un hurlement qui résonne jusqu'aux confins de la forêt…

Gabriel rouvrit les yeux dans un sursaut. Il laissa son cœur se calmer, ses paupières se refermer…

… Il entre dans une maison. Aucun bruit, aucun mouvement.

Il monte à l'étage, l'escalier ne semble pas avoir de fin. Après un nombre incalculable de marches, il débouche dans un couloir obscur. Il ne fait ni nuit ni jour. Juste sombre. Il pousse la première porte et voit un enfant qui dort, serrant un doudou dans ses bras. Un garçon qui doit avoir cinq ans.

Gabriel referme doucement la porte et continue à avancer dans le corridor étroit. Il ouvre la porte suivante et aperçoit une femme dans son lit. Il sort un automatique de la poche de son blouson, visse un silencieux et s'approche. La femme se réveille mais n'a pas le temps de pousser le moindre cri. Gabriel pose une main sur sa bouche, enfonce le canon du pistolet sous son menton. Elle le supplie en silence, mais Gabriel ne cède pas. Il ne cède jamais…

Il se réveilla à nouveau. La vision du petit garçon serrant son doudou contre lui s'éternisait devant ses yeux. Il ne pourrait pas l'oublier. Pourtant, il ne regrettait rien.

C'était le prix à payer. Il le savait, l'avait toujours su.

Il prit un nouveau chemin, se retrouva dans une autre chambre, celle d'une maternité...

... Louise lui sourit malgré la douleur. Elle s'apprête à devenir mère et lui ne réalise pas qu'il va devenir père. Que, du ventre de la femme qu'il aime, va naître son enfant...

Ils n'ont pas souhaité connaître le sexe du futur bébé, ont seulement choisi deux prénoms.

Romain, si c'est un garçon.

Lana, si c'est une fille...

72

Quand nous arrivons chez Wassila, Tama est intimidée. Elle a sans cesse peur de faire mauvaise impression, ignorant sans doute qu'elle ressemble à un ange. Que son sourire peut panser bien des plaies et que la douceur de son regard, toujours un peu triste, est un puissant antidote à la violence du monde.

Nous avons déjeuné en route, dans un restaurant au bord d'un lac et Tama m'a posé des questions sur mon père. Elle n'avait jamais osé m'interroger sur lui. Mais je n'ai pas pu lui répondre. Évoquer mon père m'est impossible, aujourd'hui encore. Dès que je parle de lui, ma gorge se serre, mon ventre se tord, mes mains tremblent. Il n'y a que Tama qui peut savoir à quel point il me hante. Il n'y a qu'elle qui partage mes cauchemars, même si je ne lui en dis rien.

Je lui ai juste répondu que mon père, maintenant, c'était Manu.

Wassila est surprise de voir que je ne suis pas venu seul. C'est la première fois que je lui rends visite en compagnie d'une fille. Elle lui demande son prénom, la prend dans ses bras.

Elle est comme ça, ma grand-mère. Elle a compris au premier coup d'œil que j'aime Tama. Alors, elle l'aimera aussi.

La vieille ferme est de plus en plus délabrée mais Wassila ne la quitterait pour rien au monde. Ici, c'est chez elle. Ici, elle a veillé sur mon grand-père pendant qu'il déclinait lentement. Chaque jour à son chevet, à le soigner, le nourrir, le rassurer. Chaque jour, lui raconter le dehors, les gens, le monde dont il s'éloignait minute après minute.

Chaque jour, lui prouver son amour, sa dévotion.

Pour ça, je l'ai admirée. Et je l'admire toujours.

Après avoir serré Tama dans ses bras, c'est moi qu'elle étreint. Avec une force incroyable. Ses bras ont souvent été mon refuge, mais Tama ne le sait pas.

À neuf ans, alors que nous venions d'arriver à Paris, je me suis sauvé de chez moi. Je n'avais pris qu'un petit sac avec quelques affaires. Je n'avais ni argent ni papiers. Je n'avais rien, à part des blessures profondes et l'envie de mourir.

J'ai fait du stop, j'ai inventé des histoires, bâti des mensonges. Après cinq jours de voyage et un peu de chance, je suis arrivé ici, chez mes grands-parents.

Mon grand-père était déjà fatigué mais tenait encore debout. Il s'appelait Hachim, il était grand et fort. Il parlait peu ; tout était dans ses yeux. Tout ce qu'il avait subi, vécu. Tout ce qu'il avait surmonté. Les humiliations, les trahisons, les brimades. Ses mains et son dos étaient érodés par le travail, son visage ressemblait à une carte en relief menant à un trésor : son regard.

Mes grands-parents m'ont accueilli dans leur maison, sans me faire le moindre sermon. Ils ne m'ont pas posé de questions, non plus. Car ils avaient déjà les réponses. Ils ont soigné mes blessures et m'ont dit que je pouvais rester autant que je le désirais.

Toutes les nuits, je hurlais de peur.

Toutes les nuits, je craignais que mon père ne vienne me chercher.

Alors Wassila me rejoignait dans la chambre pour me prendre la main. Elle me disait qu'un jour, je deviendrais un homme et que tout s'arrangerait.

Elle s'est bien gardée de me dire qu'il y a des croix qu'on porte sur son dos toute la vie. Qu'on devienne un homme ou pas.

Je suis resté un mois chez eux puis mes parents sont venus. L'école posait des questions, ils risquaient de perdre les allocations familiales… Il fallait que mon père retrouve son fils. Son jouet. Son souffre-douleur.

Pour faire bonne figure, il a juré que ma fugue l'avait fait réfléchir et qu'il avait changé. Mais dès que nous avons quitté la ferme, il a stoppé la voiture au milieu de nulle part et m'a frappé pendant de longues minutes. Il m'a cogné si fort qu'il m'a cassé plusieurs côtes.

Ma mère n'a rien fait pour l'en empêcher. Elle avait choisi son camp depuis longtemps.

Si elle s'interposait, elle recevrait une raclée. Alors, elle le laissait faire.

Mon père s'appelait Darqawi. Je l'aimais. Malgré les coups, les insultes. Malgré tout. Simplement parce qu'il était mon père. Parce que entre deux crises de démence, il savait être bon et juste. Et même tendre.

Mon père s'appelait Darqawi. Je l'aimais.

Et je l'ai tué.

Mais ça, seule Mejda le sait.

Depuis, je vis avec son fantôme et les plaies qu'il m'a laissées, aussi profondes que l'infini.

* * *

Izri fume une cigarette dehors tandis que je suis dans la cuisine, avec Wassila. Enfin, ce n'est pas vraiment une cuisine. Ici, dans cette ferme, il y a une grande pièce agrémentée d'une immense cheminée. Une table rectangulaire recouverte d'une toile cirée jaune et verte, quatre chaises paillées, une cuisinière à bois, un petit frigo et un placard qui sert à stocker les provisions. En haut d'un escalier étroit et tordu, il y a deux chambres. Izri a prévenu Wassila que nous allions dormir tous les deux dans le même lit et elle n'a rien dit.

En face de cette maison, un grand poulailler où une dizaine de vieilles poules grattent le sol à longueur de journée.

Wassila veut préparer une blanquette d'agneau pour le dîner et je lui propose de m'en occuper. Elle me regarde avec étonnement, craignant sans doute que je ne gâche le repas.

— Ne vous inquiétez pas, madame, lui dis-je en souriant. J'ai appris à cuisiner depuis longtemps déjà. Allez donc passer un moment avec Iz. Je suis sûre qu'il vous a manqué…

— Merci ma fille.

— De rien, madame. Merci à vous de nous accueillir chez vous.

— Appelle-moi Wassila.

— D'accord, Wassila.

Elle s'éclipse, je me mets au travail. La fenêtre est ouverte et je la vois rejoindre Izri devant la maison.

— Comment ça va, mon fils ?

— Très bien, jedda[1]. Et toi ?

Il se lève pour lui céder sa chaise. Une vieille chaise toute déglinguée qui passe visiblement ses hivers dehors. Ça me fait chaud au cœur de les voir ainsi, l'un près de l'autre.

— Moi, ça va, dit-elle. Tama a voulu préparer le dîner.

— Laisse-la faire. Elle est douée, tu vas voir !

Il pose les mains sur les épaules de sa grand-mère.

— Elle est mignonne, cette petite ! dit-elle à voix basse.

Elle ignore sans doute que j'ai l'ouïe très fine.

— Mignonne et très gentille. Je suis contente pour toi. Tu t'occupes bien d'elle, au moins ?

— Oui, jedda. Ne t'en fais pas !

— Nous irons voir Hachim ?

— Demain, si tu veux, répond Izri.

Dès que la nuit tombe, Izri met du bois dans la cheminée et allume un feu. Nous restons longtemps devant, à nous réchauffer. La vision des flammes me fascine.

Ensuite, nous passons à table et je prie pour que mon dîner soit au goût de Wassila. Elle commence par sentir le contenu de son assiette avant de goûter. Après la première bouchée, elle livre son verdict.

— Tu es une bonne cuisinière, Tama !

---

1 Jedda : mamie. *(N.d.A.)*

— Merci, Wassila.

Puis elle tourne la tête vers Izri et lui sourit.

— Tu l'as bien choisie, mon fils !... Vous vous êtes connus comment ?

Izri et moi échangeons un regard furtif. Je préfère que ce soit lui qui réponde à cette épineuse question. J'imagine qu'il va inventer une belle histoire, un beau mensonge.

— C'est Mejda qui est allée la chercher au pays...

La mine de Wassila s'assombrit, ses yeux s'emplissent d'une profonde détresse.

— Elle l'a confiée à Sefana et son mari et puis elle l'a récupérée quand elle avait treize ans. Mais comme elle la traitait mal, je l'ai prise avec moi.

— Ma fille, c'est un démon, murmure-t-elle. Un démon qui a épousé le Diable en personne...

Je frissonne de la tête aux pieds, Wassila prend ma main.

— J'espère que tu lui pardonneras, me dit-elle. Elle a le mal en elle et je n'ai jamais vraiment su pourquoi... Je l'ai élevée avec beaucoup d'amour parce que c'était ma seule fille... Mon seul enfant, d'ailleurs. J'avais eu un fils avant elle, mais il est mort alors qu'il venait d'avoir dix ans.

— Je suis désolée, je l'ignorais. Comment est-il mort ?

— Tama ! s'écrie Izri avec un regard sévère.

— Pardon, murmuré-je.

— Ce n'est pas grave, Tama, rectifie Wassila. Il a été tué par un fou, un malade. On n'a pas arrêté le coupable...

Un long silence s'impose entre nous. Je regrette d'avoir posé la question, mais tout ce qui concerne Izri est tellement important pour moi...

— Les gendarmes ont cherché, un peu, mais n'ont pas trouvé son assassin, reprend Wassila. Mejda avait sept ans au moment de sa disparition. C'est à partir de là qu'elle a commencé à devenir une mauvaise fille. Et quand elle a rencontré Darqawi, ça n'a fait qu'empirer... Mais Hachim et moi avons notre part de responsabilité dans cette histoire...

Je vois qu'Izri devient de plus en plus nerveux. Ses mains commencent à trembler, c'est très mauvais signe.

— Darqawi était le fils d'un des cousins d'Hachim resté au pays, poursuit Wassila. Et ce sont nos deux familles qui les ont présentés l'un à l'autre et ont arrangé ce mariage. Attention, Mejda était d'accord ! Nous ne les avons pas forcés, mais...

Brusquement, Iz se lève, prend son paquet de cigarettes et quitte la pièce.

— Ne t'en fais pas, chuchote Wassila. Chaque fois qu'on parle de son père, il n'arrive pas à le supporter. Il lui a fait tant de mal...

— Et où est-il, maintenant ?

— Il a disparu quand Izri avait quinze ans. On ne l'a jamais revu et j'espère qu'on ne le reverra jamais !

Izri revient et, sans un mot, se rassoit à la table.

— Il fait froid, dehors ? demande sa grand-mère.

— Un peu...

Plus tard, nous parlons de choses et d'autres et l'ambiance redevient plus légère. Wassila a un regard pétillant, malicieux, une énergie incroyable pour son âge. J'aime sa voix, apaisante, ses gestes tendres. Elle raconte des souvenirs avec son mari et je vois briller les yeux d'Izri. Je ne l'ai jamais vu pleurer, sauf pendant son sommeil, et je sais qu'il ne pleurera pas ce soir. Pas devant nous.

J'apprends qui était Hachim, un homme fort, courageux et travailleur.

Un homme honnête.

Puis Wassila saisit ma main droite et en contemple les affreuses cicatrices. Elle me demande si je souffre encore de ce qui m'est arrivé.

— Depuis qu'Izri m'a sauvée, je suis heureuse. Très heureuse avec lui… Jamais je ne pourrai le remercier de ce qu'il a fait pour moi.

Cette fois, ce sont mes yeux qui brillent.

— J'espère que tu oublieras le mal que ma fille t'a infligé, ajoute Wassila.

— C'est du passé, dis-je. Et *Notre plus grande gloire n'est point de tomber, mais de savoir nous relever chaque fois que nous tombons.*

Un silence étonné suit ma tirade.

— Ce n'est pas de moi ! précisé-je aussitôt. C'est un philosophe qui l'a écrit. Un philosophe qui s'appelait Confucius.

— Tu es bien savante, ma fille ! rigole Wassila.

— C'est Tristan qui m'a appris cette citation !

Izri me décoche un regard oblique.

Et terrifiant.

— C'est qui, ce *Tristan* ?

Ils embrassent Wassila et montent dans leur petite chambre en soupente. Une fois la porte fermée, Tama

se change et se glisse sous les draps. Malgré la fraîcheur ambiante, Izri ouvre la fenêtre et allume une
cigarette.

— Wassila est adorable, dit Tama. Je suis contente
de la connaître.

Iz la regarde avec des mystères plein les yeux.

— Tu lui plais beaucoup.

— Tant mieux !… Tu viens me réchauffer ?

Il écrase sa cigarette, se déshabille et la rejoint. Elle
se réfugie dans ses bras, avide de retrouver sa peau,
son parfum, la vie qui bat en lui.

— Tu crois qu'elle est choquée qu'on dorme
ensemble alors qu'on n'est pas mariés ?

— Je ne crois pas, murmure Izri.

Il glisse une main sous sa nuisette, elle se met à
rire doucement.

— Pas ici ! Elle va nous entendre !

— T'inquiète…

De toute façon, Tama est bien incapable de repousser
ses avances. Depuis la nuit du meurtre, quelque chose
a changé entre eux. Ils sont soudés comme ils ne l'ont
jamais été.

Complices, pour toujours.

Au moment opportun, Iz pose une main sur sa
bouche pour qu'elle ne risque pas d'éveiller les soup-
çons de sa grand-mère. Puis il retombe sur le matelas,
le souffle court. Tout contre lui, Tama écoute son corps
lui dire à quel point elle l'aime. À quel point il représente tout pour elle.

— Alors ? C'est qui, *Tristan* ? murmure soudain
Izri.

— Je te l'ai dit, c'est celui qui tient la librairie où j'achète mes livres.

— Hmm... Et il est comment ?

Tama soupire.

— Intelligent et instruit.

— Joue pas avec moi, Tama...

— Qu'est-ce que tu veux dire ?

— Tu le sais très bien.

Elle réfléchit une seconde avant de mettre un pied en terrain sensible, se maudissant d'avoir prononcé son prénom.

— Il est vieux, dit-elle.

— Vieux comment ?

— Ben vieux, quoi ! Plus vieux que toi.

— Sois plus précise.

Ce n'est pas une requête, plutôt un ordre.

— Je sais pas, moi ! Il doit avoir cinquante ans. Il me conseille bien pour les livres, c'est tout... Tu es jaloux ou quoi ?

Il tourne la tête vers elle et, dans la faible clarté, elle distingue tout un cortège de menaces au fond de ses yeux.

— J'ai des raisons de l'être, Tama ?

— Aucune, Iz... C'est toi que j'aime et tu le sais très bien.

Il esquisse un petit sourire, aussi mystérieux que son regard. Puis il resserre son étreinte comme pour lui montrer qu'elle est à lui.

À lui, et à personne d'autre.

* * *

393

Devant la tombe d'Hachim, au milieu du carré musulman du petit cimetière, je reste silencieuse. Je ne connaissais pas cet homme mais j'ai de la peine. Parce que Izri en a.

Je pense à ma mère, enterrée elle aussi. Si loin de moi. Je ne peux pas aller me recueillir sur sa tombe, je ne peux pas la fleurir. Forcément, la seconde d'après, je songe à mon père. Se souvient-il encore que j'existe ? Est-il inquiet pour moi ? Se porte-t-il bien ?

J'aimerais tant lui dire où je suis, ce que je fais. J'aimerais tant avoir de ses nouvelles et entendre sa voix…

Mais Izri me l'a formellement interdit.

Peut-être qu'un jour, je parviendrai à le faire changer d'avis.

Nous quittons le cimetière en milieu de matinée et déposons Wassila chez elle avant de repartir. Izri veut me faire visiter la région.

Au fil des routes étroites et sinueuses, je découvre les Cévennes en automne, qui enluminent mon cœur de couleurs extraordinaires. Je m'extasie devant chaque vieille maison, devant chaque hameau délabré, chaque rivière.

Nous déjeunons dans un beau restaurant, un endroit chic et hors de prix. Dès qu'Izri sort un billet de son portefeuille, je ne peux m'empêcher de m'interroger sur la provenance de cet argent. Fourgon ? Banque ? Bijoux volés ?

Je brûle de savoir pourquoi il a choisi cette voie, cette vie. S'il a déjà tué des gens pendant un braquage. Mais je n'ose pas le lui demander. Moi, la petite Tama, la petite bonniche, qui suis-je pour lui poser ce genre de questions ?

Je me dis que l'amour, c'est peut-être ça. Ne pas poser de questions.

Iz fait un signe au serveur pour qu'il nous apporte l'addition. Et soudain, à voix basse, il se confie.

— Tu sais, Tama, mon grand-père a bossé comme un malade toute sa vie. Résultat, il est mort dans la misère. Je n'avais pas envie de vivre comme lui. De finir comme lui... tu comprends ça ?

Je reste interloquée une seconde. Est-il capable de lire dans mon esprit ? Au fond de mes yeux ? Suis-je un livre ouvert devant lui ?

— Oui, je peux le comprendre, dis-je. Mais l'accepter, c'est plus difficile.

— Si ça peut te rassurer, je ne tue pas les gens. Je pique le blé, c'est tout.

Il esquisse un petit sourire avant de reprendre.

— Je préfère répondre avant que tu ne poses la question...

Quand je quitte le restaurant, je suis un peu désorientée.

Et je me dis que l'amour, c'est peut-être ça.

Nous roulons toute l'après-midi. Nous traversons les gorges du Tarn, celles de la Jonte avant de monter en haut du mont Aigoual. Ivres de paysages grandioses, vertigineux, parfois inquiétants, mes yeux sont sur le point d'exploser. Je demande à Izri de faire des photos de moi, de nous.

Me souvenir, toujours. Que j'étais là, que j'ai vécu ça. Que j'étais libre.

Puis, vers 18 heures, Izri stoppe la voiture en haut d'un col et nous regardons le soleil disparaître derrière les montagnes cévenoles. Plus le ciel devient profond, plus je me sens insignifiante.

Je viens de passer la plus belle journée de ma vie. Et, malgré les promesses d'Izri, je crois qu'il n'y en aura jamais de meilleure.

— Parle-moi de ta sœur, dis-je soudain.

Surpris, il tourne la tête vers moi.

— Ta mère m'a dit un jour qu'elle avait eu une fille…

Il met quelques secondes à répondre. Je viens visiblement d'aborder un sujet délicat.

— Elle est morte, m'avoue-t-il enfin. Morte avant de naître. J'avais six ans quand ça s'est passé… Ma mère a dû accoucher, malgré tout. Ensuite, on l'a enterrée dans un minuscule cercueil blanc.

Même si je déteste Mejda, cette affreuse histoire me retourne les tripes.

— C'est terrible, murmuré-je. On sait pourquoi elle est morte ?

— Pas vraiment. Peut-être sous les coups de mon père.

— Je suis désolée, mon amour… Comment elle s'appelait ?

Il me dévisage avec plus d'étonnement encore.

— Personne ne pense à poser cette question.

— Même si elle est morte avant de naître, elle doit porter un prénom…

— Anissa. Elle s'appelait Anissa.

* * *

Partir a été difficile. Quitter Wassila, surtout. Je ne suis restée auprès d'elle que cinq jours mais j'ai l'impression de la connaître depuis toujours.

Elle a versé une larme, moi aussi.

J'aurais aimé que nous restions ici, Iz et moi. Ici, loin de Sefana, de Mejda, loin de la maison où j'ai tué un homme.

Ici, loin de Manu, loin des braquages.

Ici, loin de mon passé.

Nous sommes rentrés avant-hier, je suis un peu nostalgique.

Izri ne m'a plus reparlé de Tristan et j'évite de prononcer son prénom. Alors qu'Iz n'a pourtant aucune raison d'être jaloux. Mais s'il est jaloux, c'est qu'il m'aime.

Dès hier soir, Greg est venu à la maison. Ils se sont raconté leurs souvenirs d'école, lorsqu'ils étaient en primaire. Ça m'a rendue triste. Parce que moi, je n'ai quasiment pas de souvenirs d'école. Et ma seule amie, je ne la reverrai sans doute jamais.

Au fil de la soirée, j'ai eu la curieuse impression que Greg enviait Izri. Parce qu'il a une belle maison, une belle voiture. Peut-être parce qu'il m'a, moi.

Mais surtout, je crois, parce que Izri a du pouvoir.

* * *

La nuit est tombée, je suis dans la chambre en train de lire. Je ferme le bouquin et attrape un gilet dans l'armoire de la chambre. Sous la penderie, j'ouvre une boîte à chaussures et récupère Batoul, ma vieille poupée. Elle m'a suivie jusqu'ici, je n'ai jamais pu m'en séparer. J'entends la porte d'entrée s'ouvrir et remets précipitamment Batoul dans sa cachette. Je rejoins Izri et le serre contre moi. Il ne peut pas savoir combien il me manque, même quand il s'en va une demi-journée. Je vois à son visage qu'il n'est pas dans son assiette, mais renonce à lui poser la moindre question.

— Sers-moi un verre, dit-il en tombant dans le canapé.

Whisky sur glace, comme d'habitude. Je pose le verre sur la table basse et m'assois à côté de lui. On dirait qu'il a mangé quelque chose qu'il n'arrive pas à digérer.

— J'ai une mauvaise nouvelle, Tama…

— Qu'est-ce qui se passe ?

Il vide la moitié de son verre avant de répondre.

— Va falloir que tu sois forte, me dit-il.

Mon cœur se serre douloureusement.

— Tu as des problèmes ?

— Non, Tama. C'est ton père… Il est mort.

Il me faut quelques secondes pour réaliser ce qu'il vient de me dire. Il me prend dans ses bras, je me mets à trembler.

— Mais… Comment tu le sais ?

— J'ai un pote qui est parti un mois au Maroc et je lui avais demandé d'aller voir ton père pour lui donner de tes nouvelles… Il m'a appelé cette après-midi. Je suis désolé, Tama…

— Il est mort quand ?

— Apparemment, ça fait six mois.

J'essuie mes larmes et reste prostrée dans le canapé.

— Finalement, je ne l'ai pas beaucoup connu, dis-je. Et je ne le connaîtrai jamais...

Toute la nuit, j'ai pleuré. Malgré le froid, je suis sortie sur la terrasse et, au travers de mes larmes, j'ai regardé les étoiles.

Je pense que mon père était un homme juste, je pense qu'il a toujours cru faire les bons choix pour moi. Et je l'aimais vraiment.

À l'intérieur de mes entrailles, bouillonne de la lave en fusion.

À cause de Sefana, de Mejda, mon père est mort en pensant que sa fille l'avait trahi. Il est mort en me détestant. Cette idée m'est insupportable. J'ai des envies de vengeance. Des envies sauvages et meurtrières.

Envie que ces deux ordures paient pour ce qu'elles lui ont fait. Pour ce qu'elles *nous* ont fait.

Mais je sais bien qu'elles ne paieront jamais pour leur crime le plus abominable : avoir rendu mon père malheureux.

D'ailleurs, elles ne paieront pour aucun de leurs crimes.

Et moi, maintenant, je suis orpheline.

Mon père s'appelait Azhar. Ouvrier agricole depuis son adolescence, il a été pauvre toute sa vie.

Honnête et pauvre, dirait Izri.

Je crois que mon visage lui rappelait celui de sa chère épouse disparue. Le visage de maman. Je crois qu'il m'aimait sincèrement et qu'il aurait voulu le meilleur pour moi.

Je lui ai pardonné ses erreurs, mais il ne le sait pas. J'ai essayé de lui faire honneur, il ne l'a jamais su. J'ai été obligée de tuer un homme et il ne le saura jamais.

Maintenant, il est trop tard.

Mon père s'appelait Azhar et j'aurais voulu grandir auprès de lui.

Voilà ce que j'ai écrit sur mon cahier.

C'est comme si une porte s'était fermée, quelque part en moi. Un espoir, un avenir, une possibilité… Une vérité.

Je pensais à mon père chaque jour, je continuerai ainsi. Mais il y a en moi beaucoup de colère et un profond sentiment d'injustice. Azhar est parti sans que je puisse rétablir la vérité.

Et ça, c'est irrémédiable. Irréversible.

C'est une plaie qui ne cicatrisera pas.

Vivre avec ça, car je n'ai pas le choix.

Izri rentre pour déjeuner, une pizza dans les mains. Depuis qu'il m'a appris la mauvaise nouvelle, il essaie de passer plus de temps avec moi.

Il me trouve dans le salon, entourée de mes livres. Il regarde le titre de celui que je suis en train de lire et fronce les sourcils.

— C'est quoi ? demande-t-il.

— Un livre sur le deuil, dis-je. L'auteur a écrit ce qu'il a ressenti après avoir perdu son père alors qu'ils étaient fâchés… Il explique comment il s'en est sorti.

Izri ne semble pas convaincu.

— C'est Tristan qui me l'a conseillé. Il a dit que ça pourrait m'aider…

Quand je vois le visage d'Izri, je réalise que je viens de dire une énorme connerie.

Tristan. Un prénom à ne jamais prononcer.

— Tu racontes ta vie au libraire ? me balance Izri.

Il a parlé d'un ton calme, mais, dans ses yeux gris, une tempête s'est levée.

— Je lui ai juste dit que j'avais perdu mon père et…

— Qu'est-ce que tu lui as confié d'autre, à ce *cher* Tristan ? interroge Izri en allumant une cigarette. Tu lui as dit que tu vivais avec un braqueur ?

— Bien sûr que non !

— Et il connaît notre adresse ?

— Mais non, enfin ! Qu'est-ce que tu racontes ?

Je viens me coller contre lui, l'embrasse.

— Ça me fait plaisir que tu sois là, dis-je. Et jamais je ne te trahirai…

— Vaudrait mieux pas, murmure Izri.

* * *

J'ai emprunté la voiture d'un de mes hommes. Une BMW noire aux vitres teintées. Je me suis garé non loin de la librairie tenue par mon *ami* Tristan.

Mercredi, il est 15 heures ; la librairie vient d'ouvrir, Tama ne devrait plus tarder.

Je baisse la vitre, allume une cigarette. Tristan sort quelques casiers remplis de livres d'occasion qu'il installe devant sa devanture. La première chose que je constate, c'est qu'il n'a pas cinquante ans comme l'a prétendu Tama. Plutôt trente. De taille moyenne, bien plus petit que moi, il n'est pas très baraqué. Les cheveux clairs, un visage agréable.

Une belle petite gueule.

Le sang bouillonne dans mes veines, une colère noire serre ma gorge et mes poings. Tama m'a menti.

Tama a osé me mentir.

La voilà qui arrive. Elle porte le manteau beige que je lui ai offert, sur une jupe plutôt courte. Ses jambes sont gainées dans des bas noirs. Elle est terriblement sexy.

Je remonte la vitre presque jusqu'en haut et la regarde pousser la porte de la librairie. Il faudrait que je m'approche pour voir à l'intérieur.

Mais si je fais ça, Tristan sera un libraire mort.

Nous nous asseyons sur la banquette, au fond de la librairie et Tristan me demande si j'ai apprécié les livres qu'il m'a conseillés mercredi dernier. Puis il me montre ce qu'il a prévu pour moi aujourd'hui. Je feuillette chaque livre, détaille chaque quatrième de couverture. Ensuite, comme à mon habitude, je jette un œil sur les nouveautés. Je sens que Tristan m'observe, qu'il ne me lâche pas des yeux.

— Mon percolateur est tombé en panne, m'apprend-il. Alors, je vous invite à prendre un café au troquet qui est juste à côté !

Je lui réponds d'un sourire timide. J'hésite à m'installer au bar avec un homme qui n'est le mien.

— Mais vous ne pouvez pas laisser la librairie sans surveillance !

— Je fermerai un quart d'heure, ce n'est pas grave, m'assure-t-il en enfilant sa parka. En plus il fait beau aujourd'hui, nous pourrons nous mettre en terrasse !

Il quitte le magasin, je le suis. Il verrouille la porte, nous marchons cinquante mètres jusqu'au bar qui fait l'angle de la rue. Nous nous installons à l'extérieur et Tristan commande deux cafés avant de me raconter sa semaine.

Suivent deux autres cafés. Ça fait maintenant vingt minutes que nous sommes là, je regarde autour de moi. J'ai tellement peur de voir arriver Iz…

— Je peux vous poser une question indiscrète ? demande-t-il.

— Allez-y…

— Vos cicatrices, sur la main… D'où viennent-elles ?

Dans un réflexe, ma main droite se cache sous la table.

— Un accident, réponds-je. Quand j'étais petite, je l'ai posée sur une plaque de cuisson.

— Mais… ce n'est pas seulement une brûlure, fait Tristan. On dirait que vos doigts ont été brisés…

Inventer un mensonge, encore un.

— Oui… Quelques années plus tard, quelqu'un a claqué la portière d'une voiture sur ma main.

J'ignore si le libraire me croit. Heureusement, il change de sujet.

— Vous êtes mariée ?

— Non, mais je vis avec quelqu'un.

Malgré son sourire de circonstance, je vois bien que ma réponse le rend triste.

— Et vous ?

— Moi, je suis divorcé. Ma femme m'a quitté il y a deux ans.

— Vous avez des enfants ?

— Non. Et vous ?

— Moi non plus ! dis-je.

— Vous êtes encore bien jeune, vous avez le temps…

J'ai légèrement – et discrètement – avancé la voiture pour m'approcher du bar. Ils ont déjà bu deux cafés, je sens des larmes monter jusqu'à mes yeux. Je ne vais pas tarder à broyer le volant.

J'attends le moment où il lui prendra la main. Le moment où ils s'embrasseront. Le moment où ce putain de libraire signera son arrêt de mort.

Il appelle le serveur et commande deux cafés supplémentaires. Puis il continue à parler et à sourire à Tama.

Comme si elle était à lui.

Comme s'il en avait le droit.

Elle lui offre ses sourires enjôleurs, ses regards de lionne.

Tandis que moi, je me transforme en fauve.

— Il va falloir que j'y aille, dis-je.

Tristan règle l'addition et nous repartons vers la librairie. En plus des livres que j'achète, Tristan me fait cadeau d'un ouvrage supplémentaire. *Une belle histoire d'amour*, me dit-il avec un sourire triste. Je le remercie, lui serre la main et lui promets de revenir la semaine prochaine.

Sur le chemin du retour, je fais une halte dans un magasin de vêtements et choisis une jolie chemise pour Izri. Comme si j'avais quelque chose à me faire pardonner. En vérité, je n'ai commis aucune faute. Aucune trahison. Alors, pourquoi ce poids sur ma poitrine ?

Je rentre à la maison et décide de lui préparer un bon repas.

* * *

Il est 18 h 45, Tristan ne va pas tarder à fermer boutique. Je fume cigarette sur cigarette.

Enfin, il baisse le rideau de fer. Je descends de la BM et le suis, en gardant mes distances. Je découvre qu'il habite quatre rues plus loin, dans une petite maison de ville, en haut d'une rue tranquille.

Très tranquille.

J'attends que les lieux soient déserts puis j'enfile ma cagoule avant de frapper à sa porte. Dès qu'il la déverrouille, je file un violent coup d'épaule dedans et il se la prend de plein fouet. J'entre, referme derrière moi. Il se relève, me fixant avec des yeux exorbités.

— Qu'est-ce que vous voulez ? Vous vou… voulez de l'ar… argent ? bégaie-t-il.

Je souris en le fixant. J'extirpe quelques billets de mon jean que je lui jette à la figure. Puis c'est une droite qu'il reçoit dans la mâchoire. Il s'écroule à nouveau, recule à même le sol.

— Tu t'amuses bien avec ma meuf ?

— Hein ? Mais…

Il essaie de se relever, je le remets à sa place d'un coup de pied en pleine tête. Tandis qu'il gémit et se tient le visage à deux mains, je sors un poing américain de la poche de mon blouson.

— Plus jamais tu t'approcheras d'elle, je te le garantis…

— Putain ! Mais je sais pas de qui vous parlez ! gémit-il d'une voix déformée.

— Bien sûr que si, tu sais, connard !

Je l'empoigne par sa chemise, lui assène un coup de tête. Je le tiens toujours et enchaîne avec une série de chocs à l'estomac. Ensuite, je le lâche et le laisse glisser jusqu'au sol. Il n'arrive déjà plus à respirer, n'a même pas essayé de riposter. Comment a-t-elle pu s'amouracher de cette lopette ?

— Alors, espèce d'enculé, elle te plaît ma femme ?

Je fais les questions et les réponses, vu qu'il ne peut plus parler.

— Elle te plaît ? hurlé-je.

Il me supplie du regard, ça ne fait que décupler ma fureur.

— Je vais te défoncer la gueule, enfoiré…

Je quitte la maison, les clefs de la librairie en poche. Quant à Tristan, il gît dans son salon et n'est pas près de reprendre connaissance. J'ai mal aux mains tellement j'ai cogné. Quand je suis parti, son visage n'avait plus rien d'humain.

Je récupère un bidon d'essence dans la BM et entre dans la librairie par la petite porte de derrière. J'asperge les livres, les étagères, le comptoir. Puis j'allume une cigarette et tire une bouffée.

Faudra que tu changes de librairie, ma chérie.

Il est déjà 21 heures et Izri n'est toujours pas rentré. J'ai dressé une jolie table, une bonne odeur de tajine flotte dans la maison. En l'attendant, je me plonge dans le livre que Tristan m'a offert.

Enfin, j'entends la porte d'entrée. Je pose mon bouquin et m'avance vers Izri. Il me fixe bizarrement, je l'embrasse et prends sa main.

— Bonsoir, mon amour... Je t'ai préparé un tajine aux olives ! Et je t'ai acheté un petit cadeau.

Je l'entraîne jusqu'à la salle à manger et il découvre le paquet près de son assiette.

— En quel honneur ? demande-t-il.

— Celui de te faire plaisir !

Il me regarde toujours avec une intensité étrange. Il ouvre le paquet, déplie la chemise. Je remarque que ses mains sont abîmées, comme s'il avait frappé un mur de béton.

— Elle te plaît ?

— Beaucoup...

Il laisse la chemise sur le dossier de la chaise, me prend dans ses bras et me pousse contre le mur. Il passe ses mains sous ma jupe, la fait remonter jusqu'en haut de mes cuisses. Je comprends que le dîner attendra.

Izri, brutal et passionné. Aller simple vers les étoiles, le cosmos. L'infini, les ténèbres et la mort.

L'amour, fou.

* * *

Aujourd'hui, c'est vendredi et il pleut. Malgré tout, je décide d'aller faire des courses à la supérette. J'enfile mon manteau, mets la capuche sur ma tête et part pour le magasin. J'achète quelques provisions ainsi que trois journaux, dont le quotidien local. Puis, la pluie ayant cessé, je rentre sans me presser. Tandis que je marche tranquillement, je repense à la soirée de mercredi. Izri n'était pas comme d'habitude. Il était *encore mieux* que d'habitude. Après le dîner, il a recommencé. Ainsi qu'une bonne partie de la nuit. On aurait dit qu'il était dopé et je me suis demandé s'il reprenait de la coke.

C'était une soirée et une nuit merveilleuses. Je n'avais jamais vu Izri aussi enflammé, comme galvanisé. Amoureux fou de moi. De chaque parcelle de moi.

Quand j'arrive à la maison, je dépose mes sacs sur la table de la cuisine puis décide d'appeler Wassila. Il est midi, je suis quasiment sûre de la trouver chez elle. Elle décroche au bout de la troisième sonnerie. Nous parlons un bon moment et je lui promets que nous lui rendrons bientôt une nouvelle visite. Bien sûr, ce n'est pas moi qui décide, mais j'en parlerai à Iz.

Je range les provisions et entame la lecture des journaux. Je commence par *La Dépêche du Midi* et à la page 3, mon cœur entame un vertigineux plongeon.

Tristan a été sauvagement agressé chez lui par un ou plusieurs inconnus. Il a été admis en urgence à l'hôpital dans un état grave. Je découvre qu'il souffre de plusieurs fractures au visage, d'un traumatisme crânien et d'une hémorragie interne. Au cours de la même soirée, sa librairie a été incendiée.

Je me mets à pleurer au-dessus du journal et je repense aux blessures sur les mains d'Izri. Je n'arrive plus à respirer, j'ai besoin d'air. Je me précipite dans le jardin et me laisse tomber sur la première marche de la terrasse où je continue à sangloter.

— Iz... t'as pas fait ça ?

En début d'après-midi, la pluie se remet à tomber. Je suis toujours sur les marches de la terrasse lorsque j'entends la voix d'Izri.

— Qu'est-ce que tu fous sous la pluie ?

Ça fait peut-être une heure que je suis là. Je ne sais plus vraiment.

Comme je ne réponds pas, il me saisit les poignets et me remet debout. Puis il me ramène à l'intérieur et ferme la baie vitrée. Trempée jusqu'aux os, je tremble de la tête aux pieds.

— Qu'est-ce qui t'arrive ? Si tu veux prendre une douche, on a une salle de bains, je te rappelle !... Tu pleures ?... Tama, qu'est-ce que tu as ?

Soudain, ses yeux se posent sur le journal, ouvert en plein milieu de la table. Puis ils se braquent sur moi.

— C'est pour lui que tu chiales ?

Je relève la tête et l'affronte.

— C'est toi ?

Izri allume une cigarette en me fixant toujours sans relâche.

— À ton avis ?

Je secoue doucement la tête.

— C'est pas possible, Iz... T'as pas pu faire une chose pareille...

Il m'empoigne par les épaules.

— Tu crois que je ne sais pas à quoi tu jouais avec ce type ? Tu me prends pour un con, Tama ?

Je me dégage de son emprise, recule de trois pas.

— On n'a rien fait de mal ! m'écrié-je. Rien du tout !

— Mais bien sûr ! ricane Izri. Vas-y, continue à te foutre de ma gueule... Je vous ai vus, mercredi.

Mon cœur s'arrête, je sens que je deviens blême.

— Il était bon, le café ? ajoute Izri avec un sourire démoniaque.

— Je... Il a simplement voulu m'offrir un café et...

Izri saisit mon bras et le serre si fort que le sang n'y circule plus.

— Ta gueule, Tama. Ferme ta gueule... Si tu ne ressens rien pour ce mec, pourquoi tu chiales pour lui, hein ?

— Je... J'ai...

— Pourquoi ? hurle Izri.

— Je l'aime bien, c'est tout !

— *C'est tout ?* Tu voulais te faire sauter par ce salopard, oui ! Avoue, putain !

— Mais non ! dis-je entre deux sanglots. Je te jure que non, Iz... !

410

Il attrape le journal avant de me le lancer en pleine figure.

— Je lui ai démoli la gueule à ton putain de libraire. Et le prochain qui te tournera autour, je le bute. C'est clair ?

Il quitte la maison en claquant la porte, je tombe à genoux sur le tapis.

Je suis dans la chambre, les yeux grands ouverts. Ça fait des heures que je fixe le plafond en songeant à Tristan.

Tristan qui a perdu la face et sa chère librairie. Tristan qui doit souffrir le martyre sur un lit d'hôpital.

Tout ça, à cause de moi. Parce que je me suis montrée bavarde et imprudente.

Au petit matin, Izri rentre enfin à la maison. Il se couche sans m'adresser la parole et se tourne sur le côté. Il sent l'alcool à des kilomètres et, une minute plus tard, il s'endort.

Incapable de rester près de lui, je quitte la chambre et me réfugie dans la cuisine. Je me prépare un thé en relisant l'article du journal. Je le découpe pour l'archiver dans mon cahier. Je sais que je prends un risque, mais ne peux me résoudre à le jeter à la poubelle.

Ensuite, je me douche, m'habille et m'installe dans le salon avec mes livres. Mes plus fidèles compagnons.

Il est presque midi quand Izri émerge de son coma éthylique. Après une douche, il apparaît dans le salon et s'affale dans l'un des fauteuils. Je crois que la vision des livres le contrarie.

Tant mieux.

— Fais-moi un café, ordonne-t-il.

— Tu peux te le faire toi-même, réponds-je sans lever les yeux de mon bouquin.

— Qu'est-ce que tu viens de dire ?

Je redresse la tête.

— J'ai dit que tu es assez grand pour te préparer ton café.

Ses mains se crispent sur les accoudoirs, il me foudroie du regard.

— Fais gaffe, Tama...

— Sinon quoi ? Tu vas me *démolir la gueule*, à moi aussi ?

Soudain, il se jette sur moi, me saisit par le cou et me soulève du fauteuil.

— Ne me parle pas comme ça... Joue pas avec mes nerfs, putain...

Je le fixe droit dans les yeux. Bizarrement, je n'ai pas peur de lui. Je garde toutefois le silence. Alors, il me lâche et s'exile dans la cuisine. J'entends qu'il met le percolateur en marche et je souris méchamment. Après avoir bu son café, il claque la porte d'entrée et disparaît.

Dès qu'il est parti, j'enfile mon manteau et prends mon sac. La pluie a cessé mais le ciel reste menaçant.

Terriblement menaçant.

Deux rues plus loin, je m'assois sous l'abribus et attends. Je n'ai jamais pris le bus, mais là, je n'ai pas le choix, parce que l'hôpital est à l'autre bout de la ville.

* * *

Pendant le trajet du retour, assise dans le bus, j'essuie mes larmes. J'ai réussi à voir Tristan quelques minutes, pas plus. Il a le crâne entièrement bandé, les deux mâchoires et le nez cassés ainsi qu'un traumatisme crânien. Je suppose qu'il ne lui reste plus beaucoup de dents, mais comme il ne peut pas ouvrir la bouche, je n'ai pas pu vérifier. Il a également le poignet droit brisé et sans doute une côte sur deux. L'infirmière m'a aussi confié que sa rate a éclaté sous les coups de ses agresseurs et qu'il a failli succomber à une hémorragie interne.

Quand je l'ai vu, j'étais horrifiée, le souffle coupé.

Quand il m'a vue, ses yeux se sont gonflés de terreur.

Ça veut dire qu'il sait. Il sait que ce qui lui arrive est ma faute.

Je me suis assise près du lit, j'ai caressé sa main valide. Je lui ai demandé pardon et il a cligné des yeux en serrant ma main dans la sienne.

Vous étiez mon seul ami, ai-je ajouté. *Je ne pourrai plus venir vous voir, pour ne pas vous mettre en danger.*

J'ai déposé un baiser sur sa main avant de me diriger vers la sortie.

Vous me manquerez, Tristan.

J'arrive à la maison, Izri est là. Assis dans le canapé, une bière à la main, il regarde la télé. Je pensais rentrer bien avant lui, sa présence me contrarie.

— D'où tu viens ? interroge-t-il.

J'ôte mon manteau, le range dans le placard de l'entrée.

— D'où tu viens ? répète Izri en s'extirpant du canapé.

413

Il attrape la télécommande, éteint la télé. Je pars vers la chambre mais il me saisit par le poignet.

Je t'ai posé une question, Tama...

— J'avais besoin de prendre l'air, dis-je.

— Où étais-tu ?

— En ville.

— Ne me mens pas, putain...

L'hôpital étant en ville, ce n'est pas vraiment un mensonge. Mais si je lui dis d'où je viens, il est capable d'achever Tristan.

— Je ne mens pas, assuré-je avec un certain aplomb.

La gifle qu'il me donne est si violente qu'elle tord mes cervicales.

— J'ai posté un de mes hommes à l'entrée de l'hosto !

Je ferme les yeux, me maudissant en silence.

— Alors je sais que tu es allée voir ce porc... Tu l'as bien consolé, Tama ?

Je repense à ce pauvre Tristan et j'aimerais avoir la force de rendre ses coups à Izri. La force et le cran.

— Je lui ai demandé pardon, dis-je. Même si c'est toi qui aurais dû le faire.

Nouvelle gifle qui m'envoie contre le mur. Ensuite, je n'ai pas le temps de parler, ni même de respirer.

Une avalanche de violence.

Izri s'acharne sur moi avec des cris de haine et de démence. J'érige mes bras en protection mais il a tant de force, tant de hargne, que j'encaisse sans aucun répit.

Enfin, les coups cessent et je reste recroquevillée sur le sol. Je vois qu'il s'éloigne, j'entends qu'il quitte la maison. Pendant un long moment, je fais la morte, de peur qu'il ne revienne. Quelques minutes plus tard, je tente de bouger mais la douleur me cloue sur le parquet taché du sang qui coule sans discontinuer de ma bouche et de mon nez.

Ce n'est pas la première fois qu'on me cogne aussi fort. Mais celui qui vient de me défigurer est l'homme que j'aime le plus au monde.

J'ai rampé dans le couloir, jusqu'à la salle de bains. Je me suis aidée du tabouret pour me remettre debout. Mon sang a maculé la porcelaine blanche du lavabo. J'ai passé de l'eau sur mon visage, mis du coton dans mes narines, essuyé mes lèvres. Puis je me suis traînée jusqu'à la chambre pour me réfugier entre les draps.

Je tremble comme une feuille qui ne va pas tarder à tomber de sa branche. Chaque fois que je respire, des javelots se plantent dans mes flancs. Je n'ai plus assez d'énergie pour pleurer et ma poitrine est remplie de plomb.

Izri, mon amour, tu as bien failli me tuer.

Je suis toujours dans le lit lorsqu'il rentre à la maison. Il fait nuit, déjà. J'entends ses pas dans le couloir et mon cœur accélère. Est-il calmé ? Va-t-il remettre ça ?

D'instinct, je remonte les draps jusqu'au-dessus de ma tête.

La porte s'ouvre, la lumière s'allume. Il s'assoit près de moi et tire légèrement sur la couette pour découvrir mon visage. Je suis tournée vers le mur, je ne peux pas le voir.

Je ne *veux* pas le voir.

Sa main effleure ma joue, déclenchant une grimace. Puis il me force à me tourner vers lui et je gémis de douleur. Quand mes yeux croisent les siens, je devine à quel point je suis abîmée. Méconnaissable, peut-être.

— Pourquoi tu me fais ça, Tama ?

Je ne réponds pas, ne le regarde plus. Il contourne le lit, s'allonge derrière moi et caresse mon épaule.

— Pourquoi tu m'obliges à ressembler à mon père ?

J'essaie de me dégager, alors il m'enlace, de toutes ses forces.

— Promets-moi que tu ne recommenceras jamais ça, murmure-t-il. Promets-moi, Tama...

74

Dès qu'elle ouvrit les yeux, elle le chercha. Il était là, fidèle au poste.

Cet homme qui l'avait précipitée dans sa tombe.

Cet homme qui n'avait pas réussi à la tuer, une fois encore.

— C'est la nuit ? demanda-t-elle d'une voix faible.

— Non, répondit Gabriel. Seulement la fin de l'après-midi.

— Je suis désolée… Je vous ai déçu, je crois.

Il garda le silence un moment, passant une main sur sa barbe naissante.

— Non, tu ne m'as pas déçu, plutôt impressionné. Mais il faut que tu comprennes que je ne peux pas te laisser partir. Et que si jamais tu recommences, je…

— Je ne recommencerai pas, jura-t-elle.

— Bien.

Elle vira les deux couvertures, s'assit sur le rebord du lit. Elle regarda ses pieds en lambeaux, fit une grimace de douleur.

— On va soigner ça, fit Gabriel.

— D'accord.

Il était étonné qu'elle se montre aussi docile.

— Tu souffres ?

— Un peu, répondit-elle en considérant ses paumes ensanglantées.

Il la détacha et la prit par le poignet pour la conduire dans la salle de bains. Une vaste pièce avec baignoire et douche à l'italienne. Elle n'aurait pas pensé qu'un homme tel que lui aimait le confort.

Il avança un tabouret, l'invitant à s'asseoir. Il prit le nécessaire avant de s'agenouiller devant elle. Avec des gestes incroyablement délicats, il soigna ses blessures aux pieds et aux jambes. Elle tendit ses deux mains, paumes vers le ciel et il les désinfecta avant de les protéger à l'aide d'une bande. Puis il changea le pansement sur la blessure. Elle s'était légèrement rouverte, rien de grave.

— Merci, murmura-t-elle.

À genoux, il lui faisait moins peur. Lui paraissait moins impressionnant.

— Merci de m'avoir épargnée.

Il quitta la pièce, sans verrouiller la porte, et la jeune femme ne bougea pas de son tabouret. Il revint deux minutes plus tard et posa des vêtements près du lavabo. Avec étonnement, elle constata qu'il s'agissait d'habits féminins.

— Ils sont à Lana, dit-il. Ça devrait t'aller.

Il la laissa seule à nouveau et elle se mira longuement dans la glace.

Elle découvrit un visage.

Le sien.

Un visage encore bien abîmé. Avec ses doigts, elle en fit le tour. Elle ne se reconnaissait pas. Ne se souvenait pas de ces yeux, de cette bouche charnue.

Elle se déshabilla entièrement, se considéra de la tête aux pieds.

Qui était donc cette jeune femme ? D'où venaient ces cicatrices ?

Elle vit les larmes inonder son visage, n'essaya pas de les retenir.

Alors, elle tourna le dos au miroir.

Il avait fermé la porte, glissé la clef dans sa poche. Elle ne pouvait pas lui en vouloir. C'était à elle de gagner sa confiance.

La confiance d'un assassin.

Elle n'était plus menottée au lit, c'était un progrès notable.

Assise à table, elle le regardait servir le repas. Elle s'apprêtait à dîner en tête à tête avec un homme dont elle ignorait encore le prénom.

— Comment vous vous appelez ? demanda-t-elle.

— Tu sauras mon nom lorsque tu te souviendras du tien.

Le silence s'imposa. Que pouvaient-ils se dire, alors qu'ils ne se connaissaient pas ? Alors *qu'elle* ne se connaissait pas.

La jeune femme se força à feindre l'appétit, les yeux rivés sur son assiette.

— Je ne suis pas très doué pour la cuisine, désolé.

— Non, c'est bon, au contraire. Je… Ça fait combien de temps que je suis ici ?

— Onze jours, révéla Gabriel sans hésitation.

— Onze jours ? répéta-t-elle, sidérée. Mais…

— Tu es restée un moment dans les vapes. Tu ouvrais les yeux, les refermais aussitôt. J'ai cru que tu ne survivrais pas… Tu es sacrément résistante !

Elle posa sa fourchette, contempla le feu dans la cheminée.

— Ça vous aurait arrangé, hein ?

— Sans aucun doute, assena-t-il.

Une douleur la traversa de part en part.

— J'ai quel âge, d'après vous ?

Il la fixa avant de répondre. Ça la mit mal à l'aise.

— Je ne sais pas… Je dirais entre dix-huit et vingt.

— Et vous ?

Il esquissa un sourire.

— Ça t'intéresse vraiment ou tu veux juste faire la conversation ?

Elle haussa les épaules.

— Vous n'êtes pas obligé de répondre.

— C'est sûr.

Heureusement qu'il y avait le crépitement des flammes pour meubler les longs silences. Pourtant, elle avait tant de questions à lui poser. Elle voulait sincèrement le connaître. Connaître cet homme qui n'avait pas été capable de l'assassiner. Alors que c'était son sacerdoce.

— J'espère que vous n'allez pas vous fâcher, reprit-elle, mais…

— Vaudrait mieux pas.

Elle fronça les sourcils.

— Vaudrait mieux pas que je me *fâche*, précisa-t-il. Mais essaie toujours.

— Lana… C'était votre épouse, n'est-ce pas ?

— Ma femme s'appelait Louise.

— Ah… Pardon, je… J'ai compris de travers apparemment.

— Lana, c'est ma fille… *C'était* ma fille.

Il se leva, remit du bois dans l'âtre. Elle regarda son dos, sa nuque, puis le tisonnier posé près de la cheminée. Elle aurait presque pu le toucher. S'en saisir, l'assommer avec et prendre le large. Il lui fallait juste dominer sa peur. Oublier l'image de la tombe.

Comme s'il avait deviné ses pensées, il tourna la tête et elle baissa les yeux.

Sans passé, on n'a plus grand-chose à perdre. Mais si ses souvenirs avaient disparu, son instinct de survie, lui, était encore intact, ancré dans ses gènes.

Il revint s'asseoir en face d'elle, alluma une cigarette.

— Je me suis marié quand j'avais ton âge, révéla-t-il. À vingt ans.

— Et… votre femme n'est plus avec vous ?

Il répondit d'un signe de tête énigmatique. Qui semblait vouloir dire non.

— Personne ne vient jamais ici, si c'est ce que tu cherches à savoir. Même pas le facteur.

— Je ne cherche rien, murmura-t-elle. Juste à comprendre qui est mon hôte.

Gabriel sourit à nouveau.

— Ton *hôte* est un tueur qui vit seul au milieu de nulle part.

Malgré le feu tout proche, elle sentit une coulée de givre partir de sa nuque pour descendre jusqu'à ses reins.

* * *

L'inconnue s'était assise en tailleur devant la cheminée. D'une main, elle caressait Sophocle avec une tendresse inattendue.

Gabriel la regardait.

Avec une tendresse inattendue.

Pourtant, la colère n'était jamais loin. Cette colère qui ne l'avait pas quitté depuis qu'on lui avait enlevé Lana. Cette colère qui s'était déchaînée depuis qu'il était privé d'elle.

Cette fille mettait son existence en péril, lui faisant courir des risques inédits. Des risques inutiles.

Tandis qu'il la dévorait des yeux, il maudissait sa faiblesse.

Lui qui n'avait jamais été faible ou lâche.

Lana, c'est toi qui me l'as envoyée, n'est-ce pas ? Toi, qui m'as envoyé cette enfant sans passé, sans souvenirs, sans identité. Cette vierge tombée du ciel.

Voulais-tu me faire un cadeau ou bien me punir ?

Peut-être simplement vérifier que j'étais encore humain...

La jeune inconnue tourna la tête vers lui et, pendant une fraction de seconde, dans les yeux de Gabriel, elle eut le visage de Lana.

76

Il m'a fallu des semaines pour retrouver une apparence humaine. Mais si les traces ont enfin disparu de ma peau, elles sont encore à l'intérieur de moi. Les hématomes, les ecchymoses, les plaies…

Pourtant, je lui ai pardonné. J'ai mis plus de temps que la première fois, mais j'ai réussi.

Je ne lui voue aucune rancœur, aucune rancune. Je garde juste une douleur, quelque part au fond de mon âme.

La nuit qui a suivi sa déferlante de violence, Izri ressemblait à un petit garçon terrorisé. C'est moi qui avais pris les coups, mais il en souffrait plus que moi.

Lui qui avait frappé, moi qui l'ai consolé.

J'ai lu quelque part que les enfants ayant subi des violences deviennent eux-mêmes violents. Tout ça, c'est donc la faute de Darqawi et de Mejda. Izri n'y est pour rien, mais je ne le lui ai pas dit. Car la culpabilité qu'il ressent est peut-être notre dernière chance.

Sans elle, un jour, il pourrait me tuer.

La semaine dernière, il m'a appris que sa mère était partie pour le Maroc acheter une autre petite fille. Une autre Tama.

Encore une.

Par la même occasion, Izri m'a avoué que je n'avais pas été la première. Qu'il y en avait eu d'autres avant moi. Ça m'a plongée dans une profonde détresse. J'ai eu envie de monter à Paris, de les retrouver, les libérer. Izri, même s'il était embarrassé, a fini par me rétorquer qu'on n'y pouvait rien.

Bien sûr, j'ai songé à appeler la police pour dénoncer Mejda. Mais Izri ne me le pardonnerait jamais. Je tiens bien trop à lui pour commettre cette trahison. Et puis, je ne suis même pas sûre que la police ferait quelque chose pour secourir ces petites filles.

Seul Izri est intervenu pour me sauver.

Izri et personne d'autre.

Je ne suis pas retournée voir Tristan et n'y retournerai pas. J'espère qu'il se remet de ses traumatismes et pourra recommencer sa vie ailleurs.

Loin de Montpellier.

Loin de moi et du fauve qui partage ma vie.

Depuis quelques jours, Izri m'apprend à conduire. Nous allons sur des parkings ou autres endroits déserts où il me confie le volant. Je crois que je ne m'en sors pas trop mal mais je préférerais qu'il ait une vieille bagnole toute cabossée, une que je n'aurais pas trop peur d'abîmer !

Hier, comme il y avait du soleil, Izri m'a emmenée au centre-ville et nous avons déjeuné place de la Comédie. C'était une belle journée, j'étais heureuse qu'il passe du temps avec moi.

Finalement, mon bonheur n'est pas gourmand. Il n'a pas besoin de grand-chose.

Qu'Izri soit près de moi, qu'il m'aime, c'est tout.

Il m'a promis que, bientôt, nous retournerions voir Wassila et j'ai vraiment hâte que ce *bientôt* arrive. Depuis que je suis orpheline, Iz et Wassila sont ma seule famille.

77

Hier, en rentrant, Izri m'a annoncé une drôle de nouvelle. Il a reçu un appel de Fadila qui est de passage à Montpellier et l'a invitée à dîner avec nous ce soir.

Sur le moment, je suis restée sans voix. Face à mon mutisme, Izri a proposé d'annuler l'invitation mais finalement, j'ai accepté. Je n'ai guère envie de la revoir, pourtant je souhaite qu'elle puisse constater que je ne suis plus une esclave, une *petite bonniche*. Que je vis dans une magnifique maison près de la mer. Qu'elle le raconte à ses parents, lorsqu'elle sera de retour à Paris. À ses parents et à Mejda.

Il est 19 heures, le dîner est prêt, la table est mise. Dans la salle de bains, je me maquille avec soin, me coiffe et m'habille avec la plus jolie des robes qu'Izri m'a offertes. Je choisis ensuite mes bijoux préférés et me contemple un instant dans le miroir.

Pas sûr que Fadila me reconnaisse. Mais c'est bien le but recherché.

Je reviens dans le salon où Izri est en train de lire. Il lève la tête et me dévisage avec un petit sourire.

— Tu es magnifique, me dit-il.

— Merci, mon amour !

Je suppose qu'il a compris mais il a le tact de ne rien ajouter.

— Tu ne m'as pas dit ce que Fadila faisait à Montpellier…

— Je crois qu'elle est en stage chez un avocat. Un truc pour ses études…

Évidemment. Fadila va à l'université. Alors que, moi, je ne suis jamais allée à l'école ou presque. J'essaie de me rassurer en songeant à tous les livres que j'ai lus.

— Tu lui as dit que je vivais avec toi ?

— Non, avoue-t-il. Juste que j'étais avec une fille… J'espère qu'elle aime les surprises !

Au regard qu'il m'adresse, je devine que ce soir, il sera mon complice, mon allié.

Pourtant, quand je consulte l'heure sur la pendule de la cuisine, ma tension grimpe en flèche. Fadila sera-t-elle plus jolie que moi ?

Je ne cesse de me répéter que je ne suis plus une petite bonne. *Sa* petite bonne.

Lorsque le bruit de la sonnette retentit, mon cœur dérape. Va-t-elle me regarder de haut ? Me donnera-t-elle des ordres ? Je respire profondément et arbore mon plus beau sourire tandis qu'Izri lui ouvre la porte. Fadila le prend dans ses bras, l'embrasse. Puis ses yeux se posent sur moi. Pendant un court instant, elle demeure stupéfaite. Comme si elle avait vu un fantôme, une revenante.

— Tama ? murmure-t-elle.

— Bonsoir, Fadila, réponds-je en m'approchant.

Elle hésite une seconde avant de me faire la bise.

— Tu es resplendissante, me complimente-t-elle.

— Merci. Toi aussi !

Elle est devenue une femme. Une jeune femme charmante, je dois bien l'avouer.

Je lui fais rapidement visiter la maison puis nous nous installons sur la terrasse pour l'apéritif. Nous sommes mi-avril, il fait un peu frais, mais je tenais à ce que nous profitions du jardin.

Fadila n'est pas très à l'aise, aussi nerveuse que moi. J'imagine sans peine son étonnement. Sa jalousie, peut-être.

Pendant les premières minutes, Izri et sa cousine échangent des banalités tandis que je reste silencieuse. Très vite, Fadila explique qu'elle termine sa deuxième année de droit, qu'elle est passionnée par ses études et a décidé de profiter des vacances de Pâques pour suivre un stage dans un cabinet d'avocat. Elle n'oublie pas de stipuler qu'elle compte embrasser cette prestigieuse carrière.

— Et toi, Tama ? Tu fais quoi, maintenant ? me demande-t-elle avec un sourire appuyé.

Je sens le regard d'Izri posé sur moi, un regard bienveillant. J'avais réfléchi à cette question bien avant qu'elle ne me la pose. Pourtant, je mets de longues secondes à répondre.

— Maintenant ? Je suis heureuse. Amoureuse et heureuse.

Interloquée, Fadila me fixe un instant avant de détourner les yeux. Alors, j'enfonce le clou.

— Je vis avec l'homme que j'aime, dans un endroit qui me plaît.

Fadila retrouve ses moyens et contre-attaque.

— Mais tu ne vas pas au collège ? dit-elle en souriant à nouveau.

— Elle a passé l'âge du collège ! lui rappelle Izri en se servant un deuxième verre de whisky. Et puis elle n'a pas eu besoin de suivre le moindre cours pour apprendre à lire ou écrire… C'est une autodidacte, une surdouée !

— Comme tes parents ont toujours refusé de m'envoyer à l'école, je me suis débrouillée par mes propres moyens, confirmé-je. J'ai appris seule et je lis énormément, au moins trois livres par semaine.

— C'est bien, je suis contente pour toi, prétend-elle. Et toi, Iz, qu'est-ce que tu fais dans la vie ?

— Je gagne du pognon ! répond-il.

— Et tu le gagnes comment ? enchaîne-t-elle.

— Je braque des banques.

Elle éclate de rire et allume une cigarette.

— Non, sérieusement, dis-moi ce que tu fais !

— Je dirige une entreprise de transport.

— C'est génial ! s'exclame Fadila. Si un jour tu as besoin d'une avocate, je…

— J'ai déjà un avocat, l'interrompt Izri.

Son portable sonne et il s'excuse avant de décrocher. Puis il retourne à l'intérieur et ferme la baie vitrée. Nous voilà seules, en tête à tête.

Face à face.

— Comment vont tes frères et ta sœur ? demandé-je.

En réalité, une seule chose m'intéresse. Avoir des nouvelles de Vadim. Mais j'essaie de me montrer patiente.

— Émilien est au collège, maintenant. Un collège privé, se croit-elle obligée de préciser. Adina est en première au lycée.

430

Je ne peux résister plus longtemps.

— Et Vadim ?

Je vois passer une ombre dans les yeux de Fadila. C'est fugace, presque imperceptible.

— Il va bien ! m'assure-t-elle.

J'aiguise mon regard avant de le planter profondément au fond du sien. Comme si je l'acculais contre un mur et lui plaçais un couteau sous la gorge.

Si elle veut devenir avocate, elle devrait apprendre à mentir.

— Je veux la vérité, dis-je lentement. Comment va Vadim ?

Ma voix s'est faite menaçante, le visage de Fadila change d'expression. Elle hésite, tournant la tête vers la piscine pour échapper à mon inquisition. Puis, enfin, elle se libère.

— Mal, murmure-t-elle. Il va mal…

Étranglée par l'angoisse, incapable du moindre mot, j'attends la suite.

— Quand tu as quitté la maison, il a commencé à avoir des troubles du comportement… Il ne voulait plus manger, il faisait tout le temps des cauchemars… Il était violent avec les autres gamins de l'école, aussi… Très vite, il s'est mis à bégayer. Et puis, l'année dernière, il a arrêté de parler.

Sans que je puisse rien y faire, les larmes me submergent, tandis que Fadila retient les siennes.

— On a cru qu'il avait un problème neurologique et mes parents lui ont fait passer des tas d'examens. Mais ça ne vient pas du cerveau… ça vient de lui. Il ne veut plus parler. À personne.

Fadila allume une autre cigarette, je vois trembler ses mains.

— Lorsqu'il souhaite nous dire quelque chose, il l'écrit ou le dessine. Du coup, mes parents l'ont enlevé de l'école et il a été placé dans un centre spécialisé.

Choquée, je mets du temps à retrouver le chemin de la parole.

— Je vais aller le voir ! Peut-être que…

Fadila secoue la tête.

— Ce ne serait pas une bonne idée, Tama, me dit-elle. Il serait heureux de te revoir mais ne supporterait pas que tu partes à nouveau. Une autre séparation, ce serait vraiment trop dur… Fatal, peut-être. Mais, tu sais, depuis qu'il passe ses journées dans ce centre, il va mieux. Il progresse, il est sur la bonne voie.

Fadila me considère avec une sorte de désespoir.

— Adina est devenue anorexique, m'avoue-t-elle. Elle ne pèse même pas quarante kilos… Et Émilien continue à faire pipi au lit.

Je ferme les yeux un instant et quand je les rouvre, je vois les larmes couler sur le visage de Fadila.

Cette nuit-là, après le départ de Fadila, j'ai beaucoup pleuré. Je songeais à Vadim, à sa souffrance. Je songeais à cet affreux gâchis.

Les Charandon m'ont sacrifiée, ils ont failli me détruire.

Mais ils ont surtout réussi à détruire leurs propres enfants.

* * *

432

La semaine dernière, j'ai eu seize ans. Pour fêter ça, Izri m'a invitée dans un restaurant étoilé, un endroit très chic où je ne me sentais pas spécialement à l'aise. Mais ça m'a fait plaisir qu'il y pense et me réserve sa soirée.

Car depuis quelques semaines, Iz va mal. Il force sur la bouteille autant que sur la cocaïne et refuse de me dire ce qui le rend si nerveux. Je crois qu'il s'est disputé avec Manu, que leur *clan* va mal, qu'il est en train de se disloquer.

J'essaie de le soutenir, autant que je peux. Ceci dit, vu qu'il ne veut pas me parler de ses *affaires*, j'ai bien du mal à le conseiller. De toute façon, ce n'est pas moi, la petite bonniche, qui vais pouvoir l'aider. Je ne suis pas très qualifiée en braquages et autres actes délictueux !

Il est 10 heures et je le trouve assis sur la terrasse, une bière à la main.

— Je vais faire quelques courses… Tu m'accompagnes ?

Il lève sur moi un regard tendu et pose sa bière sur la table. Puis il retourne à l'intérieur, s'habille et prend la clef de la voiture.

— On peut y aller à pied, dis-je. C'est juste à côté !

— Non.

Je n'insiste pas et grimpe dans l'Alfa. En moins de deux minutes, nous sommes à la supérette et Izri gare son bolide sur le parking. Je me dépêche de remplir mon panier car je sens qu'il est déjà las d'être ici. Je me dirige vers la caisse tandis qu'Izri s'attarde au rayon alcool et soulage les étagères de quelques packs de bière et autres bouteilles de whisky. Finalement, on a bien fait de prendre la voiture.

Nous patientons à la caisse et lorsque c'est mon tour, le gérant m'adresse un grand sourire, comme à son habitude.

— Comment ça va, Tama ? lance-t-il. Tu as vu ce beau soleil ?

— Bonjour, Dominique, réponds-je en mettant mes articles sur le tapis.

Izri dévisage le patron avec un regard effrayant. Je n'ajoute rien et me hâte de ranger les provisions dans les sacs et de régler la note.

— Tu n'es pas très bavarde aujourd'hui ! me fait remarquer Dominique. Mais toujours aussi mignonne !

Est-il aveugle ? Inconscient ?

— Au revoir ! À demain…

Nous mettons les courses dans le coffre, je m'installe à nouveau sur le siège passager.

— Lui aussi, il veut te sauter ? me balance Izri en prenant le volant.

— Bien sûr que non ! Il est juste sympa parce que je suis une bonne cliente…

— Tu iras faire tes courses ailleurs, désormais. Compris ?

— C'est le seul magasin où je peux aller à pied ! dis-je d'un ton agacé.

— Eh bien tu prendras le bus.

Il démarre en faisant crisser les pneus et manque d'écraser une mamie et son chien. La dame l'insulte, Izri baisse la vitre.

— Ta gueule, la vieille ! hurle-t-il.

Je me ratatine sur le siège tandis qu'il redémarre sous le regard effaré de la dame au chien.

— Alors, t'as compris ? répète-t-il. Je veux plus que tu mettes un pied ici !

L'alcool le rend paranoïaque, à moins que ce ne soit la coke. Le mélange des deux, sans doute.

— Mais Iz, je t'assure que tu te fais des idées !

— Ça va, j'ai bien vu comment il te regardait, cet enculé ! *Tu es toujours aussi mignonne, Tama !*

Je soupire et Izri freine si fort que je suis violemment projetée vers l'avant. Puis il me saisit par la nuque et attire mon visage contre le sien.

— C'est pas le moment de m'énerver, Tama… Putain, c'est pas le moment…

— Calme-toi, Iz, murmuré-je. Calme-toi, je t'en prie !

Il me lâche et reste un instant pétrifié derrière le volant. Ses yeux se mettent à briller, comme s'il allait pleurer.

— Pourquoi tu veux me rendre fou ? murmure-t-il.

Je caresse doucement son bras.

— Je ne veux que te rendre heureux, dis-je d'un ton rassurant. Et si cet homme m'a regardée, j'en suis désolée. Je ne m'en suis même pas aperçue… Parce que je ne vois que toi. Les autres, je m'en fous !

Il retrouve un semblant de calme et nous rentrons. Il m'aide à porter les courses à l'intérieur et prend une bière dans le frigo.

— Tu ne devrais pas boire autant ! dis-je machinalement.

Je ne vois pas arriver le coup de poing qui m'envoie au tapis. Sonnée, j'ai du mal à relever la tête. Posté au-dessus de moi, Izri me fixe avec fureur.

— Arrête, Iz ! Arrête !

Je me replie sur le sol, en position de défense, tenant mon visage entre mes mains.

— C'est toi qui vas me dire ce que je dois faire ? hurle-t-il. C'est toi ?!

Il me lance la canette de bière, je la prends sur le crâne et finis de m'écrouler. Puis il quitte la cuisine et j'essaie de me remettre debout en m'agrippant à la paillasse. Dès que je suis droite, mon estomac se soulève et je vomis dans l'évier. Un mélange de bile et de sang. J'ai l'impression que ma tête va exploser, que mon cerveau a enflé et n'a plus assez de place dans mon crâne. Je reste un moment penchée au-dessus de l'évier, à compter les gouttes de sang qui s'échappent de mon nez et de ma bouche avant de s'écraser sur l'émail. Du sang coule aussi de mon cuir chevelu ouvert, jusque dans mon cou. Je titube vers la salle de bains et au passage, j'aperçois Izri prostré sur les marches de la terrasse. En arrivant au milieu du couloir, le vertige et la nausée repassent à l'attaque, je tombe à nouveau. Je reprends connaissance quelques secondes plus tard, incapable de bouger, comme si j'étais collée au parquet. Je devine une silhouette près sur moi.

— Tama ? Tu m'entends ?

— J'ai mal... à la... tê... te...

Izri me prend dans ses bras et me porte jusqu'au lit. Il court jusqu'à la salle de bains et revient avec une serviette trempée. Il essuie mon visage tandis que je gémis de douleur.

Soudain, il s'effondre sur lui-même. Des sanglots déchirent sa poitrine. Alors, je l'attire contre moi, le serre avec mes dernières forces.

— Pardon, murmure-t-il. Pardon, Tama…

— Ça va aller mon amour, ne t'en fais pas…

* * *

Je rentrais de l'école, mon cartable sur le dos. Nous habitions encore à Montpellier, à cette époque. J'avais sept ans, j'étais en CE1.

Pour moi, l'école, c'était un refuge, une échappatoire, un asile. Pendant que j'étais en classe, j'étais loin de mes parents. Raison suffisante pour avoir envie d'y aller. Mais, dans ma classe, je n'avais pas que des amis. L'un de mes petits camarades m'avait pris en grippe et je n'ai jamais su pourquoi. J'ai oublié son prénom, pas son visage.

Ce soir-là, tandis que je marchais sur le trottoir, sans me presser (je prenais toujours le chemin le plus long pour retarder le moment où je rentrerais chez moi), il est arrivé en face avec deux de ses copains plus âgés. Ils m'ont d'abord bousculé, traité de sale bougnoule. Puis ils ont essayé de prendre mon sac à dos. Comme je ne me suis pas laissé faire, ils m'ont tabassé et dépouillé.

En rentrant dans notre petite maison délabrée, j'ai trouvé mon père devant la télévision. Il était au chômage et passait ses journées à regarder des émissions débiles ou à boire dans le café du quartier. Darqawi ne pouvait plus travailler parce qu'il s'était bousillé une jambe en bossant à l'usine. Il touchait une maigre pension d'invalidité, tout juste de quoi payer son alcool.

Il a vu mes blessures au visage, surtout mes larmes, et m'a questionné. En sanglotant, je lui ai raconté l'agression et le vol de toutes mes affaires.

Pourquoi tu ne t'es pas défendu, Izri ?

J'ai essayé, papa. J'ai essayé mais ils étaient plus grands que moi.

Arrête de pleurer, on dirait une fille !

J'aurais tant voulu qu'il me prenne dans ses bras. Qu'il me console, me rassure. J'en avais tellement besoin…

Au lieu de ça, il a dit que s'il ne faisait rien, j'allais devenir une lavette. Alors, il a pris le nerf de bœuf dans le placard de l'entrée et m'a frappé de longues minutes, méthodiquement et sans aucune émotion. Son regard était vide. Parfois, j'y décelais la haine, la folie, la colère ou le désespoir. Mais ce soir-là, tandis qu'il s'acharnait sur moi, je n'ai rien vu dans ses yeux.

Il a tapé jusqu'à ce que je perde connaissance. Quand je me suis réveillé, j'étais attaché dans le vieux débarras attenant à la maison. Un endroit sinistre, plein de toiles d'araignée et de poussière. Mon père m'avait déshabillé et ligoté à l'établi. Au début, la douleur des coups m'a tenu chaud. Mais très vite, j'ai commencé à grelotter, à claquer des dents.

J'ai entendu ma mère protester. Mon père, lui répondre qu'il devait faire de moi un homme.

J'ai passé la nuit dans cette remise. Alors que Darqawi devait cuver son vin depuis longtemps, Mejda n'est pas venue me libérer, ni même me rassurer. Un rat s'est approché de moi, a reniflé mes orteils avant de continuer son chemin.

La peur et la solitude se sont penchées sur moi, des heures durant.

Depuis cette maudite nuit, elles ne m'ont plus quitté.

Aujourd'hui, quand je regarde le visage de Tama, je vois ce que je suis devenu.

Ce que mon père a fait de moi.

Je regarde Tama et je me dis que tout n'est pas la faute de Darqawi. Ce serait facile de le penser. Si facile et si rassurant…

Je regarde Tama et j'espère que la confiance qu'elle m'accorde saura me redonner l'estime de moi-même. Que c'est dans l'amour qu'elle me porte que je puiserai la force de devenir un homme. Un vrai.

Un homme qui n'aura plus peur, à chaque seconde, de perdre tout ce qu'il possède.

78

Quand Wassila pose ses yeux sur moi, c'est comme si mon cœur se lovait dans de la soie. Quand ses mains déformées par les années, le travail et le froid, effleurent mon visage, mes plaies se referment. Quand sa voix un peu rauque, me raconte un pays que je ne connais pas alors que c'est le mien, mes peurs s'évanouissent. Quand son sourire devient le complice de mes regards, la vie me paraît belle.

Simple et belle, comme Wassila.

Hier, Izri m'a fait la surprise. Il avait préparé nos bagages et, après le petit déjeuner, il m'a dit : *On y va !* J'ai compris immédiatement que nous allions passer quelques jours chez sa grand-mère et l'allégresse ne m'a plus quittée. Pendant le trajet, j'ai posé ma tête sur son épaule et ma main sur sa cuisse.

Le mois de juin est arrivé plus vite que prévu. L'été, caniculaire, impose sa loi sur tout le sud de la France. Izri est tendre et plein d'attentions pour moi. Il s'est réconcilié avec Manu, ils ont repris leurs affaires ensemble. Il est détendu, drôle, amoureux. Il est tel que je le veux.

Mon visage porte encore quelques traces discrètes de sa dernière crise de violence, mais je fais comme si je ne les voyais pas. Chaque matin, face au miroir de la salle de bains, je les ignore, les rejette.

Cette après-midi, Iz et moi avons fait une longue balade dans la forêt qui borde la ferme. Ce soir, je suis fatiguée, mais sereine.

Izri fume sa cigarette dehors et moi, je suis près de la grande cheminée en compagnie de Wassila. S'il fait chaud la journée, les soirées sont un peu fraîches ici. Et j'aime tant regarder le feu que Wassila a accepté de mettre une bûche dans le foyer.

— Qu'est-ce que tu as au visage ? me demande-t-elle à voix basse.

Elle pose son doigt sur le petit hématome qui s'éternise sur ma tempe.

— C'est rien, dis-je. Je suis tombée et me suis cogné la tête…

Wassila me dévisage avec tendresse.

— Je sais que c'est Iz, dit-elle. Il a levé la main sur toi, n'est-ce pas ?

N'ayant pas le cœur à lui mentir, je préfère me taire.

— Ce n'est pas vraiment sa faute. Ce n'est pas un mauvais garçon…

— Je sais. Et je ne lui en veux pas.

— Je lui parlerai.

— Non ! Ne faites pas ça, s'il vous plaît ! S'il apprend que je vous l'ai dit, il…

— Ne t'inquiète pas, ma fille. Il n'en saura rien.

Izri revient à l'intérieur et s'assoit près de nous. Il prend ma main et y dépose un baiser.

— Quand on aura notre maison à nous, dit-il, je ferai installer une cheminée…

— C'est vrai ? dis-je en souriant. Ce serait tellement cool !

Après avoir embrassé jedda, nous montons nous coucher. Nous n'avons pas encore sommeil. Seulement l'envie dévorante de nous retrouver en tête à tête. Ce besoin impérieux de nous serrer l'un contre l'autre, de nous fondre l'un dans l'autre.

* * *

Quelle belle semaine passée chez Wassila… Izri était calme, souriant, détendu. Il était beau, comme jamais.

Avant que nous partions, j'ai vu qu'il laissait à sa grand-mère une généreuse liasse de billets sans qu'elle s'en aperçoive. Elle a dû la trouver après notre départ et lui téléphonera pour le sermonner. Et le remercier. Car elle a besoin de cet argent, je le sais.

Dès notre retour à Montpellier, Izri a invité ses potes à la maison. J'avais préparé un généreux buffet qui m'a valu une avalanche de compliments. Il y avait Manu, bien sûr, mais aussi Greg et quelques autres gars que je ne connais pas. Certains étaient venus avec leurs amies, des filles plus âgées que moi qui ressemblent à des prostituées.

Il y avait aussi un homme discret, Me Michel Tarmoni. C'est l'avocat d'Izri et de Manu. Il a passé un temps fou à m'expliquer qu'il les aidait à gérer leurs affaires. J'ignorais que les avocats étaient là pour ça. Je les imaginais dans des salles d'audience, vêtus de leur robe noire, faisant de grands gestes et de belles phrases pour plaider la cause de leurs clients.

Tarmoni ne peut ignorer ce que font Iz et Manu pour gagner tout ce fric. Pourtant, il les défend.

Certaines choses me dépassent. Mais j'ai encore tant à apprendre… Et puis, quelque part, ça m'a rassurée. Je me suis dit que si un jour Izri avait un problème avec la justice, il aurait déjà un avocat sous la main.

Durant cette soirée, l'alcool a coulé à flots. Iz parlait fort, riait beaucoup. Ses hommes le considèrent avec admiration, avec respect, avec crainte.

Sans doute ont-ils raison d'avoir peur. Maintenant, je sais de quoi il est capable.

Je le regardais rouler des mécaniques et me disais que j'étais la seule à le connaître. À le connaître vraiment. Qu'aucun des types présents ce soir-là ne pouvait imaginer qu'il pleure quand il dort.

Manu a dit que j'étais de plus en plus jolie. Qu'il n'avait jamais vu des yeux aussi beaux que les miens. Sur le moment, j'ai rougi et ça les a bien fait marrer. Et puis j'ai eu peur que ses remarques ne blessent Izri. Mais au contraire, il semblait fier que je plaise à son mentor.

Chaque jour, je pense à Vadim. Il m'arrive même de lui parler lorsque je suis seule. En espérant que mes mots parviendront jusqu'à lui, comme si nous étions reliés par un fil aussi solide qu'invisible. Je lui dis de vivre, de se battre.

De m'oublier pour se retrouver.

Parfois aussi, je pense à Tristan. J'aimerais savoir s'il est sorti de l'hôpital, s'il a pu être indemnisé pour la perte de son magasin. Depuis qu'Izri a démoli son visage et sa vie, je suis obligée de prendre le bus pour aller dans une librairie du centre-ville. Je m'y rends une fois par mois et choisis trois ou quatre bouquins. Izri m'a dit que je pouvais dépenser autant d'argent que je voulais pour des livres ou tout ce que je désirais.

Quand j'ai besoin de liquide, il me suffit de lui en demander. Parce que l'argent n'est pas notre problème.

Désormais, je sais conduire une voiture, même si je ne suis pas spécialement à l'aise au volant. Izri m'a dit que si je le souhaitais, il m'en achèterait une. Avec lui, la vie paraît simple. Il dit souvent que ce qu'on veut, il suffit de le prendre.

Ce qui signifie le voler.

Je suis née au Maroc, dans un village reculé, au sein d'une famille pauvre. J'ai été vendue à une femme sans scrupules et j'ai connu servitude et souffrance. Jamais je n'aurais pensé qu'un jour, je mènerais la vie que je mène aujourd'hui.

Je suis une miraculée.

Je crois que l'enfer est loin, désormais. Je crois que je suis sauvée.

Bien sûr, j'aurais aimé que l'homme de ma vie ait un métier honnête.

Bien sûr, j'aurais préféré qu'il ne soit pas violent.

Mais Izri peut aussi se montrer incroyablement tendre et généreux, attentionné et drôle. J'aime son visage, ses yeux, son corps et sa peau. Je ne peux pas m'en passer. J'aime sa façon, si particulière, de me regarder. Capable de me faire croire que je suis une reine et que le monde est à mes pieds.

Je n'aurais pas pu aimer un autre homme que lui. Aimer aussi fort, aussi loin.

Alors, chaque matin, je remercie Dieu d'avoir placé Izri sur ma route. Et je l'implore de ne jamais nous séparer.

* * *

Quand j'ai eu neuf ans, nous avons déménagé pour nous installer en région parisienne. Parce que Sefana, la cousine de ma mère, lui avait trouvé un emploi et un appartement.

Mon père semblait détester cet endroit. De toute façon, je crois qu'il détestait le monde entier, et lui avec.

J'ai quitté mes copains, mes repères, mon école. Il fallait tout recommencer. Mais grâce aux méthodes musclées de Darqawi, je n'ai eu aucun mal à m'imposer. Il avait fait de moi un tigre aux griffes et aux crocs acérés.

C'est fou comme la peur rend dangereux...

À l'école, je n'avais que peu d'efforts à fournir pour obtenir de bonnes notes. Et en dehors des cours, plus personne n'osait se mettre en travers de mon chemin. J'étais le premier de la classe et le caïd de la cour de récré. C'est rare de parvenir à cumuler les deux ; pourtant j'y suis arrivé.

Mon père, quant à lui, a trouvé de nouveaux endroits pour fumer la chicha ou disputer ses parties de dominos. Bien sûr, pour jouer au bon musulman, il ne buvait pas devant les autres, mais se débrouillait pour acheter son alcool à l'épicerie et aller se bourrer la gueule dans une cage d'escalier.

Une fois, en revenant de l'école, j'ai croisé le gardien de l'immeuble qui m'a dit que si je cherchais mon père, je le trouverais dans le local à poubelles. J'ai vu Darqawi assis contre un gros container, au milieu des détritus puants. Il avait une bouteille vide à ses pieds, les yeux mi-clos, et des vomissures plein son pull. La honte m'a fait verser quelques larmes et il m'a fallu une heure pour le ramener jusqu'à l'appartement.

En général, il rentrait chaque soir vers 18 heures, plus ou moins ivre. Selon la journée qu'il avait passée, selon les douleurs qu'il ressentait ou le montant des factures, la soirée n'était pas la même. Il pouvait m'ignorer, s'intéresser à moi, me raconter des anecdotes de sa jeunesse que j'écoutais religieusement. Il pouvait même me prendre dans ses bras, les jours fastes.

Mais il pouvait aussi me faire payer le prix fort. À coups de nerf de bœuf, de ceinture. À coups de poing, à coups de pied. L'implorer ne servait à rien et je ne m'abaissais plus à ça depuis longtemps. J'encaissais en silence, attendant le jour où je serais plus fort que lui. Si j'arrivais jusque-là. Car il me tuerait peut-être avant.

Quand je morflais, il n'était pas rare que je me venge dès le lendemain en tapant à mon tour sur un pauvre gamin de l'école. Mais je m'arrangeais toujours pour ne pas être pris. Pour terroriser celui dont je savais qu'il n'irait pas se plaindre.

Un soir de novembre, j'étais en train de faire mes devoirs dans la cuisine lorsque Darqawi est rentré.

446

Dès que j'ai vu son visage, j'ai su que j'allais passer une mauvaise soirée. C'était écrit à l'encre noire dans ses yeux aussi clairs que les miens.

Il s'est approché de moi, faisant mine de regarder mon cahier. Il cherchait un prétexte, quelque chose pour enclencher le mécanisme. Pour justifier la trempe à venir.

— Bonsoir, papa, lui ai-je dit en levant la tête.

— Pourquoi tu n'as pas encore fini tes devoirs ?

— Parce que j'en avais beaucoup à faire.

— Et moi, je crois que c'est parce que tu as traîné dans la rue avec tes copains de merde !

— Non, papa, je suis rentré directement de l'école.

Non était un mot interdit. Il m'a soulevé de ma chaise et m'a entraîné dans sa chambre. Ma mère n'a même pas essayé de protester. Ça n'aurait pas servi à grand-chose, de toute façon.

Ça m'aurait juste réconforté.

Il a fermé la porte de la chambre et je suis resté planté devant lui, attendant une sanction que je n'avais pas méritée. Il a commencé par des gifles, puis les gifles se sont transformées en coups de poing dans le ventre. Lorsque j'ai touché le sol, il a terminé son travail à coups de pied.

Comme je ne pouvais plus me relever, il m'a traîné jusque dans le placard qui se trouvait au fond du couloir. Il m'a jeté dedans et j'y suis resté pendant deux jours.

En général, il essayait de ne pas trop abîmer mon visage, histoire que je puisse retourner à l'école sans lui causer de problèmes. Cette fois-là, il a fallu que je manque les cours pendant une semaine car il m'avait explosé la pommette gauche.

Quand je retournais en classe et qu'il me restait des hématomes, j'inventais des histoires de chute ou d'accident. Convoquée une fois par le conseiller d'éducation, ma mère a prétendu que j'étais très dissipé et bagarreur et que c'est pour cela que j'avais parfois des ecchymoses sur le visage ou le cou. Le reste du corps, personne ne pouvait le voir car mes parents s'arrangeaient pour me faire rater les visites médicales.

Après l'épisode du placard, j'ai changé. Deux jours et deux nuits dans le noir, en compagnie de la faim, de la soif et de la douleur, ça m'a fait réfléchir.

Dans la cour de récréation, je suis devenu un véritable tyran. Un tyran intelligent qui ne se faisait jamais prendre ou presque. Je rackettais, je frappais, j'humiliais.

Je me vengeais.

Sur le chemin de l'école, je m'amusais à crever les pneus des voitures, à casser les rétroviseurs. J'insultais les gens, je taguais les murs. Je volais toutes sortes de choses dans les magasins puis je suis passé à la vitesse supérieure. Je me suis mis à piquer des portefeuilles, à arracher des sacs. Avec l'argent, j'achetais des clopes et j'ai commencé à fumer avant mes onze ans.

Je faisais tout pour mériter les coups de mon père.

Sans même le savoir, Darqawi avait désormais d'excellentes raisons de me cogner.

79

Dehors, le vent se déchaînait. Ses hurlements sinistres encerclaient la maison telle une meute de loups affamés.

La nuit était déjà bien avancée mais ils étaient toujours dans la salle à manger.

Elle, devant la cheminée, près de ce chien aussi monstrueux qu'affectueux.

Lui, assis dans un fauteuil, en train de lire.

On aurait pu croire qu'il s'agissait d'un père et de sa fille passant une soirée tranquille au coin du feu.

Sauf qu'ils se surveillaient l'un l'autre. Sauf qu'ils se posaient mille questions.

Elle se leva pour aller boire un verre d'eau côté cuisine. Gabriel la garda discrètement à l'œil. Elle lui avait prouvé de quoi elle était capable.

Elle revint dans le salon, s'arrêta devant la bibliothèque.

— Si tu veux un livre, sers-toi, proposa Gabriel.

Elle ouvrit les portes en verre. Après une brève hésitation, elle se saisit d'un roman, contempla longuement la couverture.

— Il est bien celui-là, fit Gabriel.

— Je… C'est bizarre, j'ai l'impression de l'avoir déjà vu quelque part, murmura la jeune femme.

— Peut-être que tu l'as lu.

— Peut-être.

Elle secoua la tête, gardant le livre entre les mains.

— Comment c'est possible que je ne me souvienne de rien ?

Gabriel haussa les épaules.

— Amnésie rétrograde. La commotion cérébrale, sans doute. À moins que ce soit une manière de te protéger.

— Me protéger ? s'étonna-t-elle.

— Disons que si certains souvenirs font trop mal, ton cerveau a peut-être choisi de les occulter pour le moment. Comme si tu mettais un voile sur ce que tu ne veux plus voir… Une sorte de réflexe de défense.

— Je vois… Vous auriez aimé que ça vous arrive ?

Étonné, il mit un moment à répondre.

— Je n'ai pas eu cette chance.

— Ne le regrettez pas. C'est terrifiant de ne pas avoir de passé…

— Je veux bien te croire, dit Gabriel en posant son livre sur l'accoudoir du fauteuil.

— Parfois, j'ai l'impression d'être un grain de sable perdu dans le désert. Aucun repère, aucun souvenir auquel me raccrocher, qu'il soit bon ou mauvais… Aucune racine pour m'attacher à cette vie.

— Tu as peur ?

— Je suis morte de trouille, oui ! Et si… si ça ne revenait jamais ?

— Ce serait étonnant, la rassura Gabriel.

Elle retourna sur l'épais tapis devant la cheminée, posa le livre sur ses genoux. Mais cette fois, elle s'assit face à Gabriel.

— Qu'est-ce que vous attendez de moi ?

De plus en plus surpris, il alluma une cigarette pour cacher son trouble.

— Je n'attends rien, fit-il. C'est toi qui as débarqué chez moi, je te rappelle.

— Je sais, mais… Si vous ne m'avez pas tuée, c'est qu'il y a une raison, non ?

Gabriel se leva, elle eut un imperceptible mouvement de recul.

— Je crois qu'il est l'heure d'aller dormir, dit-il.

Elle se glissa sous les couvertures et garda la lampe de chevet allumée. Il ne l'avait pas menottée au lit, elle allait passer sa première nuit libre.

Libre… Même s'il y avait une grille à la fenêtre et que la porte de la chambre était fermée à double tour.

Cet homme n'était peut-être pas un monstre, finalement. Seulement un déséquilibré, un être perdu.

Elle attrapa le roman qui l'avait accompagnée jusque dans la chambre et regarda encore la couverture. Ces couleurs, cette illustration… Cet objet lui était familier sans qu'elle puisse le raccrocher à quoi que ce soit.

Elle posa la nuque sur l'oreiller et s'endormit aussitôt, le livre serré contre sa poitrine.

Dans le salon, Gabriel s'étendit sur le canapé. Sophocle vint se coucher sur le tapis, son maître lui accorda quelques caresses.

Il faudrait peut-être qu'il songe à installer un lit dans la seconde chambre. Son dos ne supporterait pas encore très longtemps les nuits sur ce vieux sofa.

Si vous ne m'avez pas tuée, c'est qu'il y a une raison, non ?

— C'est Lana qui me l'a demandé, murmura-t-il. Et je ferais n'importe quoi pour elle.

80

Tama mange seule dans la cuisine. Ce soir, Izri n'est pas rentré.

Elle a tenté de l'appeler sur son portable, il n'a pas décroché. Même si cela arrive souvent, elle ne peut s'empêcher d'être inquiète. Et s'il avait été arrêté ? S'il avait reçu une balle en pleine tête ? S'il avait eu un accident de voiture ?

Son assiette terminée, elle met un châle sur ses épaules et s'exile sur la terrasse. L'été est fini, pourtant les températures sont encore douces. Elle prend un livre mais ne parvient pas vraiment à se concentrer. Toutes les cinq minutes, elle regarde sa montre, puis le portail.

Inutile de l'appeler encore, elle lui a déjà laissé cinq ou six messages.

Vers 22 heures, elle se réfugie à l'intérieur et allume la télé.

Rien n'y fait, l'angoisse ne la lâche pas. Ce soir, elle sent qu'Izri n'est pas en train de s'amuser dans un bar avec ses copains. Elle ne saurait l'expliquer, mais elle a le sentiment qu'il est en danger. Alors, elle décide d'appeler Manu, ce qu'elle n'avait jamais fait auparavant.

— Bonsoir, Manu, c'est Tama.

— Salut, Tama ! Tu vas bien, ma petite chérie ?

— Bof... Iz est avec toi ?

— Non, pourquoi ?

— Il n'est pas rentré et je suis inquiète, avoue-t-elle.

— Tu le connais, non ?

— Ouais, mais...

— Bon, je vais voir si je le trouve et je lui dis de t'appeler, ça va comme ça ?

— Merci, Manu. Merci beaucoup.

Il raccroche et Tama continue à tourner en rond dans la maison. Cinq minutes plus tard, Manu la rappelle. Elle se jette sur le portable.

— Tama ? Bon, écoute, j'arrive pas à le joindre... Je sais pas où il est mais arrête de flipper, je suis sûr qu'il va bien.

— D'accord, merci, Manu.

— Bonne nuit, ma belle.

Tama se rassoit sur le canapé et réfléchit un instant. Faire confiance à son instinct, une fois encore.

Elle enfile un gilet, met ses chaussures et quitte la maison. Elle prend la direction de la supérette et tourne à gauche. Le quartier est calme, silencieux. De temps à autre, le bruit d'une voiture qui passe, rien de plus.

Après avoir parcouru cinq cents mètres, elle aperçoit le bolide d'Izri arrêté sur le bas-côté. Son cœur s'emballe, ses jambes aussi. En approchant de la voiture et grâce aux lampadaires de la rue, elle constate qu'il n'y a personne au volant. Elle lit la plaque. Aucun doute, il s'agit bien de l'Alfa d'Izri. Elle regarde au travers de la vitre.

— Merde !

À moitié effondré sur le siège passager, Izri semble endormi. Tama essaie d'ouvrir la portière mais les serrures sont bloquées. Elle tape contre la vitre.

— Iz ?

C'est alors qu'elle voit sur sa chemise une énorme tache de sang au niveau de l'abdomen. Elle s'acharne sur la portière, sans succès. Elle songe à casser la vitre mais réalise qu'elle ne pourra jamais sortir Izri de la voiture.

Appeler les secours ? Il lui a toujours formellement interdit de le faire, quelle que soit la situation.

Appeler Manu, voilà ce qu'il lui a ordonné de faire.

Elle récupère son téléphone, Manu décroche aussitôt.

— Qu'est-ce qu'il y a, ma belle ?

— Manu ! Faut que tu viennes ! Izri est blessé et la portière est bloquée !

Sans même s'en apercevoir, elle vient de hurler au beau milieu de la rue.

— Calme-toi, Tama, ordonne Manu. Explique-moi…

Tama reprend sa respiration.

— Iz est dans sa voiture, il est gravement blessé et je ne peux pas ouvrir les portières !

— Devant la maison ?

— Non, deux rues plus loin. Rue de la Liberté !

— Bouge pas, j'arrive. Et reste calme.

Tama regarde encore Izri qui n'a pas bougé d'un millimètre. Peut-être est-il trop tard, déjà ? Les vitres teintées et le manque de lumière l'empêchent de voir s'il respire encore. Elle se met à pleurer et s'effondre contre la voiture.

— Tu peux pas me faire ça, Iz ! Tu peux pas…

Elle reste là de longues minutes, à sangloter contre la carrosserie de l'Alfa. Puis, incapable d'attendre, elle se relève et cherche un projectile pour briser la lunette arrière. Elle trouve un gros galet qui s'est désolidarisé d'une bordure et s'apprête à le lancer dans la vitre. Elle hésite. Le bruit risque d'inciter les riverains à appeler la police. Et si jamais les flics arrivent avant Manu, Izri peut dire adieu à sa liberté… Alors, elle se ravise et s'assoit sur le trottoir. Elle se bouffe les doigts jusqu'au sang, consultant le cadran de sa montre toutes les trente secondes.

À chaque bruit de moteur, elle espère Manu. Et enfin, au bout de quinze minutes, son énorme 4 × 4 débouche dans la rue. Manu se gare juste derrière l'Alfa et descend. Tama se jette sur lui, agrippant sa chemise.

— Je sais pas s'il est vivant ! sanglote-t-elle. Fais quelque chose, Manu !

— Calme-toi, murmure-t-il.

Il se penche, regarde par la vitre et essaie à son tour d'ouvrir la portière. Puis il récupère une barre de fer dans le coffre du Dodge et brise la lunette arrière. Tama se glisse aussitôt à l'intérieur pour ouvrir une portière. Manu pose un doigt sur la gorge d'Izri.

— Il est vivant.

Il l'attrape à bras-le-corps pour l'asseoir sur le siège passager.

— Tu conduis, il paraît ? Prends le volant, je te suis. Tu rentres la voiture dans le jardin, tu l'approches au maximum de la maison, OK ?

Manu a chargé Izri sur son épaule et l'a porté à l'intérieur avant de le déposer sur la table de la salle à manger. Il a déchiré ses vêtements pour voir l'ampleur de la blessure et j'ai failli m'évanouir. Pas à cause de la vision du sang, mais parce que j'ai pensé, pendant une seconde, qu'Izri était perdu.

Manu a nettoyé les contours de la plaie pour y voir plus clair et m'a dit qu'Izri s'était fait tirer dessus. J'ai hurlé qu'il fallait appeler les pompiers, Manu a refusé. J'ai pris le téléphone mais il me l'a arraché des mains.

Si tu fais ça, tu ne reverras plus jamais Izri. C'est ce que tu veux ? Alors maintenant, tu te calmes et tu me laisses faire.

Manu a donné un coup de fil et un mec s'est présenté chez nous une demi-heure plus tard. J'ai tout de suite compris que c'était un médecin.

Je suis près de la table et je l'aide à soigner Iz. Il l'a sédaté, a extrait la balle et recoud désormais la plaie. Je lui passe les compresses et tout le reste. Izri reprend connaissance, une fois de plus. Je serre sa main jusqu'à me faire mal.

— Je suis là, mon amour, je suis là…

Lorsque le médecin a terminé, il me donne des boîtes de médicaments, m'indique la dose à administrer à Izri et m'explique également comment désinfecter la plaie.

— Je pense que ça ira, dit-il. Mais je ne garantis rien parce qu'il a perdu beaucoup de sang… Ceci dit, il a eu de la chance… si la balle était rentrée dix centimètres plus à droite, il y passait.

Je ferme les yeux et lorsque je les rouvre, je vois Manu filer au médecin une grosse liasse de billets.

— Merci, doc. On va s'occuper de lui.

Le toubib se retire, Manu s'assoit de l'autre côté de la table. Traits tirés, regard sombre.

— Fais-moi un café, Tama.

À contrecœur, je lâche la main d'Izri et reviens deux minutes plus tard avec un café serré.

— Quand je vais trouver l'enculé qui lui a tiré dessus, je te jure qu'il va passer un sale quart d'heure, murmure-t-il.

Il avale son café et me regarde droit dans les yeux.

— Comment t'as fait pour le trouver ? Il t'a appelée ?

— Non… J'ai senti que je devais partir à sa recherche…

— Sans déconner ? T'es médium ou quoi ?

— J'en sais rien.

— En tout cas, si tu n'étais pas sortie, je crois qu'il serait mort. Sans toi, il serait mort, Tama.

Je verse quelques larmes, reprend la main d'Izri dans la mienne.

— S'il meurt, je meurs aussi.

Manu soupire.

— Bon, je vais le porter dans son plumard.

Il passe un bras sous le dos d'Izri, l'autre sous ses jambes et le soulève en grimaçant sous l'effort.

— Putain, il pèse une tonne, ce con !

Il faut dire que ça fait deux fois en moins de deux heures qu'il soulève Iz. Je tire les draps et Manu le dépose sur le matelas.

— Je vais rester cette nuit, dit-il.

— Merci, Manu.

Il m'attire contre lui, me serre dans ses bras.

— Tu as été parfaite, Tama, murmure-t-il. Il a bien de la chance de t'avoir, tu sais…

Manu s'est endormi dans le fauteuil qu'il a apporté du salon. Quant à moi, je me suis étendue près d'Izri et lui ai tenu la main toute la nuit. Impossible de fermer l'œil. Je repensais sans cesse aux paroles du médecin.

Si la balle était rentrée dix centimètres plus à droite, il y passait.

J'ai bien failli perdre Izri. J'ai failli mourir.

Vers 7 heures du matin, Manu ouvre les yeux. Il a un moment de flottement avant de se souvenir de l'endroit où il se trouve. Il s'étire et s'approche du lit.

— Il s'est réveillé ? demande-t-il.

— Non… C'est pas normal, hein ?

— T'inquiète. Le toubib lui a fait une piqûre pour l'assommer… Il ne va plus tarder à revenir parmi nous, je le sens. Je me boirais bien un café…

— J'y vais, dis-je en me levant. Tu as faim ?

— Ouais.

Dans la cuisine, je prépare un plateau avec café, pain grillé, beurre et confiture. Quand je reviens dans notre chambre, je trouve Manu à genoux près du lit, tenant la main d'Izri dans la sienne. Il a des larmes plein les yeux. Dès qu'il me voit, il les chasse d'un geste et me sourit, mal à l'aise. Je dépose le plateau sur le lit et nous prenons notre petit déjeuner dans un silence religieux.

— Tu sais, Tama, me dit soudain Manu, quand j'ai rencontré Iz, il venait d'avoir seize ans. Et j'ai tout de suite senti que ce gosse n'était pas comme les autres…

— Comment il était ? demandé-je.

— Dur et froid comme une pierre. Ça se voyait qu'il avait vécu des choses pas faciles… Mais j'ai senti aussi qu'il était droit. Droit et fiable. Qu'il n'y avait rien de fourbe chez lui… Tu vois ce que je veux dire ?

— Je vois très bien.

— Alors, je l'ai pris sous mon aile, comme on dit. Et je n'ai jamais regretté de l'avoir fait. J'ignore ce qu'il lui est arrivé quand il était môme, mais…

— Darqawi, dis-je.

— Hein ?

— C'est son père. Il le battait tout le temps. Il paraît que c'était le Diable. C'est la grand-mère d'Izri qui me l'a dit…

— Hum… Je savais que ça avait un rapport avec son paternel. Mais maintenant, il est mort, alors…

— Mort ?

— C'est ce qu'Iz m'a dit, répond Manu.

— Il semblerait plutôt qu'il soit parti de la maison et qu'on ne l'ait jamais revu. Personne ne sait où il se trouve et c'est mieux ainsi.

— En tout cas, pour Iz, il est bel et bien mort.

— Et maintenant, son père, c'est toi.

81

Ça fait quatre jours qu'Izri n'a pas bougé du lit. Je reste près de lui constamment et Manu passe nous rendre visite chaque matin. Greg est venu, lui aussi ; il semblait très affecté par ce qui était arrivé à son meilleur ami.

Mon homme souffre mais ne se plaint jamais. Je lui donne à boire, à manger, lui lave le visage et le corps à l'eau tiède. Il n'a rien voulu me dire de ce qu'il lui est arrivé mais je suis certaine qu'il s'est confié à Manu pendant les rares moments où je l'ai laissé sous sa garde. Après tout, peu m'importe qui lui a tiré dessus. Ce qui compte, c'est qu'il l'ait raté.

Manu lui a raconté que c'était grâce à mes intuitions qu'il était encore en vie et Izri a répondu que j'étais son ange gardien.

Aujourd'hui, il est prévu que le médecin revienne et je l'attends, allongée près d'Izri.

— Sans toi, je serais six pieds sous terre…

— Sans toi, je serais six pieds sous terre moi aussi, je réponds.

— Faut pas dire ça, Tama ! Si un jour, je…

Je pose un doigt sur ses lèvres pour l'empêcher de continuer.

— Ce jour n'arrivera pas. Tu entends ? On ne nous séparera pas. Jamais.

Il embrasse ma main, me regarde en souriant.

— Pourquoi tu tiens tellement à moi, hein ? murmure-t-il.

— Parce que je t'aime, évidemment !

— Et… pourquoi tu m'aimes ?

Je réfléchis une seconde avant de répondre.

— Parce que je suis faite pour ça.

* * *

C'était un jour de janvier. Le 15, précisément.

J'avais treize ans, j'allais au collège. J'étais heureux que les vacances de Noël soient terminées car j'avais enfin une bonne raison de quitter notre appartement miteux. Une bonne raison de m'éloigner de mon père.

Ce jour-là, à 11 heures du matin, le prof de maths, M. Barmol, m'a accusé d'une faute que je n'avais pas commise. J'ai eu beau lui expliquer qu'il se trompait, il a refusé de me croire. Depuis la rentrée, j'avais bien compris que malgré mes bons résultats, ma gueule ou la couleur de ma peau ne lui revenaient pas.

J'ai fini par l'insulter, il m'a envoyé en permanence. Aujourd'hui encore, je ne sais pas pourquoi j'ai traité ce type de sale con. Sans doute pour fanfaronner devant mes potes. Sans doute parce que après avoir morflé pendant toutes les vacances, j'avais les nerfs à fleur de peau. Sans doute parce que j'en avais marre de payer pour des fautes imaginaires.

Peut-être simplement parce que Barmol, c'était vraiment un sale con.

Le soir, quand je suis rentré, ma mère était encore au travail mais mon père m'attendait dans la petite salle à manger. Dès que j'ai pénétré dans l'appartement, j'ai reçu une gifle.

— Le collège a téléphoné. Tu es renvoyé pendant une semaine.

Je n'ai rien répondu. Que pouvais-je dire, de toute façon ?

Darqawi m'a attrapé par le bras et forcé à quitter l'appartement. La peur m'a saisi, aussi fort que la poigne de mon père. J'ai compris qu'il me conduisait en direction des caves de l'immeuble. Avant que nous franchissions la porte menant au sous-sol, j'ai réussi à lui échapper et me suis enfui vers la sortie. Je courais bien plus vite que Darqawi et pouvais le semer sans aucun problème. Mais à peine avais-je un pied dehors que je suis tombé nez à nez avec le concierge de l'immeuble. Il m'a chopé au passage, je me suis débattu.

— Où tu vas comme ça ? Qu'est-ce que t'as encore fait comme connerie ?

— Laisse-moi ! Laisse-moi !

Mon père est arrivé et m'a récupéré. Il a poliment remercié le gardien et m'a ramené à l'intérieur. Il m'a traîné jusqu'à la cave et je n'ai pu réprimer mes hurlements. Mes appels au secours. Mais je savais que personne ou presque ne descendait jamais dans ces entrailles pestilentielles. Il a déverrouillé la porte et m'a poussé si fort que j'ai atterri contre le mur d'en face.

Toute la journée, la colère de mon père avait germé, mûri, grandi. À cet instant, et après ma pitoyable tentative d'évasion, elle était à son apogée.

Je me suis relevé pour lui faire face. Ses yeux étincelaient, ses poings étaient serrés. J'allais recevoir la raclée de ma vie.

Sur l'une des étagères crasseuses, mon père a récupéré une corde. Elle n'était pas là par hasard et j'ai compris qu'il était descendu avant mon retour de l'école pour tout préparer.

Meurtre avec préméditation.

Assassinat.

— Déshabille-toi, a-t-il ordonné.

Désobéir était la dernière chose à faire. J'avais peut-être une chance de survivre à ce face-à-face, mais si je l'énervais plus encore, j'étais mort. J'ai enlevé mon pull, mon jean et me suis retrouvé en caleçon devant lui. Même si c'était mon père, l'humiliation était cuisante.

— Tourne-toi !

Mes yeux cherchaient désespérément une arme dans ce réduit qui puait la moisissure et la poussière. Un bâton, un morceau de verre. Quelque chose pour anéantir ce bourreau qui prétendait être mon géniteur. L'homme qui aurait dû me protéger envers et contre tout.

Darqawi m'a attaché les poignets et les chevilles et m'a saisi par la nuque. J'ai cru qu'il allait me briser les cervicales tellement il serrait fort. Il m'a jeté au sol, je suis tombé à plat ventre. Il a posé un pied sur mon dos, j'ai hurlé à nouveau. Puis il a allumé une cigarette, une de ses saloperies sans filtre qu'il roulait lui-même.

— T'as la chance d'aller à l'école et tu te fais renvoyer ? a-t-il craché de sa voix rauque. Je suis venu ici, dans ce pays de merde, pour que tu aies une vie meilleure que la mienne ! Je me suis bousillé une jambe à l'usine et je vaux plus rien ! J'ai eu une vie de chien et toi, tu fais quoi ? Tu te fais virer de l'école ? T'es qu'une merde et j'ai honte d'être ton père !

— Je le referai plus, papa ! ai-je gémi d'une voix de fillette.

— Ça, c'est sûr ! a prédit Darqawi.

Il s'est accroupi près de moi, a posé le bout incandescent de sa clope en haut de mon dos. Puis dix centimètres plus bas, encore dix centimètres en dessous. Et ainsi de suite, comme s'il traçait une ligne de feu le long de ma colonne vertébrale. Je criais si fort que j'étais sûr que quelqu'un finirait par m'entendre. D'ailleurs mon père a attrapé un vieux morceau de tissu et me l'a fourré dans la bouche.

— Arrête de gueuler comme une fille ! a-t-il ordonné. Tu deviendras donc jamais un homme ?

Il a allumé une autre cigarette et, avec son pied, m'a retourné. Châtiment identique sur le torse et le ventre. Il est même descendu plus bas malgré mes supplications étouffées par le chiffon. Ensuite, il m'a brûlé les cuisses et s'est arrêté à hauteur des genoux. Sans doute parce qu'en cours de sport, j'étais obligé de porter un short et que sa petite séance de torture laisserait des traces indélébiles.

Après, il s'est assis sur un vieux tabouret, a fumé sa cigarette en me regardant pleurer pendant plusieurs minutes.

— Une vie de chien, répétait-il sans cesse. À cause de toi… Si on m'avait pas marié à ta putain de mère, si j'avais pas eu à te nourrir, quelle belle vie j'aurais pu avoir !

À cet instant précis, j'ai compris combien mon père me détestait. J'étais juste un fardeau, un boulet qu'il traînait derrière lui.

J'avais gâché sa vie. Comme il gâchait la mienne.

Il a écrasé sa cigarette sur le sol en terre et m'a remis debout. J'ai prié pour que ce soit terminé, pour qu'il ait eu sa dose. Mais il m'a passé un câble électrique autour du cou, a attaché l'autre extrémité au montant des étagères et a serré jusqu'à ce que mes talons décollent du sol.

Ce salopard était en train de me pendre.

Quand il a eu terminé, seuls mes orteils touchaient encore par terre.

— Tu vas avoir le temps de réfléchir.

Il a éteint la lumière, fermé la porte à double tour. J'ai essayé de poser mes pieds à plat et le câble a comprimé ma trachée au point que l'air n'y passait plus.

J'ai mis plus d'une demi-heure à recracher le chiffon qu'il avait enfoncé dans ma gorge. Mais le câble était si serré que je ne pouvais plus crier ni appeler. Combien de temps mes jambes allaient-elles résister ? Je me suis dit que c'était ma dernière nuit. Ma dernière heure.

J'allais crever seul dans une cave à treize ans.

Au bout d'une heure de ce supplice, j'ai plié les genoux. En finir. Il fallait en finir avec cette *vie de chien*.

Soudain, la porte s'est ouverte, la lumière s'est allumée ; j'étais en train de perdre connaissance. J'ai deviné une silhouette massive qui approchait de moi. Croyant que c'était Darqawi, j'ai réussi à dire *non*.

Une main a pris un sécateur pour couper le câble. Je me suis écroulé face contre terre et, ensuite, j'ai plongé dans un trou noir, tellement profond que j'ai eu l'impression de chuter du haut d'une falaise.

Quand je me suis réveillé, j'étais dans un lit, au milieu d'une chambre aux murs verts. J'avais quelque chose de dur autour du cou et je ne pouvais plus bouger.

Une dame en blouse blanche est entrée et m'a dit que j'étais à l'hôpital. Que j'avais une minerve et que j'allais la garder longtemps.

Plus tard, j'ai appris que ma mère m'avait cherché en rentrant du travail. Qu'elle était passée voir le gardien de l'immeuble et qu'après sa visite, celui-ci avait eu l'idée d'aller jeter un œil dans notre cave. Il était arrivé juste à temps, m'avait libéré avant d'appeler les secours et la police. Pendant que le Samu me conduisait à l'hôpital, les flics conduisaient mes parents au commissariat. Ma mère a été libérée au bout de vingt-quatre heures, mon père placé en détention à la maison d'arrêt.

J'ai été condamné à quinze jours d'hôpital. Darqawi à six mois de prison.

* * *

Manu a posté des hommes du *clan* devant chez eux. Ils sont toujours deux, se relayant jour et nuit. Ils restent dehors dans leur voiture, ne rentrant que pour boire un café ou manger ce que Tama leur prépare. Elle les sait armés jusqu'aux dents, mais ça ne l'impressionne pas plus que ça, d'autant qu'ils se montrent polis et courtois.

C'est là qu'elle réalise à quel point Izri est respecté.

Manu lui a expliqué que tant qu'il n'avait pas retrouvé celui qui avait tenté d'abattre son homme, ils resteraient là.

Izri a quitté le lit hier pour la première fois. Tama l'a aidé à prendre une douche avant de refaire son pansement. Il est encore assez faible mais le médecin jure qu'il est sorti d'affaire.

Tama apporte un café à leurs gardes du corps. Il est presque minuit et elle n'a pas envie qu'ils s'endorment dans leur voiture ! Puis elle rejoint Izri dans la chambre.

— Comment tu te sens, mon amour ?

— Ça va. Je pense que demain, je pourrai me lever. Manu vient d'appeler… Il a chopé le salopard qui a voulu me fumer.

Tama frissonne en imaginant cet homme entre les mains de Manu. Malgré ce qu'il a fait, elle ne peut s'empêcher de ressentir de la pitié pour lui.

— C'est qui ?

— Un concurrent, élude Izri. Il comptait se débarrasser de moi et de Manu pour mettre la main sur certaines de nos affaires… Manu me le garde au chaud.

— Tu es sûr de vouloir faire ça ? murmure Tama.

Iz tourne la tête vers elle, la réponse se lit en lettres noires au fond de ses yeux.

— Si je veux que personne n'ose recommencer, il le faut, dit-il simplement.

— Est-ce que tu vas… ?

Izri fait mine de se trancher la gorge, Tama frissonne à nouveau. Elle a tendance à oublier que l'homme qu'elle aime passionnément est un criminel. Mais la vie se charge de le lui rappeler avec toute la brutalité dont elle sait faire preuve. Izri pose une main sur son épaule, caresse doucement son bras.

— Viens plus près, murmure-t-il.

Tama ne bouge pas. Elle a l'impression que la dépouille glacée du *concurrent* est étendue entre eux. Alors, c'est Izri qui s'approche. Le mouvement réveille sa douleur, il gémit.

— T'es pas en état. Ce ne serait pas raisonnable.

— T'inquiète pas pour ça…

Il embrasse son visage, son cou, descend jusque sur ses seins puis son ventre. Aussitôt, elle fond de plaisir. Pourquoi est-elle incapable de lui résister ? De lui dire non ?

Quelques secondes plus tard, elle oublie les questions, elle oublie même le *concurrent*. Elle ne pense plus qu'à lui, qu'à eux. Qu'à cette passion qui les consume lentement, jour après jour.

Cette passion qui un jour, elle le sait, les brûlera vifs.

Plus tard dans la nuit, Tama est brutalement arrachée à son rêve. Ce sont les gémissements d'Izri qui viennent de la réveiller. Elle allume la lampe de chevet et découvre ses mains crispées sur les draps auxquels il s'accroche éperdument.

Sa bouche entrouverte laisse échapper son désespoir, sa peur.

Ses yeux fermés, un flot de larmes brûlantes.

Tama pose une main sur son bras et lui parle doucement.

— Iz, mon amour… Calme-toi…

Il sursaute en poussant un cri.

— Tu faisais un cauchemar, dit-elle. C'est fini, maintenant…

Il essuie son visage et quitte la chambre. Au lieu de se rendormir, Tama décide de le rejoindre. Elle enfile un gilet et le retrouve dehors, sur la terrasse. Elle pose son front au milieu de son dos.

— On n'oublie jamais, hein ?

— Non, répond-il. Jamais…

* * *

J'ai porté la minerve pendant près de deux mois, mais une semaine après ma sortie de l'hôpital, je retournais au collège. Ironie de la vie, le jour de ma reprise, mon premier cours était avec Barmol.

Pendant une heure, je l'ai fixé sans discontinuer. Barmol n'était pas spécialement courageux et plus les minutes passaient, plus il transpirait. Quand la sonnerie s'est déclenchée, j'ai pris tout mon temps pour ranger mes affaires. Nous nous sommes retrouvés seuls et je me suis planté devant lui. J'ai approché mon visage tuméfié du sien.

— Bien essayé, lui ai-je murmuré. Mais tu as raté ton coup, *sale con*. Parce que je ne suis pas encore mort.

Puis j'ai quitté la classe et je n'ai pas été inquiété pour mes propos. Barmol est allé pleurer dans les jupes du principal, mais ce dernier étant désormais au courant de ce qui m'était arrivé, je n'avais plus grand-chose à craindre.

Darqawi est sorti de taule au bout de quatre mois avec l'interdiction formelle de s'approcher de moi. Ne pouvant pas revenir vivre dans notre appartement, il a trouvé une place dans un foyer à deux kilomètres de notre immeuble.

Pendant longtemps, je ne l'ai pas revu. Je vivais seul avec ma mère qui a commencé à se confier. J'ai ainsi appris qu'ils ne s'étaient pas choisis l'un l'autre. C'était une décision de leurs familles respectives.

Je n'étais pas le fruit de l'amour, seulement le résultat d'un mariage arrangé.

Mes parents ne s'étaient jamais aimés, tout juste supportés pendant les premières années de leur vie commune. Détestés les années suivantes.

Mejda m'a juré qu'elle ne regrettait pas ma venue au monde, que j'étais sa seule source de joie.

Je n'ai pas réussi à la croire.

J'avais du mal à croire en quoi que ce soit. En qui ce soit.

À de nombreuses reprises, elle a tenté de justifier sa lâcheté en prétendant avoir été terrorisée par Darqawi. Mais je ne lui ai pas pardonné et je crois que je n'y parviendrai jamais.

Et quand j'ai vu ce qu'elle avait fait subir à Tama, j'ai compris qu'elle n'était pas l'ennemie de Darqawi, seulement sa complice silencieuse.

Aujourd'hui, j'ai Tama. J'ai la chance de connaître l'amour, le vrai. J'ai la chance de partager mes jours et mes nuits avec une femme dont le corps a envie du mien. Une femme qui serait capable de mourir pour moi.

Un bonheur que ni Darqawi ni Mejda n'ont pu connaître.

82

Assise contre un mur, elle est terrifiée.

Assise contre un mur, elle fixe la porte qui lui fait face.

Cette porte qui ne va pas tarder à céder pour laisser entrer le monstre. Mi-homme, mi-animal, il l'a poursuivie des heures durant. Elle a couru jusqu'à en perdre haleine, traversant des bois, des landes, des rivières et des déserts. Mais chaque fois, elle est revenue au point de départ.

Cette chambre.

La bête donne des coups de plus en plus violents dans la porte, poussant des cris de rage.

Bientôt, elle se jettera sur elle. Bientôt, elle plantera ses crocs énormes dans sa chair…

Elle se redressa brusquement, le souffle court. Ses yeux paniqués balayèrent le décor. La chambre, la lampe, le plafond en lambris.

Cette chambre, cette porte…

Ce monstre.

Le bruit des coups… Eux, étaient bien réels.

Elle s'approcha de la fenêtre et vit de la lumière dans la petite maison qui jouxtait celle où elle était enfermée depuis des jours. Elle aperçut son geôlier armé d'une sorte de masse, en train de casser un mur. Elle ouvrit la fenêtre, fut saisie par le froid cinglant.

Saisie par les cris qu'il poussait.

Des cris de détresse, de colère. Des cris de douleur. Atroces.

Bouche bée, elle le regarda détruire ce qui l'entourait avec une rage effrayante. Puis il tomba à genoux dans la poussière et prit son visage entre ses mains.

En le voyant pleurer, la jeune femme se fêla de la tête aux pieds. En cet instant, et sans qu'elle sache vraiment pourquoi, la souffrance de cet homme devenait la sienne.

83

Izri va mieux, sa blessure n'est plus qu'une cicatrice. Une de plus. Mais ses cicatrices ne me dérangent
pas, au contraire. Chaque brûlure de cigarette, chaque
estafilade, chaque plaie mal recousue lui confère un
charme supplémentaire. C'est comme si sa peau était
le témoin de sa souffrance, de son courage. Quand je
le regarde, je peux lire son histoire en suivant chacune
de ces marques.

Je n'ai plus entendu parler du *concurrent* qui a failli
me l'enlever. Je sais simplement qu'il est mort de la
main d'Izri. Dans le journal, j'ai lu qu'ils avaient trouvé
le corps d'un homme connu des services de police dans
un terrain vague. Que cet homme, un certain Santiago,
avait été abattu de deux balles dans la poitrine, une
autre dans l'œil.

Ce matin, j'ai laissé Iz dormir et suis partie faire
quelques courses.

Je descends du bus, les bras chargés de sacs et passe
par l'endroit où j'ai trouvé Iz dans sa voiture. Il y a
encore quelques éclats de verre de la lunette dans le

petit caniveau et je remercie je ne sais quel dieu de m'avoir permis de le trouver à temps.

Cinq minutes plus tard, j'arrive dans notre rue et m'arrête net. Au bout de l'impasse, deux voitures garées devant notre portail.

Deux voitures avec des gyrophares sur le toit.

Je cesse de respirer, pétrifiée sur le trottoir. Puis je vois Izri sortir, poignets menottés dans le dos, encadré par deux hommes en civil portant un brassard rouge. Il tourne la tête et m'aperçoit à son tour. Nous nous dévisageons quelques secondes avec tout le désespoir du monde.

— Iz ! hurlé-je.

— Sauve-toi, Tama ! Sauve-toi !

Les flics tournent la tête vers moi, ils marquent un temps d'hésitation.

— Sauve-toi, Tama !

Je lâche mes sacs et me mets à courir. Quand je me retourne, je vois que l'un des policiers s'est lancé à ma poursuite. Alors, j'accélère encore.

— Stop ! Arrêtez-vous !

Je ne l'écoute pas. Je n'écoute que la voix d'Izri. *Sauve-toi, Tama.*

Dans le bus qui me conduit vers la maison de Manu, je suis sidérée.

Broyée, dévastée.

Anéantie.

Un métal en fusion coule dans mes veines, mon cœur se consume.

Ils me l'ont pris.

Je l'ai perdu. Je suis perdue.

Je ne sais pas vraiment comment j'ai réussi à semer ce flic, j'ai eu beaucoup de chance. Il devait manquer d'entraînement et a sûrement pensé que je ne valais pas la peine qu'il fasse une crise cardiaque. Malgré tout, je ne cesse de scruter la rue, les trottoirs. Les voitures qui suivent le bus.

Je suis en cavale.

Après une demi-heure et grâce à l'aide du chauffeur, je me retrouve à cent mètres de la maison où vit Manu.

Vertige, larmes. On pourrait croire que je suis ivre.

Devant chez Manu, la silhouette massive du Dodge, portières ouvertes. Une autre voiture est garée à côté et un homme dépose dans le coffre une unité centrale avant de retourner à l'intérieur.

Les flics sont en train de perquisitionner le domicile de Manu qui est sans doute déjà en garde à vue au commissariat.

Alors, je rebrousse chemin pour me réfugier sous l'abribus. Effondrée sur le petit banc, j'essuie encore un ouragan de larmes.

Je dois me calmer, Izri voudrait que je sois forte et courageuse. Que je ne ressemble pas à cette enfant effrayée.

Je me concentre et parviens à me souvenir de l'adresse de Greg, apprise par cœur.

Greg, je le connais beaucoup moins bien que Manu ; pourtant, je n'ai guère le choix. En consultant le plan affiché dans l'abribus, je m'aperçois que Greg habite à l'autre bout de la ville, mais ça n'a pas d'importance. Car sans Iz, plus rien n'a vraiment d'importance.

Sans lui, je suis quoi ? Une orpheline, une ancienne esclave, une petite bonniche. Une clandestine.

Une sans-papiers.

Une sans-amour.

84

Il s'était assis contre le mur. Dans son écrin de poussière, le front sur les genoux, il continuait à pleurer. La jeune femme aurait voulu pouvoir quitter cette chambre pour le rejoindre. Poser une main sur son épaule, le rassurer, lui parler.

L'appeler ? Elle ne connaissait même pas son prénom.

— Monsieur ! Monsieur, vous m'entendez ?

Comme le vent emportait sa voix dans l'autre sens, elle hurla de plus belle.

— Monsieur, vous avez besoin d'aide ?

Enfin, il leva la tête et l'aperçut. D'un geste brutal, il chassa ses larmes avant de se lever. Sur le seuil de la vieille baraque, il s'arrêta pour la dévisager. Debout dans la pénombre, il ressemblait au monstre de son cauchemar. Alors, elle n'osa plus parler.

Peut-être aurait-elle dû se taire.

Le laisser souffrir en silence.

Il disparut dans les ténèbres, elle l'entendit monter l'escalier, rentrer, traverser le couloir. La porte s'ouvrit, il pénétra dans la chambre et, avant qu'elle ait pu prononcer le moindre mot, se jeta sur elle. Il l'attrapa par les poignets, l'attira contre lui.

— Qu'est-ce que tu veux, à la fin ? s'écria-t-il.

— Mais…

Il la secoua si fort qu'elle eut l'impression que sa colonne vertébrale allait se disloquer.

— Qu'est-ce que t'es venue foutre dans notre vie, putain ?

— Arrêtez, s'il vous plaît ! gémit-elle. Je ne voulais pas…

— Pourquoi tu ne nous laisses pas tranquilles, nom de Dieu !

Elle se mit à pleurer.

— Je voulais juste vous aider, sanglota-t-elle. Vous aviez l'air tellement mal… Je voulais vous aider, rien d'autre…

Il lâcha ses poignets et serra ses deux mains autour du cou de la jeune femme. Il la poussa contre le mur, continuant à lui broyer la gorge.

— Tu crois que tu peux la remplacer ? hurla Gabriel. Tu crois que tu peux la remplacer ?

Elle tenta de le faire lâcher prise, frappa, cogna. Mais il était insensible à la douleur.

Cette fois, il allait la tuer.

— Personne peut la remplacer ! Personne, t'entends !

Elle commença à s'étouffer, cessa de se débattre. Sa bouche ouverte cherchait désespérément de l'oxygène, ses genoux se plièrent.

Soudain, il desserra son étreinte mortelle et elle glissa le long du mur. Elle inspira une longue bouffée d'air avec un bruit affreux et il recula, effaré par son propre geste.

Avant de perdre connaissance, elle eut le temps de le voir se sauver en courant. Comme s'il venait à son tour d'apercevoir un monstre.

Quand elle s'éveilla, elle était sur le lit. Il faisait encore nuit, la lampe était allumée. Une douleur fulgurante l'empêcha de tourner la tête. Sa nuque était en pierre, en feu.

— Ne bouge pas, conseilla une voix désormais familière.

Il était calmé, visiblement. Elle aurait voulu voir son visage pour en être sûre.

Avec sa main, elle toucha sa gorge endolorie. Elle essaya de parler, mais seul un grincement sinistre s'échappa de ses lèvres sèches. Elle l'entendit s'approcher, il se pencha au-dessus d'elle.

Il y avait tant de douleur au fond de ses yeux qu'elle ressentit un embryon de pardon.

Passant une main sous l'oreiller, il souleva délicatement sa tête pour lui présenter un verre d'eau.

— Vas-y doucement.

Au bout de deux gorgées, elle abandonna.

— Ça ira mieux demain, promit-il.

Gabriel retourna dans son fauteuil et elle fixa longtemps le plafond en lambris. Chaque nœud du bois se muait en une effrayante chimère.

— Je ne voulais pas vous… espionner, parvint-elle à dire d'une voix éraillée. Les coups m'ont… réveillée et… quand je vous ai vu, si mal… j'ai eu envie de vous… consoler.

Il garda le silence un moment. Comme elle ne pouvait pas tourner la tête, elle ne vit pas les larmes revenir sur le visage de Gabriel.

— Rien ni personne ne peut me consoler, répondit-il enfin.

Elle entendit qu'il allumait une cigarette, sentit l'odeur flotter jusqu'à elle.

— Je vais rester près de toi, cette nuit.

— Merci, mais je pré… fère être seule, osa-t-elle.

— Comme tu voudras.

Il se dirigea vers la porte.

— Au fait, je m'appelle Gabriel.

Elle entendit la clef tourner dans la serrure, ferma les yeux.

— Gabriel, répéta-t-elle. L'ange qui a refusé de suivre Lucifer…

85

La maison de Greg est nichée dans un quartier résidentiel. Tama s'est assise sur le muret qui sert de clôture en attendant qu'il rentre.

En espérant qu'il rentre.

Elle tremble de froid, de peur et de solitude, ne cessant de penser à Izri qui doit se faire cuisiner dans une salle d'interrogatoire. Elle sait qu'il ne parlera pas, qu'il sera au moins aussi fort qu'eux. Vont-ils le frapper ? Le maltraiter ?

Elle se demande pour quel motif ils l'ont arrêté. Il y en a tellement… Est-ce pour l'assassinat du *concurrent* retrouvé dans le terrain vague ? Pour l'attaque du fourgon ?

Elle imagine les policiers en train de fouiller leur maison, de vider les armoires, les tiroirs, les placards. De déchirer les draps dans lesquels ils se sont aimés la nuit dernière.

En train de violer leur intimité, leur histoire, leurs secrets.

En consultant sa montre, Tama s'aperçoit qu'il est déjà près de 19 heures. Elle ignore quand Greg rentre du boulot, ignore même précisément quel boulot il fait… D'après ce qu'elle a compris, il travaille pour Izri mais gère l'une de ses affaires légales et a donc moins de risques de se faire interpeller à son tour.

Un peu avant 20 heures, la voiture de Greg apparaît. Une magnifique Audi, un modèle sport. Il se gare devant le portail, aperçoit aussitôt Tama. Il n'a pas l'air surpris de la voir.

— Je suis au courant pour Iz et Manu, dit-il simplement.

— Je… Iz m'avait dit de venir chez toi, si…

— Je sais. Entre.

Il ouvre le portail, Tama le suit. Ils longent un garage, traversent une cour où il n'y a rien. À part une table et deux chaises. Puis Tama découvre l'intérieur. Vaste et plutôt bien rangé pour celui d'un célibataire. Mais il est pauvrement meublé, chichement décoré et souffre d'une absence d'âme. Comme si personne ne vivait ici.

— Tu veux boire un truc ? propose Greg.

— De l'eau, s'il te plaît… Tu as des nouvelles d'Izri ?

— Non, soupire-t-il. J'attends un coup de fil de l'avocat. Assieds-toi.

Tama s'installe sur le bord du canapé, il lui apporte un verre d'eau gazeuse.

— Raconte, dit-il en allumant une cigarette.

— Je rentrais à la maison quand j'ai vu les flics… Ils étaient en train d'arrêter Izri !

Les larmes reviennent, Greg lui tend un kleenex.

— Il m'a crié de me sauver et j'ai couru…

— Ils t'ont poursuivie ?

484

— Oui… mais je les ai semés.

Il a une sorte de moue admirative.

— Bon, tu as bien fait de venir, dit-il. J'avais promis à Izri de m'occuper de toi si jamais il lui arrivait quelque chose. Alors tu resteras ici tant que ce sera nécessaire. D'accord ?

— Merci… Mais les flics, ils ne vont pas venir chez toi ?

— Ils vont certainement m'interroger, mais ils n'ont aucune raison de me serrer. Et s'ils te voient, on dira que tu es ma petite amie. Ça te va ?

Tama hoche la tête.

— Tu veux manger ? propose-t-il.

— Non, merci, je n'ai pas faim…

— Ben, moi, j'ai la dalle ! dit-il en écrasant sa cigarette.

Il la dévisage avec un sourire bancal.

— Mais je suis trop crevé pour faire à bouffer. Je commande une pizza ? À moins que tu préfères un chinois ?

— Je peux te préparer quelque chose, si tu veux…

— Volontiers, dit-il en se calant dans le fauteuil.

Greg m'a donné la chambre d'amis équipée d'une banquette clic-clac. La soirée m'a semblé interminable car lui et moi n'avions pas grand-chose à nous dire. De toute façon, je n'avais guère envie de parler…

Il a l'air affecté par l'arrestation de son meilleur ami mais, malgré mes demandes, il a refusé d'appeler l'avocat, m'expliquant qu'il fallait laisser Me Tarmoni se manifester.

Tandis qu'il regarde la télé, je prépare ma chambre. J'ai toutes les peines du monde à ouvrir cette maudite banquette, pourtant il ne vient pas m'aider. Je mets les draps qu'il m'a donnés, ainsi que la petite couverture, et contemple ces murs vides et impersonnels. Seulement un cadre au mur, cliché d'une grande ville la nuit. New York, peut-être. Un de ces cadres qu'on trouve dans n'importe quel supermarché.

Je n'ai rien, ici. Je n'ai jamais eu grand-chose, mais ce soir, je me sens entièrement dépouillée. Nue, vulnérable et désorientée.

Quelques livres m'auraient peut-être rassurée.

Je demande si je peux prendre la salle de bains et, d'un geste de la main, Greg m'y autorise.

— Tu aurais des vêtements à me prêter ? quémandé-je encore.

— Sers-toi dans mon placard. Prends ce que tu veux.

— Merci, Greg.

J'entre dans sa chambre, aussi peu décorée que la mienne, mais avec un lit immense. Là non plus, aucun livre. Comment peut-on vivre sans eux quand on a les moyens de s'en procurer ?

J'ouvre le placard et vole un tee-shirt, un caleçon, un pantalon de survêtement. Je vérifie qu'ils sont propres avant de me rendre dans la salle de bains. La porte n'a pas de verrou, comme celle des toilettes d'ailleurs, et je suis mal à l'aise de me déshabiller alors qu'un homme que je connais à peine est dans la pièce d'à côté. Je me hâte de prendre une douche et de me changer. Puis je me poste à l'entrée du salon.

— À quelle heure tu te lèves ? demandé-je.

— Assez tard. Je suis pas trop du matin, avoue-t-il.

— Je ferai en sorte de ne pas te réveiller. Bonne nuit.

Il s'extirpe de son canapé et me regarde de la tête aux pieds.

— Bonne nuit, Tama.

Je rejoins ma chambre et ferme la porte. Je me glisse sous les draps et éteins immédiatement la lumière. Dans le noir, mes yeux fixent le néant. Le vide, l'absence.

Le désespoir.

Même si je suis épuisée, je ne parviens pas à trouver le sommeil.

Sueurs froides, tremblements, douleur au creux du ventre ; je suis en manque. En manque d'Izri. Son corps contre le mien, son parfum, sa peau, sa voix. J'ai l'impression que je vais devenir cinglée.

Greg va se coucher et, peu après, je l'entends ronfler. Aussitôt, je libère mes larmes. Hémorragie que rien ne pourra arrêter. Je serre l'oreiller contre moi et j'appelle doucement Izri.

À 6 heures du matin, je me lève, m'habille et quitte la chambre, aussi discrètement que possible pour ne pas réveiller mon hôte. Je passe par la salle de bains, rince mon visage dévasté et me coiffe. Puis je m'enferme dans la cuisine et me prépare du thé.

J'ai les yeux rouges et gonflés par des heures d'insomnie et de larmes. Une nuit qu'Izri a dû passer dans une immonde geôle de garde à vue. Devant ma tasse fumante, je regrette de m'être sauvée. J'aurais dû me livrer aux flics. Je préférerais encore être enfermée avec lui qu'être séparée de lui.

En entendant Greg se lever, je soupire. Difficile de cohabiter avec un inconnu qui ne m'est pas spécialement sympathique. Deux minutes après, il me rejoint dans la cuisine.

— Salut, Tama, bien dormi ?

Lorsqu'il voit ma tête, il réalise à quel point sa question est incongrue.

— Bonjour, Greg, dis-je d'une voix atone.

Il se fait du café et ingurgite un bol de céréales ainsi qu'une demi-baguette de pain avec la moitié d'un pot de confiture.

— Tu manges pas ?

— Non… Je n'ai pas faim.

Il soupire et allume la radio.

— Faut pas te laisser dépérir, Tama ! Faut que tu manges…

— Pour l'instant, à part du thé, rien ne passe.

En l'observant à la dérobée, je vois qu'il a encore grossi. Il n'est pas obèse, non, juste un peu gras. Presque aussi grand qu'Izri, mais un physique plutôt quelconque. Greg n'a pas été gâté par la nature. Visage passe-partout, corps mou, silhouette sans élégance. Ses yeux marron manquent cruellement d'éclat et de profondeur. Ni charme, ni charisme.

Si je devais faire son portrait-robot, j'en serais bien incapable. Signe particulier ? Aucun…

Son portable sonne.

— C'est Tarmoni, dit-il avant de décrocher.

Je cesse de respirer en priant pour que l'avocat m'apporte la délivrance. Je ne peux entendre ce qu'il dit et j'ai une furieuse envie d'arracher le téléphone des mains de Greg. Au bout de quelques minutes, il raccroche et à son regard, je comprends que les nouvelles ne sont pas bonnes.

— Ils sont toujours chez les poulets… Apparemment, ils ont un dossier solide… La garde à vue se termine demain matin et là, on sera fixés.

Reste à savoir si mon cœur résistera jusqu'à ce *demain matin*. À cette seconde, j'ai l'impression qu'il va lâcher bien avant.

* * *

La garde à vue est terminée. Izri et Manu ont été déférés devant un juge d'instruction qui les a mis en examen pour assassinat. Puis ils ont été placés en détention provisoire à la maison d'arrêt de Villeneuve-lès-Maguelone.

La nouvelle me fait l'effet d'un coup de massue.

Izri est en prison et va y rester jusqu'au procès devant la cour d'assises.

Il risque la perpétuité.

Après m'avoir annoncé cette horreur, Tarmoni attend ma réaction. Je titube un instant avant de m'effondrer d'un bloc.

— Tama ! s'écrie Greg.

Les deux hommes me relèvent, me soutiennent jusqu'au canapé.

— Je veux le voir ! murmuré-je. Je veux le voir !

— C'est impossible, m'assène Tarmoni. Pour le moment, il n'a pas le droit aux parloirs et pour vous, de toute façon, ce sera difficile vu que vous n'avez pas de papiers d'identité en bonne et due forme.

Je comprends que ce *difficile* signifie impossible. Je comprends que je risque de ne plus jamais voir l'homme que j'aime.

— Izri m'a chargé de vous dire qu'il pensait à vous et que vous deviez être forte, conclut-il. Grégory, il vous demande de bien veiller sur elle. Voilà, je vous tiens au courant. Et sachez que je vais faire tout mon possible pour le sortir de là.

Il serre la main de Greg et s'éclipse. Je suis inerte sur le canapé, comme si on venait de me lancer contre un mur en béton. Puis, soudain, l'émotion me submerge et je me noie dans un nouveau bain de larmes.

Je ne peux plus respirer, je ne veux plus vivre.

Greg me prend dans ses bras. Ce contact me dégoûte, mais je n'ai pas la force de le repousser et le laisse m'attirer contre lui.

Foudroyée, mais encore vivante.

Bien avant Izri, me voilà condamnée à perpétuité.

86

Assise dans la cuisine, elle dévisageait Gabriel sans un mot.

Pourquoi tu ne nous laisses pas tranquilles, nom de Dieu ?

Ce *nous* prouvait qu'il était fou.

Fou furieux, parfois.

Fou de douleur, toujours.

— Gabriel ?… Parlez-moi d'elle. Celle que je ne pourrai jamais *remplacer*…

Il alluma une cigarette. À une heure aussi matinale, ça lui donna la nausée, mais elle n'osa protester.

— Et pourquoi je te parlerais d'elle ?

— Ça pourrait peut-être vous faire du bien, argua-t-elle en finissant son café.

Il eut un sourire cynique, cruel. Presque méprisant.

— Je te trouve bien présomptueuse. Qui es-tu pour me comprendre ?

— Je ne suis personne, murmura-t-elle. Je n'ai même pas de nom…

— Ce n'est pas parce que tu l'as oublié que tu n'en as pas. Tout le monde porte un nom.

— Vous m'avez sauvé la vie, alors j'aimerais vous aider, reprit-elle.

Il soupira, agacé ou mal à l'aise.

— Je ne t'ai rien sauvé du tout. Je t'ai juste foutue dans un lit, sous une couverture.

— Vous auriez pu m'enterrer vivante.

— Tu me prends pour qui ? Je t'aurais achevée avant, tu peux en être sûre !

Conversation surréaliste pour émailler un petit déjeuner.

Conversation avec un tueur. Un cinglé, un psychopathe.

— Parler fait toujours du bien, s'entêta la jeune femme.

— Parler ne sert à rien, trancha Gabriel en quittant la table. Je dois aller m'occuper de mes chevaux. Tu retournes dans la chambre.

Rester cloîtrée, encore. Alors que le ciel était limpide ce matin.

— Je peux vous accompagner ? J'aimerais bien les voir…

— Tu les as déjà vus quand tu t'es réfugiée dans mon écurie.

— Je ne m'en souviens plus.

Elle le fixait sans relâche.

— Tu prépares un coup tordu, c'est ça ? balança-t-il. Tu penses pouvoir te barrer ?

— Non, j'ai juste envie de prendre l'air. J'en ai assez d'être enfermée dans cette chambre !

— Fallait pas venir m'emmerder chez moi. Et puis, ne te plains pas, tu devrais être morte à l'heure qu'il est !

— Je préférerais être morte qu'enfermée.

Il approcha son visage du sien, lui adressa un sourire terrible.

— Ne me tente pas…

— Allez-y, Gabriel, tuez-moi ! le défia-t-elle en se mettant debout.

Elle écarta les bras, ferma les yeux.

— Alors ? Vous attendez quoi ?

Elle rouvrit les yeux, le bravant du regard. Adossé au bar de la cuisine, il souriait.

— Tu veux que je te raconte ?

— Me raconter quoi ?

— Depuis que tu es ici à te prélasser dans ma chambre, j'ai buté deux personnes. La première, c'était une femme. Je lui ai planté une lame dans le foie et ensuite, je lui ai tranché la gorge.

Gabriel saisit un couteau, s'approcha de la jeune femme qui tentait de garder son calme. Il positionna la lame sur son cou, le froid de l'acier la glaça jusqu'aux os.

— Je lui ai ouvert la gorge d'un bout à l'autre et elle s'est vidée de son sang à mes pieds, chuchota-t-il.

— Pourquoi vous me dites tout ça ? bredouilla son invitée.

— Tu voulais *parler*, non ?… Le second, c'était un type… Lui, je l'ai attaché sur son plumard et je lui ai serré un collier en cuir autour du cou. C'était du cuir mouillé. Et tu sais ce que fait le cuir en séchant ?

Elle déglutit bruyamment.

— Il se rétracte, dit Gabriel. C'est une mort lente et terriblement douloureuse… Ça lui a pris des heures pour crever. Il me suppliait du regard, parce que je l'avais bâillonné. Il me suppliait, mais je l'ai laissé souffrir sans bouger le petit doigt…

Elle fit un pas en arrière, soudain beaucoup moins fière.

— Il pouvait de moins en moins respirer jusqu'à ce qu'il s'étouffe. Son visage est devenu mauve, il a gonflé. Ses yeux se sont révulsés, il s'est pissé dessus. Et puis il est mort. Tu veux que je te raconte les précédents ?

— Non…

— Qu'est-ce qui se passe ? Tu n'as plus envie de *parler* ?

Il avait toujours le couteau à la main, elle fit discrètement un nouveau pas en arrière.

— La précédente victime était un homme.

— Arrêtez ! murmura la jeune femme.

— Lui, il habitait un endroit isolé, un peu comme ici, tu vois ? Alors, j'ai pu le laisser crier et appeler à l'aide.

— Arrêtez…

— Et ça m'a plu de l'écouter appeler au secours pendant de longues minutes, sans que personne ne l'entende… Tu veux savoir comment je l'ai tué ?

— Non… Arrêtez…

— Il jouait au golf. Ça te donne un indice… Allez, fais-moi plaisir, jeune fille, devine comment je l'ai buté !

— Arrêtez, putain !

— À coups de club de golf, bien sûr ! D'abord les genoux, pour qu'il ne puisse plus m'échapper. Pour qu'il rampe devant moi… Et ensuite, sa tête. Jusqu'à ce qu'elle explose. Tu sais, il faut faire preuve d'imagination pour ce genre de boulot ! Jamais la même arme, jamais le même mode opératoire, histoire de brouiller les pistes et d'énerver la justice !

Les omoplates de la jeune femme touchèrent le mur. Elle ne pouvait plus reculer pour s'éloigner du monstre qui lui faisait face.

— Je veux aller dans ma chambre, murmura-t-elle.

Satisfait, il esquissa un sourire.

— À la bonne heure ! Mais je te rappelle que ce n'est pas *ta* chambre. Parce que ici, c'est chez moi, tu te souviens ?

— Je ne risque pas de l'oublier…

— Parfait.

Elle se glissa bien vite entre le mur et l'assassin et se hâta de rejoindre sa cellule de luxe. Il la regarda encore un instant avant de verrouiller la porte. Elle s'assit sur le lit et attrapa la couverture pour se réchauffer. Un froid mortel s'était emparé d'elle.

La Bible racontait n'importe quoi.

Gabriel avait bel et bien rejoint Lucifer.

87

Deux semaines que je vis chez Greg. Ou plutôt que je survis.

Sans cesse, je me répète les paroles d'Izri. Il veut que je sois *forte*.

Mais des forces, je n'en ai plus.

Je vivais pour lui, je souriais pour lui, je respirais pour lui.

J'aurais pu mourir pour lui.

Je vais mourir sans lui.

Ce matin, comme tous les matins, je m'occupe de l'intérieur de Greg. Je lui ai dit qu'il pouvait congédier sa femme de ménage, que je prenais sa place. Je lui dois bien ça en échange de son hospitalité.

Greg ne travaille pas beaucoup. Il gère la boîte de nuit, mais de loin. Parfois, cependant, il y passe ses soirées. Il dirige aussi une entreprise de transport qui appartient à Manu et Iz. Là aussi, il *délègue* et je crois qu'il ne doit pas être trop fatigué le soir.

Greg est quelqu'un de très ordonné, pour ne pas dire maniaque. Chaque chose a sa place, ici.

Sauf que moi, je ne trouve pas la mienne.

Je vis avec un homme dont j'ignore quasiment tout et dont les manières me déplaisent. Aucune classe, aucune élégance. Zéro culture. Il me rappelle un peu Charandon. Mais Izri l'a choisi pour veiller sur moi, alors je fais comme si je l'appréciais. Et j'espère qu'avec le temps, ça viendra.

Si Izri l'aime, il n'y a pas de raison que je ne fasse pas pareil.

Sur les ordres d'Izri, relayés par l'avocat, Greg s'est occupé de notre maison. Avec quelques-uns de ses gars, ils ont mis toutes nos affaires dans des cartons qu'ils ont entreposés dans des garages de l'entreprise de transport. J'aurais voulu superviser ce déménagement car j'avais très envie de retourner là où nous vivions. Mais Greg me l'a interdit, au prétexte que la police surveillait peut-être les lieux et qu'il valait mieux que je reste dans l'ombre.

Il m'a assuré qu'il me conduirait bientôt aux entrepôts pour que je puisse récupérer ce qui me tenait à cœur.

Greg rentre déjeuner après avoir travaillé une matinée. Je lui ai préparé le repas et nous le prenons ensemble dans la cuisine. Il me pose des questions sur moi, sur Iz, sur notre histoire. Je lui réponds, plus par politesse que par envie. Et je me rends compte que mon homme lui a déjà raconté pas mal de choses sur mon passé. Il sait que j'étais exploitée par Mejda, que je suis orpheline.

En début d'après-midi, quelqu'un sonne à l'interphone et nous avons la visite de Me Tarmoni. Je lui sers un café dans le salon et m'installe en face de lui.

— Tama, j'ai vu Izri ce matin.

— Comment va-t-il ?

— Il tient le choc. C'est lui qui m'a demandé de venir vous voir…

Je souris tristement. Izri pense à moi comme je pense à lui, ça redonne un peu de vigueur à mon cœur fatigué.

— Le juge continue l'instruction, mais il ne détient aucune preuve formelle et matérielle de l'implication d'Izri dans l'assassinat de Santiago.

Je me souviens que ce Santiago est le fameux concurrent qui a tiré sur lui et qu'on a retrouvé dans le terrain vague.

— Ils ont des preuves contre Manu, mais pas contre Izri, poursuit l'avocat. Juste un faisceau de présomptions…

— Ça veut dire quoi ?

— Ça veut dire qu'Izri a une chance de s'en sortir lors du procès. D'autant que Manu n'a évidemment rien dit. Il a gardé le silence…

Cette fois, je souris vraiment.

— Il peut s'en sortir ?

— Je ne peux rien vous assurer, mais disons qu'il faut garder espoir, me répond Tarmoni.

Puis il regarde Greg et allume une cigarette.

— D'après Izri, ils ont été balancés, dit-il.

— *Balancés ?* répète Greg. Vous avez une idée de qui a pu… ?

— Aucune. Allez, ajoute Tarmoni, soyez courageuse mademoiselle.

* * *

498

Fumer cigarette sur cigarette.

Tuer le temps, tromper l'ennemi, l'ennui.

Courir, marcher, dormir. Montrer les crocs, se battre. Frapper le premier, encaisser.

Penser, oublier. Tendre l'oreille, jamais la main.

Rêver, parfois. Cauchemarder, chaque nuit.

Bannir les regrets, les remords. Se dire que le risque en valait la peine et même le chagrin. Se dire qu'on a vécu, qu'on aurait pu continuer.

La peur, toujours. La montrer, jamais.

Le pire, ce n'est pas l'enfermement. Les humiliations, les fouilles ou les coups.

Le pire, ce sont les années loin d'elle.

Le pire c'est qu'elle finira par m'oublier.

Faire semblant de rire. Semblant d'être fort. Le plus fort, toujours. Rien à foutre de rien.

Marcher en long, en large et en travers.

Tourner en rond.

Avoir perdu Tama.

Avoir tout perdu.

Compter les jours. Puis les minutes, les secondes.

Ne plus compter sur personne.

Ne plus compter pour personne.

Alors, se cogner la tête contre les murs.

Et pleurer en silence.

* * *

Regarder par la fenêtre. Attendre de voir arriver celui qui n'arrivera pas.

Qui n'arrivera plus jamais.

Regarder passer les heures. Mortes, vides.

Avaler une nourriture sans goût, laver un corps inutile.

Regarder ses mains, se dire qu'elles ne le toucheront plus.

Marcher sans avoir l'impression d'avancer.

Regarder derrière, puisque l'avenir a disparu.

Dormir sans trouver le moindre repos. Se réveiller entre larmes et désespoir.

Se regarder, ne pas se reconnaître.

Penser à Izri, ne penser qu'à lui. Jusqu'à oublier qu'on existe. Prier un dieu qui n'existe plus.

Alors, se regarder mourir, chaque jour un peu plus.

Et pleurer en silence.

88

Un mois sans Izri. Une éternité.

Je me raccroche aux paroles de l'avocat. Mais je sais que son métier, c'est mentir. Alors, ce qu'il m'a dit a-t-il la moindre valeur ? Je n'ai pas d'autre choix que de me forcer à le croire.

Tarmoni est repassé hier. J'étais seule et il m'a confié qu'Izri était étonné que Grégory ne m'ait pas installée dans un appartement rien que pour moi.

Le soir, j'en ai parlé à mon hôte. Pour le moment, l'appartement qu'il a prévu de me prêter est loué, mais il va se débrouiller pour le récupérer. Ça m'a légère-ment réconfortée car j'ai vraiment du mal à partager le quotidien de cet homme, même s'il est plutôt gentil avec moi. Je devrais avoir honte de me plaindre. Il m'a donné un peu d'argent pour que je m'achète des vête-ments, des livres, des produits de beauté. Et surtout, il m'a laissée passer une après-midi dans le hangar où est entreposée notre vie.

Notre vie, dans des cartons.

Le choc a été terrible.

J'ai récupéré des photos, des vêtements, des cadeaux qu'Iz m'avait offerts. J'ai aussi récupéré Batoul et l'ai mise dans l'armoire de ma chambre. Greg m'a assuré que lorsque j'aurai mon propre chez-moi, je pourrai prendre tout ce que je voudrai.

Il semble comprendre ma douleur, mon chagrin, fait tout pour que je me sente bien. Mais je le trouve un peu trop *gentil*, justement. Ses regards appuyés me mettent mal à l'aise, parfois. J'essaie de ne pas y faire attention, mais si Izri avait surpris un seul de ces regards, Greg serait à l'hosto avec la mâchoire fracturée.

Il serait dans le même état que Tristan.

L'autre jour, il a même fait irruption dans la salle de bains alors que je m'y trouvais. Il a prétexté avoir besoin de récupérer son rasoir car il était en retard. Je ne suis pas dupe…

Pourtant, je ne fais rien pour l'encourager. Je porte uniquement des pantalons, des tee-shirts amples. Pas de maquillage, des coiffures strictes.

J'ai hâte que cet appartement se libère afin que je puisse m'y installer. Je dépendrai toujours financièrement de Greg, mais n'aurai plus à supporter sans cesse sa présence.

* * *

— Alors ? demande Tama.

Cette après-midi, Greg a eu son premier parloir avec Izri. Tama lui a confié mille choses. Mille messages d'amour à faire passer à son homme.

— Il va bien, assure Greg en virant son blouson.

Tama est rassurée. Ces trois mots sont déjà essentiels. Mais elle veut plus. Elle veut tout savoir.

— Qu'est-ce qu'il t'a dit ?

Greg hausse les épaules.

— On n'a pas eu beaucoup de temps !

— Je sais, mais… Tu as pu lui dire que…

— Oui, oui, ne t'en fais pas. Mais on a surtout parlé de sa situation, de la boîte, des affaires. Il est remonté contre celui qui les a balancés. Ça lui bouffe la tête !

Il se laisse tomber sur le canapé.

— Il m'a demandé de t'embrasser, ajoute-t-il.

— De m'embrasser ? répète-t-elle.

Tama tente de cacher sa déception. Elle avait espéré mille choses.

Mille messages d'amour.

— Il est perturbé, précise Greg. La taule, c'est pas le Club Med.

— Bien sûr, murmure la jeune femme. Comment est-il ? Il a maigri ?

— Un peu.

— Mais il va bien, hein ? Tu ne me caches rien ?

— Pourquoi tu veux que je te cache quelque chose, princesse ? Il tient le choc, c'est tout ce que je peux dire.

Comprenant qu'elle n'obtiendra rien de plus, Tama retourne dans la cuisine pour terminer la préparation du repas. Ça fait deux mois qu'elle vit avec Greg et cette situation lui pèse chaque jour un peu plus. Pourtant, prenant sur elle, Tama fait tout pour être la plus discrète possible.

L'automne est presque terminé, les températures restent cependant clémentes. Tama va parfois dehors, mais regrette son jardin où elle pouvait passer des heures à lire dans les bras du soleil. Ici, seulement une cour qui demeure constamment à l'ombre. Pas une fleur, pas un brin d'herbe, pas un arbuste. Du béton, du plastique. Un extérieur froid, aussi impersonnel que l'intérieur. Au fond de la cour, il y a le garage et, à côté, une sorte de remise où elle n'a jamais mis les pieds.

Elle n'aime pas cette maison, n'aime pas son propriétaire, n'aime plus sa vie.

Elle pourrait être logée dans un château, ça ne changerait rien.

Sans Izri, le monde entier ressemble à l'enfer.

— Ça sent bon… C'est quoi ? demande Greg en la rejoignant dans la cuisine.

— Un poulet curry coco.

— Hum… Tu es la meilleure cuisinière que je connaisse !

Il pose ses mains sur ses épaules, Tama se contracte. Elle ne supporte pas qu'il la touche. À chaque contact, une décharge électrique lui traverse le corps. C'est douloureux et répugnant sans qu'elle sache vraiment pourquoi. Si Manu était à la place de Greg, ça ne la dérangerait pas. Sans doute parce que dans les yeux de Manu, elle n'a jamais vu ce qu'elle a aperçu dans ceux de Greg.

Concupiscence, convoitise à peine dissimulée.

Elle se dégage doucement et il continue à la fixer avec son sourire énigmatique et patient. Elle attrape les assiettes et les verres dans le placard, les dispose sur la table. Quand elle repasse devant lui, il attrape son bras. Nouveau haut-le-cœur. Il l'attire vers lui, elle résiste, se faisant plus lourde qu'elle n'est.

— N'aie pas peur, murmure-t-il.

Dès qu'elle se retrouve collée à lui, elle a la preuve qu'elle ne rêve pas.

— Qu'est-ce qui te prend ?

— Iz n'en saura rien, dit-il.

Le visage de Tama se crispe. Ses yeux de lionne se transforment en armes à feu.

— Lâche-moi, Greg, demande-t-elle sans élever la voix.

— Allez, détends-toi ! prie-t-il en caressant son visage. Je te jure, je fais tout pour résister, mais c'est pas évident...

— C'est Izri que j'aime, rappelle Tama.

— Qui te parle d'*amour* ?

À nouveau, elle se dégage puis quitte la pièce pour aller s'enfermer dans la chambre. Son cœur bat à tout rompre lorsqu'elle s'assoit sur le lit. Elle appréhendait cet instant depuis des jours. Ce moment où il allait lui demander de payer sa dette.

Il ne prend pas la peine de frapper et entre dans la chambre à son tour. Bras croisés, il se plante sur le seuil, la dévisageant d'un air contrarié.

Jamais elle ne l'avait trouvé aussi laid. La frustration, sans doute.

— C'est comme ça que tu me remercies ?

— C'est comme ça que *tu remercies Iz* ? contre-attaque Tama.

— Je ne lui dois rien.

— Vraiment ? Ce n'est pas ce qu'il m'a dit.

— Il t'a menti...

— Izri ne ment pas.

— Tu ne le connais peut-être pas aussi bien que ça ! ricane Greg.

Tama se ferme comme une huître.

— Tu veux savoir combien de fois il t'a trompée ? Combien de nanas il a baisées pendant que tu l'attendais bien sagement à la maison ?

Elle garde toujours le silence, mais ses mains se mettent à trembler. Alors, elle les cache dans son dos.

— Tant de fois que j'ai pas assez de mes dix doigts pour compter ! assène Greg.

— Tu crois m'apprendre quelque chose ? le défie Tama. Je suis au courant, figure-toi !

Il vient s'asseoir près d'elle, pose une main sur sa cuisse. Elle se déplace vers la droite pour s'éloigner.

— Alors, pourquoi tant de manières ? ajoute Greg d'une voix doucereuse.

— J'ai pas envie de coucher avec toi. Et si jamais tu recommences, je m'en irai.

— Et tu iras où, hein ?

— Je me débrouillerai ! s'écrie Tama.

Elle se lève d'un bond, récupère son sac et son gilet avant de s'enfuir dans le couloir. Greg la rattrape dans la cour, la ramène à l'intérieur d'un geste un peu brusque.

— C'est bon, calme-toi ! Tu ne dois pas partir, Tama. Ce n'est pas ce qu'Izri voudrait…

Il referme la porte et lui confisque son sac.

— Je m'excuse, dit-il. Si tu veux pas, y a pas de problème… Alors, on oublie ce qui vient de se passer, d'accord ?

— D'accord, murmure-t-elle.

— Tu me pardonnes ? demande-t-il.

Elle n'a pas vraiment le choix.

* * *

Assis sur ma paillasse, je fixe le mur sombre qui me fait face.

Quinze jours de cachot pour avoir démoli un mec dans la cour de promenade. Un type qui me cherche depuis que je suis arrivé ici. Manu m'a filé un coup de main et doit moisir dans un enclos identique au mien.

Ces cages pour les fauves.

Heureusement qu'il est là, dans la même taule que moi. Heureusement que je peux le voir une ou deux heures par jour. Il partage sa cellule avec deux autres gars qui ont l'air clean. Moi, ils m'ont collé avec un timbré qui se parle à lui-même jusque dans son sommeil.

Mort de peur, sans doute.

J'ignore ce qu'il a commis pour atterrir ici et n'ai pas envie de le savoir.

Ça fait un bail qu'il est là et je me demande si je vais finir comme lui.

J'ai appris que ma mère avait sollicité de la part du juge une autorisation de visite. Pourtant, elle n'est pas venue.

Tant mieux. Qu'elle aille au Diable.

Par contre, la semaine dernière, Greg est passé. Mon premier parloir, mis à part ceux de l'avocat. Ça m'a fait plaisir de le voir, de l'entendre. Mais ce qui m'importait le plus, c'était qu'il me parle de Tama. Il m'assure qu'elle va bien, qu'elle a pris ses marques chez lui et qu'ils cohabitent sans difficulté. Qu'elle a pleuré les premiers jours mais que maintenant, ça va mieux et qu'elle a retrouvé le sourire.

Je devrais m'en réjouir, mais ça m'a fait l'effet d'une douche froide. Pour me rassurer, je me dis qu'elle ne veut sans doute pas s'épancher devant un mec qu'elle connaît à peine.

Depuis longtemps déjà, j'avais confié à Greg cette mission : prendre soin de Tama si Manu et moi atterrissions en taule. Lui trouver un logement, lui donner de quoi vivre.

Un retour d'ascenseur, en somme. Car Greg, je l'ai sorti de la merde. J'ai remboursé ses dettes de jeu, l'ai fait entrer dans notre *cercle*, contre l'avis de Manu. Comme Greg a le courage d'un lapin de garenne, je lui ai filé la gestion d'une ou deux affaires légales. Hors de question qu'il monte avec nous sur des braquages, il en est incapable. Ses couilles doivent avoir la taille de celles d'un hamster, mais il est intelligent et s'est bien débrouillé avec l'entreprise dont je lui ai confié les rênes. À chacun son boulot, après tout…

Hier, je lui ai demandé de trouver un appart pour Tama. Je lui ai dit que ce n'était pas bon qu'elle s'éternise chez lui, parce qu'il avait sa vie et qu'elle n'avait rien à y faire. Il m'a répondu qu'elle ne le dérangeait pas, mais a promis de faire le nécessaire au plus vite.

Avant qu'il parte, je l'ai chargé de dire à Tama que je pensais à elle chaque jour, chaque minute. Que je pensais à elle, et à rien d'autre. En réponse, il m'a dit que Tama m'embrassait.

Rien de plus.

* * *

— C'est sympa de venir, dit Izri en allumant une clope.

— C'est normal, mon frère, répond Greg.

— Comment va Tama ?

— Très bien. Enfin, elle a l'air, en tout cas. Mais je ne la vois pas beaucoup, tu sais…

— Comment ça ? s'inquiète Izri.

— Ben, je travaille et puis elle s'absente beaucoup.

— Et elle va où ? interroge Izri d'une voix crispée.

Greg hausse les épaules.

— J'en sais rien, mon vieux ! Elle fait ce qu'elle veut… Et j'évite de lui poser trop de questions parce que ça a tendance à l'énerver. C'est qu'elle a un sacré caractère, cette petite !

Izri soupire et écrase sa clope sur le sol.

— Tu as bien une idée de ce qu'elle fait de ses journées, non ?

— T'as l'air inquiet… T'as pas confiance en elle, ou quoi ?

Izri est mal à l'aise de montrer ses failles.

— Si, mais…

— Tu veux que je la piste, c'est ça ?

— J'aimerais savoir ce qu'elle fait et où elle va, confirme Izri. Tu peux faire ça pour moi ?

— Je peux. J'aime pas, mais je peux.

— Merci, Greg.

— Je crois que tu te montes la tête, mon frère, ajoute Greg. Peut-être qu'elle voit simplement des copines ou qu'elle fait les boutiques !

— Elle n'a pas de copines.

— Bon, je vais essayer de la garder à l'œil. Et je te tiendrai au courant s'il y a quoi que ce soit. Mais je pense qu'elle est clean et que tu te fais du mal pour rien… Elle t'a déjà trompé ?

Izri ne répond pas immédiatement.

— Non. Mais quelques connards lui ont tourné autour et si j'étais pas intervenu… Elle est jeune et influençable. Et puis elle ne passe pas inaperçue.

— Ça, c'est vrai ! acquiesce Greg. J'ai remarqué que tous les mecs se retournent sur son passage.

— Peut-être que ce n'est pas si pressé pour l'appart, poursuit Izri. Peut-être que tu devrais la garder un peu près de toi…

Greg soupire.

— OK, mon vieux. Mais pas sûr qu'elle apprécie. Parce qu'elle a envie d'indépendance, je crois.

— Elle fera ce que tu lui diras de faire, assène Izri. Je ne veux pas prendre de risques, compris ?

— Reçu cinq sur cinq. Tu as un message pour elle ?

— Toujours le même, répond Izri. Dis-lui que je l'aime et que je pense à elle tout le temps… Et elle, elle t'a demandé de me faire passer un message ?

Greg hésite un instant et Izri sent son cœur se fendre un peu plus.

— Bien sûr, prétend-il enfin d'un air embarrassé. Elle m'a dit de t'embrasser.

* * *

Couloir sans fin, voix, insultes, cris et désespoirs étouffés par les portes d'acier.

Derrière moi, les serrures claquent, les unes après les autres. J'entre dans ma cellule et considère un instant le taré avec qui je partage mes neuf mètres carrés. Il est en train de fixer le mur comme s'il allait s'ouvrir pour lui indiquer le chemin de la sortie. Je soupire et m'affale sur mon lit.

Depuis que j'ai quitté le parloir, je sens une boule grossir dans mon ventre. Qu'est-ce que Tama peut bien faire de ses journées ? Pourquoi s'absente-t-elle aussi souvent ? A-t-elle retrouvé la trace de Tristan ?

Je serre les poings en me maudissant de ne pas avoir achevé ce bâtard de libraire. L'instant d'après, j'essaie de me raisonner. Tama m'a sauvé la vie à deux reprises. M'a dit tout son amour, tant de fois. Elle ne peut pas m'oublier si vite. Me tromper si vite.

Mais alors, où va-t-elle ?

J'ai envie de prendre mon codétenu comme punching-ball pour défouler mon angoisse. Mais plus je regarde ce pauvre type, plus il me fait pitié.

Pour me calmer les nerfs, j'allume une cigarette et regarde longuement la petite photo de Tama que Tarmoni m'a apportée. Je réalise alors la place qu'elle a prise dans ma vie. Je ne me serais jamais cru capable d'aimer ainsi. J'ignore si c'est une force ou une faiblesse. En tout cas, ce n'est pas un choix.

Et si Tama me trahit, je crois que je serai capable de tout.

Même de mourir de chagrin.

89

La jeune femme contemplait le livre encore et encore. La couverture lui rappelait quelque chose, mais impossible d'en déchiffrer le titre. Elle l'ouvrit et tourna les pages.

Ces pages qui ne voulaient rien dire.

Ces mots qui n'avaient aucun sens.

Si elle avait su lire un jour, elle avait oublié. Elle referma le livre d'un geste plein de rage et prit sa tête entre ses mains.

Comment pouvait-elle se souvenir de la couverture d'un bouquin et ne pas se remémorer son propre nom ? Le cerveau était décidément un organe bien mystérieux.

Elle s'approcha de la fenêtre et aperçut Gabriel qui brossait l'un de ses chevaux, un magnifique animal. Il lui caressa l'encolure, lui confia quelques mots qu'elle ne pouvait entendre.

Il savait se montrer délicat, tendre. Était pourtant capable de fracasser le crâne d'un type à coups de club de golf ou encore d'égorger une femme.

Cet homme était une énigme. Était-ce la mort de Lana qui l'avait rendu fou ou l'était-il déjà avant ?

Vu qu'il refusait d'évoquer le sujet, elle en était réduite à échafauder de vaines hypothèses.

Avait-il toujours été un tueur, un assassin ? L'était-il devenu après le décès de sa fille ? La voyait-il encore dans ses délires ?

Pourquoi tu ne nous laisses pas tranquilles ?

Peut-être se parlaient-ils encore.

Ne tue pas cette jeune femme, papa, s'il te plaît ?

Car en l'épargnant, elle avait l'impression qu'il ne faisait qu'obéir à un ordre.

Oui, le cerveau était décidément un organe bien mystérieux.

Gabriel sortit le second cheval et l'attacha à côté du premier. Il l'étrilla, le bouchonna, lui cura les sabots.

Soudain, il leva la tête et leurs regards se croisèrent. Il disparut, revint au bout de quelques minutes avec deux selles sur les bras. Il prépara les chevaux et la jeune femme se demanda s'il allait les monter l'un après l'autre. Gabriel quitta à nouveau son champ de vision et, un instant plus tard, la porte de sa chambre s'ouvrit. Surprise, elle fit volte-face.

— Tu es prête ? demanda-t-il.

* * *

Fou à lier était l'expression juste.

Il la terrorisait pour qu'elle aille dans la chambre, et maintenant, il lui proposait une balade à cheval.

— Mes deux princesses ont besoin de se dégourdir les pattes, se justifia-t-il.

— Je ne sais pas si je vais y arriver, bafouilla la jeune femme.

— Toi qui n'as peur de rien ? railla Gabriel. Allons…

Il amena le cheval gris devant elle, fit descendre les étriers et joignit ses mains gantées de cuir.

— Pose ton pied là, ordonna-t-il. Et accroche-toi au pommeau.

Il la souleva comme si elle ne pesait rien et elle se retrouva assise sur le dos de la jument une seconde plus tard.

C'était haut. Beaucoup trop haut.

Gabriel se mit en selle à son tour et lui adressa l'un de ses énigmatiques sourires.

— La tienne s'appelle Gaïa. Et voici Maya.

— Enchantée, marmonna-t-elle.

Gabriel passa devant et Gaïa suivit sans que la jeune femme ait le moindre mouvement à faire. La jument se plaça à côté de sa congénère et les deux cavaliers avancèrent au pas sur la piste qui grimpait derrière la maison.

— Gaïa est très douce, indiqua Gabriel. C'est pour ça que je l'ai choisie pour toi. Maya est plus nerveuse, parfois…

— Je vais me casser la gueule, c'est sûr !

Malgré la peur, elle savoura cet instant étrange, ce moment où elle retrouvait une certaine liberté.

— C'est bizarre, dit-elle, j'ai l'impression d'avoir été cloîtrée pendant des mois…

— C'est peut-être le cas. Peut-être que tu as été séquestrée et que tu t'es enfuie.

Elle ressentit un pincement aux tripes.

— Fais confiance à tes émotions, reprit Gabriel. À tes sentiments. Si tu as l'impression d'avoir été enfermée longtemps, c'est sans doute le cas. Mais il y a mille façons d'être enfermé...

— Vous pensez à quoi ?

— J'en sais rien ! J'ai cassé ma boule de cristal, désolé...

— Très drôle ! bougonna la jeune femme.

— Et le cheval, ça te rappelle quelque chose ?

— Absolument rien, soupira-t-elle. Elle a quel âge, Gaïa ?

— Dix ans. Je l'avais offerte à Lana pour ses seize ans, ajouta-t-il comme s'il se parlait à lui-même.

La jeune femme en déduisit que Lana aurait dû avoir vingt-six ans aujourd'hui. Gabriel lui laissait monter le cheval de sa fille, lui laissait porter ses vêtements... Mais il refusait de parler d'elle. L'évoquer était quasiment interdit. Uniquement des bribes, des petits morceaux d'histoire. Les pièces minuscules d'un tragique puzzle.

— Lana l'adorait, reprit Gabriel. Et c'était réciproque.

Il ne semblait plus craindre la moindre tentative d'évasion de sa part. Ou peut-être voulait-il lui signifier qu'il avait le contrôle absolu de la situation.

Troisième hypothèse, il souhaitait qu'elle tente le coup pour partir en chasse. Mais comme elle ne savait pas diriger un cheval, ça ne risquait pas d'arriver.

Ils longèrent les pâturages abandonnés, les vieux barbelés, puis entrèrent dans la forêt. La jeune femme connaissait ce chemin.

C'était celui qui menait à sa tombe...

90

Greg se tient à carreau, désormais. Il se conduit bien envers moi, je commence même à l'apprécier. Progressivement, je me détends un peu.

Hier soir, il a allumé un feu dans la cheminée et nous avons longuement bavardé dans le salon. Il m'a raconté ses souvenirs d'enfance avec Izri, ça m'a fait du bien qu'il me parle de lui. Il a réussi à me faire pleurer et même à me faire rire, ce que je croyais impossible. Il faut dire que j'avais bu un peu d'alcool. Pas beaucoup, mais dès que j'avale une goutte de vin, j'ai tendance à baisser ma garde.

Alors, moi aussi, je me suis confiée. Sur Mejda, Sefana et sur ce qu'Izri a fait pour moi. Sur notre vie commune, notre amour. Greg sait qu'Izri peut se montrer violent et je le lui ai confirmé en omettant les détails. Je lui ai un peu raconté l'histoire de Tristan, sans toutefois lui révéler qu'Izri l'avait envoyé à l'hôpital.

Finalement, je ne suis plus aussi pressée d'avoir mon appartement. Je m'impatiente juste de pouvoir rendre visite à Izri.

* * *

Tarmoni passe en coup de vent à la maison. Je lui sers un verre de porto, il s'assoit dans le salon, en face de Greg.

— Tu nous apportes des glaçons, Tama ? me lance Greg.

— Bien sûr...

Je file dans la cuisine et j'entends les deux hommes parler à voix basse. Ça m'inquiète, alors je me hâte de revenir auprès d'eux. C'est moi qui ai demandé à Tarmoni de venir, car je veux qu'il m'obtienne un permis de visite de la part du juge.

— Alors, vous voulez vraiment qu'on tente le coup ? s'assure Tarmoni. Vous avez conscience des risques que vous prenez ? Ils sont immenses...

— Je me fous des risques. Je ne peux plus rester sans le voir, dis-je. C'est trop dur.

— OK, espérons qu'ils ne vont pas déclencher une enquête et découvrir que vous avez usurpé l'identité de quelqu'un... Toutefois, vous savez que le juge est libre de refuser. Pour les membres de la famille, il doit motiver son refus, mais pour les autres... D'ailleurs, la mère d'Izri a obtenu son laissez-passer.

Quand j'apprends que Mejda va pouvoir rendre visite à Iz alors que moi je ne peux plus l'approcher, mon cœur s'emplit de rage et de jalousie.

— Mais d'après ce que je sais, elle n'est pas encore allée le voir, ajoute l'avocat en voyant ma tête. On va donc essayer. Et pour ne pas vous mettre en danger, on ne va pas signaler que vous viviez avec Izri, seulement que vous êtes l'une de ses amies d'enfance. Je vais rédiger une demande dans laquelle j'expliquerai que votre présence sera bénéfique au prévenu... Pour le dossier, j'ai besoin de deux photos d'identité et de la copie de votre carte d'identité. Si vous voulez, vous me la confiez et je m'en charge.

— Je vais la chercher ! dis-je en me levant.

Dans la chambre, je récupère mon portefeuille. Comme je ne trouve pas ma carte, je vide le contenu de mon sac à main sur le lit. L'angoisse me serre la gorge. Je retourne dans le salon, interrompant de nouvelles messes basses.

— Je ne la trouve plus ! m'écrié-je.

— Comment ça ? s'étonne Greg.

— Elle était dans mon sac, pourtant !

J'ai les larmes aux yeux, Tarmoni me considère avec compassion.

— On va fouiller la chambre, propose Greg. Et quand on l'aura, on vous l'apportera, maître.

— Très bien, soupire l'avocat en finissant son verre. Il faut que je file.

Il s'en va et je retourne dans la chambre où je mets tout sens dessus dessous.

— Tu l'avais peut-être laissée à la maison, suggère Greg.

— Non ! Je suis sûre qu'elle était dans mon sac...

— Calme-toi. Demain, on ira à l'entrepôt et on essaiera de la retrouver dans les cartons...

— Mais si je l'avais oubliée à la maison, les flics l'auraient prise lors de la perquisition...

— Tu as raison, admet Greg.

Je tombe sur le lit et enfouis mon visage entre mes mains.

— Allez, te bile pas, Tama… Je vais me démerder pour te procurer d'autres papiers, d'accord ?

— Merci, Greg… Merci beaucoup.

* * *

J'ai à nouveau fouillé la chambre de fond en comble. Plus de carte d'identité. On dirait que le sort s'acharne contre moi… Depuis que la police a arrêté Izri, je ne m'en suis pas servie. L'hypothèse la plus vraisemblable, c'est qu'elle est entre les mains des flics. Ils ont donc ma photo, mais une fausse identité. Je me demande s'ils ont interrogé Mejda, s'ils lui ont montré mon visage. Une nouvelle angoisse s'empare de moi. Peut-être que je suis recherchée ?

Du coup, je sors encore moins qu'avant et me contente d'aller au petit supermarché trois rues plus loin. Et dès que je mets un pied dehors, je pose un foulard sur ma tête, telle une bonne musulmane.

Greg a pris des contacts afin de me procurer d'autres papiers mais il m'a précisé que ce n'était pas sa partie et qu'il faudrait du temps.

Ce temps qui m'assassine.

Chaque jour sans Izri est un jour perdu.

Je me suis acheté des livres, des dizaines de livres. À vrai dire, je n'ai pas la force de lire. Je n'arrive pas à me concentrer.

Sur chaque page, le visage d'Izri.

Chaque mot comporte quatre lettres, IZRI.

Mais je les ai tous mis dans ma chambre et leur présence m'apaise. C'est comme si j'avais des amis autour de moi. Des amis silencieux et compréhensifs.

Ces amis que je n'ai jamais eus.

Je n'avais que lui. Izri était mon quotidien, il était mes jours et mes nuits. Mes rêves et mes cauchemars. Il me guidait, donnait un sens à ma vie.

Il était le centre du monde, mon univers.

Il était la terre, le ciel et l'air. Il était l'eau et le feu, le froid et le chaud.

Il faisait battre mon cœur, sourire mes lèvres.

Aujourd'hui, il est mes larmes et ma détresse.

* * *

— Alors ? questionne Izri. Quelles sont les nouvelles ?

— À la boîte, tout va bien, répond Greg. On a réussi à…

— Je te parle pas de la boîte, coupe Izri avec agacement. Je te parle de Tama.

— Ah… elle va bien, elle aussi.

— Tu as fait ce que je t'ai demandé ?

— Ouais. Mais c'est pas drôle, je t'assure !

— Rien à branler. Raconte…

— Je l'ai suivie, cette semaine. Elle a pris le bus et elle est allée passer l'après-midi chez un type.

Le visage d'Izri se transforme. Se déforme. Ses mains s'accrochent au rebord de la table.

— Quel type ? demande-t-il d'une voix sourde.

Greg allume une cigarette, faisant durer le suspense.

— Accouche, bordel ! lui ordonne Izri.

— Mais j'en sais rien, moi !

— Comment ça ? hurle Izri.

— Eh, du calme mon vieux… Je vais me renseigner sur lui, OK ?

— Et d'abord, comment tu sais qu'elle est entrée chez *un type* ?

— Ben c'était une maison et j'ai jeté un œil à la boîte aux lettres.

— Alors tu connais son nom ! Qu'est-ce que tu attends pour me le dire, putain ?!

— Il s'appelle Tristan Perez.

Izri a le souffle coupé. Ses pires craintes viennent de prendre corps.

— Putain de merde, murmure-t-il.

— Tu le connais ?

— Faut que tu l'empêches de voir ce mec !

— Et comment ?

Izri lève sur lui un regard terrifiant.

— Tu te démerdes. Je ne veux pas qu'elle retourne chez lui, c'est clair ?

— Très clair, soupire Greg.

— S'il le faut, tu lui interdis de sortir de la maison. Je compte sur toi.

— Tu peux… Bon, faut que j'y aille. Je reviens bientôt.

— Merci, mon frère.

* * *

Le jour de mes quatorze ans, je l'ai revu.

Darqawi était assis sur un banc, le long d'un square. Il savait que je passais par là chaque matin pour me rendre au collège et il m'attendait.

Quand je l'ai aperçu, j'ai senti renaître la peur. Je me suis immobilisé à deux mètres de lui, prêt à m'enfuir. Nous nous sommes dévisagés de longues secondes et j'ai alors remarqué le petit paquet posé juste à côté de lui. Il s'est éloigné en abandonnant le cadeau sur le banc. Dès que Darqawi a été suffisamment loin, je me suis assis à sa place. J'ai hésité à ouvrir le paquet, surpris qu'il se souvienne de mon anniversaire. Finalement, j'ai déchiré le papier et découvert une petite boîte en bois. À l'intérieur, une bague. *Sa* bague. Un bijou imposant, en argent massif sculpté de motifs ethniques.

Cette bague qui m'avait fait si souvent mal lorsqu'il me filait des gifles. Je l'ai mise à mon doigt, elle était un peu grande à l'époque. Pourtant, je ne l'ai plus jamais quittée.

* * *

Dans ma chambre, je regarde une photo d'Izri. Une photo prise chez Wassila. Sur ce cliché, il est d'une incroyable beauté. Ses yeux clairs brillent de mille feux et son sourire a quelque chose de carnassier.

Sur ce cliché, nous étions heureux, je crois.

J'ai envie de parler à jedda. Je lui donne régulièrement des nouvelles et je sais que l'arrestation d'Izri l'a choquée. Depuis, je trouve qu'elle a une voix fatiguée. Je l'appelle, laisse sonner, encore et encore. Mais Wassila ne répond pas.

Ça m'aurait fait tant de bien de me confier à elle...

Alors, je décide d'écrire une lettre pour Izri. Hier, j'ai eu Tarmoni au téléphone et il m'a promis qu'il pourrait la lui faire passer. Car si elle arrive par la poste, elle sera lue par les gardiens.

Pendant deux pages, je lui rappelle à quel point je l'aime, à quel point il me manque. Je lui dis que je pense à lui chaque seconde, à lui et à personne d'autre. Je lui promets que je l'attendrai, quoi qu'il arrive. Je l'attendrai, même si c'est pendant vingt ans.

Je joins à la lettre une photo de nous, prise près de la piscine et que j'ai récupérée dans un des cartons. Je mets tout dans une enveloppe que je pose sur ma table de chevet. Je ne la ferme pas car Me Tarmoni voudra peut-être la lire.

Puis je m'endors en pleurant.

À mon réveil, Greg est assis à côté du lit. Surprise, je me redresse. Il me sourit, comme s'il avait une bonne nouvelle à m'annoncer.

— Bien dormi ?

— Ça fait longtemps que tu es là ?

— Quelques minutes à peine. Tu es si jolie quand tu dors, Tama…

Je m'assois et constate que l'enveloppe est tournée dans l'autre sens. Il l'a touchée, peut-être lue. Il a mis ses mains sales sur mes mots d'amour.

— Ça en est où, pour la carte d'identité ? dis-je.

— Nulle part.

Il vient près de moi, mon cœur accélère. Il va recommencer, je le vois dans ses yeux. Il pose une main sur ma cuisse, remonte doucement vers ma hanche. Je saisis son poignet, stoppant ses élans.

— Je peux pas me contrôler. Depuis que je t'ai vue, la première fois, j'ai envie de toi…

— Arrête. Nous deux, c'est impossible. Et ça sera toujours impossible.

Je vois la hargne et la déception marquer son visage.

— Ferme-la, Tama. J'ai assez attendu.

Je me lève brusquement et recule en direction de la fenêtre.

— Attendu quoi ? dis-je.

— Izri va en prendre pour vingt piges et tu le sais. Alors, maintenant, tu n'as que moi. Et si tu veux que je sois gentil avec toi, va falloir que tu sois gentille avec moi…

— Je suis avec Izri ! AVEC IZRI ! Et s'il faut l'attendre vingt ans, je l'attendrai !

Greg m'adresse un sourire ignoble.

— Je sais, j'ai lu ta lettre. C'est touchant. Tellement touchant… Mais je peux t'aider à l'oublier, si tu veux.

Encore un pas en arrière, mon dos heurte le mur. Il prend mon visage entre ses mains, approche ses lèvres des miennes. Dans un réflexe, je le repousse violemment et parviens à lui échapper. Je me précipite jusqu'à la porte d'entrée.

— C'est fermé, Tama ! chantonne Greg dans mon dos.

Je me retourne pour lui faire face.

— Arrête ! Laisse-moi partir !

— Les clefs, c'est moi qui les ai. Tout comme ta carte d'identité. Tu ne peux aller nulle part. On dirait bien que tu es coincée, *chérie*.

Je reste bouche bée. C'est lui qui a subtilisé ma carte. Lui qui m'empêche d'aller rendre visite à Izri. Comment ai-je pu me laisser berner de la sorte ?

Comment *Izri* a-t-il pu se laisser berner de la sorte ?

— Mais c'est pour ton bien, Tama, ajoute-t-il avec son sourire visqueux. Tu aurais pris trop de risques pour lui… Il faut que tu l'oublies, maintenant. C'est mieux, je t'assure…

Il me plaque contre le mur, pose à nouveau ses mains sur moi. Une nausée fulgurante me soulève le cœur. Je libère ma rage, me mets à le frapper de toutes mes forces. Il saisit mes poignets, se colle contre moi.

— Eh, du calme !

Puisqu'il me tient les mains, j'utilise mes jambes et lui file un coup de pied dans le tibia. En hurlant de douleur, il me lâche. Je m'enfuis dans le couloir, mais il me rattrape avant que j'aie pu atteindre la chambre. Il m'empoigne par les cheveux et m'attire brutalement vers lui avant de me coller son poing en plein visage. Je m'écroule sur le carrelage et reste sonnée une seconde. Des points multicolores voltigent devant mes yeux.

— C'est ça que tu veux ? soupire Greg d'une voix atrocement suave. Remarque, j'aurais dû m'en douter… C'est comme ça qu'Izri t'a apprivoisée ? En t'en mettant plein la gueule ? Soit… Je vais faire comme lui, puisque c'est ce que tu aimes.

Il recommence à cogner, je hurle. Il me laisse enfin reprendre ma respiration et me contemple en souriant.

— Je pensais que tu préférais la douceur… On dirait que je me suis planté !

— Arrête, Greg, je t'en prie…

En réponse à ma supplique, je reçois une nouvelle avalanche de violence qui me met K-O. Je perds connaissance et quand je reviens à moi, il est en train de me traîner par terre dans le couloir. Je n'ai plus de forces et me laisse emporter vers la chambre.

— J'aime bien, finalement ! rigole Greg. C'est pas désagréable. Iz avait raison !

Il me jette en travers de son lit. Dans une sorte de flou artistique, je le vois ôter son tee-shirt et son jean tandis que j'essaie de recouvrer mes esprits. Il se jette sur moi et, avec sa main droite, il bloque mes poignets tandis qu'avec la gauche, il tente d'arracher mes vêtements. Je lui assène des coups de genou, parviens à mordre son bras. Je plante furieusement mes dents dans sa chair. Son sang coule sur ma langue tandis qu'il braille de douleur.

— Salope !

Il dégage son bras, me file une série de gifles avant de me retourner sur le ventre et de s'asseoir sur moi. Avec sa ceinture, il m'attache les poignets dans le dos. Je ne peux plus rien faire à part rugir comme une lionne. Il retire mon pantalon, reçoit un coup de pied dans la mâchoire au passage.

Je ne me laisserai pas faire.

Je me suis laissé faire trop longtemps.

Je me battrai jusqu'au bout. Jusqu'à la mort.

Je ne lui appartiendrai pas. Je ne lui appartiendrai jamais. Parce que j'appartiens déjà à un homme.

Alors que Greg écarte mes jambes, je me mets à hurler. Un nom, un seul.

— Izri !

— Tu peux toujours l'appeler, pauvre conne ! Il est en taule, ton prince charmant !

Pas ça. Mon Dieu, pas ça. Par pitié, épargnez-moi ça. Mais en cette seconde, Dieu regarde ailleurs.

Pendant que Greg me viole, je répète inlassablement le prénom d'Izri.

Il n'y a que lui qui puisse m'aider à affronter la douleur, la honte, le dégoût.

La profanation.

De mon corps, de notre amour.

Ça me semble durer des heures, ça ne dure que quelques minutes. Essoufflé, Greg s'allonge à côté de moi et je reste inerte sur le lit, les dents serrées, les yeux fermés. Avec sa main, il caresse le haut de ma cuisse et je me retiens pour ne pas vomir.

Je suis déjà bien assez sale comme ça.

— Izri m'a traité comme de la merde. Il n'en avait que pour Manu ! *Manu* par-ci, *Manu* par-là… Et moi, que dalle. Alors, maintenant, je vais tout lui prendre… Tout ! Ses affaires, son fric et sa meuf.

— Il te tuera ! murmuré-je entre mes dents.

— Là où il est, il ne pourra rien faire ! Et si tu veux tout savoir, c'est moi qui l'ai balancé aux flics. Un petit coup de fil pour leur dire où trouver les coupables du meurtre de ce cher Santiago… Et hop, plus de Manu, plus d'Izri ! Un vrai jeu d'enfant…

Je sens un liquide acide couler dans mes veines. Si seulement je n'étais pas attachée. Si seulement j'avais la force physique de le massacrer de mes propres mains…

— Iz te tuera, espèce de sale con !

— Toi, il va falloir que je te dresse, soupire Greg. Que je t'apprenne la politesse…

J'essaie de me détacher en me contorsionnant, pendant qu'il ouvre le tiroir du chevet et récupère une paire de menottes. Je me demande où il les a trouvées alors que c'est vraiment le dernier de mes problèmes.

Il enlève la ceinture autour de mes poignets et je recommence à me débattre, malgré la douleur. Il encaisse quelques coups mais parvient à me menotter dans le dos. Puis il revient entre mes jambes. Je hurle si fort qu'il plaque sa main sur ma bouche.

— Je comprends pourquoi il tient tant à toi, ce bon vieux Iz ! C'est vrai que tu es bonne !

Tandis qu'il débite ses horreurs, je répète encore le prénom d'Izri, mais plus personne ne peut m'entendre.

Lorsque enfin il m'abandonne, je suis toujours attachée, mais parviens à descendre de ce maudit lit et à m'asseoir par terre, dans un angle de la pièce. Je me recroqueville sur ma souffrance.

Les coups, j'ai l'habitude.

Mais le viol, ça fait plus mal encore.

Plus mal que tous les sévices qu'on m'a fait subir jusqu'à présent.

Il y a le sang qui coule entre mes cuisses. La douleur physique et celle qui frappe dans ma tête, dans mon cœur.

Et il y a la peur.

Je suis tombée entre les griffes d'un prédateur qui s'est joué de moi. Et qui va jouer avec moi, désormais.

Je replie mes jambes et pose le front sur mes genoux écorchés. Avant de me mettre à pleurer doucement, sans aucun bruit.

Izri, je te jure que je ne me laisserai jamais faire. Jamais.

Je préfère encore mourir.

Lorsque Greg revient dans la chambre, il fait nuit. Il allume la lumière, je ferme les yeux. Quand je les rouvre, il est penché sur moi et me sourit. Ce sourire que je hais plus que tout aujourd'hui.

— Ça va, *Tam* ? raille-t-il.

— Va te faire foutre.

— Oh... Mais c'est qu'elle a du répondant, la petite !

Il caresse mon visage contracté à mort.

— Je vais t'expliquer comment ça va se passer, maintenant... Tu vas t'occuper de moi, me faire à manger, faire le ménage... Enfin, tu vas retrouver ton vrai rôle, quoi !

Il s'agenouille en face de moi, allume une cigarette et me souffle la fumée au visage.

— C'est bien pour ça qu'on t'a ramenée de ton pays de merde, non ? Pour jouer les bonniches !

Je tourne la tête sur le côté pour ne plus voir son visage disgracieux.

— J'ai eu une petite conversation avec la mère d'Izri... Elle est charmante, cette femme, tu ne trouves pas ?

Mejda, Greg. La pire des alliances possibles.

— Mais elle te déteste, continue mon bourreau. Elle est sûre que tout est ta faute. Que c'est à cause de toi que son fils pourrit en cabane...

— Elle saura que c'est toi !

— Mais non, Tama... Elle ne saura rien du tout. Elle m'a expliqué qui tu étais. Je sais tout sur toi... Tu t'occuperas de moi et quand je ne serai pas là, tu resteras enfermée. Qu'est-ce que tu penses du placard au fond du couloir ? Ça te plairait ? Ou dehors, dans la remise ?

Il semble bien s'amuser. J'aimerais disposer de mes mains pour pouvoir me boucher les oreilles.

Je voudrais lui arracher le cœur, les yeux. Je ne suis plus qu'une bête sauvage.

— Et puis bien sûr, dès que j'ai envie de baiser, je te siffle et tu viens en courant. Comme une chienne, tu vois ? Tu seras ma bonne à tout faire et mon esclave sexuelle. On dirait que tu as eu une promotion, *Tam* ! rigole-t-il.

Je remets mon visage en face du sien et le fixe droit dans les yeux.

— Ce n'est pas Iz qui va te tuer…

— Ah bon ?

— C'est moi.

Il me regarde d'un air faussement désolé.

— J'ai oublié le plus important, ajoute-t-il. Si jamais tu ne m'obéis pas, je m'occupe de ton mec. La taule, c'est un endroit hyper dangereux, tu sais… Il suffit que je paye un gars, ou même que je soudoie un maton et Izri se retrouve avec une lame dans le bide. Fini, plus d'Izri.

Je sens mon cœur mourir dans ma poitrine.

— Tu veux que je le tue, Tama ?

Il attrape mon visage à deux mains, l'attire vers le sien.

— Tu veux que je crève Izri ? répète-t-il en haussant la voix.

— Non !

— Alors tu vas être bien sage, Tama ?

— Oui !

Satisfait, il me lâche et je me ratatine contre le mur, le plus loin possible de lui.

— J'ai faim, dit-il. Va me faire à bouffer. Et t'as intérêt à ce que ce soit bon. Sinon, je te démolis la gueule.

Pendant que je prépare le dîner, Greg ne me quitte pas des yeux. Une bouteille de bière à la main, il suit chacun de mes gestes. Il avait oublié une chose. Une chose importante. Je pourrais empoisonner sa bouffe. Alors, il est obligé de me surveiller comme le lait sur le feu au lieu de rester vautré dans son canapé.

— Au fait, tu veux vraiment savoir ce que j'ai dit à Iz quand je suis allé aux parloirs ?

Je me fige devant la gazinière.

— *Elle a pleuré au début mais ça va mieux maintenant... Beaucoup mieux, même.*

Je me retourne, le foudroie du regard. Il a toujours cet immonde sourire en travers de la gueule.

Je me prépare mentalement à entendre le pire. Pourtant, je suis encore loin du compte.

— Je lui ai dit que tu t'absentais souvent... Tu connais ce cher Iz : il a flippé comme un malade !

Greg ricane et boit une gorgée de bière.

— La jalousie, c'est moche... Alors, il a voulu que je te suive pour savoir ce que tu faisais de tes journées.

Il s'approche et effleure ma joue tuméfiée.

— La semaine dernière, après ta petite confession, je lui ai dit que j'avais découvert que tu passais tes après-midi chez un certain *Tristan*.

J'essaie de retenir mes larmes pour qu'il ne jouisse pas davantage de sa perfidie.

— J'ai cru qu'il allait faire une crise cardiaque ! s'esclaffe Greg. Tu l'aurais vu… Il était dingue ! Et tu sais quoi ?… Il m'a demandé de t'empêcher de sortir de la maison. Par tous les moyens. De t'enfermer, quoi. Tu vois, je ne fais que lui obéir !

Je lui crache au visage.

— Espèce d'enfoiré !

Il essuie l'insulte avec sa main et pose la canette de bière sur la table. Puis il m'assène une gifle qui m'explose le tympan gauche.

Au moins, je n'entendrai plus ses sarcasmes.

Pendant qu'il mange, il m'oblige à rester à genoux sur le tapis de la salle à manger, devant la cheminée. Dès qu'il a besoin de quelque chose, je me relève et vais le lui chercher.

Je le sais capable de tuer Izri, désormais. D'ailleurs, c'est ce qu'il a commencé à faire en lui racontant des horreurs à mon sujet. J'imagine l'homme que j'aime se morfondre au fond d'une cellule en pensant que je l'ai trahi. Je l'imagine en train de pleurer pendant son sommeil.

Et à cette seconde, je me fais une promesse. Faire ravaler à ce fumier son immonde sourire.

Quand Greg a terminé son repas, il m'empoigne par le bras et m'entraîne vers le placard au fond du couloir.

— Fais de beaux rêves, *Tam chérie* !

Il verrouille la porte, je m'écroule sur le sol. Enfin, je peux pleurer toutes les larmes de mon corps.

* * *

Devant la fenêtre, derrière les barreaux, je fume une cigarette. Je pense à Tama. Je ne pense qu'à elle, de toute façon.

Comment a-t-elle pu me trahir aussi vite ?

Je n'arrive même pas à la détester. Je continue de l'aimer même si j'ai envie de la tuer.

J'espère que Greg fera le nécessaire mais c'est déjà trop tard. Je ne trouve plus le sommeil, le repos. Ma poitrine est lourde de chagrin et de haine, mon cœur ne bat plus ; il se débat.

Par moments, je me dis qu'elle ne m'a pas trompé. Qu'elle lui a juste rendu visite. Qu'ils ont parlé bouquins et bu du café. Qu'il ne me l'a pas volée, pas encore.

Mais malgré ces sursauts d'espoir, quelque chose s'est brisé en moi. Un rouage essentiel.

Tama, c'était mon refuge, mon abri, ma tanière.

C'était ma force, ma faiblesse, mon envie.

Tama, c'était le ciment qui comblait mes failles et m'empêchait de me disloquer.

Le phare au milieu des tempêtes. La voile qui me permettait d'avancer.

Tama, c'était tout pour moi.

Je m'effondre sur mon lit et écoute les ronflements de mon codétenu. Puisqu'il dort, je peux chialer sans craindre d'être découvert.

Car ici, pour rester en vie, il ne faut jamais dévoiler la moindre faiblesse. Affûter ses armes, endosser une armure, forger son bouclier. Frapper le premier, savoir encaisser.

Malgré ce que j'ai appris, Tama me manque. Sa peau, son regard, ses mains, son sourire, le son de sa voix. Je ferme les yeux et l'imagine contre moi. Mais l'instant d'après, je l'imagine en train de se faire sauter par Tristan et ma poitrine s'ouvre sur un râle de douleur.

Sans elle, combien de temps vais-je tenir ici ?

Je serre les dents, je serre les poings. Impuissant, dévasté. J'enfouis mon visage dans l'oreiller pour étouffer mes cris, ma rage, mes pleurs.

Les heures passent, mon désespoir empire.

Au beau milieu de la nuit, la mort apparaît devant moi. Elle s'est travestie en Tama pour m'attirer dans ses filets. Elle me tend la main, m'appelle d'une voix douce. Elle me promet monts et merveilles.

Elle me promet l'oubli.

Oublier Darqawi, Tama et tout le reste.

Oublier la douleur, les trahisons, les humiliations.

Oublier quel enfant j'ai été, quel homme je suis devenu.

Je me rends compte que je l'ai toujours désirée. Que je l'ai défiée chaque jour. En prenant les armes, en braquant les banques et les fourgons.

Je l'ai toujours voulue.

Et je n'ai qu'une envie. Cesser de lui résister.

* * *

Réfugiée au fond du placard, je grelotte sur le sol. Je n'ai rien pour me couvrir et le froid m'attaque de toutes parts, plantant ses crocs acérés dans ma chair tendre.

Ce réduit doit faire deux ou trois mètres carrés. De chaque côté, des étagères qui croulent sous les cartons. Comme l'interrupteur est à l'extérieur, je reste dans l'obscurité. Au-dessus de la porte, il y a une petite imposte et lorsque Greg allume le couloir, une maigre lueur s'invite dans ma cellule.

Les coups portés par ce salopard me font souffrir le martyre.

Ils me font bien plus mal que ceux portés par Izri.

Je rêve de pouvoir me laver, débarrasser mon corps de son empreinte, de son odeur ignoble que je sens partout sur moi.

Je suis sale, je suis brisée. Je pense à Izri sans relâche avec le stupide espoir qu'il peut m'entendre.

Pourtant, il faut que je tienne. Pour lui, pour nous.

Il faut que je trouve le moyen de m'enfuir et de parler à Iz. Il faut qu'il sache la vérité car ce mensonge pourrait le tuer.

Plus les heures passent, plus je m'enfonce dans les ténèbres.

Izri, mon amour, je sais que je ne dois pas abandonner. Je sais que je n'ai pas le droit. Mais j'ignore si je pourrai résister très longtemps…

Quand mes paupières s'ouvrent, le jour s'est levé quelque part.

Je n'ai pas dormi, seulement plongé dans le coma. Et je suis étonnée de respirer, de vivre encore.

La douleur me cloue sur le sol, je me mets à claquer des dents.

Je crois que c'est le froid qui m'a sortie du puits sans fond où je m'étais abîmée. Lorsque j'essaie de me redresser, des pics à glace s'enfoncent dans mes chairs meurtries. Tout me fait mal, en ce matin gris.

Chaque tendon, chaque muscle, chaque ligament est une souffrance. Chaque centimètre de peau est une brûlure, chaque respiration, une épreuve.

Mais depuis longtemps maintenant, je sais que vivre est une épreuve.

J'ai l'impression d'un cauchemar que j'aurais fait cent fois, mille fois. L'impression que ça ne s'arrêtera jamais. Quelle divinité ai-je pu offenser pour mériter un tel châtiment ?

Je regarde mes mains écorchées et me demande combien de temps encore mon corps résistera.

Je regarde le sang séché sur mes jambes et me demande combien de temps mon esprit mettra à basculer dans la folie.

Et surtout, ce matin, je me demande si la mort ne serait pas plus douce que la vie.

La vie loin d'Izri.

91

Elle s'habituait à Gaïa, aussi douce que Gabriel l'avait promis.

Depuis qu'ils avaient quitté la maison, il n'avait pas prononcé vingt mots, mais ça ne la dérangeait pas. Ce silence, ces paysages grandioses, cette nature sauvage, parfois inquiétante, tout cela lui redonnait l'envie de vivre.

L'envie de se souvenir, d'affronter son passé, aussi terrifiant soit-il.

Ils étaient sortis de la forêt, étaient passés non loin de sa tombe.

Était-elle en sursis ? Finirait-elle dans ce trou immonde ?

Apprivoiser l'homme qui chevauchait près d'elle. Le persuader qu'elle devait vivre, qu'elle ne représentait aucun danger pour lui.

Après avoir traversé un plateau balayé par les vents, ils étaient redescendus par un étroit chemin qui bordait un vertigineux ravin.

Ici, tout était rude et beau.

Tout était vrai.

Elle aurait aimé que ce décor magnifique lui rappelle quelque chose. Qu'il réveille un souvenir, suscite une émotion. Elle ignorait ce qu'elle avait fui, qui l'avait blessée ou enfermée, mais elle n'avait pas pu atterrir ici par hasard. En traçant la route jusqu'à cet endroit perdu, elle avait forcément suivi un but.

— Vous avez bien dit que j'avais eu un accident de voiture ? fit-elle soudain.

— Exact.

— Et qu'avez-vous fait de ma voiture ?

— Je l'ai mise dans l'un de mes garages, révéla Gabriel.

— Je pourrais la voir ? Elle me rappellera peut-être un souvenir… C'est quoi ?

— Une Audi, un gros modèle. Pas une voiture de gonzesse en tout cas !

— Ah… Mais avec l'immatriculation…

— Tu crois que je t'ai attendue ? coupa Gabriel. L'immatriculation ne correspond à rien.

— C'est bizarre…

— En effet. Aucun département n'est indiqué sur la plaque. Tu viens de nulle part !

— Je ne sais pas d'où je viens, je ne sais pas où je vais, je ne sais pas qui je suis… Et je ne sais pas qui vous êtes.

— La vie n'est qu'une série de questions… Espérons que la mort sera une série de réponses.

Drôle de philosophie.

— Tu as envie qu'on accélère un peu ? proposa-t-il soudain.

— Euh… Je préfère pas, non ! bafouilla-t-elle.

— Quand on conduit une Audi RS, on n'a pas peur de galoper sur un cheval !

— Mais…

— Accroche-toi au pommeau. C'est parti !

Il glissa un mot à l'oreille de Maya, qui s'élança sur la piste large et plate. Gaïa fit de même et la jeune femme tenta de surmonter son appréhension.

Au bout de trois minutes, les chevaux reprirent leur rythme de croisière et Gabriel se retourna pour vérifier que son invitée était toujours en selle.

— Alors ?

— J'ai eu la trouille, mais c'était génial ! reconnut-elle.

— J'étais sûr que tu aimerais ça ! sourit Gabriel.

92

— Salut, chérie, dit Greg en ouvrant la porte du placard.

10 heures du matin, il vient de se lever.

— Tu attends quoi pour aller préparer mon petit déj ?

Tama passe devant lui, tête haute. Il la talonne jusqu'à la cuisine, s'assoit sur une chaise et la regarde s'affairer.

Ça fait trois jours que Greg a tombé son masque de gentil garçon. Trois jours que Tama n'a pas dormi. Trois nuits qu'il abuse d'elle. Ils en portent tous les deux les traces. Il a le visage griffé, une nouvelle trace de morsure sur la main et même un œil au beurre noir.

Mais au jeu truqué de celui qui souffrira le plus, Tama est la grande perdante.

— Finalement, c'est cool d'avoir une esclave ! dit-il en s'étirant. J'aurais dû y penser avant.

Tama aimerait être sourde. Ou morte. Elle prépare le café de son tortionnaire, ses céréales, son lait chaud. Si seulement il pouvait s'étrangler avec…

Trois jours qu'elle n'a pas mangé. Histoire que ses forces s'amenuisent.

Tama enchaîne les gestes quotidiens, tel un robot sans âme.

Cette âme en perdition.

— J'ai dormi comme un bébé ! Et toi ?

Elle pose la tasse devant lui, si fort que la moitié du café se répand sur la table.

— Oh, on dirait que Bobonne est de mauvais poil aujourd'hui !

Il attaque son petit déjeuner, tandis qu'elle lance le lave-vaisselle.

— Allume la radio, ordonne-t-il.

Elle s'exécute et Greg se met à chanter d'une voix atrocement fausse. Normal : tout est faux, chez lui. Pendant qu'il massacre « I'm Going Slightly Mad », Tama récupère un couteau qu'elle a *oublié* de ranger dans le lave-vaisselle.

Elle l'a déjà fait. A déjà assassiné un homme avec la même arme. Aucune raison de ne pas recommencer aujourd'hui.

Elle se retourne, se jette sur lui dans un élan silencieux. Greg fait un mouvement pour esquiver, l'acier déchire le bras qu'il érige en protection. Il hurle, tombe de sa chaise. Alors que Tama essaie de lui planter le couteau dans le ventre, il lui fait un croc-en-jambe. Elle perd l'équilibre, chute sur le corps de son ennemi.

Sa main n'a pas lâché le couteau.

Pour Izri, pour elle. Pour eux.

Greg roule sur le côté, la lame se plante dans son épaule, lui arrachant un nouveau hurlement. Ils se relèvent en même temps, se font face.

Tama le fixe, du meurtre plein les yeux.

Ce n'est plus une enfant, plus une jeune fille. Pas encore une femme.

C'est une criminelle en puissance, une guerrière, une déesse de la vengeance.

Greg recule d'un pas, Tama avance de deux. De sa main valide, il saisit le dossier d'une chaise, la jette sur elle au moment où elle passe à l'attaque.

Sous le choc, Tama s'effondre. Cette fois, sa main a lâché le couteau.

Son tortionnaire la décolle du sol, la pousse contre le mur. Le front de Tama heurte violemment la cloison, elle perd connaissance.

Quand ses paupières se soulèvent, Tama est dans le placard.

Migraine atroce.

Poignets et chevilles entravés, scotch sur la bouche.

Après maintes contorsions, elle parvient à s'asseoir contre la porte de sa cellule et reprend son souffle.

Le couteau, la chaise, le mur. L'échec.

Ses yeux se crèvent tels des nuages et lâchent une averse acide sur son visage congestionné.

J'ai essayé, mon amour. J'ai essayé, je te le jure ! Au lieu de m'apprendre à conduire, tu aurais dû m'apprendre à me battre, à cogner, à tuer.

Elle entend soudain une voix qui lui rappelle quelque chose. En fouillant son cerveau endolori, elle réalise que c'est celle du médecin qui a soigné Izri après que Santiago lui a tiré dessus. Le médecin du *milieu*, bien sûr. Qui doit être en train de recoudre ce salopard de Greg.

Peut-être sa dernière chance.

Ne pouvant appeler au secours, elle tente d'attirer son attention en donnant des coups contre la porte avec l'arrière de son crâne. C'est terriblement douloureux, mais il faut qu'il sache qu'elle est là.

— C'est quoi ce bruit ? s'inquiète enfin le praticien.

— C'est rien, assure Greg. J'ai enfermé ma chienne dans le placard pour qu'elle ne vous saute pas dessus. Et ça ne lui plaît pas beaucoup ! Elle est très agressive en ce moment, mais c'est parce que son dressage n'est pas terminé…

Tama continue à heurter la porte en bois, de plus en plus fort, même si ça fait vibrer sa colonne vertébrale. Elle frappe à intervalles réguliers, pourtant cet abruti de médecin ne comprend pas. Quel *chien* serait capable de ça ?

À moins qu'il ne *veuille* pas comprendre.

— Voilà, c'est terminé, annonce-t-il. Je vous laisse des antibios à prendre trois fois par jour ainsi que du désinfectant. Il faudrait une infirmière pour vous refaire les pansements, mais…

— Pas de souci, j'en ai une, assure Greg. Merci, docteur.

Le toubib se hâte de quitter la maison et Tama rampe jusqu'au fond du placard. Quelques minutes plus tard, la porte s'ouvre. Greg la dévisage de longues secondes. Il est torse nu, le bras et l'épaule gauches bandés. Il se penche, saisit Tama par les cheveux et la plaque contre la porte avant de serrer une main autour de sa gorge.

— Visiblement, j'ai pas été assez clair, l'autre jour… Je t'avais dit que si tu n'étais pas sage, c'est Iz qui allait morfler. Tu te souviens ?

Le scotch empêche Tama de tenter la moindre réplique. Mais dans son crâne souffle un vent de panique. Greg la pousse jusque dans la chambre. Si fort qu'elle tombe à genoux sur la descente de lit. Il s'assoit sur le matelas, attrape son portable. Tama gémit, le supplie du regard. Greg sélectionne le contact et porte le téléphone à son oreille en adressant un petit sourire à sa prisonnière.

— Maître ? Je vous appelle parce que j'ai un problème. Un gros problème...

Tama ferme les yeux en imaginant ce que ce taré va encore pouvoir inventer.

— Tama est partie. Elle a quitté la maison hier soir... Je l'ai cherchée toute la nuit, mais je ne l'ai pas retrouvée !

Elle ne peut entendre ce que Tarmoni lui répond, mais imagine sans peine son étonnement.

— Vous voyez Iz demain ? Pouvez-vous lui dire que je continue à la chercher ?... Je suis allé voir chez Tristan et...

Et il raconte que Tama a eu une aventure avec cet homme, qu'elle est peut-être partie avec lui, qu'il n'en est pas sûr. Pendant qu'il ment comme un arracheur de dents, il continue à fixer Tama avec son ignoble sourire.

Comment ce sale type peut-il être le meilleur ami d'Izri ? Comment l'homme qu'elle aime a pu, des années durant, ignorer sa perfidie ? Sa sournoiserie ?

— Oui, maître. Je vous tiens au courant, bien sûr. Merci et à très vite.

Il raccroche et arrache le scotch des lèvres de Tama.

— J'aurais pas voulu que tu rates ça, ma petite Tama ! Demain, notre ami l'avocat va apporter la nouvelle à ton ex et je suis sûr qu'il va s'ouvrir les veines...

— Espèce de salaud ! hurle Tama.

Greg la saisit à nouveau par le cou et la jette sur le lit.

— Maintenant, on va finir ton dressage, tu veux bien ?

* * *

Greg n'est pas revenu.

Évidemment, c'est mauvais signe.

Je m'assois par terre, près du grillage et allume une cigarette. Cinq minutes plus tard, Manu sort à son tour et me rejoint.

— Si tu voyais ta tête, soupire-t-il.

— Lâche-moi !

— Du calme, fils...

— Comment veux-tu que je reste calme, alors que ma femme est en train de se faire tringler par un connard !

Manu s'assoit près de moi et pose une main sur mon épaule.

— Foutaises ! Oublie ce que ce petit tordu t'a dit, m'ordonne Manu. Tama ne te ferait jamais ça. Cette gamine est dingue de toi. Je l'ai vu au premier regard. Et elle l'a prouvé à maintes reprises, non ?

Ne sachant quoi lui répondre, je m'enferme dans le silence.

— Greg ment. C'est la seule explication plausible, poursuit Manu.

— Pourquoi ?

— Ça, je l'ignore. Mais je l'ai jamais senti, ce mec.

— Tu délires…

— Tama pourrait mourir pour toi. Elle a tué pour toi.

Je fronce les sourcils.

— Eh ouais, je suis au courant que c'est elle qui a refroidi Théo.

— Elle te l'a dit ?

— Tama ? Elle ne m'a rien dit du tout. J'ai compris dès que je suis arrivé chez vous… Je ne suis pas stupide, tu sais ! Donc, je répète, elle a tué pour toi. T'as oublié ?

J'ai l'impression que ma tête va exploser.

— J'en peux plus, Manu… Faut qu'on s'arrache d'ici.

— J'y travaille, fils. J'y travaille… Mais fais quelque chose pour moi, tu veux ? Arrête de te bouffer le cerveau. Tama ne t'a pas trahi, j'en suis certain… Est-ce que je me suis déjà trompé ?

Je dois bien admettre que non. Pourtant, aucune parole ne parvient à me rassurer.

— Il revient bientôt, Tarmoni ?

— Demain.

— Je suis sûr qu'il t'apportera de bonnes nouvelles au sujet de Tama.

— Si Greg m'a menti, je lui arrache les tripes quand je sors…

— Je me ferai une joie de te filer un coup de main, assure Manu avec un sourire terrifiant.

* * *

Je suis sûr qu'il va s'ouvrir les veines.

Cette phrase m'a poursuivie toute la nuit et résonne encore dans ma tête.

Iz, je t'en supplie, ne m'abandonne pas. C'est pour toi que je résiste. Que je survis. Que je supporte tout ce que ce malade me fait subir.

Hier, il m'a fait mal, terriblement mal. Des heures à me torturer pour m'apprendre l'*obéissance*. Il a fallu que je courbe l'échine, que je promette, que je jure, que je supplie. Sinon, je crois qu'il m'aurait tuée. Et même si la mort serait plus douce que ce que j'endure ici, je dois penser à toi.

À toi et à rien d'autre.

Ce matin, il m'a laissée sortir du placard un petit quart d'heure pour que j'aille aux toilettes et que je prenne une douche. Je ne me suis pas reconnue dans le miroir, tellement mon visage est abîmé. Il m'a observée sans relâche et je sais que je n'aurai plus aucun moment d'intimité. Vu que j'ai essayé de le planter et que j'ai presque réussi à le tuer, il n'est pas près de baisser sa garde.

Ensuite, il est parti travailler et je suis à nouveau cloîtrée dans le débarras. Je décide de fouiller les cartons posés sur les étagères. Malgré la pénombre, malgré la douleur qui me harcèle, je dois trouver un moyen de sortir d'ici. Comment éliminer ce psychopathe.

Dans le premier carton que j'ouvre, de vieux vêtements. Même s'il appartient à mon tortionnaire, je récupère un pull qui me tiendra chaud pour les nuits à venir. Pendant une bonne partie de la journée, je visite chaque carton.

Des cahiers scolaires qui m'apprennent que Grégory était un cancre. Des photos grâce auxquelles je comprends qu'il a été élevé par sa mère. Sur aucune d'entre elles, je n'ai vu un homme qui pourrait être son père. Est-il mort ? A-t-il quitté la maison ?

Rien à foutre, après tout.

De vieilles consoles de jeux, des bocaux en verre, des journaux, des factures…

Rien qui ressemble à une arme, aucun objet me permettant de forcer la serrure.

Greg est moins con qu'il n'en a l'air.

Épuisée, je me fabrique un matelas de fortune avec ses vieilles fringues. Si je ne profite pas des moments où il est absent pour dormir, je vais devenir folle. Alors, je tente de me frayer un chemin vers le sommeil. Mais entre les cauchemars et les angoisses, la route s'annonce semée d'embûches.

Je suis sûr qu'il va s'ouvrir les veines…

* * *

Je serre la main de l'avocat et m'assois en face de lui.

— Bonjour, Izri. Tu tiens le coup ?

— Pourquoi, j'ai le choix ?

— Non, bien sûr… Je… J'ai une mauvaise nouvelle à t'annoncer.

Il se racle la gorge, je retiens ma respiration.

— Greg m'a appelé hier soir… Tama a disparu.

Mes mâchoires se contractent si fort que mes dents grincent.

— Il la cherche partout mais pour le moment, il ne l'a pas retrouvée…

Je ne dis rien. J'essaie juste d'encaisser la droite que je viens de recevoir en pleine gueule.

— Je suis désolé, Izri, ajoute Tarmoni.

Lui et moi, on se connaît depuis des années. C'est mon avocat, presque mon ami. Alors je sais qu'il est vraiment *désolé*.

— Il faut que je sorte, murmuré-je. Il faut que je sorte tout de suite.

— Izri, comme je te l'ai dit, j'ai déposé une demande de remise en liberté auprès du juge. Étant donné qu'il n'a pas répondu dans les délais, j'ai saisi la chambre de l'instruction. Ils ne détiennent aucune preuve formelle contre toi, on ne sait jamais, ça pourrait…

Je tape du poing sur la table, il sursaute.

— Conneries ! Il faut que je sorte d'ici tout de suite. Va voir Hamed.

— Iz, si tu t'évades, tu vas avoir tous les flics du pays au cul…

— Va voir Hamed, répété-je sans hausser la voix. S'il nous arrache de là, je lui file cinq cent mille.

— Il voudra plus, murmure Tarmoni.

— Cinq cent mille pour moi, la même chose pour Manu.

Tarmoni soupire.

— Tu ne les as pas.

— Je les trouverai.

— Tu devrais attendre la réponse à ma demande de remise en liberté. Et la fin de l'instruction, me dit-il. Rien n'est joué d'avance…

— Ah ouais ? Moi je te dis qu'ils vont creuser et trouver de quoi me foutre au trou jusqu'à la fin de ma vie.

L'avocat baisse les yeux.

— Je ne comprends pas pour Tama, dit-il. Ça n'a pas de sens…

J'aligne quelques pas dans la pièce minuscule. Envie de casser les murs à coups de poing.

— Il y a quelques jours, je l'ai eue au téléphone et elle voulait t'écrire une lettre. Quand je lui ai dit qu'elle serait lue par les matons, elle m'a supplié de te la faire passer…

— Peut-être voulait-elle m'annoncer qu'elle me quittait, dis-je.

Cette simple phrase vient de m'écorcher le palais.

— Ce n'est pas mon sentiment, Izri, reprend Tarmoni. À chaque fois que je l'ai vue, elle semblait perdue sans toi.

— Il faut croire qu'elle a trouvé un nouveau guide. Contacte Hamed. Fais-lui part de ma proposition… Et dis à Greg que s'il ne la retrouve pas, je le lui ferai payer cher…

Deux heures après le parloir, je rejoins Manu dans la cour. Dès qu'il croise mon regard, il comprend.

Il m'offre une cigarette, s'assoit à côté de moi.

— Raconte, dit-il.

— Tama s'est tirée. Elle a disparu.

Manu me dévisage.

— Et tu en conclus quoi ?

— Qu'elle est allée retrouver l'autre salopard… Putain, j'aurais dû le finir quand j'en avais l'occasion !

— On ne sait pas où elle est, ni même pourquoi elle est partie, répond Manu. Peut-être qu'elle a eu un problème avec Greg.

Je secoue la tête.

— Iz, je te le répète, cette fille t'aime. Comme jamais personne ne t'a aimé. Alors ne la juge pas avant d'avoir entendu sa version.

— J'ai demandé à Tarmoni d'aller voir Hamed.

— Hein ? Tu aurais pu m'en parler, non ?

— Faut qu'on s'arrache d'ici, putain !

— Hamed n'est pas fiable... Bordel ! Tu deviens fou ou quoi ?

Il n'est pas nécessaire que je lui réponde. Oui, je deviens fou. Oui, je m'ouvrirais bien la tête contre les murs pour en expulser la douleur assassine.

— Si elle est avec lui, je le tue... Je les tue tous les deux.

Manu me toise avec des yeux étincelants de colère. Puis il se lève et s'éloigne de moi.

Décidément, cette saloperie de taule m'aura tout pris.

* * *

Darqawi s'est montré patient. Il a attendu que les choses se tassent, que les plaies cicatrisent.

Le jour de mes quinze ans, il a débarqué à la maison.

J'avais grandi, pris des forces. Pourtant, il m'impressionnait toujours autant.

Le soir de mon anniversaire, il a décrété qu'il ne retournerait pas dans son *foyer de merde*. Qu'il avait été banni trop longtemps.

Joyeux anniversaire, mon fils. En guise de cadeau, le retour de ton bourreau de père, avec l'assentiment de ta mère.

Je me suis dit qu'il avait peut-être changé, qu'il avait eu le temps de réfléchir. D'ailleurs, les premières semaines, c'est ce qui m'a semblé. On vivait côte à côte, tels deux étrangers. On s'adressait peu de paroles, peu de regards.

La peur est revenue, insidieuse et sournoise. Mais elle n'était jamais vraiment partie, quand j'y songe. Je l'avais juste refoulée au fond de moi et elle attendait son heure pour resurgir.

Un jour, ma mère était absente et je m'apprêtais à rejoindre des potes en bas de l'immeuble. Juste avant que je quitte l'appartement, Darqawi m'a demandé d'aller lui acheter du vin.

Il était déjà à moitié ivre et je l'ai considéré avec mépris.

— T'as assez bu, non ? ai-je dit.

J'ai immédiatement compris que je venais de réveiller le monstre qui sommeillait en lui. Il s'est levé, a titubé jusqu'à moi et a saisi mon bras.

— Va me chercher du vin ! a-t-il grogné.

— J'ai un rancard. Vas-y toi-même.

Je crois que j'attendais ce moment depuis qu'il était revenu à la maison. Le moment où nous allions mesurer nos forces. Tester notre courage.

Le moment où j'allais devenir un homme.

Je me suis dégagé de son emprise, me suis dirigé vers la porte.

Je ne l'ai jamais atteinte.

Darqawi s'est jeté sur moi. Attaque par-derrière, première marque de faiblesse. Il m'a poussé violemment contre la porte, j'étais sonné, presque assommé.

Mais pas encore mort.

— Sale merdeux ! Tu penses que tu vas faire la loi ici ?

Je me suis relevé pour affronter son regard. J'avais une frousse terrible, j'ai tenté de la masquer. Il m'a asséné une gifle qui m'a envoyé contre le mur. J'étais encore debout quand j'ai vu arriver son poing. J'ai réussi à stopper son bras et j'ai tordu son poignet.

Ensuite, tout est flou.

Étrangement flou.

Je me rappelle seulement avoir déversé sur lui quinze années de rage, quinze années de terreur.

Je me souviens seulement avoir frappé mon père.

Jusqu'à ce qu'il meure.

Quand ma mère est rentrée, elle m'a trouvé assis près de son cadavre.

Il paraît que je pleurais.

Mais ça, je ne m'en souviens plus.

93

Me voilà redevenue esclave.

Est-ce inscrit dans mes gènes, est-ce ma destinée ? Suis-je née pour connaître la servitude et rien d'autre ?

Non, j'ai connu l'amour, la passion, l'amitié.

Greg me répète qu'Izri me traitait comme une esclave. Greg dirait n'importe quoi pour me faire souffrir.

Lorsqu'il quitte la maison, il m'enferme à double tour dans le placard. À nouveau, je dors par terre, comme un chien. Je n'ai même plus ma couverture, ma lampe, mes livres ou Batoul. J'ai seulement les vieux vêtements de mon tortionnaire pour me tenir chaud.

Je n'ai plus rien.

Je suis juste un phantasme, un trophée. La femme que Greg a volée à Iz.

Quand il rentre, il me délivre de ma cellule pour que je fasse le ménage, le repassage ou la cuisine. Depuis que j'ai tenté de le tuer, il ne me quitte pas des yeux. Pas une seconde. Et puis chaque soir, mais aussi à n'importe quel moment de la journée, il me saute dessus et me force à coucher avec lui.

Au début, je résistais. Je me débattais comme une tigresse. Je le frappais, le mordais, l'insultais. Mais j'ai compris que ça ne servait à rien. Pire encore, j'ai l'impression que ça attise son désir.

Désormais, je reste inerte. Je serre les dents et ferme les yeux. Je lui abandonne mon corps tandis que mon esprit tente de partir loin.

Loin de la torture, loin de la cruauté.

Loin, près d'Izri.

Un jour, alors que nous nous baladions du côté de chez Wassila, Iz et moi avons vu un vieux cadran solaire sur la façade d'une ferme sans âge. Dessus, il y avait une inscription en latin. *Vulnerant omnes, ultima necat.* Quand nous sommes rentrés à Montpellier, j'ai cherché la signification de cette locution. *Toutes blessent, la dernière tue.*

Toutes les *heures* blessent, la dernière tue.

Aujourd'hui, je comprends à quel point c'est vrai. Je n'ai pas encore dix-sept ans et j'ai connu la servitude, les humiliations, les insultes, les brimades. On m'a frappée, si fort que j'ai failli mourir. On m'a planté un clou dans la main, privée de nourriture. Privée de tous mes droits. Mejda m'a violée. Greg me viole tous les jours.

Et je n'ai pas encore dix-sept ans.

Mais le plus terrible, c'est le mensonge.

On a menti à mon père. On a menti à Izri.

Menti à ceux que j'aime le plus pour leur faire croire que je suis mauvaise.

Mon père est parti en pensant que j'étais une ingrate, que je l'avais trahi. Il est parti sans connaître la vérité. Qu'en sera-t-il d'Izri ?

Les heures à venir me blesseront-elles plus encore ?

Vulnerant omnes, ultima necat.
Toutes les heures m'ont blessée, la dernière me tuera.

Alors, finalement et malgré tout l'amour que j'ai pour Izri, je prie pour qu'elle arrive.

* * *

— Hamed est d'accord. Cinq cent mille chacun.
Tarmoni est nerveux, il s'éponge le front avec un kleenex.

— Parfait, dit Izri. C'est pour quand ?

— Il doit réunir une équipe. Je te tiens au courant.

— OK. Quoi d'autre ?

— J'ai réussi à avoir une info par un flic... ça m'a coûté un peu cher, mais...

— Je t'écoute, le coupe Izri.

— Ils ont bien reçu un coup de fil avant votre arrestation. Passé depuis un portable intraçable.

— Et alors ?

— Alors, c'est une femme qui vous a balancés. Une femme dont ils ignorent l'identité.

— Une femme ? répète Izri.

— Elle leur a dit que c'était Manu et toi qui aviez refroidi Santiago. Ils ont décidé de vous serrer et de perquisitionner en espérant rassembler des preuves. Et ils ont trouvé l'ADN de la victime dans la voiture de Manu ainsi que dans un hangar lui appartenant.

Ils ont également tes empreintes sur les lieux. Ce qui ne prouve en aucun cas que tu as participé à l'assassinat. Mais ça, tu le savais déjà…

Izri allume une cigarette et aligne quelques pas dans la petite pièce sans âme.

C'est une femme qui vous a balancés.

Non, ça ne peut pas être…

— Greg m'a appelé hier soir, continue Tarmoni. Il n'a pas retrouvé Tama. Et…

L'avocat hésite, Izri revient s'asseoir.

— Et *quoi* ?

— Tristan Perez a disparu, lui aussi.

Les poings d'Izri se ferment.

— Je le savais… Putain, je le savais !

Il fixe Tarmoni droit dans les yeux.

— C'est un homme mort, dit-il. Un homme mort… Ils sont morts, tous les deux.

Il se lève et appelle le gardien.

— Retrouve-les, ordonne-t-il.

* * *

Je suis à genoux sur le tapis, les yeux baissés. À quelques mètres de moi, Greg savoure le dîner que je lui ai préparé. Il me regarde comme sa chose.

C'est ce que je suis devenue.

Sa chose. Un objet animé. Presque inanimé.

— Au fait, je t'ai pas dit… Tarmoni vient d'apprendre que c'est une femme qui a appelé les flics… Tu sais, le coup de fil qui les a envoyés en cabane. Je suis sûr qu'il l'a dit à Izri et ça m'étonnerait pas qu'il pense que c'est toi, la fille qui les a balancés !

— Iz ne croira jamais ça, murmuré-je.

— Bien sûr que si, *Tam*… Bien sûr que si. En fait, j'ai payé une gonzesse pour qu'elle téléphone aux poulets… Mais, le plus important, c'est que Tarmoni vient d'annoncer à Izri que tu t'étais barrée avec ton cher Tristan !

Je reçois le coup en pleine tête. En plein cœur. Pourtant je n'ai aucune réaction. Je suis bien trop brisée pour ça.

— Comme l'avocat a commencé à fouiner, j'ai été obligé de me débarrasser de lui. De Tristan, je veux dire ! Décidément, ce pauvre type n'a pas eu de chance en te rencontrant, ma chérie… D'abord, il se fait tabasser par Iz et maintenant… Je lui ai mis une balle dans le front et j'ai balancé son cadavre à la flotte. Il sert de nourriture aux poissons !

Je m'affaisse sur moi-même comme si je venais de prendre un gourdin sur la tête.

— Eh bien, *Tam*, qu'est-ce qui t'arrive ? ricane Greg. Va me chercher du vin.

Je ne bouge pas d'un centimètre comme si j'étais boulonnée au tapis.

— T'as entendu ? J'ai soif…

Je fixe le sol et les couleurs du tapis se mélangent sous mes yeux fatigués. Rouge sang, rouge fureur, rouge douleur. Greg vient se planter devant moi.

— Magne-toi le cul.

Je ne réponds pas. Ça ne servirait à rien. J'attends juste ma dernière heure.

Celle qui, enfin, me tuera.

Greg m'attrape par les cheveux et me force à me remettre debout. Puis il me pousse en direction de la cuisine. Je trébuche, m'écroule. Je refuse d'avancer.

Alors, il cogne. De toutes ses forces. J'encaisse sans hurler, sans gémir. Dans un silence de mort. Quand il a déversé sa haine, il défait sa ceinture et s'agenouille près de moi. Il relève ma jupe, se glisse brutalement entre mes jambes.

J'ai perdu Izri, j'ai tué Tristan. Je ne mérite sans doute que la mort.

94

Ils arrivèrent devant la maison vers midi et la jeune femme prit les rênes de Gaïa afin de la ramener dans l'écurie. Elle imita les gestes de Gabriel pour enlever la selle, brosser la jument, lui nettoyer les sabots.

Il jugea qu'elle s'en sortait plutôt bien pour une novice.

— T'as aimé la balade ?

— Ouais ! Mais j'ai un peu mal, dit-elle en posant une main sur son ventre.

— C'est vrai, on aurait dû éviter le galop, désolé… Tu as faim ?

— Oui.

— Tu sais cuisiner ?

Elle le regarda, un peu désemparée.

— Pardon, j'oubliais… Tu veux essayer de cuisiner ?

— Bien sûr.

Ils rentrèrent à l'intérieur, le visage rougi par le froid, et elle eut presque l'impression de rentrer chez elle. *De rentrer à la maison.*

Parce que l'intégralité de ses souvenirs se situait ici, pour le moment. Ici, et nulle part ailleurs.

Cette vieille baraque, cette cheminée, cette chambre et cet homme étaient ses seuls repères.

C'était effrayant.

Elle se changea, passa dans la cuisine et inspecta le frigo ainsi que les placards. Après avoir verrouillé la porte d'entrée à double tour et mis la clef dans la poche de son jean, Gabriel s'installa dans un fauteuil et la regarda faire.

— Y a pas de viande ? s'étonna-t-elle après avoir vérifié dans le congélateur.

— Jamais de viande, indiqua son hôte.

— Ah bon ? Pourquoi ?

— Me remplir l'estomac avec un animal qui a souffert le martyre a tendance à me couper l'appétit.

— Ah…

Il reprit le livre qu'il avait commencé la veille au soir tandis qu'elle s'activait non loin de lui. L'air de rien, il gardait un œil sur l'inconnue. Elle avait des gestes sûrs, précis et rapides.

— J'ai l'impression d'avoir fait ça toute ma vie ! lança-t-elle.

— On dirait bien, en effet.

— C'était peut-être ça, mon métier… Cuisinière !

Tandis qu'elle était complètement absorbée par la préparation du déjeuner, Gabriel l'observait.

Elle était jolie, avait quelque chose d'innocent.

Une fois encore, il se demanda quelle folie s'était emparée de lui. Non seulement il ne l'avait pas tuée, mais il la laissait libre de ses mouvements.

Patiemment, elle était en train d'ériger une barrière entre la solitude et lui. Cette solitude qui lui était si chère, si précieuse. Cette solitude, indispensable pour continuer le combat qui était le sien. Mais le pire, c'est qu'il commençait à ressentir de drôles d'émotions. Des émotions lointaines, qu'il pensait impossibles à retrouver.

Il commençait à apprécier sa présence auprès de lui.

Gabriel se sentait en danger face à cette créature sans défense. Et une question l'obsédait plus que tout.

Que vais-je faire d'elle ?

95

Ce soir, mon bourreau a reçu des amis. J'ai fait la cuisine, le service pour lui et ses trois invités. Ces hommes savaient qui je suis, ce que je vis.

Des traîtres.

Ils étaient au service d'Izri et de Manu, sont passés de l'autre côté. Du côté de Greg.

Me voir ainsi les a bien fait rire. J'ai eu droit aux insultes et aux gestes plus que déplacés. À un moment, j'ai même cru qu'ils allaient profiter de moi mais Greg a précisé que j'étais sa chasse gardée.

Pour le moment.

Qu'ils pourraient se servir lorsqu'il en aurait marre de moi.

À eux quatre, ils comptent faire main basse sur l'empire de Manu. Et j'ai peur qu'ils ne soient en train d'y parvenir. Si j'ai bien compris, ils ont déjà commencé le *ménage*. En faisant croire que ces règlements de comptes sont l'œuvre d'un clan rival. Le clan des Santiago.

2 heures du matin, les *invités* sont partis, mon tortionnaire est dans le canapé du salon, cuvant son

vin devant la télé. Il ne semble pas pressé d'aller se coucher.

Pour me garder dans son champ de vision, il m'a ordonné de rester agenouillée sur le tapis. Dans la pénombre, je vois que ses yeux commencent à cligner, qu'il ne va pas tarder à s'endormir. Alors, je patiente. Je regarde autour de moi et repère une statuette sur l'enfilade. Un des rares bibelots qui tentent vainement d'égayer cette maudite baraque.

Ça y est, Greg a fermé les yeux.

Je me lève sans un bruit, récupère l'arme et m'approche doucement du canapé. Prête à lui fracasser le crâne, je lève les bras.

Greg ouvre les yeux.

Au moment où je frappe, il esquive, mais reçoit le coup sur son épaule blessée. Je viens de lui fusiller la clavicule. Il hurle, glisse du canapé et se relève d'un bond. Il se jette sur moi, je reçois ses cent kilos de plein fouet et chavire vers l'arrière. Corps-à-corps violent. Il n'a plus qu'un bras, mais beaucoup plus de force que moi. J'étouffe sous son poids, je ne peux plus bouger. Alors, je rends les armes.

— Ça, tu vas le payer, salope ! hurle-t-il. Tu vas le payer cher !

Avec son bras valide, il me traîne dans le couloir, me jette dans le placard.

— Je te jure que tu vas le regretter ! Ou plutôt, c'est Iz qui va le regretter !

Il claque la porte, je m'effondre.

Nouvel échec.

J'enfouis mon visage entre mes mains.

Mon Dieu, qu'est-ce que j'ai fait ?

* * *

Je tourne en rond dans mes neuf mètres carrés.
Tel un animal, je me cogne contre les murs. La haine
et le chagrin, ce goût amer de trahison dans ma bouche.

Je deviens fou.

Je file des coups de pied dans le matelas, dans la
table, les chaises. Perché sur son lit, mon codétenu me
dévisage d'un air effrayé, craignant que ma violence
ne se retourne contre lui.

Il a raison d'avoir peur.

Il faut que je frappe, il faut que je blesse, que
j'expulse la souffrance qui m'empêche de respirer.
Pourtant, c'est contre le mur que mes poings s'écrasent.
Jusqu'à ce que la douleur, enfin, vienne à mon secours.

Alors, je m'écroule sur mon grabat et enfouis ma
tête dans l'oreiller.

Tama… Il faut que je voie ton visage ! Il faut que tu
me dises que tu m'aimes encore. Que tu n'aimes que
moi. Que tu ne peux pas vivre sans moi.

Il faut que je sache que tu m'attends, que quelqu'un
a besoin de moi.

Il faut que je sache que je compte pour toi, que je
compte pour quelqu'un.

Il faut que tu me dises que tu ne m'as pas trahi.

Tu n'as pas pu me faire ça ! Pas toi, Tama…

Une heure plus tard, je me relève. Ma main droite
est en sang, je ne peux plus bouger mes doigts. C'est
alors que j'entends la rumeur. Elle enfle, elle rampe, se
faufilant dans les couloirs, glissant de cellule en cellule.

J'écoute les voix, les bruits, les pas. Les peurs et les murmures.

Il s'est passé quelque chose. Mais il se passe toujours quelque chose en taule.

J'allume une cigarette et me poste devant la fenêtre. Je vois un détenu sortir sur un brancard, je discerne du sang sur le drap blanc qui le recouvre jusqu'au menton. Je suis trop loin pour distinguer son visage. Et après tout, je m'en fous.

Il s'est fait planter, il va mourir.

Il a bien de la chance.

* * *

J'avais seize ans et ne savais déjà plus quoi faire de ma vie. Je n'allais plus au lycée et passais mes journées dans les rues, dans les bars.

J'avais seize ans et j'étais un assassin.

Non, un meurtrier. Parce que pour Darqawi, il n'y avait pas préméditation.

Je survivais en tirant de l'argent à Mejda quand elle en avait. Avec quelques potes que je n'ai jamais revus, je cambriolais des baraques ou je volais des bagnoles. On avait trouvé un fourgue et un garagiste véreux qui nous achetaient tout ça à bas prix.

Menus larcins, maigres butins.

J'étais un roi de pacotille, un môme en perdition.

Je n'étais rien.

J'avais seize ans et j'avais goûté à toutes les drogues sans en trouver une capable de me faire oublier que j'avais tué mon propre père.

Chaque nuit, je me revoyais en train d'aider ma mère à faire disparaître son corps.

Chaque nuit, je mourais sous ses coups.

Chaque nuit, je pleurais. Et chaque jour, je conjurais le sort.

J'avais seize ans et j'étais devenu alcoolique, comme Darqawi.

Alcool sans ivresse, sexe sans amour, argent sans valeur.

Existence sans intérêt.

Jusqu'au jour où j'ai croisé Manu. C'était un samedi soir, je ne pourrai jamais l'oublier.

J'étais en train d'essayer de piquer une caisse sur le parking d'une boîte de nuit lorsqu'il est arrivé.

La voiture, c'était la sienne.

En un rien de temps, je me suis retrouvé dans le coffre de sa bagnole.

Quand il s'est arrêté, on était perdus au milieu de nulle part. Il m'a fait mettre à genoux et a braqué un flingue sur ma tempe. Je m'étais attaqué à la mauvaise voiture et j'allais le payer de ma vie. Cette vie dont je ne voulais plus. Alors, je n'ai pas supplié, je n'ai même pas parlé. Je l'ai juste regardé.

Depuis, on ne s'est plus jamais quittés.

Depuis, j'ai appris que ce mec est le meilleur ami dont on puisse rêver.

Le père que j'aurais aimé avoir.

* * *

Le coup est si violent que je tombe à genoux. Là, au milieu de la cour de promenade. Au milieu des autres qui m'observent en silence.

Ici, le silence est rare. Et il est de mauvais augure.

La meute m'encercle. Dans le regard de certains, je discerne l'étonnement. L'indifférence ou la compassion. Pour d'autres, je ne suis plus qu'une proie. Un animal malade qu'il sera facile d'achever à la première occasion.

Moi, Izri, je m'effondre. Je m'écroule. J'oublie ma dignité, mon rang. J'oublie qui je suis.

Le type sur le brancard n'a pas survécu à ses blessures. Il ne souffrira plus. Alors que pour moi, ce n'est que le début d'une lente agonie.

Le type sur le brancard est mort en arrivant à l'hôpital.

Le type sur le brancard, c'était Manu.

96

Au fait, Tama, tu connais la dernière ? Manu nous a quittés. Il s'est fait trancher la gorge... Saigné comme un animal... Il est mort à poil dans les douches, tu te rends compte ?... Quelle fin horrible... J'imagine ce que doit ressentir ce cher Izri... Et tout ça à cause de toi !

Greg me fixe, attendant ma réaction. Mes cris, mes pleurs. Mais je suis tellement groggy que je ne bouge pas d'un millimètre.

Et tu veux savoir le plus drôle, Tama ? C'est avec l'argent de ce cher Izri que j'ai payé l'assassin de Manu... !

Je me laisse glisser contre le mur du placard tandis que mon bourreau verrouille la porte.

Manu est mort à cause de moi.

Izri vient de perdre celui qu'il considérait comme son père.

Je n'ai plus de larmes. Plus de forces. J'arrive au bout du chemin.

J'ai vécu dans une buanderie, dans une loggia. J'ai vécu le pire. Du moins le croyais-je.

J'ai vécu dans une belle maison avec piscine.

Désormais, c'est dans un placard que je survis. L'ampoule éteinte, mes rêves moribonds.

J'ai servi d'esclave à ceux qui ignorent la pitié. J'ai apprivoisé la peur, la solitude. J'ai appelé au secours, j'ai perdu ma voix, mon innocence et ma dignité.

J'ai appris le silence, le deuil et la servitude.

J'ai détesté, et même haï. J'ai aimé, si fort que je me suis consumée de l'intérieur.

Je n'ai que seize ans. Pourtant, j'ai vécu mille vies. Je connais l'enfer dans ses moindres recoins. Je pourrais le dessiner les yeux fermés. Je pourrais en parler pendant des heures.

Si seulement j'avais quelqu'un à qui parler…

Papa, maman, Afaq, Vadim, Marguerite… je pense à vous, chaque jour.

Izri… Toi, c'est chaque seconde. Toi, unique lumière dans ce monde obscur que j'ai essayé de comprendre sans jamais y parvenir. J'ai été folle de toi. Folle de croire que j'avais une place sur cette terre.

Désormais, tout est fini. Je ne me raconte plus d'histoires, je ne fais plus de rêves. Je suis devenue un cauchemar qui marche et qui parle.

Et en cette seconde, je sais que mon esprit est sur le point de basculer dans l'inconnu.

* * *

Izri entre dans le parloir et serre la main de Tarmoni. Il se laisse tomber sur une chaise, dévisage l'avocat.

— Je suis désolé pour Manu, murmure Tarmoni.

Izri ne dit rien. Mais ses yeux ressemblent à des abîmes sans fond.

— Je... Je voulais te dire que... Hamed aussi est mort.

Les larges épaules du détenu s'affaissent un peu plus encore.

— C'est pas possible, putain...

— Il a été assassiné, il y a deux jours. J'ai vu Greg hier, il pense que c'est la famille Santiago qui est derrière tout ça.

— Et pourquoi il ne vient pas me le dire lui-même ?

— Je crois qu'il a peur de toi, soupire l'avocat. Comme il n'a pas su empêcher que Tama s'en aille, il...

Izri se lève d'un bond, envoyant sa chaise par terre.

— Il a raison d'avoir peur, putain !

— Apparemment, les Santiago ont décidé de se venger et de faire le ménage. Ils ont buté Marco, Charly et Kader.

Izri pose ses mains et son front contre le mur du parloir. Ses trois plus fidèles lieutenants.

— Il faut que je sorte d'ici, murmure-t-il. Aide-moi...

— Je suis en train de chercher une solution, s'empresse d'ajouter Tarmoni. Laisse-moi un peu de temps. En attendant, faut que tu tiennes, Izri.

Le jeune homme revient en face de lui et le fixe de longues secondes.

— Ils ont réussi à buter Manu. À ton avis, ils me tueront quand ? Aujourd'hui ? Demain ? Du temps, je n'en ai plus...

* * *

Assis dans la cour, les yeux dans le vague, Izri fume une cigarette. Ciel laiteux, vent froid qui dégringole des Cévennes.

Izri pense à Manu, à Tama.

Une lame dans son cœur, une autre dans son dos.

Un surveillant annonce la fin de la promenade, il est l'heure de retourner en cage. Le jeune braqueur se relève pour suivre la cohorte. Un type le rejoint, qu'il a déjà vu plusieurs fois. Une sorte d'imam autoproclamé, fidèle sentinelle du djihad, qui se donne des airs doctes et passe ses journées à recruter ses futures brebis tueuses parmi le troupeau.

— Comment ça va, mon frère ?

Izri ne prend même pas la peine de lui répondre.

— Je t'observe depuis quelques jours et il me semble que tu as des problèmes, reprend le barbu.

— T'inquiète pas pour moi ! rétorque Izri.

— Notre Dieu pourrait te venir en aide.

— J'ai un scoop, *mon frère* : ton dieu n'existe pas.

— Si tu acceptes de te confier à lui, je peux te protéger, s'entête l'homme.

— Me *protéger* ? sourit Izri. J'ai besoin de personne, alors tu me lâches, OK ?

Izri accélère le pas pour s'éloigner du prêcheur et se retrouve bloqué dans l'interminable couloir. Cris, hurlements, coups de sifflet. Une altercation quelque part, tout au bout du corridor. Des gardiens les bousculent pour se précipiter vers le lieu de la bagarre. Izri pose son épaule contre le mur et patiente.

Choc violent dans la nuque, il s'écroule.

Pas le temps de se relever, deux types s'acharnent sur lui. Un cercle se forme autour du ring improvisé.

Izri parvient à rouler sur le côté, à saisir la cheville de l'un de ses agresseurs. Il le fait chuter à son tour, lui colle son pied en pleine tête et arrive enfin à se remettre debout. Droite dans la mâchoire qui l'envoie contre le mur, coup dans l'estomac qui le plie en deux.

Bras croisés, le barbu assiste au lynchage. Dans ses yeux, un message clair. *Tu as refusé ma protection, tu vas crever.*

Mais Izri n'est pas encore mort. Il pousse un cri de rage, se jette sur l'homme qui tente de l'assassiner et lui file un coup de tête. On l'attrape par-derrière, on le met à terre. On le cogne, encore et encore.

Combien sont-ils à vouloir sa mort ?

Ils sont trop nombreux.

Izri encaisse, essayant vainement de se protéger. Il sent qu'il ne va pas tarder à perdre connaissance.

Cette fois, Izri va mourir.

* * *

Il voit un plafond blanc. Mais seulement d'un œil, l'autre refusant de s'ouvrir.

Izri réalise qu'il est à l'infirmerie. Il essaie de bouger, pousse un cri de douleur.

Une femme s'approche du lit. Elle doit avoir la cinquantaine, porte une blouse blanche et lui adresse un sourire discret. Elle lui explique qu'il l'a échappé belle, que les surveillants sont arrivés à temps. Qu'il a deux côtes cassées, un léger traumatisme crânien et une épaule luxée.

— Je m'en sors bien, alors ! murmure-t-il avec un sourire crâneur.

— Pas trop mal, admet la toubib. Reposez-vous, maintenant. Parce que demain, je vous renvoie en cellule.

— Merci, doc.

Izri tente de se rendormir, mais la peur le tient éveillé.

Demain ou après-demain, d'autres recommenceront.

Ce n'est plus qu'une question de temps.

Une question de jours.

Izri le sait, ils auront sa peau. Il sortira d'ici sur un brancard identique à celui de Manu.

Izri le sait, il va crever dans cet endroit sordide. Sans avoir revu Tama.

97

J'avance dans le couloir, juste à côté du maton. Un homme silencieux, sans odeur ni couleur.

Si, il a pris celle des murs, à force de les raser à longueur de journée.

Comment peut-on trouver le courage de faire ce putain de métier ? Comment peut-on choisir de consacrer sa vie à surveiller des types tels que moi ? Mais je suppose que ce n'est pas un choix pour la plupart d'entre eux.

Je passe à la fouille et un autre gardien m'accompagne vers le quartier des parloirs. Tarmoni veut me voir. Quelle mauvaise nouvelle va-t-il encore m'annoncer ?

Dès que j'entre dans la petite pièce, il sourit et je reprends vaguement espoir. Peut-être a-t-il retrouvé Tama ?

Lorsque Tarmoni voit ma gueule, son sourire s'éteint. Je m'assois face à lui tandis que le maton referme la porte.

— Qu'est-ce qui t'est arrivé ?

— Trois ou quatre mecs me sont tombés dessus la semaine dernière… Si les gardiens n'étaient pas intervenus, je serais plus là pour te le raconter.

— Merde…

— Alors, qu'est-ce qui se passe ? demandé-je en allumant une cigarette.

Tarmoni retrouve le sourire.

— Tu es libre, Izri.

Ces trois mots ont du mal à monter jusqu'à mon cerveau.

— Pardon ?

— Tu es libre, me répète-t-il.

— Mais… Comment c'est possible ?

— C'est possible parce que tu as un bon avocat !

Je ne parviens pas à lui rendre son sourire, je ne parviens pas à y croire.

— La chambre d'instruction ne s'est pas prononcée à temps sur ta demande de remise en liberté. Le délai étant passé, tu es libéré d'office.

Je garde la bouche ouverte, incapable du moindre mot.

— Ça s'appelle un vice de procédure !

— Et je sors quand ?

— Demain, en fin de matinée.

* * *

J'ai terminé de préparer mon sac et, assis sur mon lit, j'attends ma levée d'écrou. Encore quelques heures à tenir.

Je devrais être heureux de quitter cette taule.

Pourtant, heureux, je ne le suis pas. Parce que Manu, lui, restera ici pour l'éternité.

Je n'ai pas pu lui dire au revoir. Pire encore, on s'est engueulés avant que ces salopards ne le saignent dans les douches.

Manu, mon ami, je te jure que je te vengerai. J'y passerai ma vie s'il le faut, mais j'aurai la peau de celui qui a commandité ta mort.

Manu est mort, Tama m'a trahi.

J'ai tout perdu.

Je sors cette après-midi, sous contrôle judiciaire. Un contrôle auquel je ne risque pas de me plier. Parce que, si je le fais, ils ne tarderont pas à me refoutre à l'ombre.

Tarmoni m'a trouvé une planque, je ne sais pas encore où. Me tirer de Montpellier, partir en cavale, surveiller constamment mes arrières, oublier de dormir.

Voilà ce qui m'attend.

Et puis je risque de perdre le peu qu'il me reste. Que pendant mon absence, d'autres vont essayer de reprendre mes affaires en main. Pas grave. S'il le faut, je repartirai de zéro une fois que j'aurai réglé mes comptes.

Tous mes comptes.

Je me lève, allume une cigarette et jette un œil par la fenêtre. Le ciel est gris, aujourd'hui. Même le soleil ne prendra pas la peine de m'accueillir dehors.

Tama, j'aurais tant voulu que tu m'attendes devant la porte de cette maudite prison. J'aurais tant voulu te serrer dans mes bras, t'embrasser, te faire l'amour.

Pourquoi tu m'as fait ça ?

Comment as-tu *osé* me faire ça ?

Mais on se retrouvera, je te le jure.

Ils passèrent à table vers 13 heures. La jeune femme semblait inquiète, craignant peut-être que Gabriel ne la tue si ce qu'elle avait préparé n'était pas à son goût.

Lorsqu'il s'en aperçut, ça le fit sourire.

— C'est très bon, dit-il.

— Merci !

Ils déjeunèrent en silence, ne trouvant rien à se dire. Le silence, Gabriel avait pour habitude de l'apprécier. Mais aujourd'hui, il le dérangeait, le mettait mal à l'aise. Alors, il se leva et inséra un disque dans la chaîne.

— Tu aimes la musique ?

— Sans doute…

Les premières notes lui coupèrent la parole.

— C'est du Bach, précisa Gabriel. *Suite pour violoncelle…*

Pétrifiée, la jeune femme ne faisait plus un geste. Ses yeux fixaient le néant.

— Qu'est-ce qui t'arrive ?

Elle lâcha sa fourchette, porta une main devant sa bouche. Sa main qui tremblait. Puis elle se leva d'un bond, envoyant sa chaise sur le sol, et resta debout près de la table, comme perdue au milieu de nulle part.

— Je... Je me souviens, murmura-t-elle. Je me souviens de...

Elle s'appuya contre le mur, fut secouée par une sorte de séisme intérieur avant de fondre en larmes. Gabriel s'approcha doucement, la prit par les épaules et la conduisit jusqu'au canapé. Il la regarda pleurer longtemps, n'essaya pas d'accélérer les choses. Il lui tendit un mouchoir qu'elle déchiqueta entre ses doigts. Parfois, elle secouait la tête, comme pour évacuer un trop-plein. Enfin, elle cessa de pleurer et le dévisagea avec une infinie tristesse.

— Comment tu t'appelles ? demanda-t-il d'une voix douce.

Elle hésita un instant avant de répondre.

— Tayri. Je m'appelle Tayri.

* * *

Tayri était allongée sur le lit. Gabriel avait fermé les volets pour qu'elle puisse se reposer. Mais elle était bien incapable de dormir, en proie à une indicible douleur.

Des vagues de souvenirs submergeaient son cerveau, arrivant dans le désordre le plus complet. Des images, des visages, des cris... Un escalier, un balcon, une petite maison dans un village niché au creux d'un désert montagneux... Des sentiments, des angoisses, des peurs. Des rires, des sourires. Des dangers, des colères, des silences. Des photos, des odeurs, des rues et des impasses.

De temps en temps, une bulle en fusion émergeait du magma qui bouillonnait à l'intérieur de son crâne.

Elle porta la main à son front, essaya de fermer les yeux, les rouvrit aussitôt. Paupières closes, c'était encore pire. Ça arrivait à toute vitesse, ça n'avait pas de sens.

Un long sanglot déchira sa poitrine, elle attrapa l'oreiller pour l'écraser sur son visage.

Gabriel quitta son fauteuil et vint s'asseoir près d'elle. Il lui prit la main, ce geste inédit entre eux sembla la calmer.

— Putain, je vais mourir ! gémit-elle. Ma tête va exploser !

— Du calme, murmura Gabriel. C'est un mauvais moment à passer… C'est la musique de Bach qui a fait revenir tes souvenirs, n'est-ce pas ?

— Oui…

Elle ôta l'oreiller de sa figure, le considéra avec un regard plein de larmes.

— Je m'appelle Tayri, ça j'en suis sûre. Mais j'ai oublié mon nom…

— Ce n'est pas grave, la rassura Gabriel. On a tout le temps. Il faudrait que tu dormes, ça te ferait du bien…

— Non ! hurla-t-elle. Non ! Je ne veux pas fermer les yeux…

Il lâcha sa main, disparut de la chambre. Elle serra l'oreiller contre son cœur, en proie à un inconnu dévorant. À un passé inquiétant.

Gabriel revint avec un comprimé et un verre d'eau.

— Prends ça et tu dormiras, dit-il. Quand tu te réveilleras, ça ira beaucoup mieux, tu verras.

— Vous croyez ?

— J'en suis certain.

Elle avait le cachet dans le creux de sa main, hésitait encore.

— Ce n'est pas très fort, précisa Gabriel. Ça va juste te détendre un peu.

Elle rendit les armes et avala le calmant. Il enleva l'oreiller de sa poitrine, le plaça sous sa nuque.

— Vous restez, hein ?

— Je reste, confirma Gabriel.

Tayri s'était endormie. Gabriel imaginait son esprit en train de se débattre pour faire la part des choses entre rêves et réalité. Il s'éclipsa sur la pointe des pieds et sortit sur la terrasse.

Tayri, c'était un joli prénom. Un prénom qui lui allait bien.

Un prénom qu'il aimait.

Sa chère inconnue avait désormais une identité. Mais pas encore de passé.

Gabriel descendit les marches et alluma une cigarette. Soudain, son regard fut attiré par une imposante voiture noire, arrêtée sur la route. Il distingua trois ombres à l'intérieur. De là où ils se trouvaient, les occupants avaient une vue parfaite sur sa maison. Gabriel s'approcha de la limite de son terrain et la voiture démarra brusquement, disparaissant entre les lacets de la départementale.

99

Les verrous sautent, les grilles s'ouvrent. Mon sac à la main, je marche vers un semblant de liberté. La dernière porte franchie, je ferme les yeux et inspire profondément. Quand je les rouvre, je vois Greg. Adossé à sa voiture, il me sourit.

Aussitôt, la colère me submerge.

Il s'avance vers moi, pose une main lourde sur mon épaule luxée.

— Heureux de te revoir, mon frère, dit-il.

Il prend mon sac, le place dans le coffre de son Audi. Je monte sur le siège passager, claque la portière. Il met le contact, démarre en faisant crisser les pneus. Jouer les marioles, il a toujours aimé ça.

— Tu veux aller où ? me demande-t-il. Tu veux boire un verre ?

D'un signe de tête, je réponds que non. Je regarde la prison devenir minuscule dans le rétroviseur.

Je regarde Manu disparaître.

— Je... Je suis désolé pour Manu, me dit Greg. Il va falloir qu'ils payent.

Je n'ai pas encore ouvert la bouche. J'allume une cigarette, baisse la vitre.

Pourquoi Greg est-il là, aujourd'hui ? Pourquoi n'est-il pas venu aux parloirs ces dernières semaines ?

— Dis-moi où je t'emmène, demande-t-il encore.

— Tu as retrouvé Tama ?

Il se tait, fixant la route.

— Je t'ai posé une question.

— Non. Mais j'ai mis plusieurs gars sur l'affaire et on va la retrouver, je te le garantis.

— Je te l'avais confiée, Greg. Je te l'avais confiée, nom de Dieu…

— Je sais, Iz… Je suis désolé, pardon.

— Rien à branler de tes excuses. Ce que je veux, c'est Tama.

— On va la retrouver, répète-t-il.

— Où sont mes affaires ?

— À l'entrepôt. Tu veux qu'on y aille ?

Je hoche la tête et balance mon mégot par la fenêtre de la voiture.

— J'ai pas les clefs, faut qu'on passe chez moi, dit-il.

— Pas de souci. Mais d'abord, on va à Saint-Jean.

— Qu'est-ce qu'on va foutre là-bas ?

— T'occupe. Roule.

Il nous faut vingt minutes pour atteindre Saint-Jean-de-Védas. J'indique le chemin à Greg et il gare l'Audi devant une série de garages. Je lui ordonne de m'attendre avant de quitter la voiture. Je jette un œil alentour, ne remarque rien de suspect. Alors, malgré mon épaule encore douloureuse, je grimpe sur le toit des box, soulève une tuile mal fixée et y retrouve avec soulagement un jeu de clefs. Je redescends sur la terre ferme, ouvre l'un des garages. Deux gros cadenas, deux serrures.

Je soulève la porte, la referme derrière moi et me dirige vers le fond du réduit. Dans un carton, je récupère un tournevis avant de pousser une vieille armoire. Derrière ce meuble, une planque que j'avais préparée depuis longtemps. Je dévisse la fausse cloison pour accéder enfin à mon trésor.

Un sac plein de billets, de faux papiers. Sous les billets, plusieurs chargeurs et un automatique que je glisse dans mon blouson.

Je referme soigneusement le garage, jette le sac dans le coffre de l'Audi et reprends ma place sur le siège passager.

Je sors l'arme, y insère un chargeur. Greg sursaute.

— Démarre.

— Iz… Je sais que j'ai déconné, mais…

— C'est bon, calme-toi ! dis-je en remettant l'arme dans mon blouson. C'est juste au cas où. On peut aller chez toi, maintenant.

Il remet le contact et nous prenons le chemin de Montpellier. Greg roule vite, je lève les yeux au ciel.

— Ralentis. C'est pas le moment de se faire serrer par les poulets.

Il obéit, allume la radio. Peut-être pour détendre l'atmosphère.

— Tu vas faire quoi ?

— Roule.

— OK, soupire Greg.

— Faut que je me trouve une chambre d'hôtel pour cette nuit.

— Tu peux rester chez moi, si tu veux, me propose Greg.

— Merci, dis-je sans aucun enthousiasme.

— Y a pas de quoi, mon frère. Tu sais Iz… Pour Tama, j'ai rien vu venir…

— C'est bien ce que je te reproche.

— Tarmoni t'a parlé du coup de fil ?

— Oui.

— Tu crois que c'est elle qui vous a balancés ?

— Roule, j't'ai dit…

En taule, j'ai eu du temps pour réfléchir. Beaucoup de temps, même.

Bien sûr que c'est Tama qui nous a balancés. Parce que je me suis montré violent, parce que je n'ai pas su retenir mes coups.

J'ai cru qu'elle m'avait pardonné, je me suis trompé. Elle me l'a fait payer, au prix fort.

Nous entrons dans Montpellier sans avoir échangé un mot de plus. La ville est triste sans soleil.

Triste, sans Tama.

Nous passons non loin du resto où je l'ai emmenée pour fêter ses seize ans. La boutique où elle aimait acheter ses fringues. La place où nous allions parfois boire un verre. Toutes ces rues où nous avons marché, main dans la main.

Derrière mes lunettes fumées, je retiens mes larmes.

Parce qu'un mec, un vrai, ça ne chiale pas. C'est ce que me répétait mon salaud de père.

La ville est triste.

Triste sans Tama.

Cette fille que j'ai aimée à la folie.

Cette fille que j'aime encore.

Cette fille que je vais tuer, pourtant.

Nous arrivons chez Greg trois quarts d'heure plus tard. En entrant, j'ai une drôle d'impression.

L'impression que Tama était là quelques minutes plus tôt. L'impression qu'elle va apparaître d'un instant à l'autre.

Greg sort un pack de bières du frigo, le pose sur la table.

— On va fêter ton retour parmi nous !

Je n'ai pas envie de fêter quoi que ce soit, mais je le laisse poursuivre sa tentative de réconciliation.

— J'ai besoin d'air, dis-je soudain.

— Tu veux t'installer dehors ?

— Je préfère, oui.

— Je comprends, m'assure Greg.

— Pourquoi, t'as déjà été en taule, toi ?

— Non, mais… J'imagine très bien ce que ça fait.

— Ça m'étonnerait !

Il prend les bières et nous retournons dehors. Nous nous installons sur les chaises de jardin, j'allume une cigarette. Nous trinquons, je n'arrive toujours pas à sourire. Je ne sais pas si j'y arriverai à nouveau un jour.

Vers 9 heures ce matin, Greg m'a sortie du placard. Il avait l'air stressé. Il m'a poussée jusque dehors et nous avons traversé la cour. Il a ouvert la remise, m'a jetée à l'intérieur.

Nouvelle geôle. Qui pue le renfermé, la poussière, la moisissure. C'est d'une saleté repoussante.

Il a attrapé un gros rouleau de scotch, m'a forcée à m'allonger sur le ventre et m'a ligoté les poignets dans le dos, ainsi que les chevilles. Je me demandais ce que ce taré était en train d'inventer pour me faire souffrir. Il a collé un morceau de scotch sur mes lèvres avant de me retourner sur le dos.

— Aujourd'hui, c'est un grand jour, *Tam* ! m'a-t-il annoncé avec son sourire dégueulasse.

Je n'ai pas compris ce qu'il essayait de me dire. Il m'a traînée un peu plus loin pour m'asseoir contre une énorme poutre qui soutient la charpente de la remise. Une poutre à laquelle il m'a attachée, déroulant des mètres de scotch pour que je ne puisse plus faire le moindre mouvement.

— Voilà, a-t-il dit. C'est absolument parfait.

Il a quitté la remise et je me suis mise à grelotter de froid en essayant de deviner ce que manigançait cette pourriture.

— À ta liberté retrouvée, mon frère ! lance Greg en tapant sa canette de bière contre la mienne. Cette histoire de vice de procédure… c'est un truc de fou ! Qu'ils sont cons ! Tu es sous contrôle judiciaire ?

— Je suis sous le contrôle de personne, réponds-je. Ils vont très vite le comprendre…

— Je vois, sourit Greg.

Lui, arrive encore à sourire. Il a de la chance.

— Qu'est-ce qu'on fait pour Santiago ?

— Je m'en occupe.

— C'est que j'ai pas envie d'être le prochain sur la liste…

— Je m'en occupe, je te dis.

— OK, Iz…

— Pourquoi t'as arrêté de venir au parloir ?

Il tourne la tête, évitant soigneusement mon regard.

— J'étais mal, Iz… J'étais mal parce que j'avais fait le con avec Tama… J'aurais dû être là pour l'empêcher de se tirer, j'aurais dû… Putain, si tu savais comme je m'en veux, mon frère !

Je ne dis rien, termine ma bière et en ouvre une autre.

Quand j'entends la voix d'Izri, je me crois en plein délire.

Pourtant, c'est bien lui ! Il est là, à quelques mètres de moi. Je comprends qu'il vient d'être libéré de prison et que Greg est allé le chercher. Maintenant, je sais pourquoi ce salaud m'a enfermée ici. Pour qu'Izri puisse pas me voir.

Mais pour que moi, je puisse l'entendre.

Je croyais tout savoir sur la cruauté et la perversité humaines. Je me trompais.

J'essaie de bouger, j'essaie de hurler. Je me contorsionne dans tous les sens avec l'espoir un peu fou que je vais parvenir à me détacher. Mais Greg a bien fait les choses et je ne peux pas bouger le petit doigt. Je ne peux pas faire de bruit, non plus.

Je suis paralysée, impuissante, désarmée.

L'homme que j'aime est là, tout près de moi. Lui que j'attendais comme le Messie…

Il est là et je ne peux rien pour lui signaler ma présence.

Alors, je m'étouffe dans mes larmes silencieuses. Condamnée à écouter Greg me salir aux yeux d'Izri, encore et encore.

— J'aurais jamais cru que Tama te ferait ça, reprend Greg. Je croyais qu'elle t'aimait, putain !

— Je le croyais aussi...

Tarmoni arrive à ce moment-là et je demande à Greg de nous laisser. Je vois bien que ça le chagrine d'être mis à l'écart, mais un seul de mes regards suffit à le convaincre d'obéir.

— Je t'ai trouvé la planque idéale, m'annonce l'avocat à voix basse.

Il me confie un morceau de papier avec une adresse.

— C'est ce que tu voulais... Un coin perdu, à moins de deux heures de Montpellier.

— Parfait, dis-je. Merci. Qui est au courant ?

— Toi et moi. Personne d'autre. J'ai loué la baraque à un bouseux, sous un faux nom. Elle est à toi pour six mois. Tu devrais y aller très vite.

— J'ai besoin de deux ou trois trucs avant de partir. J'y serai demain soir. Tu m'as trouvé la bagnole ?

— Elle est dehors. Viens...

Nous passons le portail et je découvre une Mercedes noire. Exactement ce que je voulais. Puissante, compacte et discrète.

— Elle te plaît ?

Je hoche la tête.

— Très bien, dis-je.

— Il y a deux portables dans le coffre. Intraçables, évidemment.

Nous retournons nous asseoir dans la cour, je ferme les yeux. Encore cette impression étrange que Tama est là, près de moi. Est-ce que je pourrai guérir d'elle, un jour ?

Quand je l'aurai tuée, peut-être.

Greg nous rejoint, toujours contrarié d'avoir été évincé de la conversation. Ça ne me fait ni chaud ni froid. Tarmoni boit une bière avec nous puis appelle un taxi. Lorsqu'il disparaît, Greg reste pensif un moment.

— Ce Tarmoni, c'est un bon avocat…

— Le meilleur, dis-je.

J'ai l'impression que ma tête va exploser. À force de me tordre dans tous les sens, j'ai dû me froisser un muscle. Une douleur atroce part de ma main gauche jusque dans ma nuque. Mais la douleur physique n'est rien comparée à celle qui broie mon cœur.

Iz, je t'en supplie, ne me laisse pas ici entre les mains de ce tordu !

— Ta mère m'a téléphoné pour prendre de tes nouvelles, m'apprend Greg. Elle s'inquiétait.

Finalement, je souris. Un sourire méchant.

— Je t'assure ! enchaîne Greg. Elle avait l'air angoissé de te savoir en taule !

— C'est sans doute pour ça qu'elle n'a même pas pris la peine de venir me voir ! dis-je en ouvrant une nouvelle bière.

— Pourquoi Tama vous a donnés, à ton avis ? Parce qu'elle avait déjà en tête de refaire sa vie avec l'autre connard ?

Greg revient sur son obsession, il appuie là où ça fait mal. Terriblement mal. On dirait qu'il prend plaisir à me torturer.

— Peut-être. Mais peu importe la raison. Elle m'a trahi, elle m'a trompé. Et elle va le payer de sa vie.

Chaque parole d'Izri me découpe les chairs, tel un scalpel. Il est en train de me dépecer vivante.

Je me noie dans un torrent de larmes, je n'arrive plus à respirer.

Izri me déteste.

Izri veut me tuer.

100

Lorsque Tayri se réveilla en fin d'après-midi, ses yeux cherchèrent immédiatement Gabriel. À la faible lueur de la lampe de chevet, elle l'aperçut dans son fauteuil.

— J'ai dormi longtemps ?

— Quelques heures, répondit-il. Comment tu te sens ?

— Je sais pas… Plus calme, en tout cas. C'est moins le bordel dans ma tête !

— Tant mieux.

Elle resta silencieuse un moment, victime d'un nouveau flot d'images.

— J'étais petite quand je suis arrivée en France, dit-elle.

— Où es-tu née ?

— Au Maroc. Ça, je m'en souviens.

— Tu es venue avec tes parents ?

— Non. Avec une femme…

— Quelle femme ?

Elle ne répondit pas, comme si ce souvenir-là était trop cruel à évoquer. Gabriel décida de ne pas la brusquer, de la laisser se confier.

— Elle s'appelait Mejda.

— Elle était de ta famille ?

— Non ! Elle… Elle m'a achetée.

— *Achetée ?* répéta Gabriel.

— Elle a donné de l'argent à mon père ! On a pris l'avion et… je me rappelle qu'on est arrivées à Paris, toutes les deux. Ensuite, je suis… Je sais pas. Dans une petite pièce, je crois. Y a des carreaux par terre, un évier… J'entends Mejda qui hurle sur moi ! Elle hurle tellement fort…

Tayri replongea dans son passé, le front plissé, les yeux clos. Ça semblait être une épreuve terrifiante et Gabriel sentit une faille lézarder son cœur forgé dans le granite des Cévennes. Il se leva, s'approcha du lit.

— Je vais allumer le feu dans la cheminée.

— Tu reviens après ?

C'était la première fois qu'elle le tutoyait, ça lui fit un drôle d'effet.

Elle paraissait terrorisée à l'idée qu'il puisse l'abandonner et ça aussi, ça lui fit un drôle d'effet.

Compter pour quelqu'un. Si longtemps que ça ne lui était pas arrivé.

— Je reviens juste après, la rassura-t-il.

Il quitta la chambre et s'aperçut qu'il n'y avait plus de bois près de la cheminée. Alors, il enfila sa parka et sortit, Sophocle sur ses talons. Il contourna la maison, entra dans le sous-sol, là où le combustible était stocké. Il jetait les bûches dans une grosse caisse lorsqu'il entendit son chien grogner non loin de la cave.

Il s'immobilisa pour écouter et perçut des pas, puis le grincement de la porte d'entrée. Il éteignit la lumière, saisit une hache avant de se faufiler à l'extérieur.

Ce n'était pas Tayri, il en était certain. Quelqu'un venait d'entrer chez lui. Quelqu'un que Sophocle ne connaissait pas.

Tandis qu'il avançait prudemment vers la maison, le dogue se mit à aboyer, faisant trembler la nuit. Arrivé en bas des marches, Gabriel vit que la porte était entrouverte. Il entendit un léger bruit derrière lui, se retourna brusquement. Il eut le temps d'apercevoir une silhouette massive avant de recevoir un coup violent dans l'estomac. Il se plia en deux, tomba à genoux, la respiration bloquée.

Puis le canon d'un pistolet se posa sur le haut de son crâne.

— Bouge pas, connard. Sinon je te fume.

101

Ce soir, il fait froid. Pourtant, je suis encore dehors, assis devant la maison de Greg. J'ai passé une partie de la journée ici, à regarder le ciel se dégager progressivement.

Ce ciel qui m'a tant manqué quand j'étais dedans.

En fin d'après-midi, nous nous sommes rendus à l'entrepôt où j'ai récupéré quelques affaires. Des fringues, essentiellement. En voyant ce qui appartenait à Tama, j'ai eu envie de brûler tous les cartons.

Brûler mon passé.

Au retour, j'ai essayé d'appeler Wassila, mais elle n'a pas répondu. Ça m'aurait fait du bien de lui parler et j'irai la voir dès que possible.

Greg est parti acheter de quoi bouffer puisque j'ai refusé d'aller au resto. Pas envie de sortir, pas envie de rester à l'intérieur.

Juste envie de serrer Tama contre moi.

Jusqu'à ce qu'elle ne puisse plus respirer.

L'amour et la haine se confondent, faisant circuler un drôle de mélange dans mes veines. Peut-être que je goûterai ses lèvres une dernière fois avant de l'assassiner.

Peut-être que je n'en serai pas capable.

Pourquoi, Tama ? Pourquoi tu m'as fait ça ?

Je me lève, marche un peu. Je pose mes mains contre la porte d'une vieille remise. J'y pose mon front, aussi. J'ai envie de démolir cette porte, envie de détruire le monde.

Greg revient, les bras chargés de sacs.

— Rentre, me dit-il. On se les gèle, ici !

Je constate qu'il a acheté de quoi tenir un siège. Que des saloperies, mais c'est sans importance. Ainsi que de l'alcool, beaucoup d'alcool.

— Viens, je te montre ta chambre, pendant que je tiens encore debout !

Nous traversons le couloir et il allume la pièce du fond. Le clic-clac est déplié, déjà prêt. Je mets mon sac dans l'armoire et aperçois la vieille poupée de Tama derrière une boîte à chaussures. Bizarre qu'elle ne l'ait pas emportée dans ses bagages…

Je verrouille la porte, glisse la clef dans la poche de mon jean.

— C'est là que Tama dormait ?

— Oui…

Je ferme les yeux une seconde, essayant de cacher le trouble qui m'envahit.

— Mais je peux te filer ma chambre, si tu préfères.

— Non.

— Je vais changer les draps !

— Laisse-les, s'il te plaît.

Le froid me transperce jusqu'aux os.

Izri va passer la nuit ici, sans doute dans mon ancienne chambre.

Izri va passer la nuit ici et moi, je serai à cinquante mètres de lui. Invisible, inexistante.

Izri va passer la nuit à me haïr, je vais la passer à l'aimer.

Demain, il partira et tout sera fini.

À moins que Greg ne le tue pendant son sommeil. Cette idée me fait frissonner davantage encore. Chaque fois qu'il était en danger, j'ai tout fait pour le sauver. J'ai mis ma vie en péril pour la sienne. J'ai assassiné pour qu'il ne meure pas.

Et ce soir, je ne peux rien.

Ce soir, je suis seule comme jamais.

J'aimerais encore croire au Dieu dont me parlait Afaq. Pour le prier de toutes mes forces. Pour le supplier d'épargner l'homme que j'aime.

L'homme qui veut me tuer.

Greg a réussi à me faire sourire une ou deux fois. À moins que ce soit l'alcool.

Je dois dire que mon ami redouble d'efforts pour faire oublier ses fautes. Et en cette fin de soirée, j'ai bien envie de lui accorder mon pardon.

— Elle est où, ta planque ? demande-t-il en allumant un joint.

Je suis sur le point de lui révéler l'adresse mais je me souviens soudain des paroles de Manu. *Ce petit tordu… Il t'a menti…*

— Quelque part.

— Tu veux pas me dire ? s'étonne Greg. Mais si j'ai besoin de te joindre…

— C'est moi qui t'appellerai. Moins tu en sais, mieux c'est.

— T'as pas confiance en moi ? s'offusque-t-il d'un ton mélodramatique.

— Si tu te fais choper par les Santiago, tu penses que tu sauras fermer ta gueule ?

Il baisse les yeux, je pose une main sur son épaule.

— Simple mesure de sécurité, mon frère, dis-je. Mais on restera en contact, ne t'inquiète pas. Bon, je vais me coucher. Je suis fatigué…

— Déjà ?

— Je suis mort, Greg. Désolé.

— Pas de problème.

Je me lève, titube jusqu'à la chambre. Je ferme la porte et m'écroule sur la banquette. J'enfouis mon visage dans l'oreiller, respire le parfum de Tama. Je m'enroule dans les draps où elle a dormi et laisse doucement venir les larmes.

La nuit est bien avancée. Mes bras et mes jambes sont complètement ankylosés, le froid continue à me grignoter, morceau par morceau. Je pense qu'il va finir par me tuer, avant que le jour se lève.

Ce serait sans doute la meilleure chose qui puisse m'arriver.

Soudain, j'entends grincer la porte d'entrée de la maison, j'entends un briquet allumer une cigarette. Une décharge électrique me sort de ma dangereuse léthargie.

Iz ! C'est toi ? Viens me délivrer, je t'en supplie !

Il marche vers la remise, touche la poignée.

Ouvre cette porte, mon amour ! Ouvre cette porte !

La clef tourne dans la serrure, je devine une silhouette massive. Je n'ai pas besoin de lumière pour savoir que ce n'est pas Izri.

Greg allume la lampe de son téléphone et me l'envoie en pleine figure.

— Oh là là, t'as vraiment une sale gueule, chérie ! chuchote-t-il.

Il s'agenouille devant moi et j'aperçois la lame d'un couteau étinceler entre ses mains.

— Tu sais que ton mec est là, juste à côté ? Ben oui, tu le sais. Tu l'as forcément entendu…

Sa voix, murmure immonde, est un poison qui se diffuse lentement dans mon corps exsangue. J'aurais dû me douter que ce fumier viendrait jouir de sa félonie.

— Là, tu vois, il dort comme un bébé…

Greg caresse ma joue glacée, descend dans mon cou. Ça ne me réchauffe même pas, j'ai l'impression que c'est un serpent qui rampe sur mes chairs à vif.

— Tu l'as entendu dire qu'il voulait ta mort ? C'est triste, hein, *Tam* ?

J'essaie encore de bouger, mue par une rage sans nom.

— Tu veux que je le tue pour toi ?

Mes yeux le fixent, j'aimerais qu'ils soient équipés d'une batterie de missiles. Sa main arrive à se glisser entre mes jambes sans que je puisse rien y faire. S'il ne me détache pas, il ne pourra pas aller plus loin et je rêve qu'il commette cette imprudence. Mais Greg est intelligent. Alors, il se contente de ses jeux cruels avant de m'abandonner à mon sort.

Tu veux que je le tue pour toi ?

Izri, je t'en supplie, réveille-toi !

Derrière la fenêtre, j'observe Greg. Je vérifie qu'il ne s'approche pas de la voiture que m'a offerte Tarmoni.

Il traverse la cour, entre dans la remise, y reste quelques minutes avant d'en ressortir. Je me demande bien ce qu'il est allé chercher là-dedans et je retourne dans la chambre avant qu'il ne revienne. Il traverse le couloir, s'arrête devant ma porte. Il la pousse doucement, je fais mine de dormir. Tandis qu'il s'approche du lit, je continue à faire le mort.

Le sans-défense.

— Iz ? chuchote-t-il. Tu dors ?

Le Glock est sous mon oreiller, je n'ai qu'un mouvement à faire. Je tends le bras pour allumer la lampe. Greg est près du lit, un poignard dans la main droite. Il me sourit.

— Désolé, mon frère, j'espère que je ne t'ai pas réveillé…

Incrédule, je fixe la lame. Ma main est posée sur la crosse du flingue, prête à tuer celui que je prenais pour mon ami.

— Comme j'arrivais pas à dormir, je suis allé chercher un truc pour toi dans la remise…

Il me tend le couteau, je reste immobile.

— C'était à Manu, me dit-il. Il me l'avait offert, avant que… enfin, j'ai pensé que ça te ferait plaisir de l'avoir. Je crois qu'il aurait aimé que ce soit toi qui le gardes.

Surpris, je prends l'arme, la regarde longtemps.

— Merci, dis-je.

— Bonne nuit, mon frère.

102

Gabriel essayait de recouvrer sa respiration lorsqu'il entendit hurler Tayri. Elle l'appelait au secours et son cœur se fissura un peu plus encore.

Elle appelait au secours, comme Lana avant elle.

Gabriel releva la tête et distingua l'homme qui le braquait avec un automatique. Un gars costaud, habillé tout en noir et qui se fondait dans les ténèbres. Il distingua également une autre silhouette, plus familière, qui s'approchait discrètement dans le dos de l'agresseur.

Silencieux, Sophocle bondit sur le type, l'envoyant mordre la poussière. Puis ses mâchoires puissantes broyèrent son épaule et il se mit à hurler à son tour. Gabriel récupéra l'arme sur le sol avant d'éloigner son chien d'un mot.

— Stop.

Il visa le crâne de sa cible et pressa la détente sans la moindre hésitation. Le bruit de la détonation écorcha le silence, un oiseau s'envola en criant sa peur.

Un de moins. Mais combien étaient-ils ?

Gabriel monta les marches, le pistolet dans la main droite, puis s'arrêta sur la terrasse. Le ou les complices de celui qu'il venait d'abattre pensaient sans doute que Gabriel était mort suite au coup de feu. Ça lui donnait un avantage certain.

À côté de lui, Sophocle fixait l'entrée, prêt à fondre sur n'importe quel intrus. D'un geste de la main, Gabriel lui ordonna de rester en embuscade sur le perron. Puis il se faufila dans l'embrasure de la porte sans un bruit. La salle à manger était éteinte, la seule lumière provenait de la chambre où se trouvait Tayri.

Sauve-la, papa, lui murmura Lana. *Ne la laisse pas mourir, s'il te plaît...*

À pas de Sioux, Gabriel traversa la pièce puis récupéra dans un tiroir un poignard de combat qu'il garda dans sa main gauche. Il empruntait le couloir menant à la chambre lorsqu'il entendit une voix masculine.

— Alors, t'as parlé à qui, salope ?

— À personne ! gémit Tayri. À personne...

L'inconnu gifla Tayri et les mâchoires de Gabriel se contractèrent un peu plus encore. Il arriva au bout du couloir.

Sauve-la, papa...

— Tu vas venir faire une balade avec nous ! Et je te garantis que tu vas cracher le morceau, sale pute !

En pénétrant dans la chambre, Gabriel vit la brute qui tenait Tayri par le bras. Elle pleurait, elle tremblait.

Morte de peur.

Le type avait le doigt sur la détente. Il fallait qu'il se retourne pour que le canon ne soit plus dirigé vers Tayri.

— On ne parle pas comme ça aux femmes, lança Gabriel en levant sa main gauche.

L'inconnu fit volte-face et eut juste le temps d'ouvrir la bouche avant de recevoir le couteau en pleine gorge. Il s'écroula, entraînant Tayri dans sa chute. Elle s'éloigna de l'homme gisant sur le sol mais qui bougeait encore. Tétanisée, elle regardait son agresseur, puis son sauveur.

Son *assassin*.

— Viens, dit Gabriel.

Elle hésita un instant avant de se précipiter vers lui.

Le coup de feu la stoppa net.

103

Le jour vient de se lever, j'entends Izri dire au revoir à Greg. Je l'entends monter dans sa voiture.

Je l'entends m'abandonner.

Mais au moins, il n'est pas mort. Ce fameux Dieu que j'ai prié toute la nuit existe peut-être, finalement.

Quelques minutes plus tard, Greg fait irruption dans la remise. Il s'accroupit devant moi, me crache la fumée de sa clope à la figure.

— Et voilà, chérie, ton prince charmant s'est barré… Dommage.

Il coupe le scotch, je me désolidarise de la poutre pour m'écrouler d'un bloc. C'est comme si je n'avais plus de colonne vertébrale pour me soutenir. Il libère mes chevilles et mes poignets, je suis incapable du moindre mouvement.

— Allez, debout, Tama !

Recroquevillée dans la crasse, je reste inerte.

— J'ai dit DEBOUT ! hurle Greg.

Il m'attrape sous les aisselles, m'arrache à la poussière et me pousse vers la sortie. Je voudrais marcher, mon corps s'y refuse. Je tombe à nouveau, il recommence. Mes mains sont en sang et pourtant, je ne sens pas la douleur. Ou plutôt, je ne suis plus qu'une douleur. Quand j'atteins enfin la maison, la chaleur me redonne un peu de vie. Mais aucune force.

— Nettoie-moi tout ça ! ordonne Greg.

À genoux dans la salle à manger, je regarde autour de moi les restes de leur petite soirée.

— Je veux que ce soit nickel dans deux heures, OK ? Parce que j'attends quelqu'un !

— Je voudrais boire un verre d'eau. Et me laver…

— Magne-toi le cul sinon je te jure que tu vas morfler. Compris, Tama ?

— Je ne m'appelle pas Tama, murmuré-je sans lever les yeux.

— Hein ? C'est le froid qui t'a bousillé le cerveau, *Tama* ?!

Il s'installe dans le canapé, allume une nouvelle cigarette et jette la cendre par terre. Lentement, je me relève, essayant de retrouver l'usage de mes membres. Le décor tangue, moi aussi.

— J'ai dit deux heures, rappelle Greg. Pas une minute de plus… Et il y a mes fringues à laver, aussi.

En m'agrippant aux meubles, je commence à débarrasser les verres sales, les restes de nourriture, les assiettes. Par miracle, je ne casse rien et parviens à tout rapporter dans la cuisine. Je lance le lave-vaisselle, vide les cendriers. Je sors l'aspirateur du placard, le branche dans le salon tandis que Greg m'observe, goguenard.

— Ton mec est vachement remonté contre toi… Tu sais comment il aime liquider ceux qui l'ont trahi ?

Je mets l'aspirateur en marche, ses décibels me permettront au moins de ne plus entendre les sarcasmes de ce salaud. À chaque seconde, je menace de m'écrouler à nouveau.

L'épuisement, la douleur, le chagrin.

Le malheur.

Je porte sur mes épaules le poids de la servitude et je crois qu'il n'a jamais été aussi lourd qu'aujourd'hui.

Parce que Izri m'a abandonnée.

Parce que l'espoir m'a quittée.

Au bout de deux heures, la maison est à peu près propre. J'ai enfin le droit de boire un verre d'eau et Greg m'autorise à me laver.

Il paraît que je pue. C'est sans doute vrai.

Nouvelle humiliation. Prendre ma douche sous les yeux de mon tortionnaire. Me mettre nue devant lui, subir son regard sur ma peau. Mais je n'ai pas le choix. Je veux me débarrasser de toute cette crasse, réchauffer mon corps sous l'eau chaude. Même si le froid restera en moi à jamais.

Assis sur le tabouret, Greg me fixe avec rapacité. Je sors du bac, m'enroule dans une serviette et quitte la salle de bains.

Bien sûr, il me suit jusqu'à la chambre.

Il a fait disparaître la plupart de mes vêtements pour rendre ma supposée fuite plus réaliste et je n'ai plus que deux vieux tee-shirts et un jean. De toute façon, je n'ai pas le loisir de m'habiller. Greg en a décidé autrement.

Allongée sur la banquette, je ferme les yeux. Il s'acharne sur moi, je n'ai aucune réaction, comme si je ne ressentais plus rien.

Comme si j'étais morte.

Je ne suis plus qu'une esclave et rien d'autre.

J'ai retrouvé ma liberté. Même si je suis en cavale.

J'ai pris mon temps. Je me suis arrêté pour boire un café, puis j'ai fait une longue pause déjeuner. Je me suis grisé de vitesse avant de me perdre dans la contemplation. Les Cévennes sont toujours aussi belles.

Je suis presque arrivé à l'adresse que m'a donnée Tarmoni, mais ici, les adresses sont assez floues. Je finis tout de même par trouver la maison. Perdue au milieu de nulle part, perdue au milieu du Gévaudan. La clef m'attend dans une jarre et j'ouvre la porte massive.

Il fait encore plus froid dedans que dehors, mais je suis surpris par la modernité de cet intérieur. Ici, tout a été refait. Une grande pièce, qui fait office de salle à manger et de salon, donne sur une cuisine équipée. Un couloir mène à une chambre vaste et lumineuse. À l'étage, deux autres chambres.

C'est bien trop grand, mais je me sens tout de suite chez moi. Comme d'habitude, Tarmoni a bien fait les choses. Il m'a expliqué que le propriétaire avait rénové cette vieille baraque pour la transformer en gîte de vacances.

Je commence par mettre les radiateurs en marche puis j'installe mes vêtements dans l'armoire de la chambre. Ensuite, j'allume un des portables que l'avocat m'a achetés. À l'intérieur de la maison, ainsi que je m'en doutais, aucun réseau. Il faut que j'aille au bout du terrain, immense, pour avoir deux barres.

Je compose le numéro de Tarmoni et lui laisse un message lapidaire. Il risque d'être mis sur écoute et va me rappeler avec le même type de portable que le mien. Pour patienter, je m'assois sur un rocher et allume une cigarette.

Après avoir servi son déjeuner à Greg, j'ai eu le droit d'aller dans mon placard. Couchée sur le sol, j'ai plongé dans un sommeil noir et amer.

Quand j'ouvre les yeux, il fait encore jour. La maison est silencieuse, Greg est peut-être parti.

Rassurée, je referme les yeux. Il faut que je dorme. Pour oublier la souffrance, la peine et toutes les horreurs qui m'attendent.

Il faut que je dorme pour ne pas perdre la raison.

Mais, au bout de quelques minutes, une voix m'oblige à revenir. Dès que je l'entends, mon cœur se contracte à mort. Je me mets à trembler, mes yeux s'emplissent de larmes.

Cette voix, c'est l'effroi absolu.

Je me ratatine contre le mur, au fond de ma cellule.

Non, c'est impossible…

En face de moi, un panorama grandiose.

Plus de barreaux, de murs ou de barbelés.

En face de moi, le silence.

Plus de cris, de plaintes ou d'insultes.

En face de moi, l'espace, à perte de vue.

Ça me file le vertige.

Mon séjour à l'ombre laissera des traces. De nouvelles cicatrices. Mais celles-ci seront invisibles.

Tarmoni me rappelle au bout de quinze minutes qui m'ont semblé être des secondes. Alors que quinze minutes en taule, c'était une éternité.

— Salut, Izri… Tu aimes l'endroit ? me demande-t-il.

— C'est parfait, dis-je avec un petit sourire. Merci, mon ami...

— De rien... La soirée avec Greg s'est bien passée ?

— Pas mal. Il a essayé de se racheter, je crois.

— Tu ne lui as pas dit où tu allais, au moins ?

— Non, ne t'en fais pas.

— Bon, les flics sont venus me voir. Ils sont furieux que tu ne te sois pas présenté au contrôle ce matin.

— Tu les as consolés, j'espère ?

— La main sur le cœur, je leur ai assuré que je n'avais aucune idée de l'endroit où tu te trouvais mais que si jamais tu entrais en contact avec moi, j'essaierais de te convaincre de te rendre à la justice !

— Eh bien, qu'ils me cherchent, ça va les occuper un moment.

— Oh, ça, ils vont te chercher, tu peux en être sûr ! rigole Tarmoni. Bon, faut que je te laisse, j'ai une audience. Appelle-moi, hein ?

— Promis.

— Et reste très prudent.

— Compte sur moi...

Je raccroche et regarde un long moment l'horizon en songeant que cet endroit plairait beaucoup à Tama.

Greg m'attrape par le bras, je hurle. Il me sort du placard, je résiste, m'accrochant à tout ce que je peux. De force, il me conduit jusqu'à la cuisine où m'attend mon pire cauchemar.

Mes yeux s'emplissent d'une crainte sans nom.

Mejda me sourit.

104

Coup de feu, bruit assourdissant. Comme au ralenti, Gabriel s'effondra. Lorsqu'il toucha le sol, Tayri cessa de respirer. Elle porta une main à sa bouche, son regard croisa celui de Gabriel. Puis il ferma les yeux.

— Non ! s'écria-t-elle. Non...

Un homme fit irruption dans la chambre, tenant l'arme du crime dans sa main gantée. Il s'arrêta sur le seuil, vit son complice agonisant sur le sol, puis Gabriel qui ne bougeait plus. Il mit Tayri en joue.

— Allez amène-toi, connasse !

Il l'attrapa par le bras, elle se débattit, lui fila un coup de pied dans le tibia et réussit à lui faire lâcher prise. Elle saisit la lampe, la lui lança en pleine figure. Le type poussa un rugissement avant de se jeter à nouveau sur elle. Une violente gifle la projeta sur le lit.

Gabriel bascula légèrement sur le côté et tendit son bras droit en direction de l'agresseur. Il ajusta son tir, le crâne de l'homme explosa et il s'écroula sur Tayri qui hurlait comme une hystérique. Elle repoussa le cadavre et bondit hors du lit. Elle se précipita vers Gabriel, tomba à genoux près de lui. La balle était entrée par l'arrière de son épaule gauche, en était ressortie par l'avant. Elle lui confisqua l'arme et, sur ses jambes tremblantes, visita chaque pièce de la maison. Puis elle laissa entrer Sophocle et verrouilla la porte. Elle revint ensuite dans la chambre ; Gabriel se vidait de son sang, il avait perdu connaissance. Alors que le dogue se couchait près de son maître en gémissant d'inquiétude, Tayri fouilla les poches des deux cadavres et finit par trouver une clef de voiture, ainsi qu'un portefeuille garni de quelques billets.

C'était sa chance.

Sa dernière chance.

Elle s'habilla avec les vêtements de Lana que Gabriel lui avait donnés puis quitta la chambre. En passant devant lui, elle s'arrêta une seconde.

— Désolée, murmura-t-elle. Je n'ai pas le choix.

Elle traversa la salle à manger et descendit les marches en courant. Elle longea la maison, rejoignit la route. Ainsi qu'elle l'avait espéré, une grosse berline noire était garée au bout de la piste menant au hameau. Tayri déverrouilla les portières, grimpa à l'intérieur. Maîtrisant tant bien que mal ses tremblements, elle tenta de trouver comment on démarrait cette voiture. Il suffisait d'appuyer sur le bouton *start*.

Un jeu d'enfant.

* * *

Gabriel ouvrit les yeux et sentit la douleur le percuter de plein fouet. Il essaya de ramper jusqu'au fauteuil pour s'y accrocher, mais abandonna au bout de quelques secondes. Plus de force, plus de vie.

La voix de Tayri résonnait encore dans sa tête.

Désolée, je n'ai pas le choix.

Exsangue, il referma les yeux.

— Lana, murmura-t-il. Lana… Je crois que c'est la fin…

Il fut aspiré dans un tourbillon écarlate, malmené par un vent furieux. Il tournait sur lui-même à n'en plus finir.

Il croisa ses victimes blafardes et silencieuses. Louise qui souriait en tentant de lui dire quelque chose. Promesses silencieuses.

Lana, sur la table de la morgue. Son corps martyrisé, son visage épouvanté.

Puis il s'arrêta de tourner pour couler dans une eau sombre et glacée.

Le goût du sang sur sa langue, dans sa gorge.

Quand ses paupières se soulevèrent à nouveau, Gabriel eut l'impression d'être au milieu d'un nuage épais. Tout était flou, tout était calme.

Il sentit une main presser la sienne.

— Lana ? C'est toi ?

— Non, c'est Tayri. Je suis là, Gabriel. Je suis là, ça va aller…

Un linge humide sur le front dissipa le nuage et Gabriel aperçut enfin le visage de la jeune femme.

— Tayri ? Tu n'es… pas… partie ?

Elle lui souriait, il vit une larme couler sur sa joue tuméfiée.

— Non, Gabriel, je ne suis pas partie. Je suis près de toi.

Grâce à une paire de ciseaux, elle découpa la parka et la chemise de Gabriel. Agenouillée près du blessé, elle posa une compresse sur la plaie béante et appuya légèrement avec sa main pour stopper l'hémorragie. Elle nettoya ensuite la blessure avec de l'eau et du savon avant d'y appliquer un désinfectant. Gabriel avait les yeux ouverts mais il semblait ailleurs. Parfois un pic de douleur déformait son visage, puis il replongeait dans sa léthargie. Elle aurait voulu l'allonger sur le lit, mais elle était bien incapable de le soulever ou même de le traîner. Alors, elle récupéra l'oreiller, le plaça sous sa nuque et déposa la couverture sur son corps. Enfin, elle le força à boire quelques gorgées d'eau.

Elle ne pouvait faire plus, faire mieux.

Elle s'étendit près de lui et prit sa main dans la sienne.

105

Mejda me sourit, mes yeux s'emplissent d'une crainte sans nom.

— On dirait que tu n'es pas contente de me revoir, *ma poupée* !

Mon corps n'est plus qu'une boule de frayeur, il n'obéit plus à mon cerveau. Je me pisse dessus et le sourire de Mejda s'élargit tandis que Greg éclate de rire.

Encore une humiliation.

Mais tel est le sort des esclaves.

— Toujours aussi sale ! crache Mejda. Si ton père te voyait, comme il aurait honte de toi…

Mon esprit tente de reprendre la maîtrise de mes actes.

— Mon père est mort, rétorqué-je d'une voix chevrotante. Vous ne pourrez plus jamais lui faire de mal… !

Visiblement, Mejda l'ignorait.

Visiblement, elle est étonnée que je puisse répondre.

— Tu attends quoi pour nous faire du thé ? ordonne-t-elle.

Greg s'assoit à son tour et je m'exécute. Pendant que je prépare leur boisson, je me maudis de m'être oubliée, de leur avoir donné ce plaisir. Alors, je me concentre. Je ne dois pas laisser la peur prendre le contrôle. Izri n'aimerait pas ça. Je pose les tasses sur la table, les sachets de thé juste à côté ainsi que les morceaux de sucre. Je n'ai pas oublié que cette garce aime sucrer son thé.

— C'était un brave homme, ton père, soupire-t-elle. Dommage qu'il ait eu une fille comme toi.

Je parviens à affronter son regard.

— Dommage qu'Izri ait eu une mère comme vous.

Elle se lève d'un bond pour m'assener une gifle qui me contraint à tourner la tête. Mais je replace bien vite mes yeux au fond des siens.

— Vous voulez savoir comment il vous appelle ? *Ma salope de mère.*

Le visage de Mejda se froisse sous mon attaque. Nouvelle gifle.

— Ta gueule, balance Greg. Sinon…

— Si tu veux me faire taire, faudra me tuer.

Izri est parti, Mejda est revenue. Je n'ai vraiment plus rien à perdre.

Il me reste juste à souffrir.

* * *

Tama ne tient plus debout, une fois encore. Ce n'est pas Greg qui l'a frappée. Il l'a seulement tenue pendant que Mejda se défoule sur elle. Vu la rage qu'elle a insufflée dans chacun de ses coups, ça devait faire longtemps qu'elle attendait ce moment.

Le moment où Izri ne serait plus là pour protéger Tama.

Greg la soulève du sol. Elle pense qu'il va la ramener dans le placard, mais il la traîne à l'extérieur et la jette dans la remise. Elle atterrit face contre terre, se blessant davantage encore. Elle entend la porte se refermer, ne fait plus aucun mouvement, laissant la douleur s'infiltrer dans chaque parcelle de son corps.

À son grand désespoir, elle continue à respirer.

Au bout de quelques minutes, le froid lui intime l'ordre de bouger. Alors, avec mille précautions, elle bascule sur le côté, laissant échapper un cri. Elle serre ses bras contre son ventre.

Son ventre, sur lequel Mejda s'est particulièrement acharnée.

Peut-être parce que le sien n'a pas su lui donner une fille.

Tama tremble de froid, ses dents s'entrechoquent. Elle replie ses jambes et ferme les yeux sur des larmes glacées.

C'est à cet instant que le miracle se produit. Quelqu'un s'assoit près d'elle, la prend dans ses bras.

Quelqu'un la réchauffe contre son cœur, la berce.

— Ça va aller, murmure une voix. Je suis là, ça va aller...

Tama ne peut plus ouvrir les yeux, mais un sourire se dessine sur ses lèvres bleuies.

Cette présence, cette chaleur, cette voix douce qui lui chante une chanson triste mais belle...

C'est sa mère, aucun doute. Sa mère qui est là pour l'accompagner dans son dernier voyage.

Alors, cessant enfin de lutter, Tama marche vers la liberté.

106

La nuit avançait, l'espoir reculait.

Gabriel était toujours inconscient, mais il respirait. Tayri n'avait pas lâché sa main.

Elle le regardait souffrir, évitant de poser ses yeux sur les deux cadavres qui jonchaient le parquet de la chambre.

Sophocle était resté près de son maître. Si Gabriel ne se réveillait pas, le chien se laisserait mourir de faim à ses côtés, Tayri en était sûre.

Qui étaient ces hommes ? Même si les choses continuaient à se remettre en place dans son cerveau, elle n'avait pas encore la réponse à cette question. Comme à beaucoup d'autres d'ailleurs.

Elle abandonna Gabriel quelques minutes pour se rendre dans la cuisine. Grâce à la pendule, elle découvrit qu'il était déjà 4 heures du matin. Elle prépara du café, en avala deux tasses, les reins appuyés contre le plan de travail.

Pourquoi ne s'était-elle pas enfuie ? Pourquoi être revenue dans la tanière de l'assassin ?

Pourquoi laisser passer cette chance qui ne se représenterait sans doute jamais ?

La réponse était simple. Douloureusement simple.

Les bribes de son passé étaient effrayantes. L'*ailleurs* était effrayant. En cette minute, Gabriel était le seul homme qu'elle connaissait.

Et il avait risqué sa vie pour sauver la sienne. Il avait failli mourir pour elle. Tayri ignorait si quelqu'un d'autre, un jour, lui avait offert un cadeau d'une telle valeur.

Elle se servit une troisième tasse avant de rejoindre Gabriel. Il avait les yeux ouverts.

— Tu m'entends ? murmura-t-elle.

— Oui…

— Tu te sens mieux ?

— Je… J'ai mal, avoua-t-il.

— Dis-moi ce que je peux faire.

Il bascula à droite, sur son épaule intacte, tenta de se lever.

— Aide-moi…

Tayri lui tendit la main et il parvint à se remettre debout. Mais l'instant d'après, son genou retoucha le sol. Il se releva encore et Tayri le supporta jusqu'au lit où il s'effondra lourdement. Elle récupéra l'oreiller et la couverture pour mieux l'installer, lui ôta ses chaussures. Elle lui prépara du thé, lui donna un calmant trouvé dans la pharmacie et il se rendormit. Elle resta allongée près de lui et se lova à son tour dans les bras du sommeil.

Gabriel poussa un cri, Tayri se redressa sur le lit et posa une main sur le front du blessé. Il était bouillant.

Elle fila jusqu'à la salle de bains et revint avec une serviette mouillée. Le corps de Gabriel fut traversé par un frisson, il ouvrit les yeux et la regarda sans comprendre.

— Ça va aller, dit-elle avec un sourire angoissé. Reste avec moi…

— Soif…

Elle repartit en courant jusqu'à la cuisine, lui rapporta un grand verre d'eau ainsi que deux nouveaux comprimés destinés à faire baisser la fièvre. Elle le trouvait en pire état que cette nuit, priait pour qu'il ne meure pas avant l'aube.

Le silence accompagna le lever du jour. Une douce lumière s'invita dans la chambre, faisant presque oublier à Tayri le cauchemar qu'ils avaient enduré cette nuit.

Elle s'imaginait à la place de Gabriel, quelques jours auparavant.

Elle, agonisant ; lui, veillant sur elle.

Elle laissa les souvenirs envahir sa tête. Progressivement, le puzzle se reconstituait, mais il manquait encore d'énormes morceaux. Et surtout, elle ne parvenait pas à mettre les choses dans l'ordre chronologique.

Une famille qui n'était pas la sienne, des enfants qui n'étaient ni ses frères ni ses sœurs. Un jeune homme qui avait fait vibrer son cœur, peut-être.

— Lana ?

Surprise dans sa méditation, Tayri sursauta.

— C'est moi, Tayri.

— Ah… Ils sont partis, non ?

— Oui, ne t'en fais pas, ils sont partis.

Gabriel replongea dans l'écume d'un délire, tandis que Tayri repartait dans son passé. Un visage revenait souvent. Un visage sans identité. Celui d'un homme plus âgé qu'elle. Un homme dont le regard l'effrayait. Un homme qui voulait prendre de force ce qu'elle refusait de lui donner.

Une grande maison, avec beaucoup de pièces, un appartement dans un vieil immeuble. Un escalier, un placard, une remise pleine de poussière et de toiles d'araignée…

Tous ces lieux qu'elle avait arpentés, dans lesquels elle avait vécu quelque chose. Mais quoi ?

— La balle… elle est ressortie ?

— Oui, dit Tayri. Enfin, je crois. Parce qu'il y a un trou derrière et un autre devant.

Les lèvres de Gabriel se crispèrent sur un triste sourire.

— Tu es… très perspicace ! Pourquoi tu… tu ne t'es pas tirée ?

— Je l'ai fait, révéla-t-elle. J'ai pris la clef de la voiture du mec. Mais… J'ai pas eu envie de te laisser, finalement.

Il referma les yeux, le sourire s'éternisa sur ses lèvres.

— Tu sais ce que voulaient… ces types ? interrogea-t-il.

— Visiblement, c'est moi qu'ils voulaient.

— Pourquoi ?

— Aucune idée ! J'ai beau me torturer les méninges, je n'arrive pas à m'en souvenir.

— Dommage…

Ils se turent jusqu'aux premiers rayons du soleil. Gabriel repartait parfois, revenait toujours.

— Lana a perdu sa mère très jeune, dit-il soudain. Louise est tombée malade peu après sa naissance... T'aurais pas un verre d'eau pour moi ?

Tayri attrapa une bouteille et aida Gabriel à en avaler la moitié.

— Un cancer... Elle est morte quand Lana avait quatre ans... C'est moi qui l'ai élevée.

Tayri avait du mal à imaginer cet homme en bon père de famille. Mais elle réalisa que le Gabriel dont il parlait avait disparu depuis longtemps.

— C'était pas facile, tu sais...

— Je veux bien te croire, murmura Tayri.

— Mais on s'en est sortis, tous les deux.

Une résurgence de douleur lui coupa la parole un instant.

— On s'en est bien sortis, même... À l'époque, je bossais beaucoup... J'étais flic. Mais je m'arrangeais pour passer du temps avec elle. J'ai quitté le terrain pour un poste d'instructeur. Pour ne plus faire les nuits et les astreintes. Pour être près d'elle, toujours. Lana est devenue une jolie gamine puis une magnifique adolescente...

Il porta sa main droite à son épaule blessée.

— Heureusement que ce con ne savait pas viser ! dit-il en grimaçant.

— Il a bien failli te tuer !

— Des amateurs, grogna Gabriel. Des petites frappes...

— Elle a fait des études ?

621

— Lana ? Oui, elle a eu son bac et après, elle est entrée à la fac de Montpellier, en médecine…

Il referma les paupières un instant.

— On habitait Marseille, à l'époque. Elle aurait pu aller à la fac là-bas, mais elle a choisi Montpellier. Elle disait que c'était mieux… Je crois surtout qu'elle avait rencontré un gars ! D'ailleurs, la plupart du temps, elle dormait chez lui. Elle me disait qu'elle partageait une chambre avec une copine, mais je savais que c'était un mec.

Il eut un nouveau sourire mélancolique. Il fixait le plafond, voyait peut-être le visage de sa fille s'y dessiner.

— Un soir, elle a pris le TER pour rentrer à Marseille. C'était un vendredi, elle avait envie de passer le week-end avec moi…

Le sourire de Gabriel s'évapora, son visage redevint aussi dur que la pierre.

— Deux salopards l'ont agressée pendant le trajet. Ils l'ont tuée… Violée et tuée. Le matin de ce jour maudit, elle m'avait appelé pour que je vienne la chercher… Elle avait peur de prendre ce train du soir… J'ai refusé d'aller jusqu'à Montpellier, je lui ai répondu qu'elle se faisait des idées… Si tu savais comme je m'en veux !

Cette fois, c'est Tayri qui ferma les yeux.

— Chaque jour, je revois son corps étendu sur la table de la morgue quand ils m'ont demandé de l'identifier. Chaque jour, nom de Dieu ! Chaque jour depuis huit ans… Ces fumiers l'avaient massacrée.

— On les a retrouvés ? demanda Tayri.

Il mit du temps à répondre. Plusieurs minutes.

— Oui. Ils ont pris vingt ans. Et moi, j'attends qu'ils sortent de taule…

— Pour les tuer ?

Il tourna la tête vers elle, la réplique se devinait dans ses yeux sombres. Il n'envisageait pas de les tuer, non. Plutôt de les torturer des jours durant.

— Et les autres ? continua Tayri. Ceux dont tu m'as parlé…

— Il y avait onze passagers dans le compartiment. Pas un seul n'a bougé. Pas un seul n'a essayé de venir en aide à Lana. C'est leur lâcheté qui a condamné ma fille…

Tayri eut la respiration coupée.

— Tu… Tu veux dire que tu élimines tous ceux qui étaient dans le wagon ?

107

Assis sur le tabouret de la salle de bains, Gabriel serrait les dents. Tayri termina de lui poser un pansement avant de lui bander l'épaule.

Elle s'en sortait plutôt bien.

— Les agresseurs, ils étaient sans doute armés, dit-elle soudain. Alors, ils ont eu peur... Les autres, ceux qui étaient dans le train, ils ont eu peur. C'est pour ça qu'ils...

— Non ! s'écria Gabriel.

Tayri sursauta lorsqu'il éleva la voix.

— Non ! Ils auraient pu la sauver ! vociféra Gabriel.

Son poing s'était fermé, sa respiration accélérée.

— Mais... ils n'ont rien fait ! s'insurgea Tayri.

— C'est bien ce que je leur reproche !...

La jeune femme s'écarta légèrement de lui.

— Ils sont innocents, murmura-t-elle. C'est pas eux qui ont tué ta fille !

— Lana était innocente. Eux, ils sont aussi coupables que les deux autres ! s'acharna Gabriel. J'en ai déjà éliminé sept, il m'en reste quatre. Ils vont tous payer, jusqu'au dernier... Quant aux salauds qui l'ont assassinée, dès qu'ils sortent de taule, je leur arrache le cœur.

Tayri garda le silence et rangea les compresses, le désinfectant, les ciseaux. Elle se demandait si elle avait bien fait de revenir ici, près de cet assassin.

Gabriel enfila une chemise propre en grimaçant de douleur.

— Vous devriez retourner vous allonger, préconisa Tayri.

Leurs regards se croisèrent dans le miroir.

— Pourquoi tu me vouvoies à nouveau ?

Elle baissa les yeux.

— Tu penses que je suis un salaud, c'est ça ?

La jeune femme voulut quitter la pièce, il l'attrapa par le poignet, la ramena vers lui un peu brusquement.

— Regarde-moi, ordonna-t-il. Tu penses que je suis un salaud ?

— Je ne sais plus quoi penser, avoua-t-elle d'une voix mal assurée.

— Je te fais peur ?

— Vous m'avez toujours fait peur.

— Je viens de te sauver la vie, rappela-t-il.

— Mais vous tuez des innocents.

— Les innocents, ça n'existe pas, assena Gabriel. Personne ne l'est. Ni toi, ni moi, ni personne. Ceux qui étaient dans le compartiment ce soir-là ont laissé souffrir et mourir ma fille sans intervenir.

— Ils n'avaient pas le choix…

— On a toujours le choix. Ils auraient pu risquer leur vie pour elle, comme je l'ai fait pour toi, hier soir. Ils n'ont pensé qu'à eux, qu'à leur vie. Ils ont été les esclaves de leur peur.

Au mot esclave, Tayri avait frissonné, ça n'avait pas échappé à Gabriel.

— Peut-être qu'ils souffrent toutes les nuits, qu'ils sont accablés par le remords ! imagina-t-elle.

Gabriel lui répondit d'un sourire cynique.

— Peut-être. Mais dans ce cas, ne t'en fais pas, j'abrège leurs souffrances…

Elle ouvrit la bouche pour répliquer, se heurta au regard de Gabriel. Ça la dissuada de continuer sur ce chemin dangereux.

— Il faut qu'on se débarrasse des corps de tes *amis*, dit-il. Et comme je n'ai plus qu'un bras, tu vas me filer un coup de main.

* * *

Ils avaient passé la matinée à enrouler les corps dans des bâches en plastique opaque et à les traîner jusque dehors avant de les charger dans le coffre de la voiture noire. La météo était de leur côté ; un brouillard épais empêchait de voir à plus de deux mètres. Ils avaient enfilé des gants, un bonnet, des vêtements couvrants pour ne laisser aucune trace.

Tayri s'était brisé les reins et les épaules pour seconder Gabriel dans cette horrible tâche. Assise sur les marches de la maison, elle reprenait son souffle.

— J'aurais pas pensé que tu avais tant de force ! fit Gabriel en allumant une cigarette.

— Moi non plus, soupira la jeune femme. C'est quoi la suite du programme ?

— Nettoyer la maison, indiqua Gabriel.

— Et eux, on en fait quoi ?

— Eux, on s'en occupe cette nuit. Mais d'abord...
Tu penses qu'ils t'ont retrouvée comment ?

Elle fronça les sourcils, haussa les épaules.

— J'en sais rien, avoua-t-elle.

— Tu ne t'es pas posé la question ? ricana Gabriel.

Elle se renfrogna et regarda ses chaussures boueuses.

— Allez viens, suis-moi, ordonna-t-il. Je vais te
montrer...

Elle lui emboîta le pas jusqu'à un garage situé sous
une autre bâtisse du hameau. Il ouvrit la double porte en
bois et elle découvrit la voiture dans laquelle elle était
arrivée jusqu'ici. Une Audi RS 4 bleu électrique dont
l'avant était bien amoché. Tandis que Tayri l'éclairait
à l'aide d'une torche, Gabriel se mit à inspecter l'intérieur des ailes puis le bas de caisse.

— Et voilà, dit-il en se redressant. Voilà le coupable...

Il tenait dans sa main un petit boîtier noir muni d'un
gros aimant.

— C'est quoi ? demanda Tayri.

— Un traceur GPS antivol, expliqua Gabriel. Si on
te pique la bagnole, ça te permet de la géolocaliser à
distance grâce à un simple smartphone.

— Merde...

Gabriel replaça le traceur où il l'avait trouvé puis
ils retournèrent à l'intérieur. Sur la table de la salle à
manger, les effets personnels des tueurs. Portefeuilles,
téléphones, clefs... Gabriel détailla les papiers d'identité
et tenta d'en savoir plus grâce aux téléphones. Chacun
des agresseurs en avait deux : un smartphone et un
portable à carte, intraçable. Ils étaient tous verrouillés.

— Et alors, on va faire quoi ? s'inquiéta la jeune femme.

— Soit le propriétaire de la voiture fait partie des trois macchabées qui sont dans le coffre et on est tranquilles, soit il a envoyé des hommes de main et il pourrait nous en envoyer d'autres. Tu es sûre que tu ne reconnais pas un de ces types ?

— Je ne peux pas en être certaine, mais aucun de ces visages ne me parle…

— Alors, il faut s'attendre à avoir encore de la visite.

— Je dois partir, murmura Tayri. Je n'ai pas le droit de vous mettre en danger comme ça…

— Arrête tes conneries, ordonna Gabriel. Il est hors de question que tu partes, de toute façon.

— Et quoi ? Vous allez me garder prisonnière ici toute la vie ? s'écria-t-elle soudain.

Il s'approcha, la fixant dans les yeux, et elle regretta instantanément d'avoir élevé la voix.

— Pourquoi pas ? Fallait te tirer quand tu en avais l'occasion, Tayri. Maintenant, c'est trop tard.

Elle tomba sur une chaise, retenant ses larmes.

— Pas la peine de t'asseoir, on a du boulot, lui rappela Gabriel. Il faut nettoyer tout ce merdier.

Il mit en marche la chaîne hi-fi.

— Et on va faire le ménage en musique, précisa-t-il. *Suite pour violoncelle* de Bach…

* * *

À la nuit tombée, la maison était propre. Plus de sang sur le carrelage, plus de traces du carnage. Tayri était épuisée, Gabriel aussi. Il souffrait comme un martyr à cause de sa blessure, même s'il tentait de ne rien laisser paraître.

Tayri entendait encore la musique de Bach résonner dans sa tête, mais rien de nouveau ne lui était apparu. Son cerveau était toujours sens dessus dessous.

— La journée n'est pas finie, annonça Gabriel. Il va falloir passer aux choses sérieuses, maintenant.

Ils se rhabillèrent comme le matin avant de quitter la maison. Le brouillard persistait, doublé d'une sorte de crachin glacé. Tayri s'installa derrière le volant du pick-up et Gabriel lui montra deux ou trois choses, visiblement un peu inquiet.

— Essaie de ne pas planter ma bagnole dans un arbre, grogna-t-il.

Il grimpa dans la BMW et prit la tête de l'étrange cortège. Ils redescendirent sur la nationale et suivirent la direction de Florac. Ils traversèrent le bourg anky-losé par le froid, par des rues parfois étroites. Tayri commençait tout juste à apprivoiser la conduite de cet énorme engin et n'était pas spécialement à l'aise.

Un instant, elle avait songé à bifurquer sur la natio-nale mais s'était ravisée. Gabriel conduisait bien mieux qu'elle et se trouvait au volant d'une voiture largement plus puissante que la sienne. Il aurait vite fait de la rattraper, aucun doute.

Et puis pourquoi fuir alors que, visiblement, des tueurs étaient à ses trousses ?

Si un homme était capable de la protéger, c'était bien Gabriel.

Ils s'engagèrent sur une petite route qui montait en pente raide. L'obscurité, le brouillard, les lacets…

Tayri tâcha de se concentrer au maximum, de ne pas se laisser distraire par les souvenirs qui livraient bataille pour s'imposer dans son esprit exténué.

Un visage revenait la hanter depuis qu'ils avaient quitté la maison. Le visage d'une jeune femme.

La route lui parut aussi interminable que dangereuse. Enfin, les deux véhicules débouchèrent sur un immense plateau et la route traça de longues lignes droites au milieu d'étendues désertiques. Ici, plus de brume. De vieilles clôtures faites de piquets de bois hors d'âge délimitaient des pâturages vides où résistait un peu de neige. De temps en temps, une bâtisse en pierre grise surgissait dans la lumière des phares. Parfois encore, la bande étroite de goudron traversait de sombres parcelles de pins sur plusieurs centaines de mètres.

Tayri avait l'impression d'être au bout du monde.

Elle vit la BMW s'engager sur une piste en terre et la suivit. Chemin boueux, caillouteux, creusé d'ornières où la berline avait des difficultés à avancer. Dix minutes plus tard, ils s'arrêtèrent et Tayri descendit. Ses bras et ses jambes étaient raides, ses muscles contractés à l'extrême. Un vent violent balayait la nuit et elle enfonça un peu plus le bonnet sur son crâne.

— Bienvenue sur le causse Méjean, lui dit Gabriel. Aide-moi.

Ils récupérèrent plusieurs bidons d'essence dans la benne du pick-up et aspergèrent l'intérieur et la carrosserie de la BMW, ainsi que les trois cadavres qui dormaient dans son coffre. Gabriel prit un feu à main dans son 4×4, retira la goupille et le lança dans la voiture dont les portières étaient restées ouvertes.

Grâce à la fusée de détresse incandescente, le véhicule prit feu rapidement et les deux pyromanes reculèrent davantage. Ils regardèrent brûler la voiture pendant quelques minutes puis Gabriel décida qu'il était temps de reprendre la route.

— Tu viens ?

Tayri était comme hypnotisée par ce spectacle macabre, le reflet des flammes dansait au fond de ses yeux.

— Tu viens ? répéta Gabriel.

Il la saisit par le bras, la reconduisit jusqu'au pick-up.

— Allez monte, ordonna-t-il.

Elle grimpa sur le siège passager, il prit le volant. Ils parcoururent la piste dans l'autre sens et Tayri se retourna pour voir une dernière fois la vive lumière dégagée par la voiture en feu.

Désormais, elle était la complice de cet homme.

— Maintenant, je suis une criminelle, murmura-t-elle.

— Exact.

Le visage de Gabriel était crispé par la douleur et elle lui proposa de conduire. Ils échangèrent leurs places et Tayri se concentra à nouveau sur la route. Mais trois minutes plus tard, elle freina violemment.

— Eh ! gueula Gabriel. Qu'est-ce qui te prend ?

Elle fixait le pare-brise, la respiration courte.

— Tayri ?

— Tama, murmura-t-elle. Tama…

— Qu'est-ce que tu dis ?

— Tama ! s'écria-t-elle.

Elle se mit soudain à pleurer, incapable de prononcer un mot de plus.

108

Quand les paupières de Tama se soulèvent, il fait nuit. La pâle clarté d'un lampadaire dispense une maigre lumière dans la remise.

Sa tête ne touche plus le sol, elle n'a plus froid. Elle comprend alors que sa nuque est posée sur les cuisses de quelqu'un.

Quelqu'un qui lui tient la main.

Son corps est recouvert par un morceau de laine, peut-être un pull ou un gilet. Elle distingue une silhouette penchée sur elle.

Une femme l'observe, mais ce n'est pas sa mère. Tama hurle.

— Ne crie pas, prie l'inconnue. N'aie pas peur... Je ne te veux aucun mal.

Les yeux de Tama s'habituent à l'obscurité et elle aperçoit un sourire. Qui n'a rien de cruel, de malsain ni de vicieux.

Un sourire, un vrai. Sur le visage d'une jeune femme dont le regard déborde de peur.

— Qui es-tu ? parvient-elle à murmurer.

— Je m'appelle Jouweria. Et toi ?

— Tama… Qu'est-ce que… tu fais ici ?

— C'est Mejda qui m'a emmenée. Mais je ne sais pas où on est !

Tama referme les yeux et serre la main de Jouweria.

— En enfer, chuchote-t-elle. On est en enfer…

* * *

Une nuit sans cris, sans tumulte, sans rumeur.

Izri ne trouve pas le sommeil.

En plein cœur du silence, les questions se font assourdissantes. Les questions, les doutes et les douleurs.

Tama, Manu.

Izri allume la lampe et attrape une photo posée sur la table de chevet.

Le portrait de Tama.

C'est plus fort que lui, plus fort que tout.

Elle est sans doute en train de dormir avec un autre homme et cette idée est intolérable. Le couteau planté entre ses omoplates tourne, encore et encore, dans une plaie déjà profonde.

Il lui en veut, lui en voudra jusqu'à la mort.

Il s'en veut, s'en voudra jusqu'à la mort.

Elle lui fait payer sa violence, mais le prix est trop élevé. Il n'a pas mérité pareil châtiment. Il n'a pas mérité qu'elle le trahisse au moment où il avait déjà un genou à terre.

Impardonnable, Tama.

Inconsolable, Izri.

109

Gabriel avait repris le volant du 4 × 4. Paupières closes, le crâne enfoncé contre l'appuie-tête, Tayri pleurait en silence.

Elle revivait sa vie, son passé. Et de toute évidence, il n'était pas particulièrement joyeux.

Gabriel gara le pick-up devant la maison et ouvrit la portière côté passager. Il tendit la main à la jeune femme pour l'aider à descendre. Tout juste si elle tenait encore debout. Il l'accompagna à l'intérieur, verrouilla la porte et ferma les volets. Puis, avec un seul bras, il alluma le feu dans la cheminée pour réchauffer son invitée qui continuait à pleurer sur le canapé.

Il vint s'asseoir à côté d'elle, lui présenta un cognac.

— Je ne bois jamais d'alcool, fit-elle.

Il reposa le verre sur la table basse, lui tendit un kleenex.

— Tu veux me raconter ? demanda-t-il en allumant une cigarette.

— Je ne sais pas par où commencer…

— C'est toi qui décides. Moi, je suis prêt à t'écouter toute la nuit si tu veux…

Elle tordait ses mains l'une dans l'autre, essuya une nouvelle tempête de larmes.

— Après m'avoir achetée, Mejda m'a emmenée en France. Quand je suis arrivée, j'avais huit ans. Elle m'a placée dans une famille…

— Une famille ?

— Oui. Elle m'a revendue à cette famille.

— Je ne comprends pas, avoua Gabriel.

— Je… J'étais leur esclave. Je m'occupais des enfants, du ménage, de la cuisine, de la lessive. Je m'occupais de tout…

— À huit ans ? s'étrangla Gabriel.

Elle hocha la tête et avala finalement le contenu du verre à liqueur. Elle fit une grimace avant d'être secouée par un frisson.

— C'est fort !

— T'en veux un autre ?

— Je veux bien…

Il lui resservit un fond de cognac, alluma une nouvelle cigarette.

— Je suis restée chez eux plusieurs années… Je… Je dormais par terre, je mangeais les restes. Je n'avais pas le droit de sortir, pas le droit d'aller à l'école.

Le visage de Gabriel accusa le coup.

— Tu n'as pas essayé de t'enfuir ?

— Je n'avais pas de papiers, ils m'avaient dit que si la police me trouvait, elle me jetterait en prison. Et puis… où j'aurais bien pu aller ?

110

Au beau milieu de la nuit, Izri ouvre les yeux. Tout est calme. Pourtant, il éprouve un sentiment étrange. Quelque chose n'est pas normal.

Une présence, une odeur, une angoisse.

Il pose la main sur la crosse de son Glock, appuie sur l'interrupteur. Quand la lumière jaillit du plafonnier, il pousse un hurlement.

Darqawi se tient debout, au pied du lit. Son visage est celui d'un cadavre aux chairs pourries. Sa bouche édentée lui sourit.

— Je suis toujours là, Izri... Viens me tuer. Allez viens, mon fils...

Izri saisit son arme, sa main tremble. Il réussit à presser la détente et vide le chargeur.

— Je suis toujours là, Izri... Viens me tuer. Allez viens, mon fils...

* * *

Elles sont serrées l'une contre l'autre, adossées à la poutre. Un gilet pour deux, mieux que rien.

La nuit est longue, demain sera terrible.

Mais Tama ne s'attendait pas à avoir de la compagnie. Elle ne s'attendait pas à trouver le moindre réconfort dans cette remise.

En une heure, elle a raconté sa vie à cette jeune inconnue. Mejda, Sefana, Charandon, Vadim, Marguerite, Izri, Manu, la prison, Greg… Elle ne pensait pas que se confier la soulagerait ainsi. Partager son fardeau, trouver une âme attentive et bienveillante, elle ne l'espérait plus.

— À toi, maintenant, chuchote Tama. Raconte-moi…

Jouweria prend la main de Tama dans la sienne, la serre très fort.

— Mejda est venue me chercher quand j'avais huit ans. D'après ce que tu m'as dit, c'était un an et demi avant toi… Mon histoire ressemble à la tienne.

— Normal, puisqu'on a la même ennemie, murmure Tama.

Elle parle à voix basse comme si Mejda se trouvait de l'autre côté de la porte de cette maudite remise.

— Mes parents étaient très pauvres, continue Jouweria. J'avais deux frères et une petite sœur. Alors, ils m'ont vendue à cette femme. Ils m'ont dit qu'en France, je pourrais aller à l'école, que j'aurais un avenir meilleur qu'au pays… Tu parles !

— Ils y croyaient, espère Tama. Je suis sûre qu'ils croyaient faire le bon choix pour toi.

— Peut-être… Quand on est arrivées à Paris, Mejda m'a gardée chez elle trois jours. J'ai croisé Izri. Je me souviens de lui…

Tama ferme les yeux une seconde.

— Mais il était très jeune, il devait avoir douze ans. Ensuite, elle m'a accompagnée dans une famille qui vivait en banlieue. Une famille franco-marocaine, comme celle où tu es tombée. La famille Lefort. Le père s'appelait Romain, la mère c'était Aya. Ils avaient deux gamins, elle attendait le troisième.

— Tu dormais où ?

— Dans un petit espace sous l'escalier, une sorte de placard avec une porte. Ils m'ont installée là… J'ai eu plus de chance que toi parce que j'avais un vrai matelas posé sur le sol et un duvet. Comme toi, je mangeais les restes. Et je faisais tout dans la maison.

— Ils te frappaient ?

— Rarement. J'ai reçu quelques gifles, mais je n'ai pas eu à subir ce que tu as subi… Je ne peux pas dire qu'ils m'ont maltraitée. Je n'existais pas vraiment. J'étais comme un meuble…

— Une chose, renchérit Tama. Même pas un animal…

— C'est ça, oui.

— Continue, prie Tama en réprimant ses claquements de dents.

— Je suis restée chez eux jusqu'à mes seize ans. Et puis le père Lefort a eu un poste outre-mer et la famille a décidé de me rendre à Mejda… Le jour où elle est venue me chercher, j'ai eu l'impression d'être arrachée à ma vraie famille.

— Je sais… Quand j'ai quitté les Charandon, j'ai eu la même impression. Malgré tout le mal qu'ils m'avaient fait.

— Surtout que… Yann et moi, on était…

— C'est qui Yann ? interroge Tama.

— Le fils aîné des Lefort. Il avait un an de plus que moi et on était amoureux. Mais… on avait l'impression de faire quelque chose d'interdit, comme si on était frère et sœur, tu comprends ?

— Vous avez couché ensemble ?

— Non, juste flirté ! On était tristes quand il a fallu se séparer. Mejda m'a récupérée et elle m'a emmenée chez les Charandon.

— Quoi ? s'écrie Tama.

— C'est moi qui t'ai remplacée, Tama. Je te connais depuis longtemps. Parce que Vadim m'a souvent parlé de toi… Chaque jour, il pleurait parce que tu étais partie. Chaque jour, il te réclamait…

Tama laisse échapper quelques larmes, Jouweria sort un mouchoir de sa poche et le lui tend.

— J'ai dormi où tu dormais, dans la buanderie… Je ne suis pas restée longtemps chez eux, juste trois mois, le temps que Mejda aille récupérer une fille plus jeune au pays.

Tama fronce les sourcils.

— Tu n'étais pas au courant ? s'étonne Jouweria.

— Non… Cette salope a dû faire le voyage pendant que j'étais chez les Cara-Santos.

— Donc, au bout de trois mois, j'ai quitté les Charandon et tu imagines que j'étais contente de m'éloigner de cette famille !

— Charandon, il a essayé de te… ? Enfin, tu vois ce que je veux dire !

— Non. Faut croire que je n'étais pas à son goût. Ou alors, il préfère les filles plus jeunes, je ne sais pas.

Tama a une sorte de haut-le-cœur en repensant au visage de Charandon. À son sourire vicieux, son regard oblique.

— Et tu es allée où, après ?

— Mejda m'a louée à un vieux, raconte Jouweria.

— Louée ?

— Cent cinquante euros par mois.

— Un Marocain ?

— Non, un Français ! Il était veuf depuis des années, il habitait une grande baraque dans les Yvelines. Il était propriétaire d'une entreprise. Je crois bien que c'était lui le patron des bureaux que tu nettoyais la nuit.

Tama a du mal à réaliser à quel point son histoire est liée à celle de cette jeune femme, même si elles se rencontrent pour la première fois. Elles ne sont pas du même sang ; pourtant, elle a le sentiment d'avoir trouvé une sœur.

Une sœur de malheur.

— Il était gentil ? espère Tama.

— Au début, je me suis dit que j'étais bien tombée, raconte Jouweria. Je m'occupais de lui et de sa maison et je n'avais finalement pas grand-chose à faire comparé à ce que j'avais vécu avant. Ménage, cuisine, repassage… Il avait une petite voiture sans permis et je pouvais m'en servir pour aller faire les courses dans le quartier quand je devais rapporter des trucs lourds, tu vois… Parfois, sa fille lui rendait visite et il disait que j'avais dix-huit ans, que j'étais déclarée.

— Tu avais le droit de sortir, alors ? s'étonne Tama.

— Pour les courses seulement. De toute façon, comme toi, ça ne me serait pas venu à l'idée d'essayer de m'enfuir… Pour aller où ? Pas de passeport, pas de fric. Je me disais qu'à ma majorité, je trouverais une solution. Je me suis même imaginé que ce type allait m'aider.

— Mais... tu t'es trompée, c'est ça ? devine Tama.

— Ouais... Qu'est-ce qu'il fait froid ! maugrée Jouweria.

Tama serre ses bras autour de son ventre.

— Tu as mal ? s'inquiète Jouweria.

— Pas grave. Les coups, c'est comme le reste, c'est une question d'habitude... Alors, il s'est passé quoi avec ce type ? Il avait quel âge ?

— La soixantaine, je dirais. Les deux premiers mois, il a été plutôt sympa. J'avais le droit de dormir dans une chambre de sa grande maison, il m'a même acheté des vêtements. Il était un peu bizarre, du genre excentrique tu vois ?

— C'est-à-dire ?

— Il me faisait la lecture de la Bible, des Évangiles... Il écoutait tout le temps de la musique, toujours la même ou presque : une suite pour violoncelle de Bach... C'est beau, mais... Tu connais ?

— Oui, Marguerite me l'avait fait écouter.

— Ben moi, je ne veux plus jamais l'entendre ! poursuit Jouweria. Plus jamais...

— Pourquoi tu dis qu'il était bizarre ? Parce qu'il écoutait toujours la même musique ?

— Pas que ça... Des manies étranges, comme mettre plusieurs couverts à table alors qu'il était seul à dîner... Jusqu'au jour où il a commencé à vouloir me toucher. Au début, il a demandé gentiment et puis comme j'ai refusé, il s'est énervé.

Jouweria fait une pause et Tama respecte son silence. Elle sait combien certaines choses sont difficiles à revivre.

— C'est quoi ton vrai prénom ? interroge-t-elle soudain.

Jouweria signifiant *petite servante*, Tama se doute que c'est Mejda qui l'a surnommée ainsi.

— Mes parents m'avaient appelée Tayri, murmure la jeune fille. Mais c'est tout juste si je m'en souviens…

Tayri, ça veut dire *amour*. Un prénom qui lui va bien mieux.

— Et toi ? Tama, ce n'est pas ton vrai nom, hein ? suppose Tayri.

— Non… Moi, je m'appelle…

Brusquement, la porte de la remise s'ouvre et la silhouette de Greg apparaît. Elles se figent dans le silence et l'effroi. Il allume la lumière, s'approche.

— Alors, les filles, on papote ? Je ne vous dérange pas, au moins ? ricane-t-il. Je suis venu vous réchauffer…

Gabriel se leva un instant pour remettre une bûche dans l'âtre. Ce qu'il venait d'entendre résonnait en boucle dans sa tête, tel un écho maléfique. Il revint près de Tayri, lui adressa un sourire rassurant. Un sourire pour l'encourager à continuer sa confession.

— Le type, il voulait coucher avec moi, que je devienne comme sa femme...

— Je vois, acquiesça Gabriel.

— J'ai refusé... Alors, une nuit, il a débarqué dans ma chambre pendant que je dormais et il m'a forcée.

— Tu t'es défendue ?

— Au début, non, avoua Tayri. Je sais, c'est...

— Tu n'as pas à te justifier.

— Il était beaucoup plus vieux que moi, mais il avait encore de la force ! Et puis j'étais comme... paralysée par la peur. Il pouvait peut-être me jeter dehors ou bien appeler les flics pour me dénoncer ! Avec le recul, je sais que c'est idiot, mais...

— Mais ça faisait des années que tu étais traitée comme une esclave, enchaîna Gabriel, et donc, tu as continué à te comporter comme une esclave.

Elle baissa la tête.

— Tu ne dois pas t'en sentir coupable, reprit Gabriel. Il faut du temps pour casser ses chaînes. Il faut du temps et parfois, il faut de l'aide.

— Ça a duré pendant des mois, poursuivit Tayri. Chaque nuit, il venait. Chaque nuit, ça recommençait. Je vomissais dès qu'il quittait la chambre. Je ne souriais plus, je ne mangeais plus, mais il s'en foutait, ce vieux salopard ! Et puis une nuit, j'ai décidé de me révolter. C'est dingue que ça m'ait pris autant de temps ! Quand j'y repense…

— Tu l'as tué ?

— Non ! Je… Je l'ai frappé. Du coup, lui aussi, il m'a frappée. C'était la première fois qu'il levait la main sur moi. Il a eu le dessus, je n'ai rien pu faire. Alors, le lendemain, j'ai piqué un couteau dans la cuisine et je l'ai planqué sous mon oreiller. Et quand il est venu, je l'ai menacé. Il m'a enfermée dans la chambre, il a appelé Mejda et il a dit qu'il ne voulait plus de moi, parce que je n'étais pas assez…

— Docile ? supposa Gabriel.

— C'est ça, oui…

Il hocha la tête.

— Tu as quel âge, au fait ? demanda-t-il.

— J'aurai dix-huit ans dans deux mois.

— Tu es plus jeune que je ne le pensais. Mais certaines choses font vieillir plus vite… Qu'a fait cette *Mejda* lorsqu'elle t'a récupérée ?

— Elle m'a obligée à travailler pendant quelques mois chez différentes personnes, différentes familles… Deux jours par semaine, j'étais employée dans un pressing tenu par une de ses copines. Je bossais, elle encaissait.

— Elle aussi, t'a maltraitée ?

— Cette femme, c'est une véritable ordure ! Si je faisais la moindre chose de travers, je me prenais des gifles, des coups. Elle me brûlait la peau avec des briquets, des allumettes... J'ai vite compris qu'il valait mieux que je me tienne à carreau. Pas de vagues, pas de rébellion... Juste le désespoir et la peur. Tous les jours, se dire que ça ira mieux demain. Que ça finira bien par s'arranger... Sauf que ça ne s'arrange jamais. Ça ne fait qu'empirer.

Tayri ne put retenir quelques larmes, qu'elle chassa bien vite de son visage.

— Tu dois me trouver pitoyable, non ?

— *Pitoyable ?* répéta Gabriel. Tout sauf pitoyable... Si tu es là aujourd'hui, c'est que tu as réussi à te sortir des griffes de cette femme !

— C'est un peu plus compliqué que ça... il faut que je refasse ton pansement, non ?

Il la dévisagea avec un petit sourire.

— Ça attendra. Et je suis content que tu me tutoies de nouveau, répliqua-t-il en allumant une cigarette.

Il lui en proposa une, elle refusa d'un signe de la main.

— Il y a quelques semaines, Mejda a disparu pendant quatre jours. Elle m'avait enfermée dans sa loggia... Quand elle est revenue, elle m'a dit qu'elle était allée à Montpellier et m'avait trouvé un nouveau travail là-bas. Ça m'a angoissée, mais je me suis dit que j'allais enfin être débarrassée d'elle... Et puis, Montpellier, c'est plus près du Maroc, plus près de chez moi. J'allais peut-être avoir une solution pour rentrer dans ma famille ! Alors, j'ai pris mes affaires et on est parties toutes les deux dans sa voiture…

112

Greg tourne autour d'elles, prêt à fondre sur sa proie. Mais qui sera sa proie, cette nuit ?

Il a verrouillé la remise avant de glisser la clef dans la poche de son jean. Simple précaution.

Il se poste devant les deux jeunes femmes, laissant son regard aller de l'une à l'autre.

Tayri connaît cet homme au travers des paroles de Tama. Elle sait de quoi il est capable.

— Tama t'a raconté qui je suis ? lui demande Greg.

— Non, murmure-t-elle.

— Vraiment ? s'exclame Greg. Ça m'étonne d'elle ! Elle n'a jamais su fermer sa grande gueule…

— Elle ne m'a rien dit, jure Tayri. Qui êtes-vous ?

— Un ami de Mejda, prétend-il.

— Les porcs aiment frayer avec les porcs ! crache Tama.

— Tu vois, je t'avais bien dit qu'elle ne savait pas fermer sa gueule, soupire Greg en dévisageant Tayri. C'est quoi, ton nom ?

— Tayri.

— C'est joli… Ça veut dire quoi ?

— Amour, répond la jeune femme.

— Oh… Voilà un bon présage ! rigole Greg. Tu sais pourquoi tu es là, mon *amour* ? Dans trois jours, quelqu'un viendra te chercher. Quelqu'un viendra *t'acheter*, pour être plus précis. Pas très cher, mais il paraît que tu ne vaux pas grand-chose…

Les muscles de Tayri se contractent.

— C'est un pote à moi. Devine ce qu'il fait dans la vie ?

Elle commence à trembler légèrement, Tama prend sa main pour lui insuffler du courage.

— Il achète des filles et les fout sur le trottoir. On appelle ça un proxénète, un proxo, un mac… Bref, tu vas faire la pute à Marseille ou à Nice. Il va t'acheter quelques milliers d'euros. Ça nous fera un peu d'argent de poche à Mejda et à moi. Ça tombe bien, fallait que je fasse changer les pneus de ma bagnole…

Le visage de Tayri se décompose, Greg esquisse un sourire féroce.

— T'es vraiment qu'un fumier ! balance Tama.

Il tourne la tête vers elle, mais Tama ne baisse pas les yeux.

— T'as pas assez dérouillé tout à l'heure ? la menace-t-il. T'en veux encore ?

— Va te faire foutre ! hurle Tama.

Le jeune homme regarde leurs mains jointes, son sourire s'élargit. Il s'intéresse de nouveau à Tayri.

— Tu veux bien que je sois ton premier client, mon *amour* ? lui demande-t-il d'une voix mielleuse. Faut que tu t'entraînes à tailler des pipes pour ton futur boulot !

— Non ! gémit Tayri. S'il vous plaît…

— *Non ?* répète Greg en fronçant les sourcils. Je déteste qu'on me dise non, tu sais…

Il approche sa bouche de l'oreille de Tayri et murmure :

— Soit tu acceptes, soit je défonce la tronche de ta nouvelle petite copine. Tu ne voudrais pas ça, non ?

113

— Alors, j'ai accepté, avoua Tayri. J'ai accepté de le suivre jusque dans la maison, puis jusque dans sa chambre…

Gabriel jeta sa cigarette dans la cheminée. Lui qui se croyait à toute épreuve… Lui qui dans les forges de la douleur, pensait s'être façonné une armure inaltérable… Lui, en train de vaciller. Lui, touché plein cœur.

Touché, blessé, mais pas encore mort.

— Tama hurlait, elle a même tenté de le cogner, de l'arrêter… Pourtant, elle tenait à peine debout. Tama, elle est incroyable… !

Gabriel avala un nouveau cognac. Ça l'aiderait peut-être à encaisser. À supporter l'insupportable.

— Il a été… Enfin, tu imagines, poursuivit Tayri. Il m'a frappée, il m'a insultée, il m'a fait des tas de choses, toutes plus dégueulasses les unes que les autres… Ensuite, il m'a ramenée dans la remise. Et c'est Tama qui m'a consolée.

Ses yeux de jade s'emplirent de larmes, elle cacha son visage entre ses mains.

— Tama ! sanglota-t-elle. Mon Dieu, Tama…

Gabriel hésita un instant puis caressa ses cheveux avant de l'attirer contre lui. Avec son bras valide, il la serra aussi fort qu'il put.

— Je suis là, maintenant, murmura-t-il. Je suis là…

— Jusqu'au matin, j'ai pleuré dans ses bras. Elle me disait qu'elle avait vécu la même chose, toutes les nuits depuis des semaines et des semaines. Qu'elle savait ce que je ressentais. Qu'il fallait que je sois forte. Qu'elle allait m'aider autant qu'elle le pourrait…

Gabriel ferma les yeux.

À cette seconde, Tayri avait la voix de Lana. Elle *était* Lana.

Elle était la voix de l'horreur, de l'indicible et de l'intolérable.

La voix des esclaves.

À cette seconde, terrible, Tayri était toutes les femmes blessées, torturées. Elle était leur douleur, leur souffrance, leur courage. Leurs larmes et leur désespoir.

Tayri était l'enfance bafouée, volée, abandonnée.

Elle était les échines courbées, les rêves brisés, les détresses silencieuses, les longues nuits de solitude.

Elle était les appels au secours qu'on n'écoute pas, les cris qu'on n'entend plus.

Tayri était le monde tel qu'il est, tel qu'on refuse pourtant de le voir.

114

Izri est arraché à son sommeil par des bruits étranges. Vêtu d'un simple caleçon, il traverse l'interminable couloir. Plus il avance, plus les bruits deviennent audibles. Il s'arrête devant la porte de la salle de bains, colle son oreille contre le bois.

Gémissements, râles de douleur… Il retient sa respiration, pousse doucement la porte qui s'ouvre dans un grincement sinistre. La pièce est plongée dans le noir, Izri pose la main sur l'interrupteur. Quand la lumière s'allume, sa respiration se coupe.

Du sang. Partout, du sang. Sur le sol, les murs et même le plafond.

La pièce est immense. Des douches à perte de vue.

Il marche entre les bacs de porcelaine, au milieu de l'odeur de sang, l'odeur de mort. Tout au fond, il voit Manu. Gorge ouverte, regard fixe. Lorsqu'il parle, un flot d'hémoglobine jaillit de sa bouche.

— Trop tard, fils…

— Non ! hurle Izri.

Une main attrape son bras. Il se retourne, se retrouve nez à nez avec Tama. Elle lui sourit avant

de lui enfoncer une lame dans le ventre. Izri tombe
à genoux.

— Tu croyais vraiment que je t'aimais ? murmure-
t-elle.

Izri se réveille en hurlant.
Chaque nuit, affronter les mêmes cauchemars.
Les mêmes rêves atroces.
Darqawi, Manu, Tama.
Chaque nuit, affronter ses démons.
Chaque nuit, pleurer comme un petit garçon.

* * *

Le jour se lève, Tama tient toujours la main de Tayri.
Elle a cessé de pleurer mais tremble encore. Tama n'a
aucun mal à imaginer ce que ce salaud de Greg lui a
fait subir. Ce qu'elle-même a enduré depuis des mois,
à l'insu de tous.

Elles ont froid, elles ont peur, elles ont soif.

— Je veux pas que cet homme vienne me chercher !
gémit Tayri.

Tama suppose qu'elle parle du proxénète et ferme
les yeux. Comment empêcher Greg et Mejda de réaliser
leurs ignobles desseins ?

— Maintenant, on est deux, chuchote-t-elle. Alors,
on va essayer de se sauver. D'accord ?

Tayri se redresse légèrement et dévisage sa compagne.

— Se sauver ?

Tama hoche la tête.

— J'ai tout perdu, dit-elle. Et toi, tu n'as plus rien à perdre.

— T'as raison… Je préfère encore mourir !

Tama se remet debout et inspecte la remise à la maigre lueur de l'aube.

— Aide-moi, ordonne-t-elle.

— Qu'est-ce qu'on cherche ? demande Tayri.

— Une arme… On cherche une arme. Un marteau, une clef, n'importe quoi.

Toutes les deux se mettent à fouiller frénétiquement les cartons, les caisses, les sacs plastique.

— Merde, les outils doivent être dans le garage ! fulmine Tama.

Elles continuent leur quête, l'oreille aux aguets. Il est encore tôt, Greg doit dormir. Mais Mejda pourrait bien être réveillée.

Au bout d'un quart d'heure, Tayri pousse un petit cri de victoire. Tama la voit brandir une vieille bouteille vide, pleine de poussière.

— Y en a plusieurs ! dit-elle à voix basse.

Tama attrape l'une des bouteilles par le goulot, la cogne violemment sur la poutre. Puis elle admire son œuvre quelques secondes.

— Avec ça, on devrait pouvoir lui faire mal.

— *Inch'Allah*, murmure Tayri.

* * *

Tandis qu'il approche du but, sa tension artérielle grimpe en flèche.

Au volant de sa voiture, Izri essaie de rester calme et concentré. Les papiers de la Mercedes sont en règle, il a en poche un passeport plus vrai que nature et n'est pas encore l'homme le plus recherché du pays.

Il traverse Nîmes, une ville qu'il n'aime pas, qu'il n'aimera plus jamais. Il se remémore un week-end passé ici avec Greg, à l'occasion de la féria des vendanges.

Allez, viens Iz… Tu vas voir, c'est un truc de dingues !

Un truc de dingues, aucun doute.

La soirée avait tenu ses promesses. De l'alcool, beaucoup d'alcool. Boire, rire, danser.

Le lendemain, gueule de bois, nausée. Sa première corrida. La dernière, c'est certain.

Il se rappelle encore l'excitation de Greg, ses cris poussés en chœur avec le reste de la foule galvanisée par l'odeur du sang.

Ce peuple qui, depuis la nuit des temps, aime tant donner la mort par procuration.

Se salir les yeux, jamais les mains.

Izri se rappelle des cris, oui. Hystérie collective, tandis que lui, mourait d'envie de descendre dans l'arène pour massacrer la demi-portion que tous ovationnaient. Retirer les banderilles de l'échine de ce magnifique animal pour les planter dans celle de cet *homme* qui gesticulait dans un accoutrement ridicule.

— Un collant rose, putain ! se souvient Izri.

Il quitte Nîmes pour s'engager sur l'A9 où un panneau lui promet Montpellier à 52 kilomètres. Il se met sur la voie de gauche, appuie sur l'accélérateur sans toutefois dépasser la vitesse autorisée.

Tarmoni l'a appelé hier pour lui dire qu'il savait où se trouverait le Gitan ce soir.

Le chef du clan Santiago, un homme qui avoisine les soixante ans.

Un homme puissant et respecté.

Un adversaire redoutable.

Peu avant Montpellier, Izri quitte l'autoroute pour se diriger vers Vendargues. Il traverse le village suivant les indications de son GPS et emprunte une petite route traçant une ligne presque droite vers le nord. Il croise une manade sur sa gauche, puis des champs à perte de vue. Enfin, il s'engage sur une route plus étroite encore et aperçoit un mas imposant au bout d'une piste en terre. La *maison de campagne* du Gitan. D'après Tarmoni, Santiago aime y séjourner les week-ends pour des fêtes de famille ou des réunions plus *professionnelles*.

Il continue sur quelques centaines de mètres et gare la Mercedes dans un renfoncement.

Il est à peine 15 heures et il n'agira que sous couvert de l'obscurité. Il met le Glock à la ceinture de son jean, récupère un Shocker et une petite paire de jumelles dans le coffre de sa voiture...

* * *

— Il est quelle heure ? demande Tayri.

— J'en sais rien, répond Tama.

— Tu penses qu'il va venir ?

Tama reste silencieuse, repliée sur ses douleurs.

— Et si on criait ? propose Tayri. Peut-être qu'un voisin nous entendrait ?

— À droite, c'est une maison vide, soupire Tama. À gauche, un terrain à vendre.

— Mais quelqu'un pourrait passer dans la rue ! s'acharne Tayri.

— Au fond d'une impasse ? Personne ne vient par ici.

Soudain, des voix. Celle de Greg, celle de Mejda. Elles comprennent que la mégère fait ses adieux à celui qu'elle imagine encore être l'ami de son fils.

— Elle s'en va ! chuchote Tayri.

Tama décèle la panique dans la voix de sa nouvelle sœur.

— Bon débarras, murmure-t-elle.

— Elle m'abandonne…

— Tant mieux ! balance Tama. Tu n'as pas besoin d'elle.

Elles saisissent chacune une bouteille cassée, la planquent dans leur dos. Mais Greg retourne à l'intérieur sans passer par la remise.

— Allez viens, connard, souffle Tama. Amène-toi…

— Tu crois qu'on peut y arriver ?

— Bien sûr qu'on peut y arriver ! rétorque fermement Tama. On n'a pas le choix, de toute façon.

— Je sais pas, hésite Tayri. Je… J'ai la trouille !

Tama la dévisage durement.

— Tu veux finir sur le trottoir ? Tu veux que ce type vienne t'acheter comme il achèterait du bétail ?

— Non, répond Tayri d'une voix à peine audible. Bien sûr que non…

— On est deux, il est seul. On peut le tuer.

— Le tuer ? Mais…

Le regard de Tama se fait plus froid encore.

— J'ai déjà tué un type. Un type qui voulait descendre Izri.

Donner l'impression d'être invincible. Cacher sa peur. Oublier les chaînes qu'elle porte depuis des années. Les marques à ses poignets, à ses chevilles, autour de son cou.

Se battre, enfin.

Se battre, jusqu'à la mort.

Iz, donne-moi la force… Donne-moi *ta* force. Aide-moi à sauver cette fille. Donne-moi le courage ultime.

Celui du sacrifice.

* * *

Le soleil se couche enfin, une pluie fine commence à tomber. Izri, posté à cinquante mètres du mas, attend patiemment son heure. Il a eu le temps de repérer les lieux, de voir arriver Santiago avec seulement deux hommes de main pour sa protection. On est vendredi soir, la famille n'arrivera sans doute que le lendemain matin.

Izri consulte sa Rolex avant d'allumer une cigarette. Il la savoure car il se pourrait bien que ce soit la dernière.

Il songe à Manu, une fois encore. Manu, qui ne le quitte jamais. Toujours cette impression que sa main puissante est posée sur son épaule. Qu'il veille sur lui, quelque part.

C'est pour toi que je suis là, ce soir. Que le sang qui va couler venge ta mort, mon ami…

Izri piétine son mégot et rabat la capuche de son sweat noir sur sa tête. Il serre la matraque électrique dans sa main droite, le flingue dans la gauche. L'avantage d'être ambidextre.

Il se faufile dans le maquis, fusionnant avec les ténèbres dans lesquelles il s'est forgé. Arrivé derrière la grande maison en pierre, il se colle contre le mur. Un vent mauvais frappe son visage, mais Izri le sent à peine, concentré sur sa mission. Il ouvre la porte qui donne sur une cuisine déserte, referme derrière lui sans un bruit. Des voix proviennent de la pièce d'à côté, il s'immobilise. Les deux mastards qui accompagnent le Gitan discutent dans la salle à manger…

* * *

Contrairement à ma détermination, le jour a décliné.

J'attends le moment où Greg reviendra *jouer* avec nous.

Dehors, il pleut. Un bruit apaisant. Comme le toit de cette remise n'est pas étanche, une flaque se forme près de la porte et j'ai presque envie d'aller y boire, tellement j'ai soif.

Tayri s'est endormie, la tête posée sur mes cuisses. Alors, j'admire son visage délicat de poupée berbère et je me répète tout bas que je dois empêcher cette innocente de finir sa vie entre les griffes d'hommes sans vergogne et sans honneur.

Mourir pour elle est devenu ma seule espérance, mon seul but.

J'entends une voiture qui se gare dans la rue, les portières qui claquent, des hommes qui parlent, des voix qui s'approchent de la remise.

Greg sort de la maison pour accueillir ses deux amis. D'anciens complices d'Izri.

Ces infâmes traîtres ont tôt fait d'enterrer mon homme.

Sauf qu'il n'est pas encore mort. Et moi non plus.

Les deux types entrent sur l'invitation de Greg, ma tension retombe d'un cran. Machinalement, je caresse les cheveux de Tayri. Ça semble l'apaiser. Je me dis qu'elle n'a pas eu la chance de connaître Marguerite, l'amitié. Qu'elle n'a pas eu la chance de connaître Izri, la passion. L'amour qui nous brûle de l'intérieur, Iz et moi. Ce sentiment si vaste, si puissant. Qui nous construit, nous détruit. Nous élève et nous met à terre.

Les hommes ressortent de la maison, je me contracte de la tête aux pieds, Tayri se réveille en sursaut. Son regard paniqué s'enfonce profondément dans le mien.

Ils sont devant la remise, ils parlent fort. Ils rigolent. Puis la porte s'ouvre…

* * *

Maîtriser les deux costauds a été plus facile qu'il ne le craignait. Izri a attendu que l'un d'eux vienne dans la cuisine chercher une bière pour le mettre hors service. Puis il s'est discrètement approché du second qui beuglait dans son smartphone et l'a fait taire en moins de dix secondes.

Désormais à l'étage, Izri avance dans un couloir recouvert de moquette. Idéal pour ne pas se faire remarquer.

On dirait que les divinités de la vengeance sont avec lui, ce soir. Pourvu qu'elles ne l'abandonnent pas en cours de route.

Une première chambre, deux lits superposés, des jouets d'enfant. Izri continue à avancer avec prudence et inspecte chaque pièce. Que des chambres vides. Mais il reste la salle de bains. En s'approchant de la porte ornée d'une vitre martelée, Izri entend une voix.

Le Gitan, en train de chantonner dans son bain.

Izri prend une profonde inspiration avant de faire irruption dans la salle d'eau. Santiago reste la bouche entrouverte, laissant son couplet en suspens. Il est dans sa baignoire, un verre de vin à la main, un gros cigare entre les lèvres.

Belle mort, songe Izri.

Il braque son Glock en direction de Santiago qui ne fait plus le moindre mouvement.

— Je te dérange, on dirait !

Le Gitan pose son verre sur le rebord de la baignoire et se redresse légèrement. Même dans cette position délicate, il sait rester digne et afficher une indéniable prestance.

— Salut, Izri. Excuse ma tenue, mais on ne m'a pas prévenu de ta visite ! Quel bon vent t'amène, mon garçon ?

Faire le beau, le fier, jusqu'à l'ultime seconde. Izri reconnaît bien là son ennemi.

— C'est Manu qui m'envoie ! assène-t-il.

— Manu ?… Hum… Assieds-toi, je t'en prie, propose Santiago en pointant un tabouret du doigt. Où sont mes hommes ?

— Ils roupillent dans le placard de la cuisine !

— Faudra que je vire ces baltringues ! soupire le Gitan. Assieds-toi, je te dis. Tu veux me fumer, j'ai compris, mais on peut discuter avant, non ?

Désarçonné, Izri obéit. Il tire le tabouret et s'assoit à deux mètres de la baignoire.

— Alors, ils t'ont libéré ?

— Comme tu vois.

— Mon neveu était un petit connard, continue Santiago en rallumant son cigare. Tu as bien fait de le renvoyer auprès du Seigneur. Si tu ne l'avais pas buté, je l'aurais étranglé de mes propres mains.

Izri reste sans voix une seconde.

— Il m'a désobéi. Et voilà comment ça a fini...

— Arrête de m'embrouiller ! tonne Izri d'une voix sourde.

— Je n'essaie pas de t'embrouiller, mon gars ! Je t'explique... Si tu es là ce soir, dans ma salle de bains, c'est sans doute parce que tu penses que j'ai ordonné l'exécution de Manu pour venger mon crétin de neveu, n'est-ce pas ?

Izri ne prend pas la peine de répondre.

— Tu crois tout savoir... C'est de ton âge ! Mais en fait, tu sais que dalle.

La main d'Izri se crispe sur la crosse de son Glock. Les yeux perçants de Santiago le sondent jusqu'à l'âme.

— C'est pas moi qui ai demandé à mon neveu de monter sur toi. Au contraire, je le lui avais interdit. Ça faisait un moment qu'il gesticulait dans tous les sens... Il voulait se faire une place, montrer qu'il était un homme, un vrai ! Récupérer vos affaires. Mais moi, je n'ai pas besoin de tes affaires, Izri... Ton petit royaume ne m'intéresse pas. Le mien me suffit amplement ! Parce que tu n'arrives même pas à me faire de l'ombre !

Les mâchoires d'Izri se contractent, sa respiration s'accélère. Sa cible se permet de l'insulter, un comble !

— Tu me prends pour un con ? Personne n'oserait te désobéir au sein de la famille !

— C'est ce que je pensais… Mais faut croire que je me fais vieux… Vous m'avez rendu service en butant ce petit con et je n'avais aucune raison de liquider Manu.

— Qui alors ? s'écrie Izri. Et tous mes hommes qui se sont fait descendre pendant que j'étais en taule, hein ?

Santiago lève les mains devant lui en signe d'ignorance.

— À mon avis, tu devrais chercher dans ta propre famille.

— Tu crois que je vais avaler ça ?

— J'essaye juste de t'ouvrir les yeux, mon garçon. Parce que tu t'apprêtes à faire une énorme connerie et franchement… je t'aime bien, Izri, et je voudrais t'éviter ça.

Maintenant, il ose le menacer. Izri a envie de presser la détente du Glock, pourtant, quelque chose le retient.

— Qui ? demande-t-il froidement.

Le Gitan réfléchit une seconde puis esquisse un léger sourire.

— C'est dur d'être trahi par les siens, Izri, continue-t-il. Je le sais parce que ça m'est arrivé par le passé. Quand tu es au sommet, tu suscites la jalousie, c'est iné-vitable… J'ignore qui veut te baiser, Iz… Franchement, je n'en sais rien. Il y a des bruits qui courent…

— Quels bruits ?

Santiago continue de le fixer droit dans les yeux. Son regard ne reflète pas la moindre peur.

— Chakir, lâche-t-il.

— Chakir ? répète Izri. Tu plaisantes, j'espère ?

— C'est ce que j'ai entendu. Mais je n'aime pas accuser à tort. Bon, on fait quoi, maintenant ? Tu me descends ou on boit un verre ?

Izri sent sa détermination s'effriter dangereusement. Impressionné par son adversaire, par sa bravoure, il ne sait plus ce qu'il doit croire. Et il est conscient que s'il assassine le Gitan, il ne sera plus jamais en sécurité nulle part.

Dans le clan Santiago, la vengeance n'est pas un passe-temps. C'est une raison de vivre.

Il se lève, gardant son adversaire en ligne de mire.

— Si tu m'as menti, je reviendrai, dit-il.

— Alors, tu ne reviendras pas, conclut le Gitan. Tu sais, Izri, j'ai toujours respecté Manu. Je n'irai pas jusqu'à dire que sa mort m'a fait de la peine, mais… ouais, c'était un mec droit. Et j'espère que tu marcheras dans ses traces, mon garçon.

* * *

La porte s'ouvre, Tama ferme les yeux. Elle les rouvre aussitôt pour voir s'avancer Greg et ses deux acolytes. Le premier s'appelle Robin, elle a oublié le prénom du second, aperçu trois ou quatre fois pendant les soirées organisées par Izri.

— Salut mes petites chéries ! lance Greg avec un sourire abject. Je ne vous ai pas trop manqué, j'espère ?

Les tessons de bouteille sont juste derrière la poutre, planqués sous un sac en plastique.

— Les gars, je vous présente *Amour*, continue Greg en désignant Tayri avec son index, la future reine de la pipe ! Bon, elle a encore des progrès à faire, mais ça va venir. Et puis à sa droite, vous la connaissez déjà… La lionne de l'Atlas, la charmante petite Tama !

— Tu t'emmerdes pas, toi ! ricane bêtement Robin.

Le téléphone de Greg sonne, il le cherche dans ses poches avant de décrocher. Un portable à touches, comme celui qu'Izri utilisait pour appeler Manu. Tama peut discerner la voix rauque de son interlocuteur. Une voix qu'elle ne connaît pas. Elle saisit quelques mots à la volée.

— … *ton copain Izri*…

Le cœur de Tama bondit dans sa poitrine.

— Ah…

— … *buter, mais… contraire*…

— Faut dire qu'il est pas difficile à convaincre, sourit Greg. Il gobe à peu près n'importe quoi !

Il fait un clin d'œil à Tama qui préfère tourner la tête pour dissimuler toute la violence qui bouillonne dans ses veines.

— *Je lui ai dit de*…

— Parfait, ça va l'occuper ! Et s'il peut nous en débarrasser, c'est encore mieux.

— *C'est nous qui… occuper… lui*…

— C'est prévu, ne t'en fais pas. C'est prévu…

L'inconnu raccroche, Greg remet le portable dans sa poche. Tama, elle, se déplace légèrement, comme si elle voulait s'éloigner de ses ennemis.

Se rapprocher de son arme.

Tayri est pétrifiée, incapable du moindre mouvement. Tama la regarde pour l'encourager à surmonter sa peur.

— Bon, les gars, laquelle vous voulez ?

— Les deux ! répond Robin. Les deux, mon pote.

— Celle de gauche, interdiction de l'abîmer, précise Greg. Demain, on vient me l'acheter et il faut pas qu'elle ait la gueule de travers, OK ?

Celui dont Tama a oublié le prénom se penche sur elle. Il a une haleine chargée, mélange de bière et de tabac froid.

— Tu te souviens de moi ?

— Je me rappelle juste que tu étais aux ordres d'Izri, répond froidement Tama.

— J'ai jamais été *aux ordres* de ton mec !

Elle le défie d'un sourire bravache.

— C'est pourtant l'impression que tu donnais ! *Tu veux que je te serve un verre, Iz ? Tu veux que j'aille t'acheter des clopes, Iz ?* raille-t-elle.

— Elle a du cran, cette gamine ! dit Robin. Je croyais que tu l'avais *dressée* ? J'ai l'impression que t'as pas terminé le boulot !

— Une vraie garce ! confirme son nouveau patron. Mais, dans quelque temps, elle me mangera dans la main, tu verras…

— Je m'appelle Diego, continue le buveur de bière.

— Et alors ? rétorque Tama.

— Et alors je vais te baiser.

— Tu seras pas le premier.

Déstabilisé par tant d'audace, Diego se tourne vers Tayri.

— Toi, tu m'as l'air plus gentille, non ?

Paralysée, Tayri garde le silence.

— Et beaucoup moins bavarde !

Il la soulève du sol, elle émet un petit cri d'oiseau effrayé.

— Allez, n'aie pas peur ! rigole Diego.

Tandis qu'ils s'intéressent tous les trois à Tayri, Tama passe discrètement la main derrière la poutre et empoigne le tesson de bouteille.

Ils sont trois, elles sont deux. Peut-être même que Tama sera seule. Elle devrait renoncer. Trop risqué, trop dangereux.

Perdu d'avance.

Mais demain, il sera trop tard.

Tama se lève d'un bond et se rue sur Diego. Elle lui tranche la jugulaire, il pousse un hurlement pathétique avant de s'écrouler sur le sol crasseux. Ses deux copains sont si surpris qu'ils mettent une seconde à réaliser. Une seconde pendant laquelle Tama virevolte sur elle-même et déplie son bras pour fendre le visage de Greg, de la tempe jusqu'aux lèvres. À son tour, il s'effondre.

Robin se jette sur Tama, la plaque contre la poutre, tord son poignet pour essayer de lui faire lâcher son arme.

— Tayri ! s'écrie-t-elle.

Tayri est toujours ligotée par une peur intense.

Tama sent l'os de son poignet se briser, elle hurle avant de lâcher le tesson. Robin lui file un coup de tête, elle glisse lentement jusqu'au sol. Il récupère un gros morceau de verre à ses pieds, saisit Tama par le cou, la colle à nouveau contre l'étai.

— Tu vas voir ce que ça fait, salope !

Au moment où il s'apprête à lacérer le visage de Tama, Tayri réagit enfin. Elle attrape un bidon d'huile de vidange et frappe le crâne de Robin. Il se retourne, plante le tesson dans le ventre de Tayri. Puis il porte une main à sa tête, vacille. Ensemble, ils tombent à genoux.

Tama se relève, en proie à un puissant vertige. Son nez pisse le sang, son poignet envoie d'atroces signaux de douleur à son cerveau. Elle fouille les poches de Greg, récupère la clef et ouvre la porte. Puis elle soutient Tayri pour l'aider à se mettre debout et à sortir de la remise.

— Allez, viens ! murmure-t-elle. Courage…

Tayri arrive à marcher jusqu'à l'Audi garée dans la cour et s'adosse à la carrosserie, le dos courbé, une main ensanglantée sur sa blessure.

— Reste là, je vais chercher la clef de la bagnole !

Tama se précipite dans la maison, trouve la télécommande de l'Audi dans l'entrée, ressort aussitôt. Elle appuie sur un bouton, les phares s'allument. Elle en essaie un autre, les portières se déverrouillent. Elle prend Tayri par les épaules, la fait grimper sur le siège passager, lui confie la télécommande et claque la portière. Sur le point de s'évanouir, elle prend appui quelques secondes sur le capot et ferme les yeux.

— Attention, Tama ! s'écrie Tayri.

Ses paupières se rouvrent au moment où Robin fond sur elle. Ils atterrissent sur le sol et Tama tente de repousser l'agresseur.

— Sauve-toi, Tayri ! hurle-t-elle. Sauve-toi !

Tandis que Robin essaie de neutraliser Tama, Tayri se glisse derrière le volant. Elle enclenche la marche arrière, accélère, fracasse le portail en bois avant de percuter une voiture garée dans la rue. Robin se relève pour courir jusqu'à l'Audi, mais Tama attrape sa cheville et il s'étale de tout son long.

— Barre-toi ! hurle-t-elle à nouveau.

Tayri jette un dernier regard à son amie. Robin est sur elle, lui assenant une série de coups de poing en pleine tête. Alors, elle passe la première et met le pied au plancher. La voiture cale, Tayri pousse un cri désespéré mais parvient à redémarrer. Quand elle arrive au bout de la rue, elle aperçoit Robin dans son rétroviseur. Il s'élance à la poursuite de la voiture.

Une voiture qu'il ne rattrapera jamais.

* * *

Allongé sur son lit, Izri fume une cigarette.

Les paroles du Gitan tournent en boucle dans sa tête. *Tu devrais chercher du côté de ta propre famille.*

Il a déjà été balancé aux flics par la femme qu'il aime, a du mal à imaginer qu'un de ses hommes l'a trahi.

Chakir… Un gars sérieux, fidèle parmi les fidèles. Un ami de Manu, un ami de longue date.

Un mec droit, comme dirait Santiago.

— Putain, c'est pas possible ! murmure Izri. Pas toi… Mais qui, alors ?

Il doit en avoir le cœur net. Dès demain, il téléphonera à Tarmoni, lui demandera de mettre Chakir sous surveillance. Il attrape son portable, appelle Greg

en numéro privé. Il tombe sur le répondeur, laisse un
message.

— C'est moi, Greg. Je voulais te parler d'un truc…
Je te rappelle demain. Bonne nuit, mon frère.

115

— J'ai roulé une partie de la nuit. Tama m'avait dit que si on parvenait à se sauver, il fallait aller chez la grand-mère d'Izri, Wassila… Elle m'a expliqué où elle habitait, que sa maison était l'une des seules sur la départementale… Le GPS de l'Audi est à reconnaissance vocale. À la sortie de Montpellier, j'ai réussi à entrer le nom du village. Il m'a fallu du temps pour comprendre comment marchait ce machin, mais j'y suis arrivée.

Tayri fit une pause dans son récit, revivant cette terrible nuit qui l'avait conduite jusqu'à Gabriel.

— Je n'ai pas trouvé la maison de Wassila… J'avais de plus en plus mal, je n'y voyais plus grand-chose. J'ai continué sur cette route et dans un virage, j'ai perdu le contrôle. Peut-être que je me suis évanouie, je ne m'en souviens plus… Tout ce que je sais, c'est que je me suis réveillée dans la voiture. J'avais du sang partout sur le visage, j'avais froid, j'avais mal… Je ne savais plus très bien qui j'étais. Une sorte d'état second… J'ai fouillé la boîte à gants, j'ai trouvé le flingue. J'ai enfilé un blouson qui était dans le coffre et je suis partie sur la route parce que la voiture ne voulait plus démarrer. J'espérais trouver un village… J'ai marché longtemps, je suis tombée souvent… Et puis j'ai vu de la lumière. C'était celle de ta maison. Je… Je voulais frapper à la porte, mais… j'ai eu peur. Peur que ceux qui vivaient là n'appellent la police. On venait de tuer un homme, tu comprends… Alors, j'ai poussé la porte de l'écurie, je me suis couchée dans la paille en me disant que je repartirais avant le lever du jour. Je me suis réveillée quand tu es arrivé. Je me souviens t'avoir menacé avec le pistolet, je me souviens qu'on est entrés chez toi… Ensuite, c'est le trou noir.

— Ensuite, tu t'es écroulée d'un bloc, poursuivit Gabriel. Tu étais complètement épuisée. Tu es tombée devant moi et ta tête a percuté le sol. Si violemment que j'ai cru que ça t'avait tuée.

Tayri fixa Gabriel au fond des yeux.

— Il faut sauver Tama, dit-elle. Il faut sauver Tama !

Gabriel alluma une cigarette et soupira.

— Tu sais, Tayri, il y a de fortes chances qu'elle soit morte à l'heure qu'il est.

— Non ! Non… Elle est vivante, je le sens… Après tout ce qu'elle a fait pour moi, je ne peux pas l'abandonner.

— Je comprends… Est-ce que tu connais l'adresse de ce Greg ? Son nom, au moins ?

Tayri baissa les yeux.

— Serais-tu capable de retrouver sa maison ? Parce que Montpellier, c'est grand…

— Je… Je ne sais pas, avoua Tayri. Je n'en suis pas sûre. Tu veux bien m'aider ?

Gabriel ne répondit pas.

— Il n'y a que toi qui puisses m'aider, reprit la jeune femme. Il n'y a que toi…

Il se leva, fit quelques pas pour s'approcher de la porte-fenêtre. Il voulait voir la nuit, se heurta au volet fermé. Il avait oublié qu'il avait barricadé la maison. Oublié à quel point cette fille le mettait en danger. Mais le pire, ce n'étaient pas les risques qu'il encourait.

Le pire, c'était que Lana s'éloignait doucement de lui.

— On n'est même pas certains que Tama soit encore chez Greg, fit-il remarquer. Il est peut-être mort, lui aussi. Je ne vois vraiment pas comment on pourrait procéder…

— Il faudrait retrouver Izri !

— Retrouver un braqueur en cavale ? répliqua Gabriel. Oublie cette idée. Ce type est recherché par les flics, il se planque.

— Peut-être que sa grand-mère sait où il s'est réfugié ?

— Ça m'étonnerait… Je ne la connais pas, mais des grand-mères marocaines, y en a pas des masses dans le coin. Et si c'est bien celle à qui je pense, elle est à l'hôpital. L'autre jour, je suis allé au Pont-de-Montvert et j'ai entendu le patron du bar-tabac parler d'elle.

— Merde…

Tayri déserta le canapé pour tourner en rond dans le salon.

— Elle… Tama, elle m'avait parlé d'un avocat. L'avocat d'Izri. C'est son ami, elle m'avait dit qu'elle l'appellerait dès qu'on serait en sécurité chez Wassila.

J'arrive pas à me souvenir de son nom ! Lui, il pourrait sans doute nous dire où habite ce salaud de Greg.

Gabriel soupira à nouveau. Tayri l'implorait du regard. L'implorait de trouver une solution.

Il s'installa devant son ordinateur, la jeune femme s'approcha de lui.

— Qu'est-ce que tu fais ?

— Je vais sortir la liste de tous les avocats de Montpellier et sa région. Peut-être qu'un des noms te dira quelque chose…

Tayri posa ses mains sur l'épaule valide de Gabriel. Elle se pencha et l'embrassa sur la joue.

— Merci, murmura-t-elle. Merci pour tout, Gabriel…

Il ferma les yeux une seconde, tentant de cacher son trouble.

Cinq minutes plus tard, l'imprimante cracha dix feuilles de papier que Gabriel tendit à Tayri.

— Voilà, dit-il, regarde si tu trouves le nom de l'avocat d'Izri.

Tayri sembla soudain très embarrassée.

— Je… Je ne sais pas lire, avoua-t-elle d'une voix à peine audible.

Gabriel resta interloqué une seconde.

— Mais le livre, l'autre soir… J'ai cru que…

— Je l'ai reconnu, oui, parce qu'il était chez le vieux, posé sur sa table de nuit. Mais j'ai jamais été à l'école, tu sais…

Gabriel alla s'asseoir sur le canapé.

— Viens, dit-il.

Elle se posa à côté de lui.

— Je t'apprendrai, si tu veux.

— C'est vrai ?

— C'est pas très difficile, tu verras. Alors ouvre bien tes oreilles, je vais te lire tous les noms, d'accord ?

— Je t'écoute.

Il énuméra lentement les différents cabinets d'avocats, commençant par ceux de Montpellier.

— Il y en a tant que ça ? s'étonna Tayri au bout de deux minutes.

Gabriel la regarda en souriant.

— J'en suis qu'à la page trois ! C'est un métier qui rapporte !

Il continua sa lecture, Tayri se concentra. Et brusquement, elle cria :

— C'est lui !

— *Tarmoni ?*

— Oui, c'est ça ! exulta Tayri.

Gabriel prit un stylo, entoura le nom sur la liste.

— On l'appellera demain matin, promit-il. Je suis fatigué, je crois que je vais dormir un peu...

Il remit du bois dans la cheminée puis récupéra son pistolet dans un tiroir fermé à clef.

— Je... Je peux dormir avec toi ? demanda Tayri.

Il la dévisagea d'un drôle d'air.

— Je veux dire ici, dans la salle à manger. J'ai pas envie de rester seule... Je me mettrai sur le tapis.

— Tu ne vas pas dormir par terre ! s'indigna Gabriel.

— T'en fais pas, j'ai l'habitude.

— Les habitudes, c'est mauvais ! Tu prends le canapé et moi le fauteuil.

Elle s'approcha de lui, petit sourire sur les lèvres.

— Je préfère dormir par terre, je t'assure. Toi, tu es blessé et tu es vieux alors...

— *Vieux ?* s'étrangla Gabriel.

Tayri se mit à rire et récupéra un coussin avant de s'allonger sur le tapis. Étendu sur le canapé, Gabriel la regardait.

— Je suis bien ici, tu vois, dit-elle.

— Tu serais mieux dans un lit, grommela-t-il.

— Non, je te jure. Je me sens bien ici…

Long silence durant lequel ils se laissèrent bercer par le crépitement des flammes.

— Gabriel ? murmura Tayri.

— Quoi ?

— Quand on aura sauvé Tama, est-ce que… ? Est-ce que je pourrai rester un peu avec toi ?

Il sentit son cœur s'arrêter une seconde puis repartir à toute allure.

— Rester avec moi ? répéta-t-il doucement.

— Oui… Mais tu as le droit de me dire non.

— On verra. Dors bien, Tayri.

Il se tourna de l'autre côté. Elle ne vit ni son sourire ni ses larmes.

116

Appeler au secours, jusqu'à se briser les cordes vocales.

Perdre sa voix, ses repères. Bientôt la raison.

Ramper sur le sol. Claquer des dents, trembler de froid. Suivre les trajets écarlates de la douleur au travers de son corps.

Oublier le temps, confondre le jour et la nuit.

Survivre.

Sans savoir pourquoi, mais en sachant pour qui.

Pour Izri.

Fermer les yeux et voir son visage, son sourire.

Fermer les yeux et entendre sa voix lui susurrer des mots tendres, des mots d'amour.

Ouvrir les yeux pour regarder la solitude en face.

Survivre.

Quelques heures, encore.

Murmurer son nom, pour ne pas l'oublier. Pour ne jamais l'oublier.

Plonger dans des gouffres silencieux, se faire malmener par des tornades imaginaires.

Arrêter de respirer, écouter son cœur qui refuse l'inéluctable.

La couverture orange, la maison toute simple nichée au creux de ce désert montagneux. La voix de maman. Elle me prend dans ses bras, me soulève dans les airs pour me faire tourner, tourner et tourner encore...

Esquisser un sourire sans même s'en rendre compte. Revenir dans le silence de mort, dans la crasse et la poussière. Voir apparaître Mejda, pousser un cri silencieux pour la chasser le plus loin possible. L'instant d'après, apercevoir Marguerite dans son fauteuil. Écouter le *Requiem* de Mozart, se laisser bercer.

Prêter l'oreille aux chuchotements macabres de la folie. Ses rires glaçants, ses promesses aguicheuses.

Lâcher prise. Oh oui, lâcher prise...

Non, survivre. Pour Izri. Rien que pour lui.

Se souvenir du courage, du sacrifice, du regard de Tayri.

Izri serait fier de moi.

Pleurer, comme pleure le ciel.

Ne plus avoir de larmes.

Izri serait fier de moi. Izri serait fier de moi. Izri serait fier de moi...

Rêver qu'il ouvre cette porte, la réchauffe dans ses bras. Rêver qu'il dénoue les liens qui blessent ses poignets, ses chevilles.

Rêver. Oh oui, rêver...

* * *

— À toi l'honneur, dit Gabriel en lui tendant un portable.

— Moi ? Mais je lui dis quoi ? s'alarma Tayri.

— Tu dis que c'est personnel et tu donnes juste ton prénom. Si la secrétaire refuse de te le passer, tu laisses un message à son attention : il doit te rappeler au plus vite car tu as des informations sur Izri et Tama. Tu vas très bien t'en sortir, arrête de flipper !

Gabriel composa le numéro et confia le portable à la jeune femme. Me Tarmoni était en déplacement à Bordeaux, injoignable durant vingt-quatre heures. Alors Tayri lui laissa le message que Gabriel lui avait soufflé avant de raccrocher.

— Il ne nous rappellera pas avant demain ! se lamenta-t-elle.

— C'est pas dit, répliqua Gabriel. Sa secrétaire va sans doute lui passer l'info et il nous contactera peut-être plus vite que prévu.

— Espérons…

— Faut que je descende à Florac, annonça Gabriel en enfilant sa parka. J'ai plus de clopes et quasiment rien dans le frigo…

— Je peux venir avec toi ?

— Vaudrait mieux pas.

— Ah bon ? Mais…

— Écoute, Tayri, Florac ce n'est pas Montpellier, c'est une toute petite ville pour ne pas dire un village. Et un nouveau visage risque d'être remarqué. On ne sait pas si tu es recherchée par les flics, ce ne serait pas prudent.

— D'accord.

— Mais hors de question que tu restes seule ici, ajouta-t-il.

— Et je vais où, alors ? Je me cache dans l'écurie, c'est ça ?

— Pas dans l'écurie, non, sourit Gabriel. Suis-moi… Garde le portable avec toi, des fois que Tarmoni rappelle. Et prends un blouson, ça gèle ce matin…

Ils quittèrent la maison, le corps de Tayri vibra sous les assauts du froid. Aujourd'hui, malgré ses efforts, le soleil ne parviendrait pas à réchauffer les pierres fendues par le gel. Ils montèrent dans le pick-up et, de la terrasse, Sophocle les regarda partir. Le 4 × 4 s'engagea sur la piste pour sortir du hameau avant de regagner le goudron.

— Pourquoi je ne me planquerais pas dans une autre de ces baraques ? proposa Tayri.

— Dangereux, répondit Gabriel. Trop près de la mienne.

— Elles sont toutes à toi, n'est-ce pas ?

— Oui… J'ai acheté l'ensemble pour une bouchée de pain et j'ai fait rénover la maison où j'habite. Un an après la mort de Lana…

— Et tu vis de quoi ? interrogea Tayri.

— J'ai hérité de mes parents, c'est avec leur argent que j'ai pu acheter cet endroit. Et il m'en reste suffisamment pour vivre encore quelques années.

— Et ensuite ?

Il eut un sourire un peu triste.

— Je ne me suis pas posé la question, avoua-t-il. S'il le faut, j'irai braquer une banque !

Tayri comprit que les quelques années dont il parlait étaient celles qui lui permettraient de terminer sa mission. Que sa vie s'arrêterait lorsqu'il les aurait tous tués. Elle aurait voulu pouvoir changer son avenir.

— Comment tu fais pour retrouver ceux qui étaient dans le train ?

Gabriel hésita à répondre. Mais, au point où il en était, ça n'avait plus grande importance.

— J'ai gardé un contact dans la police. Une amie très chère. C'est elle qui les localise pour moi. Elle m'envoie leur photo, leur adresse. Un ou deux par an, pas plus. À chaque fois, un *modus operandi* différent, pour que les flics ne fassent pas le lien.

— Gabriel, je… Je suis vraiment désolée pour Lana. Sincèrement désolée… J'ai beaucoup de peine, même si je ne l'ai pas connue.

— Je sais, répondit-il sans quitter la route des yeux.

— Et depuis que tu m'as raconté ce que tu faisais, j'ai réfléchi. Je… J'ai essayé de comprendre.

Mal à l'aise, Gabriel mit une paire de solaires sur son nez.

— Je comprends ta douleur, ta colère. Je sais que tu es inconsolable…

Elle vit les muscles de son cou se tendre, son visage se contracter. Elle hésita un instant avant de poursuivre.

— Je crois que tu te trompes en tuant ces gens. Ils sont condamnables, c'est certain, mais… ils ne méritent pas de mourir. Et puis ce serait bien que tu te libères, toi aussi.

Il freina un grand coup, elle fut projetée vers l'avant. Les mains crispées sur le volant, il la fixait sans un mot. Elle ne pouvait voir ses yeux, pourtant elle eut l'impression qu'ils la condamnaient.

— Que je me *libère* ? répéta-t-il d'une voix glaciale.

Tayri sentit un nouveau frisson parcourir son échine.

— Oui, murmura-t-elle. Parce que toi aussi, tu es un esclave. L'esclave de ta vengeance…

Gabriel appuya sur l'accélérateur, le 4 × 4 dérapa légèrement avant de repartir dans le droit chemin. Il conduisait nerveusement, tandis que Tayri se rongeait les ongles.

Deux minutes plus tard, ils bifurquèrent sur une piste en terre menant à une maison en partie délabrée. Gabriel stoppa la voiture devant la petite bâtisse.

— Celle-là aussi, elle est à toi ?

Il hocha la tête et récupéra une grosse clef dans la boîte à gants avant de descendre de la voiture. Elle le suivit et ils entrèrent dans la vieille baraque. Tayri fut surprise de voir que la pièce principale était plutôt en bon état. Une grande cheminée, une longue table de ferme, une cuisinière à bois, un immense placard…

— Tu veux que j'allume la cuisinière ?

— Non, ça ira, murmura Tayri.

— Je n'en ai pas pour longtemps de toute façon, indiqua Gabriel. Moins d'une heure. Tu restes à l'intérieur et tu verrouilles derrière moi, compris ? Au moindre souci, tu m'appelles avec le portable.

— Ça ira, répéta la jeune femme.

Il claqua la porte sans ajouter un mot et Tayri ferma les yeux une seconde. Puis elle s'élança brusquement à sa poursuite. Il grimpait déjà dans sa voiture lorsqu'elle l'interpella.

— Gabriel !

— Quoi ?

Elle le dévisageait avec une incroyable intensité. Il comprit qu'elle brûlait de lui dire quelque chose. Devina les mots, pourtant simples, qu'elle ne parvenait pas à trouver. Malgré le froid cinglant, il sentit une douce chaleur réchauffer son corps. Alors il s'approcha, lui offrit un sourire, la serra dans ses bras.

— Je reviens vite.

— Je t'attends, répondit-elle simplement. Je t'attends depuis toujours…

* * *

Après avoir enlevé le plastique qui le protégeait de la poussière, Tayri s'installa dans un fauteuil Voltaire à la tenture décolorée par les années. Elle serra l'écharpe autour de son cou, regarda le plafond blanc, colonisé par les toiles d'araignée.

Un ciel rempli d'étoiles.

Elle souriait, seule au milieu de cette vieille maison qui menaçait de tomber morceau par morceau. Elle ferma les yeux et le visage de Gabriel s'afficha en plein écran.

Amoureuse d'un assassin.

Un homme, un père, un protecteur.

Gabriel était tout ça à la fois.

À ce carrefour de sa vie, elle comprit qu'elle ne pourrait plus jamais s'éloigner de lui. Qu'elle était prête à partager sa folie, à affronter ses démons.

Si elle était encore en vie, Tama retrouverait bientôt Izri. Et Tayri resterait auprès de Gabriel. Elles ne seraient plus que les esclaves de leur passion.

Un bruit de pas lui fit rouvrir les yeux.

— Déjà ? murmura-t-elle en souriant.

Il était revenu pour l'embrasser. Pour la serrer dans ses bras. Pour lui dire *mon amour*…

Elle quitta son fauteuil, courut jusqu'à la porte. Lorsqu'elle l'ouvrit, elle resta bouche bée.

— Salut, mon *amour*…

117

Greg fila un violent coup de pied dans la porte, Tayri la reçut en pleine figure et tomba à la renverse. Elle recula à même le sol, dévisageant Greg avec effroi. Et lorsqu'elle vit le pistolet dans sa main droite, son cœur paniqua.

— Alors comme ça, ton chien de garde s'est barré ? Quel dommage…

Tayri se remit lentement debout avant de faire trois pas en arrière. Greg était effrayant. Une large plaie barrait son visage boursouflé, son œil droit était à moitié fermé.

— Je te fous les jetons ? Normal… Depuis que ta copine m'a défiguré, je fais flipper tout le monde.

— Je… Je…

— *Je quoi ?* railla Greg.

— Qui êtes-vous ? murmura Tayri.

Face à elle, Greg fronça les sourcils.

— Qu'est-ce que vous me voulez ?

Dépasser la peur. Jouer la comédie, feindre l'amnésie. Protéger Gabriel, protéger Tama.

— Arrête de me prendre pour un con !

— Mon ami, il va revenir très vite !

— Je sais, ma chérie. Ceci dit, il n'est pas très malin, ton *ami*... Depuis hier, je poireaute dans ma caisse, en haut de cette putain de colline. J'attendais le moment où il te laisserait seule... Je me suis gelé les couilles, mais ça valait le coup ! Tout à l'heure, j'ai vu qu'il te conduisait ici, qu'il repartait. Alors, je me suis dit : *c'est le moment d'aller rendre une visite à ma belle petite Tayri...*

La jeune femme regardait fébrilement autour d'elle, cherchant quelque chose pour se défendre. Mais la pièce était vide et il n'y avait qu'une porte.

— Je vais m'occuper de toi et ensuite, je m'occuperai de l'autre bouseux.

— Écoutez, monsieur, je ne sais pas qui vous êtes, je vous le jure...

— Très drôle, ton numéro ! Pour ton avenir, tu devrais penser à une carrière de comique ! Mais le souci, tu vois, c'est que tu n'as plus d'avenir.

— J'ai perdu la mémoire ! s'écria Tayri. Je ne me souviens de rien !

— Vraiment ? C'est ce qu'on va voir... Assieds-toi ! ordonna-t-il en désignant une chaise avec le canon de son CZ.

Tayri recula encore, cherchant la solution, l'échappatoire. Alors Greg arma le chien et pressa la détente. Tayri hurla lorsque la balle de gros calibre lui explosa le genou gauche. Elle rebondit contre le mur, s'effondra telle une poupée de chiffon. Greg l'empoigna par un bras et la fit asseoir de force sur la chaise. Puis il sortit un rouleau de scotch de sa poche et la saucissonna rapidement.

— Voilà, comme ça tu vas rester bien tranquille !

Tayri gémissait de douleur tout en fixant le canon du 9 mm. Greg tira une autre chaise paillée et s'installa en face de sa proie.

— Alors, mon *amour*, qu'est-ce que tu lui as raconté à ton beau paysan ?

— Pourquoi vous m'appelez *mon amour* ?

— Je vois… Tu veux jouer, c'est ça ?

— Non ! Je vous jure que je ne me souviens de rien ! Même pas de mon nom !

— C'est ça, continue à te foutre de ma gueule, Tayri !

Il sortit un cran d'arrêt de la poche intérieure de son cuir, déverrouilla la lame. Le *clic* fit sursauter Tayri.

— Tu veux que je te rafraîchisse la mémoire ?

— Je vous jure que…

Il lui arracha son écharpe, fit descendre la fermeture Éclair de son blouson. La lame glacée se plaça à la naissance de son cou.

— Ils sont où mes potes ? Ceux que j'avais envoyés te chercher ? demanda-t-il d'une voix douce.

— Ils… Il les a tués.

— Le péquenaud ? C'est lui qui les a butés ?

Elle hocha doucement le menton, tandis que Greg la fixait sans relâche.

— Elle a dû t'en dire des choses quand vous étiez dans la remise, reprit-il. Tama, elle a dû t'en confier des trucs, non ?

— Qui ?… Qui est Tama ?

Greg fit descendre le couteau, Tayri serra les dents. La lame ouvrit le gilet en laine qu'elle portait sous son blouson. Il la plaça ensuite sur l'encolure de son tee-shirt et le découpa en son milieu. Le froid la pénétra jusqu'aux os, elle fut prise de violents tremblements. Avec la douleur qui remontait de sa jambe, elle n'allait pas tarder à perdre connaissance.

— Donc, je repose ma question, reprit calmement Greg. À qui tu as parlé et qu'est-ce que tu as dit ?

— Je… me souviens pas… J'ai eu un acci… dent, ma voiture a percuté un arbre et je me suis pris un choc… à la tête…

— *Ta* voiture ? Tu parles sans doute de *ma* caisse !

— Cet homme m'a trouvée et m'a sauvé… la vie… mais… je n'ai rien pu lui dire parce que… je n'ai aucun souvenir…

Greg secoua la tête d'un air désolé.

— Tu me fais perdre mon temps, chérie…

Il récupéra un paquet de Camel dans sa poche, en alluma une, lui souffla la fumée dans les yeux. Puis il approcha le bout incandescent tout près de sa gorge.

— Tu veux que je te réchauffe ?

Lorsqu'il écrasa la cigarette sur sa peau, elle poussa un hurlement tragique, essaya de se dégager. Mais elle ne pouvait pas bouger d'un centimètre.

— Arrêtez ! l'implora-t-elle. Je ne sais rien !

Il tira une bouffée, jeta la clope sur le sol avant de reprendre son couteau.

— Comme tu voudras, mon *amour*…

* * *

Le 4 × 4 quitta Florac et s'engagea sur la nationale 106. Gabriel alluma la radio et se surprit à chanter sur un tube des années quatre-vingt. Une musique qu'il détestait, pourtant.

Je t'attends depuis toujours...

Tayri était peut-être amoureuse de lui. À moins qu'il ne soit devenu un père de substitution.

Lui-même ne savait plus vraiment ce qu'il ressentait.

L'aimait-il comme une femme ? Comme une fille ?

Il l'aimait, simplement, et préféra oublier les questions. Ne pas songer à la suite, aux lendemains, à l'avenir. Il avait juste envie de retrouver *sa chère inconnue*. Sa Belle au bois dormant. Désormais, elle avait un prénom, un passé et tout un tas d'emmerdes qu'il était prêt à partager avec elle.

Sans doute repartirait-elle dans un mois, dans un an. Mais elle ne le trahirait pas, ne le trahirait jamais. Peu lui importait combien de temps elle daignerait rester à ses côtés.

Quand on agonise, le moindre sursis est une précieuse offrande.

Le pick-up bifurqua à gauche, direction le col du Sapet. Encore quelques virages et il la retrouverait, frigorifiée dans cette vieille baraque. Il savait déjà comment il allait se faire pardonner... Il avait acheté un énorme bouquet de fleurs, espérant que contrairement à Lana, Tayri apprécierait cette attention. Il avait l'impression d'avoir rajeuni de trente ans, d'être à nouveau un jeune homme, presque un adolescent.

Il s'apprêtait à rejoindre la piste lorsqu'il vit une voiture noire garée sur le bord de la chaussée, deux lacets au-dessus de la maison. Alors, au lieu de tourner, il continua de monter sur la route. Lorsqu'il arriva à la hauteur de la voiture, il constata que c'était une grosse cylindrée immatriculée dans l'Hérault. Un coupé BMW. Il abandonna son 4 × 4 un virage plus haut, récupéra son Beretta dans la boîte à gants et redescendit à pied vers la maison, à travers les bois morts, les fougères, les genêts.

Il était désormais juste au-dessus de la bicoque et tout semblait normal.

Il *fallait* que tout soit normal.

Pourtant, son instinct de chasseur lui dictait la prudence. Et son cœur battait trop vite. Il se faufila derrière la maison, son arme à la main, glissa le long du mur de pierre jusqu'à atteindre la petite fenêtre ornée d'une grille. Il jeta un œil à l'intérieur et son cauchemar se matérialisa brutalement. Tayri était attachée sur une chaise, tournant le dos à la fenêtre. Sa tête penchait sur le côté.

Gabriel tenta de recouvrer sa respiration, son calme, ses réflexes. Le ou les tueurs l'attendaient sans doute à l'intérieur, planqués dans une autre pièce.

S'il entrait, il était mort. Il fallait donc les faire sortir.

Il remonta dans la colline en direction des voitures et récupéra un pied de biche dans la benne de son 4 × 4. Il fracassa la vitre conducteur de la BMW et l'alarme se déclencha. Puis il se posta derrière un gros châtaignier, avec une vue parfaite sur la voiture qui continuait à cracher ses décibels. De là où il se trouvait, il pouvait également apercevoir une partie de la maison.

Comme il l'avait espéré, un homme quitta la bâtisse pour s'élancer sur la route.

— Amène-toi, enfoiré, murmura Gabriel.

L'homme se rapprochait et Gabriel distingua une énorme balafre sur son visage.

— Salut, Greg…

Greg s'arrêta près de sa voiture et, constatant que la vitre était brisée, il balaya des yeux le décor qui l'entourait. Il ne vit pas le danger mais dégaina tout de même son CZ. Il prit la télécommande dans sa poche et stoppa l'alarme.

Gabriel ajusta son tir. La balle lui perfora la cuisse gauche, Greg s'écroula contre sa BM. Cinq secondes plus tard, le canon du Beretta se collait sur son crâne.

— Lâche ton arme, connard. Sinon, je t'explose la cervelle.

Greg laissa tomber son CZ, Gabriel le récupéra.

— Où sont tes copains ? interrogea-t-il.

— Je suis venu seul… Mais tu es en train de faire une énorme connerie ! Tu devrais pas te mêler de…

Un coup de crosse dans la nuque lui coupa la parole. Le corps de Greg coula comme un liquide visqueux le long de la carrosserie. Gabriel l'attrapa par une cheville et le traîna sur le sol. Il ouvrit le coffre de la BM et, malgré son épaule blessée, parvint à balancer Greg à l'intérieur.

Peu importait la douleur. Une autre, bien plus cruelle, ne le quittait plus.

Et s'il arrivait trop tard ?

Il fouilla les poches de Greg, y trouva deux téléphones et un cran d'arrêt dont le manche était poisseux.

Couvert de sang.

Il claqua le coffre, activa le verrouillage des portières et redescendit en courant jusqu'à la vieille maison. Greg avait peut-être menti, c'était le moment de vérité. Le Beretta à la main, Gabriel poussa la porte.

Silence de mort.

Un rayon de soleil froid entrait par la petite fenêtre, rai de lumière chargé de fines particules de poussière en suspension.

Il éclairait le visage de Tayri.

Son visage, tailladé jusqu'à l'os.

Gabriel eut la respiration coupée, ses doigts lâchèrent le pistolet. Lentement, il s'approcha de Tayri et tomba à genoux devant elle. Il avança une main tremblante vers le visage martyrisé de la jeune femme. Ses yeux ouverts le regardaient fixement, le suppliaient.

Je t'attends... Depuis toujours...

Une large blessure au niveau du ventre l'avait vidée de son sang.

Gabriel se mit à hurler comme un dément.

Un mot, un seul.

Non.

118

— Regarde, je t'ai fait un dessin !

Assise devant la petite maison, Tama souriait. Elle prit la feuille que Vadim lui tendait, découvrit une œuvre étrange, aux formes mouvantes. Une bicoque au toit pentu agrémenté de trois cheminées et dont la façade était percée d'une multitude de fenêtres. Les murs bougeaient, se déformaient, disparaissaient. Les lignes droites s'incurvaient, se bombaient.

— Je l'ai fait exprès pour toi ! ajouta l'enfant.

— Il est beau, ton dessin. Merci.

Une fille et un petit garçon se tenaient devant l'habitation. Leurs visages changeaient d'expression, passant du rire aux larmes.

— Tous les jours, je te fais un dessin, dit Vadim.

— Je sais, mon chéri.

Vadim était assis par terre, sur une couverture orange. Devant lui, une assiette bleue, remplie de sable. Et tout un tas de feuilles blanches et de crayons de couleur. Il reprit la parole, mais les mots se bousculèrent dans sa bouche.

— Mais tu n'es plus… plus… plus là pour les re… re… re… garder, mes dessins.

— J'aurais voulu rester près de toi, tu sais. Rester près de toi pour la vie. D'ailleurs, je suis revenue, tu vois !

— Alors, on va plus se quit… quit… quit… ter ? espéra Vadim avec un large sourire.

— Plus jamais ! confirma Tama.

Elle le prit dans ses bras et le souleva du sol. Elle le fit tourner dans les airs.

Tourner, tourner et tourner encore. Il riait si fort, ils étaient tellement heureux.

Tama reposa l'enfant sur la couverture et il se remit à dessiner, tandis qu'elle tressait un panier. Elle entendit soudain un grand bruit et se tourna vers la maison. Elle venait de s'écrouler.

Puis elle regarda à nouveau Vadim. Il avait le visage odieux de son père.

Le visage du Diable.

Tama ouvrit les yeux sur l'horrible sol en ciment. Sa bouche, sèche comme le désert, aspirait l'air vicié avec difficulté.

Au sortir du coma, la douleur était plus supportable. Comme anesthésiée.

Dans une heure, peut-être deux, elle aurait retrouvé toute son intensité et lui ferait à nouveau perdre connaissance.

Perdre connaissance ou perdre la vie.

Perdre la vie ou perdre la raison.

* * *

Gabriel gara le pick-up devant la vieille maison. Il avait cessé de hurler, cessé de pleurer.

La chaleur était en train de quitter son cœur. Bientôt, il serait froid, à nouveau.

Irrémédiablement froid.

Il retourna à l'intérieur, prit Tayri dans ses bras et la porta jusqu'à la voiture. Il ne sentait plus sa blessure à l'épaule, ne sentait plus rien à part la douleur qui creusait un gouffre au creux de son ventre.

Une fois encore, il n'avait pas été là.

Une fois encore, il avait été incapable de protéger celle qu'il aimait.

Il plaça le corps de Tayri dans une couverture et l'allongea dans la benne. Puis il reprit la route, dépassa la BMW et arriva au hameau trois minutes plus tard. Il entra directement dans l'écurie et sella Gaïa sans un mot. Il attrapa les rênes de la jument, la conduisit près du pick-up.

— Va falloir que tu m'aides, ma vieille, murmura-t-il.

Tandis qu'il plaçait le corps de Tayri sur la selle, Sophocle rejoignit son maître. Il ne manifesta aucune joie, ne remua pas la queue.

Il avait compris.

Et lorsque Gabriel prit à nouveau les rênes de Gaïa, le chien les suivit. Ils montèrent la piste bordée de pâturages déserts, de barbelés rouillés. Ils entrèrent dans la forêt alors que le soleil avait déserté le ciel, chargé en nuages noirs et en électricité. Gabriel marchait vite, les yeux rivés au sol.

Je t'attends depuis toujours…

Il leur fallut une demi-heure pour atteindre la clairière. La tombe qu'il avait lui-même creusée.

Gabriel déposa Tayri près de la sépulture. Il ouvrit les pans de la couverture, la regarda longtemps, à genoux dans la terre mouillée.

Même défigurée, elle était belle.

Il effleura son visage, obligea ses paupières à se refermer.

À tout jamais.

J'aimerais rester avec toi...

Pendant plus d'une heure, Gabriel demeura agenouillé près d'elle, ses larmes silencieuses se mêlant à celles du ciel.

Il glissa une rose dans la main de Tayri avant de la couvrir de son linceul et de la descendre au fond de la tombe. Il éparpilla le reste du bouquet sur son corps puis attrapa la pelle qu'il avait glissée dans la sacoche de la selle.

La terre noire fit disparaître sa chère inconnue.

À tout jamais.

Gabriel n'avait pas prévu d'oraison. Parce qu'il n'y avait pas de mots.

Gabriel n'avait pas prévu de croix. Puisqu'il n'y avait pas de Dieu.

Seulement des lâches, des assassins et des Belles au bois dormant.

* * *

Il était conscient de prendre un risque majeur. Mais Izri n'avait pas pu s'en empêcher.

Il traversa Le Pont-de-Montvert et emprunta la route qui montait au col du Sapet. Il voulait voir Wassila qui ne répondait toujours pas au téléphone. Peut-être que la ligne était coupée, simplement.

En arrivant aux abords de la ferme, il ralentit mais ne s'arrêta pas. Il voulait être sûr qu'il n'y avait pas de gendarmes en planque dans les parages. Une fois certain que les alentours étaient déserts, il engagea sa Mercedes sur le chemin de terre, de moins en moins praticable. Il se rangea derrière la maison de sa grand-mère, laissa son pistolet dans la boîte à gants.

Après avoir contourné la bâtisse, il s'arrêta net. Il n'avait pas pu la voir de la route, mais une voiture était stationnée devant et un homme en combinaison de travail était en train de vider l'appentis adossé à la maison. Izri songea immédiatement à faire demi-tour, mais c'était trop tard. L'inconnu marchait vers lui.

— Je peux vous aider ?

— Je… Je suis venu voir Wassila, répondit simplement Izri.

— Vous êtes… ?

— Son petit-fils.

— Ah…

L'homme semblait en proie à un terrible embarras.

— Et vous, vous êtes qui ? interrogea Izri.

— Pierre Jacques, dit-il en lui tendant une main robuste et calleuse. Le propriétaire de la maison où vivait votre grand-mère.

— *Vivait ?* répéta Izri. Pourquoi, elle ne vit plus ici ?

— Wassila est… morte. Il y a une semaine.

La nouvelle assomma Izri. Il resta debout, mais s'écroula à l'intérieur, tel un château de cartes. Il prit appui contre le mur de la maison et ferma les yeux.

— Je suis désolé. Pourquoi personne ne vous a prévenu ?

— Je... Je n'étais pas en France, improvisa-t-il. J'étais loin, ces derniers mois... On ne pouvait pas me joindre.

— Vous êtes Izri, le fils de Mejda ?

Izri hocha la tête.

— Wassila m'a souvent parlé de vous, continua Pierre. Elle vous aimait beaucoup.

Le cœur d'Izri s'ouvrit en deux et un flot de douleur se déversa dans sa poitrine.

— Elle est morte ici ? demanda-t-il d'une voix fêlée par les larmes qu'il retenait.

— Non, à l'hôpital de Mende... ça faisait plus d'un mois qu'elle y était. J'avais appelé votre mère pour le lui dire.

Le visage d'Izri se contracta douloureusement. Mejda n'avait même pas pris la peine de lui écrire.

— Elle est venue, d'ailleurs... Votre mère. Elle est venue deux jours après la mort de Wassila. Elle a pris quelques trucs et elle est repartie.

— Quels *trucs* ?

Ayant compris qu'il mettait les pieds en terrain familial miné, l'homme ne savait pas trop comment annoncer les choses à ce jeune inconnu.

— Ce qui avait de la valeur, précisa-t-il d'un air gêné. Elle a laissé tout le reste. C'est pour ça que je suis en train de débarrasser. Je suis obligé, vous comprenez...

698

— Je comprends, murmura Izri.

— Mais votre mère n'a pas voulu s'occuper des obsèques, alors... je l'ai fait.

Izri ferma à nouveau les yeux une seconde. Un jour, il faudrait que Mejda paie.

— Merci, dit-il. Merci de l'avoir fait.

Il extirpa une enveloppe de la poche intérieure de son blouson et la tendit à Pierre.

— C'était de l'argent pour elle. Je lui en donnais chaque fois que je venais... Prenez-le.

L'homme ouvrit l'enveloppe et considéra Izri avec stupéfaction.

— Il y a trop, monsieur !

— Non. Ce n'est pas assez pour vous remercier de ce que vous avez fait pour elle.

— Elle est enterrée avec votre grand-père, indiqua Pierre.

— Je peux... Je peux aller à l'intérieur ?

— Bien sûr, je vous en prie.

Ils avancèrent lentement vers la maison. Izri pesait soudain des tonnes.

Une tonne de souvenirs, de chagrin, d'amour.

Pierre Jacques le laissa entrer seul.

— Je n'ai encore rien touché ici, se hâta-t-il de préciser.

— Merci.

Le propriétaire s'éclipsa sur la pointe des pieds et Izri tomba sur une chaise près de la cheminée. Tout était propre et rangé, comme d'habitude. On aurait dit que Wassila allait rentrer d'une seconde à l'autre pour le prendre dans ses bras. Qu'elle n'était jamais partie.

Quelques minutes plus tard, Izri trouva la force de se relever. Du bout des doigts, il effleura les murs, témoins de tant de complicité. Témoins de ses rares moments de paix.

Il s'arrêta devant le vieux buffet où trônait son portrait, juste à côté de celui de son grand-père. Un nouveau cadre les avait rejoints, abritant une photo de Tama et de lui.

Tama, qui aurait dû être à ses côtés en ce jour funeste.

Izri récupéra un grand sac et mit les cadres à l'intérieur. Il fouilla tiroirs et placards à la recherche de trésors.

D'autres photos, quelques petits mots écrits de la main de son grand-père.

Une liste de courses, une recette de cuisine, une dizaine de cartes postales.

Quelques livres jaunis, un bouquet de fleurs séchées. Un bougeoir marocain et divers objets artisanaux qu'elle avait rapportés du pays.

Il mit le sac dans le coffre de la Mercedes, serra la main du propriétaire et reprit la route. Un kilomètre plus tard, il fut obligé de stopper sa voiture sur le bas-côté. Il tremblait de froid et poussa le chauffage à fond. Peut-être qu'il aurait toujours froid, maintenant que jedda était partie, emportant avec elle les seuls beaux souvenirs de son enfance.

Il posa son front sur le volant et laissa son chagrin le submerger pendant de longues minutes. Personne ne pouvait le voir, le juger, alors il sanglota, tel un gamin abandonné en plein cœur de l'hiver.

Wassila était entrée à l'hôpital peu après son incarcération.

C'était lui qui l'avait tuée, aucun doute.

* * *

Faisait-il jour ? Était-ce la nuit ? Tout était gris, flou et sans espoir.

Tama était sûre d'avoir les yeux ouverts, pourtant.

Elle émergeait du puits sans fond où elle plongeait régulièrement. Y était-elle restée une minute ou deux jours ?

Elle ne le savait pas.

Ne savait plus rien.

Ses lèvres sèches et froides murmurèrent un mot silencieux, peut-être son prénom. Peut-être un début de prière.

Elle entendit un bruit, vit une ombre s'approcher d'elle. Une main souleva sa tête et on la força à avaler de l'eau. Elle en recracha la moitié, puis son crâne retomba lourdement sur le ciment.

Ses lèvres bougèrent à nouveau, libérant une voix à peine audible.

— Maman ? Maman, c'est toi ?

* * *

Gabriel rentra Gaïa dans l'écurie et lui donna à boire. Puis il quitta le hameau à pied et redescendit sur la route.

Un quart d'heure plus tard, il arriva à la hauteur de la BMW et s'installa derrière le volant.

— Ça te dirait de faire un petit tour ? lança-t-il.

Le locataire du coffre ne lui répondit pas. Pourtant, Gabriel en était certain, Greg avait eu tout le temps de reprendre connaissance.

— J'ai envie de voir ce que ta bagnole a dans le ventre, dit-il en mettant le contact.

Pied au plancher, Gabriel monta en direction du col. Un pilote de rallye n'aurait guère fait mieux.

— Dis donc, elle arrache, ta caisse !

Il redescendit ensuite vers le village du Pont-de-Montvert, si vite qu'il manqua d'envoyer la voiture dans le ravin.

Il entendait parfois les cris ou les gémissements de son prisonnier, le bruit sourd de son corps qui roulait dans le coffre avant de heurter violemment les parois.

Arrivé au village, Gabriel exécuta un demi-tour acrobatique avant de remonter vers le col, battant un nouveau record de vitesse.

Gabriel recommença, encore et encore. Pendant plus d'une heure.

Le temps que sa peine laisse la place à la haine.

119

Gabriel gara la berline devant l'entrée de la vieille maison qui jouxtait la sienne. Il prit la masse au milieu des gravats puis ouvrit le coffre. Greg, le visage en sang, avait vomi ses tripes sur la moquette noire. Il essaya de se redresser, agrippa le rebord du coffre.

— Tu as aimé la petite balade ? ricana Gabriel.

— Putain, je vais te tuer ! vociféra Greg.

La masse s'abattit violemment sur ses jambes, les brisant net. Greg poussa un hurlement et perdit à nouveau connaissance. Gabriel l'attrapa par un bras et l'extirpa du réduit avant de le traîner à l'intérieur de la ruine.

Lorsqu'il recouvra ses esprits, Greg était sur le sol. Il ne lui restait plus que son caleçon. Il tenta de bouger ses jambes, émit une plainte animale. Son regard paniqué croisa celui de Gabriel qui fumait sa cigarette, adossé contre le mur.

— Salut, ordure… Bien dormi ?

— Merde… Mais vous êtes qui ? gémit Greg.

Gabriel jeta son mégot et attrapa la masse. Lorsqu'elle fracassa l'épaule de Greg, celui-ci vomit un flot de sang. Gabriel se pencha vers lui avec un sourire effrayant.

— J'avais oublié de te prévenir, désolé… Les questions, c'est moi qui les pose, d'accord ?

Greg n'arrivait déjà plus à respirer, il se mit à pleurer de douleur.

— Merde… Merde !

— Oui, tu es dans la merde, je confirme. Et crois-moi, c'est que le début… Tu vois, j'ai fait une promesse à Tayri et je tiens toujours mes promesses. Alors, je vais te poser deux questions et je te conseille de me donner les bonnes réponses. Tu es prêt ?

Greg soufflait comme un bœuf, s'étouffant dans ses larmes.

— Est-ce que Tama est vivante ?

— Oui !

— Elle est chez toi ?

— Non…

— Où est-elle ?

— Chez… un… pote !

— Nom et adresse, connard. Et vite.

— Nico !

— Son nom, j'ai dit !

— Legrand… Nicolas Legrand. Il habite au bout d'un chemin…

— Sois plus précis, soupira Gabriel.

— Faut prendre la rue des… Mûriers. Et le chemin à droite…

— Et il l'a mise où, ton *pote* ?

— J'en sais… rien ! Je sais pas, je te jure…

— Bon, on progresse. C'est bien.

Greg tenta vaguement de se redresser et la masse lui broya la main gauche. Nouveau cri, si puissant qu'il fit trembler les murs.

— Je t'ai tout dit ! implora-t-il. Arrête, je t'en prie !

— Est-ce que Tayri t'a supplié, comme tu me supplies en ce moment ? murmura-t-il. Je pense que oui. Est-ce que tu as eu pitié d'elle ? Je suis sûr que non... Alors, je vais prendre tout mon temps avec toi. Vraiment tout mon temps...

* * *

Gabriel s'était assoupi sur le canapé, juste en face de la cheminée éteinte. Lorsqu'il ouvrit les yeux, il chercha Tayri du regard.

Mais il n'y avait que le vide, le silence, sa chère solitude.

Il serra les poings, abîmés par les coups qu'il avait assenés, et fixa le plafond un long moment.

Il se redressa en grimaçant de douleur. Sa plaie à l'épaule s'était rouverte, le sang imbibait le pansement. Il marcha jusqu'à la salle de bains, arracha la compresse et désinfecta la blessure. Puis il prit une douche et enfila des vêtements propres.

Il retourna dans le salon, alluma une cigarette qu'il fuma devant la porte-fenêtre. Le ciel pleurait toujours ses larmes neigeuses. La nuit serait triste. Triste et froide.

Lorsqu'il se retourna, Lana était là. Assise devant la cheminée, elle le dévisageait avec un sourire tendre.

— Tu es revenue ? murmura-t-il.

— Je ne suis jamais partie, papa. C'est juste que tu ne me voyais plus.

Gabriel baissa les yeux.

— Je crois que… que je l'aimais.

— Tu avais raison de l'aimer. C'était une fille bien. Une fille courageuse. Et puis, elle était si jolie… Elle aussi, t'aimait.

— Je ne sais pas…

— J'en suis sûre, papa. Mais il me semble que tu lui as fait une promesse, non ?

Gabriel releva la tête.

— Une promesse, oui…

— Alors, tu attends quoi ? Essaie de ne pas arriver trop tard, cette fois.

* * *

À deux heures du matin, la BMW s'arrêta le long du trottoir, au milieu de la rue des Mûriers. Gabriel plaça le CZ de Greg à sa ceinture avant de descendre de la voiture.

Il continua à pied sur une cinquantaine de mètres. Sur sa droite, un petit chemin, mal goudronné et bordé de terrains vagues, s'enfonçait dans la pénombre. Heureusement, une grosse lune drapée de nuages lui permettait de se repérer.

Au bout du chemin, un portail ouvert, des épaves de voitures, une vieille caravane. Gabriel s'en approcha et jeta un œil par la vitre cassée. Elle était vide.

Il traversa le dépotoir pour s'arrêter devant la porte d'une maison biscornue. Il frappa deux coups et attendit. L'homme qui lui ouvrit était jeune et défoncé. Tout juste s'il tenait debout.

— Ouais ?

— C'est vous, Nico ?

— Ouais, pourquoi ?

— Je viens de la part de Greg, dit Gabriel. Je dois récupérer la fille.

Nico fronça les sourcils.

— M'a pas prévenu.

— Il devait vous appeler, ajouta Gabriel. Et je suis pressé…

— Ben ouais, mais…

Gabriel décida d'accélérer le mouvement. Il dégaina le CZ, Nico se figea sur le seuil. Bouche ouverte, il fixait le pistolet.

— Dis-moi où est la fille. Vite.

— Doucement, mec…

Gabriel lui assena une droite dans la mâchoire et le jeune homme s'écroula à ses pieds. Il lui colla le canon du pistolet sur le front.

— T'as dix secondes pour me conduire jusqu'à elle.

— C'est bon ! C'est bon, on se calme…

Nico se remit debout, porta une main à sa mâchoire.

— Elle est dans le garage.

— Après toi.

Nico sortit, Gabriel sur ses talons. Ils passèrent derrière la bicoque, traversèrent l'autre partie du jardin, où s'amoncelaient un tas de pièces automobiles, pour arriver devant un garage fermé par une double porte en bois. Nico récupéra une clef planquée sous une grosse pierre.

— Tu attends quoi pour ouvrir ?

— Vous allez pas me fumer, hein ?

— Ouvre.

Nico déverrouilla la porte et entra en premier. Il appuya sur l'interrupteur, une ampoule diffusa une pâle lumière dans la dépendance.

Quand Gabriel vit Tama, une colère noire s'empara de lui.

Nico reçut un violent coup de crosse à l'arrière du crâne. Il s'écrasa sur le sol en ciment, tête la première. Gabriel s'agenouilla près de Tama, ôta le gant de sa main droite et posa un doigt sur la gorge de la jeune femme. Elle était inconsciente mais toujours vivante.

En regardant autour de lui, il aperçut une caisse à outils. Il y dénicha un cutter et coupa les liens qui enserraient les poignets et les chevilles de Tama. Les cordelettes avaient profondément entamé sa peau violacée.

— Tama ?

Il toucha son visage tuméfié, glacé. Elle n'eut aucune réaction.

Peut-être arrivait-il trop tard, une fois encore.

Nico poussa un gémissement de douleur en reprenant connaissance. Gabriel l'attrapa par les cheveux et lui enfonça le canon du CZ dans la joue.

— Comment tu as pu la laisser agoniser ici, sale enfoiré ?

— C'est pas moi qui l'ai frappée ! se défendit le jeune homme.

Gabriel avait le doigt sur la détente.

— J'ai rien fait moi, putain ! gémit à nouveau Nico.

Tout juste s'il ne clamait pas son innocence.

Des lâches, des assassins et des Belles au bois dormant.

— Vous êtes tous de la même race ! cracha Gabriel.

Il rangea le pistolet à sa ceinture, remit Nico sur ses pieds et lui fila un coup de tête retentissant. Quand il fut à terre, Gabriel s'acharna sur lui. Lorsqu'il cessa enfin, Nico ne bougeait plus. Alors, Gabriel récupéra le cutter et l'approcha de la jugulaire du type.

— Tous de la même engeance…

Il hésitait. Le visage de Tayri, le visage de Lana, celui de Tama.

Finalement, Gabriel renonça et prit Tama dans ses bras pour quitter ce sinistre endroit. Il déposa la jeune femme sur le sol, enleva sa parka et la couvrit avec. Il referma le garage à double tour, jeta la clef au milieu des détritus et courut chercher la voiture.

Il l'allongea sur la banquette arrière puis poussa le chauffage à fond.

— Tiens bon, murmura-t-il. Tiens bon, s'il te plaît…

120

Gabriel avait repris sa place dans le fauteuil.

Dans le lit, une autre inconnue avait pris la place de Tayri.

Dès qu'ils étaient arrivés, il l'avait portée jusque dans la chambre et l'avait déshabillée. En voyant son corps, il avait senti son cœur se serrer. Elle n'était plus qu'une plaie, un hématome. Une blessure à vif. En sortant de l'hôpital, Greg s'était visiblement acharné sur elle.

Gabriel avait soigné ce qui était soignable, posé une attelle sur son poignet brisé. Après l'avoir rhabillée avec les vêtements de Lana, il avait tenté de la faire boire. Dénutrie, déshydratée, en hypothermie, elle avait peu de chances de survivre.

Ses paupières se soulevèrent enfin et Gabriel vint s'asseoir sur le lit. Il lui prit la main, lui parla doucement.

— Tama ? Est-ce que tu m'entends ?

Les yeux de la jeune femme se dirigèrent vers lui, sa bouche se crispa.

— N'aie pas peur, murmura Gabriel. Je suis un ami de Tayri.

— Tay… ri ?

— Oui. Je suis venu te chercher, tu n'as plus rien à craindre.

— Iz… ri…

— Il sera bientôt là, prétendit Gabriel.

Il attrapa la bouteille d'eau sur la table de chevet, passa une main sous la nuque de Tama et parvint à lui faire avaler quelques gorgées. Dans son état, c'était primordial. Il reposa son crâne sur l'oreiller, elle ferma à nouveau les yeux.

— Tayri, elle… elle…

— Ne parle pas, conseilla Gabriel. Repose-toi.

— Tayri, elle…

Gabriel soupira. Ce n'était pas le moment de lui annoncer la vérité.

— Elle revient dans quelques jours. Ne t'en fais pas… Elle a hâte de te revoir.

Tama rejoignit à nouveau son refuge invisible et Gabriel retourna dans le salon. Il alluma une cigarette avant de sortir sur la terrasse. La nuit résistait encore, mais l'aube ne tarderait plus. Un nouveau jour qui s'annonçait décisif.

Lana éclaira le ciel et vint se poser à côté de lui, tel un ange à la grâce infinie.

— Tu as réussi, papa.

— Je ne sais pas, elle est si faible !

Lana était tout contre lui, il pouvait la sentir. Comme si l'air qui l'entourait s'était radouci.

— Je suis sûre qu'elle va s'en tirer.

Rassuré, Gabriel retourna à l'intérieur et s'allongea sur le canapé.

* * *

La sonnerie du portable le tira de sa somnolence deux heures plus tard.

— Maître Tarmoni à l'appareil.

— Bonjour, maître.

— Pourrais-je parler à Tayri ? Elle m'a laissé un message hier matin.

— Je sais… Je ne vais pas pouvoir vous la passer, mais j'ai à vous parler.

— Je vous écoute, monsieur, répondit l'avocat. Monsieur… ?

— Appelez-moi Gabriel.

— Je vous écoute, Gabriel.

— Je sais où est Tama.

Un court silence accueillit cette nouvelle.

— Tama ? Et comment va-t-elle ?

— Elle va mal. Très mal, même…

— Je vous rappelle dans un instant.

Gabriel raccrocha, sûr que l'avocat allait poursuivre la conversation avec un autre téléphone.

* * *

Izri sortit de la douche et manqua de glisser sur le carrelage. Il récupéra le portable sur le rebord du lavabo, décrocha aussitôt.

— Salut, Iz, c'est Michel.

Sur ce téléphone, ça ne pouvait qu'être Tarmoni ou Greg.

— Salut. Qu'est-ce qui se passe ?

— Tu es assis ?

— Non, je suis à poil, je sors de la douche !

— Ah désolé…

— Alors, qu'est-ce qui se passe ? redemanda Izri en attrapant une serviette.

— Je viens d'avoir un type au téléphone qui se fait appeler Gabriel. Il dit savoir où se trouve Tama.

Le visage d'Izri se contracta, une lueur de colère brilla au fond de ses yeux.

— Il prétend aussi savoir des choses sur Greg, poursuivit l'avocat.

— Quelles choses ?

— Il dit que Greg s'est foutu de ta gueule.

— Hein ?

— Que Greg t'a trahi…

— Mais c'est qui, ce type ?

— Aucune idée, marmonna Tarmoni. J'ai eu un message hier, laissé à mon assistante. Une certaine *Tayri* demandait à me parler au plus vite. Elle avait des informations à me révéler au sujet de Tama et d'Izri. Et quand j'ai rappelé le numéro, je suis tombé sur ce mec… Tayri, ça te parle ?

— Absolument pas, répondit Izri en enfilant un jean. Et il veut quoi, ce *Gabriel* ?

— Te rencontrer.

— Me rencontrer ? répéta Izri.

— Oui. J'ai essayé de le cuisiner pour en savoir davantage mais il refuse de se confier à moi. C'est à toi qu'il veut parler et à personne d'autre. Il veut te voir.

— Ça sent pas bon…

— Complètement d'accord, acquiesça Tarmoni. Il m'a aussi dit que…

Comme Tarmoni hésitait, Izri l'encouragea.

— Vas-y, parle !

— Il dit que Tama va très mal et qu'elle t'attend.

Izri quitta la salle de bains et traversa le couloir. Il se laissa tomber sur le divan du salon et resta silencieux de longues secondes.

— Je comprends rien, finit-il par dire.

— Moi non plus… Mais du coup, j'ai essayé de joindre Greg et je suis tombé sur son répondeur. Alors, je suis allé chez lui… Il n'y est pas et le portail de la maison a été défoncé… Ensuite, j'ai appelé la boîte : sa secrétaire ne l'a pas vu depuis deux semaines parce qu'il était à l'hosto…

— À l'hosto ? s'étonna Izri.

— Apparemment, il en est sorti mais n'est pas retourné bosser. Elle n'a pas pu m'en dire plus, désolé.

— File-moi le numéro du type.

— Écoute, Iz, j'ignore qui est cet homme et ça m'inquiète…

— Donne-moi son numéro, je vais l'appeler et je verrai à ce moment-là.

— OK, je te l'envoie par texto. Mais sois très prudent.

— Ne t'en fais pas.

* * *

Izri roulait vite. La route était sèche, mais le ciel devenait menaçant. Un orage violent s'annonçait.

Je sais où est Tama et si vous voulez la revoir vivante, je vous conseille de vous dépêcher.

Izri redoutait un piège, mais l'inconnu avait su lui donner certains détails de sa vie que personne ne pouvait connaître.

Personne, sauf Tama.

Je ne suis pas votre ennemi, je fais ça dans l'intérêt de Tama. Parce qu'elle vous réclame... Ce n'est pas elle qui vous a trahi. C'est Greg...

Oui, Izri redoutait un piège, mais ne pouvait rester les bras croisés après ce mystérieux appel.

Retrouver Tama. Revoir Tama.

Il en rêvait chaque nuit.

Et tant pis si ce rêve devait le tuer.

J'ignore où vous êtes, mais moi, je suis en Lozère. Tama y est aussi...

De plus en plus surprenant. Et lorsque Izri avait entendu l'homme lui fixer le lieu du rendez-vous, il en était resté bouche bée.

Je sais que vous connaissez Le Pont-de-Montvert, puisque votre grand-mère habite à quelques kilomètres du village. Donc, vous devez connaître cette vieille bâtisse en ruine qui se trouve sur la route de Grizac... Vous pouvez y être quand ?

Après une heure de trajet, Izri atteignit Le Pont-de-Montvert. Il s'engagea sur la départementale qui montait au col, sous un ciel chargé. Les premiers éclairs balafraient l'horizon quand il arriva à l'embranchement. Il prit à droite, direction Grizac.

Deux minutes après, Izri aperçut un pick-up Hilux garé dans un renfoncement, puis la bâtisse apparut. Izri la dépassa pour se ranger un peu plus loin. Il glissa le Glock dans la poche gauche de son blouson avant de descendre. Il marcha sous les premières gouttes de pluie et traversa la chaussée pour s'approcher de la ruine éventrée par les arbres.

Sa main gauche serrait la crosse du Glock, sa respiration accélérait.

Son mystérieux interlocuteur fumait une cigarette, assis sur un rocher. Lorsqu'il se remit debout, Izri le considéra un instant. Grand, baraqué, un visage harmonieux mais un regard réfrigérant.

Trois bons mètres les séparaient et les deux hommes se dévisagèrent de longues secondes, comme s'ils se jaugeaient avant un combat à mort.

— Izri, je suppose ?

— Lui-même. Où est Tama ?

— Doucement… Avant de vous le dire, je voudrais connaître vos intentions.

— Mes *intentions* ? répéta Izri.

— On m'a dit que vous envisagiez de la tuer…

— Qui c'est, *on* ?

— Une jeune femme qui s'appelait Tayri.

— Connais pas.

— Elle, elle connaissait Tama.

Izri fit un pas en avant, l'air de rien. Il sortit un paquet de cigarettes de la poche droite de son blouson et vit aussitôt Gabriel glisser une main derrière son dos.

Il était donc armé.

Izri tendit le paquet à Gabriel. Celui-ci hésita une seconde puis accepta d'en prendre une. Izri alluma sa clope puis s'approcha pour offrir du feu à son adversaire. C'est alors que sa main gauche sortit le Glock de la poche et enfonça le canon dans l'estomac de Gabriel.

— Balance ton flingue, vite, souffla Izri.

Gabriel le fixait droit dans les yeux.

— Je ne suis pas ton ennemi, je te l'ai déjà dit…

— Ton flingue.

Gabriel saisit le CZ et le jeta sur le sol.

— Lève les mains, ordonna Izri.

Gabriel fit mine d'obéir mais, d'un mouvement incroyablement rapide, il attrapa le poignet d'Izri. Clef imparable. Il lui tordit le bras, l'obligeant à lâcher son arme puis lui assena un coup dans l'abdomen. Le jeune homme se plia en deux et tomba à genoux, la respiration coupée net. Gabriel ramassa le Glock et le dirigea vers le visage d'Izri qui peinait toujours à respirer.

— Joli calibre, murmura-t-il.

Izri releva la tête et enfonça ses yeux dans ceux de son rival.

— On dirait que t'es un peu jeune pour jouer dans la cour des grands ! proféra Gabriel.

— Vous êtes qui, putain ?

— Disons qu'à côté de moi, t'es un enfant de chœur. Reste à genoux et mets les mains sur la tête. Faut qu'on discute, toi et moi…

Izri obtempéra. Il n'avait guère le choix.

— Tu aimes Tama ?

Le visage crispé par la colère, Izri refusa de répondre.

— Parce que si tu l'aimes, va falloir que tu m'écoutes. En ce moment, elle est entre la vie et la mort.

Gabriel vit la douleur dans le regard du jeune homme. C'était bon signe.

— Greg, c'est un copain à toi ?

— C'est comme mon frère ! cracha Izri.

— Ton *frère* ? Eh bien ton *frère* l'a torturée pendant des mois.

Cette fois, ce fut la stupéfaction qui traversa les yeux du braqueur.

— C'est quoi ces conneries ?

— Est-ce que tu aimes Tama, oui ou non ? répéta Gabriel.

— Oui ! s'écria Izri.

— Alors debout. On va à ta voiture et tu gardes les mains sur la tête.

Izri se releva et passa devant. Gabriel ramassa le CZ et ils marchèrent jusqu'à la Mercedes. Gabriel se glissa sur la banquette arrière tandis qu'Izri prenait le volant, le canon du Glock planté dans la nuque.

— Je vais t'indiquer le chemin.

Izri suivit ses indications et ils arrivèrent très vite au hameau.

— Arrête-toi là, lui enjoignit Gabriel. Et descends.

Tenant toujours Izri dans sa ligne de mire, il récupéra la clef de la Mercedes qu'il fourra dans sa poche.

— Avance.

Ils montèrent les marches, Izri s'arrêta devant la porte.

— Entre, je t'en prie.

Izri tourna la poignée et s'immobilisa face à un énorme chien qui montrait les dents.

— Stop, ordonna Gabriel.

Sophocle cessa immédiatement de grogner.

— Tu peux baisser les mains. Et t'asseoir sur le canapé.

Surpris, Izri s'exécuta, gardant un œil sur le dogue qui suivait chacun de ses mouvements. Gabriel s'installa face à lui dans un large fauteuil, le Glock sur ses genoux.

— Tu veux boire un verre ? À moins que ton dieu te l'interdise…

— J'ai pas de dieu ! balança Izri.

— Tant mieux. Alors sers-toi.

Sur la table basse, une bouteille de whisky japonais. Izri déboucha la bouteille et remplit les verres. Son adversaire l'étonnait de plus en plus.

Gabriel avança sa main pour boire une gorgée de pur malt.

— J'ai une longue histoire à te raconter, Izri, reprit-il en posant son whisky sur l'accoudoir. Et je veux que tu m'écoutes attentivement.

Izri hocha la tête en signe d'assentiment et goûta au Yamazaki dix-huit ans d'âge. Après tout, s'il devait mourir aujourd'hui, autant que ce ne soit pas avec le gosier sec.

— Il est bon ton whisky, approuva-t-il.

— Ravi qu'il te plaise. Et si tu aimes vraiment Tama, je pense que tu vas avoir besoin d'un remontant…

121

— Voilà, tu connais désormais toute l'histoire, conclut Gabriel en terminant son whisky.

Izri venait d'encaisser une série de coups, tous plus violents les uns que les autres. Il vacillait, n'était pas loin de s'écrouler. Aussi pâle qu'un cadavre, il fixait la cheminée.

— C'est pas possible, murmura-t-il.

Gabriel resta silencieux, laissant le jeune braqueur reprendre ses esprits.

— Où est Tama ? demanda-t-il au bout d'une minute.

— Je suis allé la chercher cette nuit, chez ce Nicolas Legrand. Tu sais qui c'est ?

Izri hocha la tête.

— Je l'ai trouvée ligotée sur le sol de son garage. Elle avait perdu connaissance. Elle est très abîmée… Pas sûr qu'elle survive.

Gabriel vit briller les yeux d'Izri. Peut-être allait-il pleurer. Sans quitter son fauteuil, il ouvrit le tiroir d'un meuble et récupéra les portefeuilles des tueurs qui lui avaient rendu visite quelques nuits auparavant. Il les jeta sur la table basse.

— Ces trois-là sont morts, précisa-t-il.

Izri détailla les papiers d'identité, son visage se crispa.

— Bande de fumiers…

— Des hommes à toi, je suppose ?… On n'est jamais trahi que par les siens, soupira Gabriel.

Les paroles de Santiago résonnèrent douloureusement dans le crâne d'Izri.

Tu devrais chercher du côté de ta propre famille…

— J'ai fait un feu de joie avec leur caisse et leurs cadavres.

Impressionné, Izri le considérait avec un nouveau regard.

Avec respect.

— Elle est ici, n'est-ce pas ? demanda-t-il.

— Oui, elle est ici. Dans la chambre du fond.

Izri se leva d'un bond mais s'arrêta net, les yeux rivés sur le Glock.

— Laisse-moi la voir, pria-t-il.

— Je t'accompagne. Tu passes devant et à la moindre embrouille… Compris ?

Izri traversa le couloir, Gabriel juste derrière lui. Puis il entra dans la chambre et s'approcha du lit. Quand il vit Tama, il se pétrifia.

— Je t'avais prévenu, rappela Gabriel.

Izri se pencha sur Tama, toujours inconsciente. Il caressa son visage, presque méconnaissable, déposa un baiser sur son front. Puis il approcha sa bouche de son oreille et murmura :

— Je suis là, mon amour… Je suis là…

Appuyé au chambranle de la porte, Gabriel assistait à ces tragiques retrouvailles. Izri s'agenouilla près du lit, prit la main de Tama dans la sienne et l'embrassa longuement.

— Pardon, Tama. Pardon…

* * *

Ils étaient encore dans la chambre, auprès de Tama. Désormais, Gabriel en était sûr, Izri aimait passionnément cette jeune femme. Assis sur le lit depuis une demi-heure, il souffrait en silence, les larmes au bord des yeux.

Il n'avait pas lâché sa main.

Parfois, il murmurait son prénom, espérant la faire revenir d'entre les morts.

D'un regard, il signifia à Gabriel qu'il souhaitait lui parler. Ils quittèrent la pièce et Gabriel rangea l'arme à la ceinture de son jean. Il savait qu'il n'avait plus grand-chose à craindre.

Dans le salon, Izri alluma une cigarette et demanda la permission de se resservir un verre de whisky.

— Je connais un toubib qui ne pose jamais de questions, dit-il. Je vais l'appeler et…

Gabriel refusa d'un signe de tête.

— Personne ne doit venir ici, précisa-t-il. J'ai fait une exception pour toi, mais je n'en ferai pas d'autre.

Izri n'avait pas besoin d'explications pour comprendre que cet homme vivait dans l'ombre et tenait à y rester. Il ignorait s'il était braqueur ou assassin, s'il était recherché par toutes les polices du pays, mais il savait qu'il n'avait pas intérêt à se faire remarquer.

— J'avais pigé, fit Izri. J'emmène Tama chez moi, comme ça je ne te fais courir aucun risque.

Gabriel jeta un œil par la fenêtre. Dehors, l'orage se déchaînait, pilonnant les Cévennes de grêlons gros comme des billes.

— Tu ne devrais pas prendre la route ce soir. Trop dangereux. Et je crois qu'il vaudrait mieux ne pas la transporter cette nuit…

— Mais je ne vais pas la laisser mourir sans rien faire ! s'écria Izri avec des sanglots dans la voix.

— J'ai déjà fait ce qui était possible. J'ai soigné ses blessures, je l'ai fait boire, je lui ai donné des médocs. Ton toubib ne fera rien de plus… D'où vient-il ?

— De Montpellier…

— Vu la météo, il refusera de monter, prédit Gabriel. Il faudrait appeler le Samu, mais ni toi ni moi ne pouvons nous le permettre, sauf à avoir envie de passer le reste de notre vie en cabane. Tu es prêt à ce sacrifice ?

Izri baissa les yeux et s'effondra sur le canapé.

— J'y suis prêt, murmura-t-il. Pour elle, je suis prêt à tout, même à crever…

Gabriel s'installa en face de lui et le dévisagea avec une tendresse toute paternelle. Décidément, depuis que Tayri avait débarqué dans sa vie, les émotions fortes se succédaient.

— La nuit dernière, j'ai songé à la déposer aux urgences et à me tirer aussitôt, confessa Gabriel. Et tu sais pourquoi je ne l'ai pas fait ?

— Non… Pourquoi ?

— Parce que Tayri m'avait expliqué que Tama ne vivait que pour toi. Qu'elle n'avait survécu que pour te revoir. Uniquement pour ça.

Izri faisait son maximum pour retenir ses larmes.

— Alors, en l'emmenant à l'hôpital, je vous condamnais tous les deux. Elle, parce qu'elle risquait l'expulsion dès son réveil, voire l'inculpation pour le meurtre de ce Diego. Et toi, parce que tu ne l'aurais sans doute plus revue. En la conduisant à l'hosto, je risquais de vous séparer à jamais.

— Mais si elle meurt, on sera séparés à jamais !

— Elle a subi le pire pendant des semaines et d'après ce que j'ai compris, pendant des années, reprit Gabriel. Pourtant, elle est toujours en vie. Tu devrais retourner près d'elle, Izri… Si elle sent que tu es là, elle survivra.

Izri considéra Gabriel avec une intense gratitude.

— Merci, dit-il simplement. Merci de l'avoir sauvée… Et je suis désolé pour Tayri. J'ai cru comprendre que tu l'aimais beaucoup.

Gabriel refusa de répondre, mais son silence valait toutes les paroles du monde.

— Putain, Greg… Comment il a pu me faire ça ! Comment il a pu *leur* faire ça ? J'aurais voulu le massacrer de mes propres mains ! ajouta Izri.

— Je te l'ai gardé au chaud, révéla subitement Gabriel. Enfin, au chaud, c'est pas vraiment le mot, mais j'ai pensé que tu aurais envie de régler tes comptes avec lui…

— Il est toujours vivant ? murmura Izri avec stupéfaction.

— À peu près.

— Où est ce fils de pute ?

— Occupe-toi de Tama. Greg peut attendre demain, non ?

Le jeune braqueur tenta de se calmer. Mais ses mains continuaient à trembler.

— Tu as sans doute raison…

— En tout cas, je te garantis qu'après ce qu'il a fait endurer à Tayri, j'ai pris bien soin de lui.

Izri dévisagea à nouveau Gabriel et songea que Greg avait dû passer un terrifiant moment entre les mains de cet homme. Affronter son regard, c'était plonger en enfer, pieds et poings liés.

— Tu peux me laisser seul avec Tama ?

— Je peux, répondit Gabriel.

— Merci, répéta Izri. Je sais pas qui tu es, mais… Tu me rappelles quelqu'un.

— Qui ?

— Un mec qui comptait pour moi. Un ami cher, assassiné en taule. Et maintenant, je crois savoir qui l'a fait buter…

— Greg ? supposa Gabriel.

— Greg, oui.

— Va la rejoindre. J'ai besoin d'être seul.

Izri s'éclipsa et Gabriel ferma les yeux. Aussitôt après, Lana apparut, prenant la place d'Izri sur le canapé. Son sourire lui prodigua un réconfort que personne ne savait lui donner.

— Elle le méritait, papa… Tama, elle méritait de le retrouver…

— Sans doute, murmura son père. Mais lui, est-ce qu'il mérite de la retrouver ?

Le sourire de Lana s'évanouit. Ses yeux lancèrent des flammèches de colère.

— Et toi ? Tu le *méritais* alors que tu m'as laissée mourir ?

Gabriel sentit une violente douleur le lacérer de bas en haut.

Comme si un sabre venait de le couper en deux.

Lana avait disparu.

* * *

Assis sur le lit, Izri la couvait du regard. L'index posé sur son poignet intact, il se nourrissait de chaque pulsation de son cœur épuisé. Tant que celui de Tama battrait, le sien battrait aussi.

Elle respirait parfois trop vite, comme si elle suffoquait. Quelques gémissements s'échappaient de ses lèvres entrouvertes.

Comment lui dire à quel point elle lui avait manqué ? À quel point la moindre seconde vécue loin d'elle avait été une intolérable solitude ? Un abominable tourment.

Comment lui dire…

— Tama… J'espère que tu peux entendre ma voix là où tu es. Réveille-toi, me laisse pas… J'ai fait le con, Tama. J'ai vraiment fait le con, tu sais… J'ai cru que tu m'avais trahi, j'ai pas eu confiance en toi… Pas confiance en moi. Mais reviens, je t'en prie. Même si c'est pour me détester !

Il s'allongea près d'elle, gardant son poignet dans sa main. Il parla dans le creux de son oreille.

— Je ne te mérite pas, Tama. Je ne t'ai jamais méritée… J'ai été brutal, j'ai été minable. J'ai cru que j'étais le plus fort… Mais, sans toi, je suis rien. Que dalle…

Dans un effort surhumain, il retenait encore ses larmes.

— Si tu veux pas me pardonner, je comprendrai, tu sais… Mais reviens, s'il te plaît. Reviens !

La respiration de Tama s'apaisa, ses plaintes déchirantes cessèrent enfin.

— J'ai laissé les autres te faire du mal et moi aussi, je t'ai fait du mal, continua Izri d'une voix déformée par le chagrin et la peur. Si tu savais comme je regrette, Tama… Si seulement tu savais ! Si tu te réveilles, je te promets de changer. Je te jure que plus personne pourra te blesser. Je te jure que je serai toujours là pour te protéger, mon amour…

Près de la porte de la chambre, Gabriel écoutait cette poignante supplique. Puis il entendit Izri libérer enfin ses larmes et retourna dans le salon. Ému, troublé, mais rassuré. Même si Tama mourait cette nuit, Izri aurait au moins eu le temps de lui dire tout son amour.

Lana et Tayri étaient parties sans qu'on lui accorde ce temps, cette chance.

Il s'installa sur le canapé, ferma les yeux et revit la terre ensevelir le corps de sa chère Tayri. Elle qui n'avait connu qu'une vie d'esclave.

Je t'attends depuis toujours…

— Moi, je ne t'attendais plus, murmura-t-il. Je n'attendais plus rien, sauf la mort. Tu sais, dès que j'aurai terminé ma mission, je partirai. Peut-être que tu aurais pu me retenir ici. Peut-être… Mais ça, on ne le saura jamais.

Izri avait fini par s'assoupir. Malgré la peur, la haine. Malgré la peine et les remords. Malgré les bourrasques de plus en plus violentes qui semblaient vouloir déraciner le monde.

Soudain, une sensation l'arracha au sommeil.

La main de Tama serrait la sienne.

Lorsqu'il ouvrit les yeux, il tomba sur ceux de la jeune femme. Elle le dévisageait avec ardeur, ayant jeté ses dernières forces dans ce regard.

122

Quand Izri revint dans le salon, ses yeux étaient fatigués de chagrin. Gabriel, allongé sur le canapé, se redressa bien vite et constata que le jour se levait.

— Comment va-t-elle ? demanda-t-il.

Izri s'effondra dans le fauteuil, juste en face de lui.

— Elle a repris connaissance quelques secondes, mais n'a pas réussi à me parler... Là, on dirait qu'elle dort.

— Si elle est revenue à elle, c'est bon signe, le rassura Gabriel... Café ?

— Volontiers, merci.

Gabriel passa dans la cuisine américaine et mit le percolateur en marche.

— Il y a une chose que je ne t'ai pas dite, reprit-il. Mais je pense que tu dois le savoir...

— Quoi ? soupira Izri.

Quelle horrible trahison allait-il encore apprendre ?

— C'est ta mère qui a amené Tayri chez Greg. Ils s'étaient mis d'accord tous les deux pour la vendre à un mac. Ils devaient se partager le pognon.

Anéanti, Izri secoua la tête.

— Quand elle est arrivée chez Greg, ta mère s'en est prise à Tama. Tayri m'a raconté qu'elle l'a rouée de coups, au point de la plonger dans le coma pendant plusieurs heures.

Les mains d'Izri se remirent à trembler, comme si toute sa haine s'y concentrait.

— Je sais de quoi Mejda est capable, murmura-t-il. Et il y a bien longtemps qu'elle a cessé d'exister pour moi.

— Ça ne l'empêche pas de continuer à répandre la terreur autour d'elle…

Izri fixa Gabriel avec impuissance et colère.

— Et quoi ? Tu veux que je bute ma propre mère ?

— Je n'ai pas dit ça, rétorqua calmement Gabriel. Je voulais juste que tu saches la vérité. Toute la vérité.

— Comme ça, j'ai bien la honte devant toi, hein ? balança Izri en se levant.

Il alluma une cigarette et Gabriel esquissa un sourire.

— On ne choisit pas ses parents, rappela-t-il.

— Mais on choisit ses amis, pas vrai ? Et Greg, c'est moi qui l'ai choisi pour veiller sur Tama si jamais je me faisais serrer par les flics.

— Tu as commis une erreur. Ça arrive à tout le monde.

— Une *erreur* ? T'appelles ça une *erreur* ?!

Gabriel posa les cafés sur la table basse et Izri reprit sa place dans le fauteuil.

— Comment j'ai pu être aussi aveugle ? murmura le jeune braqueur. Comment j'ai pu être aussi con… Je le prenais pour un trouillard, un lâche…

— Pour faire ce qu'il a fait à Tama, c'est effectivement un lâche. Pour le reste, ce fumier est peut-être un excellent comédien, fit Gabriel.

— Le meilleur, aucun doute. Mais bientôt, il va crever.

— Justement, parlons-en. Je préfère qu'on ne le bute pas ici.

— T'as une idée ?

— Bois ton café. Ensuite, on ira lui présenter nos hommages du matin, répondit Gabriel avec un sourire effrayant.

* * *

À la suite de Gabriel, Izri pénétra dans l'écurie. Il vit d'abord les deux magnifiques juments et talonna son hôte jusqu'au fond du hangar. Gabriel ouvrit une porte et s'effaça pour laisser entrer le jeune homme.

Izri se figea quand son regard gorgé de haine s'écrasa sur Greg. Celui qu'il avait considéré comme son frère était quasiment nu et tentait vainement de se réchauffer à l'aide d'un vieux plaid qui lui couvrait à peine les épaules. En voyant les deux hommes, il cessa de respirer.

— Je voulais pas que ce salopard crève de froid, précisa Gabriel d'un ton cynique. C'est une mort bien trop douce.

Izri détailla son ancien ami, tout juste s'il pouvait encore le reconnaître. Il avait le visage boursouflé par les coups, un œil qui peinait à s'ouvrir, la lèvre supérieure éclatée. Une méchante balafre coupait son visage en deux. L'œuvre de Tama, songea-t-il.

Ses chevilles et ses tibias, brisés, étaient noirs d'ecchymoses. Une des fractures était ouverte, laissant deviner l'os. Son bras gauche pendait dans le vide, prolongé par une main difforme, complètement écrasée. Une lame s'était profondément enfoncée dans ses chairs meurtries pour inscrire des mots de sang sur son torse imberbe.

Lâche.

Violeur.

Izri tenta de paraître indifférent à cette épouvantable vision. Et même s'il haïssait Greg plus que n'importe qui au monde, il ne put s'empêcher de ressentir une seconde de pitié. Il inspira un bon coup, laissant la haine reprendre ses droits. Planté devant Greg, le dominant de toute sa hauteur, il le fixait sans relâche.

— Surpris de me voir ici, mon *frère* ?

— Iz… Je sais pas ce que… ce type… t'a raconté, mais…

Greg avait bien du mal à articuler et Izri ne lui laissa pas le temps de terminer sa phrase.

— La vérité, trancha-t-il d'une voix dure. Je sais ce que tu as fait à Tama, je sais ce que tu as fait à Manu… Et à Tayri. Alors, tu sais ce que je vais te faire.

— Iz ! Je t'en supplie ! sanglota Greg.

Pincement au niveau du cœur, visage de marbre. Lorsque Greg se mit à pleurer, Izri ne détourna pas les yeux.

— T'as de la chance que Tama soit encore en vie, ajouta-t-il. Sinon, je t'aurais coupé les couilles et je te les aurais fait bouffer.

— T'es sûr qu'il a des couilles ? ironisa Gabriel.

— Ne me tue p… as ! implora encore Greg.

— On s'occupera de toi cette nuit. Il te reste environ douze heures à vivre, mon *frère*.

— Bonne journée ! conclut Gabriel en claquant la porte.

Les deux hommes quittèrent l'écurie et restèrent quelques minutes dehors. Ils fumèrent une cigarette au milieu du brouillard, assis sur un vieux banc. Izri était livide.

— Ça ne va pas ? demanda Gabriel.

— Si, ça va. J'ai juste hâte qu'il fasse nuit.

Gabriel trouva que le jeune braqueur mentait très mal. Il était choqué, avait sans doute la nausée.

— Tu vas pas me lâcher au dernier moment ? vérifia-t-il d'une voix tranchante.

Izri le fusilla du regard.

— Pour qui tu me prends ? rétorqua-t-il.

— Je voulais juste en être sûr, dit Gabriel en écrasant sa clope.

* * *

De retour dans la chambre, Izri ne se lassait pas de regarder Tama.

Il ne s'en lasserait plus jamais.

Par moments, la douleur la faisait réagir, plissant son front ou crispant ses mains délicates.

Ses mains, qui lui avaient offert tant de plaisir.

Ses mains, capables de tuer. Capables de défigurer.

Izri admirait la force et le courage dont elle avait fait preuve en sauvant Tayri.

Il admirait son sens du sacrifice.

Jamais encore il n'avait réalisé à quel point elle était belle. Pas seulement son visage ou son corps. Belle, jusqu'aux profondeurs de son âme.

Elle donnait, sans rien exiger en retour. Elle donnait, jusqu'à mettre sa vie en péril.

Elle avait le don de pardonner, de soigner, de consoler.

Et cet extraordinaire pouvoir de résilience… Toutes les épreuves qu'elle avait traversées auraient dû la terrasser. Pourtant, elle se battait encore et toujours.

— Tu es mille fois plus forte que moi, avoua-t-il avec un sourire triste. Mille fois plus forte que n'importe qui.

Il avait hâte de s'immerger dans son regard de braise, hâte d'entendre à nouveau sa voix. Il brûlait de la serrer contre lui, de sentir sa peau frémir sous ses caresses.

Il approcha son visage du sien, respira sa peau, ferma les yeux.

— Maintenant, je ne douterai plus de toi. Plus jamais… Quoi que tu fasses, Tama. Ne me laisse pas, je t'en supplie.

S'il faut mourir pour toi, je n'hésiterai pas une seconde.

Et quand tombera la nuit, je redeviendrai un assassin.

Pour toi, mon amour.

* * *

Dans l'écurie, ils enfilèrent des bottes, des gants, un bonnet.

— Ça m'étonnerait qu'on le retrouve un jour, fit Gabriel, mais vaut mieux être prudent…

Une fois protégés, les deux hommes installèrent une bâche en plastique à l'arrière du pick-up qu'ils étaient allés chercher une heure auparavant. Puis ils retournèrent au fond de l'écurie où Greg n'en finissait plus d'agoniser. Il tenta une dernière fois de demander grâce.

— Iz, je t'en p... rie ! J'aurais pas... tué Tama... tu sais...

Izri se pencha vers lui.

— Tu as fait bien pire que la tuer, fils de pute. Et tu peux me supplier autant que tu veux.

— Pardon, Iz ! gémit Greg.

— Pardon refusé, cingla Gabriel. Après en avoir délibéré, les jurés ont décidé de te condamner à la peine capitale.

Il posa un gros morceau de scotch sur les lèvres de Greg et ils le saisirent chacun sous une aisselle pour le traîner sur le sol. Ils entendaient ses plaintes pathétiques étouffées par le bâillon.

Ils le jetèrent sur le plateau du pick-up, lui arrachant un cri tout juste audible. Puis ils mirent la protection de benne, comme s'ils fermaient le couvercle d'un cercueil.

Gabriel prit le volant, Izri s'assit sur le siège passager. Il ignorait où ils se rendaient, mais lui faisait totalement confiance.

Ce type était tout sauf un débutant ou un amateur.

Ce type était un tueur professionnel. Froid, précis et méthodique.

Mais ce type était aussi celui qui avait risqué sa vie pour sauver Tama. Qui s'était pris une balle dans l'épaule pour Tayri.

Ils quittèrent le hameau et Izri demanda la permission d'allumer une cigarette.

— Permission accordée, répondit Gabriel.

Lorsqu'il baissa la vitre, un froid cinglant fouetta son visage. Ils gardèrent le silence pendant plusieurs kilomètres. Jusqu'à ce qu'ils arrivent non loin de la ferme de Wassila.

— J'ai appris que ta grand-mère était à l'hôpital, dit Gabriel. Comment va-t-elle ?

— Tu connais Wassila ? s'étonna Izri.

— Non. Je l'ai aperçue une ou deux fois au village. Rien de plus.

Izri remonta la vitre avant de répondre. Comme s'il avait peur que ses mots ne se perdent dans cette forêt dénudée mais profonde.

— Elle est morte il y a une semaine.

— Désolé. Je l'ignorais.

— Tama l'aimait beaucoup. Alors, je vais éviter de lui en parler tout de suite. Si elle se réveille…

— Elle va avoir quelques mauvaises nouvelles à encaisser. Elle a tout tenté pour sauver Tayri et je n'ai pas su la protéger.

Izri fronça les sourcils.

— Tu as fait tout ce que tu pouvais, non ?

— Non. Je suis responsable de sa mort. Je n'aurais pas dû la laisser seule. Je pensais avoir fait le nécessaire, je n'ai pas été assez prudent. Greg a été plus malin que moi. Et ça, je ne me le pardonnerai jamais…

— Je comprends. Et j'espère qu'on fait pas la même connerie en laissant Tama toute seule, murmura Izri.

— Si Greg est venu lui-même pour Tayri, ça signifie sans doute que tous ses potes sont morts.

— Non, il reste encore Robin, révéla Izri.

— Il ne faisait pas partie des trois connards que j'ai cramés ?

— Malheureusement non. Et puis j'ignore qui a suivi Greg. Qui m'a tourné le dos… De toute façon, hors de question que je te laisse régler ça. C'est à moi de tuer Greg, pas à toi. Dépêchons-nous d'en finir… Au fait, tu ne m'as pas dit comment il t'avait retrouvé.

— Grâce à un mouchard antivol sur son Audi, expliqua Gabriel. Alors, j'ai détruit son smartphone et désactivé le traceur. Mais il a pu donner l'info à quelqu'un d'autre…

Ils traversèrent le village désert. Le froid avait poussé les habitants près des cheminées et des poêles, loin des rues verglacées.

— On va où ? demanda Izri.

— On est bientôt arrivés. Un jour que je me baladais à cheval, j'ai repéré un endroit intéressant. Un endroit parfait…

Le pick-up s'aventura sur une piste défoncée et Izri songea à Greg, enfermé dans l'énorme coffre. Qui devait endurer la pire des tortures.

Et Tama, qu'avait-elle subi, sinon le pire ? Il l'imagina entre les griffes de celui qui l'avait trahi. Il l'imagina en train de subir ses coups, ses assauts, ses humiliations. Ses offenses. Alors, il se força à oublier la souffrance de celui qui avait prétendu être son ami durant plus de quinze ans.

Ils s'arrêtèrent après un kilomètre d'ornières boueuses, à côté d'une maison inhabitée.

— Nous y voilà, indiqua Gabriel en coupant le contact.

Il tourna la tête vers son jeune acolyte et le fixa dans la pénombre.

— Tu es prêt ?

— Oui, affirma Izri d'une voix glacée.

Ils descendirent de la voiture et Gabriel conduisit le braqueur derrière la maison en travaux. De vieux échafaudages, des tas de grosses pierres, des sacs de ciment éventrés. Gabriel dirigea la torche vers un endroit précis et invita Izri à s'approcher. Un grillage encerclait un ancien puits. Gabriel l'arracha sans aucun problème et ils se penchèrent au-dessus du trou.

— Personne n'est venu ici depuis au moins deux ans... Ils ont commencé à le reboucher avec des gravats. On va les aider à terminer.

Izri prit un caillou et le jeta dans la cavité. Il lui fallut plusieurs secondes avant de toucher le fond.

— Parfait, dit-il.

— On le balance dedans et ensuite, on fout des pierres par-dessus. Vu que le chantier est abandonné, il va pourrir ici un long moment.

Ils rejoignirent la voiture, ôtèrent la plaque qui fermait le coffre. Greg était toujours en vie. Il avait le visage en sang, de plus en plus de mal à respirer. Pourtant, il trouva la force de supplier, une fois encore.

— Iz ! Non... Iz...

Les deux hommes l'enroulèrent dans la bâche avant de l'emporter. À bout de souffle, ils lâchèrent leur encombrant paquet près du puits. Gabriel récupéra le CZ à la ceinture de son jean et le tendit à Izri.

— Il n'y a qu'une balle, précisa-t-il.

— Tu n'as toujours pas confiance en moi, hein ?

— Fallait pas me braquer, mon jeune ami ! C'est le flingue de ce fumier, alors tu t'en débarrasses aussi.

Izri acquiesça d'un hochement de tête. Il déplia la bâche sous laquelle Greg suffoquait. Il posa le canon contre le front de sa victime. Affronta ses yeux une dernière fois, le doigt sur la détente.

— Iz ! Je t'en supp...

La détonation fit trembler les montagnes dans un funeste écho. La balle traversa le crâne de Greg, une mare de sang se répandit aussitôt sur la bâche. Izri lança le pistolet au fond de la tombe, puis ils replièrent le linceul en plastique avant de faire basculer le cadavre.

Ils prirent des pierres et, pendant une demi-heure, comblèrent une partie de la fosse.

De retour dans le pick-up, ils se dévisagèrent un instant, dans le silence le plus complet. Ils étaient désormais complices.

Le resteraient jusqu'à la fin de leur vie.

123

Tout me paraît flou. Lointain, incertain. Irréel.

Je ne suis plus sur terre, je crois. J'ai quitté le monde et j'avance au milieu de limbes mystérieux. Je marche ou je vole, je ne sais plus très bien.

J'entends une voix.

Reviens, je t'en prie...

Plus je monte, plus j'ai froid. Je traverse des cieux, je croise des dieux. J'implore leur clémence, je demande leur aide. Perdue, je voudrais retrouver le chemin qui mène à moi.

Sans toi, je suis rien...

Poussée par un courant invisible, je me laisse entraîner dans un flot tumultueux. Je tourne sur moi-même, encore et encore...

Mille fois plus forte que moi...

Le courant me précipite dans un trou noir, qui m'aspire, qui me broie. Qui désintègre mon corps. Lorsque je m'en échappe, je ne suis plus qu'une âme folle qui se cogne aux étoiles gelées. Je devine leur cœur de feu, emprisonné dans la glace, mais qui palpite encore.

Ne me laisse pas...

Et soudain, tout s'arrête.

Je flotte quelques secondes avant de repartir dans l'autre sens.

Je tombe. Chute vertigineuse. Je vais m'écraser, être pulvérisée, déchiquetée. Je vais me briser en mille morceaux…

— Izri !

Le jeune homme se réveilla en sursaut et se précipita vers le lit. À bout de souffle, les yeux écarquillés, les bras tendus, Tama l'appelait de toutes ses forces.

— Je suis là !

Il la serra contre lui. Étreinte puissante, presque violente.

— Je suis là, mon amour !… N'aie pas peur.

Elle tremblait, les mains accrochées à ses épaules, comme si elle craignait qu'il ne disparaisse. Qu'il ne l'abandonne, une fois encore.

— Iz… Iz !

Elle se mit à pleurer, inondant la chemise d'Izri pendant de longues minutes.

Alerté par les cris, Gabriel s'était posté à l'entrée de la chambre. Il contemplait leurs mains jointes, leurs larmes mêlées, en ressentit un profond soulagement.

Il sut que Tama ne repartirait plus dans l'autre monde. Guidée par la voix de l'homme qu'elle aimait, elle avait retrouvé le chemin, la lumière. Sans jamais abandonner.

Sauver Tama.

Gabriel avait tenu parole.

* * *

La petite lampe de chevet reste allumée. Je refuse de l'éteindre.

Izri s'est assoupi près de moi, sa main serre la mienne.

Je ne veux plus dormir, juste le regarder, encore et encore. Graver dans mon cerveau cet instant que je n'espérais plus.

Cet instant où la vérité a terrassé le mensonge.

Cet instant qui vaut tous les combats du monde. Toutes les souffrances du monde.

Toutes celles que j'ai endurées.

À cette seconde, je sais pourquoi je me suis battue. Pourquoi j'ai résisté. Pourquoi j'ai refusé de me fier aux doux serments de la mort.

Je devais vivre, survivre. Pour lui.

Parce qu'il a besoin de moi. Parce qu'on ne peut pas exister l'un sans l'autre.

Parce que je compte pour quelqu'un.

Si je suis importante pour lui, s'il n'a jamais cessé de m'aimer, je suis prête à affronter encore bien des tourments et des enfers.

Cette nuit, enfin, je réalise pourquoi j'ai si mal. Pourquoi j'ai versé tant de larmes et mené tant de luttes. Aucune n'est perdue d'avance, je viens de l'apprendre.

Izri sait que je ne l'ai pas trahi. Que je ne le trahirai pas. Malgré les épreuves, notre amour n'a pas flanché, il n'a pas rendu les armes, n'a pas rendu l'âme.

Cette nuit, il est plus puissant qu'il ne l'a jamais été.

Rien, absolument rien n'aura raison de lui. Il devient éternité, bien au-delà de nos corps fragiles.

Cette nuit, enfin, je ne suis plus une esclave.

Je suis une femme libre.

Libre d'aimer, de choisir.

Libre de décider.

Et de mourir.

* * *

— Tu as mal ? demanda Izri.

— Oui… Mais ne t'en fais pas.

Le jour s'était levé en toute discrétion, comme s'il craignait d'entrer dans cette chambre et de piétiner leur intimité.

— Tu as faim ?

— Oui. Je crois que ça fait longtemps que je n'ai pas mangé !

— Je m'en occupe ! fit Izri en l'embrassant.

Il se leva, s'étira, jeta un œil par la fenêtre et quitta la chambre. Il aperçut Gabriel sur la terrasse, une tasse de café à la main. Il le rejoignit et lui adressa un sourire un peu embarrassé. Depuis cette nuit, il cherchait comment le remercier. N'avait pas encore trouvé la réponse. Aucune ne serait à la hauteur.

Il lui devait une vie, leur vie, et ne pourrait sans doute jamais rembourser sa dette abyssale.

— Tu as meilleure mine, constata Gabriel.

— Elle va mieux…

— C'est une bonne nouvelle. Je suis descendu au village, j'ai acheté de quoi vous rassasier.

— Sympa, merci !

Ils revinrent à l'intérieur et Gabriel fit couler deux cafés. Lorsque Sophocle s'approcha d'Izri, le jeune homme resta sur ses gardes.

— T'inquiète, il ne mord pas tant que je ne le lui demande pas.

— Il est impressionnant... Il s'appelle comment ?

— Sophocle.

— T'as pas une gueule de dramaturge grec, toi ! plaisanta Izri en caressant le chien entre les oreilles.

— Oh, je vois que monsieur est instruit !

Izri releva la tête vers Gabriel.

— C'est parce que je suis beur ou que je sors de taule que tu me prends pour un crétin ? envoya-t-il.

Ils se regardèrent une seconde avant d'éclater de rire.

Ils avaient terminé leur petit déjeuner lorsque Gabriel frappa à la porte. Tama, le dos appuyé contre la tête de lit, lui adressa un sourire timide.

— Bonjour, Tama.

— Bonjour. C'est vous... Je me rappelle...

— C'est moi, oui, répondit Gabriel. Heureux de te revoir parmi nous, Tama.

— C'est quoi, votre nom ?

Sa voix était faible, mais claire. Sorte de murmure limpide qui coulait entre ses lèvres.

— Je m'appelle Gabriel.

— Merci, Gabriel. Merci d'avoir tenu votre promesse...

— Ma promesse ?

— Je me souviens... Vous m'avez dit qu'Izri serait bientôt là.

— Tu vois, je ne t'avais pas menti.

— C'est vous qui êtes venu me chercher, n'est-ce pas ?

Il hocha la tête, elle tendit une main vers lui. Izri s'effaça pour laisser approcher Gabriel.

— Je ne sais pas comment vous remercier, ajouta Tama.

— Tu vas mieux, le reste on s'en fout.

— Où est Tayri ?

Un éclair de douleur déchira les yeux de Gabriel. Ces yeux que Tama trouvait si beaux. Sans doute parce qu'ils étaient les témoins d'une terrible souffrance.

— Elle est morte, c'est ça ?

— C'est ça.

Le visage de Tama se contracta, sa main serra celle de Gabriel.

— Vous voulez bien me raconter ?

Alors, Gabriel raconta. Comment Tayri avait atterri chez lui, l'avait menacé avec un flingue, comment elle était restée inconsciente pendant des jours. Parfois, il souriait tristement, parfois sa voix menaçait de s'éteindre.

Au travers de ses mots, de par ses intonations, Tama comprit qu'il avait aimé cette jeune femme. Elle songea que Tayri n'était pas morte sans amour.

— Quand elle a retrouvé la mémoire, elle a prononcé ton prénom. Elle m'a demandé de t'aider…

Tama l'écoutait, les yeux fermés, attendant le dénouement forcément tragique. Gabriel omit de lui dire ce que Greg avait fait subir à Tayri avant de la tuer. Mais Tama n'avait pas besoin de mots pour le deviner.

— Et elle est où, maintenant ?

— Je l'ai enterrée, révéla Gabriel. Dans la forêt.

— J'aimerais aller la voir, fit Tama en rouvrant les yeux.

— Dès que tu seras en état de marcher, nous irons, promit Gabriel.

— Merci... Et Greg ?

— Je lui ai fait regretter d'être né, assena Gabriel. Et cette nuit, Izri l'a tué.

* * *

Izri prit Tama dans ses bras et l'arracha aux draps tièdes. Il la porta jusque dans la salle de bains et l'assit sur le tabouret. Gabriel avait disposé des serviettes et des vêtements propres.

— Il est si gentil ! fit Tama.

Izri songea que cet adjectif n'était pas forcément bien choisi pour qualifier leur hôte, mais il se garda de le dire. Il aida Tama à se dévêtir, découvrit avec horreur tout ce que son corps avait enduré. Elle était d'une maigreur effrayante. Certaines marques laisseraient des cicatrices indélébiles, d'autres disparaîtraient de sa peau. Mais elles resteraient gravées dans la mémoire d'Izri.

— Tu veux me dire ce qu'il t'a fait ? murmura-t-il.

D'un signe de tête, elle refusa.

— Pas maintenant. J'y arriverai pas, je crois...

Ça te ferait trop de mal, mon amour. Tellement de mal... Tu n'es pas encore prêt.

Il la soutint jusqu'au bac à douche et fit couler de l'eau tiède sur son corps martyrisé. Il retenait ses larmes, elle laissa couler les siennes.

— Cette après-midi, je te ramène chez nous, dit-il.

— C'est où, chez nous ?

— Tarmoni m'a trouvé une maison à cent kilomètres d'ici. Je pense que ça va te plaire !

— Je voudrais rester encore un peu, répondit Tama. Quelques jours.

— Pourquoi ?

— Parce que Gabriel a besoin de nous.

— *Besoin de nous ?* s'étonna Izri.

Elle hocha la tête. Il récupéra une serviette et la porta à nouveau jusqu'au tabouret. Elle ne tenait pas encore sur ses jambes.

— À ton avis, personne ne va venir venger Greg ? demanda-t-elle.

— Je ne peux pas en être certain, avoua Izri.

— Alors, il faut rester. S'il lui arrivait quelque chose, je m'en voudrais toute ma vie.

— Je t'assure qu'il est capable de se défendre seul !

— Il a failli mourir pour Tayri et pour moi, rappela Tama.

— OK, capitula Izri. Mais je ne suis pas sûr qu'il ait envie qu'on reste.

— Dans ce cas, on partira.

Tama s'habilla, se demandant à qui appartenaient ces vêtements féminins. À une femme jeune, c'était certain. Mais ils n'étaient pas de la dernière mode.

— Tu crois qu'il est marié ? chuchota-t-elle.

— J'ai pas l'impression, répondit Izri.

— Il a une fille, alors. Une fille qui doit avoir mon âge !

— Peut-être.

Il la prit encore une fois dans ses bras et voulut la ramener dans la chambre. D'un signe de la main, elle lui indiqua la direction opposée. Le salon était vide, Tama souhaitait aller sur la terrasse.

— Il gèle, dehors ! la prévint Izri.

— J'ai l'habitude d'avoir froid…

Il ne pouvait rien lui refuser et poussa la porte avec son pied avant de la déposer sur un fauteuil de jardin en rotin.

— Ça faisait longtemps, dit Tama.

— Longtemps que quoi ?

— Que je n'avais pas vu le soleil.

Aujourd'hui, il brillait dans un ciel nettoyé par l'orage. Comme une renaissance, le début d'une nouvelle existence.

Izri s'assit près d'elle et leva la tête à son tour. Lui aussi avait manqué de ciel, de soleil et d'étoiles. Et finalement, ils avaient eu le même geôlier.

— Tu l'as tué comment ?

Izri posa un doigt au milieu de son front.

— Et si les flics le retrouvent ? s'inquiéta Tama.

— Personne ne le retrouvera, assura Gabriel en montant les marches.

Il se joignit à eux, surpris de la voir dehors. Tama récupérait très vite. Sans doute parce qu'elle avait de l'entraînement.

— Merci pour les vêtements, dit-elle.

— De rien. Autant qu'ils servent à quelqu'un.

— Mais votre fille, elle ne voudra pas les récupérer ?

Elle trouva la réponse au fond des yeux de Gabriel. Alors, elle garda le silence.

— Tu veux qu'on reste ? demanda Izri. Des fois que l'autre enfoiré ait donné des ordres…

— Non, répondit Gabriel. Si un de ses potes se ramène, je promets de le recevoir avec tous les égards qu'il mérite !

— Je n'en doute pas !

— Ceci dit, je ne vous chasse pas, ajouta Gabriel.

— Je sais. Mais nous partirons cette après-midi.

* * *

Sur le canapé, Tama caressait Sophocle. Ils avaient terminé de déjeuner et l'heure du départ approchait. Même si elle avait envie de retrouver sa vie avec Izri, elle n'était pas pressée. Quelque chose la retenait ici. Elle n'aurait su expliquer cette sensation, ce sentiment. L'impression de quitter un refuge.

Ici, rien ne pouvait leur arriver.

Gabriel ouvrit un tiroir, en sortit le Glock qu'il rendit à Izri.

— Je… Je voudrais te remercier pour tout ce que tu as fait.

Gabriel se contenta de hausser les épaules, ne sachant quoi répondre.

— J'ai pas mal de fric, et…

— Laisse tomber, l'interrompit Gabriel. Je n'ai pas besoin de pognon.

— J'ai une dette envers toi, reprit Izri. Et les dettes, ça se paye. Alors, si un jour tu as besoin de moi, pour n'importe quoi, n'hésite pas. Je serai là.

— C'est noté.

Izri aida Tama à se lever et l'accompagna jusqu'à la porte. Elle arrivait tout juste à marcher mais n'avait pas émis la moindre plainte depuis qu'elle était sortie du coma. Avant de quitter la maison, elle se jeta dans les bras de Gabriel. Un peu embarrassé, il la serra contre lui.

— Je reviendrai, murmura-t-elle.

749

— Je sais. Vas-y, maintenant.

Izri tendit la main à Gabriel.

— Prends soin d'elle, mon jeune ami. Sinon, t'auras affaire à moi.

— Je ne prendrai pas ce risque ! plaisanta Izri d'une voix nouée par l'émotion. À bientôt.

Gabriel regarda la voiture s'éloigner sur la piste puis disparaître sur la route.

— Mission accomplie, Tayri, murmura-t-il.

124

Des cris, chaque nuit.

Depuis sept jours qu'ils avaient quitté la maison de Gabriel, Tama cauchemardait dès qu'elle s'endormait.

Izri venait de la réveiller pour l'arracher à son tourment. Blottie dans ses bras, le souffle court, elle tremblait.

— Raconte-moi, murmura-t-il. Dis-moi ce qui te fait si peur…

— Greg… je le vois sortir de sa tombe pour venir nous massacrer… Il… Il arrive, il me viole. Tu es juste à côté, pourtant tu ne vois rien…

Izri ferma les yeux, les muscles de son visage se contractèrent douloureusement.

— Mejda est là, aussi… Elle l'encourage, elle dit que je ne mérite que ça…

Elle se mit à sangloter, Izri resserra son étreinte.

— Calme-toi, ma puce. Calme-toi… C'est fini, ce fumier est mort. Il est mort, tu m'entends ? Il ne pourra plus jamais te toucher. Plus jamais…

— Iz, j'étais là quand tu es sorti de prison. J'étais chez Greg.

Elle vit l'inquiétude marbrer le gris de ses yeux.

— J'étais attachée et bâillonnée dans la remise. Je t'ai appelé au secours, mais tu ne pouvais pas m'entendre. Moi, je t'ai entendu.

Izri sentit un choc électrique tétaniser son cœur.

— Tu voulais me tuer.

— Tama… Je croyais que tu m'avais trahi ! Je croyais que tu étais partie avec un homme, que tu m'avais balancé aux flics !

— Je sais tout ça. Mais tu aurais pu m'accorder le bénéfice du doute… Pourquoi as-tu préféré croire Greg plutôt que moi ? Je t'avais prouvé mon amour, pourtant !

Izri mit une éternité à répondre.

— Peut-être parce que… Parce que j'arrive pas à imaginer qu'on peut m'aimer aussi fort que ça… Parce que avant toi, personne ne…

À l'intonation de sa voix, elle comprit qu'il pleurait aussi.

— Depuis que je suis né, j'attends qu'on m'aime…

Elle sécha ses larmes, caressa le visage dévasté d'Izri.

— J'aurais été incapable de te tuer, même si tu avais commis toutes les horreurs inventées par ce salopard ! Tama… Je sais pas si tu pourras me pardonner un jour…

— Je t'ai déjà pardonné, murmura-t-elle. Quand je t'ai vu pour la première fois, je t'ai tout pardonné…

* * *

Izri avait raison. Cet endroit me plaît beaucoup. J'ai l'impression qu'il a été créé pour nous, pour que

752

nous puissions recommencer notre vie là où elle s'est arrêtée.

Depuis que nous sommes arrivés dans cette maison, il y a presque deux semaines, Izri ne m'a pas quittée une seule seconde.

Même si je me sens encore faible, je reprends des forces chaque jour. Pourtant, mes nuits sont mouvementées. Elles sont le théâtre de mes peurs, la scène de mes angoisses.

Mais être à nouveau à côté de lui est la plus puissante des thérapies. Alors, je savoure chacun de ces instants, comme si c'était le dernier.

Parce que ce sera peut-être le dernier.

Je n'oublie pas qu'Izri est recherché par la police. J'ai conscience du danger invisible qui nous guette, qui pèse sur nos épaules.

Être séparés, encore.

Je serais bien incapable de le supporter, cette fois.

Nous sommes assis dans le grand canapé d'angle qui fait face à la cheminée. Je contemple les flammes, elles réchauffent nos cœurs endoloris, nos chairs meurtries.

Cette maison ressemble curieusement à celle de Gabriel. Mais il manque Gabriel. Cet homme que je connais à peine, cet homme qui m'a sauvée. Qui m'a permis de retrouver Izri. Je ne sais rien de lui alors que je lui dois tout. J'ignore qui il est, pourtant c'est comme s'il faisait partie de ma famille. Comme s'il était mon ami le plus cher.

En y réfléchissant, je me dis que j'ai eu de la chance, beaucoup de chance dans ma brève existence. J'ai rencontré Vadim, j'ai rencontré Marguerite. J'ai croisé le chemin de Manu, celui de Tayri et celui de Gabriel.

Et puis, Izri.

Quand la peur me saisit, quand les cauchemars menacent de m'engloutir, je pense à eux. À leur bonté, à leur courage ou leurs sourires.

Mais il y a la mort. L'irréversible. Le couperet qui tombe parfois bien trop vite, bien trop tôt. Et sans aucune justice.

Alors que j'ai à peine seize ans, j'ai le sentiment que la vie n'est que quête et mélancolie.

Chercher ceux qu'on aimera.

Apprendre à se séparer de ceux qu'on a aimés.

Je regarde Izri, assis près de moi. Il est en train de lire un livre et je le trouve plus beau chaque jour. Lorsque je serai guérie, il repartira en guerre, je le sais. Il reprendra le cours de sa vie, retournera arpenter les sentiers escarpés, les routes dangereuses. Jusqu'à chuter et ne jamais se relever. Vivre sans risques, il en est incapable.

Mais aujourd'hui, plus qu'hier, vais-je parvenir à l'accepter ?

* * *

— Tu te souviens l'année où je suis allée en classe de neige ? demanda Lana avec un sourire malicieux.

— Je risque pas de l'oublier ! grogna Gabriel.

Le rire de Lana monta jusqu'au ciel.

— Je sais que tu t'es fait un sang d'encre, reprit-elle.

— J'ai cru mourir, tu veux dire ! Quand ta prof a appelé pour m'avertir que tu avais disparu, je suis devenu dingue !

Gabriel s'était assis non loin de la tombe de Tayri. Il alluma une cigarette et regarda le soleil agoniser au travers des arbres.

— Désolée, papa... Pour moi, c'est plutôt un bon souvenir... J'en avais marre d'être avec eux... Je ne faisais pas partie de leur groupe, je n'y trouvais pas ma place... Je me sentais différente. Je me trouvais maladroite et moche !

— Tu étais si belle, pourtant...

— La crise de l'adolescence, sans doute.

— Sans doute, répéta Gabriel.

— Alors, je me suis tirée en douce... J'ai fait croire à la prof que j'avais mal à une jambe et que je ne pouvais pas aller skier. Et dès qu'ils ont quitté le gîte, j'ai pris la tangente...

— Tu avais toujours de bonnes idées ! maugréa son père.

— Au départ, je pensais revenir avant eux, je pensais que personne ne serait jamais au courant de ma petite balade en solitaire... J'ai pris un chemin, je suis montée dans la forêt, je me sentais si bien... Enfin seule ! Si bien que je n'ai pas voulu redescendre.

— C'était complètement inconscient !

— N'exagère pas ! fit Lana avec un sourire espiègle. Quand la nuit est tombée, je me suis décidée à rentrer. Mais il était trop tard... Ils étaient déjà tous à ma recherche... Et cette conne de prof n'a rien trouvé de mieux que de t'appeler !

— J'étais sûr qu'on t'avait enlevée, fit Gabriel. J'étais fou d'inquiétude !

— Pardon, papa...

— Tu te rends compte que tu aurais pu mourir ?

— Mais je suis morte, papa...

* * *

Izri rejoignit Tama dans la chambre. Il ôta son tee-shirt et s'allongea près d'elle.

— Tu ne dors pas ?

— Non, répondit-elle.

Il avait envie d'elle mais n'osait pas la toucher. Comme si elle allait se briser entre ses mains. Il était prêt à la plus infinie patience, attendant qu'elle fasse le premier pas. Qu'elle lui donne l'autorisation.

Elle ne lui avait toujours pas raconté ce que Greg l'avait obligée à faire pendant toutes les nuits où il pourrissait en taule. Alors, Izri imaginait le pire. Par moments, quand il la regardait, il avait l'impression de voir les traces ignobles du traître maculer sa peau.

— Je vais avoir besoin de temps, murmura Tama.

Surpris, il tourna la tête vers elle. Parfois, elle semblait lire dans ses pensées.

— Faut pas m'en vouloir, ajouta-t-elle en posant la tête au creux de son épaule.

— Comment je pourrais t'en vouloir ?

— Est-ce que je te dégoûte ?

— Qu'est-ce que tu racontes ? Bien sûr que non...

— Chaque fois que Greg me forçait à coucher avec lui, je répétais ton nom.

Izri ferma les yeux et ses maxillaires se contractèrent jusqu'à la douleur.

— J'ai dit ton nom des centaines de fois...

125

Izri baissa la vitre de la Mercedes et alluma une cigarette. Il s'était garé en face du bar et attendait qu'en sorte l'ennemi.

Robin avait changé d'adresse mais continuait à fréquenter les mêmes rades minables. Pas bien difficile de le loger.

— Les habitudes, c'est tuant ! ricana Izri.

Il songea soudain à Gabriel. Il aurait aimé l'avoir à ses côtés, ce soir. Cet homme l'avait impressionné et ce n'était pas chose facile. Il espérait un jour avoir l'occasion de mieux le connaître. Savoir ce qui lui rongeait les tripes. Découvrir ce qui avait fait de lui le plus doué des assassins.

Quand Robin quitta le bar, Izri remonta la vitre. Il regarda son ex-lieutenant tituber sur le trottoir, accompagné par une fille qui avait la dégaine d'une pute des bas quartiers. Lorsqu'ils montèrent dans la voiture, une décapotable tape-à-l'œil, Izri démarra la sienne.

— Toujours les mêmes goûts de chiotte ! murmura-t-il.

Ça valait pour la voiture et pour la fille.

Izri les suivit à distance et ils quittèrent le centre de Montpellier pour s'arrêter sur le parking d'une boîte de nuit. Robin passa devant tout le monde, serra la main du videur et s'engouffra dans le club, tenant sa conquête par la taille.

Izri récupéra un couteau de combat dans le vide-poches et le glissa à l'intérieur de son blouson. Puis il verrouilla la Mercedes et s'avança vers l'entrée. Il attendit son tour et n'eut aucun mal à pénétrer dans la discothèque.

Contre quelques billets, ils acceptaient n'importe qui.

Samedi soir, la boîte était bondée. Camouflage parfait.

Izri ressentit un léger vertige en arrivant aux abords de la piste de danse. À croire qu'il s'était habitué aux longs silences, aux grands espaces. Il repéra la table où s'était installé Robin. Il avait commandé une bouteille de champagne et caressait la cuisse dénudée de la fille, espérant monter plus haut au cours de la nuit.

Izri commanda un whisky au bar et alla s'asseoir non loin de la porte des toilettes. Tout en gardant un œil sur sa cible, il regarda les gens s'enivrer, draguer, danser. Chacun espérait quelque chose en venant ici. Montrer qu'on était encore désirable, qu'on faisait partie de ce monde, qu'on avait des amis, même s'ils étaient factices.

Certains cherchaient des proies faciles à ramener dans leur lit, d'autres s'ennuyaient avec celui ou celle qui partageait déjà leur lit.

Tout était mauvais ici. Le scotch, l'ambiance, la musique. Mais Robin avait toujours aimé claquer son fric dans les bas-fonds de la société.

Izri commanda un deuxième verre, sans quitter sa position stratégique. Une fille au décolleté vertigineux l'aborda.

— Tu viens danser, beau mec ?!

Elle était complètement défoncée et Izri refusa d'un signe de tête. Comme elle insistait, il s'approcha de son oreille et fut obligé de crier pour couvrir les décibels :

— Je voudrais bien mais j'attends quelqu'un !

— C'est moi que tu attends ! Allez, viens !

— Je te rejoins tout à l'heure, assura Izri avec un sourire ravageur. Pour patienter, bois un coup à ma santé...

Elle éclata de rire avant de retourner sur la piste. Izri la suivit des yeux et vit soudain Robin qui se frayait un chemin en direction des toilettes. Alors qu'Izri était vêtu de noir, Robin portait une chemise blanche, ce qui le rendait particulièrement visible.

Izri baissa la tête quand sa future victime passa près de lui.

Trente secondes plus tard, après avoir enfilé ses gants, il pénétra à son tour dans les toilettes au moment où un gars en sortait. Robin lui tournait le dos, occupé à remonter sa braguette face à un urinoir. Izri l'attrapa par la gorge, lui plaqua la lame sous le menton et le poussa jusque dans une cabine. De son autre main, il tourna le verrou.

— Salut, mon pote !

Robin essaya de parler malgré l'acier qui comprimait sa gorge.

— Iz, putain... qu'est-ce qui te prend ?

— J'ai une mauvaise nouvelle pour toi : Greg est mort. Je l'ai crevé. Et toi aussi, je vais te crever... Tu connais le sort réservé aux traîtres ?

— Iz, attends ! Fais pas le con...

Izri le saisit par la nuque, le força à s'agenouiller et lui plongea la tête dans la cuvette nauséabonde avant de tirer la chasse d'eau.

— De la part de Tama, connard !

Puis, tout en le maintenant dans cette position, Izri enfonça profondément la lame entre ses côtes. Une fois, deux fois, trois fois. Alors, il le releva en le tirant par les cheveux et le laissa tomber contre le mur carrelé. Robin n'était pas encore mort. Il manquait le coup de grâce. L'estocade.

Izri lui trancha la gorge et le regarda s'étouffer dans son propre sang. Il entendit un type entrer dans les toilettes et posa sa main gantée sur la bouche de Robin pour masquer ses gémissements. Il attendit que la mort fasse son œuvre puis grimpa sur la cuvette et escalada la cloison pour atterrir dans la cabine d'à côté.

Il en ressortit aussitôt, ôta ses gants puis se lava les mains. Il quitta la boîte et fuma tranquillement une cigarette sur le parking avant de monter dans sa voiture.

Il avait hâte de rejoindre Tama.

* * *

Un peu intimidée, un peu gauche, Tama hésita un instant. Finalement, elle se hissa sur la pointe des pieds et l'embrassa sur la joue.

— Ça me fait plaisir de vous revoir, dit-elle.

— Moi aussi, répondit Gabriel en serrant la main d'Izri.

Le froid flanchait, l'hiver commençait à montrer faiblesse. Ils s'installèrent sur la terrasse, Gabriel leur servit un café.

— Tu as l'air d'aller mieux.

— Oui, répondit Tama. Beaucoup mieux, même.

Son visage portait encore les traces de son calvaire, mais elle avait repris un peu de poids et Gabriel la trouva magnifique.

— Tu ne risques plus d'avoir la visite de Robin, annonça Izri. Il y a deux semaines, il a eu un malheureux accident.

— Un *accident* ? répéta Gabriel avec un petit sourire.

— Oui… il a glissé dans les chiottes et s'est empalé sur un objet tranchant.

— Ce sont des choses qui arrivent ! soupira Gabriel.

Il tourna la tête vers Tama qui contemplait l'horizon d'un air songeur.

— Comment tu t'en sors ? s'enquit-il.

— Ça peut aller, je vous assure… Je voulais apporter des fleurs, mais je me suis dit que vous ne voudriez pas les déposer là où elle est enterrée.

— Il vaudrait mieux éviter d'attirer l'attention, en effet… Même si peu de gens passent par là, mais on ne sait jamais.

— Alors, j'ai apporté autre chose, dit-elle en se levant.

Elle redescendit vers la voiture et Gabriel se tourna à nouveau vers Izri.

— Comment elle va, en vrai ?

— Elle hurle de peur toutes les nuits… Et parfois, je la vois complètement perdue, comme si… comme si elle était ailleurs. Dans un endroit où je n'ai pas le droit d'aller… Mais elle est forte alors je me dis qu'elle va y arriver.

— Avec toi, elle y arrivera, prédit Gabriel en lui offrant une cigarette. Izri... Il se pourrait que je te demande un petit service, prochainement

— Tout ce que tu voudras, répondit le jeune braqueur.

Tama revint vers eux avec un pot entre les mains. Plusieurs petites pousses émergeaient de la terre brune.

— C'est quoi ? demanda Gabriel.

— Ce sont des pensées sauvages. Chaque année, elles fleuriront au début de l'été. Et avec le temps, elles formeront un tapis de fleurs... Un parterre de pensées.

Une émotion violente traversa le regard de Gabriel.

Il songea que si Tayri avait survécu, elle n'aurait plus jamais lâché la main de Tama.

Il songea que si les femmes n'étaient plus de ce monde, il plongerait aussitôt dans les ténèbres et le chaos.

— Merci, Tama... C'est une très belle attention.

— Si vous voulez bien m'accompagner jusqu'à l'endroit où est Tayri, je les planterai moi-même.

— On peut parcourir une partie en voiture, mais après, il faut marcher pendant plus d'un kilomètre. Tu pourras y arriver ?

— J'ai encore mal à la cheville, mais je vais me débrouiller ! assura la jeune femme.

— J'ai une meilleure idée, fit Gabriel.

Un quart d'heure plus tard, les deux juments étaient sellées. Gabriel confia Gaïa à Izri et Tama tandis qu'il montait sur le dos de Maya.

Tama passa ses bras autour de la taille d'Izri et se laissa bercer par le pas régulier de sa monture, admirant les paysages grandioses qui s'offraient à eux. Le pèlerinage lui sembla moins douloureux, ainsi.

La mort, soudain plus facile à supporter. Comme si cet animal lui insufflait une force nouvelle, une sagesse, un apaisement.

Ils arrivèrent dans la petite clairière et Gabriel resta quelques secondes immobile face à la sépulture de Tayri. Puis il dégagea les branchages et les feuilles mortes qu'il avait disposés sur la terre retournée.

— Elle est là, dit-il simplement.

Tama serra la main d'Izri et ferma les yeux. Elle adressa un message silencieux à cette jeune femme qu'elle avait à peine connue. Cette jeune femme qui, pourtant, avait changé le cours de sa vie.

> *Tayri,*
> *Si je n'avais pas croisé ton chemin, je n'aurais pas pu retrouver Iz.*
> *Sans moi, tu serais restée une esclave.*
> *Sans toi, je le serais encore.*

Elle refusa l'aide de Gabriel et d'Izri et les deux hommes comprirent qu'ils devaient s'éloigner un peu pour les laisser entre elles. Tama s'agenouilla à même la terre et commença à semer ses pensées.

> *Ma chère Tayri,*
> *Apprends-moi ce qu'est la mort.*
> *Dis-moi qu'elle est douce, qu'elle est juste.*
> *Raconte-moi qu'elle est comme une mère qui te prend dans ses bras et te console de la vie.*
> *Jure-moi qu'entre ses mains, il n'y a ni maître ni esclave.*

Promets-moi qu'en son royaume, on oublie ses blessures et ses chaînes.

Mais jamais son amour.

* * *

Assise dans le canapé, Tama lisait un livre que Gabriel avait bien voulu lui prêter. Son esprit fatigué avait encore du mal à fournir l'effort des mots, mais elle réalisait à quel point ses fidèles compagnons de route lui avaient manqué.

Izri se posta derrière elle pour lui masser délicatement les épaules. Elle ferma les yeux, sourire béat sur les lèvres. Il l'embrassa dans le cou, un frisson descendit le long de son dos.

— Comment tu vas ? murmura-t-il.

— Bien...

Ce soir, elle se sentait prête. Elle le lui fit comprendre en glissant une main sous sa chemise.

Retrouver leur intimité passée, réapprendre leurs jeux sensuels.

Effacer ce qui les avait séparés, blessés.

Se réenchaîner l'un à l'autre. Redevenir des amants.

Un désir lancinant émergea au creux de son ventre et Tama lui abandonna son corps encore meurtri.

L'envie, aussi forte que la peur.

Cette peur qui ne la quittait pas.

Malgré la faim qui tenaillait ses chairs, Izri s'attarda sur chaque millimètre de sa peau, transformant les cendres tièdes en braises rougeoyantes.

Ce soir, Tama se *croyait* prête.

Ouvrir une brèche au milieu de la carapace, faire sauter les verrous, les uns après les autres.

Oublier. Se fondre l'un dans l'autre.

Le plaisir se transforma en douleur brutale, son cœur se vrilla sur lui-même, un éclair déchira sa tête.

Le visage de Greg. Ses mains, son regard, son odeur.

Tama repoussa violemment Izri et se recroquevilla sur le canapé. Le front posé sur ses genoux, elle se balançait doucement.

— Tama ?

Izri caressa sa jambe, elle poussa un cri, s'éloignant davantage encore. Il n'osa plus l'approcher et la regarda souffrir, ignorant ce qu'il devait faire. Ce qu'il devait dire.

Quand elle releva enfin la tête, ses yeux étaient remplis d'horreur.

— Excuse-moi, dit-elle. Je peux pas…

Izri se remit debout et fit quelques pas dans le salon. Soudain, il attrapa une chaise et la fracassa contre le mur avec un hurlement bestial.

— Je suis désolée !

Incapable de se contrôler, Izri cassait tout ce qui lui tombait sous la main.

— Calme-toi, Iz ! implora Tama.

Leurs yeux se croisèrent, elle comprit que sa colère n'était pas dirigée contre elle.

Même mort et enterré, Greg les séparait encore.

* * *

La petite maison biscornue était toujours entourée d'épaves.

Izri se faufila au milieu des tas de ferraille et son pied heurta violemment un vieux moteur. La douleur remonta le long de sa jambe, il étouffa un juron.

Collé à la façade, il jeta un œil à l'intérieur et aperçut Nico affalé devant sa télévision. Sa main droite faisait l'aller-retour entre sa bouche et un paquet de chips éventré.

Il était seul, certainement ivre ou défoncé.

Une proie facile.

Izri récupéra son fidèle Glock dans la poche de son blouson, vissa un silencieux au bout du canon. Il frappa à la porte et attendit que Nico parvienne à se lever. Trente secondes plus tard, Izri eut la mauvaise surprise de voir un inconnu apparaître sur le seuil.

— Ouais ?

— C'est qui ? hurla Nico depuis le salon.

L'homme venait d'apercevoir le pistolet, Izri n'avait plus le choix. Il leva son bras droit et pressa la détente.

Une balle en pleine poitrine.

Le petit ami de Nico s'effondra vers l'arrière, renversant une vieille sellette et tout ce qu'il y avait dessus.

Boucan de tous les diables.

Izri enjamba le corps mais une main agrippa sa cheville et il tomba à son tour, lâchant le Glock qui glissa sur le carrelage.

— Merde !

Il se redressa aussi vite qu'il le put et tomba nez à nez avec Nico.

Seconde de flottement.

Ils se ruèrent vers l'arme qui fila sous un meuble. Nico était sur Izri, labourant son visage avec ses poings. Il parvint à se dégager et roula sur le côté. Nico tendit le bras, attrapa le Glock. Il ne prit pas le temps de viser, se contenta de tirer. Izri se relevait lorsque la balle lui traversa la cuisse. Il poussa un hurlement, se jeta à nouveau sur son adversaire. Il tenait son poignet et une nouvelle balle fusa du canon pour aller se loger dans le plafond. Izri réussit à lui faire lâcher le pistolet et lui assena un coup de tête. Le tenant par le col de sa chemise, il lui envoya plusieurs droites dans la mâchoire.

Sonné, Nico ne bougeait plus. Alors Izri se releva, récupéra son arme et pulvérisa le cœur de sa cible.

Dans la cuisine, il trouva un torchon pour se confectionner un garrot. Sa jambe pissait le sang, tout comme son nez.

Du sang, partout.

De l'ADN, partout.

Il quitta la maison en claudiquant et rejoignit sa voiture. Malgré l'intolérable douleur, il démarra aussitôt.

* * *

Tama ne dormait pas.

Ce soir, Izri était parti, sans lui préciser où il allait. *Je rentrerai tard, ne m'attends pas.*

Elle avait lu pendant des heures, terminant le roman de Gabriel et, désormais, elle guettait le retour de son homme.

Était-il allé voir une autre femme ? Lui donnait-elle en ce moment même ce que Tama était incapable de lui offrir ?

Elle quitta la chambre, se prépara un thé dans la cuisine. L'horloge murale lui indiqua qu'il était déjà 3 heures du matin.

Allait-il découcher ?

Allait-elle le supporter ?

Ses vieux démons refaisaient surface, venant ricaner à son oreille.

Tu veux savoir combien de nanas il a baisées pendant que tu l'attendais bien sagement à la maison ?

Soudain, Tama entendit le bruit de la voiture qui approchait. Elle se posta devant la baie vitrée et vit ralentir la Mercedes. Mais la voiture ne freina pas complètement et alla se planter dans le mur du garage. Tama se précipita à l'extérieur et se heurta à une portière verrouillée.

— Iz, ouvre-moi !

Il trouva la force de tirer sur la poignée et Tama découvrit le carnage. Elle l'aida à descendre, il s'effondra dans ses bras. Emportée par le poids d'Izri, Tama chuta avec lui. C'est là qu'elle vit le linge imbibé de sang qui comprimait sa cuisse. Elle tenta de le relever, mais il était bien trop lourd. Pourtant, elle devait le ramener à l'intérieur avant qu'il ne perde connaissance.

— Aide-moi, je t'en prie ! Lève-toi !

Dans un effort surhumain, il parvint à se redresser et prit appui sur elle. Deux fois, il tomba à genoux et Tama le releva. Ils arrivèrent enfin devant le canapé où Izri put s'écrouler.

Si l'artère fémorale avait été touchée, Izri serait déjà mort.

Alors, ne pas paniquer.

Découper le pantalon, affronter la blessure. Impressionnante.

Désinfecter, stopper l'hémorragie. Enlever le sang qui maculait le visage de l'homme qu'elle aimait.

Serrer sa main, lui parler, le rassurer. Toute la nuit, veiller sur lui.

Toute la vie, veiller sur lui.

126

Ça faisait quatre jours que Gabriel était descendu dans cet hôtel moderne de La Seyne-sur-Mer. Il y avait réservé une chambre par Internet, avait payé avec la carte bleue de Greg et s'était présenté sous son identité. Il avait même emprunté au mort sa BMW.

Deux semaines auparavant, il avait demandé à Lady Ekdikos d'accélérer le mouvement. Elle avait vivement protesté.

Tu prends des risques inconsidérés. Si les meurtres sont trop rapprochés, la police fera le lien.

Mais Gabriel n'avait rien voulu entendre.

Il voulait en finir.

Prouver à Lana qu'il ne l'oubliait pas.

La nouvelle enveloppe contenait la photo d'un homme. Prise au dépourvu, Lady Ekdikos n'avait pas pu lui fournir la moindre indication, sinon son adresse.

Alors depuis quatre jours, Gabriel observait sa cible. En partant, il avait confié à Izri et Tama le soin de s'occuper de ses chevaux et de son chien, il n'était donc pas pressé.

En proie à l'insomnie, Gabriel ouvrit la fenêtre de sa chambre et écouta le chant du mistral qui jouait avec les haubans et les mâts des voiliers, faisant tinter la nuit. À cette furieuse mélodie se mêlait la voix de Tayri.

Tu es l'esclave de ta vengeance.

Elle avait sans doute raison et si elle était restée en vie, il aurait peut-être renoncé.

Mais elle était morte.

Alors, dans moins de vingt-quatre heures, un homme allait mourir à son tour.

* * *

Izri gare la Mercedes dans un endroit obscur. Nous descendons et avançons main dans la main le long du mur, cherchant l'endroit propice pour l'escalader.

Izri arrive à nouveau à marcher, mais sa jambe le fait encore souffrir. Je n'ai pas eu besoin de lui demander la moindre explication. Il m'a avoué de lui-même qu'il avait tué Nicolas Legrand. Cet homme dont je me souviens à peine. Je sais que Greg m'avait emmenée chez lui, mais j'étais quasiment dans le coma quand je suis arrivée.

En éliminant ces hommes l'un après l'autre, Izri pense peut-être gommer le passé.

Mais le passé ne s'efface jamais.

Il faut tenter de le surmonter, de le dompter.

Ou de le redessiner.

Nous montons chacun notre tour sur un gros container et atterrissons de l'autre côté de l'enceinte.

Nous voici dans le cimetière. Izri allume une lampe torche et nous nous faufilons entre les tombes pour arriver devant celle de Wassila et d'Hachim.

C'est moi qui ai insisté pour venir m'y recueillir. Comme Izri pensait que c'était trop dangereux de le faire en plein jour, nous avons décidé d'attendre la nuit.

Je voulais dire à Wassila qu'elle resterait vivante dans mon cœur et mes pensées, parmi toutes les belles personnes croisées au cours de mon existence.

J'ai beaucoup de peine, beaucoup de regrets. J'avais tant à apprendre d'elle, j'en suis sûre. Mais le temps nous a manqué.

— Tu n'es pas coupable, dis-je en serrant la main d'Izri.

Il ne répond pas, mais je sens que l'émotion le submerge. Il se croit responsable de la mort de sa grand-mère. À moi de le rassurer, une fois encore.

J'ai des choses à dire à Izri. Et je décide de le faire maintenant.

Maintenant que jedda peut en être témoin.

— Iz, je ne veux pas te perdre. Tu prends trop de risques. Tu joues avec le feu et ça finira mal.

— J'ai toujours fait ça.

— S'il t'arrive quelque chose, ça me tuera.

— Arrête, Tama…

— Non. Je veux que tu en sois conscient. Je ne veux pas que tu l'oublies.

Il soupire et lâche ma main. J'ai froid, soudain.

— Je sais que tu veux reconquérir ton empire, mais Manu n'est plus là. Tu es seul, c'est du suicide. Et vivre sans toi, c'est pire que la mort.

Avant, il m'aurait répondu que ça ne me regardait pas. Que je n'avais pas à m'en mêler. Mais ce soir, il ne trouve rien à répondre.

Je dépose les fleurs sur la pierre tombale, ainsi qu'un petit panneau de bois sur lequel j'ai écrit quelques mots à l'encre indélébile.

Vulnerant omnes, ultima necat.
At eae quas ad vos consumpsi me delectaverunt.

— Ça veut dire quoi ? s'étonne Izri.
— Toutes les heures blessent, la dernière tue. Mais j'ai aimé celles passées auprès de vous.

* * *

La BMW était garée le long du trottoir, tous feux éteints. Derrière le volant, Gabriel fumait une cigarette. Il avait enfilé un bonnet, chaussé une paire de lunettes qui lui dévoraient la moitié du visage. Ainsi, personne ne pourrait réaliser son portrait-robot. D'autant qu'à la place de la vitre conducteur brisée, il y avait un film plastique opaque.

Il consulta l'horloge de la voiture, il était 17 h 15. Sa tension artérielle grimpa encore d'un cran.

Chaque soir, Guylain Voulisse quittait son travail à 17 h 30 précises et rentrait à pied jusque chez lui. Son trajet était toujours le même, il n'en déviait pas d'un centimètre.

Voulisse approchait de la retraite. Il avait sagement cotisé pendant quarante-deux annuités et espérait sans doute profiter de quelques années d'un repos bien mérité.

Raté, songea Gabriel.

Il se souvenait de Voulisse en train de témoigner au procès des deux salopards qui avaient violé et tué sa petite Lana. Autant les autres avaient fait profil bas, autant ce lâche s'était permis d'ajouter qu'il n'avait pas pu prendre le risque d'intervenir, étant fragile du cœur.

Ce cœur qui cesserait bientôt de battre.

17 h 35, la cible n'allait pas tarder à apparaître au bout de la rue.

Une rue en sens unique, relativement peu fréquentée, assez mal éclairée. En plein milieu, un passage clouté. Invariablement, Voulisse traversait à cet endroit.

Lorsqu'il le vit, Gabriel mit le contact, mais pas les feux. Voulisse regarda à gauche, mais ne songea pas à vérifier sur sa droite, vu qu'aucune voiture n'arrivait jamais de ce côté. Il s'engagea sur les bandes blanches, Gabriel écrasa la pédale de l'accélérateur, la BMW monta dans les tours. Voulisse tourna la tête et la BMW le percuta de plein fouet, le projetant dix mètres plus loin. Une passante hurla alors que la voiture roulait sur le corps démantibulé et disparaissait à vive allure.

* * *

Après avoir traversé La Grand-Combe, Gabriel s'engagea sur une piste forestière.

Dans la lumière des phares, la calandre de son Hilux se profila. Gabriel rangea la BMW un peu plus loin et rejoignit Izri qui fumait sa cigarette dans le froid humide du sous-bois.

Les deux hommes se serrèrent la main.

— Salut, Izri. J'espère que tu n'attends pas depuis trop longtemps ?

— T'inquiète, répondit le jeune homme.

— Merci de ton aide.

— Je te dois bien ça. Et même plus que ça !

Ils récupérèrent deux bidons d'essence dans la benne du pick-up et aspergèrent la BMW. Izri vit que l'avant du coupé avait morflé, mais ne posa aucune question. Il embrasa une boîte de cubes allume-feu qu'il balança sur le siège avant. Ils attendirent quelques minutes puis montèrent dans le 4 × 4 et reprirent la route en direction de Florac.

— Comment va Tama ?

Izri haussa les épaules.

— Pas trop mal. Mais elle a changé…

— Si tu avais été séquestré par un malade qui te violait tous les jours, tu penses que tu n'aurais pas *changé* ? rétorqua Gabriel.

— Sans doute…

— Laisse-lui le temps.

En arrivant au hameau, une heure plus tard, Gabriel gara le Hilux près de la Mercedes d'Izri et invita son jeune complice à boire un verre.

Ils se réfugièrent à l'intérieur et Gabriel sortit du bar son fameux whisky japonais.

— Tama voudrait que je prenne moins de risques, fit soudain Izri.

— Elle a survécu dans l'unique but de te retrouver. Elle n'a pas envie de te perdre !

— C'est exactement ce qu'elle m'a dit, soupira-t-il.

— Je la comprends. Mais la vie n'est qu'une série de choix, Izri. À toi de faire les bons.

127

Assis sur la balancelle de la terrasse, nous regardons le soleil se coucher.

— Je ne veux plus jamais qu'on se quitte, murmuré-je.

Izri tourne la tête vers moi et me sourit.

— Pourquoi veux-tu qu'on se quitte ?

— Quoi que tu fasses, je veux être près de toi. À chaque instant.

Il vient de comprendre ce que j'attends de lui. Il réalise ce que cette simple phrase signifie.

— Tama, tu ne peux pas exiger ça de moi…

— Je suis capable de te suivre, où que tu ailles.

— Je sais. Mais je refuse de te mettre en danger !

— J'ai le droit de décider de ma vie, non ? Alors, je veux faire partie de la tienne. Chaque seconde. Même si tu braques une banque, je veux être près de toi.

— Tama… Tu te rends compte de ce que tu dis ?

Il caresse mon visage, m'attire contre lui.

— Tu es bien trop précieuse pour que je prenne le risque de te perdre.

— Et moi ? Moi, je dois accepter ce risque, c'est ça ?

— Tama… Ce n'est pas un monde pour toi !

— Et pourtant, ce monde, tu m'y as précipitée… J'ai été obligée de tuer Théo, obligée de tuer Diego. Je lui ai ouvert la gorge avec un tesson de bouteille, Iz !

Vaincu, il s'écarte légèrement de moi.

— Je sais et je m'en veux, murmure-t-il. Mais il est hors de question que tu deviennes comme moi…

— Une hors-la-loi ? Je le suis déjà.

— Arrête, Tama… Arrête, je t'en prie !

À la lumière du soleil couchant, je vois les ombres du tourment danser dans ses yeux. Je devine le poids gigantesque qui écrase son cœur. Alors, je rends les armes et le serre à nouveau contre moi.

J'ai toujours supporté de souffrir.

Jamais de le voir souffrir.

* * *

Quand Tama se réveilla, le jour s'était levé depuis longtemps. En tournant la tête, elle vit Izri assis par terre dans un angle de la chambre.

Il la dévorait avec des yeux débordants d'amour. Tama tendit une main vers lui, il la rejoignit pour la prendre dans ses bras.

— J'ai beaucoup réfléchi, murmura-t-il. Une bonne partie de la nuit…

— Réfléchi à quoi ?

— À tout ce que tu m'as dit ces derniers temps.

Tama sentit son cœur accélérer légèrement. Une pointe d'angoisse le traversa.

— Et alors ? l'encouragea-t-elle.

— Les flics sont après moi… Je crois qu'ils ne sont pas les seuls à vouloir ma peau… Et s'ils me trouvent, ils *te* trouvent.

Elle frissonna entre ses bras.

— Je me suis dit que je n'avais pas le droit de te faire courir tous ces risques… Pas le droit et pas envie. Parce que tu es la plus belle chose qui me soit jamais arrivée.

Tama resserra son étreinte. Elle savait qu'elle vivait un instant décisif. Un tournant dans sa vie.

— Alors, on devrait quitter la France, poursuivit Izri. Aller quelque part où on n'aurait plus à se cacher. Quelque part où on pourrait tout recommencer de zéro, toi et moi… Tu es d'accord ?

— Oui, mon amour, répondit-elle.

— Je vais demander à Tarmoni de nous fournir de faux passeports et on s'en ira dès qu'ils seront prêts. Il faut juste qu'on décide où on a envie de partir…

Longtemps, Tama laissa couler ses larmes de joie, blottie contre lui.

Partir, n'importe où.

S'éloigner du danger, de la mort.

Partir, n'importe où.

Du moment que c'était avec lui.

Ce jour-là fut différent de tous les autres, passés ou futurs.

Plus de peur, presque plus de douleur.

Regarder le ciel, lui trouver une nouvelle couleur. Y dessiner un avenir. Une histoire.

Leur histoire.

Ce jour-là, Tama et Izri ne quittèrent pas souvent la chambre…

Ce jour-là, ils avaient décidé qu'ils ne laisseraient plus rien les séparer.

128

— On voulait vous dire au revoir avant de partir,
fit Tama en embrassant Gabriel.

Il invita les deux jeunes gens à entrer et leur servit
un café.

— Vous allez où, finalement ? demanda-t-il.

— Tarmoni nous a trouvé un bateau pour traverser,
révéla Izri. Une fois au Maroc, nous aviserons.

— C'est bien, dit Gabriel. Vous avez fait le bon
choix…

Izri esquissa un sourire et Gabriel comprit qu'il
conservait une douleur au fond de lui. Sans doute parce
qu'il abandonnait ce qu'il avait conquis par la force,
le laissant en pâture aux charognards.

En gardant sa reine, il perdait son royaume.

— Le départ, c'est pour quand ?

— Demain, dit Tama. On rend les clefs de la
maison, on descend à Montpellier chercher les papiers
et le reste et puis on file vers Marseille. Le bateau part
en début de soirée…

— Tu me donneras des nouvelles ? sourit Gabriel.

— Dès qu'on sera installés quelque part, je vous appellerai, promit-elle. Et peut-être que vous pourrez venir nous voir ?

Il se contenta de sourire puis de hocher la tête, pour ne pas la décevoir. Elle avait l'air tellement heureuse…

Gabriel les raccompagna jusqu'à l'extérieur. Le printemps était là, Gaïa et Maya étaient sorties de l'écurie. Tama s'attarda près de la barrière qui délimitait leur enclos. Lorsque Gabriel la rejoignit, elle prit sa main dans la sienne.

— Encore merci, Gabriel. Si on ne se revoit pas, je voulais vous dire que je ne vous oublierai jamais.

Il resta silencieux, embarrassé. Chaque fois qu'il croisait cette fille, cette gamine qui aurait dix-sept ans dans quelques semaines, l'émotion était trop forte.

— Et… je voulais vous dire aussi que je ne m'appelle pas Tama.

Surpris, il la regarda à nouveau.

— Quand je suis arrivée en France, ils ont changé mon prénom, pour que j'oublie qui j'étais.

— Pourquoi tu continues à te faire appeler Tama, dans ce cas ?

— Izri préfère ce nom à celui que mes parents m'ont donné ! fit Tama. Et puis, je m'y suis habituée. Je l'aime bien, finalement.

— Mais comment tu t'appelles, en vrai ?

— Leyla… En arabe, ça veut dire *compagne de la nuit*, révéla Tama. Et en latin, ça vient de *lea* qui veut dire *lionne*…

* * *

Ils quittèrent le cabinet de Tarmoni et montèrent dans l'ascenseur. L'avocat leur adressa un dernier signe de la main avant que les portes se referment.

Dehors, le ciel était lumineux et Tama prit le temps de l'admirer.

— Des ciels comme ça, tu en auras tous les jours ! promit Izri en l'embrassant.

— Tu n'as aucun regret ? demanda-t-elle.

— Aucun.

Il alluma une cigarette et lui prit la main. Ils marchèrent jusqu'à la Mercedes et Tama s'arrêta soudain devant la vitrine d'une boutique de vêtements.

— Elle est jolie, cette robe !

— Va l'essayer, sourit Izri. Je finis ma clope et je te rejoins dans un instant.

Elle l'étreignit avec force, lui donna un long baiser avant de disparaître dans le magasin. Il s'adossa à la Mercedes et à son tour, contempla le ciel.

Aucun regret, non.

Parce que Tama valait tous les empires. Et tous les sacrifices.

Il entendit rugir un moteur, tourna la tête.

Deux hommes à moto.

Izri lâcha sa cigarette et saisit la crosse du Glock au moment où la première balle pulvérisait son poumon gauche. La seconde déchira sa gorge.

Avant de toucher le sol, Izri aperçut les yeux de son assassin.

Les yeux du Gitan.

Tama se précipita dans la rue, les tueurs s'éloignaient.

— Iz ! hurla-t-elle.

Elle tomba à genoux près de lui, le prit dans ses bras.

— Ta... ma...

— Iz ! Non !

Apprends-moi ce qu'est la mort.
Dis-moi qu'elle est douce, qu'elle est juste.

En un regard, elle eut le temps de lui confier tout leur amour, pour qu'il l'emporte avec lui dans le plus long des voyages.

Le cœur d'Izri lâcha, celui de Tama se brisa.

Définitivement.

Raconte-moi qu'elle est comme une mère qui te prend dans ses bras et te console de la vie.
Jure-moi qu'entre ses mains, il n'y a ni maître ni esclave.

Le garder contre moi, encore et encore. Le bercer de larmes, de baisers et de tendresse.

Des gens, des cris d'horreur autour de nous...

L'enlacer, pour toujours. Le couvrir d'amour, d'honneur et de respect.

Un bruit de sirènes au milieu de mes sanglots...

Le serrer dans mes bras, encore et encore. Le combler de fleurs, de douceur et de promesses.

Des voitures, des gyrophares, des hommes en uniforme...

Ils vont nous séparer.

Personne ne peut nous séparer.

Alors, je prends le pistolet d'Izri et me relève pour leur faire face.

— Lâche ton arme !

Je brandis le Glock en direction des flics.

— Lâche ce flingue immédiatement !

Je ne suis plus une esclave, je ne reçois aucun ordre.

Vous ne m'obligerez pas à vivre sans lui.

Je presse le canon contre mon cœur.

— J'arrive, mon amour...

Promets-moi qu'en son royaume, on oublie ses blessures et ses chaînes.

Mais jamais son amour.

Épilogue

La cible, poignets attachés dans le dos et bâillon sur la bouche, dévisageait Gabriel avec frayeur. Elle était assise par terre, dos au mur, jambes repliées. Il se pencha sur elle et approcha la bouche de son oreille.

— C'est à ton tour de connaître la peur, chuchotat-il. La peur et la douleur…

Elle tenta de lui parler, mais le bâillon transformait ses suppliques en magma indistinct.

— Inutile de te fatiguer, sourit Gabriel en s'agenouillant devant elle. Je sais qui tu es, je connais tous tes crimes.

Elle nia encore, secouant la tête. Gabriel sortit une seringue de sa poche et enfonça profondément l'aiguille dans la jugulaire palpitante de sa victime, en la fixant droit dans les yeux.

— Ça va mettre un certain temps à te tuer, précisat-il d'une voix glacée. Le poison va paralyser tes muscles, tu auras beaucoup de mal à respirer. Jusqu'à ce que tu n'y arrives plus… Alors, tu t'étoufferas lentement.

Il se releva, jeta la seringue sur le lit et s'éloigna. Mais, avant de quitter la chambre, il se retourna vers elle.

— Au fait, j'oubliais : j'ai un message pour toi de la part de Tama, de Tayri et d'Izri. Bon séjour en enfer, Mejda.

Il traversa le couloir et s'arrêta à l'entrée de la cuisine. Il se dirigea vers la porte de la loggia, voulant connaître l'endroit où Tama et Tayri avaient vécu le pire. Il tourna le verrou et alluma la lumière. C'est alors qu'il vit une petite fille terrorisée, recroquevillée dans un angle de ce réduit nauséabond. Elle avait la peau mate, de grands yeux noirs remplis de douleur et de questions. Il s'approcha doucement.

— N'aie pas peur, petite, murmura-t-il. Je ne te veux aucun mal... Je vais te sortir de là, d'accord ?

Il la prit dans ses bras et quitta l'appartement. Il regagna sa voiture, tenant toujours l'enfant contre lui, et l'installa sur le siège passager. Comme elle avait froid, il la couvrit avec son blouson. Il se mit derrière le volant et tourna la tête vers la fillette.

— Comment tu t'appelles ?

— Lahna.

Il a fallu attendre la loi du 5 août 2013 pour que la réduction en esclavage, la servitude et le travail forcé fassent leur entrée dans notre code pénal.

Aujourd'hui, la servitude domestique existe en France. C'est malheureusement une réalité.

Cette forme d'esclavage moderne touche des enfants, des jeunes filles et des femmes, plus rarement des garçons ou des hommes.

Les victimes sont principalement originaires d'Afrique ou d'Asie. Leur asservissement dure parfois de nombreuses années.

Il est difficile d'estimer le nombre de personnes victimes de ces pratiques dans notre pays, étant donné que les faits se déroulent à huis clos, à l'abri des regards.

Ces drames humains n'existent pas seulement dans le monde diplomatique ou les beaux quartiers. Mais aussi dans les pavillons de banlieue et les cités défavorisées.

Remerciements

Je tiens à remercier chaleureusement l'OICEM (Organisation internationale contre l'esclavage moderne) et notamment sa présidente, Nagham Hriech Wahabi, pour l'aide précieuse qu'elle a bien voulu m'apporter lors de mon enquête sur l'esclavage moderne.

Et je rends hommage à tous les membres de cette association pour leurs actions en faveur de celles et ceux qui tentent de briser leurs chaînes, en France ou ailleurs...

OICEM, 72, rue de la République, 13002 Marseille
+33 (0)4 91 54 90 68
www.oicem.org

Je voudrais également dire un grand merci à Céline Thoulouze, mon éditrice depuis plus de dix ans. Travailler avec elle est un véritable bonheur...

POCKET N° 16852

« *Vengeance glaçante
sur la Côte d'Azur.* »

Olivier Bureau –
Le Parisien

Karine GIEBEL
DE FORCE

Maud Reynier, fille unique d'un chirurgien réputé, est
sauvagement attaquée et secourue de justesse par un
joggeur. Mais son agresseur n'a qu'une obsession : finir
le travail... tandis que le professeur Reynier, défiant la
raison, s'obstine à ne pas vouloir prévenir la police.
La villa du célèbre médecin, où Maud est enfermée
avec ses proches, devient le décor d'un huis clos
inquiétant, et les secrets grondent en sourdine.
L'ensemble s'accorde, fortissimo, et soudain : quelques
fausses notes...
Le temps de l'impunité est révolu.
Le temps des souffrances est venu.

Retrouvez toute l'actualité de Pocket :
www.pocket.fr

POCKET N° 15671

*Deux nouvelles
dont une inédite
en France.*

Karine GIEBEL

MAÎTRES DU JEU

Il y a des crimes parfaits.

Il y a des meurtres gratuits.

Folie sanguinaire ou machination diabolique, la peur est la même. Elle est là, partout : elle s'insinue, elle vous étouffe... Pour lui, c'est un nectar. Pour vous, une attente insoutenable. D'où viendra le coup fatal ? De l'ami ? De l'amant ? De cet inconnu à l'air inoffensif ? D'outre-tombe, peut-être...

Ce recueil comprend les nouvelles *Post mortem* et *J'aime votre peur*.

Retrouvez toute l'actualité de Pocket :
www.pocket.fr

Composition et mise en pages
Nord Compo à Villeneuve-d'Ascq

Imprimé en France par

MAURY IMPRIMEUR
à Malesherbes (Loiret)
en octobre 2019

N° d'impression : 240366
S29190/01